La Réunion

Geoffroy Morhain vous emmène à La Réunion. De 1990 à 1997, il a vécu et travaillé dans l'île. Journaliste indépendant, il collabore alors au magazine de l'océan Indien *Plein Sud*, réalise des reportages à Madagascar, en Afrique du Sud, à l'île Maurice et en Australie. De retour en métropole, il travaille pour le magazine *Carnets de voyage*, puis dirige la rédaction de la société d'édition de presse *France Territoires Magazines*, participant à différents titres sur Rhône-Alpes et le Grand Est. Éditeur délégué de *Bourgogne Magazine*, basé à Dijon, il se consacre désormais à la découverte de sa région, tout en continuant à réaliser des reportages à l'étranger.

W0295586

la Réunion en bref

Quand partir ?

La Réunion bénéficie d'un climat tropical modéré. Les saisons idéales pour s'y rendre sont avril-juin et septembre-novembre.

Y aller

Entre 35 et 50 vols par semaine selon la saison desservent La Réunion (comptez 11 h de voyage, généralement de nuit, sans escale). Comptez en moyenne de 700 à 1200 € A/R en classe économique.

Formalités

La carte d'identité suffit pour les ressortissants de l'Union européenne. Passeport valide nécessaire pour les Suisses et les Canadiens.

Vaccins

Aucune vaccination spécifique exigée.

Décalage horaire

Comptez + 3 h en heure d'hiver et + 2 h en heure d'été.

Budget

Le niveau général des prix à la consommation à La Réunion est un peu plus élevé que celui de la France métropolitaine *(env. 25 %, voir p. 264)*.

À ne pas oublier

Vêtements d'été, lunettes de soleil, chapeau, chaussures légères et un vêtement à manches longues pour les nuits d'« hiver » et les excursions en altitude. Prévoir aussi une tenue pour les randonnées.

Téléphoner

Entre la métropole et La Réunion : composez le numéro à 10 chiffres. Pour appeler depuis La Réunion ☎ 00.32 (Belgique), ☎ 00.41 (Suisse), ☎ 001 (Canada) + numéro sans le zéro. De Belgique et de Suisse ☎ 00.33 + numéro à 10 chiffres sans zéro initial.

Numéros d'urgence

Police ☎ 17 ou ☎ 02.62.90.74.74 (commissariat central de Saint-Denis). **Samu** à Saint-Denis et Saint-Pierre ☎ 15. **Pompiers** ☎ 18.

Devise

Florebo quocumque ferar (je fleurirai partout où je serai), devise de la Compagnie des Indes faisant référence aux découvertes botaniques ramenées et acclimatées sur l'île (et à Maurice).

Petit topo sur la Réunion

Situation. Île de l'archipel des Mascareignes, dans le S-O de l'océan Indien. À env. 9 300 km de Paris (11 h de vol).

Superficie. 2 512 km^2 (presque le département du Rhône). 72 km de long, 51 km de large (maximums), 200 km de côtes.

Point culminant. Piton des Neiges, 3 070 m *(p. 188)*.

Population. 839 500 hab. (INSEE estim. 2011). Densité : 334 hab./km^2.

Religions. Majorité de catholiques, hindouistes et musulmans. Églises évangéliques en plein essor.

Répartition ethnique. Env. 35 % d'origine africaine et malgache ; 25 % d'origine indienne ; 20 % d'origine européenne ; 10 % de métropolitains ; 4 % d'origine chinoise et 3 % de musulmans originaires du nord de l'Inde.

Langues. Français (langue officielle), créole (langue d'usage).

Chef-lieu. Saint-Denis (env. 175 000 hab. pour l'agglomération).

Monnaie. L'euro.

Statut. Département français d'outre-mer (DOM) depuis 1946, région depuis 1983.

© Bertrand Rieger/Hemis.fr

Symboles

- Office de tourisme
- Coup de cœur de l'auteur
- Bonne initiative : des adresses attentives à la préservation de la nature et des cultures
- Site, activité, adresse pour les enfants
- Randonnée
- Accessible aux handicapés
- Hébergement
- Restaurant
- Cafés, glaciers
- Vie nocturne

Sites, monuments, musées, œuvres

Intéressant ★

Remarquable ★★

Exceptionnel ★★★

sommaire

avant-goût

repères

itinéraires

avant-goût

Le cirque de Cilaos
© Sebastien Burel/shutterstock

les essentiels

Saint-Denis** et ses demeures

À la croisée de la France, de l'Inde et de l'Afrique, faites le tour du **centre-ville de Saint-Denis*** à pied (1/2 j.) en passant devant les splendides **demeures coloniales**** de la rue de Paris, les étals parfumés du **Petit Marché*** et les dieux multicolores du **temple tamoul Shri Kali Kampal***. À Sainte-Suzanne *(p. 106)*, vous ferez un bond dans le passé colonial de l'île au ♥ **domaine du Grand- Hazier****.

···› ***Itinéraire 1, p. 82.***

♥ L'anse des Cascades**

En route vers le Sud, au-delà du village de pêcheurs de **Sainte-Rose***, découvrez le **magnifique site naturel** de l'anse des Cascades. À travers palmiers et vacoas, une petite route conduit à cette anse blottie au pied d'une falaise verdoyante. Une oasis de fraîcheur idéale pour le pique-nique mais aussi la pêche ou la chasse sous-marine.

···› ***Itinéraire 8, p. 122.***

Les usines sucrières**

Alors que l'île comptait sept sucreries en activité en 1980, toute la production est désormais concentrée – rentabilité économique oblige – sur deux usines très performantes : la **sucrerie de Bois-Rouge***, dans l'Est, près de Saint-André, et celle **du Gol** dans le Sud-Ouest, près de Saint-Louis. À visiter pendant la campagne sucrière (juil.-déc.).

···› ***Itinéraires 6, p. 110 et 14, p. 158.***

Saint-Gilles-les-Bains**

Le cœur de la station balnéaire bat autour du principal port de pêche et de plaisance de La Réunion. Au programme : flânerie le long des quais, visite de l'aquarium, activités nautiques (plongée, pêche au gros, voile...), baignade sur la **plage des Roches-Noires** et shopping. Avis aux gourmands, on trouve ici d'excellentes pâtisseries et glaces artisanales !

···› ***Itinéraire 11, p. 137.***

La route du Maïdo***

Depuis Saint-Gilles-les-Hauts, une heure suffit pour parcourir cette route en voiture, et découvrir un condensé de paysages réunionnais, des champs de canne à sucre à la lande d'altitude en passant par les cultures de géranium et la forêt de tamarin des Hauts. Arrivé au piton Maïdo, le **point de vue sur le cirque de Mafate***** est à couper le souffle.

···› ***Itinéraire 12, p. 148.***

Saint-Denis

L'Anse des Cascades

Saint-Gilles-les-Bains

Le piton Maïdo

les essentiels

Bébour-Bélouve***

Depuis **La Plaine-des-Palmistes***, une route forestière mène à la forêt de Bébour-Bélouve, trésor botanique recouvert d'une des plus luxuriantes forêts primaires de l'île (gérée par l'ONF). **Sentiers pédestres de tous niveaux** à la découverte de cette nature mystérieuse, entre fougères arborescentes et bois de couleurs, tamarins et lichens, orchidées et arums...

→ ***Itinéraire 20, p. 188 et randonnée 4, p. 210.***

Le piton de la Fournaise***

Après une visite aussi instructive que passionnante de la **Maison du Volcan****, en route pour l'aventure ! Traversez en voiture le paysage lunaire de la plaine des Sables avant d'atteindre le **pas de Bellecombe**, balcon dressé au-dessus de la partie sommitale du volcan. De là, randonnée possible jusqu'au balcon du cratère Dolomieu, au cœur même de la Fournaise.

→ ***Itinéraire 19, p. 184 et randonnée 1, p. 204.***

♥Hell-Bourg***

Ancienne station thermale du **cirque de Salazie**** au charme suranné. Vous y trouverez de charmantes chambres et tables d'hôte où déguster les produits locaux, truite et chouchou en tête. Mais aussi des guides *péi*, incollables sur les cases créoles, les croyances populaires et les vertus des plantes, pour découvrir La Réunion *lontan*, celle « du temps d'avant », qui continue à vivre ici.

→ ***Itinéraire 21, p. 194.***

Le cirque de Cilaos***

Le paradis des amateurs de sports de pleine nature ! Situé dans le cirque du même nom, hérissé de sommets entre 2 000 et 3 070 m, le bourg de **Cilaos***** est le haut lieu des activités de montagne à La Réunion. Randonnée à VTT ou sortie de canyoning, suivies d'une séance de soins aux ♥ **thermes** Irénée-Accot ou d'une dégustation de vin *péi* au **chai de Cilaos***.

→ ***Itinéraire 22, p. 197 et randonnée 7, p. 216.***

Le cirque de Mafate***

On accède à pied à ce cirque coupé de tout. Arrivé au col des Bœufs (cirque de Salazie), rejoignez les îlets dont on aperçoit les toits en tôle éparpillés en contrebas. **La Nouvelle**, l'îlet principal du cirque, n'est plus qu'à 2 h de descente... Passez une nuit à l'intérieur du cirque pour goûter à l'ambiance de ses hameaux vivant à l'écart du monde moderne.

→ ***Itinéraire 23, p. 201 et randonnée 8, p. 218.*** ◆

Le gîte de Bélouve
© Bertrand Rieger/Hemis.fr

Le piton de la Fournaise
© John Frumm/hemis.fr

Hell-Bourg
© Sylvain Grandadam

Le cirque de Cilaos
© Sebastien Burel/shutterstock

si vous aimez

L'architecture créole

Depuis quelques années, de gros efforts sont faits pour sauvegarder le patrimoine de l'île. À voir : les petites cases colorées dans les **Hauts** ou dans les **villages côtiers du Sud** sauvage ; les grandes « habitations » d'anciens domaines coloniaux, notamment dans l'Est, à **Sainte-Suzanne** en particulier *(p. 106)* ; les maisons créoles et coloniales à **Saint-Pierre**** *(p. 168)* et **Saint-Denis**** *(p. 86)*.

Les plages de rêve

S'il ne fallait citer que deux plages : à **Saint-Gilles****, « la » station balnéaire de l'île, vous avez le choix entre la plage de **Boucan-Canot**** *(p. 138)*, celle des ♥ **Roches-Noires** *(p. 139)*, et celle de **L'Ermitage** *(p. 142)* en bord de lagon ; **Grande-Anse**** est une magnifique plage de sable bordée de cocotiers. On s'y baigne dans un bassin naturel formé par des rochers *(p. 170)*.

Voir aussi la journée de rêve, p. 172.

Les haltes bucoliques

Ces oasis de fraîcheur constituent d'excellents buts de balade : la crique sauvage de l' ♥ **anse des Cascades****, avec ses barques de pêcheurs à l'ombre des palmes *(p. 122)* ; les bords de la rivière **Langevin*** *(p. 174)*, ses cascades et ses trous d'eau fraîche ; le **bassin de la Paix****, au pied d'une cascade en pleine végétation tropicale *(p. 116)* ; la **cascade du Voile-de-la-Mariée*** et ses traînes d'eau vive *(p. 194)*.

Les villages de charme

Parmi les localités du **réseau** « **Villages créoles** » : les villages du Sud sauvage, ♥ **Sainte-Rose**** *(p. 121)* « Entre mer et volcan » et ♥ **Saint-Philippe**** *(p. 176)* « Parfum de basalte » ; les villages isolés ♥ d'**Îlet-à-Cordes**** *(p. 200)*, **Grand-Îlet**** *(p. 194)*, ♥ **L'Entre-Deux**** *(p. 164)* ; les anciennes stations, climatique ou thermale, de **La Plaine-des-Palmistes**** *(p. 187)* et ♥ **Hell-Bourg***** *(p. 194)*.

Les sensations fortes

L'île est un terrain de jeu rêvé pour les activités de pleine nature. **Saint-Leu****, son aire d'envol de parapente (Les Colimaçons) et son spot de surf *(p. 151)* ; **Cilaos*****, haut-lieu des activités de montagne à La Réunion *(p. 197)* ; **Saint-Gilles****, où l'on peut s'essayer au surf, à la plongée, à la pêche au gros ou à la descente à VTT du sommet du Maïdo au lagon *(p. 146)*.

Voir aussi la journée de rêve, p. 152.

Saint-Denis

© Bertrand Rieger/Hemis.fr

Grande-Anse

© Bertrand Rieger/Hemis.fr

Hell-Bourg

© Bertrand Rieger/Hemis.fr

Spot de surf

© Sylvain Grandadam

si vous aimez

La culture créole

Depuis quelques années, on assiste au retour en force de la *kiltir kreol*: assistez aux pièces de **théâtre**, **expositions** de plasticiens locaux, ***kabars*** improvisés sur la plage, concerts de **maloya** électrique... en particulier lors de la Semaine créole *(p. 28)*; mêlez-vous à la foule lors des **foires commerciales** et des **fêtes patronales** qui animent les bourgs une fois l'an: ambiance kermesse, séga et « bal poussière » assurés *(p. 32)*.

Visiter des usines

Les **sucreries du Gol*** *(p. 159)* et de **Bois-Rouge*** *(p. 110)* sont les deux dernières usines de l'île. Elles sont à visiter en pleine fièvre de la « coupe ». Également à découvrir: la distillerie **Rivière du Mât** *(p. 118)* à Saint-Benoît, à visiter pendant la campagne rhumière; l'usine d'embouteillage d'**eau minérale Edena** à La Possession *(p. 126)*; le site de production des **chocolats Mascarin*** au Port *(p. 128)*.

Les senteurs

Suivez une petite productrice de vanille sur sa plantation en forêt de ♥ **Sainte-Rose**** *(p. 230)* et un planteur de café de **Grand-Coude** *(p. 174)* à la découverte du Bourbon pointu. Découvrez le safran *péi* à la **Maison du Curcuma** de La Plaine-des-Grègues *(p. 173)* ; la distillation du **géranium** *(p. 148)* sur la route du Maïdo et du **vétiver** *(p. 173)* dans les Hauts de Saint-Joseph; les secrets des parfums dans le jardin de la **CAHEB** au Tampon *(p. 59 et p. 181)*.

L'histoire

Le ♥ **musée historique de Villèle**** *(p. 147)*, qui expose le passé esclavagiste de l'île ; le **muséum agricole et industriel de Stella Matutina**** *(p. 155)*, où la mémoire de l'aventure sucrière revit ; le **cimetière marin**** de Saint-Paul, où cohabitent pirates et gentilshommes *(p. 136)*; la maison Folio à ♥ **Hell-Bourg***** *(p. 195)*, le ♥ **domaine du Grand-Hazier**** *(p. 106)* à Sainte-Suzanne et la **rue de Paris** à Saint-Denis *(p. 86)*, témoins de l'âge d'or de la colonie.

La randonnée

L'île compte quelque 1 000 km de sentiers entretenus et balisés par l'ONF. Par exemple: à **Mafate*****, pour découvrir le cirque entièrement à pied; à ♥ **L'Entre-Deux***, base de départ vers le Dimitile *(p. 164)*; dans la forêt de **Bébour-Bélouve*****, sillonnée de sentiers de tous niveaux *(p. 188)*; autour des cratères du **piton de la Fournaise***** *(p. 184)*.

··· ***Voir aussi notre carnet de randonnées, p. 204.*** ◆

Cours de maloya
© Claude Vittiglio

Bottes de vanille Bourbon
© Bertrand Rieger/Hemis.fr

Musée de Stella Matutina
© Bertrand Rieger/Hemis.fr

L'Entre-Deux
© Bertrand Rieger/Hemis.fr

Express

(1 semaine)

Base de séjour fixe sur la côte ouest.

Jours 1 et 2. Décompression, plage et découverte de la côte ouest *(p. 123)*.

Jour 3. Excursion à **Saint-Denis**** *(p. 82)*.

Jour 4. Excursion dans les Hauts de l'Ouest (♥ **Villèle****, *p. 147*, **piton Maïdo*****, *p. 148*, etc.).

Jours 5 et 6. Tour de l'île en véhicule de location avec étape en chambre d'hôte dans un cirque ou une autre région rurale (côte est, *p. 109*, ou sud, *p. 163*).

Jour 7. Plage, shopping (au ♥ **marché de Saint-Paul**** les ven. ou sam., *p. 136*) et farniente...

Pleine nature

(2 semaines)

Vous pourrez alterner des circuits de randonnée avec des haltes en bord de mer. Nous vous conseillons de garder la même base de séjour afin de ne pas avoir à transporter tous vos bagages et de ne partir en randonnée qu'avec l'essentiel.

Les trois cirques*** *(p. 191)*. Randonnée de trois jours, ou plus, reliant les trois cirques depuis Saint-Denis (de nombreuses autres combinaisons sont possibles) : la **Roche Écrite-Grand-Îlet**** *(p. 99 et p. 194*, possibilité de passer quelques jours dans le **cirque de Salazie*****, *p. 192)* – **La Nouvelle** par le **col de la Fourche** *(p. 203)* – **Marla** *(p. 203*, possibilité de rejoindre d'autres îlets à Mafate) – **Cilaos***** *(p. 197)* par le col du Taïbit (possibilité de rester quelques jours dans le cirque) – retour possible en bus depuis Cilaos.

Les forêts de Bébour-Bélouve*** *(p. 188)*. Randonnée de deux jours, ou plus, au départ de **La Plaine-des-Palmistes**** : découverte de la forêt primaire – nuit au gîte de Bélouve – redescente possible sur **Salazie***** par le sentier de ♥ **Hell-Bourg***** *(p. 194)*.

Le piton de la Fournaise*** *(p. 184)*. Randonnée de deux jours ou plus : hébergement à ♥ **La Plaine-des-Cafres**** *(p. 181)* ou au **gîte de Bellecombe** *(p. 252)*, puis randonnée sur le volcan (l'effondrement du cratère en 2007 et les coulées de lave de 2010 ont limité le parcours) ou redescente sur ♥ **Sainte-Rose**** *(p. 121)* ou ♥ **Saint-Philippe**** *(p. 176)* par des sentiers difficiles. Une halte s'impose à la **maison du Volcan**** à Bourg-Murat *(p. 183)*.

Découverte

(2 semaines et plus)

Programme articulé autour de plusieurs lieux de séjour, permettant de découvrir les caractères particuliers de chaque région (véhicule nécessaire).

Jours 1, 2 et 3. L'Ouest *(p. 123)*. Hébergement dans un hôtel ou une location à proximité de la plage, découverte de la côte et des Hauts : **Dos-d'Âne**★★ *(p. 127)*, ♥ **Villèle**★★ *(p. 147)*, **piton Maïdo**★★★ *(p. 148)*.

Jours 4, 5 et 6. Le Sud *(p. 163)*. Hébergement en chambre d'hôte à ♥ **Saint-Philippe**★★ *(p. 176)*, découverte de la **forêt de Mare-Longue** *(p. 176)*, des ♥ **Hauts de Saint-Joseph**★ *(p. 173)*, du **Grand Brûlé** *(p. 122)* jusqu'à ♥ **Sainte-Rose**★★ *(p. 121)*. Escale « chic et zen » possible au Palm & Spa *(p. 247)* de Grande-Anse.

Jours 7 et 8. Deux jours revivifiants dans la fraîcheur des Hautes Plaines *(p. 179)*. Hébergement à ♥ **La Plaine-des-Cafres**★★ *(p. 181)* ou à **La Plaine-des-Palmistes**★★ *(p. 187)*, découverte de la campagne environnante, du volcan, des forêts primaires de **Bébour-Bélouve**★★★ *(p. 188)*.

Jours 9, 10, 11 et 12. **Les cirques** *(p. 191)*. Cirque de **Mafate**★★★ *(p. 201)* : randonnée avec nuit en gîte (les moins sportifs se contenteront d'un survol en hélicoptère ou d'un panorama depuis le piton Maïdo) ; cirque de **Cilaos**★★★ (1 nuit sur place au moins, *p. 197*) : marche à la ♥ **Roche Merveilleuse**★ *(p. 199)*, balades à VTT, bains aux thermes et dans des bassins de rivières, dégustation de vins de Cilaos ; cirque de **Salazie**★★★ (1 jour au moins, *p. 192*) : visite de ♥ **Hell-Bourg**★★★ *(p. 194)*, balade vers une des nombreuses cascades du cirque, découverte d'une exploitation agricole à l'occasion d'un repas à une table d'hôte.

Jours 13 et 14. L'Est *(p. 109)*. Hébergement dans un hôtel à **Saint-Benoît**★★ *(p. 117)*, découverte d'anciennes habitations créoles et de temples tamouls, visites de la **sucrerie de Bois-Rouge**★ *(p. 110)* et de la **distillerie Rivière-du-Mât** *(p. 118)*, baignades dans les nombreux bassins des rivières de l'Est, balades à travers cannes et litchis le long des petites routes de campagne, découverte d'exploitations agricoles dans les Hauts.

Avec des enfants
(10 jours)

La Réunion est une destination qui se prête très bien aux enfants : une île tropicale pleine d'aventures et de soleil avec le confort et la sécurité d'un département français. De plus, les *marmailles* étant les rois des familles créoles, il existe beaucoup d'activités pour le jeune âge, spécialement sur la côte ouest *(p. 123)* où les Réunionnais passent souvent vacances et week-ends, et où la progéniture zoreille est nombreuse.

Le programme ci-dessous, très « concentré » en activités spécifiques, est proposé à titre indicatif, mais il est bien sûr possible d'y picorer à sa guise quelques idées et de les mixer avec un séjour balnéaire plus classique.

Jours 1, 2 et 3. Installation sur la **station balnéaire**★★ (entre Saint-Gilles et Saint-Leu, *p. 137*) dans un hôtel ou une location les pieds dans l'eau. Au programme : plage, piscine (2 aquaparcs), découverte de la région, activités tournées sur l'océan... Dans le lagon à l'eau peu profonde, un masque et un tuba suffisent pour découvrir une partie du monde merveilleux auparavant entrevu à l'**Aquarium de Saint-Gilles**★★ *(p. 141)*. La **réserve naturelle marine de La Réunion** *(p. 142)* organise des visites guidées à travers le sentier sous-marin de L'Ermitage. Au **port**★★ **de Saint-Gilles** *(p. 140)*, la plupart des prestataires proposent des initiations pour enfants (surf, kayak de mer, plongée, voile, etc.) ; les plus petits feront un tour à bord d'un cargo ou d'un porte-avions miniature chez **Captain' Marmailles** *(p. 140)*.

Jour 4. Sortie en mer à bord d'un bateau à fond de verre *(p. 239)* ou mini-croisière à bord d'un voilier *(p. 236)* à la rencontre des dauphins (toute l'année) et des baleines à bosse (juil.-oct.). En fin de journée, glaces et minigolf au bord du lagon pour se remettre de ses émotions.

Jour 5. Excursion autour de **Saint-Leu**** *(p. 151)* et **L'Étang-Salé*** *(p. 156)*, avec visite de la ferme aux tortues **Kélonia**** *(p. 151)*, du parc à crocodiles **Croc Parc** *(p. 157)* et pêche à l'**étang du Gol** *(p. 159)*. Parc aquatique **Akoatys** *(p. 235)* pour se rafraîchir.

Jours 6, 7 et 8. Séjour dans **les Hauts*** *(p. 92)* et au **volcan***** *(p. 183)* pour découvrir l'intérieur de l'île : balade commentée sur une coulée de lave avec la maison du Volcan ; randonnée facile (le Département et l'ONF proposent une vingtaine de « sentiers Marmailles » adaptés aux enfants) sur une journée avec pique-nique et baignade dans la rivière ; initiation au canyoning sur une petite cascade...

Jour 9. Récupération et détente en bord de mer au « camp de base », d'où l'on peut rayonner pour visiter la région.

Jour 10. Excursion en voiture au **Maïdo***** *(p. 148)* : point de vue sur **Mafate** *(p. 149)*, activités de loisir (luge d'été, Accrobranche, quad, cheval, etc.), découverte de la distillation du géranium en alambic.

Encore plus d'idées sur www.marmailles.com : activités, loisirs, sport, culture pour les enfants (0-18 ans) à La Réunion.

Noël sous les flamboyants

En décembre-janvier, l'été bat son plein : air et mer flirtent avec les 30° (saison cyclonique), mangues et litchis emplissent les étals, flamboyants et jacarandas fleurissent les chemins, filao et crytomeria remplacent le sapin dans les foyers, les enfants reprennent en chœur la chanson de Jacqueline Ferreyrol *Noël sous les flamboyants*... Cette année, pourquoi ne pas passer les fêtes à La Réunion ?

Autour du 20 décembre.

À cette date anniversaire de l'abolition de l'esclavage sur l'île (jour ferié à La Réunion), la « Fêt caf » (Fête cafre) ouvre la période des fêtes à grand renfort de concerts, défilés de chars, démonstrations de moringue et autres kabars improvisés...

Autour du 25 décembre.

La messe de minuit est toujours très populaire et souvent assez folklorique, les particuliers tirent des feux d'artifice, certains font la fête dehors... Au menu de ce réveillon réunionnais : pâtés créoles et samoussas, civet d'oie ou cari camarons accompagnés de riz, grains et rougail mangue, bûche à base de patates douces et litchis à la pelle. Certaines communes (Saint-Denis, *p. 82*, Saint-Pierre, *p. 168*, Cilaos, *p. 197*, Saint-Benoît, *p. 117*, Bras-Panon, *p. 115*...) organisent même un marché de Noël.

Autour du 31 décembre.

Réveillon tropical : toute la jeunesse réunionnaise se retrouve sur les plages au son du maloya et à la lumière de feux de camp pour fêter la nouvelle année dans une ambiance bon enfant. À minuit, tout le monde à l'eau ! Et comme ici une religion en cache une autre, les cérémonies tamoules reprennent le flambeau dès le lendemain (nombreuses marches sur le feu un peu partout sur l'île, notamment dans l'Est, en janvier). ◆

Itinéraires/thèmes	plages	nature et randonnées	shopping et marchés	architecture et archéologie	famille
Iti. 1 : le centre-ville de Saint-Denis			★★	♥★★★	★★
Iti. 2 : les Hauts de La Montagne		★★		★★	★
Iti. 3 : les Hauts du Brûlé		★★		★★	★
Iti. 4 : Sainte-Clotilde de bas en Hauts		★	★	★	★
Iti. 5 : en route vers l'est		★	★	★	★
Iti. 6 : Saint-André et ses environs		★	★	★	♥★★
Iti. 7 : Saint-Benoît et ses Hauts		★★	★	★	★
Iti. 8 : en route vers le Grand Sud	★	★★	★	★	★
Iti. 9 : de Saint-Denis à Saint-Paul		★	★	★	★
Iti. 10 : Saint-Paul et ses environs	★	★	♥★★	★★	★★
Iti. 11 : la station balnéaire	★★★	★★	★★	★	★★★
Iti. 12 : les Hauts de Saint-Gilles		★★	★★	★★	★★
Iti. 13 : de Saint-Leu à L'Étang-Salé	♥★★	★	★	★	★★
Iti. 14 : Saint-Louis et ses environs		★	★	♥★★	★
Iti. 15 : L'Entre-Deux, village créole		★★	♥★★	★★★	★
Iti. 16 : de Saint-Pierre à Saint-Joseph	★★	★★	★★	★★	★
Iti. 17 : Saint-Philippe et ses environs	★	★★	★	★	★
Iti. 18 : vers La Plaine-des-Cafres		★★	★	★	★
Iti. 19 : vers le volcan		♥★★★			★★
Iti. 20 : La Plaine-des-Palmistes/Bébour-Bélouve		♥★★★	★	★★	★★
Iti. 21 : le cirque de Salazie		★★★	★	★	★
Iti. 22 : le cirque de Cilaos		♥★★★	★★	★	♥★★
Iti. 23 : le cirque de Mafate		★★★		★	★

repères
20

Dans la rue principale d'Hell-Bourg.
© Bertrand Rieger/Hemis.fr

© Caude Vittiglio

Portraits réunionnais

▲ Enfants réunionnais pendant un cours de maloya à l'école.

Le mot «créole» prend tout son sens à La Réunion : en effet, la population réunionnaise s'est modelé une identité assez homogène, construite peu à peu à partir des différences de chacun mais autour d'un passé commun.

Être créole

Véritable melting-pot ethnique, l'île regroupe toutes les couleurs de peau. Le métissage a gommé l'opposition entre Blancs et Noirs qui peut parfois exister aux Antilles : ici, les tensions raciales sont rares et le sentiment «anti-zoreil» se fait peu ressentir, les rares inscriptions « Zoreil deor » ayant généralement une dimension plus sociale (« Donn Kreol travay ») que raciste.

En fait, quelle que soit l'origine de ses ancêtres (marins bretons, esclaves africains ou paysans indiens), être créole c'est avant tout manger créole, parler créole, habiter créole… Pourtant, au-delà du cliché d'une société multiraciale idéale, chaque groupe ethnique a tendance à vivre sur lui-même et à se conformer à une stratification sociale ancienne, complexe mais bien établie, dans laquelle la couleur a beaucoup à voir avec le rang.

Si la cohabitation est admirable, le poids du système colonial est encore présent et compartimente la société : en témoignent les difficultés rencontrée par les cafres (personnes descendant d'esclaves africains) pour gravir les échelons de la société réunionnaise et le racisme dont les récents « immigrés » comoriens, de Mayotte notamment, tout au bas de l'échelle sociale, font aujourd'hui les frais.

Gros Blancs, Petits Blancs et Cafres

Issus des premiers habitants de l'île, les **créoles** représentent près des deux tiers de la population. Ils sont généralement catholiques pratiquants et se répartissent en groupes distincts.

Les « **Gros Blancs** », propriétaires terriens descendants des colons riches, sont très minoritaires mais gardent une certaine influence dans la vie politico-économique de l'île.

Les « **Petits Blancs** » forment une classe rurale populaire essentiellement présente dans les Hauts.

Les « **cafres** » (de l'arabe *kafir*, infidèle, c'est-à-dire non musulman, dénomination utilisée par les anciens géographes pour désigner certains peuples africains, personnes de couleur descendant des esclaves d'Afrique et de Madagascar, constituent plus du tiers de la population de l'île.

Depuis les années 1980 et la réhabilitation d'une certaine « mémoire noire » réunionnaise, le terme « cafres » est « sorti du fénoir » (de l'obscurité) et a retrouvé une certaine dignité. On peut notamment le constater à l'occasion de la journée de commémoration de l'abolition de l'esclavage (le 20 décembre à La Réunion, et non pas le 22 mai comme aux Antilles) devenue Fèt kaf, ou de la reconnaissance officielle des valeurs de courage et d'insoumission portées par les kafs marrons (esclaves en fuite). La tradition créole, elle, n'a pas attendu pour donner une dimension affective au terme « cafre » : « mon ti kaf », mais surtout « mon ti kafrine » qui est une douce expression régulièrement utilisée pour dire « ma chérie ».

En réalité, la complexité de la société créole ne peut être réduite à une classification aussi grossière, sachant qu'entre blanc et noir les peaux réunionnaises incarnent toutes les nuances de la palette du métissage.

Malbars et Zarabes venus de l'Inde

Les **Malbars** sont les descendants des **Indiens** du sud de l'Inde, de religion hindoue et de type dravidien, venus principalement dans la seconde moitié du XIXe s. comme « engagés » sur les plantations de canne *(p. 70)*. Ils représentent environ 25 % de la population. Le terme est parfois perçu de façon péjorative et prête un peu à confusion, puisque la plupart des Malbars réunionnais ne sont pas originaires de la côte de Malabar au sud-ouest de l'Inde, mais sont des Tamouls de la région de Madras.

Majoritairement **petits planteurs**, ils ont progressivement gagné tous les secteurs d'activité, notamment l'**administration** et l'**enseignement**. Certains ont créé de véritables empires économiques, en particulier dans le bâtiment. D'autres ont fait de belles carrières politiques, à l'exemple du sénateur UMP Jean-

Paul Virapoullé, figure tutélaire de Saint-André (maire de 1972 à 2008) et éternel adversaire de Paul Vergès au niveau régional.

Les **zarabes** sont eux aussi originaires d'Inde, mais du nord-ouest du pays. Descendants d'Indiens musulmans arrivés au début du XXe s. comme tailleurs ou négociants en tissus, ils ne représentent que 3 % de la population, mais sont très puissants. Ils détiennent environ 40 % de l'économie réunionnaise, en particulier dans le commerce du **textile**, du **meuble**, de l'**automobile** ou de la **quincaillerie**. L'initiateur de ce dernier, Issop Ravate, décédé en 2004, a été d'ailleurs l'une des grandes figures contemporaines de la communauté indo-musulmane de l'île, un « bâtisseur réunionnais » reconnu qui a donné son nom à l'ex-rue de l'Est à Saint-Denis.

Autre personnalité zarabe reconnue, **Nassimah Mangrolia-Dindar** (ex-UMP) devient en 2004 la première femme présidente du conseil général de La Réunion en même temps que la première femme musulmane élue (réélue en 2008 et en 2011 pour la troisième fois consécutive) à la tête d'un département français.

Pratiquant un islam sunnite plutôt modéré, les zarabes forment une communauté très soudée dont une partie s'est installée à Madagascar sous le nom de **Karanes** (indo-musulmans aussi, mais chiites pour la plupart). En plein centre de Saint-Denis, la grande mosquée Noor-al-Islam est, depuis 1905, le symbole de l'intégration des Zarabes.

Les Chinois sortent de leur *boutik*

Arrivés comme travailleurs agricoles, artisans ou petits commerçants, les Chinois sont issus pour la plupart de deux vagues d'immigration (de 1860 à 1870, puis de 1910 à 1920), principalement en provenance des régions de Canton et de Meixian.

Par leur labeur et leur sens de la solidarité communautaire, ils ont rapidement monopolisé les **petits commerces de proximité**, à tel point que la ***boutik sinwa*** (« boutique chinoise ») est devenue une institu-

Réunionnais de métropole

Après une grosse vague de départs en métropole dans les années 1970-1980, le solde migratoire est désormais proche de l'équilibre, voire légèrement positif ces dernières années, la crise économique en métropole n'incitant pas les Réunionnais à partir. En 2006, la population réunionnaise présente en métropole est estimée par l'INSEE à 105 200 personnes (contre plus de 500 000 Antillais et Guyanais), principalement à Paris (plus de 30 %), en Rhône-Alpes et en région PACA. Les nouveaux installés ont un niveau de formation très supérieur à celui de l'ensemble de la population réunionnaise, et beaucoup vivent avec un conjoint non originaire de La Réunion.

« Créole », sens pluriel

Le mot « créole » vient de l'espagnol *criollo* (serviteur nourri dans la maison) ; il entre dans la langue française au XVIIe s. sous la forme de *criole*. Le dictionnaire de Furetière le définit ainsi : « Nom que les Espagnols donnent à leurs enfants qui sont nés aux Indes », c'est-à-dire dans la zone Amérique. Aujourd'hui, le terme désigne toutes les « personnes d'ascendance européenne nées dans les anciennes colonies » (définition du *Petit Larousse*). Mais dans les colonies elles-mêmes, le terme évolue différemment. À La Réunion ou aux Seychelles, il s'applique sans distinction à tout natif du pays, même s'il est moins facilement utilisé pour les immigrés les plus récents (Indiens et Chinois). D'autres sociétés n'acceptent pas que le même nom qualifie des Blancs, des mulâtres et des Noirs. Ainsi, à Maurice, « créole » ne désigne que des individus « de couleur » (Noirs ou métis). En revanche, en Martinique et en Guadeloupe, seuls les Blancs sont appelés créoles. ◆

tion créole incontournable autour de laquelle se déroule la vie du quartier, malgré la concurrence des grandes surfaces.

La plupart sont **catholiques** mais ont conservé certaines pratiques traditionnelles. Ainsi, ils demeurent fidèles à la **célébration des ancêtres**, vénèrent souvent le dieu Guan Di (un héros guerrier devenu dieu) et fréquentent les temples pour les grandes fêtes *(p. 33)*. Malgré sa petite taille (environ 4 % de la population), cette communauté très active joue un rôle essentiel dans l'économie de l'île, accédant à la grande distribution mais également aux professions libérales, à l'industrie ou à la politique, à l'image de l'indestructible André Thien Ah Koon, ex-maire et député du Tampon condamné en 2004 pour abus de biens sociaux, de retour sur la scène régionale en 2010 après trois ans d'inéligibilité.

« Métros » de passage ou en voie d'intégration

Gentiment moqueur, le terme « **zoreils** » désigne les métropolitains installés à La Réunion. Peut-être parce que les nouveaux arrivants sont obligés de tendre l'oreille pour comprendre leurs premiers mots de créole ? D'autres avancent une origine indienne (*zorey* signifiant « maître » en tamoul), d'autres encore le simple fait que les « métros » fraîchement débarqués sont reconnaissables à leurs oreilles rougies par le soleil. Allez savoir…

En 2006, on recense 79 000 **métropolitains** d'origine sur l'île, soit près de 10 % de la population totale. Les natifs de métropole représentent 60 % des nouveaux arrivants dans l'île. On les rencontre le plus souvent parmi les cadres ou les fonctionnaires de passage.

Toutefois, la crise en métropole, dès les années 1990, a entraîné l'arrivée de toute une catégorie de Zoreils désargentés auxquels l'île n'était pas habituée. Beaucoup supportent mal l'insularité tropicale et repartent au bout de quelques années ; certains décident de se fixer sur l'île, donnant parfois naissance à de petits « **zoréoles** » (métis zoreil-créole).

Le million !

L'île compte quelque **839 500 habitants** (estimation INSEE 2011), l'augmentation de la population étant due pour 95 % à son accroissement naturel. Cette croissance démographique est l'un des grands soucis de La Réunion du XXIe s. : les moins de 20 ans représentent environ 35 % de la population ; l'accroissement naturel annuel est de plus de 10 000 personnes. À ce rythme, la population réunionnaise, concentrée sur moins de 20 % du territoire (la bande littorale), devrait avoir atteint le million d'habitants à l'horizon 2030 (chiffres INSEE 2009).

Les dangers de l'assimilation

La croissance de la population et de son niveau de vie va inévitablement de pair avec une certaine assimilation au modèle métropolitain. Si les **programmes d'habitat social** ont permis à de nombreux Réunionnais de se loger de façon correcte, ils ont signé l'arrêt de mort des petites cases créoles *(p. 38)* et d'un pan de la vie de quartier, faisant éclater la structure familiale traditionnelle basée sur la cohabitation de plusieurs générations. De même, de nombreux **petits métiers** ont été sacrifiés sur l'autel de la rentabilité économique.

La télévision pour sa part remplace peu à peu les histoires créoles racontées par un *gramoun* (« grand-père ») et les fêtes traditionnelles. Dans le même temps, les grandes surfaces ont eu raison des petites boutiques.

Malgré tout, certaines valeurs traditionnelles retrouvent toute leur force, et l'on assiste aujourd'hui peu à peu à un véritable renouveau de l'identité créole. ◆

© Bertrand Rieger/Hemis.fr

Bienvenue en Créolie !

▲ Sanctuaire dédié à saint Expédit *(p. 36)*.

Plus que jamais, on invoque les grâces de saint Expédit dans les oratoires rouges qui jalonnent les routes *(p. 36)*, on conjure le mauvais sort en déposant un poulet mort dans un panier au croisement d'un chemin (gare à celui qui roulera dessus), les jeunes Malbars redécouvrent les vertus de la religion et le maloya renaît de ses cendres… Autant de réactions à l'assimilation métropolitaine qui vont dans le sens d'une recherche identitaire et entraînent l'émergence d'une culture spécifiquement réunionnaise.

Une langue chantante et imagée

La langue créole est un vieux français importé avec les premiers colons (XVIIe s.), déformé à l'arrivée des premiers esclaves (XVIIIe s.), qui a évolué au fil du temps pour devenir un moyen de communication entre colons et esclaves, originaires de différentes régions d'Afrique ou de Madagascar.

Interdite à l'école et sur les ondes jusque dans les années 1960 (au nom d'une République qui voulait gommer les différences culturelles et imposer l'intégration à tout prix), peu écrite (seul le quotidien *Témoignages*, du parti communiste, l'emploie régulièrement), peu codifiée et sujette à de nombreuses polémiques (faut-il écrire « un z'histoire » ou « in zistwar » ?), cette langue créole est cependant (plus ou moins bien) **parlée par tous les Réunionnais**. Nombreux, par exemple, sont ceux qui parlent français la journée et créole le soir en famille.

Selon l'INSEE (2010), 91 % des Réunionnais adultes sont créolophones, 53 % ne parlent au quotidien que le créole et 38 % alternent le créole et le français selon la situation.

Depuis que le créole a été promu, en 2000, au statut officiel de « langue régionale », son **orthographe** a été réglementée. Son **enseignement** est désormais proposé en option dans les établissements scolaires de l'île, au même titre que le corse ou le breton.

Dans ce cadre, parmi les différentes graphies proposées, le **Tangol**, créé par l'auteur réunionnais Axel Gauvin, a été préféré aux systèmes strictement phonologiques de Lékritir 77 (et son évolution, la graphie 83) ou du KWZ.

Le créole aime les liaisons fantaisistes (« in zèf », un œuf), mélange les genres (« mon kaz », ma maison ; « lo » utilisé indifféremment pour *le* ou *la*) et simplifie les règles grammaticales (« mi aim'a ou », je t'aime, littéralement « je aime à tu »). Il est assez proche du français (beaucoup plus en tout cas que le créole antillais), la langue officielle, ce qui sème parfois la confusion dans l'esprit des écoliers réunionnais habitués à parler créole chez eux.

Beaucoup même ne parlent plus qu'un créole appauvri, sans pour autant maîtriser le français (à La Réunion, un adulte sur cinq est illettré, soit un taux deux fois plus important que celui de la métropole).

D'autant plus qu'entre une phrase en français (« Nous mangions un peu de morue chez notre oncle ») et sa formulation créole (« Nou té ki manz in pé la mori lo kaz nout tonton »), il existe de nombreuses variantes (« Nou i mangé un peu la morue chez not tonton », « Ni mangé in peu la mori la kaz not tonton »), ce qui ne simplifie pas les choses…

Belles plumes créoles

Il semble que les paysages de l'île et l'insularité elle-même soient propices à la rêverie et à l'inspiration. La Réunion a produit des œuvres puissantes, inscrites à jamais dans la littérature française du XIXe s.

C'est le cas de quelques grands poètes pré- et post-romantiques, en particulier **Évariste de Parny** (1753-1814) et **Leconte de Lisle** (1818-1894), dont les *Poèmes barbares* (1862) sont restés célèbres.

Au tout début du XXe s., ce sont **Marius** et **Ary Leblond** qui deviennent, à travers leurs romans, les chantres de l'île. Primés par l'Académie française puis par les Goncourt, ils incarnent une France chrétienne, conservatrice et quelque peu xénophobe, mais leur écriture atteint une maîtrise rarement égalée.

Après leur disparition, il faut attendre **Jean Albany** (Saint-Denis 1917-Paris 1984) pour redonner vie à la littérature locale. Inventeur du mot « créolie », il est l'auteur en 1951 du célèbre *Zamal* (« cannabis » en créole), un recueil de 41 poèmes écrits en français qui deviendra le repère de la poésie réunionnaise contemporaine. S'ensuivront quelques ouvrages de référence, comme *Miel vert* (1963), ainsi que le *Petit Glossaire*, premier mini-dictionnaire de la langue créole réunionnaise.

Les années 1980 voient naître les premières œuvres de ceux qui ont porté la littérature réunionnaise sur le devant de la scène francophone, avec une vitalité propre à tout jeune mouvement artistique.

Parmi ces auteurs, **Jean Lods** (*La Morte Saison*, 1980), **Daniel Vaxelaire** (*Chasseur de Noirs*, 1982; *Grand-Port*, 1992; *Une si jolie naufragée*; *Le Roman vrai de Paul et Virginie*, 2001), **Axel Gauvin** (*L'Aimé*, 1990; *Train fou*, 2000) ou **Jean-François Sam-Long**, fondateur du mouvement Créolie (*Madame Desbassyns*, 1985; *La Nuit cyclone*, 1992; *L'Empreinte française*, 2005), nous parlent de leur île par le biais de romans d'inspiration sociale ou historique, édités « hors l'île » auprès de grands éditeurs nationaux.

Dans des genres très différents, ces écrivains soutiennent une littérature métis, novatrice, qui n'oppose pas les langues et se nourrit de toutes les cultures présentes sur l'île.

> *Pour plus de détails sur la* **littérature créole** : *bibliographie, p. 74-75.*

Sur les planches

Le théâtre n'a pas échappé à ce mouvement créatif lié à l'identité réunionnaise. Désormais basé sur la commune du Port, le **théâtre Talipot**, dirigé par Philippe Pelen, travaille beaucoup à partir de la tradition orale et des contes de l'océan Indien (*Jako Mayako, Mâ, Kalla le feu, Mâ Ravan'*, etc.). Chaque année, il organise le **festival Art Métis**, en relation avec d'autres troupes de l'océan Indien.

Le théâtre **Vollard**, quant à lui, travaille plutôt sur l'histoire contemporaine et les réalités socio-économiques de l'île (*Marie-Dessembre, Nina Ségamour, Votez Ubu Colonial*, etc.). Fondée en 1979 par Emmanuel Genvrin et désormais basée à Jeumon, dans une ancienne friche industrielle (*p. 225*), cette

Le syndrome de la goyave de France

« Tout ce qui vient de métropole est meilleur ». Ainsi pourrait-on résumer cet étrange syndrome, révélateur d'un certain **complexe d'infériorité** vis-à-vis de l'Hexagone et d'un manque de confiance en ses qualités propres. L'usage premier de cette expression est avant tout railleur : elle se moque d'un certain snobisme à l'égard des produits d'importation métropolitaine et s'amuse des Réunionnais préférant acheter des goyaves de France métropolitaine (la goyave étant un fruit tropical). Largement récupérée par les hommes politiques de La Réunion, cette locution est aujourd'hui employée pour **dénoncer certains choix** faits en matière économique, notamment sur le marché du travail lorsqu'un Zoreil ou apparenté semble avoir été privilégié au détriment d'un Réunionnais.

La semaine créole

D'abord célébrée sur une journée, le **28 octobre**, la créolité est à l'honneur, depuis quelques années, durant toute une semaine. Manifestations culturelles et moments de réflexion se multiplient aux quatre coins de l'île, et se poursuivent le **30 octobre** par la **nuit Gran-Mèr Kal** (une méchante sorcière légendaire), sorte de Halloween local. Cette semaine est aussi l'occasion d'une mise en valeur de la culture créole au sens large du terme, mais aussi d'une réflexion sur ses rapports avec la modernité.

À cette occasion, La Réunion entière s'anime autour

compagnie offre des spectacles festifs mélangeant théâtre, danse et musique. Derrière cette exubérance se cache pourtant un vrai travail sur la langue créole, le patrimoine et les racines. Ses pièces décrivent sans concession les revers de la société réunionnaise : avec *Lepervanche*, Vollard raconte le combat mené après la guerre pour la départementalisation ; *Émeutes* aborde les événements du Chaudron en 1991 *(p. 73)* ; *Séga Tremblad* retrace l'histoire vraie de Philippe Admette, roi du séga *(p. 32)* qui, monté à Paris, finit balayeur.

Depuis 2003, avec Maraina et Chin, le théâtre Vollard se tourne vers l'art lyrique et la création d'opéras d'outremer, toujours sur fond d'histoire de La Réunion (l'aventure des premiers Réunionnais en 1665 pour l'un, le sauvetage d'une sucrerie en 1955 pour le second).

Dans son théâtre de Pierrefonds, aménagé dans un ancien entrepôt de rhum et longtemps occupé par le théâtre Talipot *(voir ci-contre)*, la compagnie **Sham's** se bat désormais contre le syndrome « goyave de France », selon lequel tout ce qui vient de la métropole est forcément meilleur *(voir ci-dessous)*.

Les plasticiens contemporains

Dans les années 1960, le gros de la peinture réunionnaise tournait autour de la case créole et d'autres sujets pittoresques, retranscription des stéréotypes de la peinture de paysage d'inspiration postimpressionniste métropolitaine.

Il faudra attendre les années 1980 pour voir se développer un vrai mouvement artistique contemporain autour des arts plastiques : création du **FRAC** (1987), de l'**Artothèque de l'école des Beaux-Arts** (1991) au Port, naissance d'associations culturelles comme **Village Titan** *(p. 128)* ou **Jeumont Arts Plastiques** *(p. 81)*, développement de la statuaire dans l'Ouest par le groupe Austral…

Portée par cette dynamique, une nouvelle vague artistique réunionnaise va s'engager derrière les précurseurs que furent **Jack Beng-Thi**, **Éric Pongérard** ou **Gilbert Clain**. Avant de se découvrir des talents de sculpteur, ce dernier a été agriculteur, tailleur de pierre puis garçon de commerce. Artiste autodidacte, il travaille la roche basaltique et les essences de bois locales dans son atelier d'Îlet-Furcy (La Rivière-Saint-Louis).

du thème « la fierté d'être créole » : animation de quartier, dégustations, contes, expositions, représentations théâtrales, visites… Ces multiples manifestations sont censées dépasser les clivages sociaux, ethniques et religieux, afin de renforcer le lien social et l'identité réunionnaise.

Sham's ou la Comédie créole

Peu nombreux sont les artistes réunionnais ayant accédé à une notoriété nationale. Parmi eux, **Chamsiddine Bénali** (plus connu sous son nom de scène, Sham's) s'est lancé dans la grande aventure parisienne en 1991. Après une formation chez Ariane Mnouchkine, il va jouer pendant une dizaine d'années ses propres one-man-show, pleins d'humour et de poésie, à travers toute la France. Malgré le succès rencontré, l'amour du pays et l'envie de participer au développement culturel de La Réunion l'emporteront sur les feux de la rampe métropolitaine. Dans sa salle de la cité du Moufia (banlieue de Saint-Denis), Sham's va réinventer le théâtre en réunionnais. En 2002, le succès populaire de son *Lo Rapiang*, truculente **adaptation en créole de *L'Avare*** de Molière, le conforte dans sa démarche. Installée depuis 2006 au **théâtre de Pierrefonds** vers Saint-Pierre *(p. 168)*, la compagnie Sham's continue de plus belle : des contes adaptés en créole *(Cendrillon, Les Trois Petits Cochons…)*, mais aussi des classiques du vaudeville *(Boeing Boeing)*, représentés un peu partout à La Réunion et jusqu'à Avignon. ◆

© Claude Vittiglio

L'art dans la rue

Des fourmis géantes au-dessus des embouteillages des rampes de Plateau-Caillou, un *zafer* (affaire, truc) genre totem à la Plaine-des-Sables, des *bèf plastik* (bœuf en plastique) roses dans les pâturages de la Plaine-des-Cafres... La Réunion vous réservera quelques surprises. Non pas des hallucinations, mais des œuvres du **collectif « Art marron »** (CiMendef, YomGui, xxAvv...). Des œuvres souvent éphémères, échappées du musée pour se confronter à la réalité de la vie, que vous croiserez sur un trottoir, une plage ou un arrêt de bus pendant que les artistes capturent l'instant de la rencontre avec le public *(liste et images des installations sur www.artmarron.com).*

Gouzous partout

Vous ne pourrez pas rater les Gouzous de l'artiste **Jace** tant ces derniers sont omniprésents et font désormais partie du paysage local. Sans cesse renouvelés (voilà près de 20 ans que Jace « sévit » avec une inépuisable créativité), ces petits personnages envahissent avec malice les murs, les ponts, les affiches publicitaires, les friches industrielles, les bords de route... On a même pu voir un Gouzou suspendu à 45 m dans le vide sur la falaise qui domine la « route en corniche », ou encore un Gouzou géant sur le terrain de sport de la Ravine-Saint-Leu. Amusant mais non dénué de sens, le Gouzou dénonce souvent l'absurdité de notre société. Voyageur, on le retrouve à Paris, au Havre (d'où est originaire son papa) ou jusqu'à Tokyo. Rens. *www.gouzou.net.*

→ *Pour plus de détails sur la* **musique créole**, *voir la discographie, p. 75.* ◆

◄ À Saint-Pierre *(p. 168)*, la famille Viry joue et chante le maloya traditionnel, la musique de ses ancêtres esclaves, sous la houlette du père, Firmin.

C'est l'un des rares artistes réunionnais dont les créations ont depuis longtemps franchi les frontières de l'île et sont régulièrement exposées en Europe.

La peinture de **Wilhiam Zitte** répond à un principe précis: restaurer l'image du Noir à La Réunion. Ses œuvres, principalement ses *tèt kaf*, sont remarquées au début des années 1990. Il s'agit de visages de Noirs déposés au pochoir de façon poétique et sobre, à même le ciment (dans un tunnel par exemple), sur de la grosse toile ou sur tout autre support. Des visages de tous formats, anonymes et sans couleurs, que vous croiserez peut-être sur votre route.

Wilhiam Zitte multiplie les collaborations avec d'autres artistes sensibles à la mémoire africaine de l'île: création musicale avec **Danyel Waro**, photographie avec le groupement **Focales Réunion**, et sculpture avec Gilbert Clain. Avec ce dernier, il crée le *Mémorial aux Noirs marrons* à l'intérieur du cratère du Piton-Rouge dans les Hauts de Trois-Bassins *(p. 142)*.

En 2004, Wilhiam Zitte a même concilié art et religion à travers une commande peu commune, la création d'un chemin de croix pour l'église de Grand-Îlet dans le cirque de Salazie.

Avec les créateurs, les lieux d'exposition de l'art contemporain réunionnais se multiplient. Entre autres, on peut citer l'espace **Art Sénik** à Saint-Leu *(p. 151)*, le récent **Lieu d'art contemporain**, émanation de la DRAC (devenue DAC OI, Direction des affaires culturelles de l'océan Indien, en 2011) à la Ravine-des-Cabris (Saint-Pierre, *p. 168*), ou encore la **biennale internationale Arts actuels** organisée depuis 2003 à la ville du Port *(p. 127)* par l'école des Beaux-Arts de La Réunion.

Rythmes africains et âme créole

Expressions vivantes de la culture créole, le séga et le maloya partagent, à différents niveaux, le même **héritage africain**: tempo court et scandé, accompagnements dansés, paroles souvent improvisées sur les thèmes quotidiens de l'amour, des *ladi lafé* (les ragots), et des difficultés matérielles.

Les **instruments** eux-mêmes n'ont pas changé depuis l'époque des « vieux parents »: gros tambour fabriqué à partir d'un tonneau (rouleur); large tambourin fait d'une peau de cabri tendue sur un cercle de bois (ravane); bambou frappé avec des baguettes de bois (piqueur); triangle métallique; boîte remplie de graines que l'on agite en mesure (kayambe).

Maloya cœur noir

Considéré comme subversif, le maloya qui porte en lui les souffrances de l'île dut se terrer jusqu'à la fin des années 1970. Resté attaché à ses racines noires et à ses rites religieux, il connaît depuis trois décennies un renouveau qui s'inscrit dans un mouvement identitaire plus large.

On le découvre sous une forme pure et dure avec **Firmin Viry**, **Danyel Waro** et **Granmoun Lélé** (le chantre du maloya kabaré traditionnel, décédé en 2005 à l'âge de 77 ans, après avoir été redécouvert par les critiques de world music; aujourd'hui ses fils ont repris le flambeau avec le groupe Groove Lélé).

Il est aussi mâtiné de jazz chez **Sabouk**; plus électrisé chez **Ti Fock** ou **Leila Negrau** (la *Kafrine dofé*, cafrine « fille noire de feu »), partie tenter sa chance en métropole en 2002 avec, entre autres, Pierre

Vassiliu ou Franck Langolff); engagé et métissé chez **Ziskakan**, mélangé de reggae (malogué) chez **Na Essayé** ou **Kom Zot**; teinté de ballades chez **Baster** dont le titre *In ti Mamzel* est devenu un hymne à l'amour dans toute l'île.

Bal séga

Si le maloya réunionnais, hérité des chants d'esclaves, reflète l'âme africaine et révoltée de l'île, le séga est né des métissages musicaux qui se sont opérés au fil de la colonisation. À l'image de la biguine antillaise, il s'est inspiré du quadrille, de la valse, de la polka ou de la mazurka pour donner naissance à de nouveaux genres musicaux typiquement créoles.

Le séga réunionnais désigne ainsi une musique de variété populaire et folklorique, très présente sur les radios et dans les bals, dont le chef de file fut **Maxime Laope**, mort en 2005 à 80 ans. Sans oublier **René Lacaille**, accordéoniste de génie qui a multiplié les expériences musicales (avec Manu Dibango ou Ray Lema par exemple), métissant la tradition réunionnaise avec le jazz, le blues ou la samba.

Runmuzik, le **Pôle régional des musiques actuelles de La Réunion** à Saint-Denis a créé un label discographique, Takamba, qui a pour objectif de préserver tout ce patrimoine musical. La structure propose un site Internet très complet (www.runmuzik.fr), avec notamment un annuaire de plus de 320 groupes, et édite un magazine trimestriel sur la musique réunionnaise, *Muzikalité*.

Tous au kabar !

Le kabar demeure la meilleure occasion de découvrir la musique créole en *live*. Le mot vient de «**service kabaré**», rassemblement inspiré des cultes malgaches où l'on rend hommage aux ancêtres par chants interposés. À cette occasion, on se réunissait pour discuter, jouer de la musique, boire du rhum et invoquer les ancêtres. Aujourd'hui, il s'agit surtout d'un rassemblement de famille ou de quartier autour du maloya, de petites fêtes populaires confidentielles ou plus organisées, notamment pour la Fête cafre du 20 décembre (commémoration de l'abolition de l'esclavage, *p. 68*).

Scènes locales

Avec quelque 25 salles de concert, près de 400 groupes et 7 cafés-concerts, La Réunion n'a rien à envier à la métropole en matière de scène musicale.

Les salles de «musiques actuelles», qui représentent un enjeu communal important, ont connu pas mal de mouvement ces derniers temps: à Saint-Denis, l'espace Jeumon a été réinvesti par les services culturels de la Ville et sa halle de concert, le **Palaxa**, mise en friche. Après de nombreuses contestations, cette dernière a été réhabilitée dans le cadre du nouveau projet municipal de «Cité des arts» *(p. 81)* et inaugurée en février 2012.

À Saint-Pierre, en 2011, la mairie a aménagé **Le Kerveguen** (150 à 800 places) dans un ancien bâtiment de la Compagnie des Indes (l'entrepôt Kerveguen), en remplacement du **Bato Fou**, désormais installé dans l'un des trois grands kiosques de Bourg-Murat à La Plaine-des-Cafres.

Autres scènes programmant de nombreux groupes locaux, le **Kabardock** au Port et le **K** à Saint-Leu. En ville, certains bars proposent des «cafés-concerts», à l'image des **Récréateurs** ou du **KT Dral** à Saint-Denis, de **La Cerise** à Saint-Paul ou d'**El Pueblo** à Saint-Pierre.

En juin et à Saint-Pierre désormais, le **Sakifo Musik Festival** est l'un des principaux rendez-vous musicaux de l'océan Indien, qui mélange scène locale et invités. D'autres salles de spectacle pluridisciplinaires (arts urbains, cirque, contes, théâtre...), comme **La Fabrik** à Saint-Denis ou **Le Séchoir** à Piton-Saint-Leu, diffusent régulièrement des créations réunionnaises.

Le théâtre de **Champ-Fleuri** à Saint-Denis *(p. 226)*, le **Théâtre de plein air** à Saint-Gilles *(p. 240)* et le **théâtre Luc-Donat** au Tampon sont les trois plus grandes scènes de l'île.

Mais les lieux de spectacle se multiplient et il faut être attentif aux **programmes** qui figurent dans les pages loisirs des journaux quotidiens, et dans *L'Azenda*, livret d'information mensuel distribué gratuitement dans les offices de tourisme, bars et autres lieux de sortie.

Consultez **www.pils.re**, le site le plus complet sur l'actualité culturelle réunionnaise, avec un agenda interactif très bien fait, la liste exhaustive des lieux de culture sur l'île, des cinémas aux bars musicaux, ainsi qu'un magazine « papier » associé (le bimestriel gratuit *Buz Buz*).

De vieilles traditions religieuses...

Pas une ville à La Réunion qui ne dispose d'une église, d'une mosquée et d'un ashram, parfois même d'une pagode chinoise.

Retour aux sources de l'hindouisme

Les temples tamouls aux couleurs vives qui ponctuent l'île, principalement dans les régions sucrières qui abritaient les engagés indiens, témoignent de la vivacité de l'**hindouisme réunionnais**. Il existe huit grands temples à La Réunion, le plus important étant celui du Colosse à Saint-André sur la côte est *(p. 111)*.

Mais la foi religieuse s'exprime surtout dans une multitude de petites **chapelles malbares** privées et d'**oratoires de quartier** où se pratique un hindouisme « arrangé à la sauce créole ». Alors que la communauté tamoule tente de retrouver ses racines à travers la culture de ses ancêtres (langue, danse, cuisine, religion), on fait désormais appel à des *swami* venus d'Inde pour revenir aux préceptes fondamentaux de l'hindouisme et à une liturgie plus académique *(p. 34)*.

Dragons, pétards et offrandes à Guan-Di

La grande majorité des Réunionnais d'origine chinoise sont désormais français et catholiques, mais on assiste depuis une quinzaine d'années à un **regain d'intérêt** pour la langue (le mandarin est enseigné au collège Juliette-Dodu de Saint-Denis), la **culture et la religion chinoises**.

Dans cette optique, les temples chinois de l'île (à Saint-Denis et à Saint-Pierre) servent aussi bien de lieu de culte (généralement un assemblage de croyances taoïste, confucianiste et bouddhiste) que de lieu de rassemblement communautaire. Le dieu **Guan-Di** (ou Kwang-Ti, orthographe variable) y trône sur le grand autel, valeureux guerrier reconnu par la diaspora chinoise comme une référence morale aux valeurs de fidélité, de loyauté et de fraternité qu'il incarne.

La célébration du **jour de l'An chinois** est une tradition encore vivace. Fixé en janvier ou février en fonction du calendrier lunaire, il est fêté comme le veut la coutume : dragons promenés dans les rues, offrandes aux dieux, cadeaux porte-bonheur, faux billets brûlés et pétards pour éloigner les mauvais esprits.

De grandes kermesses spirituelles

La **foi catholique**, qui concerne 95 % de la population, est également très vivante : les pèlerinages, comparables à de grandes kermesses spirituelles où la foi se mêle au spectacle, sont des temps forts de la vie réunionnaise, à l'image de celui de **La Salette** à Saint-Leu *(p. 150)*, de la **Vierge au parasol**, au

suite du texte p. 36

focus

Sous le signe de Shiva

Importé par les engagés du sud de l'Inde venus travailler dans les plantations de canne à sucre, l'hindouisme « créolisé » fait partie du quotidien réunionnais. D'autant plus que la communauté tamoule, en quête d'identité, opère un mouvement de retour à ses racines.

Le panthéon hindou

L'hindouisme est dominé par trois dieux : **Brahma** est l'Être suprême, le Créateur de l'Univers ; **Vishnou** est le Préservateur, celui qui conserve l'Univers ; **Shiva** est le Destructeur, celui qui permet le renouvellement. Chaque dieu possède sa *shakti*, c'est-à-dire l'énergie féminine par l'intermédiaire de laquelle il est accessible aux hommes et agit sur eux. Ainsi Brahma est associé à son épouse Sarasvati, Vishnou à Laksh-mi, Shiva à Parvati (forme bienveillante de la déesse) ou à Kali (forme terrible de la même déesse).

Ganesh, le fils de Shiva et de Parvati, est particulièrement populaire. C'est le dieu du Savoir et de la Chance, représenté avec quatre bras et une tête d'éléphant, qui écarte les obstacles et garantit le succès sur la terre comme au ciel. Les Tamouls de La Réunion vénèrent particulièrement **Mourouga** (ou Shiva Soupramanien), divinité de la Jeunesse et fils cadet de Shiva.

Ces divinités brahmaniques sont généralement représentées avec leur *vahana*, la monture qui leur permet de se déplacer dans le monde des hommes : un rat pour Ganesh, une oie pour Brahma, le taureau Vandi pour Shiva, l'aigle Garuda pour Vishnou.

© Bertrand Rieger/Hemis.fr

Mariamin, Cavadee et Dipavali

Le calendrier tamoul, qui a commencé 3 102 ans avant J.-C., est rythmé par les fêtes. Certaines sont joyeuses comme le **Mariamin** en mai (grand repas en commun et danse) ou le **Dipavali** en octobre, la Fête des lumières qui évoque la destruction du Démon. D'autres sont des cérémonies de pénitence, comme le **Cavadee** en février-mars ; à cette occasion, les fidèles portent sur de longues distances de lourdes structures de bois richement fleuries, la peau percée de nombreux crochets en argent où sont suspendus des citrons.

Marches sur le feu

Principalement en décembre et en juillet (selon les temples et le calendrier lunaire), la marche sur le feu est le temps fort d'un ensemble de rites constituant la **Fête de Pandialé**. Celle-ci rappelle l'histoire de la déesse Pandialé, qui fit un

© Bertrand Rieger/Hemis.fr

mariage d'intérêt. Doutant de sa sincérité, son futur mari lui fit passer l'épreuve divine : pour prouver sa pureté de corps (virginité) et d'esprit, elle devait pouvoir marcher sur le feu sans se brûler. Ce qu'elle fit avec succès...

Ces marches ont lieu devant les nombreux petits temples tamouls colorés qui parsèment l'île, spécialement dans la région de Saint-André, de Saint-Louis et des Hauts de l'Ouest. Un **carême de dix-sept jours** précède la marche, destiné à assurer la pureté qui garantit l'efficacité du rite. Le jour venu, les pénitents préparent eux-mêmes la fosse qui comprend deux parties : la plus grande dans laquelle sera étalé le **tapis de braises** (sur 5 ou 6 m), la plus petite étant constituée d'un **bassin de lait** où l'on plongera les pieds après avoir traversé le brasier. Pendant que des troncs d'arbres entiers brûlent dans la fosse, les pénitents font une **procession pieds nus**, accompagnés de joueurs de tambour. Au coucher du soleil, le prêtre est le premier à traverser le brasier suivi des autres pénitents en transe qui devront répéter le passage à trois reprises.

La cérémonie est généralement accompagnée de **sacrifices** de coqs et de cabris, l'offrande du sang représentant l'abandon de la bestialité qui est dans l'homme. Une pratique contestée par certains croyants soucieux d'affirmer la non-violence contenue dans la foi hindoue. ◆

▲ Fillette dans le temple Siva Soupramanien de Saint-Paul. La jeune génération malbare recherche ses racines dans la culture indienne de ses ancêtres, et en particulier dans la religion.

Les usages

Lors des visites des temples et des cérémonies tamoules, outre les règles valables pour tout lieu de culte (discrétion et tenue décente), certaines interdictions particulières, souvent signalées par des panneaux, doivent être respectées : ne pas pénétrer dans les parties du temple réservées aux fidèles, ne pas photographier les cérémonies, ne pas porter de cuir. Le sang étant interdit, les femmes indisposées doivent rester à l'extérieur de l'enceinte.

Suite à des abus de la part de certains touristes peu délicats, de plus en plus de temples sont interdits à la visite. On peut généralement téléphoner à l'association en charge du temple afin de demander l'autorisation au préalable, mais aussi connaître le calendrier des cérémonies et éventuellement se faire guider.

pied du volcan *(p. 178)*, ou du **frère Scubillon** *(p. 106)* à Sainte-Marie.

Du fait de la discrétion de la communauté musulmane, les **fêtes du calendrier islamique**, qui sont pourtant suivies par les quelque 25 000 pratiquants sunnites de l'île, passent presque inaperçues.

... et des croyances métissées

Résultat du brassage des populations, toutes les religions se sont mélangées au fil des générations. Ajoutez-y une bonne dose de superstition, un zeste de croyances populaires et un soupçon de magie, et vous obtiendrez une pratique spirituelle originale, comme seuls les peuples créoles savent le faire.

« Ti bon dieu »

On rend des cultes aux pères missionnaires qui se dévouèrent pour les esclaves (père Lafosse, *p. 160*, frère Scubillon, *p. 106*), on vénère la Vierge (Vierge au parasol, *p. 178*, Vierge noire, *p. 103*, Notre-Dame de La Salette, *p. 104*) en même temps que Mariamin (divinité hindoue « créolisée »), on détourne des saints...

Le meilleur exemple est celui de **saint Expédit**, que l'on croise partout. Dans les oratoires rouge sang qui fleurissent en bord de route tout comme à l'église. Il s'agit en fait d'un martyr nommé Expeditus, légionnaire romain « commandant la légion La Fulminante, décapité et flagellé à Mélitène [actuelle Turquie] en 303 pour avoir refusé d'abjurer sa foi chrétienne », comme on peut le lire sur le grand oratoire qui lui est dédié à La Plaine-des-Cafres *(p. 181)*.

L'Église en fera un saint militaire, soldat du Christ, avant que Pie X ne raye son nom du martyrologe romain (Expeditus n'était que le résultat d'une erreur de copiste pour Elpidius !). À La Réunion, son culte est introduit après la Première Guerre mondiale, puis se développe dans les années 1930. Ses spécialités sont vite connues et des guérisons inattendues donnent du crédit à sa légende. Ce *ti bon dieu* exauce vite et bien ! Entre autres, il résout les conflits entre parents, voisins, employés et petits chefs. Le culte de saint Expédit va ainsi être réinterprété par la piété populaire réunionnaise qui a l'habitude de déformer les cadres de l'espace chrétien qu'on a voulu lui imposer.

Grateurs ti'bois et tisaneurs

Dans ce mélange de religions et de croyances populaires, la frontière avec les pratiques occultes est mince. Sorcellerie et magie noire sont encore vicaces, et il n'est pas rare d'en découvrir les traces dans les cimetières, à des carrefours ou dans les arbres : cigarettes au bord des tombes pour satisfaire les âmes errantes, poules noires sacrifiées, offrandes de fruits et de fleurs...

Sans oublier les nombreux *grateurs ti'bois* et autres *tisaneurs*, des guérisseurs qui exercent en marge de la médecine moderne avec une connaissance plus ou moins établie des plantes médicinales, le savoir lié à la pharmacopée traditionnelle ayant tendance à se perdre au fil des générations.

Malgré la récente interdiction européenne du commerce des plantes médicinales, les stands des tisaneurs *péi* proposent toujours leurs petits tas de feuilles, racines et autres décoctions miracle sur les marchés de l'île.

Ces dernières décennies, de nombreuses églises évangéliques (baptiste, adventiste, mais surtout pentecôtiste à travers la Mission Salut et Guérison qui fait du miracle son principal argument) se sont développées sur ce terreau spirituel, aidées dans leur mission par la crise identitaire et les problèmes socio-économiques vécus par de nombreux Réunionnais. ◆

© Bertrand Rieger/Hemis.fr

Oté, Zoreil, un souvenir ?

Face à la concurrence des îles voisines et à la standardisation des modes de vie, l'artisanat réunionnais traditionnel doit lutter pour survivre, même s'il connaît un regain d'intérêt grâce au tourisme et à une prise de conscience identitaire.

On peut avoir un aperçu de cette production artisanale au **Grand Marché** de Saint-Denis *(p. 89)*, à la **galerie artisanale** de l'espace Carrefour à Sainte-Clotilde *(p. 100)*, ou au **domaine des Tourelles** à La Plaine-des-Palmistes *(p. 187)* ; dans l'Ouest, les boutiques **Coco d'Îles** à Saint-Gilles *(p. 239)* et ☘ **Melting Pot** à Saint-Leu *(p. 241)*. Mais il est parfois plus intéressant de faire ses achats localement.

Paniers en vacoa tressé, saisies et bertelles à Saint-Philippe *(p. 176)* ; **broderies** (les « jours ») à Cilaos *(p. 199)* ; **objets en fibres de choca** (une sorte d'agave) à l'Entre-Deux *(p. 164)*, **en bambou** à Salazie *(p. 196)*, en **roche de lave** à La Plaine-des-Cafres *(p. 181)* ; **bijoux en écailles de tortue** d'élevage à Saint-Leu *(p. 240)* ; « **tapis mendiants** » (couvertures en patchwork) dans les Hauts.

Le **centre artisanal du Bois** à La Rivière-Saint-Louis expose des meubles créoles superbes *(p. 162)*. Le **village artisanal de L'Éperon** propose poteries, luminaires en fibres de coco, peintures sur tissu, etc. *(p. 146)*. À l'Entre-Deux *(p. 165)*, on pourra acheter des produits et visiter les ateliers.

Enfin, les **marchés** de Saint-Paul *(p. 136 et p. 244)*, de Saint-Denis *(p. 89 et p. 90)* et de Saint-Pierre *(p. 169 et p. 251)* offrent l'occasion de faire des achats intéressants, même si certains articles viennent de Madagascar et de Maurice. ◆

▲ De nombreux objets en vannerie sont vendus sur les marchés.

focus

focus

Cases de tôle, varangues et lambrequins

En créole, le mot *kaz* signifie « maison ». Il y a autant de cases que de styles de vie. Qu'elle soit en tôle peinte ou en bois précieux, toute simple ou imposante, la case est un des éléments constitutifs de l'identité créole, au même titre que la langue, la cuisine ou la musique. Un patrimoine en péril face à la standardisation de l'habitat moderne.

La *kaz en paye*

Pour construire des maisons adaptées au climat tropical, les premiers habitants de l'île durent recourir aux moyens du bord : les **ajoupas**, simples abris de branchages à deux pans, voisinaient alors avec les premières cases constituées d'une **armature en bois** et d'une **couverture végétale** en palme, en bambou ou en paille de vétiver. Dans les années 1950, la *kaz en paye* était encore très répandue dans les zones rurales pauvres. On n'en croise plus qu'au fin fond des cirques ou reconstituées pour les touristes.

Le style créole

Les colons s'inspirèrent des **techniques de charpenterie** utilisées dans la marine : toit à quatre pentes en forme de coque, planches horizontales bordées sur la charpente... Très rapidement, le style créole forge son caractère : couverture en **bardeaux** (planchettes de bois fendu agencées en tuiles), soubassement en dur, portes-fenêtres et auvents protecteurs. La cuisine est séparée de l'habitation principale ; les pièces, carrées, obéissent à un souci de symétrie systématique.

Un soin particulier est réservé à la décoration : frises découpées (lambrequins), volets aux couleurs vives, pignons à motifs. La case s'orne souvent d'une **varangue** : véranda ouverte ou vitrée habillant un à trois côtés de la maison, propice au repos et à la convivialité, qui donne sur l'indispensable jardin créole. L'agrandissement de la case originelle s'étant fait au fil des générations par ajouts d'éléments en dur ou en tôle, l'habitat rural respecte encore cette structure traditionnelle.

Les maisons de planteurs

Avec ou sans étage, en bois (domaine du Grand-Hazier, *p. 106*) ou en pierre (maison Desbassyns, *p. 135*), les maisons de planteurs sont le symbole le plus éclatant de la société coloniale. Souvent **dissimulées dans la verdure**, au fond d'une allée de palmiers, elles trônent au centre de

© Bertrand Rieger/Hemis.fr

domaines immenses qui comprenaient champs de canne, usine à sucre, camps d'esclaves ou de travailleurs, ateliers et dépendances, parc, potager et verger. Malgré leurs dimensions imposantes et leur allure majestueuse, ces maisons de maître reprennent en fait la structure de la case créole populaire, en l'enrichissant.

▲ Cases à étage et galeries, typiques de l'architecture créole urbaine, dans les rues de la vieille ville de Saint-Denis.

Les villas bourgeoises

À défaut de grands domaines, les riches commerçants et les notables affichaient leur statut social sur la façade de leurs résidences citadines. Décorées avec raffinement, romantiques et maniéristes, ces demeures de la fin du XIXe s. exaltaient la science et l'invention de tous les corps de métier, du ferronnier au tourneur sur bois. On en trouve encore quelques beaux témoignages rue de Paris à **Saint-Denis** *(p. 86)* ou dans le **vieux Saint-Pierre** *(p. 168)*.

À la même période, du fait de la mode du thermalisme et des épidémies de paludisme sévissant sur le littoral, la bourgeoisie créole se fit construire des **villas de « changement d'air »** dans la fraîcheur des Hauts. Le plan de ces demeures est généralement calqué sur celui des résidences urbaines avec des dimensions plus modestes. Souvent en mal d'entretien, elles font encore le charme de localités comme La Plaine-des-Palmistes *(p. 187)* ou l'ancien village thermal d'Hell-Bourg (maison Folio, *p. 195*). ◆

Le « manger créole »

▲ Les étals colorés des marchés réunionnais offrent toute la palette des productions locales : fruits et légumes tropicaux, mais aussi produits maraîchers « tempérés » en provenance des Hauts.

Expression d'un certain art de vivre, le « manger créole » a su se construire une identité propre à partir d'origines métissées. À côté du classique cari-riz-grain-rougail, de nombreuses bonnes surprises vous attendent.

Le monde à la carte

Dès le XVIIe s., le **riz accompagné de grains et d'épices** s'impose comme base alimentaire de l'île Bourbon. Cet **héritage malgache** est importé de la Grande Île voisine aux traditions rizicoles, grande consommatrice de grains (légumes secs) et de **brèdes** (plantes herbacées qu'on mange cuites).

Dans la seconde moitié du XIXe s., des **pratiques culinaires indiennes** sont introduites par les esclaves tamouls, qui travaillaient souvent comme domestiques : utilisation de poudre de **curry** (le mot « cari » désignera par la suite le plat entier), de *dal* (lentilles indiennes), de condiments acides et épicés à l'image des **achards** (ces légumes « hachés » en fines lanières et conservés dans de l'huile avec du piment et du curcuma) ou du **rougail** (préparation fraîche à base de piments et de légumes ou de fruits écrasés), de viandes coupées en petits morceaux et cuites longtemps (pour des raisons sanitaires mais aussi religieuses liées à l'interdit du sang).

Les couleurs et les épices de la cuisine sud-indienne viendront progressivement relever les repas des colons occidentaux. L'apport de ces derniers subsiste toutefois : on les retrouve au travers des entrées, des civets, des rôtis, des confitures…

Au XIXe s., l'archétype **cari-riz-grain-rougail** est solidement implanté. Festive comme la cuisine française, épicée comme la cuisine indienne, la cuisine créole s'est inspirée aussi du nord de l'Inde avec les **samoussas**, de la **Chine**, ou encore des pratiques culinaires en usage dans la marine (poissons et viandes séchés).

Les spécialités

Outre l'inévitable **cari** *(p. 43)*, on vous proposera des **massalés** (voisins du cari, mais avec une base d'épices différente, pimentée et plus proche du curry indien), des **rougails** saucisse ou morue (le mot « rougail » désigne alors un plat en sauce avec des gros piments – moins forts que les petits – et non le condiment), des **civets** de lapin, de canard ou de zourites (poulpes). À base de porc cette fois, vous trouverez des « **cari zandouille** » ou « **la pat' koson** », des préparations comme le pâté de tête, le boucané (poitrine fumée) ou le boudin créole (aromatisé différemment qu'aux Antilles).

Les curieux goûteront au **cari de bichiques**, alevins de poissons (cabot ou bouche ronde) nés en mer, qui remontent les cours d'eau à la nouvelle lune (d'octobre à décembre) et qui sont capturés au niveau des embouchures de rivières. Ce « caviar local », vendu hors de prix (autour de 50 €/kg, jusqu'à 80 € si l'offre est faible) au bord des routes, se déguste avec du riz blanc et un rougail de mangue verte.

Plus difficile à trouver, le **cari de tangue** *(p. 55)* séduira les amateurs de gibier.

Les plus téméraires se lanceront dans une **fricassée de zendettes** (vers blancs) ou un **nid de guêpes** avec ses larves préparées en friture avec du sel (plats populaires difficiles à trouver au restaurant, même sur commande).

Côté **desserts**, les **gâteaux créoles** sont bons mais plutôt compacts : ils sont en effet à base de patate douce, de manioc ou de son de maïs. Les **fruits confits** (papaye et pamplemousse en particulier) constituent également une douceur traditionnelle de l'île de La Réunion.

De plus en plus de restaurants s'essaient aujourd'hui à des recettes plus légères mettant en valeur les **fruits frais** de l'île, avec une mention gustative particulière pour l'ananas Victoria *(p. 44)*, le goyavier *(p. 187)* et les mangues José.

Les produits locaux

Les microclimats de l'île offrent une terre d'accueil aux **fruits** et **légumes** de toutes origines : fraises et artichauts des pays tempérés, mangues et aubergines (bringelles) asiatiques, gombos africains. La variété des légumes est d'ailleurs étonnante : grains secs (ambériques, antaques, pois du Cap, lentilles de Cilaos), tubercules (manioc, conflor, songe, patate douce), légumes verts (mouroungue, pipangaille, pois carré, brèdes), sans oublier les palmistes (cœur d'un jeune palmier consommé cru en salade ou en gratin), les pâtissons, patoles et autres calebasses...

À rapporter dans sa valise: *du côté des épices, le «safran» de La Plaine-des-Grègues (p. 173) et la vanille réunionnaise (p. 58) méritent vraiment leur réputation (attention aux importations malgaches de seconde catégorie!). Faciles à rapporter, les achards et autres rougails en bocaux ainsi que les confitures* péi *sont d'excellente qualité. Les lentilles et le vin de Cilaos (ci-dessous et p. 46) pourront aussi rejoindre votre sac.*

Fruits de la mer

La mer est un peu moins généreuse, car l'absence de plateau continental limite les possibilités de pêche (le prolongement de l'île sous la mer plonge directement dans les profondeurs). Les poissons de roche sont chers. En revanche, on trouve facilement de **gros poissons pélagiques** (espèces vivant en haute mer comme le thon). Les tortues marines qui occupent encore les bassins de l'observatoire de Saint-Leu *(p. 151)* ne sont plus exploitées pour leur viande depuis longtemps, mais La Réunion a développé l'**élevage en eau douce** de poissons (tilapias, montbruns, anguilles, gueules rouges, ti dorés) et de grosses crevettes (camarons).

Attention! *La ciguatera, ou* gratte *en créole, s'attrape en mangeant certains poissons de roche dont la chair est toxique et peut engendrer de graves troubles. Les pêcheurs qui auront l'intention de consommer leurs prises devront se méfier.*

Viande à la carte

Les Réunionnais font une grosse consommation de **poulets standard** vendus le week-end en bord de route (excellents poulets marinés et cuits entiers à la crapaudine sur un barbecue) et de **volaille «la cour»**, c'est-à-dire issue de l'élevage familial (souvent des poulets secs et hauts sur pattes qui courent beaucoup et peuvent être coriaces).

La viande de **porc** est généralement de très bonne qualité. Quant à la production locale de **bœuf**, de qualité honnête, elle est insuffisante pour couvrir les besoins de l'île qui a massivement recours à la viande sud-africaine.

Enfin, la **viande d'autruche** (produite localement) et l'excellente viande de **zébu** malgache ont fait depuis peu leur apparition sur les tables de restaurants, tout comme la viande de **kangourou** australienne dont l'importation est en forte hausse. De quoi «exotiser» les cartes touristiques!

Les lentilles de Cilaos

Il s'agit de lentilles déjà cultivées dans le cirque vers 1850 et devenues endémiques. Pour des conditions de climat, de terroir et d'altitude, elles ne poussent qu'à Cilaos, et plus spécialement à Îlet-à-Cordes.

Semées en avril, il leur faut de l'eau et du soleil, mais pas trop. La récolte se fait en septembre: chaque pied, d'une trentaine de centimètres de hauteur, donne une quarantaine de gousses minuscules, contenant chacune une à trois graines de couleur gris-rose. Après séchage, le battage, l'épaillage et le triage se font aujourd'hui à la machine.

Les lentilles de Cilaos ont un très bon rendement à la cuisson («en crème», comme les aiment les créoles, en un quart d'heure) et constituent l'accompagnement traditionnel du riz-cari réunionnais.

La production (80 t en 2009) a été revalorisée ces dernières années pour des raisons économiques et d'aménagement du territoire (sans ces cultures, les sols du cirque partiraient rapidement sous l'érosion), mais aussi culturelles et touristiques. Comme le vin et la broderie *(p. 199)*, les lentilles (et leur fête, *p. 257*) font en effet partie intégrante du patrimoine cilaosien, même si le battage à la gaulette et les semailles manuelles par familles entières font désormais partie du folklore, réalité économique et mécanisation obligent.

Rafraîchissements et café

À côté de l'**eau de source** Édena (mise en bouteille à La Possession) et de l'eau gazeuse de Cilaos, on trouve depuis peu une nouvelle marque, Australine, issue d'une source des Hauts du Baril (commune de Saint-Philippe).

Sur la côte ouest, quelques marchands vendent de l'eau de coco, très désaltérante mais à des prix élevés, et, malgré l'abondance des fruits et de la canne à sucre, les jus frais sont moins courants. Les nombreuses marques réunionnaises de **boissons aux fruits** contiennent en fait plus de sucre que de fruits (Caprissone, Diégo…).

Il existe une grande variété de sodas produits localement, dont certaines **limonades** au parfum assez surprenant. La Cot des Brasseries de Bourbon (le producteur de la fameuse Dodo) et la Séga (groupe Edéna) sont les marques les plus répandues, qui déclinent toute une gamme de parfums: citron, goût américain, bonbon anglais. L'association Cot citron + sandwich américain (recouvert d'emmental et gratiné), aux bouchons de surcroît, est le menu type de l'ado réunionnais, pris au camion-bar !

Autre curiosité locale, le **Dynamalt**, une boisson maltée non alcoolisée aux allures de fausse bière brune, à la saveur ferreuse et caramélisée, qui fait partie du quotidien créole depuis longtemps, bien avant la mode des boissons énergisantes.

Après le repas, on déguste le **café traditionnel** réunionnais que proposent encore quelques tables d'hôte: préparé avec un café « du jardin » (dans les Hauts, il n'est pas rare que des familles entretiennent quelques pieds pour leur propre consommation) fraîchement grillé et patiemment filtré dans la grègue (cafetière en fer blanc).

Le **café coulé** est obtenu en le passant sur une gousse de vanille, mais attention, pas du café Bourbon pointu *(p. 60)*, car ce dernier vaut par ses propres arômes. Le **café à la vanille** vendu dans le commerce est fait avec des grains importés.

Bières

Au registre des boissons alcoolisées, La Réunion fabrique des **bières** blondes de bonne qualité: la position ultra-dominante de la célébrissime **Dodo** des Brasseries de Bourbon, dont la seule alternative locale était la Fischer produite à Saint-Louis par la Soreba, est depuis

··· suite du texte p. 46

Cari poulet

Plat de base par excellence, le cari est une préparation non pimentée qui utilise pour seule épice le curcuma (safran) et dont on peut varier la base à l'infini (poisson, crevettes, porc, bœuf, etc.). Facile à réaliser, il ne sera pourtant jamais aussi bon que ceux que vous pourrez apprécier à une table d'hôte: fait avec une volaille de la cour, cuit au feu de bois dans une cocotte noircie et servi avec une sauce « courte ».

Ingrédients pour 4 à 6 personnes : *1 poulet, 3 oignons moyens, 1 branche de thym, 4 gousses d'ail, 1 cuillerée à café rase de curcuma, 6 petites tomates, huile, sel et poivre.*

Découper le poulet en huit et faire revenir les morceaux dans de l'huile très chaude. Ajouter progressivement les oignons émincés, le thym, l'ail écrasé, puis le curcuma. Laisser dorer quelques minutes puis ajouter les tomates grossièrement coupées. Laisser un peu réduire puis mouiller avec un verre d'eau et faire mijoter à feu doux pendant vingt minutes environ, en ajoutant un peu d'eau si besoin.

Parsemer de **cive** hachée (ciboule ou queues d'oignons verts) et servir avec du riz, des grains (lentilles, grosses fèves ou haricots rouges) et du **rougail** (tomate, par exemple, obtenu en concassant une tomate avec un peu d'oignon et du piment frais, plus une pointe de gingembre ou un zeste de combava éventuellement pour le parfum). ◆

focus

Fruits et légumes :
lexique exotique

Ananas Victoria. *Toute l'année.* Fruit tout petit, juteux et très concentré en parfum, divin et bon marché.

Bibasse. *Avr.-sept.* Nèfle qui entre dans la composition de certains rhums arrangés.

Cambarre. *Toute l'année.* Tubercule venu de Madagascar qui se consomme cuit et accompagne les rôtis de porc. On peut en faire des gâteaux, des beignets ou des boulettes.

Carambole. *Fév.-juil.* Fruit vert-jaunâtre à peau brillante et à chair fraîche et acidulée. En la coupant en tranches fines, on obtient des étoiles décoratives.

Chouchou. *Toute l'année.* Cucurbitacée dont les fruits sont consommés comme des pommes de terre. Ses jeunes feuilles vertes font d'excellentes brèdes et les fibres de sa tige donnent une « paille chouchou » dont on fait des chapeaux.

Combava. *Toute l'année.* Petit citron vert à la peau épaisse et bosselée dont le zeste est très fortement parfumé. Il est utilisé pour aromatiser les caris de poisson, les saucisses, les bouchons (raviolis chinois) et les pâtisseries.

Conflore (déformation de *corn flour*, farine de maïs). *Toute l'année.* Racine d'une variété de canna. Elle fait partie des légumes *lontan (p. 50)*. On en fait des beignets, des roulés à la confiture de goyavier, des crèmes, on la râpe crue ou on l'utilise en farine.

Fruit à pain. *Toute l'année.* Grosse balle ovoïde à la chair compacte et riche en amidon. Il est utilisé en farine, en particulier pour le pain, bouilli, rôti en dés ou frit en beignets.

Grenadine. *Déc.-juil.* Fruits de la passion (maracuja) qui peuvent prendre ici des couleurs (orange vif, mauve) et des tailles inhabituelles.

Jaque. *Toute l'année.* Fruit du jaquier, énorme masse ovoïde pouvant peser plus de 10 kg. Mûr, il est consommé en fruit ; jeune, il est « battu » (haché finement) et cuisiné avec du porc *(cari ti'jaque-boucané)* ou des crevettes séchées.

Longani. *Fév.-mars.* Sorte de petit litchi marron, moins charnu et plus tardif que son cousin qu'on trouve, lui, en décembre et en janvier.

Margoze. *Toute l'année.* Légume ressemblant à un gros cornichon hérissé de petites crêtes. Amer, il se prépare essentiellement en rougail avec du piment.

Pimpin. *Toute l'année.* Fruit de l'arbre vacoa *(p. 178)*, qui entre dans des préparations sucrées ou salées : terrine de pimpin au curcuma, bavarois de pimpin rhum-vanille... On en fait aussi des confitures et des gratins.

Sapotille. *Mai-sept.* Fruit renfermant de grosses graines noires et une pulpe laiteuse sucrée et très parfumée. Il fait d'excellents jus et sorbets.

Songe. *Toute l'année.* Racine d'une plante semi-aquatique utilisée comme le manioc ou la patate douce. On consomme ses grandes feuilles lisses en brèdes et les jeunes tiges (bois de songe) en gratin.

Tamarin. *Toute l'année.* On l'utilise dans les boissons, les confitures, les sorbets, les chutneys et dans les condiments. Le tamarin vert accompagne les caris, pilé et mélangé au piment avec du sel et de l'huile.

Tomate arbuste. *Toute l'année.* Fruit lisse à la chair douce-amère qui peut entrer dans la composition de plats sucrés-salés. Il est consommé ici en confiture ou en rougail.

Zatte. *Mai-juil.* Plus connue sous son nom antillais de « pomme cannelle », annonacée se trouvant en abondance de mai à juillet à Saint-Leu. Sa pulpe est crémeuse et granuleuse et se consomme nature, en salade de fruits ou en sorbet. ◆

Retrouvez tous les marchés créoles dans nos bonnes adresses, p. 220.

◄ Étal de marché : chouchous, pommes de terre... dans des paniers.

▼ Bananes, ananas Victoria, goyaves et mangues, quelques fruits *péi* (« du pays ») parmi bien d'autres.

quelques années entamée par la **Phoenix** (F'NX) mauricienne.

Cette dernière met les moyens pour venir chatouiller le volatile à col blanc sur ses terres, et c'est la guerre des couleurs dans les rues réunionnaises pour le partage des boutiques ou buvettes, entièrement repeintes aux couleurs de la Dodo (vert, jaune, rouge) ou de sa concurrente (tout rouge) !

Le vin des tropiques

Le **vin de Cilaos** a su abandonner son étiquette de breuvage liquoreux en évoluant en qualité vers des crus plus nobles. Présente dès les débuts de la colonisation, la vigne restera cantonnée à la côte sous le vent avant la conquête des cirques.

Vers 1860, le climat de Cilaos se révèle bien adapté au cépage isabelle *(Vitis labrusca)*, dont la culture va se développer malgré la médiocre qualité du produit final, un vin doux et sucré à boire de préférence hors des repas.

Du fait de sa haute teneur en alcool éthylique (qui agit sur le système nerveux), l'isabelle sera interdit en 1975, une tolérance subsistant pour la production familiale non commercialisée. L'État confie alors à l'Irfa (actuel Cirad, institut français de recherche agronomique au service du développement des pays du Sud et de l'outre-mer) l'introduction de cépages nobles : le chenin, le malbec et le pinot noir sont finalement choisis.

À la fin des années 1980, une dizaine de producteurs cilaosiens relèvent le défi de mettre en place une viticulture moderne dans le cirque. Depuis la création de la coopérative du Chai de Cilaos en 1992 et les premières vendanges des nouvelles vignes en 1996, le pari semble gagné. La production s'est stabilisée ces dernières années autour de 30 000 bouteilles par an.

Aujourd'hui, si des vendeurs de bord de route continuent à écluser des bouteilles à la provenance douteuse, le **Chai de Cilaos** *(p. 198)* produit, sur une douzaine d'hectares (20 ha à terme), une gamme complète de vins de qualité (blancs sec, moelleux et primeur, rouge et rosé), typés et marqués par leur terroir basaltique. Après de nombreux déboires, la pérennité du vignoble cilaosien semble désormais assurée.

La production locale devrait bénéficier d'une IGP (indication géographique protégée) européenne, la demande est en cours... et le cirque vivra encore longtemps au rythme du vignoble le plus méridional de France, chaque année marqué par deux temps forts : le début des vendanges, en janvier, aux alentours de la Saint-Vincent (patron des vignerons justement) ; la Fête de la vigne, fin avril, à l'occasion de la découverte du cilaos primeur.

Le rhum : blanc, ambré ou arrangé?

En ce qui concerne le **rhum**, La Réunion fait des efforts pour rattraper son retard sur les Antilles en matière de diversité (notamment en matière de rhum blanc agricole issu de la fermentation directe du jus de canne). La grande majorité de la production est encore représentée par le **rhum Charrette**, un rhum blanc industriel à 55°.

Ici, la mention « rhum traditionnel » (moins dévalorisante que « rhum industriel ») désigne presque toujours un rhum élaboré à partir de mélasse ; les rhums agricoles sont rares. Pour autant, il existe de très bons vieux rhums « traditionnels », tels le « Brut de fût » millésimé de la distillerie Savanna ou le « XO » (Extra-Old) de Rivière du Mât.

À rapporter dans sa valise : *pour digérer, rien de mieux qu'un rhum arrangé, macération décapante mais très parfumée de fruits et d'épices. Pensez aussi aux punchs. Ces préparations exotiques bénéficient d'un emballage très soigné (Pause Café, Très Bourbon). À consommer avec modération.* ◆

© Bertrand Rieger/Hemis.fr

L'« île intense », paradis des marcheurs

Île volcanique au cœur brûlant, La Réunion porte bien son surnom d'« île intense ». Cirques profonds et hautes plaines, eaux vives et cratères désolés, landes ventées et forêts mystérieuses… La nature raconte ici l'histoire des origines de l'île.

▲ Avec plus de 1000 km de sentiers de randonnées, La Réunion est la destination rêvée pour les amateurs de marche *(voir notre carnet de randonnées, p. 192)*.

Un caillou sur l'océan

L'île de La Réunion s'est constituée à partir de deux volcans. Le plus ancien, émergé il y a 3 millions d'années, culmine au piton des Neiges (3 071 m, *p. 200*) et a cessé son activité depuis 12 000 ans. Le **vieux massif** s'est plusieurs fois effondré sur lui-même, créant des fissures et des caldeiras (vaste dépression circulaire formée par l'effondrement de la partie centrale du volcan) à l'origine du relief tourmenté de l'île. Sous l'action de l'érosion, essentiellement due aux pluies tropicales, elles se sont en effet creusées pour se transformer en vallées et en cirques. Le massif de l'ancien volcan a possédé jusqu'à quatre cirques, mais des éruptions tardives du piton des Neiges ont comblé le cirque de Bélouve, devenu un immense plateau recouvert de forêts primaires *(p. 188)*.

Le second volcan, le **massif de la Fournaise** (2 632 m), est l'un des plus actifs de la planète *(p. 184, et focus p. 185)*. Vieux de 500 000 ans, il n'a pas encore subi de transformations majeures, mais les puissantes failles formées par la rivière de l'Est (au nord) et la rivière des Remparts (au sud) préfigurent la constitution de futurs cirques.

Ces deux massifs recouvrent environ les deux tiers de La Réunion ; ils sont séparés par une zone de hautes plaines (l'axe La Plaine-des-Cafres – La Plaine-des-Palmistes), seule voie de passage naturelle entre les deux versants de l'île.

Trois cirques en forme de trèfle

L'effondrement du massif volcanique ancien a compartimenté le centre de l'île en trois cirques quasiment fermés. Adossés les uns aux autres, ils dessinent les feuilles d'un énorme trèfle, rassemblées au niveau du piton des Neiges, dont les extrémités laissent couler les eaux vers l'océan.

Ces espaces naturellement difficiles d'accès n'ont été colonisés qu'au XIXe s. Auparavant, leurs remparts avaient constitué une excellente protection pour les esclaves fugitifs qui s'y étaient établis en sociétés rudimentaires mais organisées.

► Au sommet du piton de la Fournaise *(p. 172)*, le cratère du Dolomieu s'est effondré lors de l'éruption d'avril 2007. Avec le temps, la lave et l'érosion transformeront le volcan en cirques.

De nos jours, ces mêmes remparts ont permis de protéger un certain mode de vie créole traditionnel des assauts de la modernité. D'autant plus à Mafate, qui ne possède encore aucun accès routier.

Malgré leur origine commune, chacun des trois cirques possède sa propre personnalité : celui de **Salazie** *(p. 192)*, orienté au nord-est autour de la rivière du Mât, est le plus arrosé et le plus vert ; celui de **Cilaos** *(p. 197)*, directement dominé par le piton des Neiges, est le plus méridional, le plus sec et minéral ; celui de **Mafate** *(p. 201)* enfin, ouvert au nord-ouest, dispose d'un relief très tourmenté qui a limité l'implantation humaine.

Les enjeux du relief

Les pentes du massif volcanique qu'est La Réunion se poursuivent sous l'océan, ce qui explique la physionomie du littoral réunionnais ; sur la côte ouest, dite « **sous le vent** », un lagon abrité et des plages de sable blanc résultant de l'usure du récif corallien et des débris de coquillages ; sur la côte est, dite « **au vent** », des plages de galets ou de sable noir entrecoupées de falaises de basalte sombre battues par la houle. Ce fait géographique implique l'absence de socle continental autour de l'île et la limitation des ressources halieutiques.

En outre, seul ce que les colons appelaient « **le Beau Pays** » (entre Saint-Denis et Saint-André) dispose d'une plaine suffisamment vaste et humide pour être facilement cultivable.

Toujours à cause du relief, l'île n'a été longtemps habitée que sur la côte où vivent désormais plus de 80 % de la population sur moins de 20 % des terres. Cette concentration constitue un enjeu environnemental primordial pour la Réunion de demain.

En route !

Avec plus de **1 000 km de sentiers**, en forêt ou sur la lave à travers les ravines et les pitons, La Réunion est une destination de choix pour tous les marcheurs, même si une bonne partie des sentiers sont réservés aux randonneurs avertis.

Les sentiers

Il y a **deux sentiers de grande randonnée**, balisés par deux bandes blanc et rouge horizontales (jaune et rouge pour les variantes), qui couvrent une grande partie de l'île. Entre ces deux GR, leurs variantes et les sentiers de petite randonnée, on peut se composer des itinéraires sur mesure, sans être obligé de revenir par le même chemin.

› *De nombreuses randonnées sont proposées dans nos itinéraires. Voir la rubrique Cartes p. 266 et notre cahier de randonnées p. 204.*

Le GR R1 Son tracé principal fait le tour du piton des Neiges (sommet de l'île) par les trois cirques (Salazie, Cilaos, Mafate) sur 60 km. Il permet de découvrir l'intérieur de l'île, à une altitude moyenne de 1 750 m avec des passages de col à près de 2 000 m. **Circuit possible en 5 jours** (bonne condition physique exigée) : jour 1, départ de Hell-Bourg (Salazie), nuit au gîte de la Caverne Dufour ; jour 2, ascension du piton des Neiges, nuit à Cilaos ; jour 3, Cilaos-Mafate par le col du Taïbit, nuit à Marla ; jour 4, Mafate-Salazie par le col de la Fourche, nuit au Bélier ; jour 5, retour sur Hell-Bourg.

Le GR R2 permet de faire la grande traversée de l'île, du nord au sud (ou l'inverse), en passant par deux cirques (Mafate, Cilaos) et le volcan. Itinéraire de 150 km au total, avec d'importants dénivelés (possibilité de rejoindre le GR R1 pour l'ascension du piton des Neiges à mi-parcours). **Circuit de 5 à 8 jours** en suivant quelques grandes étapes : départ de Saint-Denis, nuit à Dos-d'Âne ; traversée de Mafate (2 jours) ; Cilaos et coteau Kervéguen (au pied du piton des Neiges) ; La Plaine-des-Cafres ; montée au volcan par le pas de Bellecombe ; redescente vers Saint-Philippe par Foc-Foc et la vallée Heureuse. Les champions de la Diagonale des Fous (Grand Raid de La Réunion, *p. 257*) bouclent cette traversée en moins de 24 h !

La rando côté pratique

Depuis la disparition de la Maison de la Montagne, n'importe quel office de tourisme « officiel » est susceptible de vous donner les renseignements nécessaires avant de partir, de réserver des nuits en gîte de randonnée et de vous proposer les prestations d'un guide.

La Maison du Tourisme de Cilaos est particulièrement compétente, le cirque de Cilaos étant le plus développé en matière d'activités de montagne. On pourra aussi se renseigner sur le site de l'IRT (Île de La Réunion Tourisme), www.reunion-nature.com.

Des prestataires de services peuvent vous conduire en voiture au départ du sentier et venir vous récupérer à la fin de votre randonnée. Les gîtes de montagne procurent vaisselle, duvet et grosses provisions.

La Réunion *lontan*

On les appelle les **guides *péi***. Ce qui signifie « du pays », mais aussi « du patrimoine (p) et de l'environnement (e) de l'île (i) ». À Saint-Benoît, Saint-Gilles-les-Hauts, La Plaine-des-Palmistes et Cilaos, ils vous embarquent à la découverte de la Réunion cachée, de la Réunion *lontan* (« de l'ancien temps »).

Une occasion d'aller à la rencontre de la nature et du caractère profond de l'île. Vous pouvez contacter directement les guides *(voir nos bonnes adresses, p. 220)* ou vous renseigner auprès des offices de tourisme, de l'Association réunionnaise des guides et accompagnateurs touristiques (ARGAT) à Saint-Pierre ou de la société Guid'A Nou à La Plaine-des-Palmistes.

Attention, fragile !

La Réunion possède d'inestimables richesses naturelles, qu'elle s'est récemment engagée à préserver. Dans cette optique, une **réserve marine** est établie depuis quelques années sur les portions du littoral réunionnais qui abritent des récifs coralliens *(ci-contre)*.

Randonnée, mode d'emploi

La montagne réunionnaise est belle mais rude. Sans les précautions élémentaires, une promenade de santé peut se transformer en chemin de croix…

Ne **jamais partir seul**.

Ne pas s'écarter des **sentiers balisés**.

Si vous partez sans guide, les **topo-guides** vendus dans les ℹ et les librairies vous seront utiles. Utilisez une carte au 1/25 000.

Ne **pas trop se charger** : une bonne paire de chaussures (de bonnes chaussures de footing suffisent en général), des vêtements chauds, un vêtement de pluie, un chapeau, de l'eau en quantité suffisante, une lampe de poche, un canif, un repas ou quelques barres et boissons énergétiques.

S'équiper comme si on allait passer la **nuit dehors**.

Prévoir une **pharmacie** (désinfectant, sparadrap, pommade de massage, Élastoplast®, crème solaire).

Prendre connaissance de la **météo** (☎ 32.50 depuis un fixe ou 0892.68.08.08) et de l'état des sentiers (ONF ☎ 02.62.37.38.39).

Partir **tôt**… et de bonne humeur !

Les secours en montagne (PGHM) : ☎ 02.62. 930.930, en cas de besoin absolu.

Topo-guides

L'île de La Réunion, GR R1-GR R2, coédité par la Fédération française de randonnée pédestre (FFRP) et la maison de la Montagne, 2001. Le tour du piton des Neiges, la grande traversée de l'île et huit balades d'une journée.

Itinéraires réunionnais, coll. « Bat' Karé », éd. ONF, 2001. 40 circuits de difficultés variées à travers l'île.

Sentiers gourmands, île de La Réunion, Maïcon (Stéphane), Océan (2009). 40 randonnées et autant de portraits de tables d'hôte.

Sur les chemins de Mafate, Reynaud (Luc), auto-édition

Côté montagne, l'ambitieux projet du **Parc national de La Réunion** *(ci-dessous)*, à l'étude depuis 1990, s'est concrétisé en 2007 avec la signature du décret du Conseil d'État qui rend sa création effective. Il s'agit du neuvième parc national français, qui couvre environ 42 % de la superficie de l'île et l'essentiel de son cœur montagneux. Cet espace protégé s'ajoute aux deux réserves naturelles nationales existantes et à la récente réserve naturelle marine.

La zone centrale du Parc national correspond à la région des « Pitons, cirques et remparts de l'île de La Réunion », l'appellation officielle du « bien naturel » inscrit depuis 2010 au **patrimoine mondial de l'Unesco**. Une inscription qui devrait permettre de mieux connaître et préserver cet héritage unique, mais aussi ouvrir un peu plus aux scientifiques et aux touristes du monde entier le laboratoire du vivant qu'est l'île.

Une fréquentation que La Réunion va devoir contrôler de près si elle veut éviter ses effets néfastes, un peu à l'instar de certaines plantes exotiques envahissantes qu'on n'arrive plus à contenir. En effet le comité du Patrimoine mondial demande à l'État français de garantir la mise en œuvre réelle du Plan d'action pour le contrôle et l'éradication des espèces exotiques envahissantes, considérant la nature critique de cette menace pour la valeur universelle exceptionnelle, et de lui soumettre à échéances régulières un rapport sur l'état de conservation du bien.

Patrimoine mondial ou pas, le comportement des visiteurs reste primordial : ne pas jeter de déchets dans la nature, ne pas cueillir de fleurs protégées, ne pas faire de feu en forêt, ne pas marcher dans le lagon pour ne pas en écraser les jeunes colonies de corail (invisibles à l'œil nu), ne rien ramasser dans la mer (le moindre coquillage est un maillon essentiel de l'écosystème marin). Autant de règles qu'autochtones et touristes doivent respecter. Rappelez-vous qu'il faut un an pour construire une branche de corail de 10 cm de long et une seconde d'inattention pour l'écraser (il a fallu 8 000 ans pour construire le récif de Saint-Gilles qui compte 25 mètres d'épaisseur de coraux entassés !). ◆

(2008). Tous les sentiers du cirque minutieusement décrits.

Un parc au cœur sauvage

Le **parc national de La Réunion** (parfois communément nommé parc national des Hauts de La Réunion) se décompose en plusieurs zones concentriques. En altitude, au centre de l'île, la zone que l'on appelle le **« cœur du parc »** couvre une superficie de 1054 km², soit 42 % de la surface totale de l'île. Il n'est pas habité en dehors des îlets de Mafate et des Trois-Salazes, il représente tous les écosystèmes de l'île et est constitué d'espaces vierges à plus de 40 %. Toutes les communes sauf le Port sont concentrées sur les pentes moyennes des montagnes (zone d'adhésion), sachant que 9 d'entre elles y ont plus de la moitié de leur territoire. L'ouverture d'une Maison du Parc à La Plaine-des-Palmistes est en cours de réalisation (www.reunion-parcnational.fr).

SOS corail

Au terme d'un décret de 2007, la **réserve naturelle marine de La Réunion** a enfin vu le jour après de longues années de tractations avec les usagers du lagon (pêcheurs et plongeurs). Son périmètre s'étend du cap La Houssaye (au N) à la Roche-aux-Oiseaux à L'Étang-Salé (au S), soit un linéaire côtier d'environ 40 km. Les zones protégées vont du rivage jusqu'à une profondeur comprise entre – 15 m et – 100 m selon les tronçons, soit à un kilomètre au large en moyenne. Elles englobent l'ensemble des récifs coralliens de la côte ouest ainsi que des côtes rocheuses basaltiques. Trois niveaux de réglementation sont en place selon les zones concernées. ◆

focus

Le patrimoine végétal

Au début était le volcan, nu et minéral. Sur les sols de basalte en lente décomposition, des graines venues de différents continents se sont déposées, apportées soit par les courants marins, soit par les oiseaux, et ont donné naissance à une végétation qui, au fil des millénaires, est devenue propre à La Réunion. Un patrimoine unique mais fragile, menacé par l'activité humaine et les végétaux importés.

Ici et nulle part ailleurs

On admet que 70 % des plantes à fleurs et la quasi-totalité des fougères de La Réunion proviennent d'Afrique et de Madagascar, 20 % d'Inde et 10 % d'Australie ou de contrées lointaines. La plupart des orchidées de serre et d'ornement, par exemple, sont des espèces exotiques importées à partir du XVIIIe s. Confrontées à un nouveau milieu, ces plantes se sont adaptées et ont évolué. Ainsi, environ 400 espèces végétales présentes ici sont propres aux Mascareignes, et 230 ne se rencontrent qu'à La Réunion (on les qualifie alors d'endémiques). Dans la **réserve naturelle de Mare-Longue** *(p. 176)*, le taux d'endémisme est trois fois plus élevé qu'à Hawaï, cinq fois plus qu'aux Galapagos.

©Claude Vittiglio

Des Hauts précieux

30 % de La Réunion sont encore occupés par des types de **végétation primaire**, celle qui existait avant l'arrivée de l'homme il y a trois siècles et demi. La pérennité de cette biodiversité est due au **rôle protecteur du relief** et à une prise de conscience relativement précoce des problèmes posés par la colonisation. Dès 1852, en effet, un **plan de mise en valeur des Hauts** est élaboré (remarquons cependant que l'obligation de conserver en bois le dixième des terres concédées ne fut jamais respectée), alors qu'aujourd'hui le **nouveau parc national de La Réunion** *(p. 51)* veille sur le patrimoine naturel des Hauts de l'île.

Végétation à étages

La multitude de microclimats entraîne une grande diversité de formations végétales, une vingtaine au total, qui peuvent cohabiter sur quelques kilomètres et que l'on peut classer en fonction de l'altitude.

Sur le littoral, les plages sont généralement bordées de filaos, sortes de pins tropicaux. Les côtes rocheuses, mais aussi les jardins sablonneux, accueillent le vacoa ou pandanus *(p. 178)*, le flamboyant, l'agave d'Amérique centrale

© Bertrand Rieger/Hemis.fr

ou choca *(p. 157)*, des palmiers, des buissons éclatants de bougainvillées et d'hibiscus... autant d'espèces introduites récemment par la main de l'homme. Les marécages et les étangs sont envahis par les papyrus du Nil et les jacinthes d'eau aux fleurs bleues. Sur la côte sous le vent s'étendent des savanes arides peu arborées où les tamarins de l'Inde et les bois noirs se sont substitués aux lataniers et aux benjoins.

La forêt de bois de couleurs des Bas, qui occupait primitivement toute l'île jusqu'à une hauteur de 700 m, n'existe plus aujourd'hui qu'autour de Sainte-Rose et de Saint-Philippe, remplacée ailleurs par des champs de canne et des habitations. Les espèces endémiques y dominent, et le sous-bois est occupé par de nombreux arbustes, des fougères et des orchidées.

Au-delà s'étend la **forêt humide des Hauts**. Cette formation complexe dont la hauteur ne dépasse pas 6 à 10 m se caractérise par son abondance de plantes épiphytes (orchidées, lianes, lichens...), qui utilisent les arbres comme support. Les espèces ligneuses les plus répandues sont les fanjans (fougères arborescentes), les mahots (feuilles larges et belle floraison blanche ou rose), les bois de rose et les mapous.

À partir de 1500 m d'altitude, un peu partout dans l'île subsiste une formation spécifiquement réunionnaise, la **forêt de tamarins des Hauts**, souvent associée au calumet, une variété de bambou endémique. Au-dessus de 2000 m, la forêt cède la place à une **lande d'altitude** parsemée de buissons piquants, de plantes arbustives et de bruyère. ◆

▲ Durant l'été austral (saison humide), le flamboyant des régions tropicales se couvre d'un feuillage vert accueillant des fleurs rouge vif du plus bel effet.

◀ Le balisier *(Helicona)* est fréquent dans les jardins créoles. La forme caractéristique de ses « fleurs » (bractées) lui vaut le surnom de « pinces de crabe ».

© Bertrand Rieger/Hemis.fr

focus

Drôles de bestioles

Essentiellement composée d'oiseaux et d'insectes, la faune réunionnaise ne manque pas d'originalité. Après les massacres des débuts de la colonisation, une cinquantaine d'espèces sont aujourd'hui protégées.

Au cimetière des disparus. La Réunion détient un triste record : en trois siècles de présence humaine, 30 espèces animales se sont éteintes. Les causes de ces disparitions sont diverses : la **chasse**, l'introduction par l'homme d'**espèces dévastatrices** comme le rat et la **limitation de l'habitat** de ces animaux au fur et à mesure de la colonisation. Ainsi, quatre espèces de reptiles ont disparu. Même destin tragique pour quatre espèces de mammifères ainsi que 22 espèces d'oiseaux…

Dodo y es-tu ? Vulgarisée par l'intermédiaire d'une marque de bière locale, l'image du « dodo » blanc fait partie du patrimoine collectif réunionnais. Pourtant, la présence de cet oiseau sur l'ancienne île Bourbon a longtemps été contestée. Aujourd'hui, les textes et peintures fantaisistes de l'époque, décrivant un **gros oiseau solitaire** et **inapte au vol**, ne font plus le poids face aux découvertes scientifiques : les seuls vestiges retrouvés pouvant correspondre à ce mythique dodo blanc ont été en fait reconnus comme appartenant à une variété d'ibis endémique qui, faute de prédateurs, avait évolué en un volatile lourdaud.

◀ Le caméléon (espèce originaire de Madagascar), ici appelé «endormi» du fait de sa démarche lente. On en rencontre sur les chemins et dans les jardins, en particulier autour de l'étang Saint-Paul.

Zoizeau-la-vierge et paille-en-queue. Parmi les oiseaux, sur quelque 40 espèces nicheuses, la moitié sont indigènes et 9 d'entre elles sont endémiques. Parmi les espèces les plus communes, toutes introduites: le **cardinal**, le **martin**, le **condé** et le **bélier**. Dans les forêts: le **papangue**, seul rapace de l'île; le **zoizeau la vierge** et le **tec-tec**, petits passereaux qui vous accompagneront le long des sentiers; le **zoizeau blanc** et le **zoizeau vert**; le rarissime **tuit-tuit**, dont il ne subsiste que quelques spécimens dans le secteur de la Roche Écrite *(p. 105)*. Dans la famille des oiseaux de mer, en plus de l'emblématique **paille-en-queue**, il faut souligner la présence exceptionnelle du **pétrel noir** et du **pétrel de Barau**.

Endormi et compagnie. Il n'existe à La Réunion ni serpents venimeux ni bêtes nuisibles. Les reptiles sont inoffensifs, et il en existe 572 espèces différentes. Le plus courant est le **gecko**, un petit lézard beige-rose à peau transparente qui, le soir venu, court sur les plafonds. Vous croiserez aussi le **lézard vert** des Hauts, une espèce de gecko diurne et arboricole portant une belle livrée verte tachetée de rouge, et l'**endormi**, un caméléon aux couleurs éclatantes originaire de Madagascar, à ne pas confondre avec l'**agame**, un lézard aux airs d'iguane miniature. Parmi les mammifères figurent uniquement le **tangue**, sorte de petit hérisson d'origine malgache et quelques **chauves-souris**.

Le tangue. Les forêts réunionnaises abritent ce mammifère originaire de Madagascar, qui ressemble à un hérisson. Pesant de 2 à 3 kg, il se nourrit de vers, d'insectes et de racines et vit surtout la nuit. Pendant la saison fraîche, il s'engourdit dans son terrier. Si le tangue est chassé pour sa chair, ses facultés de reproduction (jusqu'à 32 petits par portée!) permettent de maintenir une population importante dans les Hauts. Depuis la fermeture de l'élevage de La Plaine-des-Palmistes et la mise en veille de la Fête du tangue qui se tenait à La Grande-Chaloupe, les occasions de rencontrer cette créature sont rares. Tout comme les occasions d'y goûter, à moins d'être invité par une famille réunionnaise à partager ce plat d'exception.

Sous l'eau : un festival de couleurs. À Saint-Gilles *(p. 138)*, on pourra croiser des bancs de **perroquets**, de **chirurgiens** et de **capucins**. **Poissons-papillons**, **demoiselles** et **labres** frôlent votre masque alors que de jeunes **mérous** se blottissent au fond des fissures entre **oursins-crayons** et bouquets d'**anémones de mer**. Mais c'est sur la pente externe du récif que le spectacle bat son plein, là où les **carangues**, **capitaines** et **licornes** flirtent avec le **«corail de feu»** (variété urticante, se tenir à distance). Au-delà de 25 m de profondeur, les moindres ressauts servent d'abri à des **rascasses**, de beaux **mérous** et des **murènes**. Par endroit, la plongée prend un goût d'aventure: les rencontres avec un **thon**, un **espadon**, une **raie-aigle** ou un **requin** ne sont pas rares! *Coordonnées des clubs de plongée p. 239*. ◆

© Bertrand Rieger/Hemis.fr

Réinventer l'économie

▲ Bottes de vanille Bourbon avant l'emballage et l'expédition dans le monde entier.

Le taux de chômage (au sens du Bureau international du travail) de La Réunion reste désespérément aux alentours de 30 % (28,5 % en 2012) malgré une baisse prometteuse en 2007 (24,2 %) ; par ailleurs, la part des activités productives dans l'économie locale demeure trop faible, puisque ces dernières ne représentent que le quart des emplois. Ces deux chiffres résument bien les difficultés économiques d'une île qui tire ses principales ressources des transferts financiers venus de la métropole.

Cependant, il faut souligner qu'entre 1993 et 2007 La Réunion fut de loin la région française qui connut la croissance économique la plus rapide (+ 5 % par an pendant cette période), même si le PIB par habitant de l'île reste inférieur à celui de la métropole du fait de sa démographie.

En moins de cinquante ans, l'économie réunionnaise a dû se conformer aux règles d'un marché mondialisé avec de gros handicaps : le coût de sa main-d'œuvre qui a du mal à rivaliser avec les pays de la zone océan Indien, le manque de matières premières, la taille réduite du marché intérieur...

La Réunion devra faire de sa position géographique, éloignée de la mère patrie mais au centre d'une région « indianocéanique » pleine d'avenir, un atout plutôt qu'un inconvénient.

Île à sucre

L'histoire des Mascareignes est étroitement liée au rôle économique que les puissances coloniales leur ont dévolu pour en faire des « îles à sucre ». La **culture de la canne** a marqué le paysage de manière irréversible, modelant non seulement l'économie, mais aussi la structure de la société réunionnaise. Aujourd'hui, malgré son manque de rentabilité, l'activité continue coûte que coûte, sous peine de voir la campagne réunionnaise se transformer en immense terrain vague.

Du fangourin à la vapeur

La canne fut introduite à Maurice en 1639 par les Hollandais, et peu après à La Réunion ; le sucre était alors un produit très rare en Europe, privilège de quelques nobles qui l'utilisaient comme médicament. Aux Mascareignes, la production est d'abord assurée de façon rudimentaire par des **fangourins**, moulins manuels à broyer la canne. Dans la seconde moitié du XVIIIe s., ceux-ci sont remplacés par des **moulins à bœufs**, à vent ou à eau, généralement munis de trois cylindres verticaux. On peut en voir aujourd'hui au musée de Stella Matutina à côté de Saint-Leu *(p. 155)*.

Le début de la colonisation anglaise à Maurice (1810) marque un tournant dans l'histoire de la canne avec la mise en place d'une monoculture industrielle dont le modèle sera rapidement exporté à La Réunion. Au XIXe s., l'économie de plantation est dominante : les grands domaines font la loi et les moulins se multiplient à travers l'île. L'arrivée de la **vapeur** vers 1830 accélère l'industrialisation, même si les méthodes de fabrication restent les mêmes jusqu'au début du XXe s. : on obtient du sucre par simple évaporation et concentration des jus (le vesou) sur des batteries de chaudrons à feu nu.

La fin de la monoculture

Aujourd'hui, la concentration de la filière et les gains de rendement liés aux progrès en matière d'irrigation au goutte-à-goutte, de sélection des différentes variétés et de transformation permettent de maintenir une **production élevée** (de 1,8 à 2 millions de tonnes de cannes par an ces dix dernières années). Celle-ci est fortement **subventionnée par la métropole** et l'Europe qui en assure l'écoulement à des prix supérieurs à ceux du marché international.

Toutefois, alors que Maurice consacre encore la quasi-totalité de sa surface agricole à la canne et a conservé une douzaine de sucreries, La Réunion tente de se diversifier en misant sur des cultures à plus forte valeur ajoutée (fleurs, fruits) et sur la performance technique de ses deux dernières sucreries en activité : **Bois-Rouge** dans l'Est *(p. 110)* et **Le Gol** dans le Sud-Ouest *(p. 159)*.

Malgré un poids économique moindre, la filière canne joue encore un rôle essentiel dans l'île : elle assure le trait d'union entre passé et avenir, rythme la vie par ses saisons, dessine les paysages et fait battre le cœur des campagnes. Pourtant, les petits planteurs vivent un peu plus mal chaque année, le différentiel des coûts de production avec des pays comme la Thaïlande ou le Brésil se creuse de façon conséquente, et les subventions ne pourront pas éternellement augmenter.

économie

L'île Bourbon avait abandonné le coton pour le café, puis le café pour la canne. La Réunion moderne va devoir trouver autre chose que le tourisme (les hôtels poussent difficilement dans les Hauts) pour la remplacer.

La vanille Bourbon

Les gousses *made in* La Réunion sont réputées pour être parmi les meilleures du monde. Malgré un grand savoir-faire, l'île est pourtant sérieusement concurrencée par des pays où la main-d'œuvre est nettement moins coûteuse. La vanille « biologique » pourrait constituer son salut.

Des Aztèques à Bourbon

La vanille était utilisée par les Aztèques dans le but de rompre l'amertume des boissons rituelles à base de cacao. Rebaptisée *vanilla* par les moines espagnols (de *vaina*, « graine »), elle débarque dans l'Ancien Monde et séduit les cours royales dès le XVIe s. À l'époque, la question de la fécondation de la vanille n'est pas encore résolue : en l'absence d'une petite abeille d'Amérique centrale qui, en butinant, met en contact les organes reproducteurs, la plante demeure stérile. Il faut attendre le début du XIXe s. pour qu'un jeune esclave de l'île Bourbon découvre le procédé de fécondation. La vanille devient alors une culture d'exploitation à part entière.

À l'aube du XXe s., les colons réunionnais lui bâtissent un royaume, et les îles de l'océan Indien lui forgent une identité : la « vanille Bourbon ».

Le savoir-faire réunionnais

Aujourd'hui, la vanille réunionnaise est cultivée en plein champ dans l'est de l'île entre les rangées de canne, sur des tuteurs naturels (bois de chandelle par exemple) ; ou en sous-bois, du côté de Sainte-Rose et Saint-Philippe, où elle pousse sur de jeunes vacoas ou d'autres arbres.

Au moment de la récolte, les gousses de vanille, encore vertes, ne dégagent aucune odeur. En laissant faire la nature, elles finiraient par éclater, se dessécher, et se charger d'arôme. L'homme est parvenu à accélérer le phénomène grâce au « **procédé réunionnais** » qui est le plus couramment employé de nos

Un roseau sucré

La canne *(Saccharum officinarum)* est une graminée issue d'un roseau d'Indonésie dont la plantation se fait par bouture. Un tronçon de canne enterré donne naissance à une touffe de cinq à vingt tiges. Son cycle végétatif s'accomplit pendant quinze mois environ et la récolte se déroule entre juin et novembre.

Rien ne se perd...

L'industrie sucrière tire 10 à 15 % de sucre du poids total de la canne traitée (soit, à La Réunion en 2009, plus de 200 000 t de sucre pour un peu moins de 2 millions de t de cannes broyées). Les résidus du raffinage composent la **mélasse** destinée à la distillation du rhum industriel, et le reste des tiges pressées constitue la **bagasse.** Les sucreries réunionnaises réutilisent désormais cette bagasse comme combustible afin de produire leur propre énergie et et de couvrir en plus 10 % des besoins en électricité de l'île.

Sur la voie de la diversification

Face aux difficultés rencontrées par les cultures traditionnelles – canne, géranium, vanille –, l'agriculture réunionnaise tente de se diversifier : **litchis, pitayas, fleurs tropicales, thon frais** (qui finira en sushis dans des assiettes japonaises) représentent des productions à forte valeur ajoutée, mais qui pèsent encore très peu dans la balance commerciale de l'île. En revanche, le développement des cultures vivrières a permis de réduire considérablement les importations. Pour autant, avec une superficie stabilisée autour de 25 000 ha et quelque 3 200 planteurs, la canne représente encore plus de 50 % des surfaces agricoles et continue à faire vivre la campagne réunionnaise. ◆

jours : les gousses sont plongées 3 min dans une eau à 60-65 °C, puis placées « à transpirer » pendant 24 heures dans de grandes caisses capitonnées de couvertures de laine avant d'être séchées sur claies. La secrète alchimie se poursuit pendant huit mois sur un papier sulfurisé à l'intérieur de malles en bois. C'est dans cette dernière phase que l'arôme s'affirme et s'affine.

Il ne reste plus qu'à calibrer les gousses finies et à « habiller » les bottes avant de les emballer dans des caisses, sachets ou blisters en partance pour le monde entier.

Une filière menacée

Malgré sa très grande qualité et sa bonne réputation, la vanille locale subsiste difficilement : sur les quelque 2 500 t de vanille verte produites chaque année dans le monde, La Réunion ne représente qu'une faible part (15 à 20 t par an, soit moins de 5 t de vanille noire au final) et ne peut rivaliser avec les faibles coûts de main-d'œuvre des gros exportateurs que sont l'Indonésie ou Madagascar.

D'autant moins que les cours mondiaux demeurent bas après s'être effondrés en 2004 (340 €/kg en 2003, 30 à 40 €/kg en 2004, 30 €/kg en 2009 alors que la vanille *made in* La Réunion se négocie aux alentours de 300 €/kg !), et que les vanilles malgaches et comoriennes bénéficient également de l'appellation « vanille Bourbon ».

Dans ce contexte, la filière locale s'est engagée dans une démarche de labellisation, (une demande d'IGP – Identification Géographique Protégée – « Vanille de l'île de La Réunion » est en cours) et de plus en plus de petits producteurs indépendants, adeptes de la **culture bio en sous-bois**, sortent du système coopératif pour produire une vanille haut de gamme prisée des marchés européens. Autre axe de recherche : l'**exploitation sous-ombrière**, qui assure des rendements élevés. L'enjeu est de taille : il en va de la survie de quelque 150 petits planteurs et de tout un pan du patrimoine agricole réunionnais.

Plantes à parfum

À La Réunion, on n'a pas de pétrole mais on a des… essences. Géranium, vétiver, ylang-ylang, champac (arbre voisin du magnolia) et patchouli furent introduits à la fin du XIXe s. pour leurs **huiles essentielles**, donnant ainsi à de nombreux petits planteurs des Hauts une ressource pour échapper à la misère.

Au début des années 1960, la concurrence des pays à faible coût de main-d'œuvre et l'arrivée sur le marché de produits synthétiques, ont mis un terme à l'âge d'or des plantes à parfum réunionnaises. Aujourd'hui, le géranium et le vétiver survivent de façon marginale.

Une coopérative de senteurs

La **CAHEB** (Coopérative agricole des huiles essentielles de Bourbon), créée en 1963, participe au maintient et au développement de la filière en collectant et en écoulant, auprès de parfumeurs de renom, la production de quelque 400 petits adhérants qui distillent sur place leur production (géranium, vétiver, cryptoméria, baie rose).

Malgré une réelle demande (de la part des grands parfumeurs notamment) et une forte valeur patrimoniale, les volumes produits peuvent paraître anecdotiques : sauvegarde de 2,5 t par an en moyenne pour l'huile essentielle de géranium et d'environ 100 kg pour celle de vétiver.

Basée au **Tampon**, où elle dispose d'une boutique, d'un **jardin des senteurs** et d'un laboratoire où chacun peut composer un parfum *(p. 181)*, la CAHEB a développé de nouveaux produits phytosanitaires à bases d'huiles essentielles. Entre autres, une gamme « Chick » de produits anti-moustiques 100 % naturels, économie

représentative des débouchés qui peuvent s'offrir à la filière des plantes à parfum.

Chic et cher : le géranium Bourbon

Le géranium, cultivé principalement dans les Hauts de Saint-Paul et du Tampon, est en fait un *Pelargonium rosat* originaire d'Afrique du Sud. La « cuite » se déroule dans un alambic rudimentaire, généralement installé en bout de champ : les feuilles sont distillées par chauffage dans une cuve, l'essence étant récupérée par condensation puis séparation dans un vase florentin. La production d'essence réunionnaise chute inexorablement (178 t en 1968, 3,1 t en 2002, moins de 2 t en 2005) et, à ce rythme, sera bientôt reléguée au rang d'attraction folklorique.

Cependant, les nouvelles techniques de plantation sur paillage, qui permettent un énorme gain de temps au niveau de l'entretien des champs, devraient sinon relancer la culture du géranium au moins la sauver de la disparition.

Seul le créneau haut de gamme, sur lequel le géranium réunionnais s'est positionné, pourra sauver la filière. À environ 120 €/kg d'essence (contre environ 50 € en Chine), il est vrai que seuls quelques grands parfumeurs demeurent fidèles aux qualités olfactives incomparables du géranium Bourbon.

Bourbon rond ou pointu ?

Aujourd'hui île à sucre, La Réunion a pourtant connu une histoire étroitement liée au café. Avec le XVIIIe s. commencent les premières plantations qui vont faire la prospérité de Bourbon pendant plus d'un siècle.

Le café des têtes couronnées

Une variété de **café sauvage** pousse naturellement sur l'île, le *Coffea mauritiana*, rond et corsé, qui prendra le surnom de « **Bourbon rond** ». Comme la Compagnie des Indes le juge trop rustique, elle va importer

▶ Le parfum du vétiver provient de ses racines.

des plants de caféiers de Moka dans la colonie en 1715. Débute alors un important commerce organisé entre Bourbon et l'Europe où le café devient une « marchandise royale » fort prisée. La Compagnie organise la production, distribue des concessions et autorise la traite des esclaves pour les besoins de la main-d'œuvre.

Parmi les variétés plantées, le **Leroy** *(Coffea laurina)* se distingue du lot. Importé du Brésil, il doit son nom à un habitant de Sainte-Marie qui avait remarqué la vigueur et le bon rendement de cette variété de café moka jusqu'à 1 000 m d'altitude. Ce plant rustique n'en a pas moins d'exceptionnelles qualités gustatives – équilibre entre suavité et amertume, persistance du goût – et un taux de caféine très réduit (0,6 % contre 1,4 % en moyenne pour un arabica).

Baptisé « **Bourbon pointu** », il va séduire les têtes couronnées de Versailles avant de tomber dans un quasi-oubli, concurrencé par les cafés antillais, remplacé par la canne à partir du XIXe s., et enfin ravagé par un champignon en 1880.

Jusqu'à peu, la production du Bourbon pointu se limitait aux pieds de **café *péi*** que certaines familles conservaient dans leur cour pour leurs propres besoins, en particulier dans les Hauts de Saint-Denis et la région de L'Entre-Deux.

Le café le plus cher du monde

Depuis 2002, La Réunion tente de relancer la culture du Bourbon pointu *(voir à Grand-Coude, p. 162)*. Avec l'aide de la Région et du Cirad (Centre de coopération internationale en recherche agronomique pour le développement), 30 000 pieds ont été replantés sur des zones pilotes. Pari gagné ! À l'occasion d'une vente au Japon

··· suite du texte p. 62

© Bertrand Rieger/Hemis.fr

Sauvons le vétiver !

Le vétiver connaît une situation encore plus alarmante que le géranium Bourbon : depuis la fermeture de la distillerie de Manapany-les-Hauts en 1994, seules quelques parcelles des Hauts de Saint-Joseph alimentent la production du dernier alambic (430 kg en 2002). Après avoir été interrompue en 2004 pour cause de changement de chaudière, l'activité a repris timidement avec 44 kg d'huile essentielle partagée entre 4 producteurs… Pourtant, la demande internationale étant réelle, des projets sont étudiés par la CAHEB afin de relancer la filière : mécanisation de l'arrachage des bottes de vétiver (la plante se présente sous la forme d'une touffe de grandes herbes dont on distille les racines) et construction d'une nouvelle usine aux Grègues. La survie de cette activité traditionnelle est à ce prix…

Premium coffee

Le 30 avril 2007, après cinq années de recherche, les premiers clients du Bourbon pointu se sont arraché en quelques heures les 2 200 paquets de 100 g mis à la vente au Japon au prix unitaire de 46 € (460 €/kg). Ces paquets sont issus des deux tonnes de café vert produites en 2006 à partir des plants sélectionnés dans des jardins créoles. Enthousiasmés par la récolte, les dégustateurs lui ont trouvé des saveurs fruitées très originales : orange, mandarine et même litchi pour certains lots. Début 2007, la très influente Specialty Coffee Association of Japan a délivré au Bourbon pointu la rare appellation **premium coffee**, réservée aux produits sans défaut et présentant des saveurs typiques marquées. Cet événement a déclenché l'achat d'une partie de la production par une compagnie japonaise avant même la fin de la phase expérimentale du projet. ◆

en 2007 *(p. 61)*, il s'est avéré que le Blue Mountain jamaïcain avait perdu son titre de café le plus cher du monde. La Réunion voyait alors se profiler la naissance d'une filière économiquement viable.

Tout est mis en œuvre pour que le Bourbon pointu puisse satisfaire les exigences de ce marché de niche très haut de gamme. Près d'une tonne a été produite en 2010 (3 t prévues pour 2013) et une coopérative a été créée à Saint-Pierre, doublée de l'association Café-Réunion (Caféiculteurs associés pour une filière économique à La Réunion) en charge de la valorisation du produit.

Les secteurs porteurs

L'importance de la fonction publique, du commerce et de la construction à La Réunion est relativement forte (plus qu'en métropole), à la différence du secteur productif. Dans le **secteur industriel**, le mot d'ordre est de concurrencer les importations en s'efforçant d'utiliser les matières locales quand elles existent. Cette solution de l'« import substitution », relayée par des campagnes de promotion pour les **produits *péi***, a permis d'offrir au consommateur des alternatives intéressantes et le développement d'activités connexes.

Malgré d'importants progrès, l'industrie pèse encore trop peu dans l'économie locale (7 % des effectifs salariés à La Réunion contre 15 % en métropole) et souffre de déséquilibres sectoriels : l'industrie sucrière, première productrice européenne de sucre roux, demeure la seule industrie lourde proche des modèles occidentaux, et le BTP emploie près de deux fois plus de personnes que toutes les PMI confondues.

Le **secteur tertiaire** est en revanche hypertrophié : 30 % des entreprises réunionnaises travaillent dans le commerce, et plus de 40 % dans les services (chiffres 2008).

Encore jeune (le premier hypermarché de La Réunion a été créé en 1990), la **grande distribution** est l'un des secteurs les plus dynamiques et profite de l'augmentation du niveau de vie des Réunionnais : les enseignes fleurissent au détriment de la boutique traditionnelle, qui était un facteur de lien social et pratiquait le crédit. Ainsi, le **groupe Bourbon**, la plus grosse entreprise de l'île après l'État, s'est développé autour de la grande distribution. Il a revendu la filiale concernée à Casino en 2005.

Les difficultés économiques ne doivent pas cacher les énormes progrès faits depuis les années 1980. La Réunion s'est dotée d'excellentes **infrastructures de communication** (zone portuaire Est de la ville du Port, une piste d'atterrissage permettant les vols vers l'Europe sans escale, la compagnie Air Austral qui relie l'île à ses voisins de l'océan Indien) et de **télécommunications** (réseau GSM).

L'île fait désormais partie du « village planétaire » et dispose des compétences humaines pour devenir une **base avancée de l'Europe** au cœur de la région en devenir qu'est l'océan Indien. Entre assimilation totale du modèle français et nostalgie coloniale, La Réunion doit trouver une **voie de développement** qui respecte son identité. C'est là toute la difficulté…

Le tourisme, voie de salut ?

En matière de tourisme, les atouts de La Réunion ne sont pas négligeables : climat, relief, population et flore en font un pays attachant et attractif. Un plan marketing a été mis en place en 1993 afin de structurer l'offre autour d'un positionnement original : « l'île intense », aujourd'hui remplacé par « Une île, un monde ». À l'heure où la filière canne est remise en question et où la diversification agricole piétine, l'avenir de l'île passera forcément par cette voie.

Quelques chiffres

En 2010, avec environ 420 300 touristes, puis en 2011 avec 471 268 (dont près de 80 % de métropolitains), l'île a retrouvé un niveau d'avant l'épidémie de chikungunya, et les prévisions sont plutôt optimistes. L'inscription au patrimoine mondial de l'humanité, ainsi que l'engouement du public pour un tourisme plus « naturel et authentique » joue en faveur de la destination, et l'objectif longtemps visé des 500 000 touristes devrait être atteint d'ici à quelques années.

Les touristes en provenance de la métropole sont de plus en plus nombreux (+ 12 % en un an), mais la destination Réunion est moins prisée par les touristes étrangers.

Le tourisme d'agrément, longtemps à la traîne, connaît également une hausse significative : +21,4% en 2011. Néanmoins ceux qui viennent à La Réunion pour voir leur famille ou leurs amis représentent toujours plus de la moitié du tourisme. Chaque année, les touristes dans leur ensemble dépensent plus de 380 millions d'euros lors de leur séjour à La Réunion. Les recettes touristiques dépassent l'ensemble des exportations réunionnaises (environ 250 millions d'euros).

Portrait-robot

Voici le profil type d'un touriste à La Réunion : il s'agit à 83 % d'un visiteur voyageant en indépendant, hébergé à 53 % chez des parents ou des amis, et dépensant 770 € au cours d'un séjour de 16 jours environ.

L'ambition d'attirer 500 000 visiteurs par an étant en passe de devenir une réalité (471 268 visiteurs en 2011), les objectifs sont aujourd'hui de toucher une plus grande proportion d'Allemands et de Sud-Africains, davantage consommateurs de loisirs et d'hôtellerie que la clientèle métropolitaine, qui représente encore une **très importante part du marché**. Malgré tout, le nombre des touristes « affinitaires » (personnes ayant de la famille ou des amis à La Réunion) reste toujours plus élevé que celui des touristes « d'agrément ».

De grands projets

Sur cette île-région-département, les grands projets à l'échelle du territoire suscitent toujours de vives polémiques, mais sont nécessaires aussi bien à l'aménagement qu'à l'économie du territoire. Au-delà des dissensions habituelles, ces projets structurants fédèrent les différentes collectivités locales concernées et profitent du financement, souvent majoritaire, de l'État français et de l'Europe.

Après la **route en corniche** dans les années 1950-60 (la 4 voies entre Saint-Denis et La Possession), le « chantier du siècle » fut celui du **basculement des eaux** d'est en ouest, *via* des galeries hydrauliques creusées sous la montagne. Ces travaux titanesques, débutés en 1995, ne sont pas terminés mais irriguent déjà en partie les cultures des Hauts sous le vent. Officiellement dédiée au développement agricole, cette nouvelle ressource en eau va également, au grand dam des planteurs, alimenter la croissance démographique engendrée par l'arrivée de la **route des Tamarins** *(p. 146)*, le plus gros chantier routier d'Europe en ce début de XXIe s. (2002-2010).

Le grand projet du **tram-train**, qui prévoyait un transport collectif propre de Saint-Benoît à Saint-Pierre, a été définitivement abandonné par la nouvelle équipe régionale après l'élection en 2010 de Didier Robert (UMP) à la tête de la Région Réunion, à la place de Paul Vergès (PCR) qui portait le projet. Cependant, le problème du transport sur l'île (328 700 automobiles en 2010, 500 000 à l'horizon 2020 au rythme de progression actuel) reste entier... ◆

© Photothèque Hachette

Les dates qui ont fait La Réunion

▲ Le 20 décembre 1848, le commissaire de la République Sarda Garriga proclame l'abolition de l'esclavage à La Réunion.

L'histoire de La Réunion ressemble étrangement à celle de sa sœur mauricienne. Ce radeau volcanique, perdu dans l'océan Indien, devint lui aussi une terre créole par la volonté de la vieille Europe. Mais la nature réunionnaise freina les plans des hommes et les aléas de l'histoire firent de l'île Bourbon un département français.

XVIe s. : Terre d'aventure

Les **navigateurs arabes** eurent connaissance de La Réunion bien avant les Européens (probablement dès le XIIe s.). C'est d'ailleurs sous son nom arabe qu'on la retrouve sur les cartes des premiers explorateurs occidentaux. Ces flottes arabes (égyptiennes, selon certains chercheurs) relâchaient sur ces rivages pour « aiguader » (s'approvisionner en eau douce) et se fournir en gibier. Mais ce sont les **Por-**

tugais qui, explorant systématiquement toutes les routes vers les Indes (le portugais Diego Diaz découvre Madagascar en 1500), auraient véritablement découvert l'île. Dès lors, bien qu'inhabitée, elle apparaîtra sur les cartes.

En route vers les Indes *via* le cap de Bonne-Espérance (1497), Vasco de Gama l'a probablement repérée, comme d'autres navigateurs portugais entre 1505 et 1512. Mais c'est Pedro Mascarenhas qui la reconnaît officiellement à l'occasion de ses voyages pour Goa (soit à l'aller en 1512, soit au retour en 1516).

Entre 1512 et 1516, l'île prend d'ailleurs avec Maurice sa voisine (qui est prise par les Hollandais en 1598), le nom de **Islas Mascarenhas**. Un portulan daté de 1518 la mentionne sous le nom de Santa Apolonia, certainement du fait que l'île aurait été découverte le jour de la Sainte-Appolonie.

XVIIe s. : Baroudeurs et premiers colons

Réputée pour ses tortues de terre, ses ramiers bleus, ses canards, ses oies sauvages et ses grosses anguilles, l'île sert d'escale aux navires qui voguent en direction des Indes.

Entre 1600 et 1602, la compagnie anglaise et néerlandaise de la Compagnie des Indes orientales voit le jour. En 1638, le capitaine Goubert, sur le *Saint-Alexis*, prend possession de l'île au nom de **Louis XIII**, mais la couronne de France ne sait que faire de cette terre sauvage et malgré tout excentrée par rapport aux trajets pris habituellement par les navires.

En 1642, le cardinal de Richelieu concède l'île pour dix ans à la **Compagnie française de l'Orient** qu'il vient de créer : celle-ci envoie **Jacques de Pronis**, alors établi au comptoir de Fort-Dauphin (Madagascar), prendre possession de l'île Mascarin. Cette prise de possession au nom du roi est confirmée en 1649 par le capitaine Roger Lebourg sur le *Saint-Laurent* au lieudit La Possession (la commune doit son nom à cet épisode) : au cours de cette cérémonie officielle, l'île est baptisée « **île Bourbon** » en hommage au roi.

L'île Bourbon sert d'abord de **lieu de déportation** : en 1646, douze mutins y sont envoyés de Fort-Dauphin par Pronis. Ils en repartent en 1649 et l'île redevient déserte pendant cinq ans. En 1654, **Flacourt** (successeur de Pronis à Fort-Dauphin) y exile un subordonné trop turbulent, Antoine Couillard, avec sept Français volontaires et six serviteurs malgaches. Ils restent quatre années dans l'île et profitent d'un navire de passage pour la quitter… en pleine santé !

En 1663, **Louis Payen**, colon originaire de Vitry, s'y fait déposer avec un compagnon et dix Malgaches. Ils entreprennent de cultiver la terre et d'élever quelques animaux. Dès lors, l'île ne sera plus jamais déserte et sa nationalité plus jamais remise en cause, hormis pendant un court épisode anglais au XIXe s.

1664 : La Compagnie des Indes

En 1664, **Colbert** crée la **Compagnie des Indes orientales** et envoie le premier contingent de colons sur l'île Bourbon qui doit servir à la fois de base avancée pour la conquête du territoire malgache et d'escale bien équipée sur la route maritime des Indes : **Étienne Régnault**, premier gouverneur de Bourbon, et une vingtaine de compagnons débarquent dans l'île dès 1665. Ils sont rapidement rejoints par des travailleurs malgaches (on ne parle pas encore d'esclaves) qui sont à l'origine des premiers métissages du peuplement réunionnais.

Les colons sont théoriquement chargés de mettre en valeur des **concessions immenses** allant du « battant des lames au sommet des montagnes » (découpage encore perceptible aujourd'hui dans la structure foncière réunionnaise, notamment dans le dessin des communes). En réalité, ils ne s'en préoccupent guère, vivant en autarcie sur leur domaine, produisant essentiellement pour leur consommation, et vendant aux navires de passage les surplus qu'ils peuvent avoir.

De son côté, la Compagnie française des Indes orientales détient le monopole de la navigation et du commerce depuis le cap de Bonne-Espérance jusque dans toutes les Indes. Elle a donc la mainmise sur l'économie de l'île Bourbon, achète ses productions agricoles à moindre prix et revend aux colons des produits manufacturés importés de France avec un bénéfice pouvant aller jusqu'à 150 %.

1715 : Un espoir nommé « café »

Les intérêts de la Compagnie des Indes résident dans la croissance économique de la colonie, aussi tout est-il fait pour augmenter les richesses de l'île. L'économie familiale de subsistance devenant un système insuffisant, un effort de mise en valeur des terres se révèle indispensable.

Très à la mode en France et très apprécié à Versailles, le café est le premier support du développement colonial planifié, dont l'esclavage est le véritable corollaire. En 1715, des Malouins introduisent sur l'île des plants de la région de Moka au Yémen. Parallèlement, les premiers Français s'installent sur l'ile Maurice.

La Compagnie « incite » alors les colons à cultiver le café à La Réunion : elle les oblige à planter, avance les fonds, fournit les esclaves et assure la commercialisation des grains de « **Bourbon pointu** » (variété arabe) et de « **Bourbon rond** » (variété obtenue en croisant une variété de café sauvage local et des plants de Moka).

Après un début de prospérité, la concurrence antillaise, les problèmes de transport, le mercantilisme de la Compagnie, qui achetait aux colons le café à des prix de misère, et les catastrophes naturelles (pucerons en 1749, cyclones en 1806-1807) entraînent le déclin progressif du café Bourbon à partir de la fin du XVIIIe s. Les cyclones au début du XIXe s. lui donnent le coup de grâce.

Pour tout l'or de La Buse

Pirates et flibustiers furent nombreux à écumer cette région de l'océan Indien. **Olivier Le Vasseur**, dit **La Buse**, dont la tombe supposée se trouve au cimetière marin de Saint-Paul *(p. 136)*, est l'une des figures les plus charismatiques : « C'est dans la rade de Saint-Denis qu'en avril 1721 La Buse et son associé Taylor rencontrèrent fortuitement la fortune qu'ils cherchaient avec tant d'âpreté. Elle se trouve dans les cales de la *Vierge du Cap*, arrivée quelques jours plus tôt complètement démâtée par un cyclone. Les caisses ouvertes avec les leviers laissèrent voir des rivières de diamant, des monceaux de barres d'or, des cascades de pièces d'or, des buffets de vases sacrés [...], tout cela consigné dans le livre du vaisseau portugais », raconte Bibique, Réunionnais spécialiste ès pirates et chercheur de trésors. La Buse sera arrêté six ans plus tard, après avoir dépouillé le navire *Duchesse de Noailles* qui appartenait à la Compagnie des Indes. À Saint-Paul, il aurait jeté le plan de son trésor à la foule en montant sur l'échafaud, avant d'être « estranglé jusqu'à ce que mort s'ensuive »... Bibique est mort sans avoir percé le mystère du trésor de La Buse.

Bertrand François Mahé de La Bourdonnais

Entré jeune au service de la Compagnie des Indes, ce capitaine malouin (1699-1753) participe à la création du comptoir de Mahé (Inde) avant d'être nommé gouverneur général de l'île de France et de Bourbon de 1735 à 1746. Sa volonté d'en faire des bases navales, dans le cadre du conflit franco-anglais pour la conquête de l'Inde, est à l'origine du

1735-1746 : Les grands travaux

Sous le régime de la Compagnie des Indes, l'organisation de l'île et sa mise en valeur sont fortement marquées par le personnage de **Mahé de La Bourdonnais** *(ci-contre)*, gouverneur général des îles de France (l'actuelle île Maurice) et Bourbon.

Il y mène une vraie politique de mise en valeur agricole, lance de grands travaux de génie civil (routes de Saint-Paul à Saint-Pierre et de Saint-Denis à Saint-Benoît, magasins, entrepôts, casernes, batteries pour assurer la défense de l'île, etc.), crée des corps armés (en particulier des milices bourgeoises pour lutter contre le marronnage) et organise la traite des esclaves.

1763-1789 : Le grenier des Mascareignes

Les pertes enregistrées en Inde dans les conflits franco-anglais ainsi qu'une politique mercantile inefficace, dénoncée tant par les économistes que par les philosophes comme Montesquieu, ont mis la Compagnie des Indes dans une situation financière précaire. La signature du traité de Paris (1763), qui ne laissait plus à la France que cinq comptoirs, concrétise la **faillite de la Compagnie**. En 1764, **Choiseul**, ministre de Louis XV, rachète à la Compagnie l'île de France et l'île Bourbon qui sont donc rétrocédées au domaine royal. Choiseul reprend les plans ambitieux de Mahé de La Bourdonnais : plus que jamais Bourbon s'impose comme « le grenier des Mascareignes » alors que l'île de France affirme sa vocation de base navale.

Face aux difficultés du café, la colonie se lance dans l'**exploitation des épices** introduites en 1767 par **Pierre Poivre** *(ci-dessous)*, mais la production ne tient pas ses promesses et disparaît au milieu du XIXe s.

Parallèlement, les **cultures vivrières** destinées à la consommation locale mais également au ravitaillement des navires faisant escale à l'île de France se développent : le blé, le riz, le maïs, les légumes secs. Le **coton**, l'**indigo** ou le **tabac** font également l'objet de tentatives plus ou moins fructueuses.

développement colonial des Mascareignes. Ses plans militaires lui font préférer l'île de France, laissant à Bourbon le rôle de base économique et militaire secondaire. Il construit la base navale de Port-Louis et déplace la capitale de l'île Bourbon – Saint-Paul – à Saint-Denis, dont la rade est plus facilement défendable. Il invite 2 000 personnes, habitants et esclaves, à quitter l'île Bourbon pour l'île de France. De retour en Inde en 1746, il est embastillé pour avoir hésité à reprendre Madras aux Anglais, puis acquitté en 1751.

Sur la route des Épices

La devise de la Compagnie des Indes, *Florebo quocumque ferar* (Je fleurirai partout où je serai porté), illustre la vocation de pépinière conférée à l'île au fil de son histoire. Au XVIIe s., les conquêtes maritimes permettent à l'Europe de découvrir de nombreuses denrées exotiques : après le café, les épices vont être l'objet d'enjeux commerciaux et stratégiques très importants. La route des Épices est entièrement maîtrisée par les Anglais depuis les Indes, et par les Hollandais depuis l'Indonésie. Louis XV confie alors au botaniste **Pierre Poivre** la délicate tâche d'introduire aux Mascareignes la culture des plantes à épices. En 1770 ce dernier fera ramener des Moluques des pieds de muscadiers et de girofliers « volés » aux Hollandais. Après quelques tentatives d'acclimatation sur l'Île de France (Maurice), c'est finalement sur l'île Bourbon que l'intendant Pierre Poivre, aidé par son disciple créole Joseph Hubert, fera fructifier sa conquête botanique. Les épices vont ainsi faire la fortune de la colonie pendant quelques décennies. ◆

1789-1848 : De la Révolution à l'abolition

L'île n'est guère touchée par la révolution de 1789, dont les idées ne rencontrent que très peu d'écho chez les esclaves et les classes défavorisées. Les événements entraînent toutefois un flottement dans l'organisation administrative et politique de l'île. Si celle-ci est toujours placée sous l'autorité d'un gouverneur assisté d'un ordonnateur, tous deux nommés par la métropole, la réalité du pouvoir est entre les mains d'une **Assemblée coloniale** (la première assemblée se tient en 1790), au sein de laquelle se rencontrent des opinions très divergentes. Le 19 mars 1793, par décret de la Convention, l'île Bourbon est rebaptisée « **île de La Réunion** », en référence à La Réunion des Marseillais et des gardes nationaux du 10 août 1792.

Il faut attendre le 4 février 1794, et l'adoption par la Convention d'un décret portant l'**abolition de l'esclavage**, pour assister à l'union de tous les Réunionnais contre Paris. Les Assemblées coloniales de l'île de France et de La Réunion ne tiennent aucun compte de ce décret. Cela donne pourtant naissance à un courant indépendantiste, un projet est même déposé pour proclamer l'indépendance devant l'Assemblée coloniale, mais il est repoussé (mars 1800). **Bonaparte**, soucieux de ne pas déstabiliser l'économie des îles, abolit le décret de la Convention en mai 1802 et rétablit l'esclavage tel qu'il était avant 1789.

En 1806, sous l'Empire, l'île devient l'**île Bonaparte**. Les années 1806-1807 sont marquées par toute une série de catastrophes naturelles : en 1806 et en 1807, de violents cyclones ravagent l'île, accompagnés dès la fin de l'année 1806 d'« avalasses » (glissements de terrains) dévastatrices. Toutes ces catastrophes détruisent les plantations et entraînent la disette et la famine.

Après s'être emparés de l'île Rodrigues en 1809, les Anglais, toujours en guerre contre la France (guerres napoléoniennes), tentent de débarquer à Sainte-Rose en août 1809 et à Saint-Paul en septembre 1809. Ils échouent, mais reviennent en force avec 4 000 hommes et 24 navires en juillet 1810. Ils débarquent alors à La Grande-Chaloupe et prennent à revers Saint-Denis : la garnison de

Le Code noir

Dès les débuts de la colonisation, un émissaire de la Compagnie des Indes rapportait : « Si l'on souhaite s'établir en cette île, il est nécessaire d'y passer du monde de France pour faire valoir les terres. Il faudrait des Noirs pour les cultiver et faire les travaux nécessaires. Ces Noirs peuvent se tirer de Madagascar. Un Noir ne coûte pas vingt sous de verroterie. Mais il faudrait y prendre garde et les tenir dans la crainte, car ils pourraient tuer les Français et se rendre maîtres de l'île. » En fait, la demande augmentant, l'esclave devint rapidement une « marchandise » précieuse dont le prix équivalait à celui de plusieurs chevaux. Pour des raisons plus économiques qu'humanitaires, l'esclavage avait un cadre juridique précis inspiré du **Code noir** en application aux Antilles depuis 1685. Les textes stipulaient clairement que les Noirs étaient des « meubles » soumis aux règles du commerce et incapables de posséder en propre, mais sévèrement punis en cas de faute. Le « **marronnage** », entre autres, était impitoyablement réprimé : oreilles coupées et marquage d'une fleur de lis sur l'épaule à la première tentative d'évasion ; jarret coupé et seconde fleur de lis à la deuxième tentative ; condamnation à mort à la troisième. De leur côté, les maîtres avaient obligation de fournir à leurs esclaves nourriture, habillement, instruction religieuse et soins ; leur droit de correction était théoriquement limité à la flagellation, les autorités se réservant l'exécution des châtiments.

la ville (moins de 500 hommes) est battue à La Redoute aux portes de Saint-Denis. La même année, Maurice et les Seychelles sont cédées aux Britanniques.

Les Anglais occupent l'île Bonaparte jusqu'au traité de Paris le 30 mai 1814, qui ne sera appliqué que le 6 avril 1815. L'Angleterre rend alors à la France redevenue une monarchie l'île redevenue Bourbon – elle retrouvera son nom définitif en 1848 – en bien mauvais état, alors que Mauritius (ancienne île de France) et Rodrigues restent aux mains des Britanniques. Trois ans plus tard, en 1818, la France abolit la traite des Noirs.

1848-1860 : L'avènement de la canne

Dépossédée de nombreux territoires coloniaux producteurs de canne (en particulier Saint-Domingue et l'île de France), la France décide de faire de Bourbon une **île à sucre** *(p. 57)*. La culture de la canne, qui existait depuis longtemps dans l'île mais à petite échelle pour satisfaire les besoins personnels, est élevée au rang de **monoculture**, au détriment du blé, du riz, du girofle et de ce qui reste de café : la production sucrière passe de 21 t en 1815 à 73 000 t en 1860.

Ce renouveau économique entraîne une restructuration foncière (de grands domaines se constituent aux dépens des petites et moyennes exploitations dont les propriétaires ne peuvent assumer les investissements nécessaires pour cette culture), une importante croissance économique et démographique (la population passe de 110 000 à 211 000 habitants entre 1848 et 1869) et de profondes mutations dans la société, tout particulièrement après l'**abolition de l'esclavage** en 1848. À cette occasion, la deuxième République envoie dans l'île un commissaire général, **Sarda Garriga**, qui, grâce à son charisme et à son humanisme, permettra l'application du décret cette fois-ci sans remous.

Parallèlement, le phénomène d'appauvrissement d'une partie des colons s'accentue. Les **Petits Blancs** *(p. 23)*, ruinés par la miniaturisation des concessions familiales au fil des héritages, acceptent difficilement de travailler aux côtés des esclaves libérés sur les domaines des

Le peuplement

La population de la colonie augmente d'abord lentement avec l'arrivée de colons ou flibustiers, français pour la plupart. Les femmes viennent surtout d'Inde et de Madagascar jusqu'en 1667, date d'arrivée des Françaises de métropole que la Compagnie des Indes envoie « aux îles » afin d'en assurer le peuplement. **En 1674**, on compte 128 habitants : 58 Blancs et 70 Noirs, surtout malgaches et indiens. **En 1696**, 400 à 450 habitants (de deux tiers de Blancs, en majorité français). **En 1713**, 1 171 habitants, dont 633 esclaves. **En 1779**, 6 500 Blancs, 22 600 esclaves et 465 hommes libres, des Indiens de la première heure avant tout.

La révolte

L'unique révolte d'esclaves de l'histoire de l'île Bourbon (1811) ne dépassa pas les frontières de la commune de Saint-Leu. Le projet de conspiration est éventé par un esclave nommé Figaro ; Jean, le meneur des conjurés, est alors arrêté. Deux jours plus tard, un groupe d'esclaves attaque la maison d'un colon et le tue, avant de partir dans les Hauts pour piller plusieurs domaines agricoles. Une troupe de 24 volontaires armés se met en chasse des révoltés qui capitulent rapidement. Parmi eux, 30 seront condamnés à mort, les autres aux fers à perpétuité. Quant à Figaro, il recevra en récompense de sa délation la liberté, une pension viagère, ainsi que l'octroi de la première concession de Cilaos, Îlet-à-Cordes, qui lui appartiendra jusqu'à sa mort en 1860, mais où il ne mettra jamais les pieds. ◆

familles plus aisées. Face à l'omniprésence des grandes plantations sur le littoral, ils sont condamnés à se réfugier dans les Hauts. L'administration décide de leur ouvrir les cirques et les Hautes Plaines qui demeurent leur domaine privilégié même si les plans de mise en valeur des Hauts n'ont pas rencontré le succès escompté. Les problèmes de main-d'œuvre, dus à l'abolition de l'esclavage et au développement de la culture de la canne, obligent la colonie à se tourner vers l'étranger. De 1830 à 1885, quelque 118 000 « **engagés** » du sud de l'Inde, à l'origine de la communauté malbare *(p. 33)*, sont recrutés comme travailleurs agricoles, suivis par des Chinois puis des indo-musulmans qui sont surtout employés dans le commerce.

Cette période de prospérité est marquée par l'administration brillante et efficace d'un gouverneur d'origine créole, **Hubert Delisle**, qui permet la réalisation de grands travaux (routes, ports, irrigation) et la réorganisation administrative de l'île.

1860-1945 : Misère et décadence

Exclusivement axée sur la canne, la prospérité réunionnaise n'est que passagère. À partir de 1860, l'économie de l'île est mise en difficulté par la **crise sucrière** : la concurrence du sucre de betterave fait chuter les prix, un terrible cyclone ravage l'île en 1865, une maladie de la canne (le borer) s'abat sur les champs, tandis que les épidémies de choléra et de paludisme affaiblissent la main-d'œuvre.

En 1868, à la suite d'un mouvement anticlérical, de violentes manifestations éclatent dans la ville de Saint-Denis qui est déclarée en état de siège. La crise s'installe. Un prolétariat urbain et rural de Petits Blancs et d'affranchis sombre dans la misère sur fond d'alcoolisme. Enfin, la création du canal de Suez, en 1869, écarte La Réunion de la route des Indes, donnant un coup de grâce à l'économie locale et isolant les Mascareignes. Dès 1880, la métropole concentre ses efforts sur la conquête coloniale de Madagascar et délaisse La Réunion.

Face à toutes les difficultés économiques qu'ils connaissent, les Réunionnais s'évertuent à garder la tête hors de l'eau : le chemin de fer reliant Saint-Benoît à Saint-Pierre est inauguré en 1882, le port de Saint-Pierre, la même année, cinq ans avant le port artificiel de la pointe des Galets. Afin de contrecarrer la crise sucrière, La Réunion s'essaie à la diversification avec la production de **vanille** *(p. 58)* et de **plantes à parfum** *(p. 59)*. L'île devient rapidement le premier producteur mondial d'essence de géranium, malheureusement aux dépens des dernières forêts des Hauts.

Malgré une baisse d'intérêt de la métropole pour son île de l'océan Indien, durant la Première Guerre mondiale, La Réunion fait preuve d'un patriotisme incontestable : bien que la loi de la conscription ne s'applique pas à la colonie, près de 15 000 hommes s'engagent. Trois mille d'entre eux n'en reviendront jamais.

Ralliée à Vichy au début de la **Seconde Guerre mondiale** sous le commandement d'un gouverneur très légaliste, La Réunion souffre d'un terrible blocus britannique. Elle est libérée le 28 novembre 1942 par les Forces françaises libres (FFL), embarquées à bord du bâtiment de guerre le *Léopard*. Néanmoins, le blocus a révélé les fragilités de l'île. Elle en sort très affaiblie, faisant figure de pays sous-développé souffrant du manque d'hygiène, d'enseignement, de cadres et d'équipements de base.

1946-1960 : Naissance d'un DOM

À la sortie de la guerre, le parti communiste réunionnais (encore très influent aujourd'hui avec l'action de la famille Vergès au Port) et les syndicats de cheminots reprennent vigoureusement la revendication qu'ils mènent depuis une dizaine d'années: «La Réunion, département français.»

Les quatre vieilles colonies françaises s'unissent derrière leurs députés – Léon Lepervanche et Raymond Vergès pour La Réunion, Monnerville pour la Guyane, Eberré pour la Guadeloupe, Bissel et Césaire pour la Martinique –, qui soumettent un projet à l'Assemblée nationale. Le 19 mars 1946, cette dernière vote à l'unanimité la loi qui transforme les quatre colonies en **départements d'outre-mer**.

Les lois de la métropole s'étendent désormais à La Réunion, placée sous l'autorité d'un préfet, Saint-Denis devenant chef-lieu, Saint-Paul, Saint-Pierre et Saint-Benoît ses sous-préfectures. Mais le chemin vers la décolonisation, la dignité sociale, le respect mutuel et la meilleure répartition des richesses est long. Les efforts en matière de **santé** et de **scolarisation** sont les premiers signes du progrès.

Les bienfaits de la départementalisation, longue à se mettre en place, ne suffisent pas à apaiser la vie politique locale où s'affrontent deux volontés: l'une partisane du pouvoir central, l'autre revendiquant une délégation des pouvoirs au niveau régional, cette ligne étant représentée le plus souvent par le parti communiste.

Il faut attendre les années 1960 pour que La Réunion, sous l'impulsion de **Michel Debré** *(ci-dessous)*, entre dans l'ère de la France moderne et que la quasi-totalité des colonies françaises gagnent leur indépendance (l'île Maurice obtient la sienne en 1968).

Depuis 1960 : Malaises et espoirs

Depuis 1973, La Réunion a l'avantage d'être la seule **région monodépartementale** de France (au budget du conseil général s'ajoute celui du conseil régional, les compétences étant réparties entre les deux collectivités locales). Pourtant, à l'heure de l'**égalité sociale avec la métropole**, des télécommunications par satellites, des routes à quatre voies, des hypermarchés et des liaisons régulières par avion, La Réunion est toujours un département français à part.

Michel Debré

Né le 15 janvier 1912 à Paris, Michel Debré est mobilisé en 1940. Fait prisonnier, il s'évade et participe à la Résistance. À la Libération, il devient commissaire de la République à Angers, puis rejoint le cabinet du général de Gaulle en 1945-1946. En 1958, lors du retour du général, il est nommé garde des Sceaux puis Premier ministre jusqu'aux accords d'Évian (1962). Il aura en charge les ministères de l'Économie et des Finances (1966-1968), des Affaires étrangères (1968-1969) et de la Défense nationale sous la présidence de Pompidou (1969-1973). Élu à l'Académie française en 1988, il meurt le 2 août 1996. Tous ces titres font souvent oublier la mission réunionnaise qui fut la sienne: il découvre La Réunion lors d'un séjour, en 1959, au cours duquel il accompagne un général de Gaulle très acclamé. Le ministre s'attache à cette île dont les infrastructures sont encore fragiles. Il en devient député en 1963, élu dans la première circonscription avec plus de 80 % des suffrages exprimés. Réélu jusqu'en 1989, il contribue au développement du département. Durant cette période de rattrapage des standards métropolitains, de nombreuses réalisations voient le jour: lancement d'importants programmes de logements, de constructions d'établissements scolaires (lycée Roland-Garros), le régiment de service militaire adapté, les cités du Chaudron, la zone industrielle du Port, la première centrale hydroélectrique (Takamaka en 1964), de nombreuses routes dont la liaison rapide Saint-Denis-La Possession, un nouvel aéroport... ◆

Derrière les apparences d'un DOM modèle se cache le désarroi d'une petite île où, depuis plus de dix ans, plus de 30 % des personnes en âge de travailler sont au **chômage**, où la jeunesse a perdu ses repères, où les entreprises ne parviennent pas à se sortir du marasme et où la politique d'**assistanat** paralyse l'initiative.

Avec la départementalisation, les **transferts financiers** ont fait perdre aux activités de production leur raison même d'exister. Cet argent « importé » constitue le gros du revenu intérieur de l'île, qui tombe dans la bourse des Réunionnais sans contrepartie productive réelle. La consommation augmente, les importateurs s'enrichissent. Les écrans de publicité et les vitrines se font le miroir d'une société de consommation dont bon nombre de Réunionnais se sentent exclus. Une partie de la population subsiste à travers les indemnités Assedic et une économie souterraine fondée sur la débrouille et la solidarité familiale: bâtiment au noir, vente de « zamal » (cannabis), pêche braconnée… Une autre épanche son mal de vivre dans le rhum Charrette ou le mirage de la Française des jeux (131 millions d'euros joués en 2005, auxquels s'ajoutent 153 millions d'euros pariés au PMU). Parallèlement, une fracture sociale oppose fonctionnaires privilégiés et petits planteurs en faillite. Après les promesses électorales, les frustrations s'accumulent, débouchant parfois sur des réactions violentes – les événements du quartier du Chaudron en 1991 *(ci-contre)* – dans une île pourtant considérée comme paisible.

Alors que La Réunion n'a jamais été aussi riche, elle paie aujourd'hui les conséquences d'une mutation trop rapide qui l'a fait passer en un demi-siècle du stade du sous-développement à celui d'une société occidentale moderne. Malgré le malaise socio-économique évident qu'elle a engendré, cette période d'évolution débouche aussi sur une nouvelle prise de conscience de l'identité créole et de la valeur touristique de l'île. Trop longtemps prise dans l'étau de l'assistanat, La Réunion

Camille et Margie Sudre

Né en métropole, Camille Sudre s'installe à La Réunion et y crée Radio Freedom en 1981. L'adhésion des créoles à cette première radio libre est fulgurante. Adoré, le docteur *zoreil* devient le porte-parole du petit peuple. Fort de son succès, il lance en 1986 Télé Freedom. En 1991, le Conseil supérieur de l'audiovisuel demande à Télé Freedom, qui émet illégalement depuis 1986, de stopper ses émissions. Camille Sudre refuse et les téléspectateurs soutiennent « leur » télé. Le préfet Constantin fait saisir les émetteurs et le matériel de Télé Freedom. Camille Sudre est condamné à trois mois de prison avec sursis et à 800 000 francs de dommages et intérêts. Les laissés-pour-compte de la société réunionnaise, galvanisés par les appels au soulèvement de Camille Sudre, s'attaquent aux signes extérieurs de richesse d'une société de consommation dont ils se sentent écartés. Les émeutes antigouvernementales du Chaudron feront 10 morts à Saint-Denis. Vainqueur des élections de 1992 (31 % des voix), Camille Sudre devient président du conseil régional. Son élection est invalidée par le Conseil d'État pour abus de propagande sur les ondes de sa radio. Dans l'incapacité de se représenter aux nouvelles élections organisées en 1993, Camille Sudre propose la candidature de son épouse Margie, qui les gagne! Elle devient présidente de la Région, mais s'éloigne des idées politiques de son mari pour se rapprocher de la droite. Secrétaire d'État chargée de la Francophonie, elle fait partie des « juppettes » entre 1995 et 1997, puis est élue députée européenne en 1999. Depuis 2009, l'ex-présidente de la délégation des députés européens UMP n'a plus de mandat d'élue, mais a été nommée présidente du Conseil supérieur de la commande publique à La Réunion par le gouvernement Sarkozy en 2010. ◆

doit aujourd'hui s'inventer un lendemain qui rompt définitivement avec son passé esclavagiste et s'ouvre sur les espaces de l'Europe et de l'océan Indien au sein desquels elle doit trouver sa place. Difficile équation...

Un climat politique particulier

En 1991, les tensions sociales se cristallisent autour de l'interdiction d'émettre de Radio (puis de Télé) Freedom, support médiatique populaire (voire populiste) dont l'antenne libre donnait de la voix contre les injustices de la société réunionnaise. Sous la houlette de son directeur, Camille Sudre *(ci-contre)*, la contestation se transforme en une colère de la rue non maîtrisée: au centre de la révolte, le **quartier du Chaudron** devient le théâtre d'émeutes et de pillages, réactions d'un quart-monde exclu de la société de consommation et confronté à un avenir sans perspectives.

Affaires, corruption et magouilles

Elles ont marqué la vie politique locale ces dernières années. À partir de 1991, l'État français se lance dans une opération «**Mains propres**» qui va porter ses fruits: Éric Boyer, ancien président du conseil général, est condamné à dix ans de prison, puis c'est au tour des maires de Saint-Denis, de Salazie... au total, 17 communes sur les 24 que compte l'île ont eu affaire à la justice.

En 1993, l'**affaire Vergès** retentit comme une bombe: Pierre Vergès, conseiller général et maire du Port, prend le maquis pendant trois ans à la suite d'une affaire de fausses factures. À travers lui, c'est toute la famille Vergès et l'ensemble du parti communiste réunionnais qui sont touchés (le grand-père Raymond est une figure tutélaire de la vie politique locale, le père Paul – frère jumeau de Jacques, célèbre avocat parisien – est alors président du PCR). Depuis, la famille s'est refait une santé politique: **Paul Vergès** est devenu président de la Région en 1998 (réélu en 2004 pour un mandat de 6 ans) et député européen en 2004. En tant que président de l'Observatoire national sur les effets du réchauffement climatique en France métropolitaine et dans les départements et territoires d'outre-mer (ONERC), il a placé au cœur de son action politique l'environnement et les énergies renouvelables, à La Réunion en particulier. Son fils Pierre, de retour de cavale en 1996, a retrouvé un siège au conseil général en 2001, avant de devenir vice-président du conseil régional, délégué aux affaires générales et financières, en 2004.

De 2004 à nos jours

La condamnation en 2004 d'André Thien Ah Koon (ex-maire du Tampon) à 18 mois de prison avec sursis pour abus de biens sociaux, ainsi que les dernières élections de 2004, ont confirmé le sentiment de confusion et de méfiance des Réunionnais vis-à-vis de la politique: alors que la Région, dirigée pendant douze ans par Paul Vergès (PCR), revenait à droite avec l'élection de Didier Robert (UMP) en 2010, Nassimah Dindar (UMP aussi, mais d'un camp opposé...) était réélue à la tête du Département avec une majorité de communistes, socialistes et «modemistes»... Cette dernière ne se contente pas d'être la seule femme musulmane de France à la tête d'une telle collectivité locale, elle est aussi la seule présidente de droite à la tête d'une majorité de gauche.

Quelles que soient leurs étiquettes, les dirigeants réunionnais auront fort à faire pour relancer une île qui compte 1 Réunionnais adulte sur 4 allocataires d'un minima social et encore plus de 100000 illettrés. Une politique de développement durable est en cours avec le **projet Gerri**, déclinaison territoriale du Grenelle de l'environnement, www.gerri.fr. ◆

focus

Des livres et des disques

Histoire et société

LAVAUX (Catherine), ***La Réunion, du battant des lames au sommet des montagnes***, Cormorans, 1998. Réédition augmentée d'un ouvrage de 1973. Un livre de référence qui, commune par commune, met La Réunion en perspective à travers son histoire, sa nature, ses traditions, à la façon d'un passionnant guide encyclopédique.

SCHERER (André), ***La Réunion***, « Que sais-je ? », PUF, 1994. Une synthèse efficace de l'évolution de l'île, des premiers colons à nos jours.

THÉLIER (Gérard), ***Le Grand Livre de l'esclavage***, Orphie, 1998. De la traite à l'abolition en passant par la résistance (à La Réunion mais aussi aux Antilles et en Guyane), le tout servi par une iconographie très riche.

VAXELAIRE (Daniel), ***Guide encyclopédique de La Réunion***, Orphie, 2007 (réédition). Journaliste, historien, romancier... Vaxelaire se fait ici encyclopédiste pour nous faire découvrir La Réunion en plus de 300 pages, 1 900 photos et schémas. Beaucoup plus qu'un simple guide touristique.

VAXELAIRE (Daniel), ***Le Grand Livre de l'histoire de La Réunion*** (2 volumes), Orphie (2009). Édition mise à jour d'un ouvrage de référence. Un volume qui couvre la période s'étalant depuis les origines jusqu'à 1848 ; un second de 1848 à nos jours.

VAXELAIRE (Daniel), ***C'était hier*** (plusieurs volumes), Orphie (2010). Une promenade dans La Réunion *lontan* à travers les photos d'époque commentées dans les suppléments dominicaux du *Journal de l'île de La Réunion*.

CHAUDENSSON (Robert), ***Les Créoles***, « Que sais-je ? », PUF, 1995. Hommes et langues, une bonne synthèse de la « créolité » à travers le monde.

JONCA (Fabienne) et MOREAU (Hélène), ***La Réunion des religions***, Océan Éditions (2010). Un livre illustré destiné aux enfants à partir de 8-10 ans, qui met en scène les principales religions présentes à La Réunion. Un bon support pédagogique pour l'apprentissage de la tolérance.

Littérature

LAURET (Edmond René), ***Aïna, Réunion's Blues***, Boucan (2009). Dans cet essai romanesque, qui met en scène un fonctionnaire de retour à La Réunion après trente ans d'absence, l'auteur de ***Sirandane au kabar des dieux*** nous invite à découvrir l'âme réunionnaise.

VAXELAIRE (Daniel), ***Chasseur de Noirs***, Orphie, 2000. Joli roman historique au temps des premiers colons de l'île Bourbon. Beaucoup d'autres ont suivi, dont ***Les Chasseurs d'épices***, Orphie, 2001 ; ***Grand-Port***, Phébus, 1992 ; ***Les Mutins de la liberté***, Phébus, 2001.

Bande dessinée

APPOLO et HUO-CHAO-SI, ***La Grippe coloniale : le retour d'Ulysse*** (tome 1), Vents d'Ouest, collection Équinoxe, 2003. En 1919, des Réunionnais démobilisés après la Grande Guerre sont de retour sur l'île… et, avec eux, la grippe espagnole. Par deux auteurs ayant sévi avec bonheur dans la revue réunionnaise *Le Cri du margouillat*.

TÉHEM, ***Îlet-Titby***, Centre du Monde, collection Bichik, 2005. Le premier album (réédité) mettant en scène Tiburce, petit Blanc des Hauts et garnement récurrent de ce classique de la BD réunionnaise. Un humour décapant, subtil, politique et pimenté de créole.

WESH (Jef), ***La Dodo lé pa là*** (3 tomes), Orphie (2007). Premier album d'une série aux personnages récurrents : les aventures de Félicien Margouille, un détective privé de Saint-Pierre, toujours accompagné de ses deux pulpeuses assistantes jumelles, Tsé et Tsé (!).

Collectif, ***Marmites créoles***, collection Zambrokal, Centre du Monde, 2011. Recettes de l'océan Indien en BD par les auteurs du regretté *Margouillat* (une revue locale devenue culte).

Beaux livres

Les photographes réunionnais Serge GÉLABERT et Noor AKHOUN ont produit de nombreux ouvrages de qualité sur La Réunion et l'océan Indien.

ATHÉNAS (François-Louis) et HOAREAU (Michèle), ***Rhum, le rhum de l'île de La Réunion, tradition d'hier, légende de demain***, éd. Syndicat des producteurs de rhum de La Réunion, 2001. Un coffret de luxe contenant un portfolio de grande qualité ainsi qu'un livret explicatif. ◆

···> Voir aussi notre sélection de topo-guides et livres de randonnée p. 50

···> Consulter aussi www.livranoo.com, qui se présente comme « la plus grande librairie en ligne de l'océan Indien ».

Disques

PERSÉE (Patrick), ***Ti Galet***, 2001, www.tigalet.com. Rencontre musicale entre un jeune « marmaille Chaudron » et Claude Francesconi, guitariste rock parisien.

PERSÉE (Patrick), ***Kaya*** (2007). Album hommage au rasta mauricien Kaya mélangent les musiques du monde.

PÉTERS (Alain), ***Vavanguèr***, Takamba (label du Pôle des musiques actuelles de La Réunion), 2008. Version remasterisée de l'album culte du renouveau de la musique réunionnaise au début des années 1970, avec 7 séquences vidéo en prime.

RAS NATTY BABY, ***Harmaguedon***, Sony, 1997. Un bon album de seggae, ce mélange très tonique de séga et de reggae.

ZISKAKAN, ***4 ti mots***, Virgin, 2001. Le dernier album de Gilbert Pounia, ce chantre de la world music qui marie instruments traditionnels et synthétiseurs. ◆

itinéraires
76

Longue allée de cocotiers marquant l'entrée d'un ancien domaine sucrier.
© Bertrand Rieger/Hemis.fr

bonne initiative

La Réunion et l'environnement

La Réunion bénéficie d'un écosystème exceptionnel et fragile. Depuis son classement au **patrimoine mondial par l'Unesco**, elle attire de plus en plus une clientèle soucieuse de l'environnement, et mise beaucoup sur l'**écotourisme**.

Une biodiversité sous surveillance

Parcs et sites protégés. L'intérieur de l'île est désormais classé en parc national et possède plusieurs sites protégés: la **forêt littorale**, près de L'Étang-Salé *(p. 156)* et la **forêt de Sainte-Marguerite** *(p. 119)*, où les écogardes proposent des randonnées commentées. Découvrez aussi les réserves naturelles de **Mare-Longue** *(p. 176)*, **Roche Écrite** *(p. 99)*, ou encore le lagon avec les animateurs de la **Réserve marine** *(p. 51)*.

Associations pour le respect de la nature. **Abyss «Les oreilles de l'océan»** est une association qui observe et étudie les cétacés, et partage cette passion avec le public (fondationabyss.blogspot.com). La **SREPEN** (Société réunionnaise pour l'étude et la protection de l'environnement) est la plus active de l'île et gère la réserve naturelle de la Roche Écrite avec l'ONF et la SEOR (Société d'études ornithologiques de La Réunion, *p. 133*).

Les «Villages créoles» constituent un réseau de 15 villages engagés dans une démarche responsable, mettant en valeur les richesses et la diversité de l'île.

Innovations environnementales

Des projets plein les cartons. La Réunion se place déjà au deuxième rang européen pour la production solaire thermique. À cela vient s'ajouter l'exemplarité du territoire réunionnais souhaitée par la Région et par l'État (projet GERRI, *voir ci-dessous*), qui a pour objectif de faire de La Réunion un modèle d'intégration de toutes les innovations environnementales – mobilité, énergie, urbanisme, construction et tourisme – d'ici à 2030).

Aux sources d'énergies renouvelables déjà exploitées (hydraulique, solaire photovoltaïque, éolien, bagasse), viennent s'ajouter de nombreux projets: l'énergie thermique des mers (Le Port et Saint-Pierre), l'énergie osmotique (Sainte-Rose), l'énergie de la houle (Saint-Pierre)... Autre projet en attente, la création d' «écolodges» dans des sites remarquables: la forêt de Bélouve, les abords du piton de la Fournaise et le Tremblet.

Pratique. Retrouvez toutes les adresses (hébergements, restaurants, transports, activités) jugées respectueuses du développement durable, grâce au symbole ☘.

Saint-Denis et le Nord

Coincée entre mer et montagne, Saint-Denis a grandi trop vite, partant à l'assaut de la plaine cannière qui la prolonge à l'est et des pentes volcaniques qui la dominent. La dizaine de kilomètres qui sépare l'aéroport et le centre-ville donne le ton: voies express, ravines endiguées de béton en prévision d'une éventuelle crue tropicale, zone industrielle du Chaudron, immeubles standardisés des cités de banlieue... loin de l'imaginaire associé aux îles tropicales.

Pourtant, Saint-Denis est une ville en constante mutation qui mérite mieux que son image de préfecture endormie dès sept heures du soir. À l'image de La Réunion, elle est discrète mais chargée de contrastes, balancée entre traditions rurales et mondialisation économique, cosmopolite et multicolore.

Durée: 1 j. suffit pour avoir un bon aperçu. Prévoir 1/2 j. pour le centre à pied (*p. 82*), et 1/2 j. pour une balade dans les Hauts (*p. 92*).

Itinéraires 1 à 5.

Plan en rabat arrière de couverture.

Bonnes adresses p. 220.

▲ Le long du Barachois, quelques vieux canons veillent sur le large, la silhouette massive du cap Bernard barrant l'horizon.

© Bertrand Rieger/Hemis.fr

Avec près de 145 000 habitants, la commune de Saint-Denis est la plus importante de l'outre-mer français. On peut compter 170 000 personnes pour l'agglomération dionysienne et 190 000 pour l'aire urbaine comprenant les communes de Sainte-Marie et Sainte-Suzanne avec lesquelles la capitale forme une communauté d'agglomérations. On est bien loin du fort du XVIe s...

PETIT FORTIN DEVIENDRA GRAND...

Le vaisseau *Saint-Denis* est le premier à reconnaître le site en 1667, devant l'estuaire de la rivière qui prend alors son nom. Deux années plus tard, Étienne Régnault et ses colons *(p. 132 et p. 65)* s'y établissent, après s'être initialement installés en baie de Saint-Paul. Malgré les difficultés d'accostage, ce nouvel établissement doit servir de relais aux équipages de la Compagnie des Indes. Les infrastructures se résument à quelques logements regroupés autour d'un premier magasin en dur (actuelle préfecture) où sont stockées les marchandises.

En 1738, le gouverneur général des îles de France, **Mahé de La Bourdonnais** *(p. 66)*, en fait la capitale de l'île aux dépens de Saint-Paul. La cité se développe alors peu à peu: en 1743, on y construit la première église et le palais du gouvernement (l'actuelle préfecture); en 1770, « le quartier de Saint-Denis ressemble assez à une grosse bourgade [...] On ne peut y voir de remarquable qu'une redoute fermée, construite en pierres, mais qui est située trop loin de la mer, une batterie devant le Gouvernement, et le pont-levis », comme le relate Bernardin de Saint-Pierre; en 1771, le chevalier Banks, « arpenteur du Roy », dessine les **plans de la ville basse** où les principaux bâtiments apparaissent sur un damier de rues étroites se coupant à angle droit – douze dans le sens est-ouest, sept dans le sens nord-sud dont la Grand-Rue, actuelle avenue de la Victoire. C'est sur la base de cette topographie que la ville va se construire puis s'agrandir. En 1790, la localité, qui compte alors 7 000 habitants, prend le titre de **commune**.

En 1815, les Anglais rendent l'île Bourbon à la France. Saint-Denis retrouve son statut de capitale et peut poursuivre son développement sous l'impulsion des négociants et des édiles locaux. Ainsi, le **gouverneur Milius** qui dote Saint-Denis d'un nouveau pont débarcadère ···> encadré p. 85 au niveau du Barachois, d'un collège royal, d'une école de droit, d'un hôpital, d'une caserne d'artillerie (actuelle DDE), d'un palais colonial (actuel muséum du jardin de l'État)...

UNE CAPITALE EN DEVENIR

L'essor de la ville se confirme durant la seconde moitié du XIXe s., en particulier grâce à la volonté du **gouverneur Henri Hubert Delisle** et à l'argent de la canne à sucre qui, conjointement, permettent à l'agglomération de se structurer, de s'embellir, de s'agrandir.

En rive gauche de la rivière Saint-Denis, bloqué par la falaise et la vocation militaire du quartier de La Redoute, le développement urbain s'opère autour de la nouvelle paroisse de La Délivrance. En rive droite, sur des terrains moins accidentés, les faubourgs s'organisent autour de grands domaines sucriers pour devenir de véritables quartiers périphériques: Le Chaudron, Sainte-Clotilde, Domenjod, Le Butor, La Providence... À la fin du XIXe s., Saint-Denis résiste mieux à la crise économique généralisée et aux épidémies que la capitale mauricienne, sa rivale de toujours. Les quartiers d'altitude, Saint-François, La Montagne, Le Brûlé, deviennent des lieux de villégiature ou de « changement d'air » pour la classe aisée.

Malgré tout, Saint-Denis n'est encore au tournant du XXe s. qu'une **petite ville de province sous-équipée** (36 000 habitants en 1918) affaiblie par la récession économique et le paludisme. Alors que la bourgeoisie défile en crinoline et casque colonial rue de Paris, les travailleurs vivent dans des conditions misérables dans les quartiers insalubres de la périphérie (autour de la rue du Ruisseau-des-Noirs, ou dans les « camps » qui leur sont destinés, comme le camp Ozoux au-dessus du quartier de La Source).

Sur les rails du modèle métropolitain

Après les privations dues au blocus durant la Seconde Guerre mondiale, la loi de départementalisation (1946) va mettre Saint-Denis sur les rails du modèle métropolitain, nouveau statut de préfecture oblige. L'arrivée massive de subventions, combinée à l'exode rural et à la croissance démographique (40 000 habitants au début des années 1950, trois fois plus en 1990), va entraîner la ville dans une **croissance urbaine** mal maîtrisée.

À partir des années 1960, les immeubles remplacent les bidonvilles qui se sont constitués en couronne de l'agglomération (certains subsisteront jusque dans les années 1990). Aux problèmes d'insalubrité se substituent des problèmes sociaux liés au désœuvrement et à l'inhumanité des grandes cités bétonnées. Le Chaudron, Sarcelles, même combat ! Les événements de 1991 *(p. 73)* l'ont tristement rappelé.

Aujourd'hui, alors que la commune du Port absorbe l'activité économique et que la côte ouest s'est accaparée le quasi-monopole de la vie touristique et festive, Saint-Denis s'est donné les moyens d'échapper à son image de cité administrative peu dynamique.

Cependant, si les grands projets ne manquent pas, ils se modifient en même temps que les équipes municipales et n'ont guère avancé depuis l'arrivée en 2001 du maire UMP **René-Paul Victoria**. À l'image du projet tram-train qui, à l'échelle régionale, a fait les frais du changement de majorité à la tête de la Région, la plupart des très ambitieux projets que l'ancien maire nourrissait pour la « première ville de l'outre-mer français » n'ont pas survécu à la victoire du socialiste Gilbert Annette aux élections municipales de 2008.

Ainsi, le réaménagement du front de mer a été revu à la baisse pour ne retenir désormais qu'un boulevard Nord souterrain qui relierait le Barachois au pont Pasteur en tranchée couverte ; en face du Petit Marché, le fameux « Pôle Océan », qui avait fait couler beaucoup d'encre et soulevé la fureur des influents commerçants zarabes du centre-ville, a lui aussi été entièrement repensé au profit d'un « **Espace Océan** » moins exclusivement commercial mélangeant logements, bureaux et commerces ; autre projet abandonné par la nouvelle municipalité, le **Zénith** de La Réunion ne verra finalement pas le jour à Saint-Denis comme prévu, mais sur la commune du Port.

Parmi les cinq grands projets portés par l'équipe de Gilbert Annette, on notera le **Parc aquatique**, qui verra le jour entre la piscine du Butor et le vélodrome de Champ-Fleuri, et la **Cité des Arts**, à l'emplacement de l'ex-Espace Jeumont, dont une partie devrait être ouverte au public en 2014. Après avoir été entièrement réhabilitée, la salle de concert et de spectacle du Palaxa a d'ores et déjà été inaugurée en février 2012. ◆

1 | Le centre-ville de Saint-Denis★

© Sylvain Grandadam

Départ : Barachois **B1** (front de mer).

Durée : 1/2 j. à pied hors visites (commencer tôt pour éviter la chaleur).

Se repérer : la structure en damier des rues du centre rend l'orientation aisée (circulation à sens unique, alternée d'une rue à l'autre). Délimitations du centre : Barachois au N, rue du Maréchal-Leclerc à l'E, jardin de l'État au S, rivière Saint-Denis à l'O.

Ne manquez pas : les maisons créoles *(p. 86)*, le musée d'art Léon-Dierx *(p. 87)* et d'Histoire naturelle *(p. 88)*.

Plan en rabat arrière de couverture.

Bonnes adresses p. 220.

De la jetée Milius, il ne reste que des fondations. Le Barachois désigne une partie du **front de mer** bordée par un mur de protection, gazonnée et plantée d'arbres tropicaux. Les Dionysiens s'y délassent, pour un jogging matinal, une flânerie de fin de journée ou une sortie dominicale.

Autour du Barachois★

B1 Autrefois animée, la promenade du Barachois *(voir histoire de la jetée Milius* ⇢ **encadré p. 85***)* a longtemps souffert du **projet de réaménagement du front de mer** de la municipalité de René-Paul Victoria, qui a figé tout le périmètre en attente de travaux. Mais, en 2007, la dépression tropicale Gamède est passée par là, emportant avec elle la plate-forme d'études du projet, suivie en 2008 par l'arrivée de la nouvelle équipe de Gilbert Annette, qui juge le projet « pharaonesque » et fait une croix dessus (ainsi que sur les sommes énormes dépensées inutilement pour ses études).

À défaut de plage (quand on voit l'état de l'océan ici, l'idée paraissait d'ailleurs plus que saugrenue), la nouvelle mairie prévoit de préserver le Barachois de la circulation, véri-

◄ La façade de l'ancien hôtel de ville de Saint-Denis, rue de Paris, mélange classicisme et influences créoles.

table plaie locale, en canalisant le trafic en tunnel sous la RN1 (le premier coup de pioche est programmé pour 2015), et de redonner vie au site à travers des animations publiques.

Ainsi, à intervalles réguliers, le Barachois retrouve désormais la foule et la bonne humeur grâce à un **marché de nuit** (théoriquement, le premier samedi du mois), des **concerts de musique** réunionnaise (le Kabarachois kréol, chaque quatrième samedi du mois) ou de jazz (Jazz ô Barachois, le troisième samedi du mois).

Sur le site de l'ancienne piscine du Barachois (construite en 1959 puis laissée à l'abandon pour finalement être recouverte en 2012), un « espace lounge », avec bar, discothèque et restaurant devrait ouvrir au mois de mars 2013.

La place Sarda-Garriga. *Dans le prolongement, au pied de l'hôtel de luxe Le Saint-Denis et du casino.* Cette place porte le nom du commissaire général de la République ayant promulgué les décrets d'abolition de l'esclavage à La Réunion *(p. 68)*. À l'arrière du kiosque à musique, les bâtiments qui abritaient autrefois la maison de la Montagne et le relais départemental des Gîtes de France *(p. 267)* présentent une grande homogénéité de style colonial (1852).

La place du 20-Décembre-1848*. *En venant de l'O par le front de mer.* Votre chemin croisera forcément cette petite place, bordée par les canons d'une batterie reconstituée pointant la silhouette massive du cap Bernard qui barre l'horizon. En face s'élève la **statue de Roland Garros** (devant la ♦ **10. brasserie** du même nom, *p. 223*), pionnier de l'aviation, né à Saint-Denis en 1888, rendu célèbre par sa traversée de la Méditerranée sans escale en 1913, et tué au combat en 1918 dans les Ardennes.

9 camion-bars. Vous les trouverez à côté de la place Sarda-Garriga et de la piscine du Barachois. Véritable institution, ils servent à toute heure des sandwichs « thon-maïs », des bouchons à la vapeur ou des repas complets (cari-riz-grains-rougail dans une barquette en plastique). L'un des rares endroits pour se restaurer après 22 h.

À l'angle de la place Sarda-Garriga et de la rue Jean-Chatel, le siège de **RFO** (Réseau France Outre-mer) a été aménagé dans une ancienne caserne d'artillerie en forme de U agrémentée de galeries à jalousies.

Le bâtiment de la DDE. *Toujours en longeant le front de mer, à l'angle avec la rue Juliette-Dodu.* La DDE (Direction départementale de l'Équipement) occupe un ancien parc d'artillerie, représentatif de l'architecture militaire coloniale du XIXe s., remarquablement préservé. À travers le

Saint-Denis by bus

L'agglomération dyonisienne bénéficie d'un bon réseau de bus, **Citalis** : une cinquantaine de lignes, 1500 arrêts sur Saint-Denis et les communes de Sainte-Marie et Sainte-Suzanne.

À Saint-Denis, trois espaces bus sont à la disposition des passagers, à l'**hôtel de ville**, au **Petit Marché** et au **mail du Chaudron** *(ouv. lun.-ven. 7h30-18h, sam. 8h-17h ; ☎ 0800. 655.655 appel gratuit)*. On y trouve de la documentation sur le réseau et on peut y acheter des billets moins cher que dans les bus *(1 € en 2012 ou 0,76 € par carnet de 10 au lieu de 1,30 € dans le bus)*.

Peu utile en centre-ville où les déplacements se font **à pied**, le bus peut s'avérer pratique pour découvrir les écarts de la commune ou rallier un départ de randonnée, la plupart des Hauts étant desservis au départ du centre-ville *(terminus bd de l'Océan à côté du Petit Marché ou à l'hôtel de ville)*. ♦

itinéraire 1

Saint-Denis de bas en Hauts

Plusieurs petites routes en lacets partent à l'assaut du relief qui domine la ville: la D41 vers **La Montagne** *(p. 95)*, la D42 vers **Le Brûlé** *(p. 99)*, ou la D60 vers **Bois-de-Nèfles** *(p. 100)*. Dans tous les cas, au-delà des quartiers résidentiels huppés, on atteint rapidement une nature relativement préservée, avec son lot de végétation tropicale, de kiosques à pique-nique, de sentiers pédestres, de cascades... ◆

portail de la rue Juliette-Dodu, on peut facilement observer ce beau bâtiment en pierre de taille, muni d'étages en galeries distribués autour d'une cour qui s'ouvrait autrefois sur des ateliers et des écuries de mules, et qui abrite toujours les deux splendides baobabs plantés à sa construction il y a quelque cent soixante ans.

L'ancienne voie royale★★

··· **B1-2-3-4** Depuis la pl. du 20-Décembre-1948, remonter l'av. de la Victoire, puis la rue de Paris dans son prolongement.

À la perpendiculaire du front de mer, le prolongement de l'avenue de la Victoire et de la rue de Paris forme l'axe historique de la ville. Autour de cette artère se concentrent les monuments anciens, les bâtiments datant de la Compagnie des Indes (reconnaissables à leurs pierres noires massives taillées dans le basalte) et les plus belles villas créoles. La visite qui suit constitue un bon début en matière d'exploration de la ville.

La préfecture et ses abords★

··· **A1-2** Accès depuis le square La Bourdonnais.

Tout de suite à dr., le **square La Bourdonnais** est une ancienne place d'armes ombragée où se déroulaient toutes les grandes manifestations de la colonie et où trône la statue du célèbre gouverneur *(p. 66)*, inaugurée en 1856 et sœur jumelle de celle de Port-Louis à l'île Maurice.

L'hôtel de la préfecture★. *À côté du square. Se visite uniquement pendant les Journées du patrimoine ; le reste du temps on se contente de le voir à travers les grilles côté mer.* Cette belle bâtisse coloniale à colonnades est restée fidèle aux plans originaux de 1733 avec son corps central et ses deux ailes formant un U. D'abord siège et entrepôt de la Compagnie des Indes, elle fut fortifiée avant d'être transformée, à partir de 1764, en hôtel de Gouvernement, résidence officielle des gouverneurs, puis des préfets.

Le fronton du porche d'entrée porte les armoiries de Charles X et, à l'intérieur du bâtiment, est conservée la pierre commémorative de la prise de possession de l'île, en 1671, par Jacob Blanquet de la Haye, vice-roi des Indes.

L'ancien hôtel de Joinville★. *À l'arrière de la préfecture, dans la rue des Messageries, qui borde le square La Bourdonnais.* Ne manquez pas de jeter un coup d'œil à ce bel ensemble architectural classique (début XIXe s.). Il se situe à l'emplacement de l'église Saint-Louis dont le cimetière occupait autrefois une partie des jardins de la préfecture. Tour à tour hôtel particulier, établissement de bains publics et siège des Messageries maritimes, le bâtiment accueille désormais une annexe de la préfecture.

L'avenue de la Victoire★

··· **B1-2** Reprenez l'av. de la Victoire vers le S.

Au bout de quelques dizaines de mètres, sur la g., le petit **square Leconte-de-Lisle** est l'une des plus vieilles places de la ville, au centre de laquelle se dresse le buste du plus célèbre poète réunionnais *(p. 27)*. En prenant sur la gauche la rue Rontaunay, on rejoint rapidement la **palais Rontaunay** (au n° 5), bel exemple de maison créole bourgeoise admirablement restaurée.

Longtemps siège du conseil général de La Réunion, puis lieu d'expositions, il abrite désormais la **centrale d'information et de réservation régionale IRT** (Île de La Réunion Tourisme, *p. 220*), ainsi que le relais départemental des Gîtes de France.

La cathédrale Sainte-Marie* B2.

Un peu plus haut dans l'av. de la Victoire, au n° 22 ☎ *02.62.21.00.81*. Édifiée entre 1829 et 1832, elle occupe une placette ombragée de ficus où coule une jolie **fontaine** en fonte de 1854 représentant des allégories du Commerce, de la Marine, de l'Industrie et de l'Agriculture (œuvre de Jean-Baptiste de Bay).

Le **tympan** du fronton, commandé à l'atelier Virebent de Toulouse, représente le martyre de saint Denis (reconnaissable à la crosse et à la mitre posées à ses côtés), apôtre des Gaules et premier évêque de Paris au IIIe s., décapité avec deux de ses compagnons, sur ordre du préfet romain Fescennius; sur la gauche du tympan, on peut remarquer un bébé soutenant une croix, symbole de l'avenir du monde catholique et des chrétiens.

Pour le reste, l'intérêt architectural de l'édifice est assez limité: à l'époque de sa construction, l'utilisation de béton armé et de ciment, de moellons apparents et de verrières en dalle de verre, l'avait inscrit dans une modernité qui aujourd'hui peut sembler assez quelconque. On appréciera cependant la qualité des travaux de restauration, entrepris dans le cadre du jubilé de la cathédrale (1860-2010), qui ont restitué tout leur éclat à la nef et à son plafond à caissons.

ice-cream ? À 100 m de la cathédrale, vous trouverez l'artisan glacier ● **18. L'Igloo** *(64 et 67, rue Jean-Chatel* **B2** ☎ *02.62.21.34.69, ouv. t.l.j. jusqu'à minuit, p. 224)*, l'un des meilleurs de l'île, comme l'atteste la file d'attente. Choix incroyable de parfums (goûtez aux fameuses glaces au yaourt). La **boutique** à l'angle de la rue de la Compagnie est spécialisée dans les glaces à l'italienne, l'autre, un peu plus bas sur le trottoir d'en face, fait aussi **salon de thé**.

L'ancien collège de lazaristes B2.

Face à la cathédrale, au n° 24. Construit entre 1751 et 1759, il a connu des vocations très diverses: successivement caserne, commissariat de la Marine, maternité, il abrite désormais des locaux universitaires.

L'ancien hôpital militaire* B2.

Un peu plus loin, au n° 28. Il constitue l'un des plus remarquables ensembles architecturaux de l'île. Dans le jardin qui précède l'entrée, un buste de Mac-Auliffe (1870-1927), médecin né à Zanzibar qui s'illustra avec l'expédition militaire française pour la conquête de Madagascar – nombreuses sont les plaques de rue réunionnaises honorant de fervents colonialistes érigés en héros de la patrie… Sculptés sur le fronton en grès qui surmonte le porche, une religieuse et un homme soignent deux blessés pendant la guerre de Crimée.

À défaut de pouvoir visiter les bâtiments, on peut apprécier depuis la

La jetée Milius

La baie de Saint-Denis s'est toujours heurtée à sa configuration géographique peu propice au débarquement des navires. Les premiers colons installent un système de jetées en bois suspendues au-dessus de la mer et munies de cabestans pour le débarquement. En 1819, le **gouverneur Milius** projette de construire une longue jetée en direction du nord qui doit se rabattre vers l'ouest et le sud, formant ainsi un bassin abrité où les navires pourraient accoster à l'abri de la houle. Mais le cyclone de 1829 balaie les trente premiers mètres édifiés et rabat les débris vers le rivage, formant un «**barachois**» : un petit port naturel peu profond entouré de rochers à fleur d'eau. Ce bassin ouvert est aménagé pour abriter les chaloupes des gros navires appareillant, eux, le long d'un pont-débarcadère en bois contigu. L'ouverture du port de la pointe des Galets en 1886 sera fatale à cette installation précaire, peu à peu abandonnée puis comblée en 1938 pour être aménagée en promenade. ◆

▶ Vieilles demeures coloniales dans la rue de Paris.

cour centrale l'élégance architecturale du lieu : un édifice à deux étages en forme de U, parcouru par des galeries hautes décorées en fer forgé et soutenues par de fines colonnes en fonte.

Marquant la fin de l'avenue de la Victoire, un **monument aux morts** **B2** érigé en 1923 rend hommage aux soldats de la Grande Guerre sous la forme d'une colonne surmontée par une statue de la Victoire. À son pied, une stèle rend compte de l'exaltation patriotique de l'époque.

♥ La rue de Paris**

B2-3 Continuez dans le prolongement de l'av. de la Victoire au-delà du rond-point du monument aux morts.

Tout de suite à droite, l'**ancien hôtel de ville*** **B2**, édifice de style classique achevé en 1860, abrite une exposition municipale permanente *(entrée libre)* sur les maires de Saint-Denis de 1790 à nos jours, une bonne entrée en matière pour se familiariser avec l'histoire de la ville. Ce bâtiment a été remplacé en 1977 par une nouvelle mairie plus fonctionnelle construite à côté et dont l'architecture moderne reprend la forme d'une pyramide à degrés.

♥ Les maisons créoles B2-3.** La rue longe de superbes maisons créoles du XIXe s., particulièrement bien entretenues car elles appartiennent pour la plupart à des sociétés ou à des administrations. Les façades à varangue, blotties au fond des jardins, et les guetalis *(p. 281)* permettaient d'observer la rue sans être vu.

Au n° 15 (côté est), le service départemental de l'Architecture a pris place dans la maison natale de **Raymond Barre** (désignée, sans jeu de mots, « villa Déramond-Barre »), qui fut également celle de l'écrivain **Léon Dierx**, élu « prince des poètes » à la suite de **Mallarmé**.

Au n° 17 (à l'angle « stratégique » de la rue du Maréchal-Leclerc), dans un registre plus populaire, le **pavillon Badat** (env. 1840) est un bâtiment commercial tout de blanc et de gris, à double entrée et double vitrine, qui formait autrefois une même propriété avec la villa Déramond-Barre et abrite toujours un magasin aujourd'hui.

De l'autre côté de la rue, au n° 14, la **Maison Carrère**, entièrement rénovée, sert de guichet de luxe à l'office de tourisme intercommunal du Nord qui a sauvé la bâtisse de l'écroulement et l'a mise en valeur pour la visite. Inscrite au titre des Monuments historiques, la Maison Carrère est une maison créole du XIXe s. L'office de tourisme fait revivre

© Jon Arnold / hemis.fr

itinéraire 1

la propriété, restituant par petites touches l'art de vivre urbain qui était celui des familles créoles aisées du centre historique de Saint-Denis à l'époque, à travers une exposition dynamique mettant habilement en scène des objets anciens et des photographies noir et blanc agrandies.

visite. Vous pouvez visiter l'intérieur de la **Maison Carrère** (☎ *02.62.41.83.00 ; vis. lun.-sam. 9 h-17 h 30, libre ou guidée, toutes les heures à partir de 9 h 30 sf entre 12 h et 14 h ; entrée payante).* Des animations et des démonstrations y ont régulièrement lieu. Renseignez-vous sur place ou sur www.lebeaupays.com

Parmi les nombreux autres bâtiments remarquables, on peut citer (numéros pairs côté ouest) : au n° 18, la **villa du Département**, ancienne maison du directeur de l'Intérieur ; au n° 25, la **villa Repiquet** de l'ancien sénateur éponyme ; au n° 32, la **maison Timol** ; au n° 36, l'**évêché du diocèse** de La Réunion ; au n° 37, la **maison Kalida**, propriété de la Banque de La Réunion ; au n° 39, la **maison de Boisvilliers**, réhabilitée depuis 2011 en un hôtel-restaurant de charme, la Villa Angélique.

L'Artothèque B3. *Au n° 26* ☎ *02.62.41.75.50. Ouv. mar.-dim. 9 h 30-17 h 30. Entrée gratuite.* Installée dans la « maison Mas », ancienne villa du secrétaire de la préfecture, cette émanation du conseil général expose et loue les œuvres d'artistes contemporains réunionnais. Sa visite offre également la possibilité de pénétrer à l'intérieur d'une authentique demeure créole.

Le musée d'art Léon-Dierx B3.** *Au n° 28* ☎ *02.62.20.24.82. Ouv. mar.-dim. 9 h 30-17 h 30. Entrée payante.* Installé dans l'ancienne villa Manès, siège de l'évêché jusqu'en 1911, il porte le nom d'un peintre,

Le « quartier » Saint-Denis

En 1801, dix ans après que Saint-Denis eut été élevée au rang de commune, **Bory de Saint-Vincent**, chroniqueur, témoigne : « L'endroit principal de Bourbon n'est pas positivement une ville ; on l'appelle le quartier. C'est un véritable bourg dont les rues bordées de palissades ou de murs d'entourage ressemblent à des chemins de campagne [...] Les maisons, toutes en bois, y sont généralement agréables ; on y voit peu de meubles et souvent les appartements ne sont pas tapissés ; ce qui ne vient pas de la lésine ou de la pauvreté des propriétaires mais de ce qu'à Bourbon, il est presque impossible de se procurer le quart des choses qui font l'agrément de la vie. » ◆

poète et écrivain de l'école parnassienne, né à La Réunion en 1838. Magnifique collection de **tableaux**** de grands maîtres du début du XXe s. (Cézanne, Chagall, Delacroix, Degas, Matisse, Gauguin, Renoir, Vuillard, Bonnard, Vlaminck...) léguée en 1947 par le frère du grand marchand d'art parisien d'origine réunionnaise, **Ambroise Vollard**.

Le projet de création d'un musée d'art à Saint-Denis remonte à 1910 quand Marius et Ary Leblond *(p. 27)*, aidés par Léon Dierx, constituèrent un comité à Paris pour recueillir des dons, et un autre à La Réunion pour rassembler des œuvres locales et des objets historiques. Les toiles ainsi collectées furent présentées à l'exposition coloniale de 1911 à Saint-Denis, mais il faudra attendre encore quelques années avant que l'ancien évêché, récupéré à la suite de la séparation de l'Église et de l'État, ne soit transformé en musée pour les abriter.

Le jardin de l'État*

··› **B4** Entrée principale pl. de Metz, au bout de la rue de Paris ; entrées secondaires rue de la Source et rue Malartic. Ouv. t.l.j. 7 h-18 h. Entrée libre.

À l'origine, le **jardin du Roy**, créé à partir de 1767, servait à la fois de parc public et de pépinière pour les plants importés en vue de leur acclimatation dans l'île Bourbon. Développée par des botanistes passionnés, cette institution distribuera des milliers de plants à la population locale avant de perdre, à partir de 1848, sa vocation scientifique pour devenir un lieu de fêtes, d'expositions et de promenades. Le jardin connaîtra son apogée au début du XXe s., époque à laquelle il contient plus de 2 000 espèces végétales différentes.

De nos jours, c'est un agréable lieu de balade et de détente où l'on peut découvrir de nombreuses **essences tropicales** plus ou moins insolites : palmier talipot qui ne fleurit qu'une fois dans sa vie (entre 40 et 60 ans) avant de mourir, banian aux racines adventives, arbre à saucisses dont les fleurs dégagent une odeur animale attirant les chauves-souris, etc.

L'intendant **Pierre Poivre**, qui consacra une grande partie de sa vie à la culture des épices, et le botaniste **Joseph Hubert**, qui introduisit la vanille et le litchi à La Réunion, ont ici leur buste.

Suite à d'importants travaux de réaménagement, en particulier sur l'axe central, le jardin a retrouvé depuis septembre 2008 les alignements et les perspectives qu'il avait au XIXe s., ainsi que sa vocation scientifique initiale.

Le muséum d'Histoire naturelle**

··› **B4** 1, rue Poivre, au fond du jardin de l'État ☎ 02.62.20.02.19. Ouv. mar.-dim. 9 h 30-17 h 30. Entrée payante.

Ce petit musée « à l'ancienne » est installé depuis 1855 dans l'ancien siège du conseil colonial construit en 1834. Sa façade, dotée d'un portique de style dorique colossal, s'élève avec un grand souci de la symétrie dans l'axe de l'allée centrale du jardin.

À l'intérieur, une belle salle à galerie supérieure, soutenue par vingt fines colonnes de fonte et deux escaliers métalliques hélicoïdaux, présente un intéressant panorama de la faune terrestre et marine (naturalisée) peuplant l'océan Indien, notamment un spécimen rare de **cœlacanthe**, un **poisson fossile** de 300 kg que l'on croyait disparu depuis 60 millions d'années, ainsi qu'une reconstitution du fameux solitaire de Bourbon réalisée à partir d'ossements retrouvés à L'Hermitage à l'occasion de la création du jardin d'Éden *(p. 144)*. Expositions temporaires en relation avec la nature réunionnaise au rez-de-chaussée.

Le parc de la Providence*

hors pl. par C4 Bd de la Providence, au S de la ville, à env. 10 min à pied du jardin de l'État, de l'autre côté du très passant bd Jean-Jaurès (voie de contournement du centre-ville reliant le tunnel de sortie de la « route en corniche » à Sainte-Clotilde et aux quartiers est), dans un secteur peu fréquenté par les touristes.

Géré par l'ONF, le **parc de la Providence** à Saint-Denis abrite, outre le siège départemental de l'office national et celui de la DIREN, une magnifique forêt, en partie naturelle, en partie reconstituée, où plusieurs parcours pédestres faciles (dont un sentier d'interprétation botanique) ont été aménagés.

Rendez-vous au kiosque *(1 km et 15 min de marche depuis le parking du parc)* d'où vous bénéficierez d'un joli point de vue sur la partie est de Saint-Denis, la colline de La Providence, Le Butor et Gillot.

amateur de marche ?

Depuis le parc, les plus courageux pourront gagner **Le Brûlé** à pied *(p. 99 ; 5,5 km et 2 h de marche aller ; balisage rouge et blanc ; montée régulière sans difficulté dans une forêt clairsemée)* en suivant le tracé du GR R2 qui continue sur la Roche Écrite puis traverse l'île en diagonale jusqu'à Saint-Philippe. Les Hauts du Brûlé réservent de nombreuses surprises aux randonneurs : le **bassin du Diable** *(p. 98)*, la **cascade Maniquet** *(p. 99)* et la **Roche Écrite** *(possibilité de nuit en gîte ; p. 220)*.

Autour de la rue du Maréchal-Leclerc*

BC-2 Depuis le jardin de l'État, rejoindre par la rue Lucien-Gasparin le début de la rue du Maréchal-Leclerc, puis remonter cette dernière d'O en E.

Anciennement rue du Grand-Chemin, principale voie d'accès à la ville en venant des zones autrefois agricoles de Sainte-Clotilde et du Butor, la rue du Maréchal-Leclerc est l'artère – en partie piétonnière – la plus animée de Saint-Denis. Perpendiculaire à l'avenue de la Victoire et à la rue de Paris, elle constitue, avec ces dernières, un des principaux axes de découverte de la ville. Une flânerie le long de cette rue pourra être ponctuée de nombreuses escales commerciales, culturelles ou touristiques.

Le Grand Marché*

B3 2, rue du Maréchal-Leclerc ☎ 02.62.21.09.02. Ouv. lun.-sam. 8 h 30-17 h 30.

Il est installé dans l'ancien marché couvert construit entre 1864 et 1866 sur le modèle des « halles en fer » de l'architecte Baltard. Entouré par une belle grille ouvragée, agrémentée de lignes de fleurons et de colonnettes surmontées d'un bouton de lotus, le marché comptait à l'origine huit pavillons répartis autour d'une allée centrale, comprenant 21 échoppes d'artisans, 16 étals pour la viande et le poisson, et 256 carreaux pour les légumes et les grains.

Désormais entièrement consacré à l'artisanat *(p. 37)*, le Grand Marché accueille depuis 1987 un **théâtre** de près de 300 places, siège du Centre dramatique de l'océan Indien, dont la programmation privilégie la création locale *(p. 225)*.

Le quartier commerçant*

BC2-3 Délimité à l'O par la rue de Paris et au S par la rue Sainte-Marie.

On peut encore y dénicher des vieilles **cases** et **boutiques créoles** (en particulier rues Juliette-Dodu, Alexis-de-Villeneuve, Félix-Guyon et La Bourdonnais), malheureusement souvent aussi délabrées que pittoresques. Les entrepôts de basalte, fréquents dans la ville basse, laissent ici la place à d'anciens commerces de détail en bois et tôle caractéristiques: au rez-de-chaussée, souvent située à l'angle de deux rues, la partie épicerie et son recoin « bar » muni d'une entrée indépendante où les habitués viennent boire leur « p'tit coup d'sec » ; à l'étage, la partie habitation, parfois équipée d'un petit balcon en galerie et de chiens-assis posés sur le toit en tôle rouillée.

Abordant la **partie piétonnière** de la rue du Maréchal-Leclerc, on croise les axes très fréquentés des rues Jean-Chatel et Juliette-Dodu, avant de passer devant la mosquée Noor al-Islam.

La mosquée Noor al-Islam*

··> **B2** 121, rue du Maréchal-Leclerc. Ouv. t.l.j. 9h-12h et 14h-16h. Tout le monde peut pénétrer à l'intérieur de la mosquée en dehors des horaires des cinq prières quotidiennes traditionnelles et en respectant les conditions d'usage. Photos, shorts et minijupes interdits; déposez vos chaussures devant les bassins. Visite guidée possible (rens. auprès du gardien ou de l'ⓘ, p. 220).

D'obédience sunnite comme la plupart des membres de la communauté « zarabe » réunionnaise (originaire d'Inde du nord), la grande mosquée de Saint-Denis est non seulement la plus importante de l'île mais également le premier édifice religieux islamique jamais construit en France (1898-1905).

En partie reconstruite en 1972 à la suite d'un incendie, elle rayonne de clarté, d'harmonie et de sobriété, entièrement vêtue de blanc et de vert tendre: au-delà du bassin d'ablutions (mihrâb), niche creusée dans le mur indiquant la direction de La Mecque, s'étend une vaste salle de prière dominée par une chaire à prêcher (minbar) et un minaret de plus de 30 m de haut d'où s'échappe plusieurs fois par jour l'appel à la prière du muezzin.

Dans ce quartier de commerçants zarabes, l'islam fait partie du quotidien. Un islam modéré et bien assumé, à l'image de la présence de l'école franco-musulmane « Medersa » (rue Juliette Dodu, à quelques pas de la mosquée), une école privée mixte sous contrat d'association avec l'État, la seule école de confession musulmane dans ce cas en France. Une fois encore, La Réunion montre l'exemple de la tolérance et du métissage.

Passé la mosquée, la physionomie de la rue du Maréchal-Leclerc change sensiblement, désormais bordée d'un alignement de commerces surmontés d'un étage à galerie, évoquant certaines villes du sud de l'Inde (Pondichéry en particulier) d'où proviennent en effet de nombreuses familles de commerçants à l'origine de ce quartier.

♥ Le Petit Marché**

··> **C3** Angle de la rue du Maréchal-Leclerc et de la rue Sainte-Anne. Ouv. lun.-sam. 6h-12h.

Au niveau de la **rue des Limites** (rebaptisée rue Ha-Sam en 2010), le secteur piétonnier s'achève et la rue retrouve, à gauche, l'énorme chantier du futur **Espace Océan** (*p. 81*), plaie ouverte au cœur du quartier commerçant depuis 2005, qui semble s'éterniser (une partie devrait être achevée courant 2013).

En face du chantier, le **Petit Marché*** est une fête quotidienne de couleurs et de parfums. C'est certainement le plus pittoresque de la capitale, avec sa lumière filtrée, ses pyramides de légumes soigneusement posés sur des vanneries *péi*, son carré de fleurs tropicales (emballages spéciaux pour l'avion) et ses batteries de volailles sur pied.

Normes obligent, certains marchands sont désormais installés dans des chalets en bois réfrigérés qui jurent avec la patine ambiante. Malgré tout, l'endroit vaut encore par l'atmosphère qui règne à ses abords, dans les quelques « **gargotes** » créoles où les bazardiers viennent discuter autour d'un café ou d'un rougail morue.

Les temples chinois**

···> C3 Légèrement en retrait, dans la rue Sainte-Anne. Entrée libre.

Les trois temples chinois de Saint-Denis se trouvent dans un quartier réhabilité, qui met désormais en avant le rouge et l'or de son identité communautaire. Au n° 69, bâtiment moderne reconnaissable à ses angles de toiture relevés lui donnant des allures de pagode, le **temple cantonais Lisi Tong** (de la traversée heureuse) a profité de cette réhabilitation et sert essentiellement de lieu de rencontre et d'échange au sein de la communauté, de lien avec les solidarités anciennes, les ancêtres communs et la tradition.

Au n° 80, en retrait de la rue, le **temple dédié au dieu Guan-Di** *(p. 33)* servait autrefois de lieu d'accueil pour les immigrants chinois. Contigu au précédent, le **temple Chane** est le plus ancien, décoré avec des éléments provenant d'un premier temple existant à cet endroit.

Le temple tamoul Shri Kali Kampal*

···> CD3 259-261, rue du Maréchal-Leclerc. Ouv. t.l.j. 6h-12h et 14h-18h (horaires fluctuants) ; le gardien fait office de guide.

Construit entre 1956 et 1965 à l'emplacement d'un *kôvil* (temple tamoul) plus ancien (1917) et plus modeste, puis agrandi entre 1985 et 1995, cet ensemble architectural, qui se dresse telle une grosse pièce montée multicolore, aura nécessité plus de dix ans d'efforts et l'aide de nombreux artisans spécialisés venus spécialement d'Inde. Il fait la fierté de la communauté tamoule dionysienne.

À l'entrée, le gopura, porte monumentale surmontée de plusieurs étages en pyramide, symbolise les pieds du temple et supporte une foule de représentations naïves du panthéon hindou *(p. 34)*, aussi richement sculptées que vivement colorées.

Le temple se compose ensuite d'une série de pièces en enfilade qui conduisent au sanctuaire principal, la tête, où se tient Vishnou à qui il est dédié. ◆

2 | Les Hauts de La Montagne*

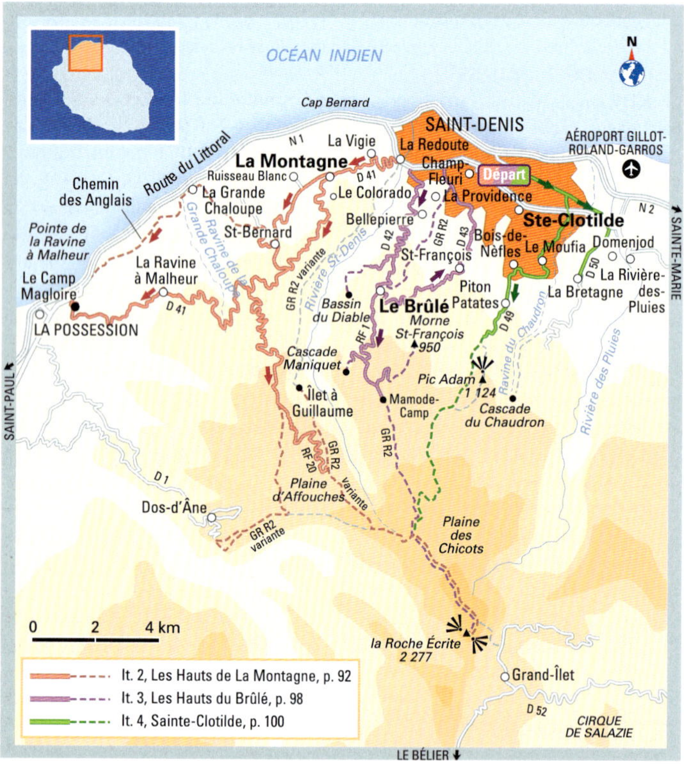

Itinéraire de 31 km de Saint-Denis à La Possession par la D41. Possibilité de continuer vers la côte O *(p. 123)*.

Départ: rue Lucien-Gasparin à Saint-Denis **B2-3-4. Bus**: lignes n° 21 et 22 (Hôtel de ville-La Montagne 16ᵉ et 17ᵉ).

Durée: 1/2 j. en voiture avec quelques escales. Prévoir 1/2 j. en plus (avec pique-nique) pour profiter de la forêt de la plaine d'Affouches.

Ne manquez pas : l'Îlet-à-Guillaume *(p. 95)*, le chemin des Anglais *(p. 96)* et la route forestière de la Plaine-d'Affouches *(p. 96)*.

Bonnes adresses p. 220.

Depuis les faubourgs industrieux de Saint-Denis, cet itinéraire passe en rive gauche de la rivière Saint-Denis avant de grimper par-dessus la montagne qui domine la ville côté ouest. Tout au long de la route principale, les localités sont désignées par leur distance en kilomètres depuis Saint-Denis (La Montagne 15ᵉ par exemple), ce qui facilite le repérage des embranchements permettant de découvrir une région densément habitée au nord de la route et une plaine forestière préservée contenue par les profondes gorges de la rivière Saint-Denis au sud.

Saint-Denis
entre rivière et montagne*

Coincés entre les rampes qui dégringolent vers le fond de la rivière Saint-Denis et, sur l'autre rive, l'étroit plateau au pied de la montagne, les quartiers de La Rivière et de La Redoute ne font que rarement l'objet d'une visite touristique. Et c'est bien dommage : le visiteur curieux saura y dénicher un morceau de la mémoire ouvrière dionysienne, quelques vieilles pierres intéressantes et des quartiers populaires en pleine mutation, de plus en plus souvent « normalisés » par les programmes de réhabilitation urbaine ou d'habitat social en cours.

♥ Le quartier du Bas-de-la-Rivière*

···> **A2-3-4** Dans la rue Lucien-Gasparin, empruntez l'escalier P'tit-Quatre-Sous **B2-3**.

L'escalier P'tit-Quatre-Sous doit son nom au modique droit qu'il fallait autrefois verser au propriétaire pour emprunter ce passage, les concessions situées au pied de la falaise ayant été accordées avec l'obligation de créer un accès vers la ville.

En remontant la rue de la République, on découvre ce petit quartier plein de charme, autrefois tombé en disgrâce mais récemment repris en main par la municipalité, avec sa *boutik sinwa* devant la **fontaine Tortue**, ses vestiges d'usines, ses anciens entrepôts et son ambiance de faubourg industriel encore en activité. En toile de fond, le début des gorges de la rivière, barrées par le **pont Vinh-San** **A4** (du nom du prince vietnamien déporté à La Réunion par le gouvernement français en 1916) qui, depuis 1992, permet à la liaison est-ouest de contourner le Barachois par le boulevard Jean-Jaurès : un superbe ouvrage d'art de 50 m de haut et 256 m de long qui aura nécessité 7 000 m³ de béton et 940 t d'armature.

En continuant à remonter la rive droite, l'urbanisation se relâche progressivement jusqu'à l'écart de **La Colline** **hors pl. par A4** où la pépinière de la ville a d'ailleurs trouvé refuge *(pas de visite)*. Au-delà, un **sentier** permet de suivre la rivière à la rencontre de petites cascades et de bassins d'eau fraîche (souvent à sec pendant l'hiver austral), qui constituent d'agréables lieux de détente à deux pas de la ville.

Le plateau de La Redoute

···> **A2-3-4** Prenez la rue du Pont **A2** qui enjambe la rivière ainsi que la zone industrielle du Bas-de-la-Rivière installée sur les quais E et O.

Remarquez au passage les judicieuses installations des pêcheurs de bichiques *(p. 41)* sur les bras d'eau qui serpentent sur le lit de galets – la plupart du temps asséché – de la rivière. Vous rejoignez l'église Notre-Dame-de-la-Délivrance (rive gauche, au pied de la route de la Montagne).

L'église Notre-Dame-de-la-Délivrance A2. *Dans l'alignement de la rue du Pont ☎ 02.62.21.00.62.* Elle est née du vœu de Mgr **Maupoint**, deuxième évêque de l'île, qui, confronté à une tempête dans le navire qui l'amenait à La Réunion en 1857, promit de construire une église s'il s'en sortait. Ce qui fut le cas ; une chapelle vit le jour, puis, en 1893, l'église actuelle, dont l'ornementation bleu et blanc rappelle qu'elle est dédiée à la Vierge.

Tout sur la Dodo

Depuis 2005, la **maison de la bière Dodo** revient sur plus de 40 ans d'histoire liée au développement industriel et culturel de l'île de La Réunion. Aujourd'hui, plus qu'un simple produit de consommation, la Dodo est en effet devenu un symbole identitaire réunionnais. La visite comprend la découverte du processus de fabrication et une dégustation. Installée dans une case colorée, une boutique permet d'acheter des produits estampillés « Dodo ».

···> ***Maison de la bière Dodo**, 60, quai Ouest, dans les locaux des brasseries de Bourbon, zone industrielle du Bas-de-la-Rivière, sur le lieu même de la chaîne de production ☎ 02.62.90.22.04, www.ladodo.com. Ouv. mar., mer. et jeu., visites guidées à heures fixes sur rés. (comptez env. 1 h de visite) ; entrée payante.* ◆

À l'intérieur, la richesse du décor est proportionnelle à l'intensité de la dévotion mariale témoignée par les Réunionnais (un pèlerinage a lieu ici chaque 24 septembre). Dans le collatéral sud, la statue de **saint Expédit** attire de nombreux fidèles *(p. 36)*. C'est la seule de l'île à être abritée dans une église : chassé des lieux de culte « officiels » par le pouvoir ecclésiastique, le très vénéré légionnaire romain a trouvé refuge dans les oratoires qui ponctuent les routes de l'île.

Derrière l'édifice s'étend la cité populaire de **La Petite-Île**, à l'emplacement du camp des Noirs, « ghetto » des esclaves à l'époque de la Compagnie des Indes.

La Redoute A3-4. Ce quartier doit son nom à cet **ouvrage fortifié** isolé *(pas de visite)*, comparable à un blockhaus, qui avec une **poudrière** et deux **monuments commémoratifs** (mausolées à côté du stade) – l'un français, l'autre anglais – constituent les seuls vestiges de l'unique vraie bataille militaire que La Réunion ait connue : les 7 et 8 juillet 1810, l'affrontement se solda par une défaite française et déboucha sur la conquête complète de l'île par les Britanniques.

Champ-de-Mars et champ de courses

Le quartier de La Redoute, qui abrite aujourd'hui encore la **caserne Lambert**, a toujours eu une vocation militaire et fut un haut lieu de courses hippiques (le plateau accueillait un hippodrome à l'emplacement de l'actuel stade **A3**), ainsi que le relate un voyageur à la fin du XIXe s. : « Au-delà de la rivière est une vaste plaine, La Redoute, qui sert de Champ-de-Mars et de champ de courses. Rien n'égale le pittoresque spectacle des visiteurs échelonnés sur le flanc de la montagne au moment des fêtes hippiques. Tous les peuples du monde semblent s'être donné rendez-vous avec les costumes les plus bariolés et les langues les plus diverses. » ◆

La route de La Montagne**

→ 31 km entre Saint-Denis et La Possession (détours non compris) par la D41.

Cette petite route, tout en pentes et en virages, était la seule voie de communication entre la capitale et la côte ouest avant la construction de la « route en corniche » aménagée sur le littoral. Attention, quand cette dernière est coupée, la circulation sur la route de La Montagne, seule solution alors pour relier Saint-Denis à La Possession, devient infernale ! (rens. www.inforoute.re ou ☎ 02.62.97.27.27)

Les rampes de La Montagne**

→ Du quartier de La Redoute à Saint-Denis *(ci-contre)*, passez devant l'église Notre-Dame-de-la-Délivrance, puis devant les deux mausolées.

La route s'élève en lacets, ménageant de beaux **points de vue*** sur la ville. Le premier, après quelques virages, appelé **Les Quatre-Canons**, est aménagé à côté d'anciens canons qui rappellent la vocation défensive du rempart de La Montagne. Un peu plus haut, le lieu-dit **Les Trois-Bancs** *(parking dégagé dans un virage)*, rendez-vous des amoureux dionysiens, offre un panorama encore élargi et une lecture du paysage facilitée par la présence d'une table d'orientation.

À l'arrivée au sommet du rempart, un autre lieu-dit, **La Vigie** *(30 min de marche depuis l'arrêt de bus « Cap Bernard »)*, témoigne une fois encore de l'intérêt stratégique du site. Au XVIIIe s., une vigie avait été installée ici, au sommet de ce qu'on appelait alors la montagne des Signaux, pour veiller sur la sécurité des colons d'en bas, ainsi que le rapporte un chroniqueur de l'époque : « Il ne passait au large, il n'arrivait pas ici, il n'en partait pas un navire, une frégate, un ketch, un brick français ou anglais, forban ou flibustier que le gouverneur ne le notât sur son journal. »

La Montagne et ses environs*

···> Au km 7 de la route de La Montagne (D41). **Bonnes adresses** p. 220.

Étalé sur un plateau à 700 m d'altitude, le **quartier résidentiel** de La Montagne abrite de nombreuses villas créoles de belle facture nichées dans des jardins fleuris. Le développement de cet écart remonte au milieu du XIXe s., quand la bourgeoisie dionysienne, fuyant la chaleur et les moustiques du littoral, jeta son dévolu sur les hauteurs de la ville – ici et au Brûlé en particulier – pour y installer d'élégantes résidences d'été qui font aujourd'hui le charme de ces quartiers résidentiels.

Le jardin de Cendrillon*. *Visites guidées payantes (avec un guide péi) lun., jeu., sam. et dim. sur r.-v.; rés. obligatoire ☎ 06.92.81.70.10 ou auprès de Guid'ANou ☎ 06.92.86.32.88.* Au centre du bourg, à côté de l'église Gabriel, ce jardin, créé en 1935, fut l'un des premiers jardins privés de l'île à proposer des visites guidées. Dans un cadre apaisant, on y découvrira une collection unique de plantes tropicales (fleurs, arbres fruitiers, épices...), mais aussi les histoires et légendes qui leur sont associées.

Vers la ♥ léproserie*. *Au km 8, route sur la dr.* Une souriante route de campagne (panneau «ruisseau Blanc») traverse le plateau ondulé, faiblement boisé et parsemé d'habitations, pour rejoindre la villa Fourcade, puis la léproserie de **Saint-Bernard** également accessible depuis le km 15 *(ci-contre)*.

Le parc du Colorado. *Au km 9, prenez le chemin sur la g.* Ce vaste parc de loisirs et de promenade (kiosques à pique-nique, équitation, golf, sentiers pédestres...) s'étend en pleine nature jusqu'aux **gorges de la rivière Saint-Denis***, offrant au bord du précipice un magnifique **panorama** avec le chef-lieu à l'arrière-plan. Dominé par l'énorme sphère blanche du radôme (radar météo de 9 m de diamètre, plus de 3 t), souvent baigné dans la brume, le parc alterne les zones boisées et les prairies dégagées, offrant ainsi un agréable cadre de balade. En amont du radôme, on peut profiter d'autres «fenêtres» offrant des panoramas différents en suivant le tracé de la variante du GR R2 (balisage jaune et rouge) qui progresse parmi les goyaviers en lisière du rempart.

améliorez votre swing. Le parc du Colorado abrite le club de golf **A.S. du Colorado** *(☎ 02.62.23.79.50, www.golfclubcolorado.fr; f. lun. matin)*, doté de 9 trous, sur les pentes du plateau qui domine les remparts de la rivière Saint-Denis. Le club possède aussi un ♦ **restaurant** *(☎ 02.62.23.79.88)*.

L'Îlet-à-Guillaume**

···> Pour des raisons de sécurité, la variante du GR R2 qui relie l'îlet depuis Saint-Denis *via* le Colorado est fermée par arrêté préfectoral en amont de La Fenêtre (45 min de marche au S du Colorado), là où le sentier débute sa descente à flanc de rempart. La portion du sentier entre l'îlet et l'intersection avec le GR R2 en direction de la plaine des Chicots faisait, quant à elle, l'objet d'une fermeture provisoire en juin 2008. En attendant sa réouverture par l'ONF, il faudra donc se contenter d'observer le site depuis le rempart qui le domine.

Cet îlet incroyablement isolé est posé sur un replat de terrain, à la confluence de la rivière Saint-Denis et du bras Guillaume. Abritant autrefois un pénitencier pour jeunes délinquants tenu par les pères du Saint-Esprit (classé aux Monuments historiques en 2009), le site, abandonné, dégage beaucoup d'émotion. Cet îlot de verdure noyé dans le chaos minéral est aujourd'hui une escale pédestre poétique avec quelques ruines, des camphriers, des arbres fruitiers, quelques tombes oubliées...

Sous réserve de réouverture du sentier, possibilité de remonter le rempart des gorges jusqu'à la plaine d'Affouches *(p. 96)* et de continuer jusqu'au **gîte de la Plaine-des-Chicots** *(5 h aller; niveau assez difficile; p. 220)*, où l'on rejoint le sentier de la Roche Écrite *(p. 99)*.

Saint-Bernard*

···› Au km 14 de la route de La Montagne (D41). **Bonnes adresses** p. 220.

Juste avant l'arrivée au lieu-dit Le Quinzième, une route conduit à droite au village de Saint-Bernard *(possibilité de faire un crochet et de rejoindre la D41 plus loin)*, marqué par la mémoire du **père Raimbault**.

Dans le cœur de tous les créoles, le père Raimbault est le « curé des lépreux ». En 1903, ce séminariste part à Madagascar où il construit églises et léproserie, et introduit la culture de l'ylang-ylang. En 1932, il est renvoyé à La Réunion pour s'occuper des lépreux. Il reconstruit le **site de Saint-Bernard** et met à profit sa grande connaissance des plantes médicinales – spécialement pendant le blocus de l'île – aussi bien pour ses malades que pour l'Institut Pasteur.

Il meurt en 1949, adulé par la population réunionnaise. Il repose dans le cimetière du quartier, avec l'inscription « Médecin des lépreux », sur sa tombe toujours fleurie.

Répartis en galerie sur les quatre côtés d'un patio planté de manguiers et de palmiers, les bâtiments de l'ancienne **léproserie** ont été réhabilités en centre communal abritant quelques commerces, un centre médical, une poste et un ♦ **restaurant** créole (Le Saint-Bernard, *p. 220*).

Le théâtre de la Chapelle. Ce théâtre, installé dans l'église en attendant la réfection de l'édifice, présente ses spectacles (contes créoles et créations locales) dans la cour de la léproserie. Il se dégage de l'endroit un charme indéniable, dû autant à la force évocatrice de ses vieilles pierres qu'à la façon dont la communauté villageoise continue à les faire vivre.

Le chemin des Anglais**. *Sentier au niveau du pont de la Ravine-à-Jacques, près du cimetière du père Raimbault ; env. 2 h de marche assez facile mais peu ombragée ; emportez de l'eau et un chapeau.* Saint-Bernard est le point de départ (ou d'arrivée) de ce chemin qui permet de rejoindre à pied La Grande-Chaloupe. Il offre un point de vue unique sur la route en corniche (4-voies aménagée entre la mer et la falaise) et la possibilité de continuer jusqu'à La Possession *(ci-contre ; 2 h de marche en plus)*.

▶ Petit Blanc des Hauts assis devant son champ de maïs.

au trot ! Un tour à cheval vous tente ? Le **centre équestre de La Montagne** à Saint-Bernard *(50, chemin Couilloux ☎ 02.62.91.33.91, www.equimontagne.com)* propose cours, stages, formations, voltige, compétitions, randonnées à la carte sur r.-v. et activités pour les enfants.

La route forestière de la Plaine-d'Affouches**

···› Au km 17 de la route de La Montagne (D41), sur la g. dans un virage, empruntez la RF20 (route forestière de la Plaine-d'Affouches). Piste carrossable sur 10 km jusqu'à une barrière (4 x 4 préférable mais pas nécessaire si le temps est sec).

Cette route vous propose un détour par une nature typiquement réunionnaise au milieu des longoses, des goyaviers envahissants *(p. 187)* et des jamrosiers odorants. Aussi appelés jamrosat ou jambrosade, *Syzygium jambos*, le jamrosier est un très bel arbre de la famille des Myrtacées, très commun voire envahissant dans les ravines, qui donne de superbes fleurs blanches avec de longues étamines en pompon et des fruits comestibles, gros comme des prunes, légèrement sucrés et à la saveur de la rose, excellents dans le rhum arrangé.

La piste monte en lisière du rempart qui domine la rivière, offrant de nombreux panoramas sur La Montagne *(à dr.)* et ponctuée de belvédères aménagés par l'ONF *(à g.)*, avant de buter sur une barrière au niveau d'un kiosque, la dernière par-

© Bertrand Rieger/Hemis.fr

tie étant interdite aux automobilistes comme aux piétons en raison des risques d'éboulement. Faites quand même quelques pas sur la dr. pour apercevoir l'**Îlet-à-Guillaume** *(p. 95)* au fond de l'abîme, pris en tenaille entre le bras Guillaume et la rivière Saint-Denis.

Depuis le terminus de la route forestière *(petit parking)*, un sentier part à dr. vers le **piton Botard** (1 513 m), puis le **piton Fougères** *(niveau moyen, 2 h de marche)* où l'on découvre un très beau **panorama sur le cirque de Mafate***** *(p. 201)* et où l'on retrouve le GR R2 permettant de rallier Dos-d'Âne *(p. 115)* à l'O, ou la Roche Écrite *(p. 99)* à l'E.

Une bonne partie du parcours se fait à l'intérieur de la réserve naturelle de la Roche Écrite *(p. 99)*, dans la forêt de la **Plaine-d'Affouches** (du nom d'une sorte de figuier) plantée de cryptomerias, de bois de couleur de moyenne altitude, de tamarins des Hauts.

observez et écoutez... La forêt de la Plaine-d'Affouches est peuplée de cerfs de Java. Avec un peu de chance vous y verrez un papangue *(p. 55)* planer ou entendrez un tuit-tuit *(p. 105)* siffler.

Vers La Possession

··› Reprenez la route de La Montagne (D41) vers l'O.

La route principale se poursuit, s'ouvrant côté mer sur d'autres beaux panoramas au niveau de la **ravine de La Grande-Chaloupe** avant de redescendre sur La Possession *(p. 126)* en passant par la **ravine à Malheur**.

Ce lieu-dit tiendrait son nom d'une histoire mettant en scène le gouverneur de La Hure, un personnage impopulaire qui aimait voyager en « manchy » (chaise à porteurs) à travers l'île. Un jour de 1671 ses porteurs, exténués, le jetèrent du rempart. Dénoncés, l'un d'eux tomba sous la balle du gouverneur, les autres s'enfuirent au fond de cette ravine. ◆

3 | Les Hauts du Brûlé*

©Jean-Paul Garcin/Photononstop

Itinéraire : 12 km de Saint-Denis au Brûlé par la D42. Possibilité de continuer vers Mamode-Camp par la RF1, puis retour au Brûlé et redescente sur Saint-Denis par la D43. Parcours pédestre possible depuis le parc de La Providence à Saint-Denis *(p. 89)*.

Durée : 3 h en voiture. Comptez 1 j. pour en profiter avant de redescendre.

Ne manquez pas : le bassin du Diable *(ci-contre)* et le Brûlé *(ci-contre)*.

Carte p. 92.

Bonnes adresses p. 220.

Passé l'imposant centre hospitalier départemental, la « route du Brûlé » s'élève en lacets étroits à travers des quartiers résidentiels de moins en moins urbanisés, jalonnés de belles demeures créoles et de superbes **points de vue*** sur la ville, du cap Bernard à l'ouest jusqu'à Sainte-Suzanne à l'est.

Le bassin du Diable*

···> Au km 4,5 sur la D42, à hauteur d'un château d'eau, le chemin de la Colline part sur la dr. vers le sentier menant au bassin. Comptez env. 4 h A/R pour la marche ; le sentier, non entretenu et non signalisé, est à faire **accompagné seulement.**

Cette cascade n'a rien de vraiment extraordinaire, mais elle offre une vasque naturelle pour se baigner dans un cadre sauvage.

Le bassin est rattaché à une légende qui raconte l'histoire d'une certaine Zoura entraînée par un inconnu au fond du gouffre qui existait autrefois ici : « On vit alors le fond bouillonner. Tous les habitants s'en retournèrent émus et effrayés par un tel spectacle. Le gouffre se remplit alors d'eau et un bassin se forma. C'est depuis ce temps-là qu'il porte le nom de bassin du Diable. »

◀ Vue sur la Roche Écrite *(à dr.)*, depuis le cirque de Salazie *(p. 192)*.

♥ Le Brûlé*

···> À 12 km S de Saint-Denis par la D42. **Bonnes adresses** p. 220.

Le quartier du Brûlé parsemé de bouquets de camélias et d'azalées ne manque pas de charme. Ses cases créoles, cachées derrière de hautes haies de bambous calumets, et ses petits maraîchers lui donnent un air de campagne. « C'est à deux pas de notre capitale, la Suisse en Afrique », écrivait en 1885 Louis Héry qui, comme de nombreux riches créoles, appréciait l'air et la fraîcheur du Brûlé.

Ces pentes boisées abritaient essentiellement des charbonniers, qui sont d'ailleurs à l'origine du nom de cet écart. Le quartier ne se développera vraiment qu'au milieu du XIXe s., à la suite de l'épidémie de paludisme qui sévit alors sur le littoral. Avec la route, construite en 1854 par M. de Rontaunay, des **maisons de « changement d'air »** y voient le jour.

Le village. Aujourd'hui, les belles villas sont souvent laissées à l'abandon, et Le Brûlé n'est plus qu'un petit village déshérité qui compte sur le tourisme pour relancer son artisanat traditionnel : dans les ateliers improvisés dans les cours, les artisans du quartier travaillent le bambou, le rotin et les fleurs d'azalées piquées en « coussins », spécialement pour la Toussaint.

Le long de la route forestière RF1. *Au niveau du village du Brûlé, rte à dr.* Cette route permet une incursion facile dans la forêt. Sur 5 km, elle traverse les plantations de cryptomerias en suivant le tracé du GR R2, rejoint les sentiers de la **cascade Maniquet** *(bifurcation à dr., puis 20 à 30 min de marche aller)*, puis du **morne Saint-François** *(bifurcation à g. ; 2 h 30 A/R ; beau panorama)* dessert de nombreux kiosques à pique-nique agrémentés d'aires de feu, pour se terminer au lieu-dit Mamode-Camp.

Ce lieu-dit est le point de départ du principal sentier pour la **Roche Écrite**, l'une des randonnées les plus courues de La Réunion qui ne compte pas moins de 9 parcours d'accès différents.

variante. De retour au village du Brûlé, la D43 *(à dr.)* permet de redescendre sur Saint-Denis par un autre itinéraire, *via* les quartiers Saint-François et Montgaillard.

La Roche Écrite**

···> **Randonnée** : départ du parking de Mamode-Camp, à env. 5 km au-dessus du Brûlé par la RF1. Env. 3 h 30 de marche aller. Pas de difficulté si ce n'est le dénivelé progressif mais incessant (1 000 m). Possible de faire l'A/R dans la j., mais mieux vaut passer la nuit au gîte de la Plaine-des-Chicots *(p. 220)* pour bénéficier d'une vue dégagée sur le cirque de Salazie (nuages en milieu de matinée généralement).

Le parcours aller. Passé les terres rouges où poussent **goyaviers**, **mimosas** et **néfliers**, le sentier traverse une plantation de **cryptomerias**, puis s'enfonce dans la forêt où vivent de nombreuses troupes de cerfs et de biches. Après 1 h et quelques raidillons, on atteint la **tamarineraie**.

Après deux passages à gué, on remonte vers le **gîte**, joli chalet en bardeaux de bois. Comptez encore 1 h 30 de montée à travers une lande d'altitude faisant place peu à peu à des dalles rocheuses, pour gagner **la Roche Écrite** (2 277 m) où vous attend un des plus beaux **points de vue** de La Réunion : le cirque de **Salazie** et les crêtes de **Mafate** sous les silhouettes du **Gros Morne** et du **piton des Neiges**.

Le parcours retour. En sens inverse, on peut prendre la direction de **Bois-de-Nèfles** dans les Hauts de Sainte-Clotilde *(1 km après le gîte en descendant)*. On peut aussi poursuivre et redescendre de **Grand-Îlet** à Salazie *(1 h 30 ; sentier très pentu : 1 000 m de dénivelé sur une distance de 3 km !)*, le **piton de la Plaine-des-Fougères** *(2 h)* ou, à l'ouest, continuer le long de la crête qui domine Mafate ou longer la crête à l'est vers **Dos-d'Âne** *(1 h 30)*. ◆

4 | Sainte-Clotilde de bas en Hauts

Itinéraire : 14 km de Sainte-Clotilde aux quartiers en hauteur de Bois-de-Nèfles (par la D49) et de La Bretagne (par la D50). **Départ :** rue du Maréchal-Leclerc à Saint-Denis.

Durée : 2 h en voiture.

Ne manquez pas : les points de vue sur la ville et le panorama final au piton Bois-de-Nèfles.

Bonnes adresses p. 225.

Situé à l'est de l'agglomération dionysienne, entre la ravine Patates-à-Durand et la ravine du Chaudron, **Sainte-Clotilde** est le centre actif de la capitale où se concentrent de nombreux immeubles d'affaires et équipements culturels et administratifs (théâtre de Champ-Fleuri, campus, rectorat, archives départementales...). Banalement moderne et de peu d'intérêt touristique, le secteur dévoile un tout autre visage dès qu'on s'échappe vers les Hauts.

En banlieue dionysienne

···> **Hors pl. par D3** Suivez la rue du Maréchal-Leclerc vers le S-E.

Dans les quartiers neufs du **Butor**, de **Sainte-Clotilde** et du **Chaudron** se mélangent zones industrielles, groupements scolaires, grands bâtiments administratifs et logements sociaux bétonnés. Autour de ces cités HLM sous les tropiques se cristallisent toutes les tensions sociales de La Réunion, à l'instar des banlieues sensibles de la plupart des grandes villes métropolitaines.

Le **marché du Chaudron*** *(mer. et dim. matin, p. 223)* est une bonne occasion pour découvrir ces quartiers victimes de leur mauvaise réputation.

S'ils ne présentent guère d'intérêt touristique, ils sont populaires, vivants et représentatifs d'une certaine réalité réunionnaise qu'on ne peut ignorer, à l'image de la cité Michel-Debré (à côté de la mairie annexe) : construite pour reloger les habitants des bidonvilles du front de mer lors de son aménagement, inaugurée en 1970 par le ministre alors député de La Réunion, puis transformée en foyer d'insurrection lors des événements du Chaudron en 1991 *(p. 73)*, elle s'est parée de nouvelles couleurs et est désormais soucieuse de positiver son image.

Vers Le Moufia et Bois-de-Nèfles*

···> Itinéraire de 14 km S-E de Saint-Denis. Depuis le centre-ville, suivez la rue du Maréchal-Leclerc qui se prolonge par la N2a dir. « Champ-Fleuri, Sainte-Clotilde », puis à dr. juste après l'église de Sainte-Clotilde la D49 vers Bois-de-Nèfles. Bus : ligne n° 24b (taxibus) Le Moufia-Piton-Bois-de-Nèfles.

Baptisés du nom des essences d'arbres qui recouvraient autrefois leurs pentes, ces écarts de Saint-Denis sont progressivement grignotés par de vastes ensembles d'habitation modernes.

Sur la gauche de l'itinéraire, le quartier du **Moufia** abrite le campus universitaire et le siège du **conseil régional**, une insolite pyramide inversée qui, aux yeux de la population réunionnaise, représente un haut lieu du pouvoir et de l'argent dont l'architecture et le faste furent en leur temps largement contestés.

Au-dessus du quartier de **Bois-de-Nèfles**, la route continue à grimper vers un autre écart plus rural, **Piton-Patates**, à travers une Réunion qui semble déjà à mille lieues de la ville, où la culture de la canne a largement fait place à celle, plus rentable, de l'ananas.

pique-nique avec vue*. 8 km après son embranchement à Sainte-Clotilde, la route s'achève sur une zone de

randonnée : la boucle du pic Adam

Départ *du kiosque situé au terminus de la route de Bois-de-Nèfles (D49).* **Parcours** *en boucle de 8 km ; compter 3 h de marche de niveau facile ; 400 m de dénivelé positif, 400 m de dénivelé négatif.* **À savoir :** *le sentier est très fréquenté de mai à juillet car il est bordé de très nombreux goyaviers (fruits mûrs de mai à juillet, p. 187).*

Du kiosque, continuez à pied le chemin bétonné sur 400 m jusqu'à une intersection avec des panneaux (le pic Adam est indiqué à 1,4 km). Suivez le sentier à g. balisé vert-bleu (le sentier à dr., celui du retour de la boucle, mène plus directement à la Roche Écrite).

On longe tout d'abord des champs d'ananas, puis on passe devant une aire de pique-nique avant de prendre sur la dr. un sentier secondaire qui mène en 300 m au point de vue aménagé.

De retour sur le sentier principal, la montée régulière reprend entre deux rangées de goyaviers, puis passe à proximité du pic Adam (également appelé morne Patates-à-Durand, 1 121 m).

On atteint ensuite une portion moins pentue, le sentier suivant la courbe de niveau jusqu'à une intersection. Prenez à dr. (à g., le gîte de la Plaine- des Chicots- est annoncé à 7 km, la Roche Écrite à 11,5 km) le sentier balisé jaune-bleu qui redescend jusqu'à l'intersection de départ, après avoir traversé la ravine du Plaisir puis longé une canalisation. ◆

pique-nique au pied du **piton Bois-de-Nèfles** qu'on peut aisément gravir à pied (depuis le parking, 30 à 45 min de montée sans difficulté) pour profiter d'un panorama élargi sur l'ensemble de l'agglomération, de La Montagne à l'O à Sainte-Suzanne à l'E.

Depuis le point de vue, marche possible vers le **pic Adam** (du nom du capitaine Pierre Adam qui y installa des appareils de signaux optiques à pétrole) pour revenir au parking par une boucle ou pour rejoindre un sentier menant à la Roche Écrite *(p. 99)*.

La Bretagne

→ 10 km S-E de Saint-Denis. Reprenez l'axe principal de Sainte-Clotilde vers l'E, traversez la ravine du Chaudron et prenez la D50 sur la dr. juste avant le pont sur la ravine des Pluies. Bus : ligne n° 26, Mairie du Chaudron-Bois Rouge.

Baptisé ainsi par son premier propriétaire pour ses airs de campagne bretonne, le secteur (en particulier le quartier de Montauban) est le « potager » de Saint-Denis, même si lotissements et petites industries viennent s'intercaler entre les exploitations maraîchères et les cultures vivrières.

La Bretagne est aussi le point de départ du sentier menant à la **cascade du Chaudron**, aujourd'hui interdit d'accès par son propriétaire, la Compagnie générale des eaux, afin de préserver le bassin de captage des eaux de la ravine du Chaudron qui alimente une bonne partie de la ville.

À défaut d'y aller, on pourra admirer de loin (depuis le sentier menant au piton Bois-de-Nèfles entre autres) cette jolie cascade, mince filet d'eau vive tracé à la verticale sur les parois d'un amphithéâtre minéral et terminant sa chute dans un « chaudron » naturel creusé par l'érosion.

À partir du départ du sentier (passé l'église de La Bretagne, suivre le chemin de Bois-Rouge, puis le chemin des Fougères), belle vue sur Saint-Denis et les gorges creusées par la ravine. ◆

5 itinéraire

5 En route vers l'est*

Itinéraire : 35 km par la N2 avec des échappées dans les Hauts. **Départ** : du Barachois à Saint-Denis.

Durée : 1 j. (excursions comprises).

Ne manquez pas : le domaine du Grand-Hazier *(p. 106)*.

Bonnes adresses p. 220.

Depuis Saint-Denis, la côte est ne commence réellement qu'à partir de Saint-André. Le long de la N2, Sainte-Marie et Sainte-Suzanne forment avec Saint-Denis un ensemble cohérent, regroupé sous la dénomination attrayante de « Beau Pays ». Aujourd'hui, les trois communes dépendent donc d'un même organisme de promotion et d'information, l'office de tourisme intercommunal du nord de La Réunion *(p. 220)*.

Sur ces pentes douces et fertiles, les colons trouvèrent ici des terres à canne. Peu visitée, cette région de transition entre la capitale et l'est de l'île mérite qu'on aille à sa rencontre.

Vers Sainte-Marie

Dotée des meilleures terres à canne de l'île de La Réunion, la région est depuis toujours le fief des grandes **propriétés sucrières** qui étendent leur emprise jusqu'à la ligne des 600 m d'altitude. Depuis quelques décennies, l'agrandissement de l'aéroport international Roland-Garros et la route à quatre voies ont transformé la physionomie du littoral, alors que la pression foncière due à la proximité de la capitale a mité les basses pentes de constructions modernes.

La Rivière-des-Pluies*

> À 8 km E de Saint-Denis. Au niveau de la sortie « aéroport », prenez la D45 sur la dr. pendant 2 km.

Ce quartier excentré de Sainte-Marie doit son nom à un cours d'eau, large lit de galets à sec la plupart du temps, torrent infranchissable pendant les dépressions tropicales, recouvert par un pont en 1935. La localité est connue pour la **Vierge noire** qui loge derrière l'église, dans une niche blanche entourée de bougainvillées (ceux qui auraient protégé la fuite de l'esclave Mario si on en croit la légende) et de centaines de fleurs immortelles, constituant un des lieux de culte les plus populaires de La Réunion > encadré ci-contre.

Derrière la Vierge noire, on peut voir les vestiges du **canal suspendu** qui enjambe la rivière et rejoint les restes du moulin à maïs qu'il alimentait jadis. Ce canal, dit **Desbassyns**, tout comme les caves du même nom (les sous-sols condamnés de l'actuelle école toute proche) dont on dit qu'elles servaient à enfermer des esclaves enchaînés, sont les témoins de la puissance de cette famille de colons influente et redoutée qui symbolise désormais l'exploitation esclavagiste et dont on retrouve la trace dans les Hauts de Saint-Gilles *(p. 145)* et à Beaumont *(p. 104)*.

La Mare

> 4 km après la sortie « Rivière-des-Pluies », sur la N2002 (ancienne route nationale).

Lieu de passage autrefois incontournable entre Saint-Denis et la côte est, le vaste rond-point de La Mare se situe en retrait du tracé de la nouvelle N2 à quatre voies, mais n'en conserve pas moins un fort pouvoir symbolique.

D'un côté, on voit les vestiges industriels de l'**usine sucrière de La Mare**, fermée en 1981, qui fut l'un des plus importants sites de production de l'île. Malgré la transformation d'une grande partie de la friche industrielle en quartier d'affaires, il se dégage encore du site un fort pouvoir d'évocation.

En face de l'ancienne maison de direction de style colonial qui abrite les bureaux du promoteur immobilier en charge de la réhabilitation, une grue de levage et les vestiges d'une cheminée rappellent l'époque où le site était voué à la canne à sucre. En face de l'ancienne usine, une **statue du Mahatma Gandhi**, malheureusement décapitée par des vandales, mais toujours entourée de lampes à huile en terre cuite et de fleurs fraîches, atteste de la place importante de la communauté indienne tamoule dans ces quartiers sucriers.

De l'autre côté de la route, la vision des pistes de l'**aéroport international** *(p. 221)* ramène le visiteur au monde actuel. La réalisation de la nouvelle piste longue, au milieu des années 1990, au détriment du quartier populaire de Maperine, a permis d'aména-

Entre foi et peurs ancestrales

L'adoration de la **Vierge noire** est liée à la légende de Mario, jeune esclave en fuite qui trouva refuge à **La Rivière-des-Pluies**. Poursuivi par des chasseurs de marrons, il s'en remet à la petite Vierge en bois d'ébène qu'il a placée dans une excavation de la roche. Quand les chasseurs sont sur le point de le reprendre, les branches épineuses d'un bougainvillée se mettent miraculeusement à pousser, formant à jamais un abri pour Mario. La légende raconte qu'on découvrit ici un squelette surmonté d'une petite Vierge d'ébène souriante. De nos jours, cette passerelle entre l'Église catholique et l'histoire légendaire de l'esclavage continue à attirer chaque année entre 30 000 et 40 000 fidèles. L'actuelle Vierge noire est en fait une statue de fonte commandée en métropole pour décorer l'église Saint-François-Xavier terminée en 1841. Quelques années plus tard, le jour de la Pentecôte sera choisi comme date de pèlerinage pour célébrer ce site marial singulier. ◆

ger, à l'abri du remblai, le petit **port de pêche et de plaisance** de Sainte-Marie, infrastructure peu habituelle à La Réunion.

Sainte-Marie

···> À 14 km E de Saint-Denis. Au rond-point de La Mare, suivez sur 2 km l'ancienne route nationale (N2f, à dr. en sortant de l'usine). **Bonnes adresses** p. 226.

Autrefois fort pittoresque, le « village » a souffert de sa proximité avec la capitale. Il subsiste une belle **mairie du XIXe s.** dont le style est influencé par la Compagnie des Indes et un **marché très animé** *(le sam. matin)*, sous les grands arbres de la place Verte.

Un peu plus haut se trouvent l'église, le vieux cimetière, la **chapelle dédiée à Notre-Dame de La Salette** et le mausolée du frère Scubillon ···> encadré p. 106, qui font l'objet d'un pèlerinage *(p. 233)*. Avec un temple tamoul (à La Mare), une mosquée (quartier Duparc), de nombreux lieux liés à la religion catholique (Vierge noire, chapelle Saint-Expédit, statue de Notre-Dame de Fatima, cimetière des Jésuites…), la commune est, à l'image de La Réunion, très « pluriculturelle ».

La route des Hauts

···> Env. 13 km (30 min de route) depuis Sainte-Marie. À l'entrée O de Sainte-Marie, prenez la D62 à dr. vers la plaine des Fougères. Depuis la quatre-voies, prenez la sortie dir. Beaumont-les-Hauts. **Bonnes adresses** p. 226 (Sainte-Marie).

Après **Flacourt** *(3 km S de Sainte-Marie)*, où subsistent de nombreuses traces d'exploitations de canne à sucre, on emprunte le chemin Tabur vers **Bois-Court**. Ce lieu-dit, comme presque tous ceux de la région, tire son nom d'une ancienne propriété sucrière.

Après le croisement avec la D61, vous apercevez, sur la gauche, une tour en pierre dans les champs de canne. Il s'agit d'un ancien moulin à vent de Joseph de Villèle qui, avec l'aide de 40 esclaves, produisait ici, à la fin du XVIIIe s., non pas du sucre mais 400 balles de 100 kg de café chacune par jour.

On croise ensuite le **centre de la Ressource** où les sœurs de Marseille rééduquent les enfants sourds et muets. Jusqu'en 1905, les pères jésuites tenaient ici un établissement destiné à la formation et à l'évangélisation des jeunes Malgaches orphelins qui, de retour sur la Grande Île, devenaient de précieux alliés du gouvernement colonial. De cette présence, il reste quelques tombes touchantes dans le vieux cimetière et une **chapelle** (1845), dont l'aspect plutôt moderne cache un décor intérieur de style gothique, en bois de natte, avec des frises sculptées à l'or fin, ainsi qu'un très bel autel et une châsse d'époque.

Au-delà de la Ressource, la départementale fait place à un réseau dense de petites routes en lacets qui partent à l'assaut d'un relief de plus en plus marqué où les ananas ont remplacé les cannes. Vers le sud-ouest, on rejoint **La Confiance-les-Hauts** et **L'Espérance-les-Hauts** à travers une campagne généreuse spécialisée dans la culture de fleurs tropicales.

Tout droit (vers le sud), la « route des Fleurs » grimpe en direction de **Beaumont-les-Hauts** puis continue l'ascension de la plaine des Fougères pour se terminer *(7 km plus haut)* à plus de 1 100 m d'altitude, peu après **maison Martin**.

pique-nique panoramique. Après la maison Martin sont aménagés des serres (privées) et un espace de pique-nique avec kiosques et aires à feu.

On peut poursuivre la montée à pied par le sentier qui pénètre dans la forêt primaire (tamarins des Hauts puis bois de couleurs) pour gagner le **piton Plaine-des-Fougères** ou le **piton Bé Massoune**, perchés au sommet du rempart qui domine le cirque de Salazie. Les deux pitons sont reliés par une crête *(circuit en boucle ; 6 h de marche assez difficile ; rens. à l'antenne de Sainte-Marie de l'ⓘ du Nord)*.

SOS tuit-tuit

Inscrits en grande partie dans les limites de la réserve naturelle de la Roche Écrite, les massifs forestiers de la Plaine-des-Chicots et de la Plaine-d'Affouches sont les derniers refuges du **tuit-tuit**, un petit oiseau endémique de La Réunion dont la population est estimée à seulement 80 couples et qui se trouve en danger critique d'extinction.

Le tuit-tuit appartient au genre *Coracina* dont il existe deux espèces, une à Maurice, l'autre à La Réunion *(Coracina newtoni)* appelée tuit-tuit en référence au chant du mâle. Ce dernier peut sembler banal au premier abord : un oiseau d'environ 20 cm, de couleur bleu-gris cendré, avec les ailes, la queue et le contour des yeux noirs. La femelle a la même taille mais avec un plumage principalement brun-roux.

Le tuit-tuit vit dans les forêts de bois de couleurs des Hauts où il se nourrit essentiellement d'insectes et, plus occasionnellement, de fruits. Sa période de reproduction s'étale d'octobre à décembre, pendant laquelle la femelle pond deux ou trois œufs dans un nid construit en forme de coupe aplatie en haut des arbres.

*La **SREPEN**, qui co-gère avec l'ONF la réserve naturelle de la Roche Écrite, organise au départ de Mamode-Camp des sorties à la découverte de l'habitat naturel du tuit-tuit, la singularité de sa faune, la diversité de sa flore et les menaces qui pèsent sur son avenir. Vis. guidée sur rés. (5 pers. min.) ☎ 02.62.28.19.29, www.srepen.fr lun.-ven. 8 h-16 h.*

*L'**office de tourisme intercommunal du Nord** (p. 220) organise des sorties « À la rencontre du tuit-tuit », dans la réserve naturelle de la Roche Écrite, encadrées par un agent du parc national (un sam. matin/mois, sur rés.).* ◆

▲ Le tuit-tuit, une espèce menacée d'extinction.

focus

Le frère Scubillon

À Sainte-Marie, le 20 décembre (jour de la Fête de l'abolition de l'esclavage), un **pèlerinage** est dédié au frère Scubillon (1797-1867), proclamé « bienheureux » par le pape Jean-Paul II en 1989. Ce fervent abolitionniste, qui fit construire la chapelle du village en 1864, fait l'objet d'une véritable adoration de la part des Réunionnais. De son véritable nom Jean-Bernard Rousseau, il débarque à La Réunion en 1833 et, jusqu'à sa mort, n'aura de cesse de défendre la cause des esclaves puis, après 1848, des affranchis, en les catéchisant et en les instruisant. En contrebas de la chapelle, un sarcophage de marbre abrite ses restes. ◆

Sainte-Suzanne*

···> À 6 km E de Sainte-Marie par la N2. **Bonnes adresses** p. 226.

Sainte-Suzanne est la commune la plus anciennement habitée de l'île si l'on considère les douze mutins exilés de Fort-Dauphin qui, en 1646, s'installèrent sur les bords de la rivière Saint-Jean. La colonisation ne commencera réellement qu'en 1667, le quartier se peuplant rapidement grâce à une **terre fertile** où toutes les cultures étaient possibles : riz, blé, vigne, tabac…

Souvent considérée comme la « **capitale agricole** » de l'île (plus gros producteur de café de Bourbon en 1735, puis plus gros producteur de sucre de la colonie en 1820, lieu de découverte du procédé de fécondation artificielle de la vanille en 1841), la commune ne parviendra pourtant jamais vraiment à devenir un centre urbain influent.

L'absence de véritable centre-ville est d'ailleurs l'un des caractères marquants de Sainte-Suzanne, renforcé depuis que la N2 ne traverse plus le cœur historique de la commune. Mais la commune a fait récemment de gros efforts en matière d'aménagements touristiques, qu'il s'agisse de la réhabilitation des sites du **Bocage** et de l'embouchure de la **rivière Sainte-Suzanne**, du nouvel office de tourisme ou de la mise en place du sentier littoral.

♥ Le domaine du Grand-Hazier**

···> Depuis Sainte-Suzanne ou la N2, prenez la direction « Bagatelle » (D52), puis « Grand-Hazier, Bel-Air » à dr. à la 1re intersection ☎ 02.62.52.32.81, www.domainedugrandhazier.re. Sur r.-v. Entrée payante.

Facilement repérable à la haute allée de cocotiers qui en marque l'entrée, le domaine du Grand-Hazier est une propriété coloniale à l'ancienne encore habitée. La maison de maître, le jardin et le parc fruitier se visitent. Tout ici respire le passé, que la **famille Chassagne**, propriétaire des lieux, se plaît à faire revivre à travers l'intéressante visite guidée.

La Vanilleraie

···> Dans l'enceinte du domaine du Grand-Hazier (visites séparées). Boutique ouv. lun.-sam. 9 h-12 h et 14 h-17 h ; visite guidée ttes les h, 9 h-16 h, sf 12 h et 13 h ; entrée payante ☎ 02.62.23.07.26.

Installé dans les anciennes écuries, cet atelier artisanal de préparation de vanille applique le procédé traditionnel de **fabrication de la « vanille Bourbon »** qu'on découvre en détail, ainsi que l'histoire du produit, à l'occasion de la visite du site. Il y a une petite plantation attenante pour découvrir sur pied différentes variétés de vanilliers et une vente de vanille sous toutes ses formes (gousse, poudre, extrait, produits dérivés).

suivez le guide. L'office de tourisme intercommunal du Nord *(p. 220)* propose une sortie regroupant, sur une matinée, la visite du domaine et de la Vanilleraie avec une balade en calèche à cheval en prime.

Les bassins de la rivière Sainte-Suzanne**

···> « Bassin Bœuf » indiqué en même temps que la « Route des Hauts » depuis la N2 et Sainte-Suzanne : après avoir traversé les quartiers de Bagatelle et de

Pointe Canal, montez encore sur env. 1,5 km avant de vous garer sur le parking aménagé dans un virage sur la g. de la route. Continuez env. 200 m à pied sur un chemin de terre jusqu'à la rivière.

La rivière Sainte-Suzanne, qui alimente la cascade Niagara *(p. 108)*, offre plusieurs autres bassins plus agréables, accessibles par la route de Bagatelle-les-Hauts. Après avoir traversé la rivière à gué, des pancartes artisanales indiquent le départ du sentier qui longe le cours d'eau: en amont, vers le **bassin Bœuf**** *(5 min à pied)*, le plus grand, surmonté d'une jolie cascade (site d'initiation au canyoning) et, un peu plus haut, vers le **bassin Grondin*** *(10 à 15 min à pied)*, plus sauvage ; en aval, on trouve le **bassin Nicole** *(5 min à pied)*.

Également sur la rivière Sainte-Suzanne, le **bassin Rond**, situé plus bas (entre la cascade Niagara et le bassin Nicole), est accessible par une petite route depuis la Grande-Montée, juste avant Bagatelle.

Faciles d'accès, assez sauvages et plus verdoyants que la cascade Niagara, ces bassins constituent d'excellents lieux de pique-nique et de rafraîchissement.

La route des Hauts-de-Bagatelle rejoignait autrefois celle de Bras-Pistolet, mais les pluies ont emporté les radiers qui la traversaient, et elle n'est plus accessible aux véhicules de tourisme. De ce fait, la **route touristique des Hauts de Bras-Pistolet** (commune de Sainte-Suzanne) s'effectue au départ de Quartier-Français *(voir itinéraire 6, p. 110)*.

Le « centre-bourg »

···> Depuis la N2, prenez la sortie « Sainte-Suzanne centre » et rejoindre l'ancienne route nationale qui traverse le centre.

Avec sa **place de la Mairie** sous les flamboyants (recouverts de fleurs écarlates pendant l'été austral), qui fait face à une mignonne **église**, il n'a guère changé depuis le XIXe s. (si ce n'est le monument aux morts surmonté d'une statue de poilu) et ne manque pas de charme.

Derrière la mairie, le **bord de mer** est devenu plus accueillant depuis que des aménagements y ont été réalisés dans le cadre du chantier du sentier littoral Nord ···> **encadré ci-dessous**. Ce dernier suit le **tracé du chemin de fer** qui, à la fin du XIXe s., reliait Saint-Benoît à Saint-Pierre en passant par Saint-Denis *(p. 125)*: en l'empruntant sur la g. (en regardant la mer), on rejoint le **phare de Bel-Air*** après avoir traversé un petit tunnel.

Unique sur l'île et classé **Monument historique** depuis 1996, ce phare, construit en 1846 puis fermé lors du départ à la retraite de son dernier gardien en 1984, a repris du service en 1989 avec l'installation d'un système de commande optique entièrement automatisé.

Permettant d'accéder à la tour du phare (pas de visites pour cause de sécurité), le bâtiment qui abritait la famille du gardien et la salle des machines est désormais le siège de l'association Ville animée de Sainte-Suzanne. Cette dernière y organise régulièrement des expositions et des animations culturelles sous l'égide de l'office de tourisme intercommunal, projetant à terme de rouvrir le phare pour en

Le long du littoral Nord*

Réalisé sous l'égide de la CINOR, ce **tracé aménagé pour les piétons et les cyclistes** (bitume, stabilisé ou scories selon les secteurs) relie Saint-Denis à Sainte-Suzanne en longeant le littoral, **de façon discontinue à terme, sur une longueur de 21 km.** Le parcours débute au Barachois, passe par la Jamaïque, puis longe l'aéroport et rejoint le port de Sainte-Marie avant de suivre l'ancienne route nationale jusqu'à la ravine des Chèvres. À Sainte-Suzanne, le sentier suit l'ancien itinéraire du chemin de fer, passe à proximité du phare et se termine au Bocage. ◆

faire un véritable lieu de mémoire autour de l'histoire maritime de La Réunion (☎ *06.92.62.44.42 ou 06.92.36.81.00*).

Le sentier littoral se poursuit en direction de Saint-Denis vers la ravine du Grand-Hazier et la ravine des Chèvres *(à 4,7 km du départ du sentier situé au Bocage, à l'E de Sainte-Suzanne)*.

L'embouchure de la rivière Sainte-Suzanne*

Prenez l'ancienne route nationale (N2002) vers Saint-André, puis se garer sur le parking à g. après le pont.

À côté du parking, un monument (statue en bronze, panneaux d'information, plants de vanille « vivants ») rend hommage à **Edmond Albius**, l'inventeur du procédé de fécondation de la vanille.

En face, le **bocage Lucet-Langevin**, un parc de loisirs et de détente récemment réaménagé, comprend des **jeux pour enfants**, un *roller park*, un boulodrome... le tout au milieu d'un méandre de la rivière Sainte-Suzanne dans un agréable cadre paysagé. Des passerelles permettent de franchir le bras d'eau pour rejoindre le **quartier Village-Desprez**, puis la rive gauche de l'embouchure à proprement parler, sillonnée de canaux à bichiques.

À peine plus loin sur l'ancienne route nationale, un chemin part sur la gauche vers l'embouchure (qu'on n'atteint pas vraiment en fait) le long d'un bras de la rivière. À l'ombre de gros bosquets de bambous, l'endroit est agréable, fréquenté par les pêcheurs de tilapias et les canoéistes.

envie de baignade ? À l'embouchure de la rivière, les installations sportives du « pôle touristique et sportif » du Bocage, très bien intégrées au paysage, vous attendent : **piscine découverte, club de canoë-kayak** *(p. 226)*... en attendant le tout premier « stade en eaux vives » de l'océan Indien (livraison prévue début 2013).

Plus à l'est, de l'autre côté de la rivière, s'étend un quartier de pêcheurs qui n'a plus de **Marine** que le nom ainsi qu'une vieille ancre abandonnée dans un jardin du littoral. En bord de mer, on peut suivre à pied l'ancien tracé de la voie ferrée jusqu'à la rivière Saint-Jean.

▶ **Souvenir de la coulée de lave issue de l'éruption de 1977, un amas de basalte noir enserre l'église de Piton-Sainte-Rose miraculeusement épargnée.**

La cascade Niagara*

Depuis la N2002 (ancienne route nationale), prenez la route à dr. à la sortie de la ville (accès indiqué avant le pont de la rivière Sainte-Suzanne). Parking à 5 min, puis quelques min de marche.

Haute de 60 m, cette cascade est assez impressionnante en saison des pluies mais manque d'ombre et de végétation. Le site est désormais équipé d'une **via ferrata**, une sorte de parcours aventure en falaise le long d'une « ligne de vie », qui comprend échelles, marches, barreaux, ainsi qu'un pont népalais au-dessus du bassin et une tyrolienne de 70 m pour terminer en beauté *(voir Bonnes adresses, p. 226)*. En amont de la rivière, d'autres bassins sont accessibles par Bagatelle *(p. 107)*.

> *Après Sainte-Suzanne, la N2 mène à* ***Saint-André*** *(voir itinéraire 6, p. 110).* ◆

© Bertrand Rieger/Hemis.fr

La côte au vent

Offrant une façade lisse ouverte sur l'océan Indien, dépourvue de plages et soumise à une importante pluviosité, la côte est offre le visage d'une Réunion verte et rurale, moins touristique et plus authentique que son homologue « sous le vent ».

Pays du sucre et de la vanille par excellence, la vaste plaine littorale vit au rythme de ses cultures, entre « carreaux » de cannes et vergers de litchis, et des traditions créoles qui les accompagnent.

Côté nature, les Hauts de l'Est abritent d'intéressantes reliques de forêt primitive ainsi que les plus belles rivières de l'île (rivières du Mât, des Roches et des Marsouins). Elles offrent aux amateurs d'eaux vives de multiples cascades et bassins, avant de finir leur course dans de larges embouchures où se pratique la pêche aux bichiques.

Programme : escapade nature dans les Hauts pour profiter de la nature, visite d'une sucrerie et d'une plantation de fleurs tropicales, randonnée à pied en forêt humide, visite d'une plantation de banane, balade sur un sentier littoral.

Conseil : empruntez l'ancien tracé « buissonnier » de la route nationale (rebaptisée RN 2002 entre Sainte-Suzanne et Saint-Benoît).

Itinéraires 6 à 8.

Bonnes adresses p. 227.

6 | Saint-André et ses environs*

Itinéraire : 15 km par la N2. **Départ** : de Sainte-Suzanne *(p. 106)*.

Durée : 1/2 j. pour Saint-André et Bras-Panon, 1/2 j. dans les Hauts, 1/2 j. pour la visite de la sucrerie.

Transports : les lignes **Cars jaunes** F et G (Saint-Denis/Saint-Benoît) s'arrêtent à Saint-André et Bras-Panon.

Ne manquez pas : l'exploitation de vanille de M. Rouloff *(p. 113)* et le bassin de la Paix *(p. 116)*.

Bonnes adresses p. 227.

Située à moins de 20 min du centre de Saint-Denis grâce à la nouvelle voie rapide (N2), Saint-André est très active, fidèle à une tradition agricole qui remonte à ses origines. Sa vocation sucrière explique l'abondance de maisons de maître de style colonial et des vestiges d'usines. Les indiens autrefois employés dans les domaines sucriers ont fait de Saint-André le berceau d'une culture tamoule réunionnaise en plein renouveau.

La sucrerie de Bois-Rouge*

2, chemin Bois-Rouge, Cambuston (indiqué depuis la N2). Vis. de la sucrerie (juil.-déc.) et de la distillerie (tte l'année) lun.-sam., 9 h-20 h, en campagne sucrière, lun.-ven. 9 h-18 h, le reste de l'année. Payant. Enfants à partir de 7 ans. Tenue « sport » et rés. obligatoire ☎ 02.62.58.59.74. Durée de la visite : 1 h 30.

Ce site industriel rassemble une sucrerie, une rhumerie et une centrale thermique. Concentration oblige, la sucrerie est l'une des deux dernières en activité sur l'île avec celle du Gol à Saint-Louis. Sa visite permet d'appréhender la filière canne dans son ensemble, de la coupe des cannes au champ à une dégustation des produits finis, qui se déroule à la fin, dans la boutique Tafia & Galabé (vente de sucres spéciaux et de rhums d'excellence que l'on trouve difficilement ailleurs).

Ici, rien ne se perd: la bagasse (fibres de cannes après pressage du jus) sert à alimenter une centrale thermique qui fournit vapeur et électricité; la mélasse est transformée en rhum industriel dans la **distillerie de Savanna**, qui produit aussi du rhum agricole (avec le jus des cannes) et des vieux rhums; les boues issues de la décantation du jus de canne sont restituées aux planteurs pour l'amendement des sols.

Si vous manquez de temps pour visiter la sucrerie, jetez au moins un coup d'œil au site en période de coupe *(juil.-déc.)* quand les « cachalots » (semi-remorques chargés de cannes à sucre) et les tracteurs forment une interminable file au pied des broyeurs, dans l'ambiance fiévreuse et enfumée de l'usine en pleine activité.

Inséparable de la sucrerie, le **temple tamoul Karli** *(cérémonies ☎ 02.62.46.33.04)*, agrandi et déplacé de quelques centaines de mètres, dresse son gopura (porte monumentale) coloré et est fréquenté par les employés de confession hindoue.

Saint-André*

···> À 25 km S-E de Saint-Denis et 8 km S-E de Sainte-Suzanne par la N2 à 4 voies. Plan p. 112.

Passé les imposants vestiges industriels de Quartier-Français, autrefois important centre sucrier et haut lieu de la colonie, on traverse le quartier résidentiel de **Cambuston** avant de continuer en direction de la mer.

Le long du front de mer*

···> B1-2 Depuis la N2, prenez la sortie « Quartier-Français ». À Cambuston, suivez la D47 vers Champ-Borne. Plan p. 112.

Environ 3 km plus loin, le **temple tamoul le Colosse** B1 *(vis. de l'extérieur seulement et, éventuellement, des vestiges d'un ancien moulin à cannes dans l'enceinte du temple)* brille de toutes ses couleurs. Considéré comme le temple tamoul (*sapel malbar* en créole) le plus important de l'île, il est dédié à la déesse Pandialé et témoigne du poids de la communauté malbare dans cette région.

Cent mètres plus loin sur la route départementale, le **parc de loisirs du Colosse** B1 est un espace aménagé en bordure d'une gravière, une sorte de Disneyland créole surgi de nulle part qui abrite des restaurants, quelques boutiques, des kiosques à pique-nique dernière génération, des jeux pour les enfants et un plan d'eau pour les activités nautiques (également marché ou brocante certains dimanches matin).

Malgré des efforts notables en matière d'environnement (pelouses, palmiers et vacoas, bassins, canaux, passerelles

Valoriser la côte au vent

La côte au vent, pourtant authentique et attachante, est souvent délaissée par les touristes: à tort! Les autorités locales tentent de remédier à ce déficit par une forte volonté politique. Un office de tourisme intercommunal *(p. 220)*, qui dispose d'antennes dans tout l'Est, a été créé; le parc d'hébergement a été développé (on compte même un hôtel 5 étoiles dans les Hauts de Saint-Benoît). Enfin, de nombreux sites naturels ont été aménagés (accès au bassin de la Paix, mise en valeur du bassin Bleu, ou encore création du sentier littoral Est de 70 km, qui reliera par le bord de mer Saint-André à Sainte-Rose). Bref, l'Est bouge, et il serait dommage de ne pas en profiter. ◆

Saint-André

pour accéder au bord de mer), il est vrai qu'il n'y a pas grand-chose à y faire, sauf pour les jeunes enfants.

La D47 poursuit son chemin le long de la côte, longe les ruines poignantes de l'**église du Champ-Borne** **B1**, qui ne s'est jamais remise du cyclone de 1932, puis rejoint le quartier de Rivière-du-Mât-les-Bas (plusieurs petites routes sur la g. permettent de rejoindre les kiosques à pique-nique du bord de mer, longé par un chemin carrossable qui passe devant une carrière puis bute sur la rive g. de l'embouchure à bras multiples de la rivière du Mât) avant de revenir vers le centre-ville.

Au centre-ville*

A1-2 Depuis la N2, sortie « centre-ville », env. 2 km après celle de « Quartier-Français ».

L'aménagement de la voie rapide a permis de décongestionner le centre de Saint-André mais a coupé la ville en deux.

L'artère principale (avenue de l'Île-de-France, prolongée par l'avenue Bourbon) a perdu son animation au profit d'un disgracieux **complexe administratif et commercial** moderne (autour de l'avenue de la République) où se concentrent l'activité commerçante, la gare des bus et le grand marché du vendredi.

Le quartier de Petit-Bazar A1-2. *À l'entrée N du centre-ville, aux abords de la N2.* Le quartier de Petit-Bazar compte plusieurs temples tamouls. À l'angle de l'avenue de l'Île-de-France et du chemin Deschanets, une **chapelle malbare** témoigne de la vitalité de cette foi hindoue: à toute heure, de nombreux automobilistes s'y arrêtent pour brûler un bâton d'encens et se recueillir quelques instants devant une statue qui veille au fond du sanctuaire.

Un peu plus haut sur l'avenue de l'Île-de-France *(au n° 1360)*, le **temple du Petit-Bazar*** *(vis. de l'extérieur seulement; calendrier des cérémonies auprès de l'association Siva Soupramanien, en charge du temple ☎ 02.62.58.63.62)*, édifié en 1900, a été entièrement restauré par des artisans indiens venus spécialement du Tamil Nadu.

Après 5 ans de travaux, il a retrouvé ses couleurs éclatantes et a été officiellement consacré en 2003 sous le nom de Koïl Siva Soupramanien, dédié au dieu Mourouga (fils de Shiva et Parvati, dieu de la jeunesse et de la guerre, en l'honneur duquel a lieu la fête du Cavadeee, marquée par des pénitences physiques (plusieurs fois dans l'année, essentiellement en janvier-février).

L'exploitation de vanille de M. Rouloff A2.** *470, rue Deschanets ☎ 06.92.10.87.15, www.lavanilledelareunion.com. Ouv. lun.-sam., vis. à 11 h, 14h, 15h et 16h. Durée: env. 40 min. Entrée payante. Rés. obligatoire pour plus de 4 pers.* Visite de la plantation familiale (une des dernières sur la commune) de Maurice Rouloff, producteur de vanille depuis trois générations, qui pratique encore la fécondation artificielle *(nov.-déc.)* selon la méthode découverte par Edmond Albius.

À la fois sympathique et pédagogue, le planteur vous amènera sur ses champs pour vous expliquer les origines, l'introduction et les différentes étapes de la culture de cette orchidée, ainsi que son mode de vie sur tuteur ou sous serre.

La maison Martin-Valliamé A2.** *À l'angle du chemin Lagourgue et du chemin du Centre. Vis. guidées d'env. 45 min organisées par l'ⓘ (domicilié ici, p. 227) lun.-sam. 9h30, 10h45, 13h45 et 15h.* De l'autre côté de la N2, cette superbe bâtisse coloniale d'inspiration victorienne classée monument historique trône au centre de son parc. Construite en 1925 par un notable saint-andréen, elle fut rachetée en 1950 par un agriculteur à la richesse inexpliquée (la rumeur dit qu'il aurait trouvé un trésor), M. Valliamé. D'où son nom.

Cette pièce maîtresse du **patrimoine architectural créole** fut l'objet, dans les années 1980, d'un énorme scandale financier, les collectivités locales ayant investi plusieurs millions de francs pour y installer un musée de l'Indianité qui ne verra jamais le jour.

Alors que le temps avait repris son travail de lente démolition sur cette belle oisive ouverte aux quatre vents, d'importants travaux de rénovation ont été entrepris afin de lui redonner son lustre d'antan. Aujourd'hui, la demeure a retrouvé ses menuiseries savantes et ses lambrequins, mais aussi ses meubles de la Compagnie des Indes.

Le Musée dan'tan lontan A2.** *2208, chemin du Centre.* Ce musée vous propose une plongée nostalgique dans le quotidien réunionnais d'autrefois. Phonographes et vieux 78-tours de séga, moulins à café, fers à repasser, postes TSF, boutique à l'ancienne… un trésor de vieilleries amassées depuis plus de trente ans et présentées dans sa propre maison par l'adorable M. Covindin, un collectionneur passionné qui vous expliquera avec amour comment ça marche. Car, ici, tous les objets fonctionnent!

Depuis 2010, ce retraité de l'armée a également ouvert à la visite la vieille boutique de son père (fermée en 1970), qu'il a reconstituée avec minutie dans son garage: derrière un comptoir à l'ancienne, premières Dodo, lessive Bonux et autres produits d'époque.

La route touristique des Hauts*

···› Au niveau de Quartier-Français, suivez les panneaux « route touristique des Hauts » et prenez la rue Marchande (ou D46) direction « Bras-des-Chevrettes », puis « Deux-Rives » et « Bras-Pistolet ».

Très vite se détache sur la dr. le clocher en béton blanc de l'**église Notre-Dame-du-Bon-Secours** (connue aussi sous le nom d'église Sainte-Vivienne), qui renferme les reliques de sainte Vivienne, martyre romaine du IIIe s., dans une châsse au pied de l'autel. Un pèlerinage haut en couleur et plein de ferveur a lieu chaque 2 décembre, ici, en l'honneur de cette sainte.

La cascade des Délices*

···› Panneau indicatif au niveau de l'église. Parking au bout d'un chemin caillouteux, après l'école, puis 5 à 10 min de marche.

Elle est moins connue que les bassins de la rivière Sainte-Suzanne mais tout aussi agréable. Le chemin qui y mène est charmant : on traverse la Petite Rivière Saint-Jean par une passerelle en fer pour continuer par un sentier enserré de bambous (remarquez au passage les nombreux nids de béliers accrochés), de badamiers, jamerosiers, jaquiers, arbres à pain et fougères.

Une trouée dans la végétation vous permettra d'apercevoir au loin la sucrerie de Bois-Rouge *(p. 110)* et les couleurs éclatantes du temple tamoul Karli *(p. 111)*, qui l'accompagne.

Laissez la première bifurcation à droite qui mène chez des particuliers et prenez, plus loin sur la gauche, des escaliers en rondins qui mènent à la cascade proprement dite, haute de 4 m et surplombant un petit bassin, rafraîchissant mais vite surpeuplé.

Vers Bras-Pistolet*

···› De retour sur la route touristique des Hauts, au carrefour en Y de Commune-Bègue, env. 2 km après l'église, laissez la D46 sur votre g. (vers Bras-des-Chevrettes) et prenez à g. dir. « Bras-Pistolet ».

► Sur l'embouchure de la rivière des Roches, des canaux aménagés guident les poissons vers les nasses.

On emprunte, sur la dr., le **chemin des Ruisseaux**, bordé de mignonnes maisonnettes créoles noyées dans des jardins dégoulinant de fleurs, de plantes vertes et d'arbres fruitiers, pour arriver à **Deux-Rives**, du nom d'un ancien établissement sucrier situé entre la Grande et la Petite Rivière Saint-Jean *(en ruine)*.

De plus en plus sauvage, la route se poursuit vers **Bras-Pistolet** où l'on peut faire un saut à la petite **église du Père-Laval***. À l'intérieur, une fresque montre ce prêtre, qui sut se dévouer aux gens du pays, présentant les créoles au Christ. Le jardin qui jouxte l'église est magnifiquement entretenu, la foi créole n'étant pas avare de paroissiens toujours prêts à donner d'eux-mêmes pour honorer la nature du *Bondié*.

Toujours plus haut, la route des Fougères mène au lieu-dit de **La Forêt-Dugain*** (du nom de la famille propriétaire du domaine forestier depuis 1939), à cheval sur la ligne domaniale plantée d'eucalyptus qui court sur la ligne d'altitude des 850 m.

De là, un **sentier** part en face de la maison des propriétaires vers des sous-bois riches en goyaviers (passage et cueillette autorisés sous réserve de simple demande à la famille Dugain qui propose à la vente toutes sortes de miels) avant de se séparer en deux : vers l'E, le sentier rejoint **Dioré** dans les Hauts de Saint-André *(env. 2 h de marche)* ; vers l'O, il s'enfonce en forêt pour gagner les **pitons Bé Massoune** *(3 à 4 h de marche min. ; réservé au plus sportifs)* et **Plaine-des-Fougères** *(comptez 1 h 30 en plus, p. 104)* en suivant le bord du rempart de la rivière du Mât qui domine le cirque de Salazie.

© Bertrand Rieger/Hemis.fr

Le domaine de la Forêt-Dugain *(50, chemin Madriers, Bras-Pistolet, sur la commune de Sainte-Suzanne ☎ 06.92.21.31.55)* est aussi traversé par deux **sentiers botaniques** accessibles à tous que Martine Dugain, l'héritière des quelque 15 ha de forêt familiale, fait découvrir avec l'association ☘ **Bois de couleurs** à l'occasion de balades commentées *(durée: env. 3 h, circuit 45 min pour les enfants)*. On y fera connaissance avec de nombreuses espèces endémiques, désormais toutes protégées et inscrites au patrimoine de l'humanité, mais aussi avec des dizaines d'espèces de fougères et d'orchidées. À 900 m d'altitude, le point culminant du parcours offre un très beau **panorama** sur le cirque de Salazie et le Trou de Fer.

pause gastronomique. Vous avez la possibilité de clore la sortie par un civet de *volaille la cour* dont la maman de Martine Dugain a le secret, préparé au feu de bois bien évidemment.

Autour de Bras-Panon★

À 34 km S-E de Saint-Denis et 9 km S-E de Saint-André par la N2. **Bonnes adresses** p. 227.

Sur la commune de Bras-Panon, l'embouchure de la **rivière des Roches** est un des hauts lieux de la pêche aux bichiques *(oct.-déc.)*. À chaque nouvelle lune, les pêcheurs attendent la montée des précieux alevins le long de canaux en galets destinés à les guider vers une nasse conique en fibres de coco tressées (la *vouve*). Mais *bisik, i monte pas* toujours!

Les berges de la rivière sont accessibles des deux côtés par les rues qui partent vers l'océan un peu avant et après le pont de l'ancienne route nationale. Au nord, côté Bras-Panon, une promenade et des *rondavelles* doivent être aménagées autour du parc qui faisait office de terrain de camping; au sud, côté Saint-Benoît, le site est plus fréquenté, entre terrains de sport, restaurant et aires de pique-nique.

Le belvédère de l'Éden*

⋯ Sur la N2 entre Saint-André et Bras-Panon, prenez la direction de Salazie puis bifurquez vers La Rivière-du-Mât.

À La **Rivière-du-Mât**, une petite route, la D59, indiquée « belvédère de l'Éden », s'enfonce dans les Hauts de Bras-Panon. Au bout de 10 km bien raides, une pancarte « Cascade du Chien » vous conduit à un parking en bord de route. Au niveau de la route, un promontoire domine la cascade, peu visible car en partie cachée par la végétation.

Poursuivez à pied par un chemin de terre qui descend vers le Bras-des-Lianes et rejoint un bassin de retenue d'eau *(5 à 10 min de marche)*. De là, vous pouvez descendre le cours d'eau vers l'aval pour rejoindre des bassins propices à la baignade et atteindre la cascade par le haut. La D59 se poursuit par une piste jusqu'à un parking d'où un sentier conduit à travers les goyaviers au **belvédère de l'Éden** *(30 à 40 min de marche A/R)*, qui offre un beau panorama sur toute la côte est.

La coopérative de vanille*

⋯ Depuis la N2, prenez la sortie « Bras-Panon » et suivez l'ancienne route nationale jusqu'au n° 21 (bien indiqué) ☎ 02.62.51.71.02. Ouv. lun.-sam. 8 h 30-12 h et 13 h 30-17 h, dernières vis. 11 h 15 et 16 h 15. Entrée payante. Vis. toutes les 45 min.

Fief de la **vanille Bourbon** *(p. 58)*, la commune de Bras-Panon abrite la plus grosse structure de production de l'île. On peut y voir une vanilleraie, l'atelier de préparation des gousses, ainsi qu'une petite galerie muséographique et un film retraçant l'histoire de cette culture. Depuis 2010, l'activité touristique du site se poursuit malgré les problèmes de la coopérative. En effet, ces dernières années, sous la pression combinée de la vanille malgache à bas prix et de la vanille de synthèse, la vanille réunionnaise a du mal à trouver un modèle économique viable. À tel point qu'en 2010, l'UR2, la structure coopérative de Bras-Panon (qui assure également la réception des visiteurs) a dû fermer suite à une liquidation judiciaire.

Associé depuis des années à l'UR2, **Provanille**, la coopérative de production qui regroupe une centaine de petits planteurs, a annoncé qu'elle prendrait le relais et assurerait la continuité de l'activité touristique. Seul le restaurant en a fait les frais, mais l'avenir ne s'annonce pas tout rose....

shopping vanille. Vous trouverez la vanille sous toutes ses formes en vente à la **boutique de la coopérative**.

Bassins de la Paix et de la Mer**

⋯ Depuis la N2, sortez juste après le pont sur la rivière des Roches, puis prenez le ch. de la Paix en suivant la dir. « Beauvallon/La Paix ». Rens. sur l'ouverture des sentiers à l'ⓘ.

Une petite route puis un chemin de cannes conduisent en 3 km au parking du **bassin de la Paix****. Passé le petit pont de bois qui enjambe la rivière (un torrent tumultueux à cet endroit), un sentier en escalier (restauré avec des marches métalliques) descend au bord de ce vaste bassin encaissé et surmonté d'une cascade *(10 min de marche depuis le parking)*.

Du parking, un autre sentier, à travers cannes et sous-bois, conduit en amont au **bassin de la Mer***, plus sauvage *(30 à 45 min de marche ; sentier parfois glissant)*. Certains disent qu'il tient son nom de l'odeur iodée qui s'en dégage, d'autres l'expliquent par les milliers de vaguelettes qui se forment régulièrement à sa surface. ◆

7 | Saint-Benoît et ses Hauts**

Itinéraire: 5 km par la N2 (de Bras-Panon à Beaufonds), avec quelques incursions dans les Hauts.

Départ: de Bras-Panon *(p. 115)*.

Durée: 1 j. (1/2 j. pour la ville Bras-Canot, 1/2 j. pour l'excursion vers Takamaka ou une balade en forêt).

Transports: lignes **Cars jaunes** F, G et Z2 (Z'éclair, presque sans arrêts) entre Saint-Denis et Saint-Benoît.

Ne manquez pas : l'itinéraire de Bras-Canot et Le Cratère *(p. 119)* et le circuit des Ravenales *(p. 119)*.

Bonnes adresses p. 228.

Dès le XVIIIe s., Saint-Benoît tire sa prospérité de ses terres fertiles grâce à la culture du café de Moka et du girofle, rapportée en 1775 par le célèbre botaniste bénédictin Joseph Hubert. Au XIXe s., la canne à sucre prend le relais, faisant de Saint-Benoît un des quartiers les plus riches de l'île. Depuis quelques années, la commune a fait des efforts pour lutter contre son image de sous-préfecture ennuyeuse et pluvieuse, et est devenue le pôle de développement économique et touristique de toute la région est. Autrefois terminus du train *(p. 125)*, Saint-Benoît communique désormais sur le concept de « cité des eaux vives », une porte ouverte sur les Hautes Plaines, capable d'offrir à ses visiteurs son « énergie nature »: flore exubérante ou campagnes humides, forêt de Ravenales ou vergers de litchis, rivière tranquille ou gorges tumultueuses…

Au centre de Saint-Benoît

··· 41 km S-E de Saint-Denis et 7 km S-E de Bras-Panon par la N2.

Grosse bourgade rurale au centre d'une commune d'env. 35 000 habitants, Saint-Benoît a su conserver une certaine nonchalance malgré un centre-ville assez bétonné, et une ceinture toujours grandissante de cités et de zones industrielles.

Pour autant, le patrimoine bénédictin n'offre aucun intérêt particulier, mis à part la jolie **place Edmond-Albius** qui fait face au marché couvert *(marché hebdomadaire sam. matin)* et quelques **vieilles boutiques** traditionnelles ayant échappé à la standardisation urbaine.

En plein centre de la ville, l'embouchure de la **rivière des Marsouins** permet d'assister, au cœur de l'été austral *(oct.-déc.)*, au ballet des pêcheurs de bichiques *(p. 41)*, quand les précieux alevins se décident à « monter » de la mer à la rivière.

La Marine de Bourbier*

Sur le front de mer, 1,5 km au N du centre-ville ; accessible en voiture depuis l'ancienne route nationale (N2002, sortie « Saint-Benoît Nord » sur la N2) ou à pied par le sentier littoral (qui se poursuit au nord jusqu'à la rivière des Roches à Bras-Panon, et au sud jusqu'à la ravine Sèche à Beaufonds).

Sur le tracé de l'ancienne voie CFR, le site de La Marine n'a rien d'un bourbier et mérite une halte. Très active aux XVIIIe et XIXe s. pour le chargement des épices, du sucre et de la vanille, puis détruite par le cyclone de 1904, cette « marine » domine l'ancienne voie ferrée, ainsi que les vestiges du couloir d'où glissaient les balles de sucre transportées par des chaloupes jusqu'aux navires restés en rade. Aménagé sur un promontoire rocheux recouvert de gazon et de vacoas, le site offre également un beau **point de vue** sur la côte bénédictine avec la ville en arrière-plan.

Les Sucreries*

Au centre d'une grande région cannière, Saint-Benoît abrite de nombreuses **ruines de sucreries** (à Beaulieu, Beauvallon, Morange). Celle de **Beaufonds** *(à la sortie S de la ville ; ne se visite pas)*, la dernière en activité a fermé ses portes en 1995.

Sur le même site, à mi-chemin entre Saint-Benoît et Sainte-Anne, la **distillerie Rivière du Mât**, en revanche, fonctionne encore *(Z.I. de Beaufonds ☎ 02.62.50.27.32, visitedistillerie@gqf.com ; vis. guidées payantes sur rés., mars-déc. : mar.-sam. 10 h, 14 h et 16 h ; tenue confortable, âge min. 13 ans)*. Capable de produire 80 000 bouteilles de rhum par jour, c'est la plus importante de l'île. La distillerie produit du rhum industriel (à partir de la mélasse) et du rhum agricole (issu du jus de canne). La visite permet de mieux appréhender les six étapes de la fabrication.

Excursion vers Takamaka**

Depuis la N2 ou la N2002, entre Bras-Panon et Saint-Benoît (au niveau de la Marine de Bourbier), prenez la D53 vers Abondance et suivez-la sur env. 15 km jusqu'à son terminus.

Après 2 km, une route sur la g. mène à **Îlet-Bethléem** *(15 min de marche depuis le parking)*. Ce site charmant et rafraîchissant est aménagé sous de grands arbres au bord de la **rivière des Marsouins**, autour d'une chapelle (datant du XIXe s.).

De retour sur la D53, environ 10 km après **Abondance**, on bute à près de 800 m d'altitude sur la plate-forme de la **centrale hydroélectrique de Takamaka** *(ne se visite pas)* qui produit le tiers de l'énergie insulaire. Celle-ci est parfaitement intégrée dans l'un des sites naturels les plus spectaculaires de La Réunion… et des plus pluvieux du monde !

Depuis la plate-forme, vous bénéficiez d'un **point de vue**** superbe au-dessus des gorges de la rivière des Marsouins. À côté du téléphérique, qui fonctionne pour les employés d'EDF, un **sentier vertigineux** taillé dans un ravin tapissé de végétation mène à un petit barrage et à une **cascade** plusieurs centaines de mètres en contrebas *(1 h 30 A/R ; sentier dangereux réservé aux marcheurs expérimentés)*.

♥ Vers Bras-Canot et Le Cratère*

···> Itinéraire de 8 km jusqu'à L'Oasis. Depuis Saint-Benoît ou la N2, suivez la D54 vers Bras-Canot.

La route longe la rive droite de la **rivière des Marsouins**. Ici s'étend une campagne tropicale réputée pour ses **vergers** de litchis, de mangues et d'agrumes, ainsi que pour ses **plantations horticoles** que l'on aperçoit parfois au détour d'un champ de canne. La **plantation Melissa** *(28, ch. Cratère ☎ 02.62.21.12.12, 06.92.00.66.99, www.melissa.fr, atelier floral ouv. lun.-mar. 8h-17h, mer. 8h-12h, jeu.-ven. 8h-15h ; vis. guidée de la plantation payante sur res.)* vous permettra de découvrir de plus près ces cultures tropicales, ainsi qu'un certain nombre d'autres arbres fruitiers.

Au-delà de Bras-Canot, la route se poursuit à travers une Réunion rurale préservée, pleine de saveurs et de couleurs, où il fait bon flâner. Tout droit, la D54 vous conduit vers les écarts du **Cratère** puis de **L'Oasis** *(cul-de-sac)* ; à dr., une petite route rejoint **l'îlet Coco** au bord de la rivière des Marsouins, face à l'îlet Bethléem *(ci-contre)*.

♥ Le circuit des Ravenales*

···> Départ du circuit à 8 km de Saint-Benoît par la N3 dir. La Plaine-des-Palmistes. Plusieurs parcours pédestres indiqués par des panneaux, dont une boucle de moins de 1 h ; niveau facile mais terrain parfois glissant.

Après l'écart de **La Confiance**, au rond-point de Chemin-de-Ceinture *(randonnée ci-contre)*, une route sur la dr. mène à un parking où débute le circuit. Les sentiers offrent de beaux points de vue sur la côte est et s'enfoncent dans un décor de mini-jungle peuplée de nombreux « arbres du voyageur ». Cette espèce originaire de Madagascar au tronc de cocotier est coiffée d'un large éventail de palmes dont la base constitue un réceptacle naturel pour l'eau de pluie, permettant au voyageur de se désaltérer.

produits du terroir. **La Ferme de l'Est** *(chez Suzie Voulama, 60, allée des Cocos, La Confiance, sur la route de La Plaine-des-Palmistes* ☎ 02.62.41.31.49 et ☎ *06.92.74.34.46)* vous propose à la vente des produits fermiers à base de volaille, achards et confitures. Possède aussi un stand au marché couvert de Saint-Benoît *(ci-contre)*.

La forêt de Sainte-Marguerite**

···> Depuis le rond-point du Chemin-de-Ceinture *(voir étape précédente)*, prenez la D3 (ou chemin de Ceinture ou route Hubert-Delisle, *p. 149*) sur la g. cette fois, direction Sainte-Rose. Au bout de 2 km env., prenez le chemin Lamandière à dr. qui mène à l'entrée de la forêt (indiquée). Portail ouv. de 9 h à 16 h seulement.

Classée « Espace naturel sensible », la forêt de Sainte-Marguerite est un cocon végétal de 160 ha où de nombreuses espèces indigènes ont trouvé refuge.

Les écogardes de l'AAPPMARE, l'association gestionnaire du site, proposent des **randonnées commentées** *(sur rés.* ☎ *02.62.51.60.15)*, à la découverte de la biodiversité de cette forêt de bois de couleurs de moyenne altitude (entre 500 et 800 m) fortement dégradée par l'activité humaine, mais qui demeure cependant le royaume des grenouilles, des tangues et des orchidées sauvages.

Un sentier pédagogique d'environ 3 km (avec des passages en caillebotis de branchages tant le lieu est humide) permet aussi d'explorer la forêt sans être accompagné, avec en prime des vues panoramiques sur le Sud-Est de l'île.

À noter, également sur ce secteur de Sainte-Marguerite, aux abords de la forêt protégée, des initiatives intéressantes de la part d'un groupement d'agriculteurs soucieux de préserver son environnement *(voir p. 78)*. ◆

8 | En route vers le Grand Sud★★

Itinéraire : 26 km par la N2 (de Saint-Benoît à Bois-Blanc). **Départ** : de la N2 à la sortie de Saint-Benoît *(p. 117)*.

Autre itinéraire : depuis Saint-Benoît, plutôt que de poursuivre le tour de l'île par le Grand Sud comme décrit dans cet itinéraire, vous pouvez aussi traverser l'île par les Hautes Plaines *(itinéraire 20, p. 186)* pour rejoindre la façade ouest au niveau de Saint-Pierre.

Durée : 1 j. avec plusieurs escales.

Transports : **Cars jaunes** ligne I, de Saint-Benoît à Saint-Pierre *via* Saint-Philippe et Sainte-Rose.

Ne manquez pas : l'église de Sainte-Anne *(ci-contre)*, Sainte-Rose *(ci-contre)* et l'anse des Cascades *(p. 122)*.

Bonnes adresses p. 230.

De Saint-Benoît à Sainte-Rose, la N2, redevenue une modeste petite route à deux voies, quitte progressivement la plaine bénédictine, pays de la canne et des eaux vives, pour entrer dans l'univers sauvage et rugueux des pentes du volcan. Passé les jardins luxuriants de Sainte-Rose, le pays du Grand Brûlé *(p. 122)* offre un paysage minéral désolé où l'homme n'a plus sa place.

Sainte-Anne

À 46 km S-E de Saint-Denis par la N2 et 5 km S-E de Saint-Benoît par la N2. **Bonnes adresses** p. 230.

Le village est célèbre pour sa surprenante ♥ **église**★, qui a d'ailleurs servi de décor au film *La Sirène du Mississippi* de François Truffaut, dans la scène du mariage de Catherine Deneuve avec Jean-Paul Belmondo.

Digne du facteur Cheval, le monument pourrait être défini comme un édifice « baroco-naïf ». Sous la houlette du père Dodemberger, un curé alsacien nommé à La Réunion en 1921, les paroissiens ajoutèrent à l'église initiale le clocher actuel puis décorèrent la façade. Roses, choux frisés, chérubins baroques, ogives gothiques, tourelles au cachet vaguement oriental, frises de ciment..., pas un centimètre carré n'a échappé à cette folie ornementale.

Sur le côté gauche de l'édifice, la chapelle dédiée à sainte Thérèse fut essentiellement décorée par les enfants du catéchisme. Des fleurs, des guirlandes, des grappes de raisin, des épis de blé, des chérubins aux couleurs tendres, des globes terrestres ont progressivement recouvert les murs de la chapelle. Le résultat est plutôt surprenant, mais l'église n'en a pas moins été classée monument historique.

Toutes ces décorations, réalisées en ciment à partir de moules et peintes à la main, ont cependant subi l'outrage du temps et des intempéries, rendant nécessaire une restauration complète, extérieure et intérieure de l'édifice. Entièrement rénovée en 2010-2011, on peut même de nouveau entendre sonner les cloches.

Au centre du village, on pourra aller se rafraîchir au **bassin Bleu**, petite piscine naturelle dans le lit de galets de la rivière, à une centaine de mètres en amont de l'océan qui gronde.

shopping. Vous trouverez **savons** et **sels de bain** aux senteurs exotiques chez **Îlot Savons** *(chalet face à l'ⓘ ☎ 02.62.51.02.02 ; ouv. t.l.j. 8h30-17h30, p. 230)*.

♥ Sainte-Rose★★

À 58 km S-E de Saint-Denis par la N2, 12 km S-E de Sainte-Anne par la N2 et 31 km N de Saint-Philippe par la N2. **Bonnes adresses** p. 230.

Environ 6 km avant Sainte-Rose, la route franchit la rivière de l'Est. À côté du pont actuel, l'ancien pont suspendu, construit en 1895, a encore fière allure. On peut le traverser à pied afin de profiter du double point de vue qui s'étend en amont sur de profonds remparts et en aval sur l'embouchure de la rivière *(accès à un parking sur l'ancienne route, juste avant et après le nouveau pont)*.

La commune occupe tout le flanc nord du **massif de la Fournaise**. Ses Hauts sont recouverts d'une forêt primaire dense dont on peut avoir un aperçu en prenant la **D57** qui s'embranche sur la N2 un peu après le pont de la rivière de l'Est, pour la rejoindre plus loin, à la hauteur de Piton-Sainte-Rose ou de Bois-Blanc. Cette petite route très « sauvage » a d'ailleurs été coupée par la coulée de lave de 1977, avant que cette dernière ne rattrape la nationale plus bas, entre l'anse des Cascades et Bois-Blanc.

Sur le littoral, la **profusion végétale** trahit de fortes précipitations : petites forêts de vacoas, champs de vanille, parcelles de canne et carrés de palmistes, vergers d'agrumes...

Le village de Sainte-Rose ressemble à celui de Saint-Philippe : un paisible village de pêcheurs du bout de l'île, un peu hors du temps. Ses petites cases colorées sont cachées sous une végétation exubérante. La commune a misé sur le tourisme vert et l'on a vraiment plaisir à flâner sur sa « **marine** » de pierres noires, théâtre d'une importante bataille navale contre l'envahisseur anglais en 1809 *(p. 68)*.

pique-nique. Suivez le **sentier littoral** le long de la côte sauvage jusqu'au **bassin de la Sirène** *(30 min de marche)*. Une aire de pique-nique vous y attend, aménagée au bord de la falaise.

toujours plus loin. Vous avez la possibilité de poursuivre sur le sentier littoral jusqu'à **Ravine glissante** *(15 min de plus)*, puis la coulée de 1977 à Piton-Sainte-Rose *(1 h 45 depuis Ravine glissante)* pour finir à l'**anse des Cascades** *(1 h 45 depuis Piton-Sainte-Rose)*, terminus du parcours où un proche pourra vous récupérer en voiture (à condition de disposer de deux véhicules, les plus prévoyants en auront laissé un à l'arrivée).

Vers le Grand Brûlé***

Itinéraire de 9 km de Sainte-Rose à Bois-Blanc par la N2. **Bonnes adresses** p. 227 (anse des Cascades).

Piton-Sainte-Rose. *À 7 km S de Sainte-Rose.* Le village est connu grâce à son ♥ **église Notre-Dame-des-Laves*****, vénérée par les Réunionnais pour ses pouvoirs surnaturels ; une nuit de 1977, le piton de la Fournaise se réveille hors de son enclos habituel. Plusieurs fissures s'ouvrent sur le flanc du massif au-dessus du village de Piton-Sainte-Rose.

Très vite, la lave parvient au pied de la gendarmerie et des premières habitations côté montagne. Les habitants sont contraints de fuir dans l'urgence. La lave atteint alors l'église, obstruant l'entrée jusqu'au tiers de sa hauteur. Soudainement, la fureur des éléments s'arrête. Des dizaines de cases ont été ensevelies, mais le lieu de culte est sauvé in extremis.

À ses pieds demeure aujourd'hui l'amas de lave figée témoignant de ce qui s'est passé cette nuit-là... Un miracle, n'hésiteront pas à dire les plus fervents.

Désormais installée à côté de l'église depuis plusieurs années, la **Vierge au parasol** ne sera probablement plus replacée au pied du rempart de Bois-Blanc *(p. 178)*, là où, selon la légende, un planteur de vanille l'aurait installée pour protéger ses cultures. Une éruption épargna effectivement la statue dans les années 1950 (mais pas les cultures !). Pas de miracle en revanche en 1961 : elle fut recouverte par la lave, puis remplacée et réinstallée un peu plus près de Piton-Sainte-Rose.

En janvier 2002, par précaution, la statue fut heureusement déboulonnée, car la lave passa à cet endroit précis quelques jours plus tard. Idem en février 2005 où les pompiers la sauvent de justesse d'une coulée... Malgré ces aléas, et le fait qu'elle ne brave plus les laves à l'intérieur du Grand Brûlé, la Vierge au parasol continue à être très vénérée, comme le prouvent les nombreux ex-voto qui l'entourent, et à attirer une énorme foule de pèlerins pour la **fête mariale** du 15 août.

Derrière l'église, un **sentier de randonnée** passe sur la **coulée de lave** de 1977 puis longe le littoral jusqu'à l'**anse des Cascades** *(voir sentier littoral au départ de Sainte-Rose, p. 121)*, cheminant le long des falaises à travers une végétation caractéristique du volcanisme sur cette partie de l'île *(1 h 45 aller ; niveau assez facile, quelques passages délicats)*.

♥ **L'anse des Cascades****. Ce site est l'un des plus beaux cadres marins de l'île : une crique nichée dans une forêt de palmistes et entourée de cascades ; le pittoresque du **débarcadère** de pêche ajoute à la beauté du site. Commandez un cari de poisson au ♦ **restaurant** en face du débarcadère et laissez-vous aller en regardant la mer...

Passé le hameau puis le **rempart de Bois-Blanc**, la route débouche dans l'enclos du volcan et rejoint l'itinéraire du Grand Sud *(p. 163)*. ◆

La côte sous le vent

Protégée des alizés par le relief de l'île, la côte ouest abrite le lagon et les plages – et, du coup, la plupart des zoreils aussi. Cette région, la première à avoir été colonisée, est aujourd'hui la plus densément peuplée et la plus touristique.

C'est également la plus aride et la plus embouteillée, désormais alimentée par les eaux de la côte est, *via* d'énormes infrastructures de basculement des eaux, et soulagée d'une partie de la circulation littorale grâce à la toute nouvelle route des Tamarins, une quatre-voies qui la longe à mi-pente *(p. 146)*.

De Saint-Gilles à Saint-Leu, ses Bas se déclinent en bleu et ocre: bleu d'une mer omniprésente, ocre de la plaine côtière, couverte d'une savane brûlée par la sécheresse pendant l'hiver austral. Tandis que dans la fraîcheur de ses Hauts se cache La Réunion profonde des «petits planteurs» et des traditions créoles préservées.

Programme: visites (insectarium, aquarium, jardin paysager, usine sucrière, conservatoire botanique, observatoire de tortues marines, muséum agricole), balades en forêts, beaux panoramas sur Mafate (Maïdo, cap Noir), plage, shopping, pêche au gros et activités nautiques.

Itinéraires 9 à 14.

Bonnes adresses p. 231.

▲ Autrefois réservées à une élite métropolitaine, les vagues font désormais partie du quotidien des jeunes Réunionnais.

9 | De Saint-Denis à Saint-Paul*

Itinéraire : de Saint-Denis à Saint-Paul *via* La Possession (26 km par la N1, route du littoral à 4 voies) avec un détour au Port et à Dos-d'Âne, soit 64 km au total. **Départ** : du Barachois à Saint-Denis *(p. 82)*.

Durée : 1/2 à 1 j. selon les escales.

Transports : les **Cars jaunes** A, B, C, D et dérivés (A1, C2, etc.) relient Saint-Denis à Saint-Paul avec plus ou moins d'arrêts (Le Port centre n'est pas forcément desservi).

Ne manquez pas : le point de vue du cap Noir *(p. 127)*.

Bonnes adresses p. 231.

Dès la sortie de Saint-Denis, on s'engage sur la **route en corniche****, impressionnant ruban d'asphalte de 14 km coincé entre mer et falaise qui symbolise à la fois le génie de l'homme et ses limites face à la puissance des éléments naturels. Côté falaise, on aperçoit par endroits l'ancien tunnel du chemin de fer creusé dans la montagne. Les filets métalliques qui couvrent certains tronçons sensibles de la paroi rocheuse sont en partie des filets anti-sous-marins datant de la Seconde Guerre mondiale censés empêcher les chutes de pierres.

Malgré de nombreux travaux de sécurisation, les accidents parfois mortels dus à des chutes de roches (on compte 21 décès en 30 ans) se sont succédé au début des années 2000, accélérant la décision de mettre en place un nouveau tracé. Le projet entériné par l'État et la Région, qui intègre l'éventuel passage d'un tram-train, prévoit une nouvelle route en mode digue et tunnel, plus éloignée de la falaise pour ne plus être soumise aux phénomènes géologiques.

Cependant, l'arrivée d'une nouvelle majorité au conseil régional en 2010 a changé la donne, comme souvent à La Réunion. En effet, l'équipe de Didier Robert (UMP) a rapidement enterré le projet tram-train et revoit à la baisse le coût de la nouvelle route du littoral. Il semble que l'on s'oriente désormais vers une solution sans tunnel, avec une chaussée éloignée de la falaise grâce à une alternance de digues et de viaducs gagnés sur la mer. Les travaux devraient commencer en 2013, en vue d'une livraison en 2020.

Malgré un certain sentiment d'insécurité et de fréquents embouteillages (trafic estimé à 50 000 véhicules/jour), le décor grandiose de cette voie spectaculairement gagnée sur l'océan fait de chaque « traversée » une expérience routière unique.

La Grande-Chaloupe★★

···> À 8 km S-O de Saint-Denis par la N1.

Son nom est un souvenir de l'époque où la chaloupe était le moyen le plus efficace pour relier la capitale et la côte ouest. Escale vers la capitale, La Grande-Chaloupe a vécu avec La Possession *(p. 126)* cette dangereuse époque du batelage. Mais l'arrivée du train ruina rapidement les fragiles « marines » (débarcadères) en bois. Puis l'ouverture de la route du littoral dans les années 1960 coupa définitivement La Possession de la mer.

À mi-chemin entre Saint-Denis et La Possession, La Grande-Chaloupe entretient aujourd'hui avec amour sa mémoire ferroviaire. La vie de cet écart coincé entre voie autoroutière et montagne semble s'être interrompue avec l'arrêt du train qui représentait sa raison de vivre. Une trentaine de familles s'accrochent à leur *ti kartié* hésitant entre développement touristique et vie tranquille à l'écart de la modernité. Menacés par le chantier de la nouvelle route du littoral, ceux qui n'ont aucun titre de propriété (c'est-à-dire la plupart) craignent d'être expropriés sans aucune contrepartie.

La halte ferroviaire★

Au centre du hameau, la halte ferroviaire – la dernière survivante du réseau réunionnais – comprend une coquette petite gare, un quai de voyageurs, une voie de garage et une autre d'évitement, un système d'aiguillage manuel, un petit logement annexe à l'ombre d'un manguier et un hangar où reposent une **locomotive Schneider 030T** de 1885 classée monument historique ainsi qu'un car « courant d'air » de la première moitié du XXe s. L'ensemble de ce patrimoine est entretenu par l'**association Ti Train** ···> **encadré ci-dessous**, qui tente de faire revivre le site, en particulier à l'occasion de spectacles de théâtre ou des Journées du patrimoine (la « fête tangue » de mars est pour l'instant en stand-by).

Le *ti train*

L'implantation du chemin de fer à La Réunion a constitué une extraordinaire aventure technique et humaine. De 1858 à 1882, il aura fallu plus de vingt ans de travaux pour réaliser les 126 km de voies de 1 m de large qui reliaient Saint-Benoît à Saint-Pierre en passant par Saint-Denis, ses 13 gares, sa vingtaine de haltes et ses dizaines d'ouvrages d'art. De 1882 à 1963, le *ti train* va faire partie intégrante de la vie des Réunionnais. Géré jusqu'en 1951 par la compagnie du Chemin de fer et du Port de La Réunion (CPR), il va user au total plus de 55 locomotives à vapeur et 720 wagons sur les rails de l'île. Malgré les services rendus, le CPR subira de nombreuses critiques de la part des médias et des voyageurs qui, excédés par les retards et les déraillements à répétition, vont lui donner le surnom de « Charbon poussière retard » ou « C'est pas rapide ». ◆

Cette association *(☎ 02.62.44.73.85 ou 06.92.85.36.78, balade en petit train sur rés.)* s'occupe de la remise en état des machines et des voies de chemin de fer: à l'occasion, elle fait circuler un ancien autorail des établissements Billard & Cie datant des années 1950 sur le tronçon réhabilité entre La Grande-Chaloupe et La Possession.

L'ancien lazaret**

···> À l'arrière de la gare, vers le fond de la ravine. Vis. libre mar.-ven. 9 h 30-12 h 30 et 13 h 30-15 h 30, sam.-dim. 9 h 30-12 h 30 et 13 h 30-17 h 30.

Situé en retrait des habitations urbaines, dans une ravine dont l'isolement devient de plus en plus aléatoire avec la construction de la voie ferrée à partir de 1880, le lazaret de La Grande-Chaloupe, formé de deux ensembles distincts (lazaret n° 1 restauré sur la rive gauche contre la voie ferrée, lazaret n° 2 en ruine un peu en amont sur la rive droite), a constitué le principal dispositif de **défense sanitaire** de l'île jusqu'aux années 1930.

Dans cet établissement étaient mis en **quarantaine** les esclaves fraîchement débarqués sur l'île avant leur transfert sur les propriétés. Plus tard, le lazaret a encore servi pour les travailleurs immigrés volontaires, principalement ceux en provenance de régions infestées par le choléra ou la variole.

Intelligemment restauré par le conseil général selon les **techniques de l'époque**, le grand pavillon d'isolement du lazaret n° 1 permet de découvrir l'histoire du site à travers une exposition « Quarantaine et engagisme», ainsi que le regard d'un **artiste contemporain** sur le sujet (diaporama de Raymond Barthes), ajouté à une touchante galerie de portraits d'engagés.

Le chemin des Anglais*

Autrefois appelé chemin Crémont, il traverse La Grande-Chaloupe. Il fut pavé au XVIIIe s. pour désenclaver Saint-Denis (coupé de la côte ouest par une falaise qu'il fallait contourner), puis utilisé par les Anglais lors de l'attaque de Saint-Denis en 1810. On peut encore en suivre le tracé par-dessus la falaise, avec une vue presque constante sur l'océan, jusqu'au **camp Magloire** à l'entrée de La Possession *(départ derrière le lazaret n° 1; env. 3 h de marche assez facile)* ou, dans l'autre sens, jusqu'à **Saint-Bernard** *(p. 96; départ indiqué à g. de la gare après le pont de chemin de fer; env. 2 h de marche assez facile mais peu ombragée)*. Dans les deux cas, le retour peut se faire en transport en commun.

La Possession

···> À 15 km S-O de Saint-Denis et 7 km S-O de La Grande-Chaloupe par la N1. **Bonnes adresses** p. 236.

L'activité originelle de la commune, point stratégique entre Saint-Paul et Saint-Denis, fut le batelage, à une époque où la chaloupe était le moyen le plus sûr de gagner la capitale.

La ville elle-même ne présente guère d'intérêt. Sa proximité avec la capitale et le port de la pointe des Galets en font une zone de forte croissance urbaine où se multiplient les lotissements modernes et les zones industrielles.

C'est ici qu'est mise en bouteille l'**eau Edena** captée à la source Denise, située dans le lit de la rivière des Galets *(Usine Edena, 10, rue Eugène-Delouise ☎ 02.62.42.15.30; vis. gratuite seulement sur r.-v. mar. et jeu. matin)*, ainsi que l'eau de la marque **Bagatelle**, captée à la source Blanche. Longtemps seule productrice d'eau naturelle de source à La Réunion, Edena est concurrencée depuis 2005 par **Australine**, mise en bouteille dans le sud de l'île.

À deux pas de l'urbanisation et du béton, de petites routes offrent pourtant un dépaysement rapide: c'est le cas de celle qui, à partir du centre-ville, remonte le long de la **grande ravine des Lataniers** vers des gorges sauvages et un **temple tamoul** installé sous les racines adventives d'un banian centenaire *(à 2 km E du centre-ville)*. On peut également remonter la route de la Montagne (D41) sur environ 1 km pour rejoindre le **point de vue de la Vierge★**, aménagé au pied d'une statue d'où l'on peut profiter d'un intéressant panorama sur les infrastructures du port de commerce de la pointe des Galets.

excursions. Souprayenmestry Transports *(Ravine à Marquet, ☎ 02.62.44.81.69)* Excursions, circuits, sorties à la demande et transferts en autocar climatisé.

Dos-d'Âne★★

···> Après La Possession, poursuivez la N1 sur env. 5 km jusqu'au gros échangeur de La Rivière-des-Galets, puis prenez à g. la D1 sur 15 km. **Bonnes adresses** p. 232.

Si le bourg de La Possession présente peu d'intérêt touristique, le secteur de Dos-d'Âne, dans les Hauts de la commune, mérite bien une sortie. Ce village d'altitude constitue une fenêtre et une porte d'entrée sur le cirque de Mafate *(p. 201)*, dont la moitié (en rive droite de la rivière des Galets) dépend administrativement de la commune de La Possession, l'autre étant rattachée à Saint-Paul.

Le village. Passé le quartier de lotissements de **Sainte-Thérèse**, la route s'élève en lacets, charmante, ponctuée de modestes mais mignonnes cases créoles et bordée de bougainvillées. Environ 30 min plus tard, à plus de 1 000 m d'altitude, on atteint le **village**, communauté agricole regroupée sur un plateau au centre d'un mini-cirque où les cultures maraîchères et horticoles profitent du climat tempéré. Comme au Brûlé, dans les Hauts de Saint-Denis, Dos-d'Âne perpétue une tradition de confection de couronnes et de coussins de fleurs pour la Toussaint.

♥ Le point de vue du cap Noir★. *À la sortie du village, suivez sur la dr. la petite route indiquée « Cap Noir » jusqu'à un parking, puis 15 min de marche facile. Montez-y le plus tôt possible pour profiter d'un ciel dégagé.* Aménagé sur un balcon, le kiosque du cap Noir surplombe l'entrée du cirque de **Mafate**. Une **table d'orientation** permet une bonne lecture de la vue en enfilade sur le cirque, différente de la vue directe qu'on a depuis le piton Maïdo *(p. 148)* : en face, de l'autre côté des gorges de la rivière des Galets, le spectaculaire sentier qui mène à **Îlet-des-Orangers** serpente le long d'une canalisation accrochée sur la paroi rocheuse; dans le ciel, les parapentes survolent la crête (Dos-d'Âne abrite une base de lancement utilisée par les clubs installés sur le littoral).

on poursuit ? Continuez vers la **Roche Verre Bouteille** *(30 min de montée; quelques passages d'échelles bien sécurisés)* où l'on rejoint le GR R2 : sur la g., le sentier vous ramène au parking de départ par la crête *(env. 30 min de descente parfois raide)*; sur la dr., continuez par la même crête vers la **plaine d'Affouches** puis la **Roche Écrite** *(p. 99; 4 à 5 h aller pour la Roche Écrite; niveau moyen)*.

Le Port★

···> À 20 km S-O de Saint-Denis et 3 km S-O de La Possession par la N1. **Bonnes adresses** p. 236.

À l'extrémité de l'ingrate **pointe des Galets**, Le Port a relevé un défi audacieux : changer son climat grâce à une politique de « végétalisation » urbaine qui porte aujourd'hui ses fruits. La ville est née autour du premier vrai bassin portuaire de l'île, creusé entre 1882 et 1887.

Depuis, la ville, bastion communiste, est devenue le principal centre productif de l'île avec près de 40 000 habitants et plus de 1 500 entreprises. Autour se sont développées des zones industrielles et des cités modernes, heureusement ponctuées de beaux espaces verts, entretenus sur cette terre aride et inculte à grands frais d'arrosage.

De la route, on aperçoit la silhouette des portiques ultraperformants qui déchargent les porte-conteneurs sur le **nouveau bassin portuaire**, aménagé en baie de La Possession en 1986.

Le Port sait faire preuve de créativité. Pour preuve, le **Village Titan** fondé par Alain Séraphine, une association municipale qui soutient l'art sous toutes ses formes, à travers le **Festival du film d'Afrique et des îles** entre autres; ou encore le **studio Pipangaï**, qui diffuse ses images d'animation dans le monde entier. Cette vocation artistique prend forme un peu partout dans la ville par le biais d'audacieuses ♥ **sculptures et fresques murales**★★.

Ne manquez pas les statues du rond-point des Danseuses *(entrée S)*, les totems de l'avenue de Tamatave, le vilebrequin géant de l'avenue de la Compagnie-des-Indes *(entrée N)*, les 107 galets gravés du parc Boisé *(av. Lénine au centre-ville)* ou les arabesques végétales du cimetière paysager *(entrée N, contre le nouveau port)*.

chocolat à gogo. Tablettes fourrées aux fruits, parfumées au rhum, parsemées de sucre, de coco, de pépites de fruits ou d'épices... Vous trouverez de quoi vous régaler à la **chocolaterie Mascarin**★ *(Z.I. les Tamarins, 12, rue Simone Morin ☎ 02. 62.43.88.00 ; vis. guidée payante sur rés., mar., mer. et jeu. matin à partir de 9 h).*

Le centre-ville★

⇢ Autour des rues François-de-Mahy, du Commerce et de Lepervanche.

Malgré sa modernité architecturale, la commune a su conserver son centre-ville centenaire regroupé autour de la **rue du Commerce**: marché couvert *(ouv. t.l.j.)*, vieilles *boutik sinoi*, mosquée d'époque... Il se dégage de l'ensemble un air de nostalgie assez touchant. Le long de la **rue Lepervanche**, admirez les plus beaux témoignages de l'**architecture coloniale africaine** telle qu'elle était en vogue à la fin du XIXe s.

► Entre Saint-Paul et Saint-Gilles-les-Bains, le cap La Houssaye griffe l'océan de ses pointes rocheuses, au grand bonheur des pêcheurs et des plongeurs.

Le vieux port★

⇢ Suivez la rue du Commerce vers l'O jusqu'au bout.

Les quais du **vieux port** sont bordés d'anciens bâtiments de compagnies de navigation et de bureaux d'aconiers. Dans le prolongement, le **port ouest** abrite une darse de pêche où accostent les thoniers taïwanais et les bateaux de pêche industriels qui sillonnent les eaux australes françaises.

On y trouve aussi une darse militaire réservée à la Marine nationale et, au sud, une darse de plaisance avec une **promenade** sur le front de mer où sont amarrés voiliers, vedettes et embarcations de pêche au gros *(p. 239)*. La grande majorité de l'activité de fret commercial se fait désormais sur le nouveau bassin du port est.

L'insectarium★★

⇢ Pépinière communale, rue Simon-Pernic (au rond-point des Danseuses, à l'entrée S de la ville, prenez l'av. des Mascareignes) ☎ 02.62.43.14.15, www.insectarium-reunion.com. Vis. guidées payantes (1 h min.) mer. à 14 h ou lun.-ven. sur r.-v. pour les groupes.

Créé par la Société entomologique de La Réunion, cet endroit rassemble à peu près toutes les **espèces d'insectes** connues sur l'île : araignées, scorpions, papillons, guêpes, essaims d'abeilles, fourmilières... ainsi que caméléons, geckos et autres lézards, le tout répertorié et expliqué au visiteur par des scientifiques aussi passionnés que pédagogues. ◆

10 | Saint-Paul★ et ses environs

©Bertrand Rieger/Hemis.fr

À 27 km S-O de Saint-Denis et 12 km S-O de La Possession par la N1. **Itinéraire** : autour de l'étang Saint-Paul et à travers la ville. **Départ** : depuis l'échangeur de Savannah sur la N1 au N de Saint-Paul.

Durée : une bonne 1/2 j. (2 h pour le centre, 2 h pour les environs).

Programme : tour des Roches en voiture (rien n'empêche de faire les 5 km à pied ou à vélo), puis visite de la ville et des environs à pied.

Ne manquez pas : l'étang Saint-Paul et le tour des Roches *(p. 133)* ; le marché forain *(p. 136)*.

Bonnes adresses p. 243.

Cette sous-préfecture est l'une des communes les plus influentes de l'île. La plus peuplée après Saint-Denis (près de 100 000 habitants) et certainement la plus riche d'un point de vue touristique, compte tenu de la variété et de l'étendue de son territoire : elle est la deuxième commune de France en superficie, avec 24 028 ha, s'étendant de la rivière des Galets au N à La Saline-les-Bains au S (la commune couvre toute la station balnéaire, *p. 137*), « du battant des lames au sommet des montagnes » comme le veut le découpage historique de presque toutes les communes de l'île.

Étendue le long des 3 km de sable noir qui bordent la « baie du meilleur ancrage » (baignade déconseillée du fait de la puissance de la barre et de la présence régulière de requins dans ces eaux profondes), la ville mérite une visite, tant pour son patrimoine historique que pour son ambiance créole et son activité commerçante.

CAMBAIE
SANS-SOUCI
voir ci-contre
La Plaine
Savannah
Étang St-Paul
Élevage camarons
Roue à Eau
Le Bois de Nèfles
Chemin du Tour des Roches
Maison Rouge
Bouillon
Grande Fontaine
Plateau Caillou
Viaduc de la route des Tamarins
Gorge du Bernica
Ravine Bernica
Le Petit Bernica
Le Guillaume
Saint-Gilles-les-Hauts
Le Bernica
OCÉAN INDIEN
Baie de Saint-Paul
Marché forain
Débarcadère
Marché couvert
Stade
Mairie
Mosquée
Hôpital
Cimetière marin
Grotte des Premiers-Français
Rue des Premiers Français
Rue de la Baie
R. d'Angoulême
R. de la Caverne
R. de Labourdonnais
R. du Commerce
Chaussée Royale
Rampes de Plateau-Caillou
sentier
R. des Filaos
SAINT-GILLES
SAINT-GILLES
Gorge du Bernica

Saint-Paul

CAMBAIE, SAINT-DENIS
LA PLAINE SAINT-PAUL
Tour des Roches
MAISON ROUGE, Roue à eau
Collège de l'Étang
Cinéma (Multiplexe)
Stade
Chemin de la Forêt sous le vent
Rue Jacquot
Av. du Stade
COCOTERAIE
Route des Palmiers
Z. A. C.
Route de Savannah
D 4
Étang Saint-Paul
Parcours ONF pédestre
Supermarché
Ancienne usine sucrière de Savannah
Rue de la Croix
Forêt Domaniale de la Côte sous le Vent
Boulevard du Front de Mer
Rue Edmond Albius
Rue Saint-Louis
Chaussée Royale
N 1
Rue Marius et Ary Leblond
Rue R. Garros
R. Colbert
Temple Siva Soupramanien
Rue Saint Louis
R. Pothier
Paris
Canal d'en Travers
Chemin du Tour des Roches
BOUILLON
GRANDE FONTAINE
D 5
CRÈVE-CŒUR
BELLEMÈNE
Hébergement
1 La Clé des Champs
Restaurant
2 Le Grand Baie
0 250 500 m

focus

© J. du Boisberranger/Hemis.fr

Saint-Paul : berceau de la colonisation

En bordure de ce que les marins désignèrent comme la « **baie du meilleur ancrage** », le site de Saint-Paul fut le berceau de la colonisation à Bourbon.

La grotte des Premiers-Français

Dès 1663, un navire débarque en baie de Saint-Paul deux Français en provenance de Madagascar, volontaires pour se fixer sur l'île encore déserte. **Louis Payen** et son compagnon amènent avec eux des outils, des semences, du bétail et une dizaine de Malgaches, dont trois femmes. La petite troupe s'installe à l'arrière de la plage, près d'une cascade, dans une caverne naturelle creusée au pied de la falaise (la grotte des Premiers-Français, *p. 136*). De cette épopée naîtra une petite Malgache, **Anne Mousse**, considérée comme le premier enfant de Bourbon et l'ancêtre symbolique de tous les Réunionnais.

Trois ans plus tard, cette première tentative de peuplement est suivie par l'arrivée d'**Étienne Régnault** et d'une vingtaine de colons, envoyés par la toute nouvelle Compagnie des Indes orientales. Ils s'établissent en bordure nord-est de l'étang de Saint-Paul, à l'emplacement de l'actuel quartier de Savannah.

La première capitale

Au XVIIIe s., Saint-Paul, **première capitale** puis première commune de l'île, bâtit sa prospérité sur le coton et le café qui recouvre progressivement ses pentes entre 100 et 400 m d'altitude. En 1738, la ville est dépossédée de son statut de chef-lieu de Bourbon par Mahé de La Bourdonnais qui lui préfère Saint-Denis, porte ouverte à la colonisation de territoires moins arides que ceux de l'Ouest.

Au milieu du XIXe s., la commune reprend de la vigueur grâce au développement de la canne et à l'activité de ses **« marines »** (longues jetées où les chaloupes débarquent les marchandises des navires ancrés dans la rade). Cependant, le paludisme, débarqué de Calcutta en 1864, puis l'ouverture du port de la pointe des Galets et la crise sucrière vont faire sombrer Saint-Paul dans une **léthargie durable** malgré le développement de la culture du géranium dans les Hauts à l'aube du XXe s. ◆

▲ Pêcheurs à Saint-Paul.

☘ ♥ L'étang Saint-Paul et le tour des Roches★

···> D1-2-3, C3 Itinéraire de 5 km env. en voiture. Depuis la N1, prenez la sortie « Étang de Saint-Paul » au N de la ville, puis la D4 en direction de Bois-de-Nèfles, au niveau de l'hypermarché Jumbo Score. Après moins d'1 km, prenez à dr. après l'usine de Savannah le chemin vicinal autour de l'étang.

Après l'abandon d'un projet de zone commerciale et résidentielle soutenue par la ville de Saint-Paul, les abords de l'étang, **patrimoine naturel** unique sur l'île, ont heureusement échappé à un bétonnage irréversible.

Progressivement racheté par le conseil général, le site accueille aujourd'hui des éco-gardes du département qui dégagent les canaux et protègent les rives de cette zone humide sensible de plus de 400 ha classée en réserve naturelle nationale depuis 2008. Jadis beaucoup plus riche en eau, l'étang est aujourd'hui en grande partie envahi par la végétation.

Il abrite toujours quelques poissons (tilapias et anguilles), des oiseaux (poules d'eau, busards de Maillard et blongios, petits hérons verts qui ont failli disparaître, mais dont le cri strident revient en force en partie grâce à l'aquaculture qui leur a fourni une ressource alimentaire), ainsi que le fameux endormi, caméléon vert originaire de Madagascar. C'est ici, autour de la réserve naturelle constituée par l'étang, que s'établirent les **premiers peuplements** fixes de l'île.

L'étang de Saint-Paul constituant un milieu naturel d'une grande richesse mais difficile à appréhender seul, certaines structures peuvent aider à sa découverte : la SREPEN (Société réunionnaise d'étude et de protection de l'environnement, à Sainte-Clotilde ☎ 02.62.28.19.29) propose une animation pédagogique sur le terrain, ainsi que la SEOR (Société d'étude ornithologiques de La Réunion, basée à Saint-André ☎ 02.62.20.46.65), sur les oiseaux plus particulièrement ; la mairie de Saint-Paul (☎ 02.62.45.90.51) possède également des animateurs capables de faire découvrir le site.

L'usine sucrière de Savannah

D1 Elle fut baptisée ainsi en l'honneur de l'ancienne capitale de la Géorgie, État à forte tradition cannière. Fermé depuis 1987, le site abrite encore une **distillerie** et une **balance pour le pesage** des cannes récoltées qui partent désormais vers l'usine du Gol, concentration industrielle oblige.

Aux mains des promoteurs immobiliers, la friche industrielle a été réhabilitée en un parc d'activités qui propose aux entreprises des ateliers et des bureaux, dans un quartier en pleine mutation qui a attiré de nombreux supermarchés et s'est transformé en zone commerciale ces dernières années. Du domaine agricole colonial qui existait à l'origine, il ne subsiste plus que quelques palmiers royaux et une ancienne **maison de maître** transformée en salle polyvalente, derniers rescapés d'un passé désormais enfoui.

Jusqu'à Maison-Rouge★

Passé le site de Savannah, le dépaysement commence dès le début de la petite route qui, sous un dense couvert végétal (manguiers, cocotiers, palmiers moufia et raphia originaires de Madagascar, bananiers…), permet de pénétrer une microrégion rurale paraissant très éloignée de la civilisation saint-pauloise pourtant toute proche.

Dès le début du parcours, à dr. côté étang, sur le site de l'ancienne maison du Camaron, une **exploitation aquacole D1** a aménagé ses bassins d'élevage de crevettes et de poissons d'eau douce sur l'étang *(pas de visites)*.

Le chemin se faufile, cahin-caha, entre la falaise rocailleuse, où brillent les tôles éparpillées, et l'étang partiellement asséché parcouru de canaux et piqueté de champs cultivés, régulièrement noyés en période de crues tropicales. Ramasseuse de cresson penchée sur son carré inondé, pêcheur regagnant sa case avec une brochette de tilapias enfilés sur un jonc, canaux envahis par la végétation, vergers de manguiers et parcelles de piments gagnées sur l'étang, lumière tamisée par les palmes-persiennes des cocoteraies particulièrement denses en seconde partie de parcours: autant de tableaux intemporels qui font de ce tour des Roches un moment privilégié.

Au premier tiers du parcours *(sur la g. après le chemin des Raphias)*, un tronc gravé indique «**Bassin Vital**» *(balade facile de 1h30 A/R; montée abrupte au départ et sentier parfois boueux)*, une petite chute d'eau tombant dans un bassin, le long de la falaise qui barre l'étang à l'E. À mi-chemin, on croise une **roue à eau hors pl. par D2** métallique dont la base plonge dans un petit canal bordé de feuilles de songes, de tubéreuses et de cannas répondant à la roselière de papyrus de l'étang, juste de l'autre côté de la route. Elle constitue le seul vestige d'un moulin à manioc datant des années 1820, qui servait encore au début du XXe s. pour l'irrigation des cultures du secteur, en particulier du **jardin Laperrière**, l'un des plus vieux vergers de l'île *(vente de mangues en saison)*.

Plus loin sur la g., des ruines noyées sous les bougainvillées marquent l'emplacement de la **Maison rouge hors pl. par D2** *(en ruine)* utilisée jusqu'à l'entre-deux-guerres pour héberger des familles d'engagés indiens ou malgaches soumis à une quarantaine à leur arrivée sur l'île; malgré cette précaution, les moustiques qui hantaient le secteur se chargèrent de propager le paludisme.

Vers Grande-Fontaine*

Passé le **quartier Bouillon**, un regroupement de quelques cases modestes au sortir d'une ravine, on atteint **Grande-Fontaine C3**, un des plus vieux quartiers de Saint-Paul, comme l'atteste l'ancienne poudrière (1724) qui subsiste presque intacte au centre de cet écart populaire ayant fait l'objet d'un important programme de réhabilitation sociale.

Juste avant de rejoindre la D6, empruntez le sentier qui s'enfonce côté montagne vers l'étroite **gorge du Bernica B3** *(10 min à pied depuis l'aire de parking dégagée au pied des rampes de Plateau-Caillou)*. Celle-ci inspira à Leconte de Lisle l'un de ses *Poèmes barbares* (1862): «Perdu sur la montagne, entre deux parois hautes/Il est un lieu sauvage au rêve hospitalier/Qui, dès le premier jour, n'a connu que peu d'hôtes;/Le bruit n'y monte pas de la mer sur les côtes,/Ni la rumeur de l'homme: on y peut oublier.» La ravine aux eaux vives décrite par l'auteur au XIXe s. a laissé la place à un sombre bassin d'eau envahi par la végétation, non dénué de charme pour autant.

> *Vous déboucherez au final sur la D6, au pied de l'imposant viaduc (10 piles jusqu'à 42 m de haut) qui permet à la route des Tamarins (p. 146) de prendre son envol; à dr., vous rejoindrez le centre de Saint-Paul, à g. les rampes de Plateau-Caillou vers Saint-Gilles-les-Hauts et la route du* ***piton Maïdo*** *(p. 148).*

L'étang et La Butte*

···> **C1-2** Sur la N1, prenez la sortie «Étang de Saint-Paul» à l'entrée de la ville.

La route franchit l'étang de Saint-Paul et se poursuit par le tracé de l'ancienne **chaussée Royale** qui longe la N1 en contrebas. Tout de suite à dr., la **rue de la Croix C1** mène jusqu'au parc boisé agréablement aménagé sur les berges à l'**embouchure de l'étang de Saint-Paul C1**. Vous êtes au seul endroit où l'on peut pratiquer le ski nautique à La Réunion *(p. 277)*. Depuis la **forêt domaniale C2** qui s'étend sur la berge sud, l'ONF a tracé un parcours pour les piétons et les cyclistes permettant de rejoindre, *via* l'ancien pont de chemin de fer, la **cocoteraie** installée sur la berge nord.

Vers le N, au-delà du stade de Saint-Paul, la zone d'activités de **Cambaie** s'étend jusqu'à la rivière des Galets, sur une plaine désolée où était autrefois installée l'antenne Oméga (un émetteur radio de 427 m de haut). Aujourd'hui, cette zone en pleine mutation accueille une **base ULM**, un **multiplexe de cinéma**, un **centre commercial** avec hypermarché... Certains, l'ancien maire de Saint-Paul en tête, y auraient même bien vu un hippodrome et une ville nouvelle de 30 000 habitants !

Depuis Cambaie, vous pourrez rejoindre directement la ville du Port par la toute nouvelle N7 qui traverse la ZAC avant de franchir la rivière des Galets par un nouveau pont, en aval des deux premiers sur la N1.

Parallèle à la chaussée Royale, la **rue Saint-Louis** parcourt toute la partie nord de la ville à travers un quartier résidentiel ayant conservé son âme créole. Au n° 99 s'élève le **temple hindou Siva Soupramanien** **C2** *(pour les vis., rens. auprès des responsables du temple sur place)*, édifié en 1871 par la communauté d'engagés tamouls du Bout-de-l'Étang, secteur occupé jusqu'au début du XXe s. par de nombreuses petites cases en paille.

La construction d'un lieu de culte hindou à moins de 500 m de la chapelle des Pères et du collège Saint-Charles (dans l'enceinte de l'ancienne **maison Desbassyns**, dite Grande Cour, belle demeure coloniale abritant de nos jours une école franco-chinoise au n° 233 de la chaussée Royale) fut, à son époque, l'objet d'une vive polémique.

Autour du temple, le **quartier de La Butte**, autrefois habité par un prolétariat de journaliers maritimes ou agricoles, a conservé son caractère populaire, à l'image de la **boutique traditionnelle** du n° 56 de la rue Saint-Louis, une simple case de plain-pied munie de deux portes à double battant, abritant dans la pénombre une épicerie en comptoir et une buvette à l'ancienne.

La **boutique Marcel**, authentique petit commerce chinois qui, depuis 1891, constituait un lieu de vie et de lien social, a quant à elle fermé ses portes, victime comme tant d'autres de la grande distribution qui a explosé à La Réunion ces deux dernières décennies.

Le centre-ville*

BC2-3 Depuis la N1, prenez la sortie « étang de Saint-Paul », puis suivez la chaussée Royale ou le front de mer. Ou bien prenez la sortie « centre-ville » au pied des rampes de Plateau-Caillou, 3 km après la sortie « étang de Saint-Paul ». La visite du centre-ville de Saint-Paul peut se faire à pied (garez-vous sur le front de mer par exemple).

Doté d'un riche patrimoine bâti, le cœur de Saint-Paul est propice à la flânerie. Parmi les nombreux bâtiments historiques, on remarquera plus particulièrement, au sud de la ville (au bout de la chaussée Royale, sous les rampes qui montent à Plateau-Caillou), l'originale **église** **B3** en pierre de lave. Une statue polychrome de la Vierge s'élève sur le parvis devant l'église.

Remarquez aussi les **bâtiments de la Compagnie des Indes** en grosses pierres de taille basaltiques : la mairie, le tribunal, la DDE et la caserne des pompiers sur le front de mer.

Enfin, quelques belles **maisons coloniales** sont encore debout : la villa Verguin, recouverte en bardeaux de tamariniers *(31, rue Rhin-et-Danube* **B3***)* ; la maison dite « du Dr-Lauret » *(rue Marius-et-Ary-Leblond* **C2***)* ; l'actuel centre communal d'action sociale *(pl. de l'Hôtel-de-Ville* **B3***)* ; et de vieilles **boutiques traditionnelles** où l'on vend le rhum au verre et les cigarettes à l'unité *(notamment rue Marius-et-Ary-Leblond* **C2***)*.

Du centre-ville, on gagne rapidement le **front de mer BC2**, assez mal mis en valeur mais tout de même parcouru par une promenade gazonnée sous les filaos, le long de laquelle quelques antiques canons continuent à surveiller la baie. L'activité maritime et commerciale de la ville y est réduite à quelques barques de pêcheurs posées à l'arrière de la plage de sable noir. L'aquaculture en revanche s'y est développée, les bouées que l'on voit flotter au milieu de la baie signalant des bassins d'élevage d'ombrine mascarine, un poisson de pleine mer.

Fortement secoué par le cyclone Gamède en 2007, le front de mer a été réaménagé et a retrouvé un ponton digne de son rang historique de « baie du meilleur ancrage ». En fin de semaine, il se noircit de monde à l'occasion du ♥ **marché forain**** *(sur le quai Gilbert au niveau de la rue de Suffren* **B3***; ven. jusqu'à 19 h et sam. matin)*, l'un des marchés les plus vivants et les plus pittoresques de l'île. Fleurs et fruits, plantes médicinales, épices, articles *beach wear*, artisanat malgache et réunionnais… C'est l'endroit idéal pour faire ses emplettes de souvenirs, tout en grignotant un samoussa ou en sirotant un jus de fruit frais.

À deux pas de là, rue Marius-et-Ary Leblond *(au niveau du n° 59)*, le **marché couvert*** est tout petit mais a l'avantage d'être ouvert la semaine *(mar.-sam. tte la journée)*. On y trouve de nombreux produits artisanaux, de Madagascar en particulier, des ustensiles traditionnels ainsi que tout ce qui se rapporte à la culture tamoule, d'une statue de Shiva qui clignote aux saris multicolores, en passant par les bâtons d'encens.

À la sortie sud de la ville*

···> **A3** Sur la N1 en direction de Saint-Gilles, 1 km après la sortie « Centre-ville ». Ou depuis le marché, en suivant la rue de la Baie, qui longe la mer.

Côté mer, le **cimetière marin**** **A3** de Saint-Paul est un endroit plein de romantisme qui se visite presque comme un jardin *(entrée libre)*. Depuis sa création en 1788 s'y côtoient pêle-mêle propriétaires terriens et humbles colons, poètes et capitaines au long cours, Malbars et Chinois, flibustiers et religieuses catholiques.

Entre frangipaniers et murs blanchis à la chaux, la promenade se transforme en jeu de piste à la quête de tombes célèbres, indiquées par des plaques noires portant le nom du défunt et quelques éléments biographiques.

Au hasard des travées, on découvre ainsi la tombe de **La Buse** *(p. 66)*, gravée d'une tête de mort, même s'il est peu probable que le pirate soit vraiment inhumé ici ; celles des poètes réunionnais **Leconte de Lisle** *(p. 27)*, dont les restes furent rapatriés de métropole en 1977, et **Eugène Dayot** ; ou celles des **marins bretons** du *Ker-Anna*, un trois-mâts emporté par un cyclone au large de Saint-Gilles en 1894.

En face du cimetière, la **grotte des Premiers-Français A3** *(parking indiqué sur la g. de la N1 en sortant de la ville vers le S)* nous renvoie aux origines du peuplement de l'île *(p. 132)*. Pour des raisons de sécurité, l'accès à la cavité au pied de la falaise est désormais fermé par une grille, faisant perdre à l'endroit son principal intérêt. ◆

11 | La station balnéaire★★

Itinéraire : de Saint-Paul à La Saline-les-Bains, soit 14 km par l'ancienne N1 (en grande partie à 4 voies, rebaptisée N2001 jusqu'à Saint-Gilles). La route des Tamarins, actuelle N1, dessert la station par les Hauts, avec une sortie à l'Éperon permettant de rejoindre Saint-Gilles-les-Bains par la route du Théâtre, et une autre plus au S permettant de rejoindre l'Ermitage par la D100.

Départ : du front de mer ou du cimetière marin de Saint-Paul *(ci-contre)*.

Durée : 1 journée (matinée à Saint-Gilles, déjeuner à Boucan-Canot et après-midi le long du lagon).

Bus : les lignes Cars jaunes A2 (Saint-Denis/Saint-Leu), B et C (Saint-Denis/Saint-Pierre par les Bas et les Hauts) s'arrêtent à Saint-Gilles-les-Bains ; plusieurs autres lignes desservent l'arrêt « Filaos » au niveau de l'Ermitage.

Ne manquez pas : la plage des Roches-Noires *(p. 139)*.

Bonnes adresses p. 231.

Depuis 1993, Saint-Gilles est le chef-lieu de l'officielle « station balnéaire ». Couvrant un territoire qui s'étend le long du lagon sur une quinzaine de kilomètres, celle-ci est la terre d'élection de la majorité des métropolitains installés à La Réunion. Passé Saint-Paul, la N2001 contourne le cap rocheux marquant la limite nord de la station balnéaire. La route passe tout d'abord sous le tunnel dit de la Marianne, avant de franchir le cap La Houssaye, obstacle naturel qui barrait l'accès à Saint-Gilles avant la construction de la route (chutes de pierres toujours fréquentes).

Boucan-Canot★★

···> À 32 km S-O de Saint-Denis et 6 km S-O de Saint-Paul par la N2001. **Bonnes adresses** p. 231.

Boucan-Canot est l'une des plus belles plages de l'île, la seule avec celle des Roches-Noires à Saint-Gilles à offrir, contrairement aux plages du lagon, une baignade en eau profonde. C'est une plage relativement jeune et « branchée » : partiellement ouverte à la houle, ses rouleaux attirent de nombreux amateurs de surf et de Bodyboard, alors que les hôtels de standing, les terrasses et les terrains de beach-volley qui la bordent se transforment en une amusante vitrine pour les belles filles et les *matuvus* en tout genre…

Par forte mer, il faut se méfier du courant qui aspire les nageurs au large ; en cas de problème, laissez-vous porter par le courant qui revient à la côte après avoir fait une boucle au large.

Derrière la plage s'étend le lotissement du **cap Champagne** comprenant hôtel, résidences touristiques, galerie commerciale et supermarché *(p. 231)*.

Vers le S, le littoral se prolonge par une plage de lagon presque déserte, mais moins propice à la baignade (manque de profondeur et débris de coraux). De là, une belle **promenade** le long d'un rivage préservé des promoteurs permet de rejoindre Saint-Gilles par la plage *(env. 1 h jusqu'au cimetière marin de Saint-Gilles ; il faut mettre les pieds dans l'eau ou grimper un peu pour contourner le cap Homard à marée haute)*.

excursions. À Boucan-Canot, l'agence **Comptoir Corail**, réceptive et sérieuse, propose des séjours sur l'île à la carte (autotour, formules randonnées, séjour multi-activités, escapade océan et nature…) et des prolongements dans l'océan Indien : Maurice, Rodrigues, Madagascar et Afrique du Sud *(12, pl. des Coquillages ☎ 02.62.33.88.38, www.comptoircorail.com ; ouv. lun.-ven. 9 h-12 h 30 et 14 h-19 h ; sam. 9 h-13 h)*.

Saint-Gilles-les-Bains★★

···> À 35 km S-O de Saint-Denis et 3 km S de Boucan-Canot par la N2001. **Plan** ci-contre. **Bonnes adresses** p. 237.

Avant 1865 et la construction de la route du cap La Houssaye (l'ancienne N1), la localité n'était qu'un tranquille **petit village de pêcheurs** sur la grande concession Desbassyns, vivant des ressources de la mer ainsi que de quelques vergers et parcelles de coton irrigués par la ravine Saint-Gilles. On y accédait par la mer ou par le chemin de terre qui le reliait à Saint-Gilles-les-Hauts par les rudes écarts de Tamatave et de L'Éperon. Gagner la plage tenait alors de l'exploit…

Chaque hiver austral, de modestes villas construites sur la plage ouvraient leurs volets pour accueillir la bonne société dionysienne. En semaine, les enfants grattaient le sable à la recherche de coquillages sous la surveillance des mères qui discutaient sous des ombrelles – le bronzage était alors une hérésie et on se surprotégeait du soleil ! Le samedi soir, le « train des maris » ramenait les hommes restés travailler à la ville, le village s'animait et les lampions illuminaient les filaos le temps d'un bal.

L'**ouverture de la route littorale** changea la destinée du village qui s'ouvrit alors sur l'extérieur, comme l'avait annoncé la presse de l'époque : « Seuls quelques favorisés de fortune jouissaient du privilège de venir en villégiature à Saint-Gilles et l'affreuse diligence déposait rarement sur notre plage quelques voyageurs meurtris, que de graves raisons de santé avaient mis dans la nécessité d'entreprendre ce voyage fatigant ; […] toute une classe de gens gagnera à cette route, les baigneurs pourront arriver à Saint-Gilles qui deviendra une ville de bains égale à Trouville. » L'**arrivée du chemin de fer** à la toute fin du XIXe s. renforça la tendance, même si les vacances à la mer demeuraient l'apanage d'un petit nombre de nantis.

Saint-Gilles-les-Bains

Saint-Gilles se trouvera donc une vocation balnéaire qui ne changera vraiment la physionomie de la localité qu'avec l'**essor du tourisme de masse** et des promoteurs immobiliers à partir des années 1970.

Le centre-ville*

AB1-2 Même si la localité manque d'authenticité et d'unité architecturale, elle reste agréable à vivre, et des efforts sont faits en matière d'aménagement des plages et d'animation. En fait de centre-ville, il s'agit plutôt d'un gros village concentré entre le front de mer et la **rue du Général-de-Gaulle** (ancienne route nationale). On y trouve peu de patrimoine remarquable sinon quelques **jolies cases** de villégiature le long de l'océan et la fameuse **boutique Loulou** *(p. 239)*.

En plein centre-ville, la ♥ **plage des Roches-Noires A2** offre son croissant de sable blond aux baigneurs et aux amateurs de vagues.

©Bertrand Rieger/Hemis.fr

Plus familiale que celle de Boucan-Canot, elle est également plus petite. À g. de l'amas de roches noires (en regardant l'océan) – souvenir des soubassements de la « marine » d'où était expédié le sucre du domaine Desbassyns –, la baignade se fait en eaux profondes ; à dr., l'accès à l'eau est limité aux seuls surfeurs qui, couchés sur leur planche, évitent ainsi une plate-forme récifale redoutable pour les pieds *(p. 242)*.

On peut toutefois poursuivre le long de la plage vers le N, en direction d'un petit cimetière marin très touchant, puis des villas du quartier de Grand-Fond, le long d'une plage de lagon presque déserte où, entre deux patates de corail, on trouvera toujours une cuvette pour se tremper.

Le port**

A2 L'embouchure de la **ravine Saint-Gilles*** marque la fin de la plage, mais la rivière, qui se termine en une sorte de bras mort où l'eau stagne, ne rejoint vraiment la mer qu'après les pluies cycloniques. Là, **Captain'Marmailles** *(☎ 06.92.60.37.70 ; ouv. mer., sam., dim. et j.f., t.l.j. durant les vacances scolaires)* propose aux enfants de devenir capitaine d'un ferry, d'un chalutier ou autre remorqueur le temps d'une balade sur ce plan d'eau calme.

De l'autre côté de la ravine, le **port de pêche et de plaisance*** représente la dernière tranche en date de l'aménagement de la station balnéaire. Le résultat est plutôt réussi, permettant par un ingénieux système de passerelles piétonnières d'ouvrir le site sur la mer et de relier le centre-ville à la zone touristique qui s'est développée au-delà de l'église. Son architecture aérée utilise largement le bois et recycle intelligemment des éléments de tradition créole tels que le lambrequin, le bardeau ou les façades à pignon. Les **différents bassins**, divisés en fonction de leur activité (plon-

◄ Entièrement restructuré à la fin des années 1990, le nouveau port de pêche et de plaisance confère désormais à Saint-Gilles-les-Bains le cachet balnéaire qui lui manquait.

gée sous-marine, pêche traditionnelle, pêche au gros, plaisance, voile, excursions touristiques… *p. 239*), se répartissent autour d'un îlot central abritant une agora, un restaurant et l'Aquarium de La Réunion *(ci-contre)*. L'animation prévue à cet endroit n'est pas à la hauteur de l'ambition de ses concepteurs et l'agora est trop souvent vide. En fin de journée, il fait bon flâner sur le port, assister au retour des bateaux de pêche au gros ou prendre un verre sur l'une des terrasses qui bordent désormais les quais, donnant au site un air de **marina** à taille humaine et à Saint-Gilles le caractère balnéaire qui lui manquait tant.

Communiquant avec le port par une passerelle, l'**église** moderne consacrée à **Notre-Dame-de-la-Paix** est construite à côté de l'ancienne église: celle-ci, aménagée dans un **ancien magasin de stockage de sucre** datant de la Compagnie des Indes, tient lieu désormais de salle de réunion et de catéchisme.

L'Aquarium de La Réunion**

···> **A2** ☎ 02.62.33.44.00, www.aquariumdelareunion.com. Ouv. mar.-dim. 10 h-18 h, fermeture de la billetterie à 17 h 30. Entrée payante. Conférences et visites techniques à l'occasion.

Situé, en sous-sol, sous l'îlot central du port, l'Aquarium de La Réunion est l'unique aquarium digne de ce nom sur l'île. Le *Grand Bleu* comme si vous y étiez: sur 1 500 m² d'un parcours muséographique ludique et bien mis en scène, on découvre les principaux milieux marins de l'île reconstitués (pentes rocheuses, jardins coralliens, profondeurs récifales, grand large…) ainsi que leurs habitants, au travers d'une succession de 16 bassins vitrés contenant 600 000 litres d'eau de mer au total.

Le bassin « Grand large » final, avec requins, barracudas et raie manta tournoyant au-dessus de l'épave d'un vieux navire, est particulièrement spectaculaire.

Les Hauts de Carrosse

···> **B2** Indiqué depuis la rue du Général-de-Gaulle, à la sortie du centre-ville. Prenez à g., juste après le passage de la ravine, la rue qui passe sous la N2001.

Situé sur la colline aride qui domine le versant sud de la ravine Saint-Gilles, le **lotissement Carrosse** est un quartier populaire aménagé dans les années 1970 pour abriter les familles créoles qui avaient été délogées du centre de Saint-Gilles au moment de la construction de la N1 et du réaménagement du centre-ville à des fins touristiques.

Sur la dr. du chemin Carrosse (en montant) s'est développé un nouveau quartier résidentiel plutôt chic, **Roquefeuille**, au-dessus duquel on peut profiter d'un large panorama sur la station balnéaire. En haut du chemin Carrosse, plusieurs chemins « coutumiers » sillonnent les pentes qui s'élèvent vers Villèle, dégageant également des points de vue plongeants sur Saint-Gilles et son port.

Le tracé principal *(sentier non balisé, à faire avec une carte détaillée, de préférence accompagné)* prend la direction de Villèle: il rejoint les vestiges du **moulin Kader**, utilisé autrefois pour la transformation des fibres de choca en cordes ···> **encadré p. 157**, au niveau du **canal Bruniquel** qui alimentait l'usine sucrière du même nom depuis un captage en amont sur la ravine Saint-Gilles. Les abords du canal et de ses dérivations sont couverts d'une belle végétation (capillaires, songes, bégonias) qui contraste avec l'aridité ambiante et abrite toute une petite faune sauvage.

En continuant la montée, on atteint la **chapelle La Misère** près du terrain de football de **Villèle** *(p. 147; comptez env. 1h30 de marche entre Saint-Gilles et Villèle; niveau facile; attention, montée à découvert presque sans ombre)*.

À mi-chemin de la montée vers Villèle, d'autres embranchements permettent de rejoindre, sur la dr., les vestiges de l'**usine Bruniquel** dans le quartier de L'Ermitage *(ci-contre; comptez 1 h de marche facile mais peu d'ombre)*, sur la g., le **bassin Cormoran** sur la ravine Saint-Gilles, théoriquement interdit à la baignade, comme les deux autres bassins qui se succèdent sur cette ravine.

Compte tenu de la richesse patrimoniale et culturelle de cet « arrière-pays », la commune de Saint-Paul et la SEM Tamarun, en charge de la station balnéaire, réfléchissent à la mise en œuvre de trois circuits touristiques de cheminements balisés reliant le port de Saint-Gilles-les-Bains au théâtre de plein air.

Le long du lagon**

Au sud du port de Saint-Gilles débute le lagon bordé, côté mer, par une barrière de corail qui court à environ 100 m du rivage, et côté terre par une bande de sable clair doublée d'une frange de filaos qui s'étend jusqu'à la **ravine des Trois-Bassins**, environ 8 km plus au S. Cette longue plage (la plage des Brisants qui débute contre le port de Saint-Gilles est prolongée au S par la plage de L'Ermitage) constitue un cadre agréable pour une balade au petit matin quand elle appartient aux seuls joggers et pêcheurs à la gaulette (petite canne à pêche en bambou).

En journée, c'est la **plage populaire et familiale** par excellence : sûre et ombragée, agrémentée de nombreux snacks, camions-bars et autres rondavelles (plus d'une vingtaine de kiosques en forme de hutte seront mis en place à terme par la station balnéaire afin d'abriter commerces et services sur la plage), assez vaste pour recevoir les « tribus » nombreuses et les pique-niqueurs du dimanche. Mais elle est peu propice à la baignade, car la mer y est très peu profonde, et son fond couvert de débris de coraux, d'oursins et d'holothuries peu ragoûtantes mais inoffensives.

tchou-tchou ! Un petit **train des plages** du doux nom de *Rosalie* fait la navette entre le port de Saint-Gilles au N et la boutique Carpaille à L'Ermitage au S *(tarif unique 1 € A/R, billets en vente chez les commerçants locaux, rens. SEM Tamarun ☎ 02.62.24.27.00)*. Un second parcours, Saint-Gil' Lontan *(billets en vente auprès du conducteur, 4 €, mer. et j.f. à 10h30, durée : 1h)*, effectue une boucle du port au port axée sur le patrimoine de la station (églises, chemin de fer, four à chaux, centre-ville, etc.).

L'Ermitage-les-Bains*

À 37 km S-O de Saint-Denis et 2 km S de Saint-Gilles par la N1. Depuis la route nationale, prenez l'av. de la Mer à dr. avant le jardin d'Éden). Depuis le centre de Saint-Gilles, prenez la rue du Général-de-Gaulle vers le S jusqu'au bout, puis l'av. de Bourbon. Plan ci-contre. **Bonnes adresses** p. 232.

Le long du quartier de L'Ermitage, coincée entre la N1 et le front de mer, s'est développée une **zone touristique** qui rassemble casino, boîtes de nuit, hôtels, résidences touristiques, restaurants, minigolf... Bref, tout ce qu'il faut pour consommer et se divertir durant les vacances, sans vraiment avoir l'impression d'être sur l'île de La Réunion, si ce n'était la présence du lagon surmonté par les pentes volcaniques des Hauts de l'Ouest.

Sur la plage de L'Ermitage, à env. 300 m au S du Novotel, juste à côté du ♦ **restaurant** Le K-Banon, vous rejoindrez le ♥ **sentier sous-marin**** de L'Ermitage. Il s'agit d'une activité « grand public » à la fois pédagogique et ludique mise en place par la **réserve naturelle marine de La Réunion** qui a son siège rue du Lagon, à deux pas de là. Un guide (pour 6 visiteurs en moyenne) vous

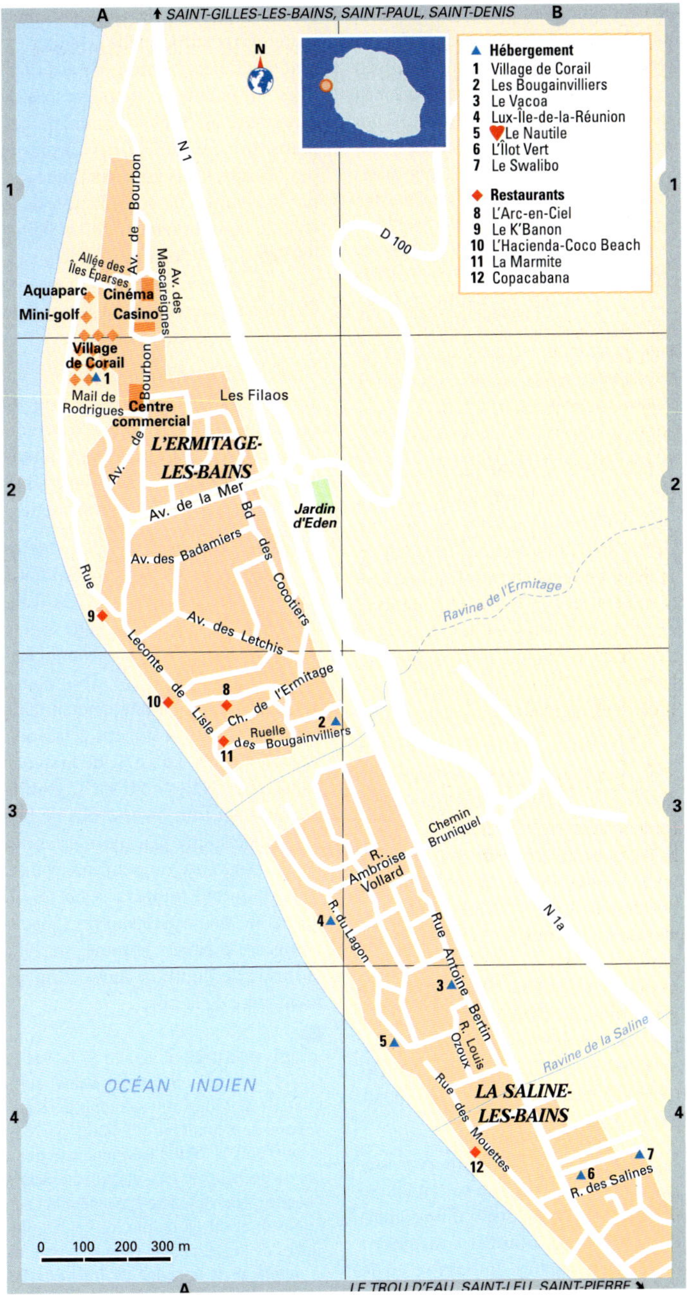

L'Ermitage-les-Bains et La Saline-les-Bains

accompagne avec palmes, masque et tuba le long de 6 bouées, à la découverte de la richesse et de la fragilité du lagon *(vis. de 45 min en hiver ou 1 h en été ; gratuit sur rés. ☎ 06.92.89.18.68, enfants à partir de 8 ans ; ouv. 10 h-15 h une dizaine de jours par mois, voir calendrier mensuel sur www.reservemarinereunion.fr)*.

11 itinéraire

Le jardin d'Éden**

A2 Face à L'Ermitage-les-Bains, 155 route Nationale 1 sur la N1 côté montagne ☎ 02.62.33.83.16, www.jardindeden.re. Ouv. t.l.j. 10 h-18 h sf ven., 25 déc. et 1er janv. Entrée payante.

Créé de toutes pièces au début des années 1990 par un passionné de botanique, Philippe Kaufmant, le jardin d'Éden est un îlot de paix, de parfums et de couleurs. La visite de ce « **jardin paysager ethnobotanique** » permet de comprendre les relations entre les plantes et les hommes depuis le début du peuplement de La Réunion… ou tout simplement de s'offrir un grand moment de calme et de nature à deux pas de la route nationale.

Au fil des allées, on découvre l'histoire réunionnaise à travers sa flore, et on se rend compte que, malgré un fort taux d'endémisme, le décor végétal des zones habitées est largement « exotique », la plupart des plantes courantes ayant été apportées de Madagascar, d'Inde, de Chine ou d'ailleurs par ceux qui ont peuplé l'île. Sur ce principe, le jardin est organisé par thèmes : plantes médicinales, sacrées, alimentaires, tinctoriales, à parfum…

Au fond du parc, le **jardin zen**, inspiré de la philosophie orientale, se présente sous la forme d'une étendue de galets blancs, sobrement décorée de roches de basalte et de végétaux rares.

En 1992 et 1996, la zone de sables marécageux sur laquelle le site a été aménagé a fait l'objet de fouilles. Elles ont permis de mettre au jour de nombreux ossements d'animaux disparus, principalement des tortues et des oiseaux. Cette zone était menacée par le chantier de construction de la voie de contournement de La Saline-les-Bains, mais le jardin d'Éden, soutenu par les scientifiques du muséum d'Histoire naturelle de La Réunion, a obtenu une déviation du tracé.

Finalement, une butte paysagée a été aménagée entre la nouvelle voie de contournement et le secteur concerné. Un panneau d'information y explique les objectifs des fouilles et leurs résultats en matière de faune endémique.

On a ainsi retrouvé de nombreux os de tortues terrestres conservés intacts dans une gangue de vase. C'est d'ailleurs tout ce qui reste de cette espèce propre à La Réunion *(Cylindraspis borbonica)* qui, malgré son abondance et sa taille (jusqu'à une cinquantaine de kilos), n'a pas survécu à la voracité des colons. En 1671, de Lespinay constatait : « Elles sont en si grande quantité par tous les endroits de l'île qu'une personne peut en tuer en un jour douze cents, ou pour mieux dire, autant qu'elle voudra. » En 1840, moins de deux siècles après l'installation des premiers hommes sur l'île, la tortue de Bourbon était définitivement rayée de la carte…

et ensuite ? Vers le S, la N2001 rejoint ensuite **La Saline-les-Bains**, autre quartier de villégiature le long du lagon séparé de L'Ermitage-les-Bains par une ravine, puis le **Trou-d'Eau** (modeste quartier de pêcheurs et jolie plage) et la **Souris Chaude** (plage naturiste à la réputation sulfureuse), avant de quitter les limites officielles de la station balnéaire au niveau de la **pointe et de la ravine de Trois-Bassins** où débute l'itinéraire n° 13 *(p. 150)*. ◆

12 | Les Hauts de Saint-Gilles★★

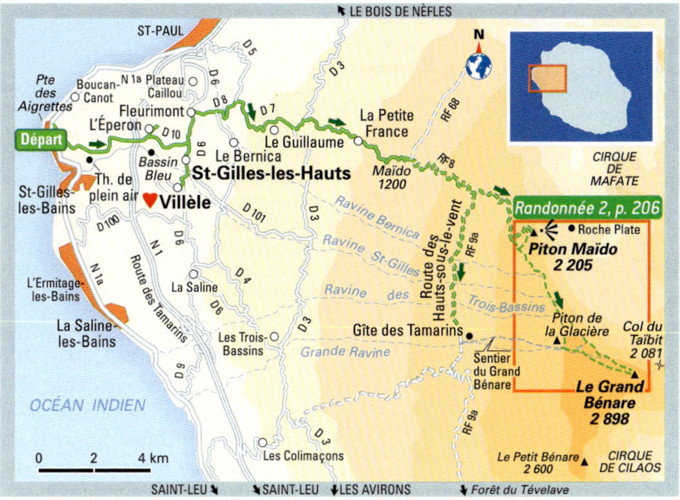

Itinéraire : de Saint-Gilles-les-Bains au Maïdo *via* Saint-Gilles-les-Hauts. **Départ** : de l'échangeur de Grand-Fond sur la N2001 (entrée N de Saint-Gilles-les-Bains). **Durée** : une bonne matinée.

Variantes : possibilité d'emprunter la route forestière des Hauts-sous-le-Vent ou la route Hubert-Delisle (D3) au retour pour une exploration transversale élargie des Hauts de l'Ouest.

Bus : au départ de la gare routière de Saint-Paul, la ligne 2 (Le Guillaume) du réseau Kar'Ouest monte jusqu'au départ du sentier pour Mafate, au sommet du Maïdo (minibus à 6 h, 14 h et 16 h 15).

Ne manquez pas : le musée historique de Villèle *(p. 147)*.

Bonnes adresses p. 235.

Les Hauts de Saint-Gilles s'étendent jusqu'au Maïdo, entre 300 et 2 200 m d'altitude. Sur les pentes régulières de l'ancien volcan, déchirées perpendiculairement à la mer par les crevasses des ravines, le paysage se découpe de bas en haut en bandes de différentes altitudes ayant chacune une histoire, une végétation et une ambiance qui lui sont propres. Dans la zone de basse altitude, la canne à sucre et les cultures vivrières ont largement profité des programmes d'irrigation récents.

Au-dessus, la forêt de bois de couleurs a fait place, au début du XXe s., à la culture du géranium et à l'élevage. Colonisés tardivement, ces Hauts ont été mis en valeur par une population laborieuse de « Petits Blancs » qui en ont façonné le paysage mais aussi le caractère et les traditions.

Cultures, prairies et hameaux se succèdent ainsi jusqu'à la limite sans cesse repoussée d'une forêt mixte exploitée pour son bois : d'un côté les cryptomerias (résineux originaires du Japon) plantés par l'homme ; de l'autre, les tamarins, essence présente naturellement, dont la population est gérée par les exploitants sylvicoles pour son bois exotique utilisé en menuiserie.

Nature, patrimoine (ancien domaine colonial de Villèle) ou traditions (culture du géranium, chambres et tables d'hôte)… ces Hauts réservent au visiteur la découverte d'une Réunion au mode de vie créole préservé, beaucoup plus authentique que celle d'en bas.

Vers Saint-Gilles-les-Hauts*

··· Sortez de la N1 entre Boucan-Canot et Saint-Gilles (quartier Grand-Fond) et suivez la D10 sur 7 km. **Bonnes adresses** p. 235 (Hauts de Saint-Gilles).

Après environ 1 km de montée en ligne droite, on devine sur la dr. le **Théâtre de plein air** *(p. 240)* de Saint-Gilles, bel amphithéâtre naturel où se déroulent la plupart des « gros » concerts de la côte ouest.

Un peu plus haut, toujours sur la dr., le parking qui constituait le point de départ des sentiers menant aux **bassins de la ravine Saint-Gilles** (bassins des Aigrettes, des Cormorans et Malheur) est vide de camion-bar depuis que l'accès à ces sites naturels est interdit par arrêté préfectoral, essentiellement afin de préserver de la surfréquentation la ressource en eau qu'ils représentent. En fait, c'est la baignade qui est prohibée, ces sites devant à terme être rouverts aux marcheurs sous certaines précautions.

Quoi qu'il en soit, il faudra rester à distance de ces chutes d'eau, au grand dam de la population locale (pas toujours obéissante), des touristes et des canyonistes.

La route des tamarins

Cette route à quatre voies qui relie Saint-Paul à l'Étang-Salé à mi-pente (entre 200 et 300 m d'alt.) devrait permettre de soulager les centres-ville, traversés par la RN1A, et de **désengorger la route littorale**. Qualifiée de « plus gros chantier européen du moment », la construction de cette route a permis la création de 1500 emplois et la réalisation d'ouvrages d'art d'une grande prouesse technologique. Bref, plus qu'une simple voie de circulation, cette route des Tamarins représente en ce début de XXIe s. « une nouvelle voie pour un nouvel Ouest », représentative d'une Réunion plus audacieuse, plus dynamique et plus ouverte sur les Hauts. ◆

► Démonstration de moringue (« combat dansé » rituel).

Le chemin Vanille*

··· Départ à g. de la D10 (en montant) au début de la longue ligne droite qui mène à L'Éperon. Prévoir 1 h de descente en VTT (chemin de terre sèche en général bien dégagé), env. 2 h à pied. Tracé non balisé croisant de nombreux autres chemins d'exploitation (on peut facilement se perdre, mais la mer est toujours à portée de vue et il suffit de descendre pour la retrouver).

Le chemin Vanille constitue une balade sympa à faire en VTT pour rejoindre la résidence des Mascareignes, juste au-dessus de la plage à Boucan-Canot. À travers un vallon recouvert d'une savane sèche typique des pentes basses de l'Ouest, on croise des propriétés privées, des vergers de manguiers nés de l'irrigation ainsi que d'anciens réseaux de canalisation. En chemin, attention aux pagodes, ces redoutables graines épineuses à trois pointes que le gouverneur Fleurimont aurait dispersées au XVIIe s. dans les sables de Saint-Paul afin d'écouler un stock de chaussures qui lui restait sur les bras.

De retour sur la D10 qui monte à Saint-Gilles-les-Hauts, au niveau de L'Éperon, la route croise l'échangeur de la **route des Tamarins** ··· **encadré ci-contre**, qui a changé la carte des transports réunionnais, ainsi que la physionomie des Hauts de l'Ouest, depuis son ouverture en 2009.

Le village artisanal de L'Éperon**

··· 1 km plus haut sur la D10 (panneaux sur la dr.). **Bonnes adresses** p. 235 (Hauts de Saint-Gilles).

Installé sur ces pentes arides de savane et de roches noires, il regroupait, non sans un certain charme, des constructions hétéroclites autour des vestiges d'une ancienne usine sucrière, mais a souffert de la construction d'un lotissement à ses portes. Depuis quelques années,

© Sylvain Grandadam

le développement de « boutiques à touristes » s'est opéré au détriment d'une production artisanale plus créative. Pour autant, l'endroit demeure agréable. Entre un faux masque africain et un T-shirt *made in* Mauritius, on pourra dégoter quelques produits réalisés sur place (margouillats en céramique, peinture sur tissu, luminaires à base de fibre de coco, bijoux « ethniques », huiles essentielles et cosmétiques bio). Un **petit temple tamoul** coloré, quelques **ateliers d'artistes** *(cours de peinture et de poterie)*, une **salle d'exposition** et quelques **cafés-restaurants** en terrasse complètent le paysage autour d'une placette ombragée.

Depuis le bas des ruines de l'ancienne usine sucrière, une piste permet de rejoindre le bord de la ravine Saint-Gilles au niveau du **bassin Bleu**, vasque d'eau fraîche malheureusement interdite d'accès comme les autres bassins en aval.

Quoique assez vivant car regroupant une bonne partie de la vie commerçante et administrative des Hauts de Saint-Paul, le bourg de **Saint-Gilles-les-Hauts** *(7 km de Saint-Gilles-les-Bains par la D10)* ne présente pas en soi d'intérêt touristique. En revanche, le site de Villèle, à l'écart de la localité, constitue un des hauts lieux de l'histoire coloniale réunionnaise.

♥ Le musée historique de Villèle★★

> À 1 km de Saint-Gilles-les-Hauts par la D6 en direction de La Saline ☎ 02.62.55.64.10. Ouv. t.l.j. sf lun. 9h30-12h30, 13h30-17h30. Domaine et chapelle : vis. libres. Maison : vis. guidées payantes toutes les 30 min.

Villèle offre l'occasion unique de se plonger dans l'univers d'un **ancien domaine colonial**, celui de la famille

Panon-Desbassyns. Créole de la deuxième génération, Henri-Paulin **Panon-Desbassyns** (1732-1800) fut l'époux de la plus riche héritière de l'île, Marie-Ombline Gonneau. Tous deux firent prospérer, grâce au café puis à la canne, leur « habitation » qui devint l'un des plus riches domaines de l'île. La famille commerça avec la France et les États-Unis et construisit de belles demeures coloniales.

Mme Desbassyns reprit le domaine à la mort de son mari, et ses 300 esclaves qu'elle dirigea d'une main de fer pendant 46 ans. La légende en fera (à tort) un personnage cruel, symbole de l'inhumanité du système esclavagiste. Son insolente richesse gagnée au prix de la captivité des autres et le caractère « industriel » de son exploitation ont certainement participé à cette réputation.

Si les champs de canne alentour n'appartiennent plus au domaine, il en reste un beau parc de 10 ha au centre duquel se dresse, sous des flamboyants centenaires, la **maison de maître**, construite en 1788 dans un style indo-français original.

La demeure est restée propriété de la famille Desbassyns jusqu'en 1971 avant d'être donnée au Département pour en faire un musée historique. À l'intérieur, les pièces meublées reconstituent parfaitement le cadre de vie de la bourgeoisie créole au XIXe s.

D'autres salles sont consacrées à l'esclavage (on peut y voir le fusil du célèbre chasseur de marrons, François Mussard) ou encore à l'auteur de *Paul et Virginie*, Bernardin de Saint-Pierre.

Autour se trouvent les vestiges de la **sucrerie**, les **dépendances** (cuisine, hôpital des esclaves, ateliers) et les communs, de superbes jardins et, dans un petit bois d'eucalyptus tout proche, la **chapelle pointue** où fut inhumée en 1846 Mme Desbassyns à l'âge de 91 ans. Restauré en 2003, l'édifice a retrouvé son décor néogothique disparu dans les années 1930.

Vers le piton Maïdo★★★

8 km de Saint-Gilles-les-Hauts au Guillaume par la D7 (ou 10 km depuis Saint-Paul par les rampes de Plateau-Caillou), puis 17 km du Guillaume au point de vue du Maïdo par la RF8. Au total, 32 km depuis Saint-Gilles-les-Bains (1 h de route). Partir tôt pour éviter les nuages qui couvrent souvent le sommet dès la fin de matinée. **Bonnes adresses** p. 235 (Hauts de Saint-Gilles).

Si vous ne deviez faire qu'une seule excursion dans les Hauts, ce serait celle-là. Au fil de la montée se révèlent les différentes strates qui composent la nature réunionnaise : cannes, géraniums, forêt dégradée, tamarins et enfin lande d'altitude.

La route du Maïdo★★

Au-dessus du **Guillaume**, village sans fard installé à mi-pente au milieu des champs de canne, la route grimpe vers **La Petite-France** à travers les champs de géraniums, les bosquets de mimosa et les pâturages verdoyants. Cette zone d'altitude (vers 1 000 m) a été défrichée au début du XXe s., en bonne partie par des Mafatais désireux de sortir de leur cirque. La forêt de bois de couleurs y a fait place à des plantations de géranium et d'acacia. En chemin, on peut encore voir quelques-uns de ces **alambics** traditionnels au milieu des plantations.

À l'image de la famille Bègue (la première à s'être ouverte au tourisme, son nom est devenu une référence locale), des petits planteurs ont aménagé le long de la route des points d'accueil plus ou moins sommaires où l'on peut découvrir cette plante à parfum, assister à la distillation, acheter des essences et des produits d'artisanat *(p. 37)*.

Plus haut, passé la zone cultivée, on pénètre dans une forêt caractéristique des Hauts de l'Ouest, composée essentiellement de bambous fins dits **calumets** et de **tamarins des Hauts** *(p. 53)*.

la vie en vert. Depuis la route du Maïdo, les amateurs de botanique pourront visiter une **bambouseraie** regroupant des espèces du monde entier *(La Bambusaie, vis. payante et sur rés. ☎ 02.62.32.83.41 ou 06.92.66. 25.74)* ou découvrir la **tamarineraie** avec un forestier de l'ONF qui gère la forêt *(rés. à l'ⓘ de l'Ouest à Saint-Gilles)*.

Délaissant la forêt, la route du Maïdo (RF8) poursuit sa prodigieuse montée à travers une **lande** composée d'ambavilles, d'ajoncs et de bruyère. Elle se termine en cul-de-sac sur un parking, laissant aux automobilistes le soin de se dégourdir les jambes sur quelque 200 m pour gagner l'objectif de cette balade: le belvédère du **piton Maïdo** («terre brûlée» en malgache). Du haut de ses 2203 m, il offre un **panorama***** à couper le souffle sur le cirque de **Mafate** *(p. 201)*.

À environ 200 m à g. du belvédère, un sentier indiqué permet d'accéder rapidement au sommet du piton à proprement parler, et de profiter d'un **point de vue** légèrement différent s'ouvrant plus sur la rivière des Galets et dévoilant les toits de l'îlet des Orangers, accroché au rempart en contrebas.

les plus hauts sommets de l'île. Du haut du **piton Maïdo**, le cirque accidenté de Mafate s'étend devant vous. À vos pieds, l'îlet de Roche-Plate, le piton du Bronchard et son sommet plat caractéristique. Tout autour, les plus hauts sommets de l'île: à g., vers le N, la Roche Écrite (2277 m) et le Cimendef (2226 m); au centre, de l'autre côté du cirque, le morne de Fourche et le col du même nom qui assure le passage vers Salazie, le Gros Morne et le piton des Neiges (3070 m); à dr., vers le S, dans le prolongement du rempart du Maïdo, le Grand Bénare (2896 m), puis le col du Taïbit et la silhouette des Trois-Salazes, qui marquent la frontière avec le cirque de Cilaos.

La route forestière des Hauts-sous-le-Vent**

Itinéraire de 30 km env. depuis la route du Maïdo. Comptez au moins 2 h.

Sur la route du Maïdo, après les sites du **Maïdo-1200** (restaurant, randonnées, parcours dans les arbres… *p. 238*), puis celui du **Maïdo-1500** (luge d'été, tir à l'arc, quad… *p. 238*), la route forestière des Hauts-sous-le-Vent (RF9a, ex-route des Tamarins) part sur la dr. Partiellement bétonnée, elle surplombe magnifiquement la côte en la suivant vers le S le long de la courbe de niveau des 1700 m.

Elle est bordée de **kiosques à pique-nique** équipés d'aires de feu, où les familles créoles préparent leur «cari marmite» (pris d'assaut très tôt le dimanche), et dessert de nombreux **itinéraires pédestres** balisés par l'ONF.

En la suivant vers le S, on rejoint le **gîte des Tamarins** *(pas d'hébergement)*, d'où un sentier permet de monter directement au site de **la Glacière** *(3 h A/R; niveau assez facile; sur le chemin du Grand Bénare)*, puis un embranchement qui redescend vers les **Colimaçons** dans les Hauts de Saint-Leu *(p. 153)*. La RF9 poursuit son chemin vers le S jusqu'à la **forêt du Tévelave** dans les Hauts des Avirons.

découvrez La Réunion des Hauts: parallèle à la route des Hauts-sous-le-Vent, la D3 longe la côte ouest entre les Hauts de Saint-Paul et ceux des Avirons à env. 700 m, permettant de découvrir La Réunion rurale des Hauts. Appelée **route Hubert-Delisle**, du nom du gouverneur créole qui, dans les années 1850, fit construire cette voie, elle offre une bonne alternative à la route du littoral ainsi qu'à la toute nouvelle route des Tamarins. Vous pouvez la rejoindre à partir du Guillaume et redescendre sur la mer au niveau de Trois-Bassins ou de Saint-Leu *via* Les Colimaçons.

Randonnée au Grand Bénare**

Voir randonnée 2, p. 206.

Amateur de beaux panoramas, cette randonnée est pour vous. Au départ comme à l'arrivée, vous découvrirez des vues inoubliables sur l'île. Comptez environ 7 h de marche pour effectuer l'aller-retour. La difficulté est moyenne. ◆

13 | De Saint-Leu à L'Étang-Salé★★

Itinéraire: 55 km.

Départ: de la N1A, sortie S de La Saline-les-Bains *(p. 144)*.

Durée: 1 j. (avec les visites). Commencez par les Colimaçons afin d'éviter les nuages, fréquents l'après-midi.

Bus: Cars jaunes lignes A2 (Saint-Denis/Saint-Leu), B ou C (Saint-Denis/Saint-Pierre).

Ne manquez pas : le muséum agricole et industriel Stella-Matutina *(p. 155)*.

Bonnes adresses p. 231.

À partir de la commune de Saint-Leu, on entre sur ce que les premiers habitants de l'île appelaient le « **Pays des Vivres** », vaste territoire de cueillette et de chasse qui correspondait à la grande moitié sud de Bourbon. Fortement marqué par l'empreinte du volcan, entaillé de ravines presque infranchissables, ledit pays inspire peur et envie. Il sera interdit à la colonisation et à la chasse jusqu'au début du XVIIIe s. essentiellement dans le but d'inciter les colons à exploiter au mieux les premières zones de peuplement.

Juste après la **pointe des Trois-Bassins**, qui marque la limite administrative de la station balnéaire et la fin du lagon, la côte se fait plus rude et plus sauvage. La route enjambe plusieurs ravines asséchées sur d'impressionnants ouvrages d'art, à l'image du viaduc de la Petite-Ravine sur la RN1A, réalisé en 1880 pour le passage de la voie ferrée à plus de 145 m au-dessus du niveau de la mer, ou du pont par lequel la route des Tamarins franchit la Grande Ravine à mi-pente (300 m de long au-dessus de 170 m d'aplomb).

Côté mer, le lagon disparaît au profit d'un océan houleux se jetant avec fracas sur un spectaculaire rivage de lave noire déchiquetée. Côté terre, la plaine littorale se couvre d'une savane désolée, parsemée d'épineux, de chocas ···> **encadré p. 157** et de quelques «pieds de bois» isolés (bois noir, tamarin de l'Inde).

Saint-Leu★★ et ses environs

Le quartier du **Boucan-Laleu**, du nom de son premier habitant, est édifié en 1776. Érigée en commune en 1790, la localité va rapidement devenir le premier fournisseur de viande, de coton et de café de la colonie. Avec la récession, elle connaîtra en 1811 l'unique véritable **révolte d'esclaves** de Bourbon, alors que l'île est sous l'autorité du gouverneur anglais Farquhar *(p. 68)*.

Brûlée par le sel et le soleil, marquée par le déclin de ses ressources traditionnelles (chaux extraite des coraux, sucre de l'usine de Stella), la localité de Saint-Leu constituait dans les années 1960 le reflet d'une Réunion africaine vouée à la misère. La magie des lieux en a pourtant fait une des communes les plus prisées de l'île. La canne à sucre fait progressivement place aux **activités de loisirs** (haut lieu du parapente réunionnais, spot de surf internationalement reconnu, plongée à la pointe au Sel) et au **tourisme** (observatoire des tortues marines, conservatoire botanique de Mascarin, muséum de Stella Matutina). Imprégnée d'histoire et de culture réunionnaises, la commune a choisi de jouer la carte de l'authenticité, là où Saint-Gilles n'a pas toujours réussi.

C'est aujourd'hui un endroit à la mode où artistes, petits planteurs, pêcheurs et surfeurs partagent la même passion d'une vie respectueuse du passé et de la nature.

Devenue *the place to be* d'une certaine élite bobo et de nombreux Zoreils, la commune de Saint-Leu, très recherchée ces dernières années, subit cependant le revers de sa popularité avec une pression foncière accrue, un développement immobilier pas toujours maîtrisé et une flambée des prix qui menace de repousser le «petit peuple» créole loin du littoral.

Kélonia★★, l'observatoire des tortues marines

···> Pointe des Châteaux sur la N1A à 2 km au N de l'entrée de Saint-Leu ☎ 02.62.34.81.10, www.kelonia.org. Ouv. t.l.j. 9 h-18 h (fermeture billetterie 17 h). Entrée payante. Vis. guidées à 10 h, 11 h 30, 14 h, 15 h 15, 16 h 30.

Cette ancienne ferme d'élevage de tortues marines avait été créée au début des années 1970. Prélevées dans les îles Éparses françaises, les jeunes tortues franches étaient conduites à l'âge adulte avant d'être abattues pour leur viande et leur écaille. En 1977, afin de se soumettre aux accords de Washington qui interdisent toute exploitation d'une espèce protégée, la ferme Corail s'est reconvertie en ferme pédagogique dédiée à la vie et aux mœurs des tortues marines.

L'observatoire dispose aujourd'hui d'un parcours muséographique qui mêle la découverte, l'instructif et le ludique. Après une exposition sur la biologie de ces reptiles marins vieux de 110 millions d'années, et sur leur place dans les sociétés humaines, on

···> *suite du texte p. 153*

journée de rêve

Sensations fortes

Pratique

Départ : de Saint-Gilles-les-Bains *(p. 138)*.

Itinéraire : côte ouest, de Saint-Gilles-les-Bains à Saint-Leu à 15 km S (en voiture ou en bus).

Durée : 1 j. complet (8 h-19 h) ponctué par 3 activités (bonne condition physique nécessaire).

Programme : descente VTT, parapente, plongée.

Budget : à partir de 185 €/pers. si vous faites les 3 activités (sans les déplacements ni le déjeuner).

Les amateurs de sensations fortes pourront se concocter un combiné descente VTT/plongée/parapente : une trilogie réalisable sans forcément être un compétiteur surentraîné.

Comment on freine ? L'aventure commence à **Saint-Gilles-les-Bains** à 8 h, devant le local de **Descente VTT-Télénavette**, prestataire du magasin **Rando Réunion Passion** *(p. 239)*. Il propose navette et location de VTT à **Maïdo** *(p. 238)* à 2 200 m d'altitude *(1 h de route)*, et descente accompagnée vers la plage de Saint-Gilles en 3 h de VTT *(35 km)*, à travers la forêt, les champs de cannes et la savane jusqu'au lagon ! *Forfait « Maïdo classique » 55 €/pers. avec assurance et encadrement (☎ 02.62.24.26.19).*

Nez à nez avec le grand large. Après avoir déjeuné à l'une des terrasses saint-gilloises *(p. 237)*, prenez la route des clubs de plongée de **Saint-Leu** *(**Réunion Plongée** ☎ 02.62.34.77.77 ou **B'Leu Océan** ☎ 02.62.34.97.49 ; départ 13 h 30 ou 14 h selon clubs et j. ; baptêmes 65 €, plongée 45 €)*. Les débutants découvriront jardins de corail, arches et autres canyons ; les plus avertis, le tombant de la pointe au Sel : on gagne le bord de cette vertigineuse falaise océanique qui tombe à 71 m, avant de croiser thons, carangues, barracudas, requins ou loches de Saint-Leu...

Prenez votre envol. Dernière escale : la base d'envol des **Colimaçons,** à 800 m d'alt. *(9 km de Saint-Leu par la D12)*. **Parapente Réunion** *(☎ 06.92.82.92.92 ou 02.62.24.87.84)* propose des vols en parapente biplace à la tombée du jour *(85 € pour 15-25 min)* : décollage en pente douce en courant avec le moniteur dans le dos, passage au-dessus des champs de canne, survol de la barrière de corail et des récifs immergés du lagon... pour finir par un atterrissage en douceur sur la plage.

⋯› *Voir aussi l'encadré p. 277.*

▼ Le parapente, un bon moyen de se payer de belles sensations à moindre prix et moindre risque.

© Sylvain Grandadam

pourra en découvrir plusieurs espèces dans leur environnement reconstitué en bassins, de l'extérieur ou de l'intérieur, par le biais d'une large baie vitrée permettant une vision sous-marine.

Au-delà de son rôle pédagogique, Kélonia participe aux programmes de recherche et de protection des tortues marines et de leurs habitats, à La Réunion et dans l'océan Indien. L'observatoire accueille également les individus victimes de pollution, de blessures ou de pêche accidentelle.

Les Colimaçons*

À 7 km de la Pointe des Châteaux par la D12 et 9 km N de Saint-Leu. Depuis la N1A, prenez la route qui monte en face de l'observatoire. Depuis Saint-Leu, bus Kar'Ouest lignes 41 ou 41 bis. **Bonnes adresses** p. 240 (Saint-Leu).

Après être passée sous l'imposante route des Tamarins, la petite route départementale grimpe en lacets vers Les Colimaçons à travers l'ancien domaine du **marquis de Chateauvieux** (1804-1874), dont la famille a, jusqu'à nos jours, fortement influencé le développement de La Réunion.

Cette famille demeure l'un des plus gros propriétaires terriens de l'île, et dirige toujours le groupe Bourbon (industrie sucrière, grande distribution, transport maritime pétrolier) présidé par Jacques de Chateauvieux, 72e fortune française et première fortune d'Outre-mer selon le classement 2011 du magazine *Challenges*.

L'église du Sacré-Cœur*. *Juste avant le conservatoire botanique*. Elle correspond au souhait du marquis de construire un édifice en pierre de taille « comme les églises de France, celles d'ici ressemblant trop à des magasins ». Consacrée en 1865, elle sera amoureusement entretenue par la famille de Chateauvieux avant d'être classée monument historique et restaurée en 1994; une procession s'y déroule chaque année en juillet. Depuis le belvédère qui fait face à l'église, on jouit d'un **panorama*** à couper le souffle sur une grande partie de la côte ouest et du lagon qui la borde.

Le conservatoire botanique de Mascarin.** *2, rue du Père-Georges ☎ 02.62.24.92.27, www.cbnm.org; ouv. mar.-dim. 9h-17h; vis. guidées sur différents thèmes à 10h, 11h, 14h, 15h; entrée payante. Salle d'exposition, boutique et snack. Durée totale de la vis.: 2h.* Ce site est marqué par la mémoire de M. de Chateauvieux, déjà préoccupé à son époque par les problèmes de déboisement de l'île. Le conservatoire est installé sur son ancien domaine colonial qui, en 1871, abritait plus de 40 000 arbres d'essences variées dont des eucalyptus importés d'Australie et des quinquinas plantés pour leurs vertus médicinales.

À l'entrée du site, la **maison de maître** créole et ses dépendances servent de lieux d'accueil et d'exposition. La visite se déroule ensuite dans un **parc tropical** de 9 ha, à travers des jardins thématiques (collections Réunion, Verger, Palmiers, Succulentes et Plantes *lontan*) où l'on découvre l'ensemble de la **flore endémique** de l'île *(p. 52)*, menacée ou non, que le conservatoire est chargé d'étudier, de reproduire et de réimplanter en milieu naturel.

> *Au-dessus du conservatoire, la D12 monte jusqu'à la route Hubert-Delisle (D3, p. 149), qui permet de rejoindre Les Trois-Bassins (au N) ou La Chaloupe-Saint-Leu (au S).*

Saint-Leu, le centre-ville*

À 50 km S-O de Saint-Denis et 15 km S de Saint-Gilles par la N1A. **Bonnes adresses** p. 240.

Le bourg s'étire entre la ravine de la Fontaine et la ravine des Poux, le long de l'ex-N1. De son passé, il a conservé un certain nombre d'édifices en pierre volcanique noire, longtemps délaissés mais qui, aujourd'hui restaurés, donnent du cachet à la ville. C'est le cas de la **place de la Mairie** en

itinéraire 13

particulier, où se côtoient plusieurs bâtiments datant de la Compagnie des Indes (XVIIIe s., *p. 65-67*) dont un entrepôt de balles de coton, de café et de grains, ainsi qu'un ancien relais de poste recouvert d'un admirable toit en bardeaux de tamarin des Hauts.

En moellons de basalte également, on remarquera le bâtiment de la **poste actuelle**, installée dans l'ancienne gare de Saint-Leu, qui fait face à la mer, ainsi que l'**église Sainte-Ruffine**, le long de la route nationale côté montagne, pourvue d'un original clocher à piétement octogonal et recouverte d'une toiture à longs pans qui ne compte pas moins de 24 000 bardeaux.

La petite rue perpendiculaire à la N1a qui longe l'église conduit à un chemin de croix au bout duquel un sanctuaire dédié à **Notre-Dame de La Salette*** fait l'objet d'une vénération toute particulière, comme l'attestent les monceaux de fleurs, les bougies et autres ex-voto qui entourent en permanence la statue de la Vierge en pleurs. En effet, en 1859, une épidémie de choléra ravagea La Réunion et, à Saint-Leu, le curé implora la Vierge d'épargner sa paroisse. Au final, l'épidémie fera plus de 2 700 morts sur l'île… sauf à Saint-Leu, raconte la légende. En remerciement, la population finance la construction d'une chapelle qui, chaque année, début septembre, attire des milliers de pèlerins et de nombreux « marchands du temple ». La ferveur religieuse s'y mêle aux airs de kermesse populaire… et aux embouteillages !

Sur le **front de mer** où vous trouverez kiosques à pique-nique et rondavelles, une promenade se faufile sous les filaos, face à la fameuse « gauche » de Saint-Leu, principal spot de surf de l'île *(p. 242)*. Elle se poursuit jusqu'à un minuscule port de pêche et de plaisance abrité par une digue, puis traverse l'embouchure de la ravine de l'Étang. De l'autre côté s'étend une petite **plage de sable noir** bien dégagée par la municipalité de ses débris coralliens. Plus au sud, on retrouve une **plage de lagon** semblable à celle de L'Ermitage.

prenez l'apéro. Chaque dim. soir, à partir de 17 h, les gens se rassemblent autour du snack-bar **Les Filaos** (chez Jean-Paul) installé dans la rondavelle face au port. Cet apéro-coucher de soleil convivial est devenu une véritable institution locale, à l'occasion de laquelle touristes et locaux goûtent un moment de rencontre, dans les odeurs de brochettes et de crêpes, pendant qu'un groupe en profite souvent pour jouer de la musique.

Vers Piton-Saint-Leu*

…> Depuis la N1, prenez la D11 côté montagne à la sortie S de Saint-Leu. **Bonnes adresses** p. 240 (Saint-Leu).

Piton-Saint-Leu forme, avec les écarts de Stella, Grand Fond, Portail et Bois-de-Nèfles, un quartier de basse altitude densément peuplé qui revendique le titre de 25e commune de La Réunion. Regroupé autour d'une imposante cheminée centenaire, seul vestige de l'**usine sucrière du Portail**, le quartier est en pleine évolution, délaissant sa tradition agricole au profit d'une urbanisation résidentielle accélérée. Entre deux lotissements modernes, quelques **temples tamouls** (celui du Portail notamment) et de jolies **cases créoles** font de la résistance…

Le four à chaux Méralikan. *À la sortie S de Saint-Leu, côté montagne, près de la gendarmerie (casernement colonial de l'entre-deux-guerres).* Aujourd'hui classé monument historique et faisant l'objet d'un projet d'écomusée, ce fut le dernier four à chaux en fonctionnement sur l'île. La chaux était ici obtenue par torréfaction des coraux et des madrépores coralliens dont les morceaux étaient ramassés morts sur la plage. Avant que le prélèvement des coraux soit interdit, ceux-ci étaient récupérés dans le lagon grâce à de gros radeaux de troncs d'arbres appelés « jingades ». Le four de Saint-Leu, un massif carré en moellons et pierres de taille, dit « à feu continu », permettait de charger alternativement des couches de corail et de bois par le haut. Après brûlage du calcaire corallien, la chaux était extraite par les deux baies ouvertes à la base du four qui servaient aussi à l'allumage du feu; la chaux la plus fine était utilisée pour la défécation des sirops de sucre, alors que la plus grumeleuse était destinée au bâtiment.

Le muséum agricole et industriel Stella Matutina.** *Sur la D11 à 4 km du centre de Saint-Leu ☎ 02.62.34.16.24.* ***Actuellement fermé au public pour travaux de réhabilitation.*** *Venant du N depuis la route des Tamarins, la sortie Stella n'étant accessible qu'aux véhicules venant du S (de même entrée uniquement en direction Saint-Pierre), prenez la sortie suivante (« Le Portail » au niveau de Piton-Saint-Leu) et reprenez la voie express dans le sens inverse pour sortir à Stella.* Symbole de la mutation du quartier, et de La Réunion rurale, ce musée est installé dans l'ancienne usine sucrière de Stella Matutina (« l'étoile du matin ») qui, jusqu'en 1972, traita les cannes de la région.

Outil pédagogique autant que mémorial, voulu par les collectivité locales, le lieu avait l'ambition, à travers la filière canne en particulier, de faire découvrir au visiteur l'ensemble de l'histoire agricole, industrielle et sociale de l'île. Vingt ans après son inauguration, la Région Réunion a inscrit au programme de ses grands projets un vaste chantier de réhabilitation du musée qui a débuté en février 2011. La physionomie même de la structure devrait changer, ainsi que les bâtiments annexes.

Vers les Avirons. *Continuez sur la D11 vers le S*, vous rejoindrez Les Avirons: de là, accès au **Tévelave** (« écart » des Avirons) par la D16 qui croise la D3 (route Hubert-Delisle, *p. 149*) puis se prolonge par la RF6 pour rejoindre de nombreuses aires de pique-nique dans la forêt du Tévelave *(continuation possible vers la route des Hauts-Sous-le-Vent, p. 149)*.

Les jardins du Tévelave* *☎ 06.92.21.79.04 ou Guid'A Nou ☎ 06.92.81.70.10. Vis. guidée payante t.l.j. mar.-dim. à 9h et 14h (rés. souhaitée).* Jean Daniel, pépiniériste de métier et guide du patrimoine, fait découvrir avec passion les créations thématiques de 4 jardiniers différents disséminées dans le village du Tévelave: la pépinière de l'Hibiscus (plantes ornementales); le jardin de Bonsaï (plantes exotiques miniatures); le sentier du Bois de remparts (espèces endémiques et indigènes de La Réunion); la Ti Caze créole (architecture et jardin traditionnels).

> En poursuivant la D11, vous atteingnez ***L'Étang-Salé-les-Hauts*** *avant de retrouver la N1 et l'itinéraire principal à* ***Saint-Louis*** *(p. 160).*

En suivant la côte vers le Sud

⇢ De Saint-Leu, poursuivez la N1 en dir. de L'Étang-Salé et de Saint-Louis.

Le cimetière de Saint-Leu*. *Un peu plus loin, côté montagne.* Ce touchant petit **cimetière** est justement enceint d'un grand mur blanchi à la chaux. Ombragé par de nombreux frangipaniers aux fleurs odorantes, il fait penser à une oasis au milieu des sables. Le passant y trouvera une halte reposante et poétique, au milieu de tombes aux épitaphes évocatrices dont la plus ancienne porte la date de 1798.

La pointe au Sel.** *4 km après Saint-Leu, une petite route formant une boucle sur la N1A dessert la pointe au Sel.* Elle est également appelée « pointe de Bretagne » (des marins bretons y débarquèrent au XVIIe s.). Sur cette **langue de basalte** brûlée et déchiquetée se jetant dans l'océan, le sel a toujours été exploité artisanalement. Une carte de l'île Bourbon de 1704 portait déjà à cet emplacement l'indication « Ici se fait le sel ».

Les **salines** actuelles – 23 bassins sur une surface totale de 2 ha – datent de 1942. Réouvertes en 1961 puis à nouveau fermées en 1972 par manque de compétitivité face au sel importé de

Madagascar, elles seront remises en activité en 1996 par un artisan paludier venu de Guérande. Du fait du climat tropical, de la température de l'eau et du taux de salinité élevé de l'océan Indien, ce dernier réussira à produire jusqu'à 500 t de sel par an alors que la même surface d'exploitation sur l'Atlantique n'en aurait donné que 150 ! Malgré ces bons résultats, le manque de débouchés commerciaux et de soutien de la part des collectivités locales fait échouer l'entreprise.

C'est le Conservatoire du littoral, dans le cadre d'un vaste projet de préservation et de mise en valeur de la pointe au Sel, qui a pérennisé la vocation du site en reprenant en main l'exploitation des salines et en créant un **musée du Sel** (*☎ 02.62.34.67.00, ouv. mar.-dim. 9h-12h et 13h30-17h, entrée libre, env. 30 min de visite*), lié à l'activité des salines, qui présente leur histoire et leur fonctionnement. Installée dans un ancien entrepôt de sel, l'exposition est simple, mais permet de mieux comprendre le site, malgré de nombreuses fonctions interactives inopérantes et la nécessité d'une bonne révision des installations.

À côté du musée, un sentier botanique permet de découvrir seul la flore de cette langue de terre océane qu'est la pointe au Sel ; tant pour son intérêt naturel que culturel, le site mérite une visite approfondie avec un guide *péi* (*sur rés. auprès de l'ⓘ, p. 240*).

envie de baignade ? Depuis le parking, on rejoint à pied le lieu-dit **« la Caverne »**, crique creusée dans le basalte où l'eau de mer se mélange à l'eau douce d'une source souterraine. Le bassin ainsi formé constitue un agréable lieu de baignade (attention en cas de forte houle), apprécié par la « marmaille » du coin.

sur la route. En poursuivant vers le S, la N1A offre le spectacle de l'océan se fracassant contre la côte. Juste après la pointe au Sel, puis 2 km plus loin, des **souffleurs**★ attirent les curieux en bord de route : les vagues s'engouffrent dans des cavités creusées dans la roche, puis en rejaillissent tels des geysers d'écume.

Autour de L'Étang-Salé★

À 62 km S de Saint-Denis et 12 km S-E de Saint-Leu par la N1A. La sortie (et terminus) de la route des Tamarins se situe à mi-pente entre L'Étang-Salé-les-Bains (1 km au S) où passe la RN 1A et L'Étang-Salé-les-Hauts (3 km à l'E). **Bonnes adresses** p. 234.

L'Étang-Salé doit son nom à un plan d'eau autrefois alimenté par les marées, alors que la bordure littorale de la commune était constituée de **dunes** instables. Fin XIXe s., la colonie remédie à ce problème en faisant planter plus d'un million de filaos dont les racines vont fixer le terrain.

Comme d'autres, la commune renferme les deux visages de La Réunion : l'un tourné vers l'intérieur des terres, avec le village de **L'Étang-Salé-les-Hauts** ; l'autre tourné vers la mer, avec le village de pêcheurs de **L'Étang-Salé-les-Bains** qui développe sa vocation balnéaire grâce à ses plages de sable noir et à ses spots de surf et de Bodyboard. C'est ici, à la **Roche aux Oiseaux** (*au S de la localité*) que se terminent les 40 km de linéaire côtier (dont la moitié avec une barrière corallienne), commencés au cap La Houssaye, qui forment la **réserve naturelle marine** de La Réunion.

Les plages★

Au N du village, une première plage, immense, sauvage et offerte à d'énormes rouleaux (baignade interdite) se déroule le long de l'ancienne route nationale du littoral transformée en cul-de-sac. Dans son prolongement, la plage côté village est plus sûre et plus familiale : protégée par une barrière de corail (attention aux courants au niveau de la passe), elle est dotée de douches publiques et bordée par le **bassin Pirogue**, une sorte de mini-lagon qui accueille une cinquantaine de barques de pêche traditionnelles. Après plusieurs gros coups de houle destructeurs, des travaux ont permis de sécuriser et réaménager le front de mer.

La forêt littorale*

···> Depuis L'Étang-Salé-les-Bains, suivez la D17E vers L'Étang-Salé-les-Hauts à 3 km.

Entre les deux villages se trouve l'une des dernières **forêts littorales** de La Réunion, largement restaurée par l'**ONF** depuis les années 1950 selon un découpage en quatre sections: une section de protection est plantée en filaos et en **chocas** ···> **encadré ci-dessous** pour stabiliser la bande littorale; une section de conservation biologique alterne filaos et espèces nouvelles (acajou, acacia, grévilléa, eucalyptus...); une section de production de bois est destinée au feu, à l'artisanat et au fourrage; la dernière, de loisirs, est aménagée pour le public avec son lot de sentiers pédestres et équestres, faisant également office de pare-feu.

Juste avant d'arriver dans le bourg des Hauts, une **route forestière** redescend sur la dr. vers la N1 qu'elle rejoint au-delà du Gouffre en allant vers Saint-Louis *(p. 160)*. Elle dessert un certain nombre d'équipements de loisirs aménagés dans la forêt: un agréable **parc aux Oiseaux** (sans oiseaux) ouvert aux pique-niqueurs; une ferme aux crocodiles, **Croc Parc** (☎ *02.62.91.40.41; ouv. t.l.j. 10h-17h30; repas des crocodiles mer. et dim. à 16h; entrée payante)*, montée de toutes pièces à des fins touristiques (il n'y a jamais eu de sauriens sur l'île), qui rassemble plus de 200 de ces animaux originaires de Madagascar dans un parc botanique; tout un réseau de parcours de randonnée (marche, VTT et cheval) aménagés dans la forêt par l'ONF *(départ et panneaux d'information sur le parking face à l'entrée de Croc Parc, arrivée au camping ou au stade de L'Étang-Salé-les-Bains)*; et un **golf 18 trous** *(p. 235)*, le plus ancien de l'île, étendu sur 72 ha sous les filaos et les eucalyptus.

La côte vers le sud*

···> Depuis le centre de L'Étang-Salé-les-Bains, suivez l'ancienne route nationale vers le S.

Passé la plage de sable noir qui borde le village de L'Étang-Salé-les-Bains, l'ancienne route nationale vers le S retrouve rapidement une **falaise basaltique** tourmentée par les flots et entrecoupée de fractures dont la plus connue est celle du **Gouffre** *(indiquée en bord de route env. 1 km après le centre du village)*. Là, le spectacle de la mer en furie envahissant, dans un fracas sourd, cette crevasse taillée sur la table de roche noire est vraiment saisissant. Face à la puissance des éléments, quelques croix aussi touchantes que dérisoires rappellent que l'océan prend régulièrement son lot de vies humaines, marins disparus en mer ou pêcheurs à la ligne happés sur un rocher par une lame plus forte que les autres. Prudence donc...Près du Gouffre, notez le point de vue de la Roche des oiseaux (en mer) et, en reprenant la N1 vers le Gol, l'une des deux **fermes aquacoles** *(p. 133)* de la commune où petits et grands pourront aller taquiner le tilapia en bassin.

sportif. Vers le S, 2 alternatives: un sentier littoral de 7,6 km entre l'Etang-Salé-les Bains et L'étang du Gol (parcours VTT et équestre) et une piste cyclable de 7 km entre L'Etang-Salé-les Bains et Pont-Mathurin. ◆

Choca à tout faire

En créole, le *choca* désigne l'**agave**, plante d'Amérique centrale qui a trouvé à La Réunion des milieux propices à son développement. À l'aise sur les remparts rocailleux et les savanes arides de l'O, elle est représentative de ces espèces importées devenues d'envahissantes «pestes végétales», aux dépens de la flore endémique. L'agave peut rester des dizaines d'années à l'état végétatif pour fleurir une seule fois en donnant une inflorescence d'une dizaine de mètres de haut. Ce «mât de choca», creux et résistant, sert aujourd'hui de charpente pour les «salles vertes», espace recouvert de palmes construit à côté de la maison à l'occasion des fêtes de famille. La pulpe de choca était également utilisée comme anti-inflammatoire. ◆

14 | Saint-Louis et ses environs★

© Bertrand Rieger/Hemis.fr

Durée : 1 j. avec les visites. Le village des Makes mérite une étape prolongée avec nuit sur place. **Départ** : rond-point du Gol (sortie de la N1A).

Bus : plusieurs Cars jaunes reliant Saint-Denis à Saint-Pierre (dont la ligne A) desservent la gare de Saint-Louis ; de là, bus locaux pour Les Makes ou La Rivière-Saint-Louis.

Ne manquez pas : les nombreux édifices religieux et la sucrerie *(ci-contre)*.

Bonnes adresses p. 243.

En 1726, la création du quartier, baptisé ainsi en l'honneur de **Louis XV**, s'inscrit dans le cadre de la toute nouvelle colonisation du sud de l'île. Étendue sur la grande plaine côtière, la localité de Saint-Louis est marquée dès ses origines par l'**économie de plantation** qui se développe au XIXe s. autour de l'usine sucrière du Gol, l'une des premières de La Réunion.

Aujourd'hui, Saint-Louis est une petite ville commerçante et artisanale active, au centre d'une région rurale qui assure la **transition avec le sud** plus sauvage de l'île. Adossé au rempart dominant la rive droite de la rivière Saint-Étienne, c'est une porte de passage obligée pour se rendre à Cilaos, qui mérite mieux qu'une traversée rapide sur la route du cirque. Saint-Louis a en effet conservé de nombreuses traces de son passé, un style de vie créole préservé et une activité socio-économique qui reflète bien le visage de La Réunion contemporaine.

◀ Jour de marché à Saint-Louis, sous le regard de l'église, joli modèle de l'architecture coloniale du second Empire.

Comme la plupart de ses consœurs réunionnaises, la commune se partage en trois zones étagées: la grande **plaine côtière** du Gol, qui comprend front de mer, étang, zone industrielle et usine sucrière; sur le **piémont**, une campagne verdoyante et souriante, qui abrite les cultures de canne et de fruits, et l'artisanat du bois; les **Hauts**, qui offrent, en plus de leurs échappées forestières, un admirable point de vue sur Cilaos ainsi qu'un observatoire astronomique.

L'étang, la plaine et le camp du Gol

···› Sortez de la N1 au rond-point du Gol (env. 8 km après L'Étang-Salé-les-Bains), puis suivez les panneaux (l'étang, l'usine et le centre-ville sont distinctement indiqués).

L'étang du Gol est l'un des trois plans d'eau littoraux de l'île. Étendu tout en longueur sur 16 ha, parallèlement à la côte, c'est un endroit paisible, partiellement bordé de filaos, qui souffre un peu d'un aménagement et d'un environnement médiocres (zone industrielle, voie rapide, friches). Sa partie sud offre, le long du front de mer, des berges gazonnées en pente douce.

On peut suivre une **promenade** qui se prolonge, au S de l'estuaire, par le quartier **Bel-Air**, son cimetière à l'ombre des frangipaniers et son grand temple tamoul. La partie nord-ouest de l'étang est recouverte de fonds marécageux plantés de roseaux. Quoique peu sauvage, l'étang abrite l'**aigrette de Bourbon**, une espèce endémique en voie de disparition. Les pêcheurs et pique-niqueurs du dimanche constituent une espèce bien plus répandue qui, chaque week-end, vient migrer sur ses berges. Si l'étang n'est plus aussi poissonneux qu'avant, il accueille des bassins d'**aquaculture** où de nouvelles variétés de poissons d'eau douce (gueules rouges, ti dorés, tilapias sans arêtes, anguilles…) sont acclimatées en vue d'une commercialisation sur le marché local.

L'usine du Gol*

···› De l'autre côté de la N1, sur la plaine du Gol ☎ 02.62.91.05.47. Vis. guidées payantes (sur r.-v.) durant la campagne sucrière (mi-juil./mi-déc.) : mar.-sam. 9h30-19h et vis. nocturnes jeu., ven., sam. Déconseillé aux pers. souffrant du vertige, de la chaleur, d'asthme ou de difficultés à se déplacer.

C'est l'une des deux dernières usines sucrières en activité sur l'île avec celle de Bois-Rouge à Saint-André *(p. 110)*. Propriété de la Sucrière de La Réunion (filiale du groupe Quartier français), elle produit un peu plus de 100 000 t de sucre par an en moyenne (soit environ 55 % de la production réunionnaise).

Pendant la campagne sucrière, son épais panache de fumée blanche se détache sur un arrière-pays vert de cannes, envahissant la région d'une odeur âcre caractéristique. Durant cette période, la sucrerie fonctionne 24 heures/24 et reçoit le défilé des « cachalots » (gros camions à remorque) qui y déversent leur cargaison de cannes coupées au rythme de un « cachalot » toutes les 4 min. La visite des installations, précédée par le visionnage d'une vidéo sur la filière, permet de comprendre le processus de transformation de la canne en sucre et de goûter à différentes sortes de « sirop la cuite » (sirops de sucre brut avant obtention du sucre solide par évaporation et cristallisation).

La maison de l'Inde**

···› Route Pierre-Mendès-France au camp du Gol, derrière l'usine (indiqué à la sortie du Gol) ☎ 02.62.26.74.97. Ouv. t.l.j. 9h-12h, 14h-18h. Entrée libre.

Installée à côté du temple Pandialé, le plus vieux temple hindou de l'île et le seul classé monument historique, elle rappelle l'importance de la communauté tamoule dans les quartiers à forte tradition sucrière, qui employaient beaucoup d'engagés indiens.

Plus qu'un **ashram** où l'on peut faire l'expérience d'un séjour méditatif et communautaire, c'est un lieu de découverte et d'apprentissage de la **culture tamoule** (religion mais aussi langue, coutumes, cuisine, musique, peintures...) et de la spiritualité en général (bibliothèque spécialisée ouverte au public). En outre, l'endroit constitue une bonne source d'information pour assister aux **marches sur le feu** et à la cérémonie du **Cavadee** qui se déroulent en janvier-février.

à voir tout près : le **temple Pandialé**, le plus vieux lieu de culte hindou de l'île, consacré à Vishnou sous le nom de Gôvinda, ne se visite plus. On pourra cependant jeter un coup d'œil aux fresques peintes sur les murs représentant des épisodes du Mahabharata ou du Ramayana, épopées de l'histoire religieuse indienne.

Le cimetière des âmes perdues*

Dans la savane qui s'étend en face (au S) de l'usine, à dr. (venant de la N1) de la bretelle qui relie l'échangeur de la 4-voies au rond-point du Gol.

Construit durant l'épidémie de variole de 1729, il abrite les tombes des toutes premières familles de Saint-Louis ainsi que les restes du **père Lafosse** (1745-1820). Ancien curé et maire de Saint-Louis, ce dernier fut surtout un fervent anti-esclavagiste et sa tombe fait l'objet d'une fervente piété populaire, spécialement à l'occasion du 20 décembre, jour anniversaire de l'abolition de l'esclavage à La Réunion. Son surnom de « cimetière des âmes perdues » est dû aux croix anonymes qui y ont été déposées en souvenir des esclaves oubliés.

Le domaine de Maison Rouge et le MADOI**

Au rond-point du Gol, prenez la direction « Les Makes » ; 1 km plus loin, suivez la route qui monte à g. juste après le pont sur 1,5 km ; 17 A, chemin de Maison rouge ☎ 02.62.91.24.30. Ouv. mar.-dim. 10 h-18 h, lun. 12 h-18 h. Vis. guidées de la caféière sur rés.

Classé Monument historique depuis 1988, la Maison Rouge est le seul domaine lié à la culture du café qui subsiste en l'état dans l'ensemble des DOM.

Le site, qui dégage beaucoup de charme, a conservé son organisation d'origine : situé sur quatre plates-formes étagées, il comprend une **maison de maître** du XVIIIe s. et sa cour d'apparat, un jardin réhabilité abritant des arbres fruitiers, une caféière (4 000 plants de Bourbon pointu réintroduits en 2003) et des variétés anciennes de roses de Bourbon, des cases d'esclaves en bardeaux, des **bâtiments d'exploitation** précédés d'un **temple hindou** toujours en activité, et des dépendances en contrebas.

Plusieurs projets ont été lancés afin de sauver ce formidable patrimoine de la ruine, ce qui a été en partie réalisé par l'installation du **MADOI** (musée des Arts décoratifs de l'océan Indien), qui organise régulièrement des expositions dans des dépendances du domaine, La maison étant encore en rénovation.

pique-nique. Profitez de ce site privilégié enserré par deux ravines pour vous promener ou pique-niquer. L'ensemble de la planèze a été classé **monument historique** en 2002.

Saint-Louis centre*

À 72 km S de Saint-Denis et 10 km O de L'Étang-Salé par la N1. Quittez la quatre-voies au niveau du Gol puis prenez la direction « Centre-ville » au rond-point ; ou prenez la sortie « Saint-Louis » suivante juste avant le pont de la rivière Saint-Étienne.

Le centre de Saint-Louis se présente comme une **ville-rue** rassemblée le long de la rue du Dr-Raymond-Vergès qui s'étend de la ravine du Gol à l'O (partie occidentale à vocation plutôt commerciale) à la rivière Saint-Étienne à l'E (partie orientale plus résidentielle).

Au hasard d'une déambulation dans ce bourg animé mais sans cachet particulier, vous remarquerez quelques belles **boutiques en bois** à étage avec galerie, ainsi que le bâtiment de l'**église Saint-Louis** (1853-1872) qui illustre bien l'essor de l'architecture publique coloniale sous le second Empire. C'est la plus grande église de La Réunion et l'une des trois plus grandes du monde (hors cathédrales), les deux autres se trouvant par une heureuse coïncidence géographique dans deux autres Saint-Louis (du Sénégal et du Missouri). À l'intérieur, l'**autel en marbre** polychrome (XVIIIe s.) est une pièce classée monument historique comme vous en rencontrerez rarement à La Réunion.

À l'image de l'île, la commune de Saint-Louis rassemble un sacré melting-pot de religions. En centre-ville, à côté des lieux de culte catholiques, on visitera le **temple hindou Soubramanien** *(près du nouveau marché)* édifié aux environs de 1850 et dédié au seigneur du même nom ; ou la **mosquée Mubarack** *(angle de l'avenue Principale et de la rue de l'Ancien-Marché, visite sur rés. ☎ 06.92.73.04.09)* de style indo-pakistanais, surmontée par un élégant minaret bleu de 33 m de haut.

En descendant l'artère principale, la dernière rue à g. *(rue François-de-Mahy)* mène, près des berges de la rivière Saint-Étienne, à la **chapelle du Rosaire** *(rue de la Chapelle; ouv. t.l.j.; entrée libre)*, le plus vieil édifice religieux de l'île. Construite entre 1732 et 1734, son apparence fait plutôt penser à une grange, si ce n'était le clocheton en bois qui surmonte la toiture de bardeaux.

Au-delà de la chapelle, prenez la route de La Rivière-Saint-Louis *(dir. Cilaos)* pour rejoindre le quartier **Les Cocos** *(fléchage sur la dr. à la sortie du centre)*. Il abrite les vestiges d'un **moulin à maïs** qui fut d'abord, au début du XXe s., une sucrerie puis une unité de traitement des fibres de sisal.

À côté de ce lieu de mémoire et de tradition subsiste une **balance à cannes**, celle qui a accueilli les toutes dernières charrettes à bœufs de l'île, et qui a fonctionné jusqu'au début des années 2000. Pendant la campagne sucrière *(juil.-déc.)*, le quartier s'anime pour la Fête des couteaux, une fête de bénédiction des outils ayant lieu au début de la saison, alors que la fin de la coupe est marquée par le traditionnel défilé des chars à bœufs.

La Rivière-Saint-Louis

···> À 4,5 km N de Saint-Louis. Depuis le centre-ville, suivez la N5 vers Cilaos.

Lieu de passage obligé pour se rendre au cirque de Cilaos, le secteur de La Rivière-Saint-Louis est charmant. C'est un **quartier-jardin** où la vie se déroule paisiblement, dans d'adorables cases créoles, certaines de bois et de bardeaux, noyées dans la végétation. La route s'y faufile entre hibiscus et bougainvillées sous une épaisse frondaison de manguiers et de litchis.

En son centre, l'**église Notre-Dame-du-Rosaire** *(indiquée sur la dr. depuis la N5)* marie, sur ses façades extérieures, des murs blancs et du basalte noir des pierres de taille apparentes, qui est du plus bel effet. Au sommet de l'édifice, le clocher et la statue de la Vierge ont été posés dans un second temps (1938). À l'intérieur, le **mobilier religieux** témoigne du savoir-faire des artisans saint-louisiens en matière de travail du bois.

Cette église rappelle la mémoire du **père Delaporte** qui en supervisa les travaux à l'aube du XXes. Au début du XXe s., le père Delaporte, curé de La Rivière-Saint-Louis, initie les artisans saint-louisiens à l'ébénisterie afin de meubler l'église Notre-Dame-du-Rosaire. S'appuyant sur le savoir-faire de deux artisans de L'Entre-Deux, il crée une école de menuiserie et va donner naissance à une vocation locale.

De nos jours, les artisans saint-louisiens perpétuent un style créole qui a su évoluer vers plus de modernité. Fragilisée par les importations, la filière bois réunionnaise bénéficie du soutien de la Région ou de l'ONF qui oriente la sylviculture vers la production de bois *péi* (tamarin, petit natte, benjoin, camphrier, eucalyptus, cryptomeria...).

salon. Meubles créoles, copies de meubles Compagnie des Indes, parquets, objets tournés... toute la gamme des produits locaux est visible, avec quelques belles pièces d'époque, au salon **« Fait Main »** *(déb. déc.)* et à l'exposition **« Bois et Pierre »** *(mi-juil. à La Rivière-Saint-Louis).*

Vers La Fenêtre des Makes**

Depuis le rond-point du Gol ou le centre-ville, suivez la direction « Les Makes ». 12 km jusqu'au village par la D20, puis 11 km jusqu'au point de vue de La Fenêtre (1 h de route depuis Saint-Louis). **Bonnes adresses** p. 243 (Saint-Louis).

Pittoresque et spectaculaire, la petite **route de montagne** qui monte vers Les Makes constitue une belle entrée en matière pour cette échappée vers les Hauts. Elle grimpe le long d'une ravine et dégage de beaux **points de vue** sur la montagne d'un côté et la mer de l'autre, avant d'atteindre le plateau de moyenne altitude (900 à 1 200 m) sur lequel se disperse l'habitat du **village d'altitude** des Makes labellisé « village créole » *(p. 78)*. Dans un cadre grandiose, cet écart traditionnellement voué au géranium, à la fruiticulture et à l'élevage laitier est devenu un lieu de villégiature pour les habitants du littoral.

Programme aux Makes

Vous n'aurez que l'embarras du choix pour constituer le programme de votre journée. Par exemple : **le matin**, visite du jardin des Bonsaïs et balade à cheval dans la forêt ; **déjeuner** à la ferme à la découverte de produits du terroir (myrtilles, légumes bios, jambon de montagne...) ; **l'après-midi**, sentier botanique *(1,1 km A/R, niveau très facile, 1 h 50 max.)* ; **avant le dîner**, sortie en quad ; **soirée** à l'observatoire astronomique pour finir la tête dans les étoiles. ◆

L'observatoire astronomique** ☎ *02.62.37.86.83 ; lun.-ven. 9 h-12 h et 14 h-16 h 30, vis. guidées payantes t.l.j sf. dim. à 9 h 30 ; observations nocturnes sur rés. ; animations pendant la Nuit des étoiles en août ; prévoir des habits chauds.* C'est le seul observatoire de La Réunion et de l'outremer français. Il permet de scruter un ciel réputé pur et dégagé (Les Makes ont reçu le label ☘ « **Village étoilé** » pour la qualité de leur obscurité), spécialement durant l'hiver austral. En marge de la Nuit des étoiles nationale, l'office de tourisme organise « Les étoiles du terroir », avec un thème annuel et un concours culinaire dans le village (esplanade de l'école).

Au-delà du village. *Une route forestière bétonnée grimpe à l'assaut de la forêt. Kiosques à pique-nique et parcours pédestres balisés.* On atteint le site de **la Fenêtre**, à 1 500 m d'altitude, sur l'arête du rempart qui domine le **cirque de Cilaos** *(p. 197)*. Choisi pour recevoir le relais de télévision qui « arrose » Cilaos, l'endroit offre des kiosques à pique-nique et un **point de vue**** magistral sur le cirque, spécialement depuis le belvédère aménagé à quelques minutes de marche du terminus de la route forestière. ◆

Le Grand Sud

Le « Sud sauvage », qui correspond au sud-est de l'île (triangle Saint-Pierre/volcan/Saint-Philippe), est une région au charme particulier, colonisée tardivement et marquée par la présence du piton de la Fournaise. Passé la rivière Saint-Étienne-et-Saint-Pierre, le ciel se fait plus bleu, les cases plus colorées et les jardins plus fleuris.

Dans ce pays de lave, d'embruns, de forêts humides et de plantes à parfum a subsisté un art de vivre créole, perpétué par une population à dominante blanche et rurale. Il existe donc une Réunion du Sud, plus nonchalante et mieux préservée que celle du Nord. Une Réunion provinciale qui s'oppose à celle de la capitale. Pas étonnant que les politiciens réunionnais aient milité pour la bi-départementalisation.

Si l'idée d'un département « Réunion du Sud » a fait long feu, la région conserve une personnalité à part. Sa « capitale », Saint-Pierre, qui s'étoffe culturellement et économiquement, compte bien le faire savoir à sa grande sœur du Nord.

Programme : visites en lien avec l'artisanat et les traditions locales, randonnées sur le Dimitile avec nuit en gîte, balade sur une coulée de lave ou sur un sentier botanique en forêt, découverte de La Réunion agricole (farfar de Bézaves, maison du Curcuma, Labyrinthe en-champ-thé, maison Laurina), nombreux sites de pique-nique aménagés sur la côte et au bord de la rivière Langevin.

Itinéraires 15 à 17.

Bonnes adresses p. 246.

▲ Vue sur Manapany-les-Bains *(p. 171)*.

15 | L'Entre-Deux, village créole★★

Itinéraire : départ du croisement de Pierrefonds sur la N1 *(ci-contre)* et 22 km par la D26 jusqu'à son terminus à mi-pente du Dimitile, au-dessus de l'Entre-Deux.

Durée : 1 j. min. Passez une nuit (ou plus) sur place pour profiter des charmes du village et de la montagne.

Bus : Cars jaunes ligne L (de Saint-Pierre).

Bonnes adresses p. 246.

Dans un cadre montagnard préservé, ce pays agricole (nombreux vergers d'agrumes, manguiers, litchis, avocatiers, jacquiers mais aussi géraniums, café, épices…) et artisanal par excellence est devenu le lieu de résidence de nombreux Sudistes et a su intelligemment entretenir son authenticité pour en faire un atout touristique. Cases créoles bichonnées, ateliers d'artistes et d'artisans faisant revivre les petits métiers de La Réunion *lontan*, chambres et tables d'hôte de charme, sentiers balisés partant à l'assaut du massif du Dimitile… L'Entre-Deux ne manque pas d'attraits et les a mis en valeur au travers du réseau « Villages créoles » *(p. 78)* dont il est un des ambassadeurs les plus représentatifs. Le nom de la localité renvoie en fait à sa situation géographique particulière, qui explique en partie son isolement et son caractère : un plateau d'altitude pris en tenaille entre deux bras de rivière ayant profondément entaillé la montagne.

Sur la route*

Depuis la N1, prenez la D26 au carrefour de Pierrefonds (aéroport de Saint-Pierre), 2 km après le double pont de la rivière Saint-Étienne (remplacé par un radier submersible provisoire en attendant la reconstruction du pont aval, broyé par le cyclone Gamède en 2007). Vous pouvez aussi rejoindre la D26 par le radier du Ouaki (quartier E de Saint-Louis) qui traverse le bras de Cilaos (souvent submergé) ou par le nouveau pont qui enjambe le bras de la Plaine au niveau de Mahavel (quartier N Saint-Pierre). Env. 1 km après le croisement de Pierrefonds, faites halte au parc Exotica.

Le parc Exotica. *60, chemin départemental 26 ☎ 02.62.35.65.45 ; ouv. mar.-dim. 9 h-18 h ; entrée payante.* Ce jardin minéral et végétal abrite de nombreuses curiosités exotiques, des serres d'orchidées et d'anthuriums ainsi qu'un petit musée de géodes.

pause gastronomique. Prenez votre repas au ♦ restaurant du **Domaine des Pierres** *(f. lun. midi)*, un hôtel assez haut de gamme accolé au parc.

Passé Bois-d'Olives, la route rejoint la pointe sud du triangle formé par le plateau d'altitude de L'Entre-Deux, une étroite bande de terre coincée entre deux bras de rivière, celui de la Plaine à l'E et celui de Cilaos à l'O (les deux cours d'eau se rejoignent ensuite pour former le large lit de la rivière Saint-Étienne).

Le nouveau pont. *Env. 1 km après cette pointe, prenez la petite route à dr.* Cet ouvrage d'art construit en 2002 enjambe les gorges du bras de la Plaine pour rejoindre le quartier saint-pierrois de **Mahavel** et la D27. Il mérite un détour, autant pour sa prouesse technique (son tablier de 280 m sans pile constitue un record) que pour le panorama qu'il offre sur les gorges, à 150 m au-dessus du lit de la rivière.

> *La D26 poursuit son ascension en pente douce pour gagner La Mare.*

♥ Le bourg*

À 84 km S de Saint-Denis et 12 km N-E de Saint-Louis, 17 km N Saint-Pierre. **Bonnes adresses** p. 246.

Le lieu-dit **La Mare**, au pied du Dimitile, est le bourg principal de la commune.

L'arboretum. *Face à l'ℹ, entrée libre.* Très modeste, il donne un premier aperçu botanique de la région. Il suffit ensuite de flâner dans le secteur pour découvrir le charme des **vieilles cases** ceinturées de jardins créoles, enfouies sous les fanjans, les hortensias et les bégonias.

Les ateliers d'artisans. Prenez le temps de pousser la porte d'un des nombreux ateliers du village : sculpteurs sur bois ou sur pierre, brodeuse, facteurs de gourmandises (pâtés créoles, gâteaux, achards, confitures…), de chapeaux et de *savates choca* (sorte de babouches réalisées à partir de fibres textiles d'agave encadré p. 157), tissage du **vacoa** encadré p. 178 et de la paille de bananier, peintre, tisaneur (plantes médicinales)…

Le jardin des Rêves. *Impasse des Caféiers, à g. après l'église, accès fléché à partir du centre-ville, ouv. t.l.j., entrée libre.* L'Entre-Deux accueille également des **artistes**, des **peintres** et d'autres créateurs originaux. C'est le cas d'Yves Bélizaire, qui a rassemblé ses œuvres d'art brut sur un site aménagé au-dessus de sa maison.

À la façon du facteur Cheval, l'artiste y a créé deux parcours, « Le Jardin des rêves » et « La Jungle », peuplés de créatures étranges, sculptures « embâchées », plastifiées, ligaturées, noyées dans un décor végétal, amalgamées à des clous, du bois mort, des bouts de tôle, des matériaux divers... Les amateurs d'art brut apprécieront, les autres s'interrogeront.

♥ **Le Camp marron****. *Vis. payante, guidée ou libre, sur rés., ouv. t.l.j. 9h-12h.* ☎ *06.92.25.10.34,* . La montagne du Dimitile fut autrefois le repaire de « marrons » (esclaves en fuite) qui furent les premiers occupants du secteur. Le nom même de Dimitile fut celui du chef d'une de ces bandes qui parvenaient parfois à former de véritables communautés clandestines organisées.

En souvenir de ce pan souvent oublié de la mémoire réunionnaise, l'association Le Capitaine Dimitile a reconstitué sur le plateau du Guetteur un « espace culturel muséographique » qui regroupe un camp de marrons reconstitué **grandeur nature**, ainsi que des panneaux d'exposition sur l'esclavage et le marronnage.

La zone est classée en espace naturel sensible, et on peut coupler la sortie à une **visite botanique guidée** du sentier de la Chapelle.

patrimoine. Offrez-vous une visite guidée pour découvrir la culture et le patrimoine local : l'architecture et l'art de vivre à la créole à travers les vieilles cases du village, la cuisine autour de l'ancien four à pain, la culture du café et son histoire, ou encore celle des fruits et l'apiculture au verger de la Chapelle... *(rens. à l'ⓘ, p. 246).*

La montée au Dimitile**

···› À l'E du village de L'Entre-Deux (côté bras de la Plaine), la D26 se poursuit sur plusieurs kilomètres. Elle est prolongée par une route forestière accessible aux 4 x 4 et différents sentiers qui permettent de rejoindre les hauteurs du Dimitile. Départs indiqués depuis le centre du village ; détail des parcours et état des sentiers à l'ⓘ ; ces randonnées nécessitent une bonne condition physique dans l'ensemble. Partez tôt, jamais seul, et évitez les jours de pluie *(recommandations p. 50)*. **Gîtes, Bonnes adresses** p. 246.

▶ L'Entre-Deux est posé sur un plateau pris entre deux entailles, les gorges du bras de la Plaine *(à dr.)* et celles du bras de Cilaos *(à g.)*.

Cette montagne au relief éprouvant (« en lames de couteau ») se dresse au-dessus du village, les pieds dans le bras de la Plaine, la crête (à plus de 1 800 m) ouverte sur le cirque de Cilaos. Il existe plusieurs chemins pour rejoindre le Dimitile. Les pistes forestières, ainsi que plusieurs sentiers cités ci-dessous, desservent les trois **gîtes d'étape** *(p. 246)* installés sur les hauteurs du Dimitile, permettant de se restaurer et de passer la nuit en montagne avant de redescendre sur L'Entre-Deux.

pour les sportifs. L'Entre-Deux est la base de nombreuses **activités de pleine nature** sur les pentes du **Dimitile** (marche, randonnées à VTT, vol libre, excursions en 4 x 4, *rens. à l'ⓘ et p. 246).*

Par le sentier de la Chapelle

···› **Voir randonnée 3, p. 208.**

Parmi les trois randonnées proposées pour atteindre le Dimitile, celle-ci est la plus facile à effectuer. Comptez 5 h aller-retour, et une difficulté de marche moyenne.

Par le sentier de la Grande-Jument ou le sentier du Zèbre

···› Par la Grande-Jument : 7h30 A/R ; départ à 4,8 km de la mairie, à La Ravine-des-Citrons. Par le Zèbre : 6h30 A/R ; départ ch. Piffarelly, à 2,4 km de la mairie en direction de La Ravine-des-Citrons.

Ce dernier, plus vertigineux, débute à 570 m d'altitude, puis suit un rein (passage étroit entre deux ravins) avant de rejoindre le précédent après 2 km de montée. Cette alternative permet de ne pas emprunter le même itinéraire à l'aller et au retour. Depuis

© Bertrand Rieger/Hemis.fr

le sommet, sur la crête à 1 837 m d'altitude, un **belvédère** (table d'orientation) offre une vue imprenable sur Cilaos avec le village du Palmiste-Rouge au premier plan. Les plus aguerris pourront continuer la randonnée vers le piton des Neiges par le coteau Kervéguen *(5 h A/R; niveau difficile)*.

Par le sentier de Bayonne

···› À l'O.

Il constitue un troisième accès direct au sommet, réservé aux marcheurs chevronnés car étroit, vertigineux et glissant, voire carrément dangereux sur certaines portions non entretenues. Il est d'ailleurs régulièrement fermé pour des raisons de sécurité suite aux glissements de terrain provoqués par les grosses pluies.

Par les pistes forestières. *Circulation réglementée.* Les moins courageux pourront découvrir le Dimitile en **4 x 4** grâce à ces pistes, qui parcourent les flancs de la montagne jusqu'à la crête sommitale (point de vue panoramique à 1 815 m d'alt.) sans toutefois accéder au sommet à proprement parler.

Balades alentour*

···› Rens. à l'ℹ (dépliant «Itinéraires familiaux»). **Bonnes adresses** p. 246.

Les marcheurs moins confirmés se rabattront sur le **Coteau sec**, au-dessus du bras de Cilaos *(départ indiqué depuis la D26 à l'entrée de La Mare; 1 h A/R de marche familiale)*; le **sentier Ledoyen** qui permet de découvrir la richesse floristique du bras d'Antoine *(départ à l'E du village, 2 km après le kiosque de la ravine des Citrons; 1 h 30 A/R)*; le **bassin de Sassa** *(1 h A/R)*; le **sentier Cheval**, qui rejoint l'aire de pique-nique du Bras-Long *(1 h 30 A/R)*.

En descente cette fois, un autre sentier rejoint le lit du **bras de la Plaine** (baignade possible). On longe ensuite la rivière en fond de gorge jusqu'à la nouvelle passerelle du Pont de la Liane, près de laquelle une **plage** de galets et une **cascade** permettent de se rafraîchir. De là, vous pouvez soit remonter le lit de la rivière jusqu'à une arche naturelle *(2 h A/R depuis le parking au départ de L'Entre-Deux)*, soit poursuivre le sentier qui remonte au sommet de l'autre versant vers Bras-de-Pontho en passant par l'îlet Crescent. ◆

16 | De Saint-Pierre à Saint-Joseph★★

Itinéraire par la N2, puis plusieurs petites routes à la découverte des Hauts de Saint-Joseph. **Départ** : du front de mer de Saint-Pierre *(ci-contre)*.

Durée : 1 j. pour Saint-Pierre, 1 j. pour Saint-Joseph et ses environs. Nuit en chambre d'hôte dans les Hauts.

Bus : la ligne Cars jaunes Z1 (Z'éclair) relie Saint-Denis à Saint-Pierre *via* la route express des Tamarins ; depuis Saint-Pierre, la ligne I relie Saint-Benoît *via* Saint-Joseph et Saint-Philippe.

Ne manquez pas : Terre-Sainte *(ci-contre)*, Saint-Joseph et ses Hauts *(p. 173)*.

Bonnes adresses p. 248.

La « capitale » du Sud, dotée d'un aéroport international, d'une plage, d'un port et d'un centre animé, cultive son identité de ville où il fait bon vivre, tout en entretenant une certaine rivalité avec Saint-Denis. Avec plus de 76 000 hab. et un esprit indépendant, Saint-Pierre est l'un des partisans les plus convaincus de la bi-départementalisation, qui hisserait la ville au rang de préfecture. Si le dossier « bi-dep » semble bel et bien enterré, la capitale du Sud n'a pas dit son dernier mot : les entreprises affluent, l'immobilier flambe et les grues poussent un peu partout, alors que la jeunesse dorée réunionnaise s'affiche aux terrasses, que les lieux de sortie se multiplient et que la vie culturelle prend de l'ampleur...

Saint-Pierre★★

→ À 82 km S de Saint-Denis par la N1, 12 km S-E de Saint-Louis par la N1, et 17 km S de L'Entre-Deux. De la N1, prenez la 1re sortie « Saint-Pierre » pour aborder la ville par le front de mer. **Plan** p. 170.

Saint-Pierre a conservé de nombreuses traces de son passé : une **mairie** de 1767 **C2**, son **église**, une des plus vieilles de l'île (*rue Auguste-Babet* C1), d'anciennes constructions situées sur l'embouchure de la rivière d'Abord C2, et de splendides **villas créoles*** plus ou moins bien conservées en plein centre-ville (*rues Marius-et-Ary-Leblond* ABC1-2 *et Archambaud* C1-2).

Cité commerçante, elle aligne ses boutiques le long de la **rue des Bons-Enfants** BC2 et s'anime autour du **marché couvert*** B2 plein de charme (*rue Victor-Vigoureux, perpendiculaire à la précédente; ouv. t.l.j. de 7h30 à 18h, sauf dim.*).

Les lieux de culte. Ils sont nombreux dans cette ville à la croisée des religions : une **mosquée** moderne B2 finement décorée par des artisans Comoriens, un ♥ **temple chinois** dédié au dieu Guan-Di (*p. 33, rue Marius-et-Ary-Leblond* B1), l'un des plus grands **temples** tamouls de l'île, le **Narassinga Peroumal Kovil*** dédié à Vishnu, dans le quartier de Ravine-Blanche, à l'entrée ouest de Saint-Pierre A1, et une jolie église en bois de style Directoire, la ♥ **chapelle Sainte-Thérèse** (*rue Barquisseau* C2).

Dans le **cimetière de Saint-Pierre** B2, des tombes font l'objet d'un curieux culte païen, à la fois craintes et vénérées par les amateurs de magie noire qui y déposent des verres de rhum ou des cigarettes.

Le port. De plus en plus tournée vers la mer, la ville a pour ambition de devenir une **station balnéaire** à part entière. Son port du XIXe s., rénové et agrandi, a désormais tous les attributs d'un véritable port de pêche et de plaisance. Par ailleurs, un nouvel espace de verdure et de loisirs, les **jardins de la Plage** B2, a été aménagé face à une **petite plage** protégée par les récifs. En pleine ville, longé par le boulevard Hubert-Delisle, ce front de mer réhabilité est propice à la promenade et s'anime chaque samedi à l'occasion d'un beau et gros marché.

♥ **Terre-Sainte.** *À la périphérie de Saint-Pierre, tout de suite après le pont de la rivière d'Abord.* C2-3 Ce quartier a conservé le charme d'un petit village voué à la pêche par tradition. Il s'est développé en hauteur, mais la partie basse originelle est restée intacte – quoique de plus en plus touristique –, avec ses petites cases de pêcheurs étagées le long de la côte, ses ruelles étroites et ses cours encombrées de fleurs et de cages à oiseaux.

Le long du port (un simple débarcadère), les « pirogues » traditionnelles sont toujours tirées au sec à bras d'hommes, et protégées par les immenses banians sous lesquels les gens du quartier viennent prendre le frais, palabrer et jouer aux dominos.

La côte vers Saint-Joseph*

Sortez de Saint-Pierre par Terre-Sainte et rejoignez la N2. **Bonnes adresses** p. 247 (Petite-Île).

À la sortie de Saint-Pierre, préférez l'ancien tracé de la RN 2 à la voie express qui contourne Grand-Bois et retrouve la nationale au niveau de

Immersion

Saint-Louis (*p. 160*) et Saint-Pierre détiennent le label « **Villes et pays d'art et d'histoire** », attribué par le ministère de la Culture et de la Communication pour leur valorisation du patrimoine. Expositions, conférences, visites guidées et journées à thème sont donc proposées.

Sur Saint-Pierre : découverte de l'histoire de la **rivière d'Abord** en kayak, visite de la ville à **vélo**, tour en **pirogue chinoise**, initiation à la **culture tamoule** à travers la cuisine indienne, visite des ruines de l'usine sucrière de Pierrefonds ou de Grand-Bois, rencontre avec un **petit pêcheur** au quartier de Terre-Sainte ou observation des **religions** dans les différents lieux de culte de la ville.

« ***Les Portes du Sud*** *», Maison Gorce (ancienne usine sucrière de Pierrefonds) ☎ 02.62.96.29.10 ou par mail : valorisation-patrimoine@mairie-saintpierre.fr. Calendrier et rés. à l'ⓘ et sur www. vpah.culture.fr.* ◆

Saint-Pierre

Grande-Anse. On traverse alors le quartier de Terre-Sainte par l'avenue du Président-Mitterrand, puis celui de Terre-Rouge avec son centre hospitalier, avant de passer devant l'ancienne usine sucrière de Grand-Bois et sa belle maison de directeur (site en cours de réhabilitation).

Sur le font de mer, une rangée d'imposants banians fait de l'ombre aux pique-niqueurs, le long d'une petite route qui longe le lagon (baignade difficile du fait des coraux, mais trempette possible).

La plage de Grande-Anse**.

Plus loin sur la N2, env. 2 km après la sucrerie désaffectée de Grand-Bois, un embranchement conduit à la plage. Une superbe baie bordée de cocotiers – un cliché tropical comme on en trouve peu à La Réunion – où les familles aiment se retrouver (kiosques à pique-nique, camions-bars, poulets grillés).

▲ L'**hôtel** 4 étoiles **Palm**, l'un des plus beaux de l'île, installé depuis peu au-dessus du site, ne s'y est pas trompé. L'endroit est d'une grande beauté,

16 itinéraire

mais la baignade y est dangereuse, excepté dans le bassin de roches noires *(à l'extrémité E de la plage)* qui forme un rempart contre la houle.

…› journée de rêve p. 172

panorama. Passé la commune de **Petite-Île** (du nom du seul îlot de La Réunion qui se détache à quelques dizaines de mètres de la côte), le promontoire installé après le pont de Manapany offre un vaste panorama sur la côte sud.

Manapany-les-Bains*. *Un peu après le promontoire, une promenade aménagée permet de rejoindre le littoral depuis la N2 par l'ancien chemin des Anglais. Marche de 20 min pour rejoindre Manapany.* Ce « p'tit coin charmant », immortalisé par le chanteur réunionnais Luc Donat, est agrémenté de jolies cases dans la verdure, d'impressionnantes formations rocheuses basaltiques et des ruines du débarcadère des Kervéguen. Un bassin naturel entre les rochers, semblable à celui de Grande-Anse, permet de se baigner. Il est très fréquenté par les Réunionnais.

journée de rêve

Farniente à Grande-Anse

Pratique

Site : Grande-Anse, commune de Petite-Île, à env. 8 km au SE de Saint-Pierre.

Durée : 1 nuit suivie d'1 j. complet, en semaine, si possible hors vacances solaires (site très fréquenté par les Réunionnais).

Logement : au ▲ ♥ **Vèrémer** *(p. 247)*. Si votre budget le permet, à ▲ l'hôtel **Palm & Spa** *(p. 247)*, le premier 4-étoiles de La Réunion, qui s'est installé au-dessus de ce site idyllique *(à partir de 210 € pour deux en basse saison, petit déj. inclus)*.

Budget : 60 €/pers. si l'on se contente d'une chambre d'hôte et d'une entrée au spa ; 250 €/pers. avec nuit, repas et soins en spa dans un hôtel 4 étoiles.

▼ La sublime plage de Grande-Anse.

Si l'île de La Réunion est tournée vers un tourisme vert et actif, elle n'en demeure pas moins une île tropicale aux rivages langoureux, où il fait bon « farnienter ».

Une anse de rêve. À défaut d'être un spot de baignade idéal, **Grande-Anse** *(p. 170)* est l'un des plus beaux sites littoraux de l'île et l'un des rares à répondre au cliché de plage de carte postale. Sauf qu'ici, l'océan rugit et déferle en lames, interdisant purement et simplement la baignade, sinon dans un bassin protégé en bout de plage.

Matinée contemplative. Arrivez tôt à la plage pour éviter le flot de familles ; la semaine, l'endroit reste relativement calme. Après une balade les pieds dans l'eau, profitez du paysage et du petit bassin protégé de la houle par des gros blocs rocheux pour faire trempette. Petit à petit, vous assisterez au ballet des pique-niqueurs, une comédie créole attachante et instructive.

À midi, déjeunez au ♦ restaurant **Le Vacoa** *(25, route de Grande-Anse ☎ 02.62.56.95.17 ; f. lun. soir)*, qui sert une cuisine réunionnaise dans une simple case en bois : rougail zandouillettes à l'ananas, civet zourite, crevettes choux de vacoa… vue sur la baie et le piton de Grande-Anse en prime.

Après-midi bien-être. Après la sieste, vous pourrez passer au vaste et raffiné **Akéa Spa** de l'Hôtel Palm *(p. 247)*. Il propose hammam, bassin à remous, cascade, paillottes de soins, jardin tropical *(entrée : 30 €)*… Il serait dommage de ne pas profiter des soins de bien-être *(50-130 € pour 30-80 min selon prestations)* : bain de fleurs exotiques, massages, application d'herbes et d'épices aux vertus apaisantes… Vous en ressortirez complètement relâché pour assister au coucher du soleil, sur le deck de la piscine dominant l'océan, un cocktail à la main. Dure journée ! ♦

© Bertrand Rieger/Hemis.fr

♥ Saint-Joseph* et ses Hauts

⇢ À 100 km S-E de Saint-Denis par la N1 et 18 km S-E de Saint-Pierre par la N2. **Bonnes adresses** p. 248.

Voici une région rurale de caracatère et de traditions marquée par la présence des « Petits blancs ». Le quartier Saint-Joseph fut créé en 1785 à l'initiative du botaniste réunionnais Joseph Hubert afin que les colons défavorisés puissent y vivre de la prometteuse **culture des épices**. Il fut même question de donner au secteur le nom de « Nouvelle Moluque » au lieu de l'appellation actuelle donnée en hommage au gouverneur Joseph de Souville.

Si la canne supplanta rapidement les plantes à parfum, la tradition agricole est toutefois restée vivace dans les Hauts du village, et le caractère « Petit Blanc » durablement inscrit dans les gènes de la population locale.

Le bourg lui-même ne présente pas beaucoup d'intérêt. Les écarts ruraux de la commune, membre du réseau Villages créoles sous l'appellation « Terre d'embruns et de parfums », méritent par contre quelques détours à travers la commune officiellement la plus australe de toute l'Union européenne !

Vers La Plaine-des-Grègues**

⇢ Rejoignez Bézaves (5 km N de Saint-Joseph) par la D3 puis La Plaine-des-Grègues (11 km N de Saint-Joseph) par la D32.

Le Far-Far de Bézaves. *Au lieu-dit Bézaves, au pied du piton l'Entonnoir, rue Edmond-Albius ☎ 02.62.37.61.92 ou 06.92.19.97.93; vis. guidée sur rés. lun.-sam. 10h-14h; entrée payante.* Il permet de découvrir le fonctionnement d'une « vraie » exploitation agricole de canne à sucre, de café et de vétiver. De là, on peut continuer sur la D3 jusqu'à **Manapany-les-Hauts** qui abrite les bâtiments désaffectés de la dernière grande **distillerie de vétiver** de l'île, souvenir de l'époque révolue où cette plante à parfum faisait vivre le secteur.

En prenant la D32 sur la dr., on grimpe jusqu'à **La Plaine-des-Grègues**, une des plus riches régions laitières de l'île, également renommée pour son foie gras et ses magrets, et qui est surtout le fief du « safran pays » ou curcuma. On pense que la localité tire son nom du fait que l'eau de pluie disparaît dans les bassins de la région comme dans une cafetière à filtre (appelée *grègue* à La Réunion).

La maison du Curcuma. *14, chemin du Rond ☎ 02.62.37.54.66; ouv. t.l.j. 9h-12h et 13h30-17h; entrée libre.* Une exposition et un petit film détaillent les techniques de culture et de préparation de cette épice. La pittoresque propriétaire, Mémé Rivière, vous fera goûter à ses spécialités (lait sucré au safran entre autres), vous parlera de l'utilisation des plantes dans la cuisine créole et vous proposera d'acheter d'autres produits du pays (marmelade de tangor, sirop de cannelle, confit de gingembre...), après un détour par son jardin privé et sa « grotte à parfums ».

Balades : les « boucles du Curcuma ». *Depuis le village (panneaux) ; 5 h pour la grande (dénivelé exigeant), 1 h pour la petite.* Ces balades permettent de découvrir la nature environnante. Les premières marches du sentier traversent un vaste champ de safran *péi*, qui cède ensuite place par alternance à des allées de goyaviers et des espèces endémiques, ponctuées de points de vue sur la rivière des Remparts et les villages environnants.

Vers Grand-Coude**

⇢ À 18 km N de Saint-Joseph par la D33. Sentier botanique de 3 à 4 h.

Depuis Saint-Joseph, une petite route (D33) grimpe à l'assaut de Grand-Coude, village isolé sur un plateau enchâssé entre deux précipices creusés de chaque côté par des rivières.

Le Serré. Au lieu-dit Le Serré, ce plateau se résume à une bande de moins de 100 m de large dégageant un beau point de vue, d'un côté sur la rivière Langevin et Grand-Galet, de l'autre sur la rivière des Remparts.

On peut aussi remonter à pied la rivière des Remparts depuis Saint-Joseph jusqu'à l'îlet de **Roche-Plate** *(5h aller; marche ingrate sur les galets du lit de la rivière; gîte,* ***Bonnes adresses*** *p. 248)*, sentier se prolongeant jusqu'à la route du volcan *(compter 3h de plus jusqu'au Nez-de-Bœuf; niveau difficile)*.

Grand-Coude. *En quittant Le Serré, suivre la route bordée de platanes jusqu'à son terminus.* En 1920, cet écart était l'une des dernières forêts à être défrichées pour la plantation de géraniums. Dans les années 1960, ruinés par la crise qui frappa durement cette culture, les propriétaires se reconvertirent un temps dans la plantation du thé. Çà et là dans le village subsistent encore quelques théiers et l'ancienne usine aujourd'hui transformée en salle polyvalente.

Depuis 2005, Johnny Guichard, un jeune producteur de géraniums, a ouvert ici le **Labyrinthe en-champ-thé** *(rue Émile-Mussard ☎ 06.92.60.18.88 et 02.62.56.41.40; ouv. lun.-ven., vis. à 10h et 14h sur rés. ; vis. libre sam. 14h-17h et dim. 9h-17h; entrée payante)*. Vous déambulerez librement dans les allées de thé ou suivrez la visite guidée permettant de découvrir d'autres cultures *lontan*. À la fin de la visite, on vous proposera une dégustation de thé blanc de Grand-Coude et quelques produits à la vente.

La Maison du Laurina. *24, chemin de la Croizure ☎ 02.62.56.39.48 et 06.92.68.78.72, www.lamaisondulaurina.fr. Ouv. t.l.j., vis. guidée payante (de préférence sur rés.).* Sur ses terres, l'exploitant agricole Jacques Lépinay, l'un des 70 « petits planteurs » ayant reçu des lignées sélectionnées de café Bourbon dans le cadre d'un programme de reprise de la production réunionnaise *(p. 60)*, vous fait découvrir *in situ* tous les secrets de ce café unique. Diaporama, balade commentée dans la caféière et dégustation (en tasse, mais aussi en glace, macaron, rhum arrangé, etc.). On découvre en même temps le quotidien d'un agriculteur des Hauts très ouvert sur le monde... Fort intéressant.

attardez-vous... Vous avez la possibilité de pique-niquer à la Maison du Laurina les sam., dim. et j.f., ou de manger à la ♦ **table d'hôte** tenue par la compagne de l'exploitant *(également ▲ 2 ch. d'hôte)*.

Autour du village, un **sentier panoramique et de découverte de la forêt primaire** de Grand-Coude offre de belles vues sur Roche-Plate et Langevin.

En remontant la rivière Langevin*

···> À 3 km E de Saint-Joseph, la N2 enjambe la rivière Langevin.

On peut remonter le cours de la rivière sur environ 10 km par une petite route desservant de nombreux bassins (beaucoup de monde le week-end; possibilité de pique-niquer), la **cascade du Trou-Noir**, puis la belle **cascade de la Grande-Ravine** un peu avant le terminus de la route au hameau de **Grand-Galet** *(gîte; départ d'un sentier vers le piton de la Fournaise; 6h de marche jusqu'à la plaine des Sables; niveau assez difficile)*.

À l'embouchure de la rivière, la **marine Langevin** regroupe quelques barques de pêcheurs autour d'un des débarcadères les plus périlleux de l'île. ◆

17 | Saint-Philippe et ses environs★★

Itinéraire : 41 km par la N2 au départ de Langevin, à 4 km E de Saint-Joseph *(ci-contre)*.

Durée : comptez 1 j.

Bus : Cars jaunes ligne I de Saint-Pierre à Saint-Benoît.

Ne manquez pas : Saint-Philippe *(p. 176)*, le musée Au bon roi Louis *(p. 176)*.

Bonnes adresses p. 248.

Mystérieuse comme la forêt primitive qui couvre ses flancs, lumineuse comme l'écume qui agite ses côtes, rugueuse comme les coulées de lave noire échouées sur son rivage, telle est cette région du bout de l'île… Une région de parfums, grosse productrice de vanille, terre d'élection du botaniste Joseph Hubert.

Autour de Basse-Vallée★★

···› Suivre la N2. **Bonnes adresses** p. 248 (Saint-Philippe).

Dès la descente vers Basse-Vallée, on entre dans un monde à part. Au **cap Méchant**, le « gazon bord de mer » hérissé de **vacoas** **···› encadré p. 178** contraste avec la sombre langue de basalte figée qui s'avance dans l'océan. Plus loin, **Le Baril** tire son nom du formidable travail de l'eau qui, à l'embouchure de la ravine, creuse dans la lave des dépressions semblables à la forme d'un baril.

Le jardin des Parfums et des Épices★★. *À 1 km, chemin sur la g. ☎ 02.62.37.06.36 et 06.92.66.09.01, fontaine.patrick@orange.fr ; vis. gui-*

► Dans la forêt de Mare-Longue, fondée sur des coulées de laves récentes, dominent les espèces végétales endémiques, dont les fameux « bois de couleur ».

© Bertrand Rieger/Hemis.fr

dées t.l.j. sur rés.; entrée payante. À travers les sentiers d'un sous-bois originel transformé en jardin botanique, un guide vous conduit à la rencontre d'une flore réunionnaise utile à l'homme et souvent insolite: plantes médicinales, arbres fruitiers rares, bois d'ébénisterie, épices et essences odorantes... Caméléons et moustiques sont également au rendez-vous. Un concentré de découvertes, tous les sens en éveil, à même la forêt tropicale.

La forêt primaire**. *Un peu plus loin sur la N2.* La route forestière de **Mare-Longue** sur la gauche mène à l'une des dernières forêts primaires de basse altitude de l'île *(p. 53)*. Sur les **sentiers botaniques**, des panneaux présentent les arbres et expliquent la richesse végétale de cette forêt inchangée depuis ses origines *(plusieurs points de départ avec indications le long de la route forestière; circuits courts à la portée de tous)*.

♥ Saint-Philippe**

···› À 118 km S-E de Saint-Denis par la N1, 18 km E de Saint-Joseph par la N2. **Bonnes adresses** p. 248.

Le village a gardé son authenticité, la poésie d'un quotidien modeste, le charme de ses cases « bois sous tôle » peintes aux couleurs vives. Ici, on défend les traditions locales et les produits du terroir, à l'image des « rouges » (poisson rouge écarlate aussi appelé « vieille ») et autres pinpins que les tables du coin proposent très souvent.

Vous pourrez également goûter le vacoa, qui se prête à des préparations culinaires: les choux de vacoa (ou cœurs, à la jointure des feuilles) s'accompagnent de crevettes ou de boucané (lard fumé), alors que les « pinpins » (inflorescences évoquant la structure d'un ananas, souvent désignés comme « fruits ») se consomment en gâteau, en cake ou en confiture.

Dans les cours du village, on peut encore voir des femmes tresser le vacoa, activité artisanale en perte de vitesse relancée depuis peu grâce à des associations et aux débouchés touristiques ···› **encadré p. 178**.

♥ Le musée Au bon roi Louis*. *Angle de la rue de la Marine et de la N2 ☎ 02.62.37.12.98; ouv. lun.-sam. 9h-12h et 14h-16h30; entrée payante; f. dim. et j.f.* Un petit tour dans ce musée permet de revivre l'histoire

de Saint-Philippe, l'installation des premiers colons et les aventures de la marine à voile à travers les objets rassemblés par un couple de passionnés dans une vieille maison du XIXe s. (monnaies, outillage, mobilier, gravures...).

La marine. *À deux pas du musée.* C'est une simple rampe taillée dans la roche, d'où on peut assister au retour acrobatique des barques de pêche *(généralement vers 12 h-13 h)*.

Au pays du volcan*

···› Suivre la N2 vers le N-E dir. Sainte-Rose. **Bonnes adresses** p. 248 (Saint-Philippe et ses environs).

Passé Saint-Philippe, la présence du volcan se fait de plus en plus pressante. On se rapproche du Grand Brûlé, traversé par une route asphaltée depuis 1968 seulement.

La pointe de la Table* et les coulées de lave

···› À env. 5 km après Saint-Philippe.

Elle est le témoin spectaculaire de la puissance des éléments. Cette table volcanique gagnée sur la mer est le résultat de coulées de lave successives, celle de 1986 ayant agrandi l'île de 30 ha ! Un **sentier volcanique** explique les phénomènes à l'origine de cette langue de basalte : il débute au **puits Arabe** (creusé au XIXe s. par l'administration coloniale selon la technique du puits à gradins comme on peut en voir en Arabie) et rejoint la N2 1 km plus loin, après avoir traversé un joli sous-bois de filaos servant de support à des plants de vanille dont Saint-Philippe est un important producteur.

De retour sur la N2, on croise en deux endroits les sinistres **coulées de lave pétrifiées de 1986** : la première

Artisanat

Saint-Philippe est, avec Bois-Blanc, le principal terroir d'adaptation du **vacoa**, arbre maritime aux racines aériennes qui s'accommode de son climat salin chaud et humide. Ses feuilles fournissent le matériau de tout un **artisanat du tressage** et plusieurs associations, dont **Cass' Le Coin** *(p. 249)*, forment de jeunes femmes au chômage à ce délicat savoir-faire. Le long de la route nationale, elles perpétuent donc la tradition en tissant des nattes, des paniers et des sacs à bretelles. Le travail de tissage se fait selon des techniques de vannerie transmises de mère en fille depuis des générations. La production est proposée aux touristes dans la **boutique** de l'association.

Association Cass' Le Coin*, 57, rue La Bourdonnais; kiosque de Basse-Vallée ☎ 02.62.37.09.61 ou 06.92.19.48.66. Ouv. lun.-sam. 10 h-16 h. Démonstrations quotidiennes, initiation le sam. 14 h-16 h 30.* ◆

au lieu-dit Takamaka, la seconde, dite « Citrons-Galets », au niveau de la **pointe du Tremblet**.

Le Grand-Brûlé

···> Entre la pointe du Tremblet et Bois-Blanc à env. 21 km de Saint-Philippe.

Au niveau du **rempart du Tremblet**, la route emprunte un étroit goulet et vire brusquement vers **le Grand Brûlé**, déversoir naturel du volcan, pays désolé où l'homme n'a pas sa place et où la végétation tente de reprendre ses droits sur une terre calcinée.

À environ 1 km après la pointe du Tremblet, les sentinelles de pierre (une œuvre d'art du sculpteur Enzo Mayo répondant au nom pompeux de *Symbiose pour volcan et oiseau*) installées dans la **coulée de lave de 1976** ont été englouties par les **coulées d'avril 2007**, date de l'une des éruptions majeures de la Fournaise, qui va durer près d'un mois, déverser quelque 120 millions de m^3 de lave, agrandir l'île de 0,45 km^2 et provoquer l'effondrement du cratère Dolomieu.

En souvenir de cette coulée record, une chaussée toute nouvelle déroule son ruban d'asphalte en épousant les vagues de la lave refroidie. Côté montagne, un escalier en bord de route permet d'accéder à la grosse estrade en bois qui fait office d'observatoire provisoire sur cette monstrueuse coulée épaisse de 60 m. Quelque 500 m plus haut, au pied du rempart du Tremblet sur les flancs de la Fournaise, on distingue très bien le cône de déjection qui s'est formé sur la fissure d'où s'est échappée la lave.

Un peu après les coulées de lave de 1998 (la plus grosse éruption de l'histoire de l'île depuis sa colonisation, détrônée depuis par celle de 2007), le **rempart de Bois-Blanc** marque la fin de ce no-man's-land. C'est là que se tenait la **Vierge au parasol** qui fut plusieurs fois déboulonnée pour échapper à la colère du volcan (en 2002 et 2005 entre autres) et qui a été installée à côté de l'église de Piton-Sainte-Rose *(p. 122)* en attendant son retour sur le Grand Brûlé, posée face à la mer sur un socle en pierre de lave.

Ces dernières années, cependant, l'activité soutenue du piton de la Fournaise ne lui en a pas laissé le temps. Au point qu'on se demande si la Madone retrouvera un jour son enclos.

shopping. Vanille, cardamome, pâtes de fruit, achards... vous trouverez tous ces produits à l'atelier de préparation l'**Escale Bleue** *(7, N2, Le Tremblet ☎ 02.62.37.03.99; ouv. lun.-ven. 9 h 30-17 h 30; entrée gratuite; p. 249).*

> La route se poursuit ensuite vers le hameau de Bois-Blanc et rejoint l'itinéraire décrit p. 122 au niveau de l'anse des Cascades, un peu avant Piton-Sainte-Rose et Sainte-Rose. ◆

Les Hautes Plaines

Seule voie de passage naturelle entre les deux versants de l'île, les Hautes Plaines tempèrent l'image d'une Réunion tropicale qui semble ici plus proche des monts du Jura que des lagons turquoise.

La route (N3) qui emprunte ce couloir, entre les massifs des pitons des Neiges au nord et de la Fournaise au sud, permet de relier Saint-Pierre à Saint-Benoît *via* le col de Bellevue à plus de 1 600 m d'altitude *(environ 1 h 30 de route pour parcourir les 62 km)*.

Venant d'un côté ou de l'autre, l'impression est la même lorsqu'on arrive sur ces Hautes Plaines : de l'espace, du vert, du grand air, de la fraîcheur… et du brouillard la plupart du temps. Par La Plaine-des-Palmistes, on entre dans un monde humide d'une incomparable richesse botanique. Par La Plaine-des-Cafres, on serpente entre les pâturages, puis dans un paysage qui se fait mystérieux, marqué par l'empreinte du volcan, invisible mais si proche. Dans les deux cas, le dépaysement total invite à la randonnée.

Programme : visite d'un transformateur de plantes à parfum, petites routes pittoresques et points de vue à couper le souffle, randonnée à la découverte d'un îlet habité accessible uniquement à pied, sentiers botaniques, pique-nique au pied d'une cascade, découverte d'un volcan en activité.

Itinéraires 18 à 20.

Bonnes adresses p. 252.

▲ À plus de 1600 m d'altitude, le col de Bellevue sépare la Plaine-des-Cafres et La Plaine-des-Palmistes, dégageant de beaux panoramas sur un environnement de remparts et de forêt primaire humide.

18 | Vers La Plaine-des-Cafres★★

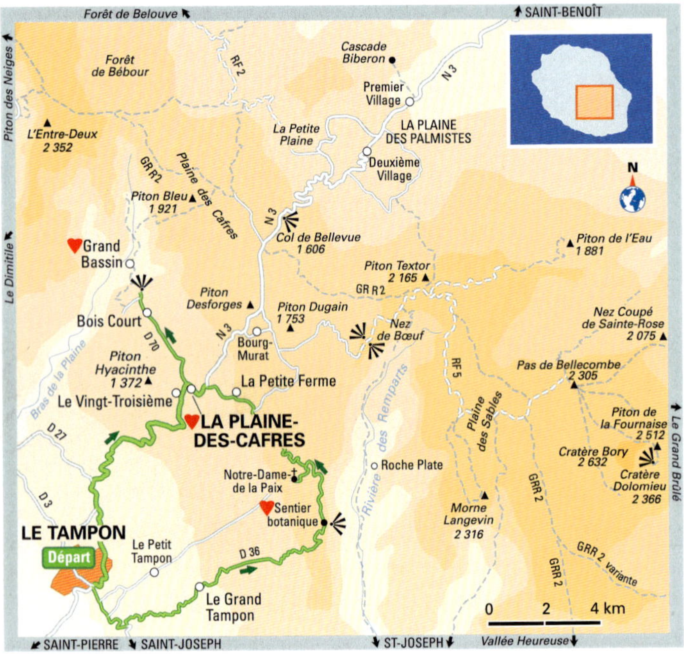

Itinéraire : boucle de 36 km, avec extension jusqu'à Bois-Court *(8 km A/R)* au départ du centre-ville du Tampon *(ci-contre)*.

Durée : 1/2 j. 1 j. supplémentaire pour la randonnée vers Grand-Bassin.

Ne manquez pas : La Plaine-des-Cafres *(ci-contre)* et la route vers Grand-Bassin *(p. 182)*.

Bonnes adresses p. 252.

La région fut mise en valeur à partir de 1830 par la famille bretonne Kervéguen, véritable dynastie qui y développa un immense domaine colonial. Propriétaires de multiples usines à sucre où travaillaient 1 200 esclaves, ils allèrent jusqu'à frapper leur propre monnaie sur leurs terres (d'anciens kreutzers rachetés à l'Autriche). Aujourd'hui, la région est l'une des principales zones de **production potagère** et **laitière** de l'île grâce à son climat tempéré.

Le Tampon★

···› À 9 km N-E de Saint-Pierre par la route des Plaines (N3 à 4 voies sur cette portion) et 53 km de Saint-Benoît. **Bonnes adresses** p. 252.

Étagée, à partir de la courbe d'altitude des 400 m, sur les pentes s'élevant vers le plateau de La Plaine-des-Cafres, la ville est recherchée pour sa fraîcheur et la douceur de vivre de ses quartiers verts résidentiels.

Le parc Jean-de-Cambiaire. Ce petit parc municipal était plutôt tristounet, sauf quand il recevait les participants des Florilèges du Tampon, la manifestation phare de la commune en octobre. Entièrement rénové (tout comme l'église qui lui fait face) en relation avec la biodiversité végétale naturelle de la région, il revendique désormais une dimension pédagogique, tout comme le récent parc des Palmiers *(ch. de Dassy, quartier Trois-Mares)*, qui rassemble sur une dizaine d'hectares environ 500 espèces de palmiers sur les 2 800 existantes.

La villa Le Vigoureux *(pas de visite)*. Elle est typique de l'architecture créole traditionnelle en bardeaux. Une autre belle demeure à **Bel Air** a servi de décor au film de Truffaut *La Sirène du Mississipi*.

La CAHEB. *83, rue Kervéguen ☎ 02.62.27.02.27, caheb@geranium-bourbon.com. Ouv. lun.-ven. 9 h-12 h et 14 h-17 h; entrée payante, vis. guidée (lun.-ven. à 15 h).* La CAHEB (Coopérative agricole des huiles essentielles de Bourbon) vous propose de découvrir le monde des parfums. Après un parcours initiatique dans le « jardin des Senteurs » et un petit film, vous pourrez assister à la distillation *(sur r.-v. de préférence)* et découvrir les principes d'élaboration des parfums avec un maître parfumeur.

On vous proposera même de créer votre propre eau de parfum personnalisée à partir d'une palette de base *(sur rés., durée 1 h)* ou de participer à un atelier de découverte olfactive *(30 à 45 min, sur rés.)*.

shopping. Après la visite de la coopérative, une petite **boutique** vous permettra de retrouver les senteurs de La Réunion et d'ailleurs : huiles essentielles, eau de géranium, bougies, savons...

Vers Notre-Dame-de-la-Paix★★

Sortez du Tampon par la D3 (dir. « Saint-Joseph ») puis prenez à g. dir. « Le Grand-Tampon » la D36 qui rejoint La Plaine-des-Cafres en décrivant une boucle vers l'E. **Bonnes adresses** p. 252 (La Plaine-des-Cafres).

La petite route traverse une agréable zone rurale (cultures vivrières, fleurs, tabac, géraniums, ananas...). Elle grimpe ensuite à travers brouillard et forêt jusqu'au rebord de l'impressionnant précipice qui domine les gorges de la **rivière des Remparts** et l'îlet de **Roche-Plate** de plus de 800 m d'altitude. Sur la droite, après un kiosque à pique-nique, un panneau indique un **point de vue** spectaculaire au-dessus de l'abîme, et le départ du ♥ **sentier botanique de Notre-Dame-de-la-Paix** *(sentier « Marmaille » en boucle de 20 min)* qui se faufile entre route et bord de rempart, dans une forêt humide pleine de charme et de mystère où les bois de couleur endémiques croulent sous les lichens et les plantes épiphytes.

Traversez ensuite les hameaux agricoles de **Notre-Dame-de-la-Paix** (touchante petite chapelle créole) et de **La Petite-Ferme**, avant de retrouver la route des Plaines (N3) à la sortie N de La Plaine-des-Cafres, au niveau du Vingt-Quatrième, localité désignée, comme toutes celles qui bordent la route jusqu'à Bourg-Murat, par son kilométrage depuis Saint-Pierre.

♥ La Plaine-des-Cafres★★

Village principal au niveau du Vingt-Troisième, à 15 km N-E du Tampon par la N3 (en partie à 4-voies sur le premier tronçon). **Bonnes adresses** p. 252.

La Plaine-des-Cafres offre une ambiance unique de « Jura tropical » peuplé de « cow-boys des Hauts » à deux pas du volcan. À la sortie du Tampon, la route nationale s'élève rapidement et la densité de l'habitat diminue au fur et à mesure de la montée. En même temps, les champs de canne font progressivement place à des parcelles de **géraniums**, puis à de gras **pâturages** qui donnent aux paysages une allure européenne surprenante sous de telles latitudes. Les localités traversées – Le Douzième, Le Quatorzième, Le Dix-Neuvième, etc. – deviennent plus rurales.

Le Vingt-Troisième. Il constitue le village principal de La Plaine-des-Cafres, regroupé autour de son église de bord de route.

Le plateau d'altitude de La Plaine-des-Cafres. À plus de 1 500 m, il doit son nom aux nombreux Cafres

(Noirs) qui, fuyant l'esclavage, y trouvèrent refuge. Cette terre rude, souvent balayée par les vents et marquée par la présence du volcan, fut longtemps réservée aux « Petits Blancs », des colons sans le sou, qui s'y accrochaient péniblement mais dignement, devenus au départ fermiers démunis, coureurs des bois ou cow-boys créoles à la poursuite de leur bétail sur les pentes de la Fournaise.

Malgré le développement de l'élevage laitier et du tourisme, la région a conservé sa force de caractère et sa rusticité. Elle constitue un terrain privilégié pour la **randonnée à cheval** *(p. 253)* et cache dans ses entrailles de nombreux « **tunnels de lave** » qu'on peut découvrir avec l'aide d'un guide *(sous réserve d'une interdiction à l'étude par les pouvoirs publics)*.

18 itinéraire

♥ Vers Grand-Bassin★★

→ Départ du sentier env. 5 km au N-O du Vingt-Troisième par la D70. **Bus** : Ti'Car n° 8 depuis la mairie du 23e. **Bonnes adresses** p. 252 (La Plaine-des-Cafres). **Programme** : même si vous pouvez faire l'A/R dans la journée, passez la nuit dans l'îlet afin de profiter du calme, de l'ambiance et de l'harmonie des lieux.

Passé le petit village de **Bois-Court**, calme en semaine et très fréquenté le week-end, la route se termine en cul-de-sac sur une curieuse **horloge hydraulique** précédant un **belvédère** qui surplombe les profondes **gorges du bras de la Plaine**.

Tout au fond du précipice, 650 m plus bas, au bord de la rivière, on devine la **cascade et l'îlet de Grand-Bassin** où quelques familles vivent en quasi-autarcie, reliées au monde par un **sentier abrupt** *(départ du sentier à env. 1 km du belvédère, indiqué sur la dr. en revenant vers Bois-Court ; 1 h 30 pour la descente, 2 à 3 h pour la montée ; utilisation gratuite du monte-charge du belvédère, ouv. mar.-ven. 8 h-10 h 30, pour les gros sacs)*.

Des 200 familles qui habitaient ici il y a un siècle, il n'en reste qu'une dizaine, la plupart vivant du tourisme *(▲ **gîte** et ♦ **couvert** sur place, p. 252)*. L'école, fermée au milieu des années 1980, abrite une **exposition permanente** sur le projet expérimental de transport d'électricité sans fil (TESF) mené ici depuis 1994, et désormais couplé aux recherches sur les centrales solaires spatiales. À terme, l'énergie solaire envoyée depuis l'espace devrait être collectée par des radiopiles, permettant à cet écart coupé du monde de compléter efficacement son alimentation électrique, aujourd'hui uniquement assurée par des panneaux solaires classiques.

Si la faisabilité technique du projet semble démontrée, sa réalisation et son financement semblent au point mort. D'autant plus que le solaire a sorti l'îlet du fénoir et que les touristes trouvent plus romantique de s'éclairer à la lampe à pétrole... les habitants de Grand-Bassin ne sont donc pas près d'avoir leur électricité sans fil !

envie de baignade ? La **cascade du Voile-de-la-Mariée** est à deux pas *(25 min aller)*, offrant ses chutes aux contemplatifs et son bassin d'eau fraîche aux plus intrépides. D'autres trous d'eau plus propices à la baignade sont accessibles en aval du bras de la Plaine. ♦

19 | Vers le volcan★★★

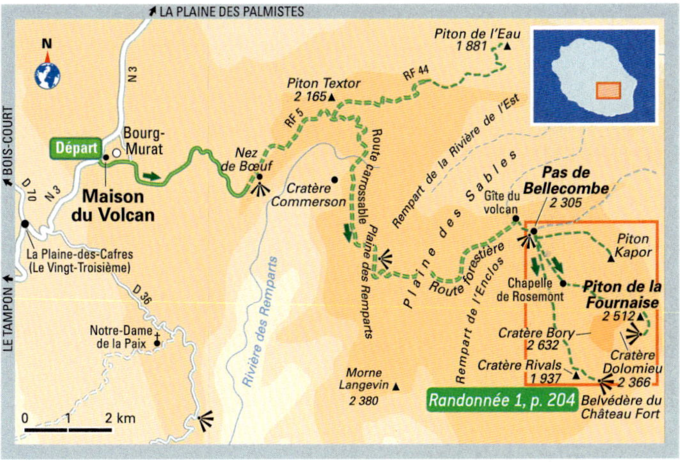

Itinéraire : 25 km en voiture par la RF5 depuis Bourg-Murat *(p. 181)*.

Durée: 1/2 j. pour l'A/R en voiture jusqu'à la partie sommitale du volcan. 1 j. avec une randonnée dans l'enclos du volcan (nuit sur place en gîte pour partir tôt le lendemain).

Ne manquez pas : la vue depuis le Nez-de-Bœuf *(p. 184)* et le piton de la Fournaise *(p. 184)*.

Bonnes adresses p. 252 (Bourg-Murat et la route du Volcan).

Sur la route des Plaines, le village de **Bourg-Murat** (ex-Vingt-Septième) est la porte du piton de la Fournaise et c'est là son seul intérêt. À l'entrée de la localité, les trois « Grands kiosques » construits par la municipalité gâchent un peu le paysage mais abritent ponctuellement des expo-ventes, des artisans, des brocantes, des salons…

Attraction touristique majeure de La Réunion, le volcan mérite une journée de visite, avec un passage obligé à l'incontournable maison du Volcan et au minimum un tour en voiture sur la route du Volcan, jusqu'au point de vue du pas de Bellecombe, pour le panorama sur la partie sommitale. La descente dans l'enclos, vers les cratères, pourra ensuite se faire seul ou avec un guide spécialisé qui vous dévoilera tous les secrets de la Fournaise.

La maison du Volcan★★

···➤ Bourg-Murat, à 3 km N-E de La Plaine-des-Cafres et 27 km N-E de Saint-Pierre par la N3 ☎ 02.62.59.00.26, www.maisonduvolcan.fr. **Actuellement fermée pour travaux de réhabilitation, date de réouverture prévue au 1er trimestre 2013**, se renseigner au préalable. Entrée payante.

Excellent préambule à la randonnée qui va suivre, la maison du Volcan, ouverte en 1992, constitue une entité originale dans sa forme (une pyramide de verre fumé et de basalte) comme dans sa conception. Elle a été conçue en collaboration avec les célèbres vulcanologues Katia et Maurice Krafft, tragiquement décédés lors de l'éruption du mont Unzen un an avant son ouverture.

L'espace muséographique explique les mécanismes du volcanisme dans le monde. Le site comprend une boutique, une galerie artistique, des salles d'exposition temporaire et de spectacle, un espace ludique permettant aux enfants de pratiquer des activités d'éveil, ainsi qu'un centre de documentation pour les passionnés qui souhaiteraient en savoir encore plus.

Le pas de Bellecombe***

Depuis Bourg-Murat, suivez la RF5 ou « route du Volcan » sur env. 25 km jusqu'au Pas-de-Bellecombe (route goudronnée puis bétonnée, puis piste carrossable accessible à tous les véhicules sur les derniers km). **Gîte** p. 252.

Les cryptomerias laissent la place aux pâturages parsemés de tamarins, de sortes d'ajoncs et de bruyères endémiques (branles) qui se rabougrissent avec l'altitude. Au **Nez-de-Bœuf** (2 065 m), la **vue*** ** est grandiose sur la saignée de la **rivière des Remparts** qui constitue la plus ancienne caldeira de la Fournaise (dépression formée par l'effondrement du volcan et qui, avec l'érosion, deviendra un cirque semblable à celui de Mafate).

Après un premier embranchement vers le **piton Textor**, la RF44 part sur la gauche vers le **piton de l'Eau**, mamelon surmonté d'un petit lac de cratère, le seul de l'île, qui se pare d'un collier d'arums, en fleur en août *(piste jusqu'à la barrière à 5 km de l'embranchement, puis 1 h de marche facile sur un sentier ou sur la piste)*.

Le long d'une lande de plus en plus rocailleuse, la route passe ensuite à côté du **cratère Commerson**, profond gouffre explosif éteint depuis des milliers d'années *(à 100 m de la route, sentier d'accès indiqué sur la dr.)*, avant de plonger vers la **plaine des Sables**, désert de scories rougeâtres très spectaculaire semblable à un décor lunaire.

Au terminus de la route, le **pas de Bellecombe** (petit kiosque avec maquette et explications ; snack-bar avec toilettes propres, *ouv. t.l.j. 6h-16h30*) constitue un balcon naturel au-dessus du rempart de la caldeira la plus récente.

De là, on découvre un vaste enclos en fer à cheval (150 m de profondeur et 15 km de circonférence), rempli d'une mer de lave figée et surmonté d'un cône central, au sommet duquel se cachent les **cratères Bory** (2 632 m) **et Dolomieu** (2 366 m). Ce dernier s'étant effondré en avril 2007 suite à de violentes éruptions, le sentier conduisant à la partie sommitale du massif a longtemps été fermé.

Depuis, l'ONF a ouvert deux nouveaux sentiers vers des cratères secondaires qui permettent de cheminer dans l'enclos, en prise directe avec la Fournaise ; le sentier qui faisait le tour des cratères semble par contre définitivement *out* : à défaut de pouvoir rejoindre le cratère Bory, un itinéraire a été réaménagé jusqu'à une plate-forme d'observation (2 632 m) qui surplombe les 300 m de vide du cratère Dolomieu.

Dans l'enclos du piton de la Fournaise***

Voir randonnée 1, p. 204.

L'« indispensable » randonnée de La Réunion. Une marche de 5 heures aller-retour assez dynamique, au cours de laquelle vous découvrirez les cratères Formica-Léo et Rivals. Vos efforts seront récompensés par une vue incroyable sur le gouffre du cratère Dolomieu, profond de 300 m. ◆

La Fournaise, volcan rouge

Le volcan du piton des Neiges était encore en activité quand le piton de la Fournaise naquit sur son flanc sud-est, il y a quelque 500 000 ans *(p. 48)*. De nos jours, seul le plus « jeune » continue à cracher le feu, au rythme d'une éruption par an en moyenne (211 recensées en trois siècles).

Un volcan inoffensif ?

Contrairement aux volcans explosifs de type strombolien ou péléen, la Fournaise est de type hawaïen (volcans « rouges » dits « basaltiques ») et présente peu de danger : ses coulées de lave épaisse sont effusives et se déversent normalement dans l'enclos qui leur sert de réceptacle naturel, permettant au public de les observer de très près. Cependant, la nature se montre parfois capricieuse : en 1977, la lave atteignit Piton-Sainte-Rose, et Takamaka vers Saint-Philippe en 1986. La plus longue éruption de l'histoire de l'île depuis sa colonisation a eu lieu en 1998, la lave jaillissant pendant plus de six mois depuis le piton Kapor.

L'effondrement du Dolomieu

Ces dernières années, la Fournaise fut particulièrement active : une à trois éruptions par an depuis 2000, dont une exceptionnelle en 2004, ayant provoqué l'apparition de trois cratères au bord de l'océan. Celle de 2007, intense, a duré environ un mois, isolant le village du Tremblet. La fissure qui lui est associée, longue d'un peu moins de 1 km, s'est ouverte dans la partie sud-est de l'enclos, à 500 m d'altitude environ au pied du rempart du Tremblet. La coulée de lave de 50 m de hauteur a coupé la RN2 avant d'atteindre l'océan. Des « cheveux de pelés » (fines aiguilles de lave étirée semblables à du verre) ont été retrouvés sur toute la côte est.

L'activité sismique exceptionnelle générée par cette éruption a provoqué l'effondrement du cratère sommital sur toute sa surface et sur 300 m de profondeur, entraînant la fermeture puis la révision du tracé des sentiers balisés dans l'enclos, en particulier le « tour des cratères ». Cette éruption majeure n'a pourtant pas calmé la Fournaise, puisque le volcan a continué à se réveiller régulièrement : en 2008, en 2009, puis 3 fois en 2010... Depuis, très peu d'activité.

La totalité de l'enclos Fouqué est de nouveau accessible au grand public (à l'exception du cratère Dolomieu dont l'accès intérieur reste interdit) et vous pouvez vous balader sans crainte : l'observatoire de La Plaine-des-Cafres surveille de près le très relatif sommeil de la Fournaise !

Pour en savoir plus ou visionner les éruptions en direct par webcam, consultez le site ***www.fournaise.info****.* ◆

Le piton de la Fournaise en éruption. © John Frumm/hemis.fr

20 | La Plaine-des-Palmistes et les forêts de Bébour-Bélouve***

Itinéraire : 35 km sur la N3 (de Bourg-Murat à Saint-Benoît *via* La Plaine-des-Palmistes), plus une extension d'env. 15 km sur la RF2 vers les forêts de Bébour-Bélouve.

Départ : de la maison du Volcan à Bourg-Murat *(p. 183)*.

Durée : 1 j., comprenant une petite balade familiale, soit au pied d'une cascade, soit dans la forêt.

Hébergement : possibilité de passer la nuit au gîte de Bélouve *(p. 254)*, dans un cadre forestier préservé, en vue d'une randonnée le lendemain.

Bus : les Cars jaunes (ligne H) assurent la liaison Saint-Pierre/Saint-Benoît par les Plaines.

Ne manquez pas : les forêts de Bébour-Bélouve *(p. 188)*, et notamment le camp de Bélouve *(p. 254)*.

Bonnes adresses p. 254.

« Rien de plus beau que l'aspect à vol d'oiseaux de la cime ondoyante des palmistes. La verdoyante Plaine-des-Palmistes, cette humide patrie des fougères et des orchidées était, il y a de cela quelques siècles, un volcan. [Elle] offre au géologue un grand intérêt mais aussi au botaniste ; il y a peu de localités où la végétation ne soit plus variée, où se rencontrent à la fois autant de genres et d'espèces. » Ainsi Bory de Saint-Vincent, l'un des premiers scientifiques à s'intéresser de près au volcan au XIXe s., présentait-il la région. Une terre luxuriante, jadis choisie par la bonne société créole pour devenir une station de « changement d'air ».

La Plaine-des-Palmistes★★

···› À 13 km N-E de Bourg-Murat, 41 km N-E de Saint-Pierre et 21 km S-O de Saint-Benoît par la N3. **Bonnes adresses** p. 254.

À 5 km au-dessus de Bourg-Murat, après avoir croisé le GR R2 qui relie le volcan et le piton des Neiges, la route des Plaines (N3) atteint le **col de Bellevue** (1 606 m, kiosques à pique-nique), d'où la **vue** s'étend jusqu'à Saint-Benoît, avant de redescendre sur La Plaine-des-Palmistes qui se compose en deux parties le long de la route : le **Deuxième-Village** en amont, suivi du **Premier-Village** en aval.

Station prisée pour son climat au XIXe s., le bourg a conservé sa tranquillité et quelques belles cases créoles noyées dans la végétation. La Plaine-des-Palmistes est réputée pour ses tables d'hôte, ses goyaviers **···› encadré ci-contre** et son fromage, que l'on peut trouver dans tous les supermarchés de l'île (fromage frais nature, parfumé au combava, au gingembre...). Son climat frais et humide se prête à l'exploitation des palmistes (un petit palmier dont on consomme le cœur), des orchidées et des fougères arborescentes (fanjans) dont les amas racinaires sont creusés pour faire des pots de fleurs très écologiques.

La Plaine-des-Palmistes a également longtemps été le centre de la culture du thé à La Réunion. Aujourd'hui, l'association des **Amis du Jardin du Capricorne** *(rens. à l'*🛈*)* propose à ses visiteurs de redécouvrir l'histoire de cette production locale et de découvrir différentes variétés de thés à travers des balades thématiques dans le village.

Dans le Premier-Village, on remarquera la **nouvelle mairie**, construite dans un style néocréole ostentatoire, qui fait la fierté de la commune, ainsi que le très beau **domaine des Tourelles**★.

Cet ensemble architectural impeccablement restauré est caractéristique des villas de « changement d'air » du XIXe s. Il abrite désormais l'🛈 *(p. 254)*, la direction du secteur « Est » du parc national de La Réunion, une boutique d'artisanat réunionnais *(p. 254)*, un espace d'exposition, des ateliers d'artisans *(p. 254)*, une fonderie d'art et un salon de thé, avec la volonté d'être un point d'ancrage et d'animation au service de l'artisanat d'art à La Réunion.

Dans l'enceinte du domaine, le kiosque de la Forêt présente une exposition permanente à vocation pédagogique sur le milieu forestier de Bébour-Bélouve *(entrée libre)*, que l'on pourra compléter par une balade sur le petit sentier des plantes médicinales et aromatiques aménagé dans les jardins.

Envahissant et succulent goyavier

Également appelé goyave de Chine (à ne pas confondre avec la goyave jaune), ce petit fruit rouge de la taille d'une mirabelle est en fait originaire du... Brésil. Disséminés par l'intermédiaire d'oiseaux « semeurs » comme le martin, les arbustes qui le portent sont vite devenus envahissants, au point de menacer l'équilibre écologique de certaines forêts réunionnaises et d'être considérés comme une « peste végétale » omniprésente en moyenne altitude.

En gâteau, en sorbet, en confiture (qui s'accommode très bien avec le fromage frais local dit « fromage des Plaines ») ou en agrément d'une volaille, le goyavier se décline de nombreuses façons. Le premier week-end de juin, la **Fête du goyavier** anime La Plaine-des-Palmistes, avec des concours culinaires et l'élection de Miss Goyavier. ◆

20 itinéraire

Balades dans les environs

Depuis le village, une promenade facile mène à la belle **cascade Biberon**, haute de 240 m, qui dessine une traînée blanche visible de loin sur le rempart qui domine le bourg *(départ du sentier à 1 km du centre du bourg, indiqué depuis la N3 ; 1 h A/R)*. Le territoire de la commune offre encore plusieurs autres balades familiales, au départ du village comme le **sentier botanique du piton des Songes** *(rens. à l'ℹ)* ou dans les forêts de Bébour-Bélouve *(ci-contre)*.

Sur la N3, dans les premiers virages qui amorcent la descente vers Saint-Benoît, environ 4 km après la sortie du village, le lieu-dit **L'Écho** offre un point de vue majestueux sur le site du **Grand Étang*** enchâssé dans la végétation. Un kilomètre plus bas, un chemin indiqué sur la gauche se termine sur un parking et une aire de pique-nique d'où part le **sentier** qui fait le tour du plan d'eau, avec un crochet par un point de vue panoramique du site au début du parcours, et un prolongement d'env. 1,2 km A/R pour remonter *(grimpette rude mais méritée)* jusqu'aux cascades du bras d'Annette, à l'extrémité de l'étang *(env. 2 h de marche facile au total)*.

Les forêts de Bébour-Bélouve***

···› Au Deuxième-Village de La Plaine-des-Palmistes, prenez la D55 en direction de La Petite-Plaine (en venant de Bourg-Murat, embranchement au bas de la descente du col de Bellevue à 9 km N-E de Bourg-Murat) ; puis la RF2 vers le col de Bébour. **Documentation et guides** à l'ONF p. 254. **Bonnes adresses** p. 254 (La Plaine-des-Palmistes).

Pour les itinéraires les plus longs, une carte IGN Topo 25 est toujours utile. Les **numéros des balades** renvoient à la carte *p. 186*. Ce sont des balades courtes. ···› **Pour une marche plus importante, voir randonnée 4, p. 210.**

© Bertrand Rieger/Hemis.fr

◄ Installé sur un ancien camp forestier, le gîte de Bélouve est une escale authentique et confortable pour clore agréablement un jour de marche.

Les plateaux de Bébour et de Bélouve constituent un immense réservoir forestier où l'homme a su faire cohabiter végétation primaire et massifs d'exploitation de cryptomerias et de tamarins. Sur environ 15 km de **La Petite-Plaine** *(ci-dessous)* au **gîte de Bélouve**, la route forestière dessert de nombreux parcours à pied qui vous donneront un large aperçu de ce sanctuaire naturel géré par l'ONF. La plupart des parcours sont indiqués et balisés et, sur les parkings de départ, des panneaux en bois renseignent les randonneurs sur les itinéraires.

1. Sentier botanique de la Petite-Plaine. Pour découvrir en boucle les principales essences qui composent une forêt de bois de couleurs *(boucle de 45 min; niveau facile)*.

2. Col de Bébour. Sur la g., le GR R2 traverse la forêt primaire jusqu'au piton des Neiges à travers un incroyable fouillis végétal: mousses, fougères, orchidées sauvages, vacoas marron, arums et bois de couleurs sous un couvert de tamarins *(8 h A/R; niveau difficile)*.

3. Camp ONF de Bébour. Deux boucles de 1 et 2 km pour aborder en toute facilité le milieu forestier de façon thématique avec l'aide d'un livret vendu par l'ONF *(30 min à 1 h; niveau facile)*.

4. Caverne des Hirondelles. Balade à travers la forêt fleurie (en saison) d'hortensias et de fuchsias, jusqu'à un joli bassin entouré d'arums. Dans les cavités niche une hirondelle typique de l'archipel des Mascareignes ici appelée « salangane ». *(2 h 30 A/R; niveau assez facile)*.

5. Sentier de la Rivière. Ce sentier botanique de 2 km coupe une boucle de la route forestière et traverse la **rivière des Marsouins**. Possibilité de suivre le lit de la rivière et de se baigner dans des bassins *(40 min A/R ou 30 min pour rejoindre la route forestière un peu plus haut; niveau facile)*. Possibilité de continuation par le **sentier des Mares et des Bois-de-Couleurs** *(voir plus bas)* puis par le **sentier des Tamarins**.

6. Point de vue sur Takamaka. Une piste carrossable ouverte par EDF pour le chantier de la **centrale hydroélectrique** de Takamaka-2 conduit jusqu'au bord du vertigineux rempart de la rivière des Marsouins *(3 km depuis la route forestière)*. En contrebas, on aperçoit le barrage et le téléphérique de service qui assure la liaison avec la centrale. Un sentier sur la gauche mène en 10 min à un autre point de vue. À pied, un sentier part de la route forestière juste après l'embranchement de la piste et rejoint le deuxième point de vue *(8 km A/R et 4h A/R; niveau assez facile)*. Le sentier qui dégringole dans la gorge vers la station et la route de Takamaka est interdit pour raison de sécurité (échelles en fer descellées).

7. Sentier des Bois-de-Couleurs. Doublant la route forestière, ce parcours offre de nombreuses possibilités de rejoindre l'itinéraire bétonné *(2h30 jusqu'au gîte de Bélouve; niveau facile)*.

8. Portail. À 2,5 km du gîte de Bélouve, ce portail interdit l'accès aux véhicules le week-end afin d'éviter une trop grande circulation sur le site *(la route forestière est fermée à partir de là du ven. 12h au lun. 7h et la veille des j.f. à partir de 16h)*. Il faut alors marcher 30 min pour accéder au gîte.

9. Route forestière de la Vierge. Chemin d'exploitation doublé d'un sentier pédestre *(1 h jusqu'au gîte de Bélouve)* ; à son point culminant, superbe lecture de tout le massif forestier de Bélouve.

10. ♥ Camp de Bélouve. C'est le but ultime de la route forestière. ▲ **Gîte** *(p. 254)*, table d'hôte, **musée du Tamarin** (vieux outils et souvenirs de l'époque où le travail du bois se faisait manuellement et où un téléphérique de fortune assurait la liaison avec Hell-Bourg en contrebas; *entrée libre*) et bureau de l'ONF, le tout aménagé dans les cases en bois de l'ancien camp forestier, sur un site fleuri dégageant énormément de charme. Très beau point de vue plongeant sur Salazie.

11. Point de vue sur Hell-Bourg.** Depuis le pylône des télécommunications, un panorama exceptionnel englobe tout le cirque de Salazie et au-delà *(15 min de marche depuis le gîte de Bélouve)*.

12. Vers le Trou-de-Fer. Le parcours fait une boucle complète à travers les différentes formations végétales de Bélouve, croise la « reine des Tamarins » (un arbre plusieurs fois centenaire) et aboutit sur un point de vue relativement dégagé sur le célèbre **gouffre** *(3 à 4h A/R au départ du portail ou du gîte de Bélouve; niveau moyen voire difficile après les pluies car sentier particulièrement boueux)*.

pause fruitée. Le secteur de La Petite-Plaine, le long de la route forestière du col de Bébour, regorge de **goyaves** → **encadré p. 187**. De mai à juillet, c'est l'une des promenades dominicales préférées des Réunionnais qui viennent cueillir à pleines mains ces délicieuses baies acidulées dont le parfum rappelle ceux du cassis, de la fraise et de la framboise mélangés. À la cueillette ! ◆

Les cirques

Façonnés par l'érosion à partir des effondrements de l'ancien système volcanique du piton des Neiges, les trois cirques réunionnais partagent la même histoire géologique et humaine.

À l'origine refuges d'esclaves en fuite, ils ne furent péniblement colonisés par des « Petits Blancs » qu'à partir du XIXe s. et présentent aujourd'hui le visage d'une Réunion rurale préservée et fortement attachée aux valeurs créoles traditionnelles.

Chacun d'entre eux possède pourtant sa propre personnalité : verdoyant et agricole, **Salazie** est le cirque le plus ouvert ; plus sec et plus minéral, **Cilaos** s'est développé autour des activités de montagne ; tourmenté et desservi uniquement par des sentiers, **Mafate** semble vivre hors du temps et de la civilisation mais s'est ouvert sur l'extérieur ces dernières années grâce à l'hélicoptère et à l'accueil des randonneurs.

Programme : visite de villages et découverte de la vie dans les îlets, découverte de l'artisanat et des produits du terroir, activités de montagne (canyoning, VTT, escalade, randonnées...), séance thermale, baignade en rivière, contemplation de paysages grandioses, immersion dans la nature et décompression loin de tout.

Itinéraires 21 à 23.

Bonnes adresses p. 255.

▲ **Le relief chaotique du cirque de Cilaos.**

21 Le cirque de Salazie★★★

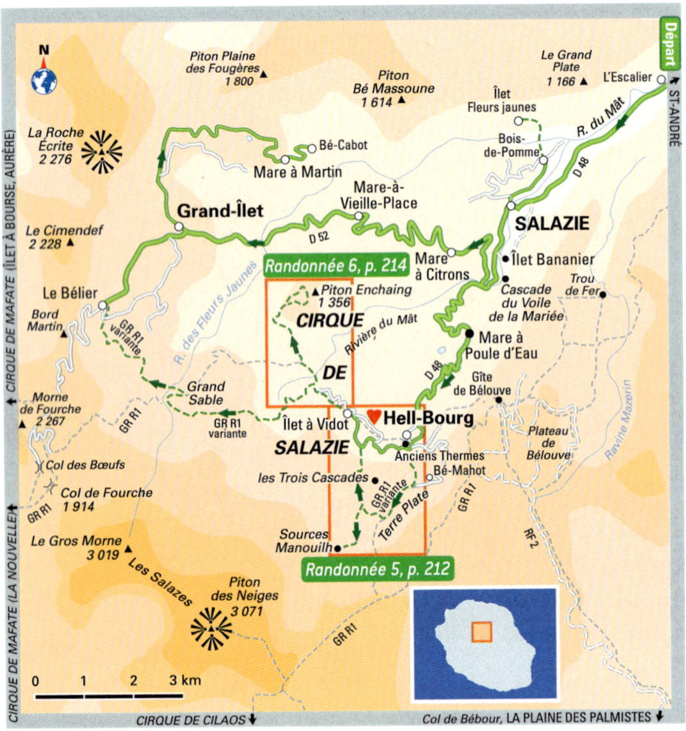

Itinéraire de 118 km en boucle. **Départ** : du quartier de la Rivière-du-Mât à la sortie S de Saint-André *(p. 111)* par la D48, unique voie routière d'accès au cirque.

Durée : 2 j. (nuit à Hell-Bourg).

Bus : Ti'Cars Jaunes ligne J de Saint-André à Salazie village ; correspondances pour Grand-Îlet ou Hell-Bourg.

Ne manquez pas : la route vers Hell-Bourg *(p. 194)*.

Bonnes adresses p. 258.

Son nom est dérivé du mot malgache *salaozy* signifiant « **bon campement** ». Les marrons (esclaves en fuite) qui se réfugièrent ici dès le XVIIe s. ont marqué la toponymie des lieux: le plus célèbre d'entre eux, **Enchaing** *(p. 215)*, a laissé son nom au pic qui se dresse au centre du cirque. Cette terre de marronnage ne sera officiellement colonisée qu'à partir de 1820 avec l'arrivée d'une dizaine de familles de propriétaires terriens. La découverte d'**eaux thermales** en 1842 va en accélérer le peuplement, Hell-Bourg devenant une station d'altitude fréquentée par la bourgeoisie dionysienne, tandis que le reste du cirque se voue à une agriculture de subsistance.

Actuellement, Salazie (7 482 habitants au recensement 2012), qui détient plusieurs records mondiaux de pluviométrie, développe et rationalise sa **tradition agricole** – élevage de porcs et de volailles (spécialement à Grand-Îlet) ; culture de fruits (bananes, bibasses, pêches, agrumes, pommes...) et de légumes (en particulier le chouchou, emblème du cirque, et le cresson) – désormais valorisée à travers de petites unités de transformation (découpe de viande, confiseries, confitures, conserves).

Face au développement touristique, les Salaziens ont su jouer la carte de l'authenticité, prenant conscience de la valeur de leur mode de vie et de leur environnement. Ainsi, les **tables et chambres d'hôte** se sont multipliées, des **guides** *péi* s'attachent à faire découvrir la culture créole traditionnelle, et l'**artisanat** reprend de la vitalité : tressage de la paille chouchou, travail du bois, du bambou, du fer forgé et de l'argile (poteries, santons), et ateliers tenus par de jeunes créateurs en quête de retour à la nature.

Vers le village de Salazie★★

À 18 km au S-O de Saint-André par la D48. **Bonnes adresses** p. 258.

La route qui mène à Salazie est un véritable enchantement qui vous fera passer du monde moderne et brûlant de la côte aux brumes intemporelles de la montagne. Elle s'enfonce dans les **gorges de la rivière du Mât** qui se resserrent progressivement sur le lacet d'asphalte, tapissées d'une épaisse végétation et rayées de chutes d'eau blanches.

Au loin, sur la gauche, on aperçoit l'impressionnante **cascade Grand-Mère** dégringolant à la verticale sur le rempart du bras de Caverne qui descend du Trou-de-Fer. Juste avant **Pont-de-l'Escalier**, au lieu-dit au nom évocateur de **Pisse-en-l'Air**, les véhicules passent sous la douche d'une cascatelle qui dégouline le long de la corniche en surplomb.

Le centre-bourg

Passé le pont vertigineux sur la rivière du Mât, le **village de Salazie** s'offre soudain à la vue, modeste amas de toits rouges niché au pied d'un amphithéâtre de montagnes verdoyantes dont les silhouettes se découpent sur l'horizon : de gauche à droite, on reconnaît le piton des Neiges, relié au Gros-Morne par les crêtes ciselées des Salazes, puis le morne de Fourche au pied duquel passe le GR R1 qui bascule vers Mafate, et enfin vers le N, le Cimendef et la Roche Écrite.

Dans ce décor grandiose, le centre administratif du cirque, regroupé autour de sa grande église en pierre, n'est qu'un gros village où l'on ne fait généralement que passer. On y trouve une poste avec un *gabier* (distributeur de billets) et une station-service également munie d'un *gabier*, les seuls du cirque en attendant l'installation prévue de longue date d'un distributeur à la poste de Hell-Bourg ; quoi qu'il en soit, faites vos provisions de liquides avant de poursuivre votre route !

Autour du bourg

Vers l'îlet Bananier. *Piste bétonnée à la sortie de la ville, sur la g., au niveau de l'arrêt de bus « Château d'eau » ; 1,5 km A/R ; possibilité de rejoindre Salazie par un autre sentier pour un itinéraire en boucle.* L'îlet Bananier a gardé un petit air d'antan. Il se trouve au pied de la **cascade du Voile-de-la-Mariée** *(p. 194)*, qu'on atteint facilement après avoir traversé une passerelle assez spectaculaire et de nombreux carrés de cresson.

Vers Bois-de-Pomme. *Au centre du village, petite route indiquée sur la dr.* À travers une campagne verdoyante, la route mène vers **Bois-de-Pomme**, un hameau agricole, et d'autres hameaux où bat le cœur de La Réunion traditionnelle. De là, on peut revenir sur Salazie *via* Mare-à-Goyaves, par une jolie petite route de campagne (beau point de vue sur le village) ou rejoindre à pied l'îlet Fleurs-Jaunes de l'autre côté de la rivière.

Vers l'îlet Fleurs-Jaunes. *Au centre du village, sentier indiqué.* Pour rejoindre l'îlet Fleurs-Jaunes, au pied du rempart, vous emprunterez une passerelle par-dessus la rivière des Fleurs-Jaunes (à ne pas confondre avec la ravine Fleurs-Jaunes à Cilaos)

► Entre cases créoles colorées, végétation tropicale dégoulinante d'humidité et remparts luxuriants, le village de Hell-Bourg dégage une atmosphère dépaysante très particulière.

qui se jette un peu plus loin dans la rivière du Mât. Poursuivez jusqu'aux dernières cases et revenez par le même chemin *(5,7 km, soit env. 1 h 30 de marche A/R depuis Salazie en passant par Bois-de-Pomme ; baignade possible dans la rivière)*.

La cascade du Voile-de-la-Mariée*. *Point de vue après le centre du village (env. 1 km).* On peut admirer du bord de la route la cascade et ses multiples traînes d'eau accrochées à la falaise. Certaines alimentent des petits bassins aménagés pour l'élevage de truites ou la culture de cresson. Pour voir les cascades de plus près, le chemin d' Îlet Bananier *(p. 193)* se poursuit jusqu'au lit de la rivière et permet d'accéder au pied de la cascade par une passerelle *(1 h 30 A/R, pas de difficulté particulière sinon le dénivelé)*.

> Juste après la cascade, la route se divise en deux : à g., elle mène à Hell-Bourg, à dr. à Grand-Îlet.

Vers Grand-Îlet★★

⇢ À 31 km O de Salazie par la D52.

En chemin, halte possible à **Mare-à-Vieille-Place** où est installé un belvédère avec un beau **panorama*** sur les gorges de la rivière des Fleurs-Jaunes.

Au fond du cirque, **Grand-Îlet** semble vivre hors du temps, protégé par ses remparts montagneux. Tranquillité et authenticité sont les richesses de ce village qui vit essentiellement de l'élevage (importante unité coopérative d'abattage et de transformation de volailles sous la marque Grand Matin), comme l'indique l'odeur qui flotte dans l'air. La jolie église Saint-Martin, la seule tout en bois sur l'île, a été entièrement reconstruite

© Sylvain Grandadam

à l'identique après que le bâtiment original eut été soufflé par le cyclone Hollanda en 1994.

Vers le S, une petite route conduit au hameau du **Bélier**, d'où part la **route forestière*** desservant les cols des Bœufs et de Fourche, points de départ des différents sentiers vers Mafate *(p. 201)*.

Vers le N, une autre petite route rejoint au fin fond du cirque les hameaux de **Mare-à-Martin*** (joli étang) et de **Bé-Cabot** où quelques familles s'accrochent à leurs lopins de terre, au pied du rempart, sous la silhouette imposante du **piton Bé-Massoune**.

Vers ♥ Hell-Bourg★★★

⇢ À 23 km S-O de Salazie par la D48.

À mi-chemin, au lieu-dit **Mare-à-Poule-d'Eau** *(plan d'eau)*, on peut voir au pied du rempart la cage d'arrivée du **téléphérique** qui, entre 1954 et 1976, évacuait les bois de **Bélouve** *(p. 188)* sur près de 1 500 m.

Hell-Bourg doit son nom à M. de Hell, gouverneur de l'île Bourbon de 1838 à 1841, qui assura le protectorat de Madagascar.

Les sources thermales furent découvertes en 1842. Dès lors, le village devint un lieu de villégiature couru par tous les notables de l'océan Indien. Cet âge d'or ne dura pas puisque les sources furent obstruées suite au cyclone de 1948.

Aujourd'hui, l'ancienne station thermale dégage un charme unique en son genre. **Îlet-à-Vidot** n'a découvert l'électricité publique qu'en 1980 avec la route (avant, le village était alimenté par une centrale hydroélectrique dont on peut voir les vestiges sur le site des anciens thermes) et le téléphone en 1985 !

Environ 1 km avant le village, sur la gauche de la route en montant, le **Point du Jour** (892 m) était jadis le rendez-vous des curistes d'Hell-Bourg, qui y venaient aux premiers rayons du soleil pour admirer le panorama. Si la mare à Poule-d'Eau, en grande partie asséchée, n'est plus visible aujourd'hui, le point de vue sur le cirque y est toujours superbe, avec le piton **Enchaing** (1 352 m) au premier plan et le piton **Plaine des Fougères** (1 802 m) au deuxième.

immersion. Spécialisé dans l'architecture, les croyances et les traditions créoles, **Patrick Manoro**, guide *péi* *(p. 224)* et propriétaire d'un agréable ▲ **gîte de randonnée La Mandoze** au centre d'Hell-Bourg, organise un circuit très intéressant à la rencontre de tonton Lafable, un ancien qui vous fera découvrir le mode de vie traditionnel des Hauts *(14, chemin de l'École, Camp Ozoux, Hell-Bourg ☎ 02.62.47.89.65 ou 06.92.65.65.28, p. 259)*.

Le village

C'est un très joli village aux couleurs pimpantes, labellisé « Villages créoles » *(p. 78)* et classé parmi les plus beaux de France, avec de charmantes maisons créoles, modestes cases populaires ou villas d'été bourgeoises, dont la maison Folio.

La maison Folio.** *5, rue de l'Amiral-Lacaze, face à l'église ☎ 02.62.47.80.98.*

Ouv. t.l.j. 9 h-11 h 30 et 14 h-17 h. Entrée payante. Vis. guidée. Téléphoner au préalable. Rescapée de l'âge d'or de Hell-Bourg, cette demeure du XIXe s. (également appelée « villa des Châtaigniers ») semble avoir traversé le temps comme par enchantement, d'autant plus qu'elle est toujours habitée et qu'elle a conservé son jardin créole. M. Folio et son fils, propriétaires et occupants du lieu, se font un plaisir de la faire découvrir aux visiteurs, avec force souvenirs, anecdotes et références historiques.

La visite se termine généralement par la découverte d'une petite exposition d'objets usuels anciens et d'artisanat, aménagée dans l'une des dépendances.

La rue du Général-de-Gaulle. *Au tout début de la rue principale, sur la dr., à l'entrée du village, des escaliers permettent d'accéder à un point de vue sur la mairie annexe, la villa Barrau et son guetali (petit kiosque en angle qui servait de « cabane d'observation ») ; à la fin de la rue du Général-de-Gaulle, on peut d'ailleurs admirer son frère jumeau, le guetali Lucilly.* Toute la vie du village se concentre autour de son artère principale, la **rue du Général-de-Gaulle** (une de plus !), bordée de commerces et de services ayant réinvesti des **cases anciennes** fraîchement restaurées, à l'image de la **poste** et de la **pharmacie**.

Au n° 31, le **gîte de Madeleine Parisot** est installé dans ce qui fut l'hôtel des Salazes, le premier établissement thermal d'Hell-Bourg : l'une des nombreuses cases créoles remarquables du village, vêtue de rose et de blanc, patinée mais pas délabrée et précédée d'un escalier en pierre de basalte.

shopping. Vous trouverez artisanat, produits du terroirs, articles cadeaux, cartes postales, etc., à la **boutique du Bambou** *(41, rue du Général-de-Gaulle, Hell-Bourg, sous la maison du tourisme ☎ 02.62.47.84.90 ou ☎ 06.92.82.94.11).* En cherchant bien, vous pourrez dénicher quelques créations locales originales (objets en bambou, chapeau en paille de chouchou...) entre deux babioles *made in* China.

Le cimetière*. *En suivant la rue de l'Amiral-Lacaze.* C'est l'un des plus vieux cimetière de l'île. Il y règne une atmosphère assez étrange, surtout quand la brume vient envelopper le dédale de tombes blanches aux inscriptions illisibles. C'est ici que repose anonymement le bandit **Zitte** (criminel condamné à mort pour plusieurs meurtres).

Les cendres du poète réunionnais **Auguste Lacaussade** (1815-1897) s'y trouvent également, transférées du cimetière Montparnasse en 2006 sous le feu d'une vive polémique locale (ce quarteron métissé, grand ami de Leconte de Lisle, quitta en effet son île à l'âge de 10 ans pour n'y revenir que deux fois, incapable de s'intégrer à la société esclavagiste de l'époque).

♥ **Les anciens thermes**.** *Au bout de la rue du Général-de-Gaulle, un chemin prolongé par un sentier fleuri (canas, pervenches de Madagascar, hortensias, œillets...) descend vers les ruines des anciens thermes. Départ au niveau de la gendarmerie. 30 min A/R à pied.* Là, au bord de la rivière, dans un cadre champêtre et à l'ombre des bouquets de bambous *(kiosques à pique-nique et trempette possible)*, les vestiges des installations thermales rendues inopérantes par le cyclone de 1948 (salles d'eau encore carrelées, bassin central avec fontaine, reliques de chaudières et de cellules de bain le long du cours d'eau) sont certes modestes mais touchantes et évocatrices. En continuant le sentier, on rejoint rapidement la route d'Îlet-à-Vidot.

Marches autour de Hell-Bourg**

···> voir les randonnées 5 *(p. 212)* et 6 *(p. 214)* ; fiches à l' ❶

Promenades familiales ou randonnées plus sportives, en forêt ou à découvert, la région compte de nombreux sentiers pédestres, dans un environnement moins exigeant qu'à Cilaos ou Mafate. ◆

22 Le cirque de Cilaos★★★

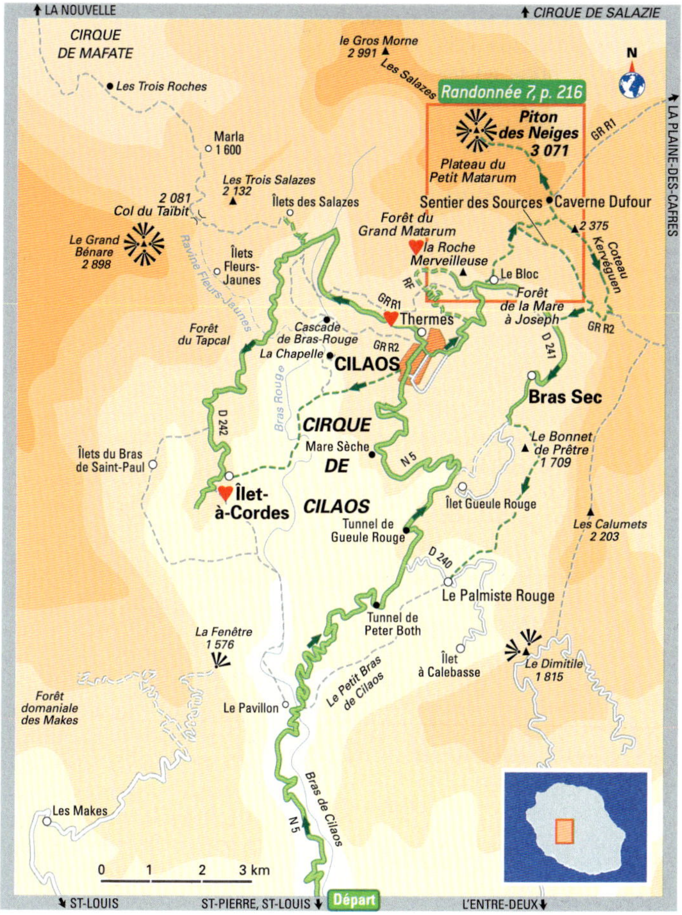

Itinéraire : de Saint-Louis à Cilaos-Bourg ; retour par la même route. **Départ** : la Rivière-Saint-Louis *(p. 161)*.

Durée : au moins 2 j.

Bus : env. 10 liaisons/j. entre Saint-Louis et Cilaos-Bourg ; correspondances vers Bras-Sec ou Îlet-à-Cordes.

Ne manquez pas : les thermes de Cilaos *(p. 199)* et Îlet-à-Cordes *(p. 200)*.

Bonnes adresses p. 255.

L'histoire de Cilaos est très comparable à celle du cirque de Salazie : comme son voisin, ce fut d'abord un refuge d'esclaves marrons au XVIIe s., et son nom provient d'un mot malgache, *tsylaosy* (« le lieu qu'on ne quitte pas »). Après 1848, date de l'abolition de l'esclavage, les « Petits Blancs » se mêlent naturellement aux anciens esclaves, donnant naissance à une population métissée plutôt claire typique des Hauts de l'île.

Comme à Salazie, le **thermalisme** va ensuite forcer le destin du cirque. Les premières sources thermales sont découvertes en 1815, attirant les curistes à partir de 1835 malgré les difficultés d'accès au site *(p. 48)*. Un établissement thermal moderne est ouvert en 1897, géré à partir de 1900 par le docteur Mac-Auliffe qui en assure le développement. Sa fille, Angèle, qui initie les femmes du cirque à l'art de la dentelle, est par ailleurs à l'origine de la tradition des «**jours de Cilaos**».

Aujourd'hui, malgré sa relativement faible population (6088 habitants au recensement 2012), la commune se distingue par son **dynamisme touristique et économique**. Tout en gardant les pieds dans le terroir (production d'eau minérale gazeuse, de vin et de lentilles), Cilaos a su développer une image montagnarde qui lui va bien et devenir un centre d'**activités de pleine nature** de tout premier plan: on trouve sur place des guides accompagnateurs, des loueurs de matériel et autres prestataires de services, ainsi qu'un réseau dense de circuits balisés en tout genre (randonnée pédestre ou VTT, voies d'escalade ou de canyoning équipées…).

À pied, au bout d'une corde de rappel ou attablé devant une cheminée… ces tropiques-là ont quelque chose d'insolite et de grandiose.

Le long de la «route aux 300 virages»★★★

De La Rivière-Saint-Louis empruntez la route N5 vers Cilaos.

Il a fallu huit ans (de 1927 à 1935) pour construire la spectaculaire «route aux 300 virages» (certains prospectus n'hésitent pas à dire 400) qui grimpe le long des remparts du bras de Cilaos, côtoyant en permanence de vertigineux à-pics.

Peu après La Rivière-Saint-Louis *(p. 161)* et le passage dans le goulet du bras de Cilaos, un pont sur la droite mène à l'**Îlet-Furcy**, hameau posé dans un coude de la rivière au pied du rempart, connu pour abriter plusieurs ateliers de tailleurs et de sculpteurs de pierre, dont celui de l'artiste réunionnais Gilbert Clain.

À mi-chemin environ, un pont enjambe la rivière au lieu-dit **Le Pavillon**, ancien point de départ des chaises à porteurs qui amenaient autrefois les curistes les plus fortunés jusqu'aux thermes. Jusqu'en 1936, en effet, la montée vers Cilaos se faisait à pied en 6h de marche, par le périlleux sentier du Cap-Noir.

Après les **tunnels** de Peter-Both puis de Gueule-Rouge, la route traverse le **bras de Benjoin** (bassins pour la baignade en amont du pont) avant de déboucher sur un plateau accidenté, centre naturel du cirque où s'étale, à 1200 m d'altitude, la petite ville thermale de Cilaos, fraîche et bien ordonnée, que l'on aborde par le quartier de **Mare-Sèche** *(5 km S du centre-bourg)*.

Le bourg de Cilaos★★

À 38 km N de Saint-Louis par la N5. **Bonnes adresses** p. 255.

Le centre du bourg est un agréable lieu de balade, avec ses anciennes **villas créoles** de «changement d'air», sa **mare à joncs** surmontée d'un îlot, son **église Notre-Dame-des-Neiges** (1932), vêtue tout de blanc et de bleu aux couleurs de la Vierge, et dotée d'une originale façade Art déco en demi-lune… le tout dans un cadre montagnard spectaculaire, entouré de sommets allant de 2000 à 3070 m (le piton des Neiges).

Le chai de Cilaos★★. *34, rue des Glycines* ☎ *02.62.31.79.69, www.chaide-cilaos.reunion.fr. Ouv. lun.-sam. 9h-12h et 14h-17h30. Entrée libre.* Cilaos est le seul endroit de La Réunion où l'on produit du vin *(p. 46)*. À travers un film et une exposition, vous pourrez faire connaissance avec l'aventure viticole réunionnaise, visiter les caves et goûter à la production locale, une production désormais issue de différents cépages nobles (chenin, malbec, pinot noir, syrah, gamay, verdelho), qui a obtenu l'appellation Vin de Pays de Cilaos en 2004 et n'a plus rien à voir avec le vin doux traditionnel Isabelle *(p. 46)*. Notez que la **Saint-Vincent** *(en janv.)* est devenue une fête importante pour le cirque.

La maison de la Broderie★. *4, rue des Écoles ☎ 02.62.31.77.48. Ouv. lun.-sam. 9h30-12h et 14h-17h, dim. et j.f. 9h30-12h. 1 € l'entrée.* Elle est consacrée à la tradition artisanale des célèbres dentelles appelées « **jours de Cilaos** ». Les motifs de ces ouvrages sont géométriques ou inspirés par la flore locale. Le travail au tambour sur un tissu extrêmement fin nécessite de longues heures de travail (deux jours pour un mouchoir).

broderies. Dans la boutique du centre-ville *(51, rue du Père-Boiteau ☎ 02.62.31.81.30; ouv. t.l.j. 7h-17h)*, entre deux souvenirs touristiques, vous trouverez les broderies de **Mme Techer** (dont l'atelier est juste à côté) ainsi que d'autres objets faits main.

♥ **Les thermes de Cilaos★★.** *À la sortie N de la ville, à l'intersection des routes pour Bras-Sec et Îlet-à-Cordes. **Bonnes adresses** p. 257.* Construit en 1987, le nouveau complexe thermal a subi de gros travaux de rénovation de son réseau de canalisation en 2004 puis en 2007 (travaux financés en majeure partie par le Département).

L'établissement thermal Irénée-Accot, du nom du premier maire du cirque, propose à tous, et à des prix relativement abordables, les vertus de ses eaux chaudes bicarbonatées sodiques (sauna, bain à bulles, hydromassage...). Aussi agréable que réparateur après une bonne randonnée.

Vers Bras-Sec★

À 5 km E de Cilaos par la D241.

Environ 1 km après les thermes, une route forestière indiquée sur la gauche mène au **plateau des Chênes** puis à la ♥ **Roche-Merveilleuse★**, promontoire rocheux au cœur de la forêt d'où l'on a un superbe **panorama★★** sur le cirque *(2 à 3 min de marche pour gagner le belvédère depuis le parking)*.

Depuis le belvédère, un **sentier botanique** *(1 h, niveau facile)* permet une incursion simple et instructive dans la forêt. La route forestière redescend pour retrouver la route de Bras-Sec au niveau du **Petit-Matarum** (réserve naturelle). Un sentier, indiqué à la sortie de Cilaos au niveau des thermes, double la route forestière et permet de rejoindre la Roche-Merveilleuse à pied *(2h A/R; niveau facile)*.

De retour sur la route de Bras-Sec, on s'enfonce dans la **forêt de la Mare-à-Joseph** où abondent les **cryptomerias** (résineux originaires du Japon utilisés pour le reboisement). Les dégâts du cyclone *Dina* (en 2002) y ont longtemps été perceptibles, l'effet d'accélération des vents qui se sont engouffrés dans le cirque ayant mis à terre des pans entiers de cette futaie régulière.

Juste avant les premières maisons de Bras-Sec, sur la gauche, le **sentier des Sources** *(boucle d'1 h; niveau facile)* offre une promenade pour débutants dans la forêt replantée puis traversant, plus en altitude, une **forêt de bois de couleurs** typiquement réunionnaise entrecoupée de cryptomerias.

La route traverse ensuite le hameau de **Bras-Sec★**, à l'habitat très dispersé, qui perpétue une ancienne tradition viticole et propose des ▲ **chambres et** ♦ **tables d'hôte** pour l'accueil des touristes dans cette campagne du bout du monde *(p. 256)*. Le **sentier des Calumets** vous permet de rejoindre le village du **Palmiste-Rouge** *(5h30 A/R; niveau assez difficile, nombreuses échelles)* en passant au pied du **Bonnet-de-Prêtre**, montagne à la silhouette insolite.

pause verte. Découvrez un lieu magnifique à Bras-Sec, aménagé à l'orée de la forêt, le **Jardin botanique du Piton-Bétoum**. En fin de visite, Reine-Claude Gonthier vous proposera une dégustation de gâteaux *péi (☎ 06.92.64.30.26; ouv. mar.-jeu. et sam.-dim. 9h-17h; f. lun. et ven.; vis. payante)*.

Au-delà de Bras-Sec, la D241 se transforme en piste bétonnée et rejoint la N5 entre Palmiste-Rouge et Cilaos, à travers une montagne plus ou moins marquée par la main de l'homme et ponctuée de fermes isolées.

Le piton des Neiges***

Voir randonnée 7, p. 216.

Le niveau requis pour cette marche de 10 h aller-retour est assez élevé. Ceux qui se lanceront profiteront d'une vue imprenable sur toute l'île (le piton des Neiges en est le point culminant). Vous avez la possibilité d'y aller en douceur, en prévoyant deux jours, avec une nuit en refuge.

♥ Vers Îlet-à-Cordes**

À 9 km S-O de Cilaos par la D242. Prenez la route à la sortie N de la ville face aux thermes.

À la sortie de Cilaos, la route dégringole en lacets au fond d'une ravine. En bas de la descente, le **sentier des Porteurs** part à gauche vers les vestiges des **anciens thermes**, ruines des installations thermales du XIXe s. *(quelques minutes de marche)*.

De cet agréable site au bord de l'eau part un autre sentier pour la **cascade de Bras-Rouge** *(GR R2 ; 2 h 30 A/R ; niveau facile)* qu'on atteint par le haut après avoir longé une ravine et croisé des bassins pour la **baignade** fréquentés par les Cilaosiens.

L'îlet des Trois-Salazes. *Peu après, la route croise le GR qui grimpe sur la dr. vers le col du Taïbit en dir. du cirque de Mafate. Par le sentier, on rejoint l'îlet des Trois-Salazes (40 min de marche depuis la D242).* Autrefois abandonné, cet îlet est en train de renaître à la vie grâce à une communauté de jeunes gens désireux de vivre ici autrement, en harmonie avec une terre à première vue ingrate. Bien plus qu'un délire « baba cool », le projet met en pratique le concept de « développement durable ». Initié par l'Irlandais Ian Winkless, il s'inscrit dans le cadre d'une action de revitalisation des îlets menée par le parc national de La Réunion, et concerne la production de plantes aromatiques et médicinales notamment.

Beau panorama. La route poursuit son tracé vertigineux vers Îlet-à-Cordes et passe par-dessus la **ravine Bras-Rouge** qui coule des pentes abruptes du Gros-Morne et du piton des Neiges. Belle **vue** sur la paroi d'escalade du « **Pain de sucre** » et la voie de canyoning de la **ravine Fleurs-Jaunes**, filet d'eau vertical creusé dans la roche basaltique, sous le **col du Taïbit**, unique voie de passage entre les cirques de Cilaos et de **Mafate** *(ci-contre)*.

♥ Îlet-à-Cordes**. *Terminus de la route en cul-de-sac.* Cet îlet doit son nom aux échelles de cordes qui permettaient d'accéder au hameau d'avant la construction de la route. Sur un replat de terrain, dans un décor titanesque digne des Andes, quelques familles vivent chichement dans des cases en tôle, en particulier de la culture des **lentilles** de Cilaos *(p. 42)*, d'agrumes et de treilles de vignes « à l'ancienne ». Dépaysement garanti… même si la récolte et le battage des lentilles à la main se font de plus en plus rares, rendement et rentabilité économique obligent !

Si les cordes n'existent plus, il est possible d'emprunter le sentier qui mène à l'îlet depuis Cilaos *(prenez le chemin de la Chapelle à l'entrée S de Cilaos face à la Boulangerie du Cirque ; 3 h aller ; niveau moyen, traversées de rivières à gué et montées raides)*.

En chemin, le site de **La Chapelle** *(bifurcation après 45 min de marche, 30 min supplémentaires ; baignade)* est une des balades favorites des Cilaosiens : dans le lit du Bras-Rouge, une cavité naturelle formée par un amas d'énormes blocs de basalte blanchis et polis par l'érosion. ◆

23 Le cirque de Mafate★★★

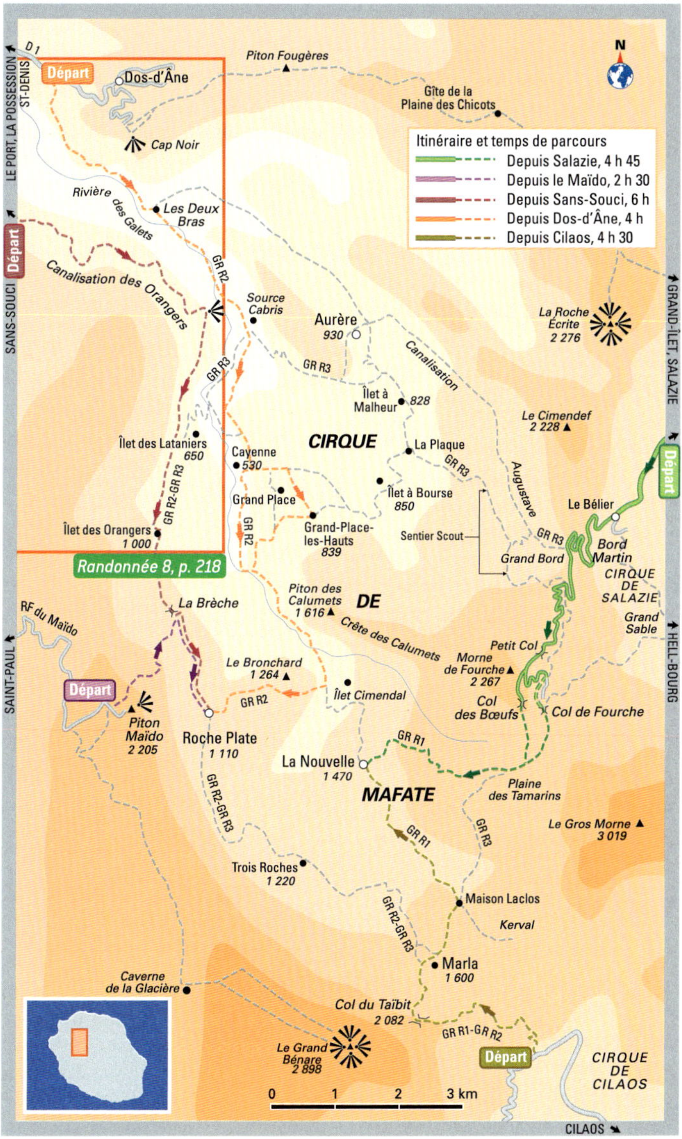

Accès : uniquement à pied. **Départ** au choix : Dos-d'Âne, Sans-Souci, le Maïdo, Cilaos, Salazie *(détails p. suivante)*.

Durée : possibilité de faire l'aller-retour à La Nouvelle dans la journée depuis le col des Bœufs. Mais il est conseillé de passer au moins une ou deux nuits sur place afin de profiter pleinement du cirque et de « rentabiliser » les efforts de la randonnée.

Sur place : les possibilités de parcours entre les îlets sont multiples (nombreux sentiers balisés). Chacun trouvera randonnée à son pied en fonction de critères de temps, de difficulté et d'intérêt. Possibilité d'entrer et de sortir du cirque par des portes différentes (Salazie-La Nouvelle-Marla-Cilaos en 2 j. par exemple).

Conseils : la configuration des lieux (relief cassant) et la chaleur (surtout durant l'été austral) exigent une bonne condition physique.

Ne manquez pas : le piton des Neiges *(p. 200)*, randonnée 7 p. 216.

Bonnes adresses p. 257.

C'est le plus sauvage et le moins fréquenté des cirques de l'île. En 2010, la population mafataise était estimée à environ 800 personnes (contre plus de 1 200 en 1962 et moins de 700 dans les années 1980), dont près des deux-tiers à La Nouvelle, qui a bénéficié du développement touristique lié à la randonnée. Les autres habitants sont répartis entre sept hameaux appelés îlets rassemblant, au plus, quelques dizaines de cases en bois sous tôle.

Toute la rive droite de la rivière des Galets (La Nouvelle, Aurère, Grand-Place, Îlet-à-Malheur, Îlet-à-Bourse) dépend administrativement de la commune de La Possession, alors que la rive gauche (l'îlet des Orangers, Marla, Roche-Plate) dépend de Saint-Paul.

Comme Cilaos et Salazie, l'histoire de Mafate débute avec celle des esclaves en fuite qui trouvèrent ici un refuge idéal. À la fin du XVIIIe s., après que les derniers marrons eurent disparu, le peuplement officiel commence avec l'arrivée de quelques familles de « Petits Blancs » à Aurère. Il se poursuit au cours du XIXe s. avec la naissance des îlets de Roche-Plate, La Nouvelle puis Marla, pour compter quelque 190 familles à l'aube du XXe s.

Cette population se heurte alors au Service forestier qui veut la chasser pour reboiser afin de protéger les sols de l'érosion. Le combat entre les Mafatais et l'État va durer jusque dans les années 1960 où un accord est trouvé : les habitants deviennent locataires de leurs terres qui sont remembrées, protégées et irriguées ; un système coopératif est mis en place, ainsi qu'un programme de reboisement du cirque... La plupart des Mafatais travaillent alors à mi-temps pour l'ONF et à mi-temps pour leur propre compte.

Progressivement, d'autres mesures vont contribuer à l'amélioration des conditions de vie : trois facteurs desservent le cirque, des **écoles** sont créées dans les principaux îlets, des **dispensaires** avec infirmière sont financés par le Département. La Région, quant à elle, participe à l'installation de **blocs sanitaires** et de **chauffe-eau solaires**.

Aujourd'hui, l'énergie solaire fournit de l'électricité à tous les îlets du cirque et l'hélicoptère participe largement à son désenclavement (les survols touristiques ont été interdits du fait de leurs nuisances). Pour autant, Mafate reste un univers sans route, sans voitures et sans immeubles ; un lieu hors du temps où l'homme continue nécessairement à vivre en phase avec la nature qui l'entoure.

Accès à Mafate

Seul moyen d'accès à Mafate : la marche (le dépôt de touristes en hélicoptère est interdit depuis décembre 2005) avec des **portes d'entrée au cirque** multiples. Les départs des sentiers sont indiqués, mais il faut impérativement se renseigner au préalable sur l'état des sentiers et les balisages à suivre, auprès des ❶ ou de l'ONF. Partir avec une carte IGN au 1/25 000 est toujours préférable et sécurisant.

Depuis Salazie. D'abord en voiture par **Grand-Îlet** *(D52)* et **Le Bélier** *(route forestière)*, vous atteindrez le **Bord-Martin** *(env. 35 km O de Salazie)*, puis le **Petit-Col** *(parking payant surveillé, p. 258)*. De là, on rejoint rapidement par la piste le **col des Bœufs** qui représente l'accès le plus direct à Mafate *(1 h 45 de descente jusqu'à La Nouvelle)* ou, un peu plus loin, le **col de la Fourche** où passe le GR R1 qui relie Hell-Bourg à **La Nouvelle**.

Du Bord-Martin, vous pouvez aussi rejoindre **Aurère** *via* La Plaque par le sentier du Grand-Rein *(3 h; quelques passages délicats)*.

Depuis le Maïdo. Départ un peu avant le terminus de la **route forestière** du Maïdo *(p. 148)*, puis descente abrupte du rempart à partir de **La Brèche** *(2 h 30 jusqu'à Roche-Plate; niveau assez difficile, descente très pentue)*.

Depuis Sans-Souci ···> Voir randonnée 8, p. 218 *(dans les Hauts de Saint-Paul)*. Sentier le long de la canalisation des Orangers, taillée dans le rempart de la rivière des Galets *(3 h 30 de marche jusqu'à l'Ilet des orangers)*.

Depuis Dos-d'Âne *(20 km S-O de La Possession)*. Prenez la N1 jusqu'à **Rivière-des-Galets**, puis la D1 pour **Dos-d'Âne**, laissez la voiture au parking au bout de la D1 et descendez dans le lit de la **rivière des Galets** sur la variante du GR R2 jusqu'à Deux-Bras *(1 h 30 de marche assez sportive, plusieurs passages de gué; accessible aussi intégralement par le lit de la rivière: parcours assez ingrat depuis le quartier de La Rivière-des-Galets, à pied ou en 4x4)*. Depuis Deux-Bras, des sentiers se poursuivent vers différents îlets de Mafate *(2 h 30 jusqu'à Grand-Place par exemple)*.

Depuis Cilaos. Par le **col du Taïbit** *(GR R1, puis GR R2, p. 200)*, vous gagnerez **Marla** en 3 h de marche sur un sentier assez raide *(2 h de montée jusqu'au col puis 1 h de descente)* et un peu plus loin **La Nouvelle** *(comptez 1 h 30 en plus)*.

À la découverte du cirque★★★

Entouré de remparts inaccessibles et dominé par les plus hauts sommets du massif du **piton des Neiges★★★** (le Gros-Morne, la Roche Écrite, le Grand Bénare), le fond du cirque apparaît comme un vaste chaos rocheux entaillé par les gorges profondes de la **rivière des Galets** et de ses affluents, ces derniers étant généralement à sec durant l'hiver austral (saison sèche).

Sur les replats, telles des îles sur une mer minérale, se détachent les toits en tôle des îlets. Malgré une apparente sécheresse, le cirque offre une grande diversité de terrains: les fonds des ravines arides contrastent avec les plateaux fertiles, de même que la sauvage **forêt de tamarins** du plateau du Kerval face au **gouffre rocheux** des Trois-Roches.

Une fois dans Mafate, tous les types de circuits sont possibles, sachant qu'il existe désormais des solutions d'hébergement (toujours sommaires) et de restauration dans presque tous les îlets. Il s'agit soit de **gîtes de montagne** gérés par un gardien *(rés. obligatoire auprès de la centrale de rés. IRT ou d'un* ❶*)*, soit de **chambres d'hôte** – généralement plus intimes et plus accueillantes – tenues par le propriétaire.

Dans les principaux îlets, on trouvera une **mini-épicerie** pour les produits de base. À **La Nouvelle**, on trouve même un gîte qui ressemble à un hôtel, un camping, un restaurant, une boulangerie et une cabine téléphonique *(p. 258)*.

En espérant que la route, elle, un temps projetée au départ du cirque de Salazie ne franchisse pas les frontières de Mafate... au risque de bouleverser les fragiles équilibres de ce cirque encore inviolé. ◆

randonnée 1

Piton de la Fournaise
Le balcon du cratère Dolomieu

Cette randonnée fait partie des incontournables de La Réunion. Le parcours, ouvert en 2009 (fermé quand la Fournaise s'active), remplace l'ancien « tour des cratères », définitivement rayé de la carte depuis l'éruption d'avril 2007 et l'effondrement du cratère Dolomieu. Il mène à un point de vue sur le gouffre de plus de 300 m de profondeur qui le remplace depuis.

Itinéraire 19 « Vers le volcan » p. 183.

Profil : 13 km, 5 h A/R.

Difficulté : moyenne, randonnée assez physique.

1 Du parking, on longe sur quelques centaines de mètres le rebord d'une immense caldeira formée il y a 5 000 ans, avant d'atteindre le **pas de Bellecombe** à proprement parler, là où le sentier descend, abrupt, le long du rempart jusque dans l'enclos Fouqué.

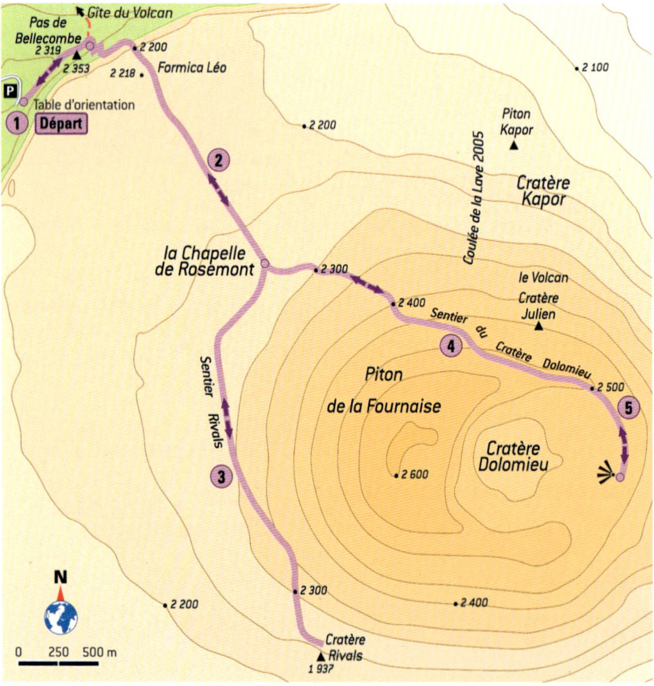

2 Le sentier gagne l'enclos après env. 15 min de descente, et se dirige vers le cône sommital. Sur la g., un embranchement mène au **piton Kapor**, né de l'éruption de 1998 (3 h A/R). Sur la dr., le **Formica Léo** est un petit cratère de scories de 1753 qu'on peut gravir en quelques minutes (à éviter à cause de l'érosion provoquée). La marche se poursuit facilement, en terrain plat et sur des dalles de lave cordée qui dessine de jolies draperies; en 20 min, on atteint une cavité naturelle appelée la **Chapelle de Rosemont**.

3 À la bifurcation, le sentier de dr. mène en 2 h env. jusqu'au pied du **cratère Rivals** de 1937. Le parcours se poursuit sur le sentier de gauche. Douce au départ, la montée vers le sommet devient de plus en plus raide et on traverse d'anciennes coulées, dans un premier temps assez stables. À partir de la mi-pente, les coulées de gratons sont plus récentes (années 2000) et se dérobent parfois sous les pieds. Le sentier est plus friable, mais jamais dangereux. Préparez-vous à transpirer...

4 Après env. 3 h de marche (depuis le départ), on atteint enfin la **plate-forme d'observation du Dolomieu** (altitude 2 632 m). Face aux 300 m de vide du cratère Dolomieu, une ligne blanche marque la limite à ne pas franchir. La plus grande prudence est recommandée, spécialement par vent fort, brouillard, et *a fortiori* de nuit.

5 Le retour se fait par le même chemin, mais en descente (sauf la remontée hors de l'enclos, terrible raidillon en fin de parcours).

Dans l'antre de Grand-mère Kal

Quand il se prépare à une éruption, le volcan se met à fumer, il émet de drôles de bruits, il gronde, il claque... Les Réunionnais disent alors que c'est Grand-mère Kal qui fait cuire sa potion magique et claquer son fouet. Vieille femme légendaire aux allures de sorcière, Grand-mère Kal est un peu la mère Fouettard locale, invoquée surtout dans les *zistwars* pour *marmailles* où elle joue le rôle de la méchante qui punit les enfants pas sages. Ses origines remontent à l'époque de l'esclavage et son existence prend racine dans la légende obscure qui oppose le mythe terrifiant des Noirs marron sanguinaires à celui de la croisade des chasseurs blancs. Esclave d'intérieur confidente de sa maîtresse, la jeune Kal fut une belle femme, ensorcelante au point que Zelindor, esclave marron chef d'une République noire, en fit son épouse. Une sombre histoire de trahison va la pousser au suicide: son âme est alors condamnée à errer. Ces dernières années, elle est remise à l'honneur pour lutter avec ses potions créoles contre la magie marketing de Halloween. ◆

Départ et arrivée: au parking du pas de Bellecombe *(p. 184)*, au terminus de la route du Volcan, où un kiosque aménagé vous renseignera sur les sentiers et vous permettra de vous abriter en cas de mauvais temps.

Topo-guide FFRP: Réf. 974.

Durée: 5 h A/R.

Balisage: marques de peinture blanche au sol; ne le perdez pas de vue, surtout en cas de brouillard (fréquent).

Distance: 13 km A/R.

Dénivelé: + 500 m/- 500 m.

Difficulté: du pas de Bellecombe, le sommet du volcan paraît proche et la progression dans l'enclos facile. En fait, même s'il n'y a pas de difficulté majeure, le chemin est long et le terrain irrégulier (scories instables, lave en « gratons » écumeuse et coupante), le soleil tape fort malgré la fraîcheur de l'air, et le brouillard tombe vite... Il faut être en bonne condition physique et respecter les règles de sécurité de la haute montagne.

Enfants: ils pourront éventuellement descendre dans l'enclos et aller jusqu'à la chapelle de Rosemont, mais pas plus.

Conseils: partir absolument de très bonne heure pour marcher à la fraîche et éviter les nuages; l'idéal est de passer la nuit au ▲ **gîte du Volcan** et de prendre le sentier dès le lever du jour. Pensez à prendre chapeau-lunettes-crème solaire, eau, nourriture vitaminée, change chaud, couverture de survie, lampe de poche et trousse d'urgence. Prévenez toujours quelqu'un de votre départ au volcan.

randonnée 2

Le Grand Bénare

Un grand classique de la randonnée à La Réunion, majoritairement tracé à travers une lande d'altitude, qui permet de profiter de deux des plus beaux points de vue de l'île : le Maïdo (2 200 m) et son panorama sur Mafate au départ ; le Grand Bénare (2 896 m), qui domine les cirques de Mafate et Cilaos face au piton des Neiges, à l'arrivée.

Itinéraire 12 « Les Hauts de Saint-Gilles » p. 145.

Profil : 18,6 km, 7 h A/R.

Difficulté : moyenne, randonnée longue et à découvert.

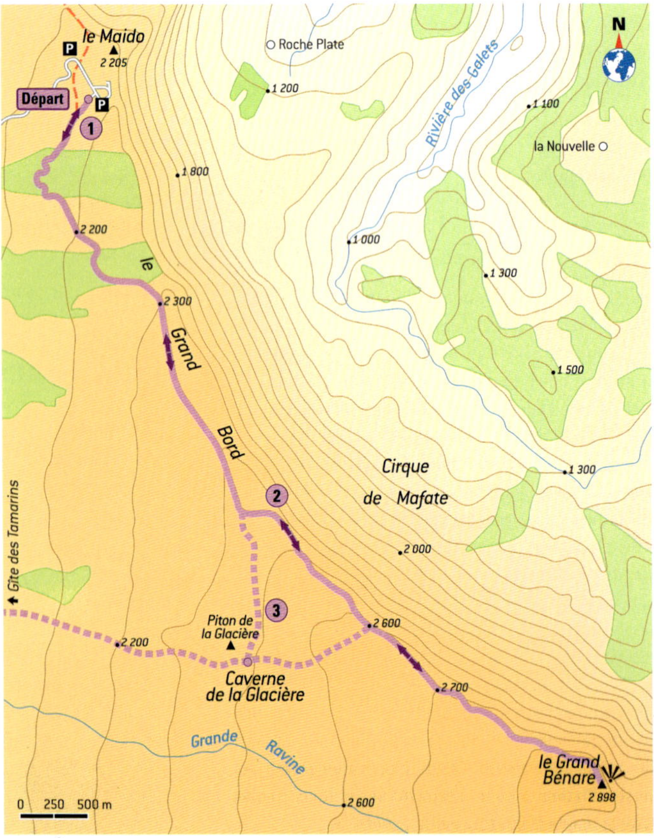

1 Le sentier débute au terminus de la route du **Maïdo**, au fond du grand parking aménagé à proximité du point de vue sur le cirque de Mafate. Le premier panneau de l'ONF signale : « Grand Bénare 9,3 km, 3 h 30 ; La Glacière 5,6 km, 2 h ». Après 5 min de marche, d'autres panneaux indiquent clairement les deux itinéraires possibles : le sentier « classique » qui se dirige vers un mirador pour continuer entre deux rangées d'ajoncs ; le sentier du « Grand Bord », un peu plus sportif (vallonné), qui permet de se rapprocher très rapidement du bord du rempart et de rejoindre la Vierge qui veille sur Mafate (2 260 m) après 30 min de marche.

2 Le sentier de scories s'élève progressivement à travers une lande de tamarins rabougris, d'ajoncs, de genêts et de branles (bruyères arborescentes). Après 2 h de marche env., prenez la bifurcation à g. pour rejoindre le « Grand Bord », le rempart du cirque de Mafate qu'on longe jusqu'au sommet fiché d'une antenne du **Grand Bénare** (*benaro* signifie « très froid » en malgache) à 2 896 m d'alt. De là, le panorama est exceptionnel : à nos pieds, le col du Taïbit qui sépare le cirque de Mafate et celui de Cilaos, dominé par le piton des Neiges et son voisin, le Gros Morne.

3 Après un petit casse-croûte réparateur, le retour peut se faire par le même chemin en sens inverse, mais il serait dommage de ne pas faire un crochet (env. 2 km supplémentaires) par **la Glacière** *(ci-dessous)* qu'on atteint en 1 h 45 de marche depuis le Grand Bénare. Depuis la Glacière, deux options s'offrent à vous : prenez le sentier du Grand Bénare qui redescend en moins de 2 h (3,6 km) sur le gîte des Tamarins en bordure de la RF9 (pas d'hébergement, mais possibilité d'y laisser un véhicule pour éviter d'être obligé de revenir sur le Maïdo) avec de belles vues sur la côte ouest au passage ; ou repartez en direction du **Maïdo** en prenant le sentier de la Glacière, pour retrouver le chemin de l'aller au niveau de la bifurcation du (2).

La Glacière

À 2 500 m d'altitude, il s'agit d'une caverne naturelle en forme de fer à cheval dans laquelle trois puits à glace (l'eau gèle durant la saison froide à cette altitude) ont été creusés vers 1835 sur l'ordre d'un certain M. Morénas (et non pas, comme on le prétend habituellement, de Mme Desbassyns, qui se contentait de s'y approvisionner). Extraite des puits, la glace – luxe suprême sous ces latitudes – était soit chargée à l'état brut dans des *gonis* (sacs en toile de jute) remplis de sciure, soit débitée en pains de 25 kg enveloppés dans des couvertures de laine, puis descendue à tête d'hommes vers les grands domaines du littoral. Que d'efforts déployés pour quelques glaçons ! ◆

Départ et arrivée : parking du Maïdo *(p. 149)*, avec la possibilité d'une arrivée au gîte des Tamarins. Prévoyez un véhicule pour le retour.

Topo-guide FFRP : Réf. 974.

Durée : 7 h A/R.

Balisage : nombreuses marques de peinture blanche sur le sol.

Distance : 18,6 km A/R pour le parcours « classique » (env. 21 km avec un détour par la Glacière).

Dénivelé : + 750 m/– 750 m.

Difficulté : pas d'obstacles majeurs mais, à défaut d'être très pentue, la montée est longue et se fait en totalité à découvert.

Enfants : pas en-dessous de 12 ans.

Conseils : partir de très bonne heure, voire de nuit afin d'arriver au sommet au soleil levant : spectacle assuré. Prenez suffisamment d'eau, un couvre-chef, de la crème solaire et une « petite laine » pour le sommet ; ne vous éloignez pas du sentier balisé en raison de la présence de failles profondes.

randonnée 3

Le Dimitile par la Chapelle

Le Dimitile désigne le pan de montagne qui se dresse au-dessus de la commune de L'Entre-Deux, terminé par une crête au sommet de laquelle on découvre tout le cirque de Cilaos. Parmi bien d'autres pistes et routes forestières, le sentier de la Chapelle est celui qui permet d'atteindre le plus facilement les premières loges de ce balcon montagneux.

Itinéraire 15 « L'Entre-Deux, village créole » p. 164.

Profil : 16,5 km, 5 h A/R.

Difficulté : moyenne, montée continue à l'aller.

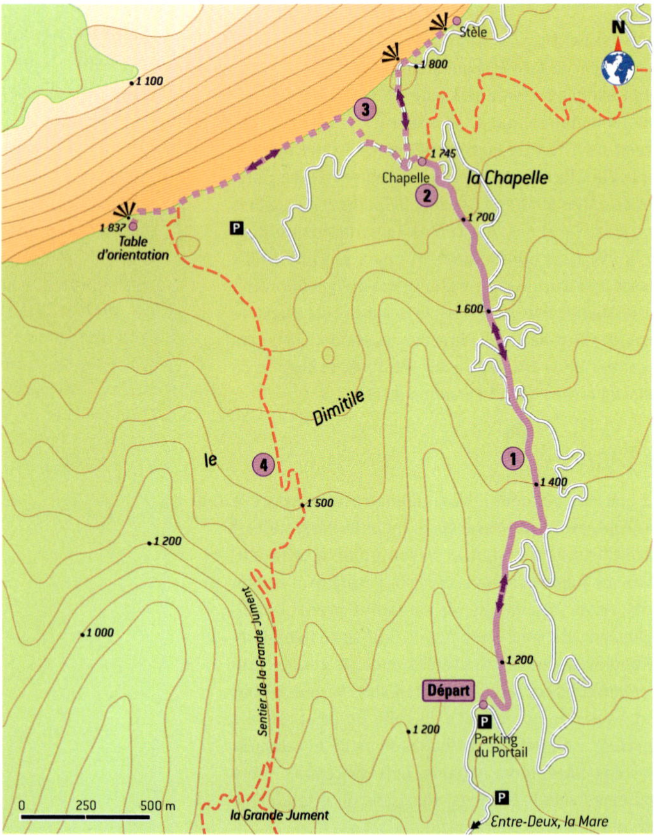

1 Le sentier démarre du portail au départ de la piste 4x4 (*fléché depuis L'Entre-Deux*) à déjà 1 100 m d'alt. et attaque directement la montée sur un sol gras, dans une végétation épaisse masquant le panorama. La montée se poursuit inlassablement à travers les goyaviers, les acacias et les fougères arborescentes, tantôt en lacets raides tantôt en pente plus douce, souvent en terrain glissant, franchissant un rein à cheval entre deux ravines, coupant et recoupant la piste qui grimpe en parallèle.

2 L'arrivée au lieu-dit la Chapelle du Dimitile (1 745 m) se signale par une tombe clôturée où sont réunies les victimes du cyclone de 1948. De cet ancien lieu de vie, il ne demeure que quelques vestiges de cases, l'ancien gîte Mico et une touchante petite chapelle restaurée au-dessus.

3 De la Chapelle, plusieurs solutions s'offrent à vous : soit rejoindre un des 2 points de vue les plus proches sur **Cilaos** (1 789 m), respectivement indiqués à 300 m et 700 m à dr. en dir. du **piton des Neiges** ; soit continuer par la piste sur la g. pour atteindre le **camp marron** *(p. 166)* et le sommet du **Dimitile** à 1 837 m (*30 min depuis la chapelle*), sa table d'orientation et son point de vue sur Cilaos.

4 Pour éviter de revenir sur ses pas, le retour peut se faire par le sentier de la **Grande Jument** ou du **Zèbre** qui vous ramènent au-dessus du village de L'Entre-Deux (Ravine-des-Citrons).

Sur la trace des marrons et des Petits Blancs

Le plateau du Dimitile a longtemps été une terre d'exil et de travail habitée par l'homme. Ainsi, le camp marron reconstitué sur le bien-nommé « plateau du Guetteur » (de là, les esclaves en fuite pouvaient repérer de loin les « chasseurs de marrons ») nous rappelle que ces esclaves épris de liberté furent les premiers habitants de ces pentes sauvages. Leur chef Dimitile, dit l'Insaisissable, a laissé son nom à la montagne. Par la suite, de Petits Blancs ont succédé aux marrons pour produire ici une huile essentielle de géranium de grande qualité, descendue par des bœufs mais aussi à dos d'homme. La culture du géranium Rosat, engendrant par les hommes l'implantation d'acacias, d'arums, de fushias, d'hortensias ou encore de longoses, a durablement marqué le paysage, tout comme les cases des petits planteurs souvent abandonnées suite au terrible cyclone de 1948, dont les vestiges subsistent encore parfois en bord de chemin. ◆

Départ et arrivée : parking au bout de la D26 indiqué depuis L'Entre-Deux. Prenez la rue Jean-Lauret à la Ravine-des-Citrons *(p. 166)* et continuez la route en voiture pendant env. 30 min jusqu'au portail de la piste forestière.

Topo-guide FFRP : Réf. 974.

Durée : 5 h A/R.

Balisage : nombreuses marques de peinture blanche sur le sol.

Distance : 16,5 km A/R jusqu'à la Chapelle.

Dénivelé : + 700/- 700 m.

Difficulté : moyenne, montée prolongée sur un sol parfois gras, déconseillée après une grosse pluie.

Enfants : pas en dessous de 12 ans (possibilité de monter en 4x4 et de dormir en gîte à proximité du sommet).

Conseils : dormir dans un des différents gîtes aménagés à proximité de la crête afin de profiter des points de vue au petit matin.

randonnée 4

Les forêts de Bébour-Bélouve

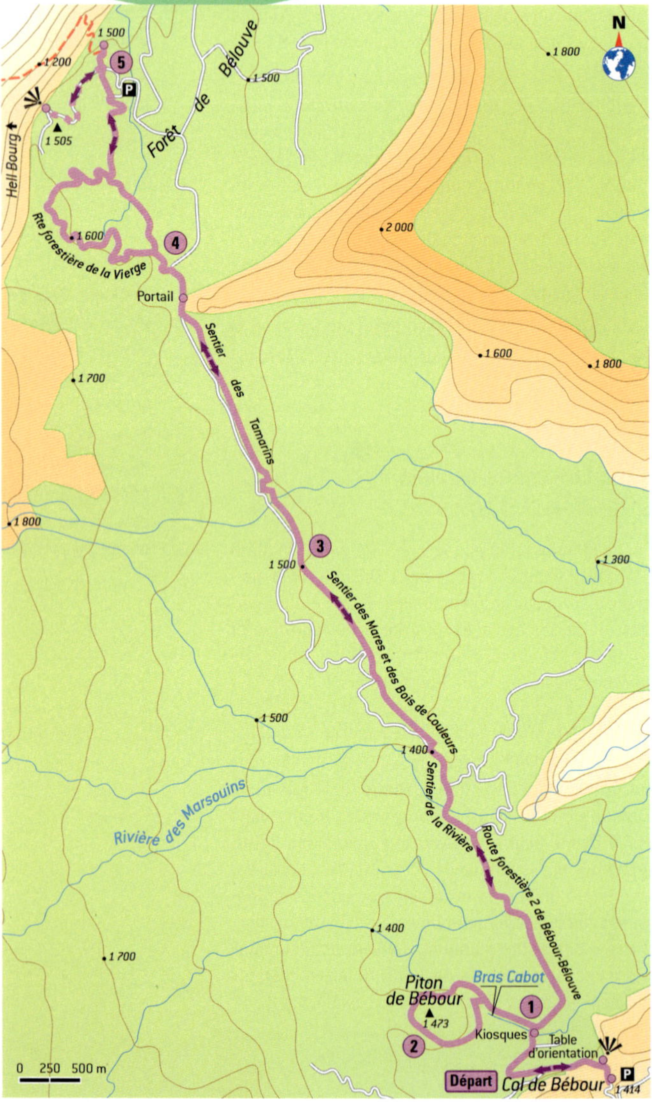

Au départ de La Plaine-des-Palmistes

(p. 187), la traversée des hauts plateaux de Bébour et de Bélouve permet la découverte de l'épaisse forêt primaire qui la recouvre, dans une ambiance incomparable. Selon les possibilités de chacun, l'itinéraire présenté, doublé par une route forestière et composé d'une succession de sentiers, pourra être réalisé en partie(s) ou en entier jusqu'au camp forestier et au gîte de Bélouve.

Itinéraire 20 « La Plaine-des-Palmistes et la forêt de Bébour-Bélouve » p. 186.

Distance : 12,6 km, 5 à 7 h.

Niveau : moyen.

1 Depuis La Plaine-des-Palmistes, prenez la D 55 jusqu'à **Petite Plaine**, puis la **route forestière de Bébour-Bélouve** qui mène au **col de Bébour** en 4 km. Là, à 1 414 m d'altitude, un parking permet de laisser son véhicule et une table d'orientation, de mieux saisir le panorama. Le col de Bébour matérialise l'entrée dans cet univers à part qui fut un cirque autrefois, très longtemps préservé de l'intrusion humaine. Le parcours débute sur la route forestière qui descend dans l'ancienne caldeira et se confond avec une variante du GR R2 pendant 500 m env.

2 La route forestière croise des kiosques à pique-nique et une maison forestière sur la dr. Sur la g., juste après un petit pont sur le bras Cabot, un sentier botanique fait le tour du **piton de Bébour** (*boucle très facile de 2,4 km, 1 h 30*). On poursuit la route forestière sur env. 2 km avant d'atteindre sur la g. l'embranchement du **sentier de la Rivière** (*2 km, 30 min*), qui traverse une forêt et franchit la rivière des Marsoins qui se jette à Saint-Benoît (descente suivie d'un petit raidillon avec trempette entre les deux) avant de récupérer la route forestière plus loin.

3 300 m env. après votre retour sur la route forestière, un autre sentier part, sur la dr. cette fois, qui va doubler la route forestière (et la rejoindre parfois) jusqu'au portail qui précède le gîte de Bélouve, sous le nom de **sentier des Mares et des Bois de couleurs** (*3,5 km, 1 h 30*) dans un premier temps, puis sous le nom de **sentier des Tamarins** (*2,5 km, 1 h*). Prévoyez quelques franchissements de ravines.

4 Arrivé au **portail** (fermé le w.-e. pour les véhicules motorisés), le sentier rejoint la route forestière, qu'on reprend sur env. 500 m avant d'emprunter le **sentier de la Vierge** sur la g. Encore 2 km à travers l'imposante forêt de Bélouve, et on atteint l'ancien camp forestier (1 505 m) où le ▲ **gîte de Bélouve** *(p. 254)* vous attend.

5 Le gîte de Bélouve est installé au bord du rempart, avec un superbe point de vue sur le **cirque de Salazie** en contrebas et la possibilité de rejoindre **Hell-Bourg** 570 m plus bas (*1 h, descente en lacets tout le long*). ◆

Départ et arrivée : du parking du col de Bébour (*p. 189*, ou un autre plus loin sur la route forestière) au gîte de Bélouve, continuation possible sur Hell-Bourg.

Topo-guide FFRP : Réf. 974.

Durée : 5 h à 7 h.

Balisage : différent pour chaque sentier mais existant, ainsi que des panneaux d'information à chaque départ.

Distance : 12,6 km.

Dénivelé : 250 m en positif /150 m en négatif.

Difficulté : aucune difficulté majeure, le terrain étant relativement plat sur le plateau, hormis quelques franchissements de ravines ; attention aux sols glissants et détrempés toutefois.

Enfants : ils pourront faire le sentier botanique par ex. ; la présence de la route forestière permet de les récupérer à tout moment et même de sortir les poussettes !

Conseils : dormir au gîte de Bélouve est vraiment recommandé ; ceux qui n'ont pas de véhicule à récupérer pourront redescendre sur Hell-Bourg pour poursuivre par le cirque de Salazie.

randonnée 5

Les sources Manouilh

Au départ du superbe village de Hell-Bourg, cette boucle, qui fait partie des « classiques » de Salazie, offre de beaux points de vue sur le cirque, une source pétrifiante (ou ce qu'il en reste…) à mi-chemin et une grande variété de milieux naturels entre forêt endémique et plantation de cryptomerias.

Itinéraire 21 « Le cirque de Salazie » p. 192.

Profil : 9 km, 4 h.

Niveau : moyen.

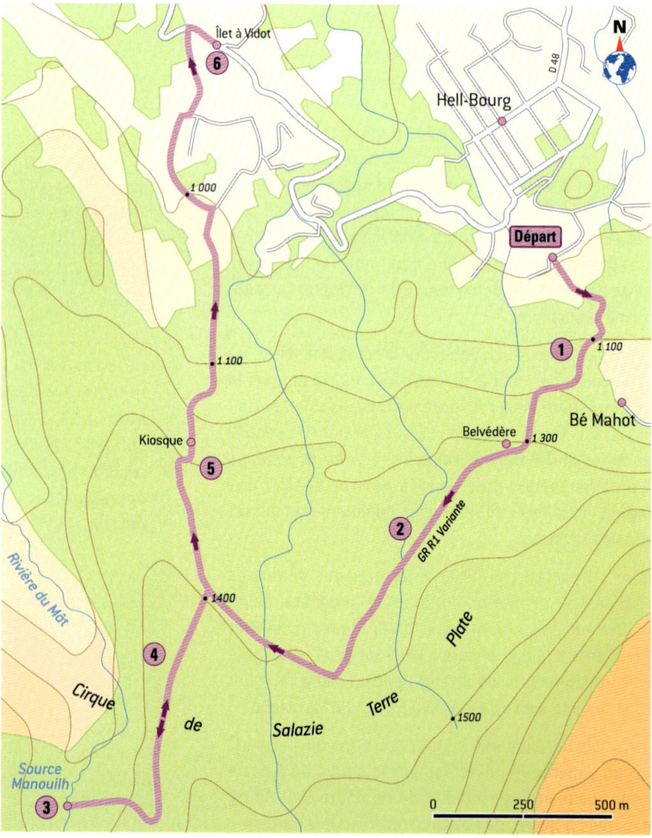

1 La randonnée débute en haut du village de **Hell-Bourg**, au niveau du terrain de foot où l'on peut se garer. La première partie du parcours emprunte une variante du GR R1 qui, après quelques marches, amorce sa montée vers Bé Mahot, dégageant quelques belles échappées sur le village en contrebas. Après 30 min de grimpette et quelques lacets, le sentier atteint le **plateau de Terre-Plate** sur le rebord duquel un belvédère surplombant l'ensemble du cirque et un kiosque invitent à une pause.

2 Sur le plateau, le parcours se poursuit sur la piste de l'ONF qui file sous une sombre futaie de cryptomerias, des conifères originaires du Japon plantés et exploités pour leur bois. Après env. 15 min de marche, on quitte le tracé de la variante du GR R1, qui monte hors du cirque vers **cap Anglais** et le **piton des Neiges**, pour prendre un sentier perpendiculaire sur la dr.

3 Après avoir franchi deux ravines et croisé plusieurs chemins d'exploitation, on arrive à une nouvelle bifurcation : prenez le sentier à g. qui monte vers la **source Manouilh** (panneau indicateur) par des marches taillées dans la terre et fixées par des rondins. On quitte alors les cryptomerias pour retrouver une forêt primaire humide typiquement réunionnaise. Après une dernière descente assez sportive, la traversée d'une ravine et un passage en surplomb, on atteint la berge de la **rivière du Mât**.

4 Initialement, les sources suintaient de la paroi opposée, mais l'effondrement dû au cyclone *Dina* en 2002 les a en partie ensevelies. Il faut désormais descendre dans le lit de la rivière pour trouver les traces d'une source avec ses dépôts de couleur ocre. Les plus téméraires le remonteront sur quelques dizaines de mètres en amont pour découvrir une **cascade** et son « **Jacuzzi** » d'eau vive (et glacée !). En tout cas, le site se prête à merveille au pique-nique.

5 Pour le retour, on empruntera le même chemin qu'à l'aller jusqu'à la bifurcation, où l'on prendra le sentier sur la g. sous les cryptomerias. Après 10 min de faux plat, un kiosque marque la fin du reboisement sur le rebord du plateau. De là, le sentier dégringole le long d'une ravine pour rejoindre **Îlet-à-Vidot** en 30 min à travers les goyaviers puis les filaos.

6 À Îlet-à-Vidot, vous retrouvez la route goudronnée (CD 48) qui vous ramènera à Hell-Bourg (1,5 km), avec la possibilité de couper par le sentier des anciens thermes et de faire une dernière étape sur ce site évocateur au bord du **Bras-Sec** *(p. 199)*, avant de récupérer votre véhicule au village. ◆

Départ et arrivée : du stade d'Hell-Bourg, sur les hauteurs du village *(p. 194)*.

Topo-guide FFRP : Réf. 974.

Durée : 4 h.

Balisage : jaune et rouge (GR R1 variante) puis blanc (pas toujours bien entretenu).

Distance : 9 km.

Dénivelé : + 670 m/– 670 m.

Difficulté : moyenne, montée à Terre-Plate et retour des sources Manouilh assez rudes.

Enfants : ils se contenteront du site des anciens thermes.

Conseils : partir très tôt et prévoir un pique-nique aux sources Manouilh ; pour le retour, possibilité de récupérer un bus du réseau Alizés à Îlet-à-Vidot (terminus) pour Hell-Bourg ou même Salazie.

Drôles de sources

Les sources Manouilh doivent leur nom à L.E. Lucilly dit « Manouilh », qui, en 1916, au hasard d'une sortie dans les bois, a découvert plusieurs sources chaudes entourées de dépôts de couleur ocre. Fortement chargées en calcaire dissous, ces eaux sont dites « pétrifiantes » : les plantes autour des sources sont moulées par des dépôts calcaires et laissent ensuite leurs empreintes fossilisées. Les eaux sont également ferrugineuses : le fer, présent en solution, se dépose puis s'oxyde. Les eaux remontent des profondeurs à des températures d'env. 31 °C aux points de sortie, d'où des phénomènes de condensation et des vapeurs (d'après Jean-Louis Haurye ; panneau sur le site).

randonnée 6

Le piton Enchaing

Une ascension emblématique, celle de l'imposant piton au sommet tronqué (1 351 m) dressé au centre du cirque de Salazie, sur les traces légendaires de l'esclave marron qui y avait établi son camp et qui lui a donné son nom.

Itinéraire 21 « Le cirque de Salazie » p. 192.

Profil : 7 km A/R, 5 h.

Niveau : difficile, assez sportif.

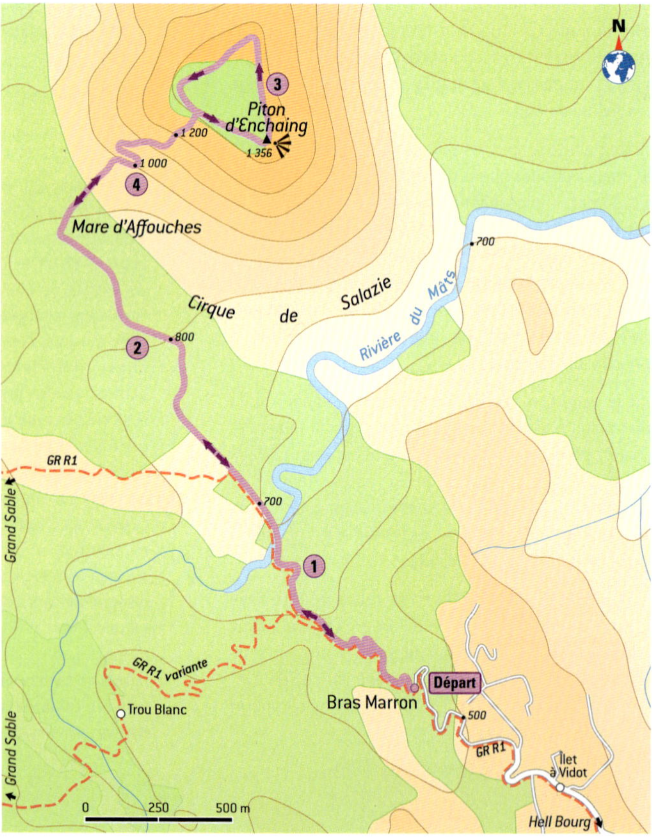

1 Depuis Hell-Bourg, pour rejoindre le départ de la randonnée, il faut se rendre à Îlet-à-Vidot (arrêt de bus) à 2,5 km par le CD 48, qui se poursuit en piste jusqu'au parking du terminus 1 km plus loin. Le sentier (GR R1) descend rapidement pour rejoindre le lit de la rivière du Mât et le traverser sur une impressionnante passerelle (itinéraire de contournement en cas de problème).

2 À peine descendu, il faut déjà remonter sur la rive opposée, par une série de virages en épingle. Après env. 500 m, on arrive à un embranchement: à g., le GR R1 se poursuit vers Grand Sable; prenez à dr., en direction de la mare d'Affouches (panneau) au pied du piton Enchaing qui se rapproche.

3 Après une progression d'approche sur un terrain assez plat, une petite case abandonnée marque le début des hostilités: quelque 400 m de dénivelé en une traite, avec un repère (une barre de fer) marquant les 2/3 de la montée. On arrive pas mécontent sur le petit plateau triangulaire qui recouvre le sommet, avant d'en faire le tour des trois côtés, avec une halte au sommet (1351 m), qui occupe la pointe tournée vers Hell-Bourg et offre un panorama sur toute la partie est du cirque.

4 Revenu au point d'arrivée de la montée au plateau sommital, on redescend le piton et on revient jusqu'au parking de départ par le même chemin qu'à l'aller en sens inverse.

La légende du piton Enchaing

« Enchaing et sa femme Héva étaient les esclaves d'un riche propriétaire de la côte au vent. Un matin, le maître ayant battu Héva, le couple prit la décision de s'enfuir. Après une longue course dans les bois, ils arrivèrent au pied d'un piton qui paraissait inaccessible et le choisirent pour s'y installer. Ils tracèrent le seul accès possible. Enchaing sema du riz et les semences qu'il avait apportés, posta des guérites d'observation sur le flanc de la montagne et vécut ainsi plus d'un quart de siècle dans sa tour de rochers, fondant une famille, pêchant et chassant vers la mare qui s'étendait au pied du piton... Une nuit, un pas se fit entendre, c'était Bronchard... »

Bronchard était le « chasseur de noirs » qu'on dit avoir capturé le « marron » (« esclave en fuite ») nommé Enchaing (ou Anchaing selon les sources). Puis la légende hésite sur la fin de l'histoire. Une première version veut que Bronchard ait ramené les fugitifs à leur propriétaire; celui-ci venant de mourir, sa fille les libéra. Selon une autre version certainement plus proche des réalités de l'époque, le chef de détachement tua les deux fugitifs. Toujours est-il qu'aujourd'hui, du haut de leurs cimes tronquées, Enchaing (Salazie, 1352 m) et Bronchard (Mafate, 1261 m) ne s'affrontent même plus du regard. ◆

Départ et arrivée: du parking au terminus de la route d'Îlet-à-Vidot *(p. 195)*.

Topo-guide FFRP: Réf. 974.

Durée: 5 h.

Balisage: jaune et rouge (GR R1) puis blanc.

Distance: 7 km.

Dénivelé: + 820 m/ – 820 m.

Difficulté: moyenne, avec un caractère assez sportif (montées abruptes, marches très hautes, rochers humides, passages acrobatiques).

Enfants: n'y pensez pas!

Conseils: partir très tôt pour profiter de la fraîcheur à la montée et de la vue au sommet; en mai-juin, prévoyez un sac pour les goyaves qui pullulent dans le secteur.

randonnée 7

Le piton des Neiges

Une randonnée prestigieuse : l'ascension du « toit de l'océan Indien », à 3 071 m d'alt., avec un incroyable panorama sur toute l'île pour récompense au sommet. Parmi les différents parcours existants, celui depuis Cilaos (présenté ici) est le plus court, mais nécessitera quand même deux journées et une nuit en refuge si on veut en profiter au maximum.

Itinéraire 22 « Le cirque de Cilaos » p. 197.

Profil : 1700 m de dénivelé, 6 h de montée, 4 h de descente. À faire en deux étapes (nuit au gîte).

Niveau : moyen ; exigeant, mais sans escalade ni difficulté particulière.

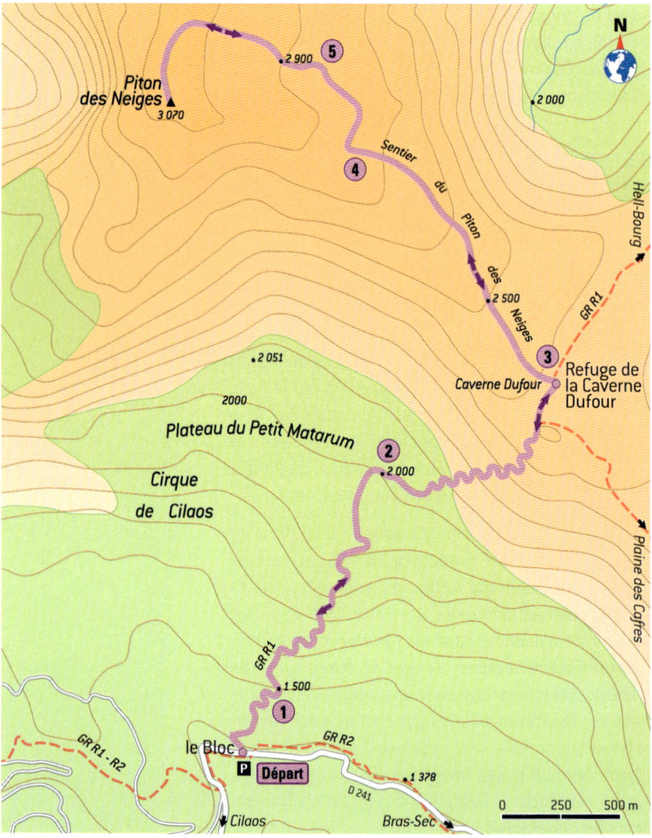

1 Le départ est situé au lieu-dit Le Bloc (parking), à env. 2,5 km au NE de la petite ville de Cilaos, sur la D 241 qui mène à Bras-Sec (bus réguliers). En pleine forêt de cryptomerias, le sentier (le GR R1 qui fait le tour du piton par les trois cirques) attaque tout de suite en pente sévère, heureusement à l'ombre des résineux.

2 Après une montée continue alternant lacets et escaliers, on atteint vers 1 900 m le plateau du Petit-Matarum, où un abri en tôle et un point d'eau incitent à une halte. La végétation se fait plus rare, découvrant le cirque de Cilaos derrière vous, et la pente s'atténue, pas pour longtemps.

3 À 2 000 m env., le sentier repart en lacets serrés pour escalader le rempart du cirque qui s'élève presque à la verticale. 500 m de dénivelé plus haut, on atteint la crête, d'où l'on découvre le refuge, le ▲ **gîte de la Caverne-Dufour** *(p. 256)*, à 200 m de là. L'idéal est d'y passer la nuit (rés. obligatoire), pour repartir avant l'aube le lendemain et atteindre le sommet au lever du jour, sachant que cette première partie de la randonnée vous aura pris entre 3 et 4 h de marche selon votre niveau.

4 Depuis le gîte, il vous faudra encore 1 h 30 à 2 h de montée pour atteindre le sommet. Le sentier, balisé en blanc, progresse dans un décor de plus en plus volcanique, sur des éboulis et des zones de fines scories ayant tendance à se dérober. Après env. 1 h de marche, on atteint un embranchement : à dr. le sentier fait un détour par le sommet Nord (3 052 m) avant de rejoindre le sommet à proprement parler ; à g., il longe la crête, passe par le sommet Sud (3 065 m) et gagne plus directement le point culminant de l'île (3 071 m). On peut emprunter le second à l'aller et le premier au retour (ou le contraire, au choix) afin de ne rien rater du spectacle.

5 Le retour s'effectue par le même chemin qu'à l'aller (compter 1 h 30 jusqu'au gîte, puis 2 h 30 jusqu'au parking), sachant que, depuis le gîte, on peut aussi rejoindre La Plaine-des-Cafres par le coteau Kerveguen ou Hell-Bourg par cap Anglais.

Histoire de volcan

À 3 071 m d'alt., ce volcan serait né il y a 5 millions d'années pour émerger de l'océan Indien il y a plus de 3 millions d'années, donnant naissance à La Réunion. Volcan complexe largement érodé, il n'est aujourd'hui plus en activité depuis plus de 12 000 ans et conserve ses mystères. Le sommet actuel pourrait n'être que le résidu d'une montagne qui aurait dépassé 4 500 m d'altitude. On y trouve parfois de la neige (tous les 3 ou 4 ans) pendant l'hiver austral. Il s'agit tout au plus d'une couche de 3 à 5 cm qui disparaît dans la journée. ◆

Départ et arrivée : du parking du Bloc sur la route de Cilaos à Bras-Sec *(p. 199)*.

Topo-guide FFRP : Réf. 974.

Durée : entre 8 h et 10 h au total selon le niveau.

Balisage : blanc et rouge (GR R1) puis blanc.

Distance : 8 km env. (16 km A/R).

Dénivelé : + 1 700 m/- 1700 m.

Difficulté : aucune grosse difficulté, mais effort soutenu.

Enfants : 12 ans minimum.

Conseils : passez la nuit au gîte de la caverne Dufour pour arriver très tôt au sommet et avoir un maximum de chances de profiter de la vue ; prenez des réserves d'eau (pas d'eau potable au gite, mais une source en chemin), des vêtements chaud et de pluie, une lampe pour la marche de nuit.

randonnée 8

La canalisation des Orangers

Original, spectaculaire, ce parcours d'accès à Mafate au départ des Hauts de Saint-Paul est aussi l'un des plus faciles : le long d'une canalisation, sur un sentier taillé à flanc de rempart (donc plat...) qui surplombe la rivière des Galets (mais vertigineux !), jusqu'aux quelques cases de l'îlet aux Orangers installées en balcon au-dessus du cirque.

Itinéraire 23 « Le cirque de Mafate » p. 201.

Profil : 12 km, 3 h 30 aller.

Niveau : facile.

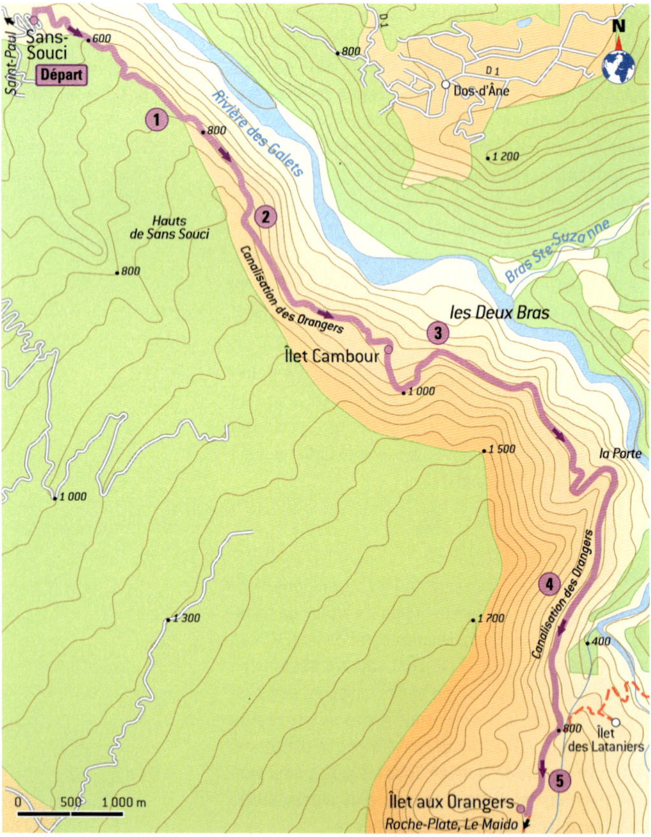

1 Le départ se fait à Sans-Souci dans les Hauts de Saint-Paul (*p. 203*, D4, direction La Plaine-Bois de Nèfles). Montez sur la route principale de cet écart jusqu'à une vieille citerne rouillée, le sentier démarre sur la g. par une piste qu'il faut suivre sur 3 km pour atteindre le début de la canalisation après env. 30 min de montée et quelques beaux points de vue sur la côte O.

2 On débouche sur le sentier de la canalisation, assez étroit mais quasiment plat et jamais dangereux (toujours marcher côté paroi), qui suit le rempart en corniche, 700 m au-dessus de la rivière des Galets, jusqu'au captage, peu avant l'îlet des Orangers.

3 On progresse ainsi avec le balcon de Dos-d'Âne en face de soi. Après une heure de marche, le sentier se fait arroser par une cascade (rochers glissants), puis croise l'îlet Cambour, un des rares endroits où l'on trouve de l'ombre (l'occupant des lieux, qui a remis en état la case abandonnée depuis longtemps, l'a rebaptisé îlet Flamant), avant de passer au-dessus des Deux-Bras, à l'endroit où le bras Sainte-Suzanne rejoint la rivière des Galets.

4 Plus loin, au-dessus de La Porte (point d'entrée dans le cirque où le GR R2 se sépare en deux), on traverse un petit tunnel avant de découvrir le cirque qui s'ouvre devant soi quelques virages plus loin. 45 min après, le sentier qui mène à l'îlet aux Lataniers en contrebas se détache sur la g. Environ 200 m plus loin, après quelques marches en béton, on atteint le captage des Orangers et ses bassins.

5 Encore env. 500 m et on arrive au niveau des premières cases de l'îlet aux Orangers (963 m) qui en compte moins d'une dizaine, dont un gîte proposant lits et repas. Le retour peut se faire dans le sens inverse, mais cette randonnée ne se conçoit pas autrement qu'avec une nuit sur place ou une continuation à l'intérieur de Mafate (Roche Plate ou Cayenne à 1 h 45 de marche).

Au fil de l'eau...

L'eau est précieuse sur la côte O et on va parfois loin pour la chercher. C'est le cas du captage des Orangers, qui puise dans les ravines des Orangers et Grand'Mère. Sur place, un tunnel de quelques centaines de mètres relie le premier captage à celui de la ravine Grand'Mère, de l'autre côté de la crête des Orangers. Un « sentier-canal » (celui qu'emprunte la randonnée) a été taillé dans la roche du rempart des Bénares pour permettre les travaux ainsi que l'entretien et la réparation (les cyclones provocant des éboulements). Les tuyaux sont enterrés afin de n'être pas trop exposés, les fuites étant déjà nombreuses sur les tronçons extérieurs (ce qui permet de remplir sa gourde). ◆

Départ et arrivée : de Sans-Souci dans les Hauts de Saint-Paul (*p. 203*, possibilité de laisser son véhicule en parking surveillé) au gîte La Caz des Orangers à Sans-Souci.

Topo-guide FFRP : Réf. 974.

Durée : 3 h 30 aller (de Sans-Souci à l'îlet des Orangers). Idem ou presque dans le sens inverse car le sentier est globalement assez plat.

Balisage : blanc.

Distance : 12 km.

Dénivelé : + 290 m / – 50 m.

Difficulté : assez facile, mais déconseillé aux personnes sujettes au vertige.

Enfants : pas recommandé pour les plus petits à cause du vide.

Conseils : passez absolument une nuit dans cet îlet accroché sur un replat à flanc de montagne, dos au rempart et face au cirque de Mafate.

Saint-Denis et le Nord

visites

Itinéraires 1 à 5, p. 79.

Cartes en rabat arrière de couverture, p. 92 et p. 102. ◆

Le prix de l'**hébergement** est calculé sur la base d'une nuit en chambre double, soit pour 2 pers. Pour les **restaurants**, le prix est calculé sur la base d'un repas complet, boisson alcoolisée non comprise.

Le Brûlé

Carte p. 92. Visite p. 99.

Hébergement

Moins de 50 €

▲ **Gîte de montagne de la plaine des Chicots**, sur le GR R2, au deux tiers de la montée à la Roche Écrite ☎ 02.62.43.99.84. *36 lits (dortoirs)*. Joli chalet en bois au confort sommaire superbement placé à l'orée de la forêt. Rés. à l'IRT (☎ 0810.16.00.00), à un ℹ (nuitées) ou au gîte (repas).

La Montagne

Carte p. 92. Visite p. 95.

Hébergement

De 50 à 80 €

▲ **Chez moi**, 6, chemin Charles-Olivier Manès, Ruisseau Blanc ☎ 06.92.88.82.31, chezmoi@izi.re. Loc. (à la nuit, la semaine ou plus) de 3 meublés indépendants à 15 min du centre-ville de Saint-Denis. Décoration thématique différente pour chaque bungalow (le Créole, le Gitan, le Robinson), ambiance baba cool sympa et boutique d'artisanat indonésien en prime.

Sports et loisirs

Équitation. *Voir p. 96.*

Golf. Club **A.S. du Colorado**. *Voir p. 95.*

Saint-Bernard

Carte p. 92. Visite p. 96.

Restaurant

De 15 à 25 €

♦ **Saint-Bernard**, 146, chemin du Père-Raimbault, km 15 de la D41 ☎ 02.62.23.62.90, 06.92.86.02.33. *F. lun. et mar.* Cuisine créole classique rehaussée par une collection de plus de 300 rhums arrangés ! L'adresse vaut surtout par son cadre à la fois historique et rural : face à la cour intérieure d'une ancienne léproserie, dans un village, loin de l'agitation de Saint-Denis.

Saint-Denis

Plan rabat arrière de couverture. Visite p. 82.

ℹ **Centrale d'information et de réservation IRT**, palais Rontaunay, 5, rue Rontaunay ☎ 08.10.16.00.00, www.reunion-nature.com. Informations et rés. pour tous les types d'hébergement, loc. de voiture, loisirs de pleine nature et sorties patrimoine.

ℹ **Office de tourisme intercommunal du nord de La Réunion**, antenne de Saint-Denis, Maison Carrère, 14, rue de Paris, www.nord.reunion.fr. **C1** ☎ 02.62.41.83.00 et ☎ 02.62.73.16.00. Plus qu'un simple point d'information, un lieu de patrimoine à part entière (itinéraire *p. 86*). L'office organise des visites guidées thématiques de la ville mais aussi des sorties de pleine nature, des ateliers, des expositions artistiques…

ℹ **Relais départemental des Gîtes de France**, *p. 267.*

ℹ **Association Bienvenue à la ferme**, *p. 267.*

Adresses utiles

Aéroport. Aéroport Roland-Garros, 97438 Sainte-Marie, www.reunion.aeroport.fr. Mouvements aériens : ☎ 02.62.48.81.81 (bureau), ☎ 02.62.28.16.16 (répondeur).

Atterrir à l'aéroport de Saint-Denis

L'aéroport Roland-Garros (ex-de Gillot) se situe à 9 km E du centre-ville **hors pl. par D3**. Mouvements aériens ☎ 02.62.28.16.16, www.reunionaeroport.fr. Liaisons avec la métropole *(p. 267)*, l'océan Indien *(p. 268)*, l'Afrique, l'Asie, l'Australie *(voir ci-dessous)*. On y trouve un **bureau de poste** *(ouv. lun.-ven. 8h45-12h et 13h-16h15)*, un **distributeur de billets**, des **commerces**, des **loueurs de voitures** *(p. 268)*, ainsi qu'un **guichet d'informations touristiques de la CCIR** (Chambre de Commerce et d'Industrie de La Réunion) théoriquement ouvert à l'heure d'arrivée des avions ☎ 02.62.48.81.81.

Pour rejoindre le centre. De l'aéroport, une navette assure la liaison avec la **gare routière de Saint-Denis** (rens. ☎ 0800.655.655 ; toutes les heures env. de 7h à 19h30 ; durée : 15 min env. ; 4 €). De là, de nombreux **Cars jaunes** du réseau départemental desservent l'ensemble de l'île, un terminus de lignes de **bus de ville** se trouvant non loin, bd de l'Océan.

Plus pratiques mais plus chers (autour de 20 € la course de l'aéroport au centre-ville), de nombreux **taxis** pourront vous déposer à un point précis de Saint-Denis (GIE des taxis de l'aéroport ☎ 02.62.48.83.83). ◆

Compagnies aériennes. **Air Austral**, 4, rue de Nice **B1** ☎ 0825.01.30.12 ; aéroport ☎ 02.62.93.10.10. **Air France**, 7, av. de la Victoire **B1** ☎ 0820.820.820. **Air Madagascar**, 31B, rue Jules-Auber **B1** ☎ 0892.68.00.14. **Air Mauritius**, 113, rue Charles-Gounod **C2** ☎ 02.62.94.83.83 ; aéroport ☎ 02.62.48.80.18. **Corsair**, 2, rue du Maréchal-Leclerc **B1** ☎ 0820.042.042.

État des routes. Inforoutes DDE ☎ 02.62.97.27.27.

Gare routière. **Océan bus terminal**, sur le front de mer, le long du bd Lancastel, entre le pont Pasteur et l'échangeur Océan ☎ 0810.12.39.74 (lignes Cars jaunes). *Ouv. 6h30-18h env.* Départ des Cars jaunes *(p. 278)* pour les principales villes de l'île.

Location de motos. **Esprit Motard**, 34, rue de Bourgogne. Rés. Opaline-Ste-Clotilde ☎ 06.92.86.10.99, 06.93.00.00.90.

Location de voitures. 19 € vous seront facturés pour toute loc. à l'aéroport. **ADA**, 39, rue du Ruisseau-des-Noirs **C4** ☎ 02.62.21.59.01 ; aéroport ☎ 02.62.48.81.83 ; www.ada-reunion.com. **Au Bas Prix Cargo**, 1, Ruisseau-des-Noirs **B3** ☎ 02.62.20.11.97 ; aéroport ☎ 02.68.48.81.89 ; www.aubasprix.fr. **Hertz, aéroport B1** ☎ 02.62.28.05.93 ; www.hertzreunion.com.

Poste centrale. 60-62, rue du Maréchal-Leclerc **B2** ☎ 02.62.97.95.05. *Ouv. lun.-ven. 7h30-18h, sam. 7h30-12h.*

Taxis 24 h/24. Taxi Express ☎ 02.62.41.78.90. Taxis Paille-en-queue ☎ 02.62.29.20.29.

Télécommunications. **La Maison du voyageur**, 18, rue Rontaunay (1er étage) ☎ 02.62.21.53.79, maisonduvoyageur@orange.fr. *F. sam. apr.-m. et dim.* Pour tous vos problèmes de communication : cabines téléphoniques, connexions Internet, boîte postale, mails, fax.

Urgences. **Centre hospitalier départemental**, allée Topaze dans le quartier de Bellepierre **hors pl. par A4** ☎ 02.62.90.50.50. **SAMU** ☎ 02.62.20.15.15 et ☎ 15. **SOS Médecins du Nord**, 22, route du Moufia **hors pl. par D3** ☎ 02.62.97.44.44. **Pharmacie de garde** ☎ 02.62.90.60.44.

Hôtels

Les ▲ suivis d'un n° renvoient aux adresses localisées sur le plan en rabat arrière de couverture.

En centre-ville

Moins de 50 €

▲ **1. Les Loges du Park** (anc. Les Palmiers), 34, rue Voltaire **D3** ☎ 02.62.72.17.92, www.lelogesdupark.fr. *12 ch.*

bonnes adresses - Saint-Denis et le Nord

Fêtes

Février. Fête de l'ananas à Bois-de-Nèfles et à Sainte-Clotilde.

Mai. Le 1er mai, **pèlerinage de la Vierge noire** à l'église de La Rivière-des-Pluies *(p. 103)*.

Juin. Rendez-vous aux jardins, sur toute l'île.

Septembre. Fête du Cavadee au temple tamoul Shri Kali Kampal *(p. 91)* à Saint-Denis.

Décembre. Le 2 décembre, **pèlerinage à l'église Sainte-Vivienne,** près de Saint-André. Le 20 décembre, **pèlerinage du Frère Scubillon** à Sainte-Marie *(p. 106)* et grand défilé de la **fête Kaf** à Saint-Denis. ◆

Hôtel-pension propret, en retrait de l'agitation des rues commerçantes. Plus tranquille et mieux tenu que la plupart des pensions bon marché du centre-ville. Chambres avec TV, réfrigérateur et climatisation; cuisine et jardin en commun pour manger sous les bananiers et les manguiers. Accès Wi-Fi.

▲ **2. Pheonix Hôtel**, 1A, rue du Moulin-à-Vent **B1** ☎ 02.62.41.51.81, phoenix.dupont@wanadoo.fr. *8 ch.* sans prétention dans une rue centrale mais tranquille. Chambres assez exiguës et déco dépareillée. Pour les voyageurs pas trop regardants.

De 50 à 80 €

▲ **3. Central Hôtel**, 37, rue de la Compagnie **B2** ☎ 02.62.94.18.08, fax 02.62.21.64.33, www.centralhotel.re. *57 ch.* Effectivement très central, dans un petit immeuble récent assez banal mais tout confort. Parking, TV avec Canal +, clim., buffet pour le petit déj., restaurant self-service.

De 80 à 100 €

▲ **4.** ♥ **Le Juliette-Dodu**, 31, rue Juliette-Dodu **B1** ☎ 02.62.20.91.20, fax 02.62.20.91.21, www.hotel-jdodu.com. *43 ch.* Charme et douceur créoles sont de mise dans cette demeure historique qui vit naître l'héroïne de la guerre franco-allemande de 1870. L'hôtel a su entreprendre une rénovation dans le respect de l'architecture Compagnie des Indes orientales, en jouant habilement avec un espace restreint: petites chambres, petite piscine, petit jardin… mais beaucoup de caractère.

Aux alentours

Voir aussi aux localités Le Brûlé (p. 220), La Montagne (p. 220) et Sainte-Clotilde (p. 225).

De 50 à 80 €

▲ **5. Les Jardins de Bourbon**, 18, rue du Verger, rampes de Saint-François **hors pl. par D4** ☎ 02.62.40.72.40, contact@bourbon-reunion.com. *169 studios, 5 suites.* Résidence hôtelière dans un grand bâtiment sans charme mais avec une terrasse de restaurant et des abords de piscine agréablement plongés dans la végétation tropicale.

▲ **6. Les Manguiers**, 9, rue des Manguiers **C4** ☎ 06.92.91.92.92, manguiers@wanadoo.fr, www.runweb.com/manguiers. *20 appart. et 2 studios.* Résidence hôtelière locative dans un petit immeuble de trois étages, près du jardin de l'État, avec les services d'un hôtel. Loc., pour un ou plusieurs mois, d'appartements bien aménagés avec balcon, cuisine équipée, TV, téléphone, clim.

De 80 à 100 €

▲ **7. Mercure Créolia**, 14, rue du Stade, Montgaillard **hors pl. par D4** ☎ 02.62.94.26.26, 1674@accor.com, www.accor-hotel.com. *107 ch. dont 2* ♿. Pour les affaires ou les loisirs, un établissement perché sur les hauteurs dionysiennes. Belle vue sur la ville et immense piscine.

Restaurants

Les ◆ suivis d'un n° renvoient aux adresses localisées sur le plan en rabat arrière de couverture.

Moins de 15 €

◆ **8. Le Cèdre Majestueux**, 39, rue Félix-Guyon **B3** ☎ 02.62.50.05.46. *F. sam. midi et dim. midi.* Salle en terrasse ombragée avec ventilateur au plafond. Menu du jour assez passe-partout mais d'un bon rapport qualité-prix, spécialités créoles et libanaises. Très fréquenté à midi par les employés du quartier et les visiteurs en goguette appréciant cette escale fraîche en plein centre commerçant. Animations fréquentes le soir.

♦ **9. Lé Gadiamb'**, 104, rue Roland-Garros, Saint-Denis **C3** ☎ 02.62.20.10.79. *F. dim. et lun.* Dans une case vieille de 120 ans remplie d'objets *lontan*, une cuisine créole traditionnelle, voire insolite, préparée au feu de bois dans les règles de l'art: poulet aux antaques, baba figue au boucané, papaye verte aux andouillettes créoles… En saison, sur demande, le patron pourra peut-être même vous faire une fricassée de zendettes (larves de guèpes). *Sa lé gadiamb' !* (« c'est chouette ! »).

De 15 à 25 €

♦ **10. Brasserie Roland-Garros**, 2, pl. du 20-Décembre-1848 **B1** ☎ 02.62.41.44.37. *Service 12h-23h, midi-minuit ven. et sam.* Restauration de style brasserie parisienne légèrement tropicalisée, dans le cadre d'un ancien bâtiment de la Compagnie des Indes. Plats du jour copieux et de qualité servis en salle ou en terrasse. Lieu de rendez-vous du Tout-Saint-Denis. L'une des rares adresses où manger après 22h.

♦ **11. Dav in Clo**, 175, rue du Gal de-Gaulle **hors pl. par D4** ☎ 02.62.47.07.36. *Ouv. lun.-ven. midi, jeu.-sam. soir.* Adresse branchée dans une case haute en couleur et son jardin. Cuisine métissée à l'ardoise et ambiance *arty* entretenue par l'exposition régulière d'œuvres de créateurs réunionnais.

♦ **12. Le DCP**, 46, rue Jules-Auber **B2** ☎ 02.62.20.10.14. *Ouv. t.l.j. midi et soir.* L'un des quatre « Dispositif de concentration de poissons » de l'île (avec ceux du Port, de Saint-Gilles et de Saint-Pierre) créés sur le même concept gagnant (« En direct du bateau à l'assiette »). À Saint-Denis, il est décliné sur caillebotis, dans le jardin d'une vieille case créole. Une seule condition: aimer le poisson… Service traiteur et vente de poisson frais en prime.

♦ **13. Le Reflet des Îles**, 27, rue de l'Est **C2** ☎ 02.62.21.73.82, siege@refletdesiles.com. *F. mer., dim. et j.f.* Un reflet quasi exhaustif de la variété des caris, rougails, massalés et autres civets réunionnais, servis dans d'originales petites marmites en métal. L'une des meilleures adresses de l'île pour découvrir la diversité de la cuisine créole dans le cadre simple et convivial d'une « institution » locale.

Marchés créoles

Malgré son urbanisation intense, le nord de La Réunion n'en a pas moins conservé des racines paysannes qui s'expriment dans les multiples marchés animant des quartiers souvent bétonnés. À Saint-Denis, outre les institutionnels **Petit Marché C3** et **Grand Marché B3** *(p. 82 et p. 89; ouv. t.l.j. sf dim.)*, le quartier de **La Source hors pl. par C4** accueille un petit marché généraliste *(jeu. matin)*; et le quartier des **Camélias hors pl. par B4** un marché tout en longueur *(ven. matin)*, le long d'une vaste allée de cocotiers où les images pieuses se mélangent aux étals de produits frais et aux airs d'accordéon.

Mais c'est surtout le populaire **marché du Chaudron hors pl. par D3** *(mer. et dim. matin)* qu'il ne faut pas rater: 400 *bazardiers* s'y côtoient dans un dédale de parasols multicolores proposant fruits et fleurs, viandes et légumes, épices et vêtements, tisane « nettoye le sang » et pâte piment, nappes et djembés… le tout joyeusement coincé entre les immeubles d'une cité HLM.

À noter également, le marché du front de mer à **Sainte-Suzanne** *(mar. matin)*; celui de la place Verte à **Sainte-Marie** *(sam. matin)*; et enfin, les étals qui s'improvisent le long de la route nationale à hauteur de Sainte-Marie quand *bisik la monté*, « les bichiques *(p. 41)* sont montés » *(principalement entre oct. et déc.)* et que les automobilistes font la queue pour acheter à prix d'or (jusqu'à 80 € le kg) les précieux alevins. ♦

De 25 à 40 €

♦ **14. Hélios**, 88, rue Pasteur **C2** ☎ 02.62.20.21.50. *F. dim. et lun.* Petite salle en terrasse prise d'assaut pour le déjeuner. Réputé pour ses excellentes viandes et ses poissons simplement grillés et servis avec des sauces maison. Carte un peu chère, mais plat du jour bon marché le midi en semaine.

♦ **15. Le Pavillon d'Or**, 224, rue du Maréchal-Leclerc **D3** ☎ 02.62.21.49.86. *F. dim. et lun. soir.* Certainement le meilleur restaurant chinois de la ville sinon de l'île, très fréquenté par une clientèle d'affaires. Cuisine haut de gamme servie sur des tables rondes à plateau.

Plus de 40 €

♦ **16. Le Labourdonnais**, 14, rue de l'Amiral-Lacaze **B2** ☎ 02.62.21.44.26. *F. sam. midi, dim. et j.f.* Dans un ancien bâtiment de la Compagnie des Indes, une cuisine gastronomique aux accents créoles : tartares, rillettes de sardines Robert au gingembre, « mille-choux » de daurade coryphène, viandes pays, soufflé au combava, tarte à la papaye… Ceux qui souhaitent déjeuner rapidement opteront pour la formule bistrot.

♦ **17. Chez Piat**, 60, rue Pasteur **B2** ☎ 02.62.21.45.76. *F. lun. soir, sam. midi et dim.* L'un des rares établissements de la ville à revendiquer le titre d'établissement gastronomique. Cuisine soignée dans l'intimité d'une mignonne case créole. À côté des ris de veau aux cèpes et des tripes maison, la carte vous proposera des plats plus exotiques comme les ravioles de queues de camarons ou les escalopes de vivaneau.

Guide *péi*

Créés en 1997, les guides P.E.I. (P pour Patrimoine, E pour Environnement, I pour Île) ne sont pas des guides ordinaires, mais des accompagnateurs formés pour faire découvrir l'île aux visiteurs d'une **façon originale, culturelle** et **non sportive**. Ces guides organisent des sorties à la journée ou à la demi-journée sur des thématiques diverses (architecture, religions et croyances, nature, traditions populaires, agriculture et industrie…). À Saint-Denis, par exemple, ils vous feront découvrir la flore réunionnaise à travers le **jardin de Cendrillon** *(p. 95)* ou l'histoire de la ville à travers la rue de Paris *(p. 86)*. Comptez entre 6 € (sortie de 1 h 30) et 18 € (sortie de 3 h) par personne (gratuit pour les moins de 5 ans, demi-tarif en dessous de 12 ans). La plupart de ces guides sont regroupés dans la structure intitulée « Guid'a nou » (☎ 06.92.86.32.88, www.guid-a-nou.com). ♦

Glaces et grignoteries

Les ● suivis d'un n° renvoient aux adresses localisées sur le plan en rabat arrière de couverture.

● **18. L'Igloo**, 64 et 67, rue Jean-Chatel **B2**. *Voir p. 85.*

● **19. Le Massalé**, 30, rue Alexis-de-Villeneuve **B2** ☎ 02.62.21.75.06. *F. ven. matin.* Beignets en tout genre, lait alouda aromatisé à la rose, gâteaux indiens colorés, jus de fruits frais… autant de spécialités nord-indiennes parfumées ou épicées à grignoter sur une petite table ou bien à emporter.

● **20. Paul Barachois « Rallye »**, 3, av. de la Victoire **B2** ☎ 02.62.56.05.60. *Ouv. t.l.j. 6 h-20 h.* La fameuse enseigne de boulangerie a repris la place du café Le Rallye en conservant sa terrasse, un des principaux lieux de rendez-vous de la ville. Juste à côté, le point tabac-presse est ouvert tard le soir et le dim. matin.

Shopping

Librairie (BD). Le Repère de la murène, 76, rue Juliette-Dodu **B2** ☎ 02.62.41.27.95. Librairie spécialisée offrant un large aperçu d'une BD régionale très dynamique.

Marchés. *Voir p. 223.*

Vie nocturne

Les ● suivis d'un n° renvoient aux adresses localisées sur le plan en rabat arrière de couverture.

● **21. La Kt Drale**, 5, ruelle Saint-Paul (à deux pas de la cathédrale) **B2** ☎ 06.92.95.92.00. *Ouv. lun.-sam. 11 h-minuit.* Ouvert par Peter Mertes, le patron de la marque de vêtements Pardon !, ce café-restaurant, qui programme régulièrement des concerts, est devenu l'un des incontournables de la vie nocturne dyonisienne.

● **22. Les Récréateurs**, 2, pl. Étienne-Regnault (ancien entrepôt sur le front de mer ayant abrité la gare routière et l'ⓘ) **C2** ☎ 06.92.49.04.93 ou 06.92.10.76.11. *Ouv. lun.-sam. 11 h-2 h, dim. 18 h-23 h.* Ce lieu de récréation très vivant propose tout un tas d'activités à côté d'une restauration légère : jeux de société, expositions, concerts, théâtre, humour, performances artistiques et autres spectacles.

● **23. Le Zanzibar**, 41, rue Pasteur **B2** ☎ 02.62.20.01.18. Sous l'appellation « bistrot tropical », on y trouve un restaurant. *(ouv. lun.-sam. midi et soir et dim. soir)* et un bar *(ouv. 17 h-1 h)* où se rassemblent des fêtards de tous bords. La soirée se poursuit un peu plus bas dans la même rue (au n° 108) au **Boy's**, « la » discothèque gay branchée de l'île.

Casino

Pl. Sarda-Garriga à côté de l'hôtel Le Saint-Denis **B1** ☎ 02.62.41.90.63. L'une des trois salles de jeux de l'île. *Ouv. t.l.j. Machines à sous à partir de 10 h, casino à partir de 21 h.*

Théâtre

Voir aussi à Sainte-Clotilde p. 226.

Théâtre du Grand-Marché, rue du Maréchal-Leclerc **B3** ☎ 02.62.20.33.99. Siège du Centre dramatique de l'océan Indien. Une grande salle (200 à 300 places selon la configuration) et le **Kabaret sat maron**, un lieu de représentation plus convivial aménagé avec tables et chaises sous le marché couvert.

Sports et loisirs

Évasion Kréol, 32, rue de l'Amiral-Decaen ☎ 06.92.61.34.55. Canyoning (dans l'Est en particulier), randonnée et trekking encadrés par une équipe de guides et d'accompagnateurs diplômés. Calendrier sur www.evasionkreol.com.

Vers une Cité des arts

Une cité entièrement dédiée aux arts devrait ouvrir ses portes au public en 2014 à Saint-Denis. Dans un premier temps, ce centre culturel occupera 15 000 m² sur le site de l'ex-Espace Jeumon installé dans les années 1990 sur une friche industrielle (rue Léopold Rambaud à Sainte-Clotilde). La structure regroupera des ateliers de fabrication de costumes et de décors, des studios de danse, de théâtre et de musique, une salle d'exposition et deux salles de concerts, dont celle du Palaxa, qui a d'ores et déjà été réhabilitée et inaugurée en février 2012. Au terme de ce projet évalué à 25 millions d'euros, les Dionysiens pourront profiter d'un espace de plus de 20 000 m² pour découvrir les productions d'artistes de La Réunion et du monde entier. ◆

Sainte-Clotilde et ses Hauts

Carte p. 92. Visite p. 100.

Shopping

Herboristerie. Aljoimour, 5 *bis*, rue des Pervenches ☎ 02.62.28.97.69, alain.touizer@orange.fr. Toute la gamme des miels réunionnais et de leurs dérivés (préparés de façon personnalisée par un herboriste selon vos problèmes de santé).

Douceurs. Confiserie Law-Lam, 20, rue du Béarn, Le Moufia ☎ 02.62.28.00.15. Transformation de fruits tropicaux en fruits confits, pâtes de fruits, confitures et jus. Les gourmands ne seront pas déçus.

Rhums. Distillerie Chatel, 80, rue Adolphe-Pegoud-ZAC Gillot. ☎ 02.62.97.99.10. Vente et dégustation de la gamme complète des rhums et des punchs réunionnais. *Ouv. lun.-ven. 9 h 30-12 h et 14 h-17 h.*

Spectacles et vie nocturne

Palaxa-Grande Halle, 23, rue Léopold-Rambaud ☎ 02.62.20.41.10.

Théâtre Vollard, 23, rue Léopold-Rambaud ☎ 06.92.08.26.51.

Théâtre de Champ-Fleuri, **Espace culturel de Champ-Fleuri,** 2, rue du Théâtre ☎ 02.62.41.93.25.

Sainte-Marie et ses Hauts

Carte et visite p. 102.

Office de tourisme intercommunal du Nord (Saint-Denis, *p. 220*, ou Sainte-Suzanne, *ci-contre*).

Hébergement et restauration

De 15 à 25 €

▲ **Ferme-auberge Le Piton Fougère**, 272, route des Fleurs, Beaumont-les-Hauts, 13 km S de Sainte-Marie par la D62 ☎ 02.62.53.88.04. *Rés. recommandée.* Auberge de campagne située tout au bout de la route à quelque 1 100 m d'altitude. *5 ch.* d'hôtes dont une « nuptiale » pour les amoureux, toute de bois vêtue et équipée d'une cheminée. Cuisine traditionnelle au feu de bois, copieuse et préparée avec les produits de la ferme (qu'on peut visiter).

Sports et loisirs

ULM. Papangue ULM, aérogare de Maperine, Gillot ☎ 06.92.08.85.86. École de pilotage et circuits au-dessus de l'île à partir de 80 €.

Shopping

Colis-souvenir. Colipays, zone aéroportuaire de Gillot ☎ 02.62.28.99.99, www.colipays.com. *Ouv. lun.-ven. 8 h 30-18 h 30, sam. 9 h-12 h 30.* Fleurs, fruits, produits artisanaux, rhums, vanille, journaux... au choix, une gamme de 17 colis cadeaux livrés à domicile en métropole en 48 h par Chronopost. On peut visiter le showroom et les ateliers de cette entreprise fiable et sérieuse, la toute première à avoir lancé le concept du colis-souvenir prêt à l'envoi. Une idée originale et très pratique, à partir de 69 €.

Marchés. *Voir p. 223.*

Sainte-Suzanne

Carte p. 102. Visite p. 106.

Office de tourisme intercommunal du Nord, antenne de Sainte-Suzanne, 19, rue du Phare ☎ 02.62.52.13.54. *Ouv. lun.-sam. 9 h-12 h 30 et 13 h 30-17 h.* Personnel dynamique et organisation de nombreuses activités (ateliers Saveurs créoles, tressage vacoa...).

Hébergement et restauration

À partir de 40 €

▲ **Auberge du Quartier Français**, 58, rue Raymond-Verges, (à proximité de l'église Sainte-Vivienne) ☎ 06.92.23.59.00, www.aubergemoise974.com. *5 ch.* d'hôtes avec entrée indépendante. Cuisine réunionnaise traditionnelle (c'est-à-dire au feu de bois), servie dans une vaste salle de restaurant habillée de bois et de rotin (premier menu à 17 €), et accompagnée d'une bonne sélection de côtes de... Beaune.

Sports et loisirs

Niagara Vertical ☎ 06.92.48.55.54, www.niagara-vertical.net. Cette société propose à presque tous deux « parcours acrobatiques » sur la commune de Sainte-Suzanne : une *via* ferrata (avec pont népalais et tyrolienne) sur le site de la cascade Niagara et une initiation au canyoning au bassin Bœuf, avec la possibilité d'enchaîner les deux sorties dans la journée. *Ouv. mer., sam., dim. et j. f. avec une sortie le matin (départ 9 h) et une l'après-midi (départ 15 h).*

Shopping

Marché. *Voir p. 223.* ◆

La côte au vent

visites

Itinéraires 6 à 8, p. 109.
Cartes, p. 110, p. 117, p. 120. ◆

Le prix de l'**hébergement** est calculé sur la base d'une nuit en chambre double, soit pour 2 pers. Pour les **restaurants**, le prix est calculé sur la base d'un repas complet, boisson alcoolisée non comprise.

Anse des Cascades

Carte p. 120. Visite p. 122.

Chambre d'hôte

Moins de 50 €

▲♥♣ **Le Joyau des laves**, N2, Piton-Cascades, 1 km au S de Piton-Sainte-Rose ☎ 02.62.47.34.00, fax 02.62.47.25.35, www.joyaudeslaves.com. *3 ch. dont 1* ♿ *et 1 suite.* Auberge de campagne dans une immense maison récente. Vue sur l'anse des Cascades et le volcan. Cadre fleuri, accueil familial et bonne table mettant en valeur les produits de l'exploitation (palmiste, chou coco, *la cour* volailles…). Visite de la bananeraie et découverte des produits du terroir.

Restaurant

Moins de 15 €

♦ **L'Anse des Cascades**, en face du débarcadère ☎ 02.62.47.20.42. Quelques tables sous les arbres et une grande salle à banquets dominicaux, à côté du kiosque qui abrite un snack-bar familial. Plats réunionnais et poisson frais sur commande. *Ouv. midi. F. ven.* ☎ *pour vérifier ouverture.*

Bras-Panon

Carte p. 110. Visite p. 115.

ℹ **Point d'accueil touristes**, pl. Michel-Debré ☎ 02.62.51.29.88, info.tourisme.braspanon@wanadoo.fr. *Ouv. lun.-ven. 9h30-16h30.*

Fermes

De 15 à 25 €

▲♥♣ **Chez Mme Annibal**, 6, chemin Rivière-du-Mât ☎ 02.62.51.53.76 *(rés. obligatoire)*, eva.annibal@wanadoo.fr. ♿ (pour le restaurant). **Ferme-auberge** du réseau « Bienvenue à la ferme », réputée dans toute l'île pour son canard à la vanille et sa ribambelle de rhums arrangés. Quoiqu'un peu trop « institutionnalisée », l'adresse demeure une valeur sûre pour découvrir la restauration chez l'habitant. Quelques chambres *sur rés.*

▲♣ **Les Authentiques du refuge**, Quartier La Caroline, dans les Hauts de Bras-Panon ☎ 06.92.06.06.36. La ferme de Thierry et Anne-Marie Hubert fait partie du réseau Ferpabior, qui regroupe 3 fermes pédagogiques bio à La Réunion. Sur cette exploitation de 5 ha à flanc de colline, on pourra s'initier à l'agriculture et l'élevage biologiques. Plusieurs formules de découverte, dont une offre « visite et collation » avec ou sans déjeuner *(sam. et dim. sur rés.)*. Notre « fermière bio » tient aussi un point de vente à Bras-Panon (L'**Îlot bio**, en face de l'hôtel de ville, *ouv. mer. et jeu.*) où elle propose les fruits et légumes et les achards bio de l'exploitation.

Sports et loisirs

VTT. Vélo club de l'Est, stade à côté de la coopérative de vanille ☎ 02.62.51.59.40. Ce club propose loc. de VTT et accompagnement pour des promenades plus ou moins longues sur un réseau de 250 km de pistes balisées (Jean-Marc Nomari, président du club ☎ 06.92.97.49.26).

Saint-André

Plan p. 112. Visite p. 111.

ℹ **Office municipal de tourisme**, Maison Martin-Valliamé, 1590, chemin du Centre **B2** ☎ 02.62.46.91.63, omt.standre@wanadoo.fr. *Ouv. lun.-sam. 9h-17h.* Propose des visites commentées de la maison Valliamé.

Guide

☘ **Patrick Loisel** ☎ 02.62.58.02.50. Pour une découverte de La Réunion profonde à travers sa culture et ses religions (différents circuits de visites thématiques sur toute l'île).

Chambres d'hôte

Les ▲ suivis d'un n° renvoient aux adresses localisées sur le plan p. 112.

Moins de 50 €

▲ **1. Auberge du Désert**, chez Éric Bedier, 2606, Bras-des-Chevrettes, à 2,5 km de Saint-André **hors pl. par A3** ☎ 02.62.46.64.43 et 06.92.85.68.01, fax 02.62.58.48.57. *8 ch., 2 épis.* Chambres chaleureuses dans une villa avec piscine et grand jardin calme. Table d'hôte *sur rés.* pour les repas.

De 50 à 80 €

▲ **2. Le Domaine des Oiseaux**, 300, chemin Grand-Canal, Champ-Borne **B2** ☎ 02.62.51.30.98 et 06.92.52.25.20. *10 ch.* spacieuses et agréables dans une grande villa toute neuve posée sur la plaine cannière. Accueil sympathique de Patrick Agenor, le propriétaire. Piscine et tennis en prévision.

Restaurant

Le ♦ suivi d'un n° renvoie à l'adresse localisée sur le plan p. 112.

De 25 à 40 €

♦ **3. Le Cantonnais**, 620, rue de la Gare **A2** ☎ 02.62.58.39.13, www.lecantonnais.fr. *Ouv. mar.-dim. à midi, ven. et sam. le soir, f. lun.* Petit restaurant chinois de bonne facture, très fréquenté par les familles réunionnaises. Buffet d'entrées et plats à emporter.

Shopping

Artisanat. ADAR (Association pour le développement de l'animation de La Réunion), Champ-Borne, à côté de la mairie annexe (en face de l'église) **B1** ☎ 02.62.46.77.92. *Ouv. lun.-ven. 9 h 30-11 h 45 et 14 h 30-16 h 30, sam. 8 h 30-11 h 30.* Confection et vente de produits faits main. Spécialisé dans le tressage de vacoas.

Boutique indienne. Chez Malikaï, 339, rue de Cambuston ☎ 02.62.58.44.84. *F. dim. et lun.*

Sports et loisirs

Combats de coqs. Il existe plusieurs « ronds » sur la commune : **Combat Coq 2000**, chemin Lagourgue **B1** ; **Le Rond**, chemin Jeanson à Rivière-du-Mât-les-Bas **B3**. *Combats le w.-e., parfois ven. soir* ; rens. à l'ℹ.

ULM. **Club Alizés**, 320, allée Polo **A3** ☎ 06.92.02.05.44 (Stéphane Hesse, moniteur breveté) et ☎ 06.92.66.90.01 Cette petite structure associative, située au milieu des champs de canne, constitue l'une des rares alternatives à la base ULM de Cambaie. Elle propose des vols découverte (env. 40 €/20 min) en ULM trois axes (presque un petit avion) ou pendulaires (plus proches du deltaplane) au-dessus de la côte est : bassins la Paix et la Mer, Bethléem, la rivière des Roches, l'entrée du cirque de Salazie, Takamaka, le Grand-Étang…

Saint-Benoît et ses Hauts

Carte et visite p. 117.

ℹ **Office de tourisme de Saint-Benoît.** Accueil sur Sainte-Anne *(p. 230)*.

ℹ **Point d'information touristique**, marché couvert de Saint-Benoît. *Ouv. mer. 13 h-18 h et ven. 9 h-12 h.* En dehors de ces créneaux, s'adresser au bureau d'accueil de l'ℹ situé à Sainte-Anne *(p. 230)*.

Adresse utile

Gare routière. Chemin Beaulieu ☎ 02.62.50.10.69. Horaires à l'ℹ.

Hôtel et gîte

Plus de 120 €

▲ **Diana Dea Lodge & Spa**, 94, chemin Helvetia-Cambourg (à une dizaine de km de Sainte-Anne, signalé depuis la nationale) ☎ 02.62.20.02.02, resa@diana-dea-lodge.re. À 600 m d'altitude, au bout du bout d'une petite route

Fêtes et manifestations

Janvier-février. Fête tamoule du Cavadee à Saint-André.

Avril. Festival du court métrage à Saint-Benoît.

Mai. Grande marche sur le feu à Sainte-Rose le dimanche de Pâques. **Foire agricole** de Bras-Panon, une institution réunionnaise.

15 août. Pèlerinage de la Vierge au Parasol à Sainte-Rose.

Septembre. Boucle de l'Éden, course de montagne dans les Hauts de Bras-Panon ; **Carrefour des musiques** à Saint-Benoît.

Octobre. Rando Vanille (rando VTT et promotion des produits du terroir) et **Fête des bichiques** à Bras-Panon. **Dipavali** (ou novembre selon le calendrier lunaire), **Fête des lumières** à Saint-André.

Novembre. Énergie Nature à Saint-Benoît (activités nautiques).

Décembre-janvier. Pandialé (marches sur le feu) autour des temples tamouls de la région. ◆

(puis d'un chemin) qui ne cesse de grimper, voilà l'établissement haut de gamme dont l'Est rêvait. Un havre de paix pour privilégiés qui, sur le modèle de certains lodges mauriciens, mélange luxe et nature au cœur d'un domaine de chasse clos de 150 ha où une centaine de cerfs évoluent librement. Vue exceptionnelle sur toute la façade orientale de l'île et table de grande qualité. Piscine, spa et hammam, salon cosy avec cheminée.

▲ **Longani's Lodge**, 95, chemin Harmonie, Abondance (à 10 min du centre-ville bénédictin) ☎ 06.92.76.84.52, contact@longanilodge.com. Gîte (6 pers. maxi) en loc. (nuit, w.-e., sem. ou plus) ou en formule chambre d'hôte (demi-pension). Sur les premières hauteurs entre forêt et cannes, face à l'océan, une construction cubiste hors du commun où il fait bon vivre, dans des pièces réchauffées par le parquet et une déco voyageuse chaleureuse.

Restaurants

De 15 à 25 €

♦ **Les Letchis**, 42, îlet Danclas, îlet Coco ☎ 02.62.50.39.77 et ☎ 06.92.66.55.36. Rés. conseillée. Installé au bord d'un bras de la rivière des Marsouins, ce petit restaurant de cuisine créole traditionnelle bénéficie d'un cadre idyllique : on y mange dans un jardin exubérant, à l'ombre des arbres fruitiers et à portée d'un bassin « privé » qui permet de digérer les pieds dans l'eau pour prolonger ce petit moment de bonheur.

Moins de 15 €

♦ **Kiosque des Mandarines**, 747, route de Takamaka (9e km), ☎ 06.92.84.91.92. *Ouv. t.l.j.* Dernier restaurant sur la route des gorges de Takamaka. Cadre panoramique et cuisine créole authentique, au feu de bois et à base de produits locaux, de la rivière occasionnellement. Visite du jardin et production de vanille artisanale en marge du restaurant.

Shopping

Produits du terroir. Ferme de l'Est, sur la route de La Plaine-des-Palmistes. *Voir p. 119.*

Sports et loisirs

Eaux vives. Oasis Eaux Vives, îlet Coco (prenez la 96 RD 54 et la direction de Bras-Canot, puis suivez les indications) ☎ 02.62.48.42.66 et ☎ 06.92.00.16.23, www.oasisev.com. Rafting, canoraft, *air boat* et randonnées aquatiques sur les rivières des Marsouins et du Mât; *kayak jump* sur la rivière des Roches. Départs t.l.j. à 8 h ou 13 h selon les activités.

bonnes adresses - la côte au vent

Sainte-Anne

Carte p. 120. Visite p. 121.

Office de tourisme de Saint-Benoît, place de l'Eglise, Sainte-Anne. ☎ 02.62.47.05.09, accueil@otsb.re. *Ouv. lun.-sam. 9h-12h et 13h-17h30.* Informations sur l'ensemble de la commune bénédictine (dont fait partie Sainte-Anne), voire même sur celle de Sainte-Rose, qui n'a pas d'Ⓘ. Personnel compétent et boutique de produits locaux.

Shopping

Savons. Îlot Savons, *voir p. 121.*

Sports et loisirs

Agritourisme. Le Domaine Coco, Ligne 440, chemin du Cap, Sainte-Anne (depuis la N2, tournez côté montagne au niveau de Saint-François) ☎ 06.92.27.75.19, contact@domaine-coco.com. Boucle de 1h30 à la découverte d'une exploitation de plantes agricoles et de fruits tropicaux. *Vis. guidée t.l.j. à 10h30 et 14h30 (sam. et dim. sur rés.).*

Association pour la valorisation et la préservation du patrimoine des Hauts de Sainte-Marguerite (AVP-PHSM) ☎ 06.92.67.23.50. Sur les hauteurs de Sainte-Anne, à la lisière avec la forêt, un groupement de 5 producteurs développe des activités en direction du tourisme et d'une agriculture respectueuse du « terroir ». La visite *(sur r.-d.-v.)* de leurs activités se fait dans un esprit moins commerçant que le précédent, et se finit souvent autour d'un repas au feu de bois ou d'un gâteau *lontan*.

Sainte-Rose

Carte p. 120. Visite p. 121.

Point accueil, mairie de Sainte-Rose, route nationale ☎ 02.62.47.20.22.

Hébergement

Moins de 50 €

▲ **La Cayenne**, chez Joëlle et Sully Narayanin, 317, Ravine-Glissante ☎ 02.62.47.23.46, fax 02.62.47.34.81. *6 ch. doubles* dans une villa indépendante et *repas sur rés.* Cuisine au feu de bois préparée avec les produits de la ferme : gratins, canard aux litchis, vindaye de poisson, pintade au combava…

▲ ♥ **La Roseraye**, chez M. Adam de Villiers, 206, N2 (sortie S de Sainte-Rose) ☎ 02.62.47.21.33 et 06.92.67.97.44, christian.adv@wanadoo.fr. *2 ch. pour 2 pers. et 1 suite pour 4 pers., 3 épis.* Le charme suranné d'une demeure coloniale du XIXe s. Superbe parc et petit musée d'objets *lontan*. Table traditionnelle le midi *sur rés.* Spécialités : poissons de Sainte-Rose, gratin de papaye à la vanille, choux de coco et de palmistes. *Pas de cartes bancaires.*

À partir de 55 €

▲ **La Fournaise**, 154, RN2, Sainte-Rose ☎ 02.62.47.03.40, hotellafournaise2@wanadoo.fr. *23 ch.* Le seul « vrai » hôtel du coin, agréable, si ce n'est la proximité de la route nationale. ♦ **Restaurant** Le Gingembre-Combava et piscine, la seule du coin également, en dehors de la piscine municipale.

Sports et loisirs

Agritourisme. ♥ **Plantation Vanilla Bourbon**, exploitation de vanille en sous-bois (4000 pieds) sur la localité du Petit-Brûlé (dans les Hauts de Sainte-Rose). ☎ 06.92.15.76.36. *Vis. guidée payante sur r.-v. lun.-sam., le matin à partir de 9h30 et l'après-midi à partir de 13h (prévoyez des chaussures de marche).* Maryse Mounier, une Toulousaine tombée amoureuse de la vanille, fait découvrir les secrets de cette orchidée en même temps que ceux de la forêt où elle pousse en pleine nature, loin de la culture industrielle sous ombrière. Vente de gousses (1 € pièce) et partage d'un gâteau sur place (pique-nique possible) en fin de visite (comptez 2h au moins).

Visite guidée. La plantation **Banana-land**, Piton-Bellevue, en contrebas de la route entre Ravine-Glissante et Piton-Sainte-Rose ☎ 02.62.53.94.74. *Ouv. dim.-jeu. 9h30-16h30. Vis. guidée payante de la plantation, repas à base de bananes le midi sur rés.* Vous y découvrirez tous les secrets de la culture de la banane grâce à un circuit pédagogique qui parcourt la plantation et à une collection de nombreuses espèces de bananiers. ♦

La côte sous le vent

visites

Itinéraires 9 à 14, p. 123.

Cartes, p. 124, p. 137, p. 145 et p. 150. ◆

Le prix de l'**hébergement** est calculé sur la base d'une nuit en chambre double, soit pour 2 pers. Pour les **restaurants**, le prix est calculé sur la base d'un repas complet, boisson alcoolisée non comprise.

Boucan-Canot

Carte p. 137. Visite p. 138.

ℹ **Office de tourisme**, à Saint-Gilles-les-Bains *(p. 237)*.

Hébergement

De 50 à 80 €

▲ **La Villa du Soleil**, 54, N1 ☎ 02.62.24.38.69, fax 02.62.24.39.09, www.lavilladusoleil.com. *13 ch. climatisées avec TV.* Petit hôtel sans prétention mais bien tenu par un patron sympa. Piscine minuscule mais appréciable. Bon marché, d'autant plus que la plage est à moins de 100 m.

▲ **Le Marina**, 6, allée des Pailles-en-Queue, lotissement du cap Champagne ☎ 02.62.33.07.07, fax 02.62.33.07.00, www.hotelmarinareunion.com. *10 studios et duplex (2 à 4 pers.)* équipés dans cette résidence hôtelière à 200 m de la plage, comprenant commerces et immeubles d'habitation. Terrasse privative, accès Wi-Fi, TV, parking fermé, ♿. Service petit déj. et buanderie en option.

Plus de 120 €

▲ ♥ **Le Boucan Canot**, 32, route de Boucan-Canot ☎ 02.62.33.44.44, fax 02.62.33.44.45, www.boucancanot.com. *50 ch. dont 8 suites et 2 ch.* ♿. Hôtellerie de haut standing à taille humaine bordant la plage au N. Décoration intérieure chaleureuse à base de bois exotique, jardin tropical et piscine au-dessus de l'océan. Très bonne table dans une salle semi-ouverte sur le large.

Plus de 120 €

▲ **Le Saint-Alexis**, 44, route de Boucan-Canot ☎ 02.62.24.42.04, fax 02.62.24.00.13, www.hotelsaintalexis.com. *60 ch. dont 5 grandes suites et 15 suites junior*. Ce 4-étoiles à l'architecture personnalisée est fréquenté par les VIP de passage. Il est luxueux et raffiné tout en restant décontracté, à l'image des établissements mauriciens. Accès direct à la plage aménagée, 2 piscines, nouveau spa ouvert à l'automne 2009, espace forme (sauna, hammam, gym) et restaurant sur 3 niveaux. À défaut d'y dormir, on peut profiter du lieu à l'occasion d'un repas ou d'un verre face au lagon.

Restaurants

Le choix est relativement réduit, car il n'y a pas d'établissements intermédiaires entre les tables des grands hôtels et un certain nombre de snacks face à la plage (plats sur place ou à emporter jusqu'à épuisement des stocks, soit en début d'après-midi généralement).

Moins de 15 €

♦ **Case Bambou**, 35, rue de Boucan-Canot, face à la plage ☎ 02.62.24.48.52. *Ouv. t.l.j. 12 h-14 h 30 et 19 h-22 h sf lun. midi. Bar parfois « fêtard » le soir.* Touristique mais agréable, pour une grillade, une salade ou une pizza dans le patio luxuriant et ombragé d'une paillotte.

Plus de 40 €

♦ ♥ **Le Saint-Alexis**, hôtel Saint-Alexis, 44, route de Boucan-Canot ☎ 02.62.24.42.04. À côté de quelques plats créoles classiques, une cuisine gastronomique créative alliant finesse et simplicité, servie dans le jardin, en salle (balcon privatif) ou sur la terrasse du 2e étage qui domine la mer. Chaque semaine, menu « Découverte » élaboré selon un thème (coco et citronnelle ou gingembre par exemple). Menu dégustation (le soir) à base de produits locaux « nobles » (foie gras de canard, camaron, langouste...). La **Table du bar** propose une carte plus légère (et moins chère) sur la terrasse de la plage *(13 h-18 h)*.

Excursions

Comptoir Corail, 12, pl. des Coquillages. *Voir p. 138.*

Dos-d'Âne

Carte p. 124. Visite p. 127.

Office de tourisme de La Possession, à La Possession.

Hébergement

Moins de 50 €

▲ **Les Acacias**, chez M. et Mme Axel Nativel, 34, rue Germain-Élisabeth ☎ 02.62.32.01.47 ou ☎ 02.62.32.02.34, fax 02.62.32.06.51. *2 ch.* Homologué par les Gîtes de France. Plusieurs possibilités: *2 ch. dont 1* ♿ et table d'hôte *(sur rés.)* dans la maison du propriétaire, ou gîte d'étape *(4 ch. de 4 pers.)* dans un bâtiment annexe, fonctionnel mais sans caractère, avec séjour et cuisine en commun. Accueil sympathique.

L'Ermitage-les-Bains

Plan p. 143. Visite p. 142.

Office de tourisme de Saint-Paul, à Saint-Gilles-les-Bains *(p. 237)*.

Adresse utile

Location de véhicules. Loca-scoot, 98, av. de Bourbon **A1** ☎ 02.62.25.56.98, locascoot@wanadoo.fr. Scooters et motos de 50 cm³ à 650 cm³, l'idéal pour se balader dans les environs.

Hébergement

Les ▲ suivis d'un n° renvoient aux adresses localisées sur le plan p. 143.

Moins de 50 €

▲ **1. Village de Corail**, 80, av. de Bourbon **A2** ☎ 02.62.24.29.39, fax 02.62.24.41.02, www.villages-des-australes.com. *129 studios.* Une résidence hôtelière proposant des bungalows équipés, fonctionnels mais assez spartiates, disséminés dans un vaste parc gazonné en bordure du lagon. Demi-pension possible.

De 50 à 80 €

▲ **2. Les Bougainvilliers**, 27, ruelle des Bougainvilliers **A3** ☎/fax 02.62.33.82.48, www.bougainvillier.com. *14 ch.* Accès ♿. Résidence hôtelière à 400 m de la plage, au cœur d'un quartier résidentiel calme, dans une maison avec piscine et jardin. On peut avoir le petit déj. ou faire sa cuisine. Accès Wi-Fi et prêt de vélos. Sports nautiques possibles à proximité de l'hôtel: plongée, surf, voile, ski nautique, canyonning, rafting.

▲ **3. Le Vacoa**, 54, rue Antoine-de-Bertin (à la limite entre L'Ermitage et La Saline-les-Bains) **B4** ☎ 02.62.24.12.48, fax 02.62.24.67.10, www.levacoa.com. *16 ch.* dans cette résidence hôtelière, réparties dans deux petits bâtiments donnant sur une cour intérieure avec piscine. Cuisine commune extérieure et barbecue. Accueil familial, plage à 3 min à pied. Propose des activités sportives et des excursions découverte.

Plus de 120 €

▲ **4. Hôtel Lux Île de la Réunion**, 28, rue du Lagon **A3** ☎ 02.62.70.00.00, fax 02.62.70.00.07, www.naiade.com. *174 ch. dont 4* ♿. L'unique hôtel 5 étoiles de l'île (en attendant l'ouverture prévue en 2013 d'un Royal Cap Resort & Spa à Boucan-Canot, à l'emplacement du Maharani fermé en 2007), à la fois chic et décontracté, avec ses villas néocréoles toutes blanches réparties dans un parc sous les filaos, son cachet colonial, sa piscine de 1 000 m² face au lagon, ses 4 restaurants... Ne serait-ce que pour un coup d'œil en même temps qu'un verre au bar.

▲ **5.** ♥ **Le Nautile**, 60, rue Lacaussade **B4** ☎ 02.62.33.88.88, fax 02.62.33.88.89, www.hotel-nautile.com. *43 ch. et suites dont 2* ♿. Le Nautile est posé au bord de la plus belle étendue de plage du Lagon de l'Ermitage. L'hôtel est situé dans un charmant bâtiment de style néocréole donnant d'un côté sur le lagon, de l'autre sur la piscine. Chambres confortables avec balcon ou varangue, restaurant au bord de la piscine et plage aménagée à deux pas. Jacuzzi en plein air, centre de remise en forme et prêt d'équipement de mer (kayak, palme-masque-tuba).

Fêtes et manifestations de la côte sous le vent

Janvier-février. **Marches sur le feu** et **Fête du Cavadee** à Saint-Louis.

Avril. **Fête de la Mer et de la Forêt** à L'Étang-Salé.

Mai. **Fête du Tévelave,** grande fête de la commune des Avirons avec kermesse, découverte de l'artisanat local et des produits du terroir. **Fête de l'eau et du nautisme** sur toute l'île, en particulier à Saint-Gilles (démonstrations, activités gratuites, stands...). **Leu Tempo Festival** à Saint-Leu (arts vivants).

Mai-juin. **Fête du café** à La Possession.

Juin. **Grand Boucan**, carnaval créole à Saint-Gilles. **Pèlerinage de l'église des Colimaçons** (fête du Sacré-Cœur). **Braderie commerciale** à Saint-Louis.

Juillet. **Festival de la Canne à sucre** à Saint-Louis, pour le début de la campagne sucrière. **Fête de Saint-Paul** avec foire commerciale et animations. **Fête de la plage** à L'Étang-Salé.

Août. **Marche sur le feu** à Saint-Leu. **Fête des pêcheurs** à Saint-Paul. **Journée de l'accueil** à La Possession (découverte du patrimoine de la commune). **Étoiles du terroir** aux Makes.

Septembre. **Fête et pèlerinage de La Salette** à Saint-Leu *(p. 150)*. Un des temps forts du calendrier créole.

Octobre. **Expo-Bois** à La-Rivière-Saint-Louis *(p. 162)*. **Semaine créole** un peu partout sur l'île *(p. 28)*.

Novembre. **Festival du film d'Afrique et des îles** au Port. **Dipavali** (fête indienne) à Saint-Paul en particulier. **Fête des Artichauts** au Plate.

Décembre. **Mégavalanche,** descente marathon à VTT au Maïdo *(p. 148)*. **Fête municipale** de la ville du Port. **Grand Kabar** à Saint-Louis. ♦

Restaurants

Les ♦ suivis d'un n° renvoient aux adresses localisées sur le plan p. 143.

Moins de 15 €

♦ **8. L'Arc-en-Ciel**, 14, chemin Père-la-Frite **A3** ☎ 02.62.33.80.61. *Ouv. midi et soir sf dim. F. 1er-15 janv.* Le prototype du petit restaurant créole ayant su rester simple et authentique : quelques tables recouvertes de nappes cirées, une carte tournante limitée aux grands classiques réunionnais et un accueil sympathique. C'est bon, sans chichis, pas cher et donc souvent plein.

♦ **9. Le K'Banon**, 30, rue Leconte-de-Lisle **A2** ☎ 02.62.33.84.94. *Ouv. t.l.j. 9h-19h, ven. et sam. 9h-22h.* Un petit resto de plage sans prétention pour déjeuner entre deux baignades (grillades, assiettes fraîcheur, quelques plats créoles et malgaches). Prenez le petit déj. face au lagon ou un cocktail au coucher du soleil. Le Conservatoire du littoral souhaitant faire reculer les restaurants installés trop près de la plage, l'avenir de l'établissement (et de bien d'autres) demeure incertain.

De 15 à 25 €

♦ **10. L'Hacienda-Coco Beach**, Les Filaos, à l'arrière de la plage **A3** ☎ 02.62.33.81.43. *Ouv. t.l.j. midi (service jusqu'à 15h30) et soir.* Quelques tables en teck sur le sable, de la bonne musique, une carte light (tartares, poissons, salades, tapas) et plein de jeunes gens dans le coup... En fin de semaine, les apéro-concerts et les soirées salsa de ce restaurant de plage à la mode sont devenus de véritables institutions.

♦ **11. La Marmite**, 34, rue Leconte-de-Lisle **A3** ☎ 02.62.33.31.37. *Ouv. le soir sf dim.* Tout l'éventail de la cuisine créole dans une sympathique salle verte, présenté sous la forme d'un buffet de marmites noircies posées devant la cheminée, avec une incroyable variété de caris, massalés, grains et autres rougails... Formule souvent copiée, jamais égalée.

Shopping

Centre commercial. Mail de Rodrigues, perpendiculaire à l'av. de Bourbon (au niveau du n° 94) **A2**. Entre le supermarché Score et la plage, ces arcades (dont l'entretien laisse à désirer) abritent, entre autres, une pharmacie, un point presse, un restaurant self-service... et une boutique d'accessoires de plage.

Vie nocturne

Boîte de nuit. Le Moulin du Tango, 9 av. des Mascareignes **A1** ☎ 02.62.24.53.90. *Ouv. mer., ven., sam. et veille de j.f. 22 h-l'aube.* Discothèque classique fréquentée par une clientèle trentenaire plutôt locale. Les touristes lui préfèrent généralement le **Loft** (label « Gay friendly ») à L'Ermitage, et les plus jeunes le **One**, à l'entrée de Saint-Gilles. Soirée célibataires le mercredi.

Casino, 7, av. des Mascareignes **A1** ☎ 02.62.24.47.00, www.casinodesaintgilles.com. *Ouv. t.l.j. 10 h-2 h, ven. et sam. 10 h-4 h.* Machines à sous à partir de 10 h (tenue correcte exigée), casino (roulette, black jack, poker) à partir de 21 h. Restaurant **Le Baccara** (cuisine métro, brasserie et grill).

L'Étang-Salé et ses environs

Carte p. 150. Visite p. 156.

ⓘ **Office de tourisme intercommunal du Sud**, 74, rue Octave-Bénard ☎ 08.92.70.22.01, accueil.etang-sale@otisud.re. *Ouv. lun.-sam. 9 h-12 h et 13 h-16 h 30.* Dans une maison créole précédée d'un ancien four à chaux. Boutique d'artisanat et de souvenirs. Rés. d'hébergement sur toute l'île, loc. de voitures, activités sportives, sorties culturelles... L'ⓘ dépend désormais de la CIVIS (Communauté intercommunale des villes solidaires), qui regroupe plusieurs communes du sud de La Réunion, notamment en matière de tourisme : Saint-Pierre, Saint-Louis, L'Etang-Salé, Petite-Île, Cilaos et Les Avirons.

Hébergement

Moins de 50 €

▲ **Camping de L'Étang-Salé**, le long de l'ancienne route nationale qui longe la plage, juste après l'ⓘ ☎ 02.62.91.75.86, camping.es@civis.re. *Ouv. toute l'année. 70 emplacements.* Infrastructures simples mais correctes (sanitaires avec eau chaude, aire de jeux, boulodrome, coins feu) et emplacements ombragés.

De 50 à 80 €

▲ **Domaine des Fougères**, 53, route des Merles, Le Tévelave, Les Avirons ☎ 02.62.38.32.96, www.domainedesfougeres.com. *15 ch.* fonctionnelles *(dont 1 avec ♿).* Un havre de fraîcheur à 950 m d'altitude et à la limite de la forêt (15 min du littoral) dans une grosse maison de style néocréole; ♦ **restaurant** créole classique *(buffet dim. et j.f. à midi)* pour un bon rapport qualité-prix au final.

▲☘ **La Pointe nomade**, 7, chemin de la Pointe, Les Avirons ☎ 02.62.38.67.06 ou 06.92.12.06.97, www.lapointenomade.com. Un gîte pour vivre l'expérience unique d'une nuit sous la yourte... et sous les tropiques, à 50 m de l'océan Indien (plage de sable noir), en bordure de la forêt littorale de l'Étang-Salé. Un air d'aventure, mais pas trop, puisque chaque yourte est doublée d'un chalet mitoyen équipé avec varangue. Parfait pour les amateurs de nature, d'autant plus que le site est construit et géré sur les principes du développement durable. Petit déjeuner bio en supplément (8 €).

▲ ☘ **Résidence Baobab & Palmiers**, chemin du Cap, L'Étang-Salé ☎ 02.62.54.02.76, infos@baobabetpalmiers.com. *4 bungalows 2 pers. et 1 meublé 4 pers.* L'un des rares gîtes de La Réunion adhérant à l'association française d'Écotourisme et respectant les principes du tourisme durable (tri des déchets, détergents bios, respect de l'environnement...). Location de bungalows en bois équipés, soigneusement meublés et décorés, dans le jardin tropical (avec piscine) d'une authentique case créole centenaire.

Sports et loisirs

Golf. **Golf de Bourbon**, 140, Les Sables ☎ 02.62.26.33.39, www.golf-bourbon.com. *Ouv. t.l.j. sf lun. matin.* 18-trous sur 70 ha de forêt littorale aménagée, plus 3 trous d'initiation.

Pêche. **Ferme Aquagol**, N1, Les Sables ☎ 02.62.26.54.63. Pêche récréative sur des plans d'eau artificiels d'une ferme d'élevage : tilapias et montbruns, mais aussi anguilles, gueules rouges, ti dorés... À tous les coups ça mord !

Randonnées. **Équirun**, 37, allée Montaignac ☎ 02.62.26.52.52. Balades en poney et double poney dans la forêt de l'Étang-Salé. **Rando Run**, 2, impasse des Acacias ☎ 02.62.26.31.31. Organisation de randonnées à pied et à la carte, accompagnées par des guides diplômés d'État. **VTT Sud Réunion**, 35, rue Maximin-Lucas, Les Avirons ☎ 02.62.38.01.97 et ☎ 06.92.66.96.48. Loc. et accompagnement sur toute l'île : balades courtes, descentes, visites Villages créoles, sorties à thème et randonnées sportives.

Baignade. **Akoatys**, 2, av. de l'Océan (à côté du grand parking de la plage) ☎ 02.62.91.75.90, www.akoatys.com. Parc aquatique avec toboggans géants, grand bassin, bain à remous, espace de jeux, cafétéria, boutique... Les enfants adorent !

Hauts de Saint-Gilles

Carte et visite p. 145.

Office de tourisme de Saint-Paul, à Saint-Gilles-les-Bains *(p. 237)*.

Locations saisonnières

De 80 à 100 €

▲ **Senteur Vanille**, route du Théâtre-de-Saint-Gilles (à g. en montant, au niveau du rond-point de la station-service Total) ☎ 02.62.24.04.88 ou ☎ 06.92.78.13.05, www.senteurvanille@wanadoo.fr. *Bungalows équipés pour 2-4 ou 6 pers., loc. 3 j. min (souvent complet, rés. à l'avance).* Dans une mangueraie de 8 ha lovée en arc de cercle face à la côte, des bungalows en dur de style créole ou des *lodges* en bois dont la terrasse émerge des arbres. La décoration est à la fois chic et naturelle, meubles créoles et équipements de qualité... Bref, beaucoup de charme et de confort à un prix très raisonnable, en pleine nature et à 5 min en voiture de la plage. Parfait pour se ressourcer.

Chambre et table d'hôte

Moins de 50 €

▲ **La Christophine**, 21, route Hubert-Delisle, Tan Rouge ☎ 02.62.32.87.60, www.la-christophine.com. *7 ch.* Table d'hôte (demi-pension possible). Dans la fraîcheur des Hauts, à env. 830 m d'altitude, Jany et Dominick ont conçu leur grande case de plus de 500 m² surmontée d'une pyramide de verre comme un véritable centre de ressourcement : prestations de détente (spa, massages, salle de relaxation...), repas équilibrés, formule « week-end tendresse »... Pour un séjour cocooning loin de l'agitation du littoral.

Shopping

Essences. **La distillerie du Maïdo (chez Nanou)**, domaine agricole Les Géraniums, n° 700 route du Maïdo, La Petite-France, Le Guillaume ☎ 06.92.61.75.43 ou ☎ 06.92.55.21.91, http://pagesperso-orange.fr/distilleriedumaido. *Ouv. t.l.j. 7h30-18h30.* Distillerie de plantes aromatiques et médicinales (géranium, vétiver, citronnelle, cannelle, mais aussi lavande, basilic, romarin...). Démonstration de cuite de géranium *(rés. à l'avance)*, jardin botanique, boutique artisanale, atelier de verre soufflé.

Sports et loisirs

Golf. **Golf du Bassin-Bleu**, Villèle (en aval de la Chapelle pointue), Saint-Gilles-les-Hauts ☎ 02.62.70.03.00, www.bassinbleu.fr. *Ouv. t.l.j. 7h30-18h30.* 18-trous, practice, possède un *club house*, un restaurant, une piscine et un espace bien-être. L'accès au parcours est réservé aux joueurs classés et à ceux qui les accompagnent (tenue correcte exigée).

Hélicoptère. Hélilagon, altiport de L'Éperon ☎ 02.62.55.55.55, www.helilagon.com. Plusieurs formules de 15 à 45 min de vol effectif. Possibilité d'excursions à la journée couplées à d'autres activités : Héli-Rando à Mafate, Héli-Golf à Saint-Gilles, Héli-4x4 au Dimitile et Héli-Resto dans l'Est. *Ouv. t.l.j. sous réserve des conditions météo.*

Sensations. La Forêt de l'Aventure, route forestière des Cryptomerias, La Petite-France ☎ 06.92.30.01.54, foretaventuremaido@yahoo.fr. *Ouv. t.l.j. 9h-17h pendant les vac. scolaires. F. lun., mar., jeu. hors vac. scolaires. Sur rés.* Accro-branche dans la forêt de cryptomerias et de bois de couleurs. Grand parcours de 2h30 accessible à tous ceux qui mesurent plus de 1 m 40, mini-parcours pour les enfants à partir de 5 ans. **Le parc de la Luge**, restaurant Le Relais du Maïdo, route du Maïdo (Maïdo 1 500) ☎ 02.62.32.40.32. *Ouv. t.l.j. 9h30-17h30 pendant les vac. scolaires (sf pluie). F. lun. hors vac. scolaires.* Un court mais très amusant parcours de descente sur une rigole métallique, au milieu des tamarins, des hortensias et des arums. Autres activités gérées par le restaurant : **quad, VTT, poney, tir à l'arc.**

Escalade et canyoning. Pascal Colas, 14, impasse Joakis, Saint-Gilles-les-Hauts ☎ 06.92.60.58.66, colas.pascal.ar@wanadoo.fr. À l'origine du développement des activités de pleine nature à La Réunion, ce guide de haute montagne expérimenté propose ses services en matière de randonnée accompagnée, canyoning, escalade, alpinisme tropical, parcours aventure… sur l'ensemble de l'île.

Le Port

Carte p. 124. Visite p. 127.

Hangar de la ville du Port, rue de la Douane (derrière la mairie centrale) ☎ 02.62.43.03.33. *Ouv. lun.-jeu. 8h-12h et 13h-17h, ven. 8h-12h et 13h-16h.* Informations touristiques et espace d'exposition. Un point d'information est aussi disponible à la mairie (service économique ☎ 02.62.42.86.62), avec la possibilité de visites à thèmes en bus ou à vélo : enceintes portuaires, patrimoine, environnement, entreprises, etc.

Adresse utile

Urgences. SOS Médecins Ouest, clinique des Orchidées, 30, av. Lénine ☎ 02.62.45.45.02.

Restaurants

De 15 à 25 €

♦ **La Caz'**, 51, rue Évariste-de-Parny ☎ 02.62.43.45.75. *Ouv. lun.-ven. midi ; soir et w.-e. sur rés.* Cuisine créole traditionnelle offrant d'autres perspectives que l'invariable cari poulet : cari babafigue (fleur de bananier), bouillon de morue, brèdes variés, romazava malgache… dans le cadre d'une simple case de particulier.

♦ **Le DCP**, 56, rue Martin-Hoareau, près du rond-point des Danseuses (entrée SE de la ville) ☎ 02.62.38.95.53 et 06.92.70.37.67. *Ouv. lun.-sam. midi, ven. et sam. soir.* Du poisson, du poisson… et encore du poisson, cru, fumé, grillé ou à la vapeur. Le dernier né de l'enseigne DCP (Dispositif de concentration de poissons), sur un concept ayant fait ses preuves à Saint-Denis et à Saint-Gilles *(p. 223 et p. 237).*

Sports et loisirs

Promenades en mer. Hnoss, port de la Pointe-des-Galets ☎ 06.92.08.10.81. Sorties *(1/2 j., 1 j., croisière avec équipage)* à bord d'un vieux gréement.

Musiques actuelles. Kabardock, 60, rue Mahé-de-Labourdonnais ☎ 02.62.54.05.40, www.kabardock.com. Ce lieu culturel, devenu incontournable à La Réunion, comporte en fait trois salles et adapte sa configuration selon le programme : formule intimiste au Kabardock Café, jauge moyenne à l'Auditorium et gros concerts à la Grande Salle.

La Possession

Carte p. 124. Visite p. 126.

Office de Tourisme de La Possession, 24, rue Évariste-de-Parny (derrière l'église) ☎ 02.62.22.26.66, possession-tourisme@wanadoo.fr. *Ouv. lun.-ven. 9h-17h, sam. 9h-12h.* L'ⓘ, dont dépend Mafate, propose différentes sorties découverte guidées: randonnées Maronaz sur les pas des esclaves fugitifs et de l'histoire du cirque, pique-nique à Deux-Bras au bord de la rivière des Galets, circuits sur 1 ou 2 jours... Il organise aussi un rallye gourmand et une balade à vélo culturelle sur l'Ouest (La Possession, Le Port, Saint-Paul).

Excursions

Souprayenmestry Transports, 2, rue André-Letoulec, Sainte-Thérèse. *Voir p. 127.*

Hébergement

Plus de 120 €

▲ ♣ **Lodge Roche Tamarin**, 142, chemin Bœuf-Mort ☎ 02.62.44.66.88, fax 02.62.44.66.80, www.villagenature.com. *16 bungalows équipés.* Malgré des prix assez élevés, ce « Village Nature », admirablement intégré à flanc de colline dans un environnement boisé, vaut bien à lui seul de passer une nuit dans cette commune un peu à l'écart des sites touristiques. Bois, pierre, ardoise, cuir, raphia... un grand soin a été apporté au choix des matériaux, et chaque chalet en bois dispose d'un espace cuisine et d'une terrasse panoramique pratiquement posée sur la cime des arbres. Bonnes prestations hôtelières (piscine, spa, bar-restaurant, boutique, jardin...).

Saint-Gilles-les-Bains

Plan p. 139. Visite p. 138.

ℹ **Office de tourisme de Saint-Paul**, galerie Amandine, pl. Paul-Julius-Bénard **B1** ☎ 0810.797.797, info@saint-paul-lareunion.com. *Ouv. t.l.j. 10h-13h et 14h-18h.* Consultez aussi www.saintpaul-lareunion.com, le site de la commune dédié au tourisme (annuaires, agenda, actualités, infos pratiques...). Rés. d'hébergement (liste mise à jour de tous les meublés de la station balnéaire) et d'activités pour toute l'île, informations touristiques pour la côte ouest (de Saint-Paul à Saint-Leu). Vente de « packs découverte » thématiques à la journée: « Escale nature » axé sur l'océan, « Escale histoire » sur le patrimoine saint-paulois, « Escale marmaille » sur les activités nautiques, etc.

Adresses utiles

Cybercafés. **Hotw@ve**, 37, rue du Général-de-Gaulle **A1** ☎ 02.62.24.04.04. *Ouv. lun.-sam. 10h-19h.*

Librairie. **Librairie des Roches-Noires**, 45, rue du Général-de-Gaulle **B2** ☎ 02.62.24.43.20. En face de la boutique Chez Loulou *(p. 239).*

Location de véhicules. **Auto Discount**, 13, rue du Général-de-Gaulle (agence à Boucan-Canot également) ☎ 06.92.83.03.64, auto-discount@eco-reunion.com. L'un des loueurs les moins chers de la station: véhicule « premier prix » (type 106 Peugeot de plus de 4 ans) à partir de 23 €/j. (sur 5 à 10 j.) avec 150 € de caution.

Hôtels

Moins de 50 €

▲ **1. Hôtel de la Plage**, 20, rue de la Poste (en pleine « ville », à 2 min à pied de la plage des Roches-Noires) **A1** ☎ 02.62.24.06.37, www.hoteldelaplage.re. *9 ch.* Modeste mais propre (chambres avec climatisation et TV), c'est un des rares hôtels petit budget de la station. Ambiance *guest house* sympa, avec une déco fraîche, pleine de couleurs acidulées. Terrasse couverte sur le toit. Wi-Fi gratuit.

De 80 à 100 €

▲ **2. Grand Bleu**, 46, rue Roland-Garros **A2** ☎ 02.62.24.86.62, fax 02.62.24.88.35, www.hotelgrandbleu.net. *20 ch. dont 1 ch.* ♿. Un peu à l'étroit et sans grand charme, mais bien placé, avec un accès direct à la plage des Roches-Noires (un peu trop même, une partie de la terrasse s'étant effondrée dans le sable) et une piscine. Accès Wi-Fi.

Restaurants

Moins de 15 €

♦ **3. Le DCP**, pl. Paul-Julius-Bénard **B1** ☎ 02.62.33.02.96. *Ouv. t.l.j. midi et soir.*

Les frissons de la descente

Avec quelque 100 km de pistes balisées, le **Maïdo** est un des hauts lieux du VTT à La Réunion, particulièrement bien adapté à la descente, une discipline à part entière avec ses compétitions (la Mégavalanche, descente marathon internationale, chaque année début décembre sur Saint-Leu) et ses engins spécifiques (trottinettes de descente ou TTT, équipée d'une roue de VTT et d'une fourche suspendue à l'avant, et d'une roue de bicross à l'arrière). Afin de goûter aux frissons de la descente sans avoir à affronter les rigueurs de la montée, la société Télénavette propose ses services de « remonte-pente *péi* » : un minibus pour les vététistes et une remorque pour leurs montures permettent de gagner le sommet sans effort avant de dévaler la pente. Pour une « intégrale » jusqu'à la côte *(près de 3 h de descente non-stop !)*, une descente longue *(1 h 15 à 2 h)* jusqu'à la station Caltex du Guillaume ou une descente courte *(30 min à 1 h)* jusqu'au restaurant Chez Doudou, 394 route du Maïdo, *(☎ 02.62.32.55.87)*... avant de repartir pour un tour.

***Télénavette**, 3, rue du Général-de-Gaulle, Saint-Gilles-les-Bains ☎ 06.92.21.11.11, www.descente-vtt.com. Réservez au moins la veille (entre 8 h et 20 h), forfait 1/2 j. Possibilité de loc. de VTT, descente accompagnée, stages.* ◆

L'établissement tire son nom des « Dispositif de concentration du poisson » installés en mer en vue d'améliorer les prises des artisans pêcheurs. Il s'agit en fait du restaurant d'un centre de pêche au gros qui, dans un décor marin, propose du poisson ultra-frais (thon, daurade, espadon...) sous toutes les formes : en tartare, en carpaccio, fumé, grillé ou à la vapeur... ici, le poisson est roi, simplement accompagné d'une salade. Le concept a été un tel succès que plusieurs autres DCP ont vu le jour, à Saint-Denis (rue Jules-Auber), à Saint-Pierre (rue du Collège-Arthur), au Port *(p. 236)* et même à Mayotte. Fait aussi poissonnerie.

♦ **4. La Maison du Macaron-La Cantina**, pl. Paul-Julius-Bénard **B1** ☎ 02.62.33.21.09. *Ouv. mar.-sam. 8 h-18 h.* Salon de thé avec pâtisseries à emporter (macarons aux parfums exotiques variés) et jus de fruits frais. Carte pour grignoter (petit déj., salades composées, tartes salées) en terrasse.

♦ **5. Ti Coq**, 79, rue du Général-de-Gaulle (parking derrière le centre commercial) **B1** ☎ 02.62.24.31.69. *Ouv. t.l.j. midi et soir sf dim.* Dans un cadre convivial et à des prix honnêtes, toute une palette de caris créoles sortant de l'ordinaire (spécialités : cari babafigue, la fleur du bananier, notamment).

De 15 à 25 €

♦ **6. La Boucherie**, pl. Paul-Julius-Bénard (place du marché) **B1** ☎ 02.62.24.00.24. *Ouv. t.l.j.* Un genre d'Hippopotamus local, avec de la viande importée de métropole. Pour ceux qui font une overdose de riz-cari et ne sont pas trop regardant sur le bilan carbone de leur steak.

Plus de 40 €

♦ **7. Chez Bobonne**, 3, rue Saint-Alexis **B1** ☎ 02.62.39.27.96. *Ouv. le soir seulement t.l.j. sf dim.* Derrière ce nom un peu trompeur se cache un restaurant de standing qui mélange tradition française et produits réunionnais. Ambiance musicale cosy. Présentation soignée et service décontracté.

♦ **8. Le Saint-Gilles Restaurant La Vigie**, port de plaisance **A2** ☎ 02.62.24.51.27, www.lesaintgilles.fr. *F. lun. et dim. soir.* Terrasse panoramique donnant sur le port. Si la mer est la principale source d'inspiration du chef, il sait toujours mêler le meilleur des produits de La Réunion (espadon fumé, palmiste frais, ananas Victoria...) aux saveurs du terroir pour une cuisine gastronomique créative mélangeant notes rustiques et raffinées. Attention, ici la qualité se paye...

Shopping

Pâtisseries. **Boutique Loulou**, 86, rue du Général-de-Gaulle **A1** ☎ 02.62.24.40.41. Son bleu désormais emblématique s'impose au cœur de la localité. Propriété de la famille Sevagamy depuis plusieurs générations, le commerce a bâti sa réputation sur l'excellence de ses macatias (petits pains légèrement sucrés, nature ou au chocolat) et sur les séances de cinéma en plein air autrefois organisées sur sa terrasse à l'étage. Ravagée par un incendie en 1997, cette institution saint-gilloise a été reconstruite à l'identique depuis. Goûtez aux pâtés créoles, bonbons cravate et autres gâteaux patates. Fait aussi plats à emporter le midi (mines, caris, plats chinois...), les stocks étant généralement épuisés avant 14 h.

Souvenirs. La galerie commerciale **Le Forum**, rue du Général-de-Gaulle **A1**, et la **galerie Amandine**, de l'autre côté de la même rue **A2**, regroupent la majorité des boutiques de vêtements, de souvenirs et d'artisanat de la station balnéaire. Par exemple : **Coco d'Îles** (galerie commerciale Le Forum **A1** ☎ 02.62.24.38.77) offre un large aperçu de la production artisanale réunionnaise. *F. dim. après-midi.* La boutique ♥ **Pardon**, 24, rue du Général-de-Gaulle **A1** ☎ 02.62.24.49.58, représente l'une des marques de *beach wear* réunionnaises les plus connues dont les T-shirts ont souvent fait scandale. *F. dim. après-midi.*

Sports et loisirs

Croisières. **Le Grand Bleu**, port de plaisance **A2** ☎ 02.62.33.28.32 et 06.92.66.67.58, www.grandbleu.re. *4 à 6 départs/j.* 1 h 15 à bord d'une grande vedette à fond de verre dernière génération. Ce bateau fait partie de la flotte de « Croisières & Découvertes » qui comprend aussi un petit bateau-bulle *(Corail Safari)*, un catamaran de croisère *(Cat'Ananas)* et un autre dédié à la découverte des dauphins et des baleines *(Dauphin Safari)*.

Pêche au gros. *Voir aussi p. 276.* Tous les prestataires sont regroupés sur le port de plaisance **A2**. **Blue Marlin** ☎ 06.92.65.22.35, bluemarlin.club@wanadoo.fr. **Centre de pêche Alpha**, sous la brasserie du même nom ☎ 02.62.24.02.02. **Réunion-Pêche au gros** ☎ 02.62.33.33.99.

Plongée. Le port de plaisance de Saint-Gilles **A2** regroupe une dizaine de clubs dont les tarifs et les prestations sont plus ou moins alignés (transfert hôtel-port gratuit, loc. d'appareil photo numérique étanche, sorties épaves et tombant sur demande pour les plongeurs confirmés...). Sorties *toute l'année 2 fois/j. (9 h et 14 h)*, sorties nocturnes pour les plongeurs confirmés. **Bleu Marine Réunion** ☎ 02.62.24.22.00, www.bleu-marine-reunion.com. Un des clubs les plus expérimentés. **Ô Sea Bleu** ☎ 02.62.24.23.30, www.reunion-plongee.com. Plongées à thème.

Sports nautiques. **Batoloc**, port de plaisance **A2** ☎ 02.62.33.48.67, www.rj73.com/batoloc. Loc. de bateaux à moteur (6,40 m, 7 pl., permis côtier nécessaire). **École de Bodyboard et de surf des Roches-Noires**, 19 A, lotissement des Charmilles **A2** ☎ 02.62.24.63.28. Stages d'initiation ou de perfectionnement avec matériel fourni si besoin et transfert de l'hôtel au spot ; cours enfants à partir de 5 ans. **JSA** (Jetski Attitude Location), port de Saint-Gilles ☎ 02.62.70.15.72. *Ouv. t.l.j. 9 h-18 h sf mar.* Loc. de Jet-Ski, baptême dès 16 ans.

VTT. **Rando Réunion Passion**, 3, rue du Général-de-Gaulle **A1** ☎ 02.62.24.26.19 ou 06.92.88.54.58, www.vttreunion.com. Loc. de VTT et VTC, randonnées accompagnées sur les plus beaux sites de l'île. Deuxième boutique à Saint-Leu (84, rue du Général-Lambert).

Équitation. Centre équestre de L'Ermitage, av. de Bourbon **hors pl. par A3** ☎ 02.62.24.47.73. *F. lun.* Poney-club, leçons d'équitation et promenades sur la plage.

Vie nocturne

Apéro à la plage. En fin de journée, une clientèle jeune se retrouve à la rondavelle **Chez les filles**, plage des Brisants, en face du port de Saint-Gilles ☎ 06.92.03.19.07. *Ouv. t.l.j.* Nocturnes certains soirs de concert. Une bonne façon de débuter la soirée...

Bon plan

La société **Vol de Nuit** assure un service de taxi nocturne *(21 h-6 h)* sur Saint-Gilles et ses environs, permettant d'aller d'un bar à une boîte puis de rentrer à votre domicile en toute sécurité, sans avoir à craindre l'éthylomètre ni les problèmes de parking. En plus de vous déposer et de vous reprendre sur votre lieu de sortie, le taxi pourra vous tenir informé des nouveautés concernant la vie nocturne de la station balnéaire.

→ *Carnets de 10 tickets (2 € l'unité) en vente auprès des établissements partenaires (la plupart des bars et discothèques de la station balnéaire, ainsi que quelques restaurants) qui, sur demande, s'occupent eux-mêmes d'appeler la navette.* ◆

Bars. Quelques points de repère tout au long de la rue du Général-de-Gaulle : au n° 122 se trouve **Le Cubana Club A2** ☎ 02.62.33.24.91. *F. dim. et lun.* Salsa et bière Corona au café du r.-d.-c., et partie « club » à l'étage (La Liste rouge). Juste à côté, **Chez Nous, A2** ☎ 02.62.24.08.08, pour sa musique des années 1980 (bondé le w.-e. jusqu'à 2 h du matin), et le **Mex** (☎ 02.62.33.04.05), un bar-restaurant latino à l'ambiance fêtarde. Au n° 131, **Le Jungle Village A2** ☎ 02.62.33.21.93. Plus cosy avec de gros fauteuils et une déco originale, la jeunesse locale s'y retrouve pour faire la fête (et parfois danser) jusqu'à 2 h du matin le w.-e.

Boîtes de nuit. Elles se concentrent surtout sur L'Ermitage *(p. 232)*. À Saint-Gilles même, on trouve : **Le Privé**, 1, rue du Général-de-Gaulle **hors pl. par A1** ☎ 02.62.24.04.17. La plus ancienne, à dominante zoreille. *Ouv. mar.-dim. à partir de 20 h.* Dans la même rue, en allant vers L'Ermitage, l'**Africa Queens** (n° 205) fait dans le style colonial et la **discothèque des Roches-Noires** (n° 151) est fréquentée par une clientèle plus locale *(ouv. sam. soir seulement)*.

Théâtre de plein air. 40, route de Saint-Gilles-les-Hauts (CD10) **hors pl. par A1** ☎ 02.62.41.93.25, www.theatreunion.re. *1 000 places.* Concerts jazz-pop-rock, artistes locaux, créations théâtrales. *Ouv. mars-déc.*

Saint-Leu et ses environs

Carte p. 150. Visite p. 151.

ℹ Bâtiment Laleu, 1, rue Le Barrelier (à l'angle avec la rue principale, à l'entrée N de la ville) ☎ 02.62.34.63.30, ot.stleu@wanadoo.fr. *Ouv. lun. 13 h 30-17 h 30, mar.-ven. 9 h-12 h et 13 h 30-17 h 30, sam. 9 h-12 h et 14 h-17 h. F. dim.* Boutique artisanale vendant des produits à base de sel des salines de la pointe au Sel (fleur de sel, sel pilon, sels de bain...) et des bijoux en écaille de tortue. Sorties guidées et circuits culturels.

Adresses utiles

Cybercafé. Namaste, 2, rue Haute, rond-point à l'entrée nord du bourg ☎ 02.62.34.99.62. Adresse « cyber-baba cool » où l'on trouve artisanat, bijoux et textiles (souvent importés d'Asie). Fait aussi restaurant thaïlandais dans une ambiance décontractée toute asiatique.

Location de voitures. SG services, 157, rue Dubuisson ☎ 02.62.34.95.52, sg-services@wanadoo.fr. Tous véhicules, même minibus.

Hébergement

Moins de 50 €

▲ **Bardzour**, chez Marie-Claire Vion, 22 *ter*, chemin Georges-Thénor, Grand-Fond, Piton-Saint-Leu ☎ 02.62.34.13.97, fax 02.62.34.27.05, www.bardzour.com. Chambres d'hôte comprenant *4 ch., 3 épis,* installées dans des bungalows en bois sur une exploitation agricole des Hauts, dont *1 suite* (la Case Planteur) équipée avec kitchenette (salle commune pour les autres). Petite terrasse et toilettes privatives, accès libre à la piscine du propriétaire... et belle vue sur la côte en prime. Loc. de *4 gîtes* créoles indépendants, vente de produits fermiers et table d'hôte également *(rés.)*.

▲ **Les Bungalows du Piton**, chez Mme Dominique Guesquin, 18, chemin Renaud, Piton-Saint-Leu (à 5 km de la plage et du centre-ville) ☎/fax 02.62.34.38.02, www.bungalows-du-piton.com. Meublés de tourisme comprenant *3 bungalows pour 2-6 pers.* en bois sur pilotis, entièrement équipés. Confort proche du mobile home, mais bon marché et dans l'environnement vert d'un quartier rural authentique. Loc. à la semaine ou plus.

▲ **Dodo Spot**, 67, rue du Général-Lambert, à l'entrée nord du bourg face au spot de surf ☎/fax 02.62.34.76.98, www.dodospot.com. *9 studios équipés (2-6 pers.)*. Plus qu'un hôtel, un lodge à l'ambiance plus routarde où descendent parfois des surfeurs (la « gauche » de Saint-Leu, de l'autre côté de la route). La verdure à l'arrière et les prix défiant toute concurrence font oublier la proximité de la route et l'exiguïté des lieux.

De 50 à 80 €

▲ **Le Cardinal des Grands Bleus**, 6, rue Marcel-Pagnol, Zac Four-à-Chaux (en haut des lotissements construits en pente à la sortie sud de la ville) ☎ 02.62.34.98.30 ou 06.92.67.66.36, www.lecardinaldesgrandsbleus.fr. Sur rés. seulement. À 10 min à pied du lagon, agréable ensemble d'une dizaine de bungalows motoyens bien équipés, tous différents (pour 2, 4 ou 6 pers.), regroupés autour d'une piscine et de son deck en bois. Location à la nuit ou sem., TV, lave-linge en commun, accès Wi-Fi.

▲ **Chez François Huet**, 202, chemin Potier, Bras-Mouton, Les Colimaçons ☎ 02.62.54.76.70, gitehuet@gmail.com. Chambres d'hôte comprenant *4 ch., 3 épis*, dont 2 avec vue sur la mer, dans une grande case créole ouverte sur une varangue commune. Loc. de *2 gîtes* également (30 m², jardin clos). Plage à 7 km, table d'hôte *sur rés.*

De 80 à 120 €

▲ **Iloha**, pointe des Châteaux, à 2 km du centre-ville et 500 m de la plage ☎ 02.62.34.89.89, fax 02.62.34.89.90, www.iloha.fr. *50 bungalows (2-6 pers.) et 14 ch.* Très bel ensemble de bungalows bien intégrés dans un parc gazonné et vallonné dominant le lagon. Ambiance familiale décontractée, prestations à la hauteur du cadre. Piscine, boutique, restaurant à l'ombre d'une paillotte ou dans une jolie salle boisée à persiennes.

Plus de 120 €

▲ ♥ **Le Blue Margouillat**, impasse Jean-Albany, à 500 m de la plage ☎ 02.62.34.64.00, fax 02.62.34.64.15, www.blue-margouillat.com. *12 ch. et 2 suites*. Le prototype du petit hôtel de charme à dimension humaine (4e étoile acquise en 2010) : situation privilégiée au-dessus de la baie, accueil personnalisé, douceur de vivre, déco et cuisine soignées… Tous les après-midi *(15 h-18 h)*, goûter raffiné au bar ou autour de la piscine ; le soir, la varangue se prête idéalement à un dîner aux chandelles avec le lagon en toile de fond (menu gastronomique unique en fonction du marché, le soir et dim. midi).

Restaurants

De 15 à 25 €

♦ **Auberge-Restaurant du Relais**, 211, rue du Général-Lambert ☎ 02.62.34.81.85. *Ouv. lun.-ven. et sam. soir.* En plein centre-ville, dans un cadre historique mais un peu tristounet, ce restaurant créole a mis de l'exotisme dans sa marmite *péi* : cari d'autruche, massalé de kangourou, civet de cerf ou de sanglier… Les moins aventureux resteront sur une pintade au combava, une pizza ou un steak d'espadon.

♦ **La Varangue**, 52, rue du Lagon ☎ 02.62.34.79.26. *F. dim. soir et lun.* Salle ouverte donnant juste au-dessus du lagon. Spécialités de poisson : cari de requin au combava, rillettes d'espadon, cigales de mer, joues de légine (poisson de l'Antarctique).

Shopping

Artisanat. ☘ **Grains de Folie**, 206, rue du Général-Lambert ☎ 02.62.34.97.73. Une boutique « écolo » proposant des créations du monde entier réalisées avec des graines ou d'autres matériaux naturels. Quelques vêtements et accessoires. ☘ **Melting Pot**, 74, rue du Général-Lambert (face à l'église)

Glisse aquatique

L'histoire du surf local est récente: les Réunionnais ayant une certaine crainte de la mer, il faut attendre les années 1970 pour que des Australiens défricheurs de spots, puis des zoreils nostalgiques des rouleaux atlantiques découvrent les vagues créoles. Depuis la création de la **Ligue réunionnaise de surf** en 1984, les glisseurs locaux ont perdu leurs complexes et font partie de l'élite nationale, tant en surf qu'en Bodyboard, cette petite planche, inventée par l'Américain Tom Morey et surnommée « biscotte », sur laquelle on s'allonge. Les spots réunionnais sont généralement constitués par des « vagues de corail » (contrairement aux « vagues de sable » du sud-ouest de la métropole ou de la Californie).

Moins gros qu'à Hawaï, les rouleaux n'en sont pas moins puissants, et parfois dangereux du fait de la proximité des récifs. Dans le sillage de la « gauche » de **Saint-Leu**, où se tient chaque année une épreuve du championnat du monde professionnel, les vagues les plus réputées sont celles de la côte ouest (Boucan-Canot, les Aigrettes, Roches-Noires, pointe des Trois-Bassins, L'Étang-Salé, digue de Saint-Pierre). Celles de la côte est ont été délaissées depuis la mort d'un jeune surfeur attaqué par des requins en 1989.

Il y a pourtant toujours des accidents et le risque est réel (une vingtaine d'attaques recensées ces trente dernières années), d'autant plus quand les conditions s'y prêtent (tombée de la journée, eaux troubles, embouchure d'une ravine...), sachant que la côte ouest n'est pas malheureusement pas épargnée (deux accidents dont un mortel en 2011 à proximité de Saint-Gilles). ◆

☎ 02.62.34.81.30. Propose sa propre marque de vêtements, de bijoux et d'accessoires, mais reste ouverte à une quinzaine d'artisans réunionnais qui y exposent objets de déco et autres créations.

Plantes. **L'Oasis du Couchant**, 220, chemin Pierre-de-Guigné, Piton-Saint-Leu ☎ 06.92.86.18.60. Cette pépinière se propose de « mettre les tropiques dans vos bagages » : des plantes en graines ou en pot, en colis ou à l'unité, à choisir parmi 350 espèces, dont des variétés de palmiers assez rares.

Spectacles et vie nocturne

Galerie d'art. **Artsenik**, ravine des Sables (sur l'ex-N1 entre Saint-Leu et L'Étang-Salé) ☎ 02.62.91.02.15 ou 06.92.09.94.83, artsenik974@orange.fr (Sophie Rohbard, fondatrice et présidente de l'association). Un espace décalé installé dans une antique case créole et son jardin sauvage. Exposition d'art contemporain, édition de catalogues, résidence d'artistes, lieu de rencontres militantes (l'art partout et pour tout le monde) et de discussions avec des artistes locaux.

Salles de spectacles. **Le Séchoir**, 209, rue Général-Lambert (Le K) ☎ 02.62.34.31.38, www.lesechoir.com. Scène *andémik* pluridisciplinaire conventionnée et lieu de diffusion de la jeune création réunionnaise (musique, danse, théâtre, cirque...) fonctionnant sur trois lieux distincts: **Le Séchoir** à proprement parler (Piton-Saint-Leu, à 6 km du centre), une salle de spectacle (170 places assises) installée dans un ancien séchoir à tabac; **Le K** (centre-ville), qui accueille le public et abrite les bureaux, des spectacles en plein air et le Kfé *(ouv. midi et les soirs de spectacle)*; **La Ravine**, enfin (à l'entrée N de la ville), un site naturel encadré de falaises pour les plus gros concerts (6 300 pers. debout). En mai, ces lieux accueillent des « spectacles pas pareils ! » dans le cadre du **festival Leu Tempo**.

Sports et loisirs

Parapente. La plupart des clubs de l'île sont concentrés sur la commune, où le site des Colimaçons offre deux bases d'envol : la première à 800 m, d'où se font la plupart des vols biplace, la seconde à 1 500 m pour les vols plus longs. L'initiation en solo se fait généralement sur la pente-école de Bellemène dans les Hauts de Saint-Paul. **Azurtech**, 3, impasse des Plongeurs, la pointe des Châteaux ☎ 06.92.65.37.65 et 02.62.34.91.89, www.azurtech.com. Plusieurs formules de vol biplace (de 15 min à 1 h) dont une spéciale marmaille. Combiné 3D (triple descente) : parapente + VTT + descente de rivière. **Parapente Réunion (face à Kélonia)**, 103, rue Georges-Pompidou, montée des Colimaçons ☎ 02.62.24.87.84 et ☎ 06.92.82.92.92, info@parapente-reunion.fr. La première école de l'île (1990). Baptême biplace, stages, combinés avec d'autres sports « extrêmes ».

Plongée. Les clubs se sont multipliés, attirés par le spot de la pointe au Sel, le long d'un impressionnant « tombant » (25 à 71 m). **Abyss Plongée**, 17, bd Bonnier ☎ 02.62.34.79.79, www.abyss-plongee.com. Baptême et initiation, exploration autonome, formation du niveau I au niveau IV, plongée de nuit, plongée enfant, randonnée palmée…*(voir notre journée de rêve, p. 152)*.

Saint-Louis et ses environs

Carte p. 150. Visite p. 158.

🛈 **Office de tourisme intercommunal du Sud**, antenne de Saint-Louis, 28, rue du Docteur Raymond Vergès ☎ 02.62.24.20.25, www.sud.reunion.fr. *Ouv. lun.-ven. 9 h-12 h et 13 h-17 h.* Petit office dynamique désireux de faire connaître les richesses de sa commune. Les visites du Pays d'art et d'histoire qui inclus Saint-Louis dépendent désormais du pôle Valorisation du patrimoine de Saint-Pierre.

Excursions

Mooland Transports, ZI Bel-Air ☎ 02.62.91.39.39. Programme hebdomadaire d'excursions autour de l'île pour les individuels. Prestations privatives : transferts, circuits avec guides professionnels…

Chambres d'hôte/restaurant

Moins de 50 €

▲ **Le Zétoile 4 heures**, chez Georges et Annick Leperlier, 41, rue Paul-Herman, Les Makes ☎/fax 02.62.37.82.17. *2 ch.* dans une jolie maisonnette créole avec kitchenette équipée. Restaurant *(midi, soir sur rés.)* dans une grande salle à banquets proposant une cuisine au feu de bois traditionnelle mais originale (zandouille au chou vert, camarons gingembre-mangue…).

Shopping

Artisanat. Saint-Louis Artisanat Bois, 1 N5, Bois-de-Nèfles-Coco ☎ 02.62.26.13.75. Objets en bois tournés *made in* La Réunion.

Saint-Paul et ses environs

Plan p. 130. Visite p. 129.

🛈 **Office de tourisme de Saint-Paul**, à Saint-Gilles-les-Bains *(p. 237)*.

Adresses utiles

Gare routière. 145, chaussée Royale **B3** ☎ 02.62.22.54.38. Point d'accueil du réseau Cars jaunes qui dessert la plupart des villes de l'île ainsi que du réseau Kar'Ouest qui le seconde pour desservir les petites localités de la côte ouest (entre Le Port et Saint-Leu). Également loc. de vélos pour la visite de Saint-Paul au tarif modique d'un ticket de bus par heure.

Pour relier Saint-Paul, utilisez les lignes A (Saint-Denis/Saint-Pierre express), B (Saint-Denis/Saint-Pierre par les Hauts), C (Saint-Denis/Saint-Pierre par les Bas), D (Saint-Denis/Saint-Paul). Pour circuler à l'intérieur de la commune, prenez le réseau intercommunal de transports publics du TCO (Territoire de la côte ouest), rebaptisé Kar'Ouest (☎ 0810.45.65.20, contact@semto.fr).

Location de voitures. Loc Vitesse, 60, rue Marius-et-Ary-Leblond (en face du marché couvert) ☎ 02.62.45.17.25, ☎ 06.92.67.67.01 (Pascale) ou

Vue du ciel

Depuis l'ère pionnière de l'« ultra léger motorisé » au début des années 1980, La Réunion a toujours constitué un terrain de prédilection pour ces appareils relativement tout terrain conçus pour des balades lentes (environ 80 km/h) et des vols à faible altitude. En pendulaire (aile triangulaire de type delta-plane fixée à un chariot à trois roues, pilotage à l'air libre) ou en trois-axes (plus confortable avec un habitacle, deux ailes, une queue et un manche pour le pilotage), l'ULM permet de découvrir l'île d'en haut à des tarifs beaucoup plus abordables que l'hélicoptère: baptêmes à partir de 40 €, survol du lagon à 65 €, et jusqu'à 200 € pour la totale 3 cirques/volcan/lagon (prix 2012). La **base ULM de Cambaie** *(ci-contre)*, qui a remplacé celle du Port chassée en 2001 par une zone industrielle, a satisfait quelque 15 000 clients en 2011.

Depuis, une autre base ULM a été constituée dans l'Est (près de Bras-Panon) et une troisième (sans compter les aéroports de Gillot et de Pierrefonds) a vu le jour au parc du Colosse à Saint-André, non loin de la précédente.

Voir aussi notre journée de rêve, p. 152. ◆

☎ 06.92.61.98.99 (Philippe), locvitesse@wanadoo.fr. Agence à petits prix (à partir de 25 €/j. pour 1 à 3 j.; kilométrage illimité).

Chambre d'hôte

Le ▲ suivi d'un n° renvoie à l'adresse localisée sur le plan p. 130.

Plus de 120 €

▲ **1. La Clé des Champs**, 154, chemin des Barrières, Bellemène-les-Hauts (Hauts de Saint-Paul vers le Guillaume) **hors pl. par C3** ☎ 02.62.32.37.60, 06.92.20.17.04, lacledeschamps@ilereunion.com. *5 ch. et un meublé T2.* Une maison et table d'hôte de charme installée sur les hauteurs de Saint-Paul à 25 min des plages et 20 min du Maïdo. Accueil personnalisé de Martine et Léon, décoration soignée (murs en tadelakt, mobilier créole), cannes à sucre à perte de vue. Table d'hôte sur rés.

Restaurant

Le ♦ suivi d'un n° renvoie à l'adresse localisée sur le plan p. 130.

Moins de 15 €

♦ **2. Le Grand Baie**, 14, rue des Filaos, à l'extrémité sud du front de baie, à côté de l'entrée du cimetière marin **A3** ☎ 02.62.22.50.03. *F. lun.* Malmenée par le cyclone Gamède (2007), la guinguette a fait place à un petit bâtiment en dur, toujours avec terrasse, les pieds à peine moins dans l'eau. Le décor ne paie pas de mine, mais on est au calme face à la mer, très bien reçu et agréablement surpris du contenu des assiettes, qu'il s'agisse d'un plat créole, d'une entrecôte, d'une pizza ou d'une darne de thon banane simplement grillée, accompagnée de riz et d'une montagne de crudités.

Shopping

Marché couvert. 59, rue Marius-et-Ary-Leblond **B3** ☎ 02.62.22.58.00. *F. dim. et j.f.* Ce marché est moins connu que le marché forain du bord de mer, mais on y trouve souvenirs, artisanat malgache ou créole (vannerie notamment et « pilon galet ») et T-shirts locaux, parfois moins chers que dans les boutiques saint-gilloises. À noter, un coin « rasta » bien fourni, ainsi qu'une boutique avec des étalages d'« indieusetés » en tout genre: saris, encens, représentations kitsches du panthéon hindou (Krishna, Ganesh, Hanuman...) sous la forme de tableaux colorés ou même de figurines en résine brillante... du plus bel effet dans le salon d'un bobo mystique !

Sports et loisirs

Nautisme et plongée. Au Vieux Plongeur, 4, rue Pothier **C2** ☎ 02.62.45.57.28, www.auvieuxplongeur-reunion.com. Location, réparation et vente de matériel de plongée et de chasse sous-marine. Un autre magasin de cette institution locale existe à Saint-Pierre. **Ski Nautique Club**, 1, rue de la Croix **C1** ☎ 02.62.45.42.87 et 06.92.85.14.96, skinautiqueclubdesaintpaul@hotmail.fr. *Ouv. t.l.j. 10h-18h. Sur rés. seulement.* De l'initiation au perfectionnement en ski nautique et *wakeboard*. École pour les enfants de 3 à 8 ans *le mer.*

ULM *(ci-contre)*. **Base de Cambaie**, réaménagée le long de la route forestière littorale, entre la rivière des Galets et l'embouchure de l'étang Saint-Paul (depuis la N1 dans le sens Saint-Denis-Saint-Paul, prenez après le pont de la rivière des Galets la sortie ZA Cambaie-Le Port, puis suivez la N7 dir. Le Port et rejoignez la base sur le front de mer par la rue Henri-Cornu ou Marthe-Bacquet à travers une zone industrielle) **hors pl. par D1**. **Félix ULM**, ☎ 02.62.43.02.59 et 06.92.87.32.32, www.felixulm.com. Pionnier de l'ULM à La Réunion installé depuis 1988, Félix Breysse bénéficie d'une solide expérience. Plusieurs circuits, en pendulaire ou en trois-axes : baptême, 3 cirques + volcan + lagon, survol du lagon... **Les Passagers du vent** ☎ 02.62.42.95.95 et ☎ 06.92.68.70.55, www.ulm-reunion.com. Prestations et tarifs quasiment identiques au précédent.

La Saline-les-Bains

Plan p. 143. Visite p. 144.

🛈 **Office de tourisme de Saint-Paul**, à Saint-Gilles-les-Bains *(p. 237)*.

Adresse utile

Location de véhicules. Austral Moto Location, 56, rue des Scalaires ☎ 02.62.26.83.45, australmoto@live.fr. Un magasin de vrais motards pour la loc. de scooters (50 cm³ ou 125 cm³) et de motos (650 cm³ voire plus), des moyens de transports tout à fait adaptés à une île tropicale.

Hébergement

Les ▲ suivis d'un n° renvoient aux adresses localisées sur le plan p. 143.

De 50 à 80 €

▲ **6. L'Îlot Vert**, 1, rue des Salines **B4** ☎ 02.62.33.92.11, fax 02.62.33.92.12, 06.92.87.78.01. www.a-l-ilot-vert.com. *8 appart. du T1 au T3 et 3 bungalows pour 2-4 pers. dont 1* ♿ répartis autour d'une petite piscine-patio. Une résidence de tourisme coquette où le bois domine. Ménage et petit déj. possibles. Plage de l'autre côté de la N1. TV satellite et Wi-Fi.

De 80 à 120 €

▲ **7. Le Swalibo**, 9, rue des Salines **B4** ☎ 02.62.24.10.97, fax 02.62.24.64.29, www.swalibo.com. *30 ch. dont certaines* ♿. Dans une rue retirée, un petit hôtel de charme autour d'une piscine, à l'abri d'un jardin luxuriant. Plage de l'autre côté de la RN (transats, parasols, masques, tubas, canoës à disposition).

Restaurant

Le ♦ suivi d'un n° renvoie à l'adresse localisée sur le plan p. 143.

De 15 à 25 €

♦ **12. Copacabana**, 20, rue des Mouettes **B4** ☎ 02.62.24.16.31. *Ouv. t.l.j. midi, ven. et sam. soir.* Parasols et transats face au lagon pour grignoter une salade composée ou un tartare de thon sans quitter la plage, ou dans une salle largement ouverte sur l'extérieur. Bien plus qu'un snack de plage, un vrai restaurant avec carte à l'ardoise, clients habitués, serveurs prolixes et prix qui tiennent compte de l'emplacement. Le soir, bar avec ambiance musicale et hotspot Wi-Fi.

Sports et loisirs

Sports nautiques. Planch'Alizé, plage de la Saline **B4** ☎ 02.62.24.62.61. *Ouv. t.l.j. 9h-coucher du soleil.* Loc. de matériel de plage, planches à voile, kayaks de mer, masques et tubas... et restauration légère les pieds dans l'eau par la même occasion. ♦

Le Grand Sud

visites

Itinéraires 15 à 17 p. 163.

Cartes p. 164, p. 168, p. 170 et p. 175.◆

Le prix de l'**hébergement** est calculé sur la base d'une nuit en chambre double, soit pour 2 pers. Pour les **restaurants**, le prix est calculé sur la base d'un repas complet, boisson alcoolisée non comprise.

L'Entre-Deux et Le Dimitile

Carte et visite p. 164.

Office de Tourisme, 9, rue Fortuné-Hoareau ☎ 02.62.39.69.80, www.ot-entredeux.com. Dans une jolie case traditionnelle. Liste des artisans et des hébergements de la commune, descriptif des balades à faire autour du village. Visites guidées des cases et des jardins créoles du village avec M. Étienne Bénard ☎ 06.92.36.89.25 *(départs lun.-sam. à 10 h et 14 h devant l'*ℹ*, durée 1 h 30)*. Autres circuits thématiques, prestations « bien-être », ateliers découverte, randonnées commentées... *Ouv. lun.-sam. 8 h-12 h et 13 h 30-17 h. F. j.f. et dim.*

Hébergement

Moins de 50 €

▲ **Auberge de jeunesse**, 120, chemin Defaud, Ravine-des-Citrons ☎ 02.62.39.59.20 et ☎ 06.92. 33.74.18 (Noël Pétard). *29 lits*. Sur les hauteurs de L'Entre-Deux, une bâtisse récente dans un agréable quartier de campagne.

▲ **Entre Deux Songes**, 9, chemin Macaire à Bras-Long ☎ 06.92.82.57.75, entre2songes@orange.fr. Isabelle et Rodolphe vous accueillent dans leur « jardin d'hôte », une propriété aménagée pour le camping. Vis. guidée des lieux, cueillette, confection de tisanes et dégustation selon la saison.

▲ **Ranch Kikouyou**, chez Patrice Lavocat, 6, chemin Cinaire, Grand-Fond extérieur (à l'O de L'Entre-Deux, côté bras de Cilaos) ☎ 02.62.39.60.62. *2 ch. d'hôte pour 2 pers.* installées dans la maison du propriétaire, une jolie case créole en U incluant une varangue ouverte sur un panorama de montagne tropicale. Possibilité de randonnées à cheval dans les environs.

Plus de 120 €

▲ **Dimitile**, 30, route du Bras-Long ☎ 02.62.39.20.00, resa@dimitile.eu *18 ch.* L'Entre-Deux manquait d'un hôtel 3 étoiles de charme, le voilà. Construit autour d'une ancienne case créole du XVIIIe s., il propose des chambres sans charme particulier, dans des bâtiments bas disposés autour d'un beau jardin créole et de la piscine. Très bon ♦ **restaurant** servant en salle ou en terrasse (et éventuellement aux chandelles) une cuisine raffinée, légère et créative.

Gîtes du Dimitile

Accès en 4 x 4 ou à pied uniquement. Tous proposent des nuitées en dortoir avec possibilité de repas au feu de bois et petit déj. *(rés. obligatoire)*, à des tarifs très modérés, à peu près similaires.

Moins de 50 €

▲ **Gîte Bardil**, à 1 800 m d'altitude ☎ 02.62.57.64.29, 06.92.64.76.61. *Capacité 15 pers.* chez Francia Bardil. Gîte d'étape dans une grande maison en bois avec véranda.

▲ **Gîte Émile**, à 1 800 m d'altitude, au débouché du sentier Bœuf, après la chapelle du Dimitile ☎ 02.62.57.43.03, 06.92.67.24.54, francoispayet974@orange.fr. *Capacité 30 pers.* Chez François Payet. Dortoirs dans un chalet créole, et deux petits bungalows plus cosy en contrebas.

▲ **Gîte Le Chalet**, La Cape à 1 550 m d'altitude ☎ 06.92.27.33.22/24. *Capacité 21 pers. en nuitée, 24 couverts.* Chez Josian et Nadège Legros, dans un chalet en bois.

▲ **Tit caze Gilbert**, sur le chemin du Camp Marron *(p. 166)* ☎ 06.92.58.92.94 ou ☎ 06.92.25.10.34, gailon_lorion@yahoo.fr. *12 couchages* et cuisine rudimentaire dans une case sommaire. Formule 2 j./1 nuit dans le cadre d'une excursion *(4 km, 2 h de marche)* guidée par Gilbert à la découverte de la botanique et de l'histoire de ces terres de marronnage.

Restaurant

De 15 à 25 €

♦ **Le Domaine des Pierres**, accolé au parc Exotica. *Voir p. 165.*

Shopping

Artisanat. ☘ **Françoise Payet**, 19, rue Corneille ☎ 02.62.39.52.28. Une des dernières gardiennes (volubile) de la tradition locale des *savates chocas*, regroupée avec quelques autres artisanes dans l'**Association des petits métiers** (Béatrice Severin, présidente ☎ 06.92.92.81.23). Fabrique également des chapeaux en vannerie et des broderies délicates. **Babouk Kréation**, chemin de la Serre ☎ 02.62.39.81.10, 06.92.09.73.58. Artisanat d'art sur bois locaux et métal: objets de décoration, petit mobilier, luminaires d'exception... **Jean-Marie Payet**, 11, chemin des Rêves ☎ 02.62.39.57.91. Tailleur de pierre. ☘ **Frantz Ledoyen**, 7, chemin de l'Argamasse (route du Dimitile, en direction de la piste forestière) ☎ 06.92.83.81.87. Né dans une famille de tisaneurs, Frantz (surnommé Kakouk) continue d'utiliser les secrets des plantes réunionnaises au service de la médecine traditionnelle. Dans son atelier, vous pourrez découvrir en quoi consiste son savoir et son travail. En tant que guide *péi*, il fait aussi des visites guidées thématiques de la région.

Sports et loisirs

4 x 4. Kréolie 4 x 4, 47, Grand-Fond Intérieur, à env. 1 km au N-O du centre de L'Entre-Deux, au-dessus du bras de Cilaos ☎ 02.62.39.50.87, 06.92.86.52.26, www.kreolie4x4.com. Excursions à la carte ou selon des circuits établis (Le Dimitile, volcan et Sud sauvage) avec chauffeur-guide et déjeuner créole.

Vol libre. Le Dimitile est une base de départ en parapente. Prestataires de service basés à Saint-Leu *(p. 252)*.

Petite-Île

Carte p. 168. Visite p. 169.

ℹ **Office de tourisme intercommunal du Sud**, antenne de Petite-Île, 60, route de Grande-Anse ☎ 08.92.70.22.01, accueil.petite-ile@otisud.re. *Ouv. lun.-ven. 9 h-12 h et 13 h-17 h.*

Hébergement

Moins de 50 €

▲ **Ché Maoul**, 6, rue du Piton (à 300 m d'alt.) ☎ 02.62.56.82.26, yves.hoarau 21354@izi.re. *4 ch. 3 épis.* Chambres d'hôte à la décoration un peu kitsch dont 2 avec terrasse et vue sur la mer. Accueil chaleureux du propriétaire, Yves Hoareau, qui est musicien et vous fera peut-être découvrir le maloya à la fin d'un repas convivial (♦ **table d'hôte** *sur rés.*).

De 50 à 80 €

▲ **Vèremer** ♥ 40, chemin Sylvain-Vitry ☎ 02.62.31.65.10 ou 06.92.72.91.95, www.chambre-gite-veremer.com. *3 ch. d'hôtes climatisées, 3 épis.* Une chambre « vert », une chambre « mer » et une chambre « cour » dans une maison créole à l'ancienne. Varangue ouverte sur une piscine, vue incroyable sur la mer en surplomb. Le top! Également un gîte *4 épis* (2 pers.) dans une maisonnette de style créole indépendante. Accès Wi-Fi gratuit.

Plus de 120 €

▲ **Palm & Spa**, rue des Mascarins, Grande-Anse ☎ 02.62.56.30.30, fax 02.62.56.30.40, www.palm.re. *48 ch., 14 suites et 3 lodges.* L'hôtel de luxe qui manquait au Sud: architecture contemporaine bien intégrée à un cadre naturel magnifique, ambiance zen et équipements à la hauteur de ses 4 étoiles (2 restaurants, 2 piscines, un spa, une salle de fitness, un practice de golf).

Saint-Joseph et ses Hauts

Carte p. 168. Visite p. 173.

Maison du tourisme du Sud sauvage, 3, rue Paul-Demange ☎ 02.62.37.37.11, www.sudsauvage.com. Informations sur l'ensemble du territoire rassemblant les communes de Saint-Joseph, Petite-Île et Saint-Philippe. Exposition artisanale permanente. *Ouv. lun.-ven. 9h-17h, sam. 10h-17h.*

Chambres d'hôte et gîte

Moins de 50 €

▲ **L'Eucalyptus**, 24, chemin de la Croizure, Grand Coude ☎ 02.62.56.39.48 ou 06.92.03.54.78, eucalyptus.grondin@wanadoo.fr. *2 ch. pour 2-3 pers.* séparées par un salon commun dans une mignonne petite case créole de plain-pied à côté de la maison du propriétaire, qui est aussi celui de la Maison du Laurina consacrée au café Bourbon. Environnement calme et vert, ♦ **table d'hôte** sur rés., dégustation de café *péi*.

▲ ☘ **Far-Far de Bézaves**, chez Nathalie et Didier Hoareau, 205, rue Edmond-Albius, Bézaves, à 5 km N de Saint-Joseph ☎ 02.62.37.61.92, http://monsite.wanadoo.fr/giterunsud. *2 ch. (dont 1 pour 4 pers.) 2 épis.* Au cœur d'une exploitation de canne, de café et de vétiver *(p. 173)*. L'une des premières à s'être lancées dans l'agritourisme.

▲ ☘ **Gîte de la Rivière-des-Remparts**, « hameau » Roche Plate-Rivière des Remparts, 10 km N de Saint-Joseph, Jacqueline Morel ☎ 02.62.59.13.94 (gîte de montagne à rés. auprès de la centrale de rés. IRT à Saint-Denis ou n'importe quel ❶ de l'île). Dans un îlet dont la vie fut bouleversée par un éboulement en 1962, accessible à pied (3 ou 4 h de marche assez ingrate) ou en 4 x 4 (le gîte peut organiser la navette) en remontant le lit de la rivière des Remparts. Pour un bon repas et une nuitée réparatrice après la marche, ou un séjour de ressourcement, sans voitures, sans magasins et sans bruit (le gîte fonctionne à l'énergie solaire).

Shopping

Artisanat. Les ♥ **figurines de Candice Gillot**, 19, chemin des Camphriers, La Plaine-des-Grègues, à 11 km N de Saint-Joseph ☎ 02.62.37.65.42 ou 06.92.69.10.16. Le père, Claude, étant parti dans le Gers, c'est sa fille qui poursuit la fabrication de figurines à base de poudre de marbre et de résine. Peint à la main, habillé de tissu et équipé de ses accessoires, chaque personnage est unique et demande de 50 à 100 heures de travail. Le « pêcheur de bichiques », le « coupeur de canne », le « joueur de rouleur »... autant de saynètes réalistes et poétiques.

Saint-Philippe et ses environs

Carte et visite p. 175.

Office de tourisme de Saint-philippe, 62, rue Leconte-de-Lisle ☎ 02.62.97.75.84, officedutourismesaintphilippe@yahoo.fr. Installé dans un bungalow jouxtant l'hôtel de ville. *Ouv. lun.-ven. 9h-12h et 13h-17h, sam. 10h-12h et 13h-17h.*

Hôtel

De 50 à 80 €

▲ **Le Baril**, N2, Le Baril ☎ 02.62.37.01.04, fax 02.62.37.07.62. *13 ch.* Le seul véritable hôtel de la commune, modeste mais correct, donnant directement sur un bord de mer sauvage et spectaculaire. Petite piscine et restaurant réputé (spécialités: poisson et cari de porc aux palmistes).

Tables d'hôte

De 15 à 25 €

♦ ♥ **Ferme-auberge de Mme Guimard**, 4, RF de Mare-Longue ☎ 02.62.37.09.63. *Ouv. midi t.l.j. sur rés. Pas de cartes bancaires.* Dans une case à la lisière de la forêt, à proximité du jardin des Parfums et des Épices. Menus sortant de l'ordinaire avec deux viandes dont une daube de palmiste et ses achards de chou de vacoa... et les bocaux de rhum arrangé à discrétion sur la table pour la digestion.

♦ **La Marmite du pêcheur**, 18, N2, Ravine-Ango, à 2 km E de Saint-Philippe ☎ 02.62.37.01.01. *Ouv. midi t.l.j. sf mer.* Cadre sans charme, mais bons caris (porc palmiste, poisson rouge de Saint-Philippe, zourite...), qui plus est servis selon la tradition créole : chaque convive pioche à la main dans le plat de riz commun présenté sur un van (plateau en vannerie) et une feuille de bananier. Les plus délicats pourront demander des couverts.

De 25 à 40 €

♦ **L'Étoile de Mer**, 13, rue de l'École, au cap Méchant, Basse Vallée ☎ 02.62.37.04.60. *F. dim. soir.* Cuisines chinoise et créole au feu de bois (spécialités palmistes, caris langouste et poisson) dans une grande salle de banquet. Très fréquenté par les groupes et les familles le w.-e., tout comme son voisin immédiat, ♦ **Le Cap Méchant** ☎ 02.62.37.00.61. *(F. lun. sf j.f.)*, qui propose à peu près la même carte aux mêmes prix dans un cadre à peine plus intime.

♦ **Le Pinpin Damour**, 56A, chemin Paul-Hoareau, Baril-les-Hauts, à 7 km O de Saint-Philippe ☎ 02.62.37.14.86. *Ouv. t.l.j. sur rés.* La table d'hôte de cette exploitation agricole vous fera découvrir le « pinpin » (fruit du vacoa), mais aussi le chou de vacoa et le palmiste. Également ▲ *5 ch. d'hôte 3 épis.*

Shopping

Vanille. **Escale Bleue**, 7, N2, Le Tremblet ☎ 02.62.37.03.99. *Voir p. 178.*

Vannerie. **Association Vacoa Sud**, Maison de l'artisanat, 8, N2, Baril ☎ 02.62.37.16.96. *Ouv. t.l.j. 9 h-17 h.* Exposition et vente de *saisies* (nattes), *tentes* (petits paniers), *bertelles* (sacs à bretelles), etc. *(p. 178).* Démonstration de tressage et atelier d'initiation *(sur rés.).* Même chose en moins formel pour l'**Association Cass' Le Coin**, 57, rue Labourdonnais, kiosque de Basse Vallée ☎ 02.62.37.09.61 et 06.92.19.48.66. *Voir encadré p. 178.*

Sports et loisirs

Visites guidées. **Rougail rando**, 75 chemin Léopold-Lebon, N2, Le Tremblet ☎ 02.62.98.91.85 ou 06.92.92.14.34, lacaze boyer@orange.fr. Juanito Boyer vous guide à la carte à la découverte du Sud sauvage, de son côté volcanique en particulier (le rempart du Tremblet marque la frontière avec le Grand Brûlé).

Saint-Pierre

Plan p. 170. Visite p. 168.

ⓘ **Maison du tourisme intercommunal du Sud**, antenne de Saint-Pierre, 26, rue de l'Amiral-Lacaze, Terre-Sainte (à g. juste après le pont en venant du centre-ville) **C2** ☎ 02.62.25.02.36 ou 08.92.70.22.01, www.sud.reunion.fr. *Ouv. lun.-sam. 9 h-12 h et 13 h-16 h 45.* Fait partie du nouvel ⓘ intercommunal du Sud, au même titre que les antennes de Saint-Louis, Cilaos, L'Étang-Salé et Petite-Île (informations mises en commun).

Adresses utiles

Compagnies aériennes. **Air Austral**, 14, rue Augustin-Archambaud **C2** ☎ 0.825.013.012 (n° indigo). **Air Mauritius**, 7, rue François-de-Mahy **C1** ☎ 02.62.96.06.00. **Air Madagascar**, voir agence de Saint-Denis *p. 221.*

Urgences. **SAMU** ☎ 15. **Police** ☎ 17. **Pompiers** ☎ 18. **Gendarmerie nationale**, 62, bd Hubert-Delisle

Atterrir à Saint-Pierre

L'aéroport Saint-Pierre-Pierrefonds se situe à 5 km de Saint-Pierre en direction de Saint-Louis **hors pl. par A1** ☎ 02.62.96.80.00, informations vols ☎ 02.62.96.77.66, www.pierrefonds.aeroport.fr. Des taxis et une navette payante de la Semittel (rens. au ☎ 02.62.55.40.60) relient l'aéroport et les gares routières de Saint-Pierre et Saint-Louis **B2.** Liaisons avec Maurice (compagnies Air Austral et Air Mauritius) et la métropole *via* Saint-Denis (antenne de l'ⓘ ☎ 02.62.49.45.97) ; *voir encadré p. 268.* ♦

Fêtes et manifestations dans le Grand Sud

Février. **Carnaval** à Saint-Pierre.

Mai. **Grande braderie commerciale** à Saint-Pierre.

Juin. **Fête des agrumes** à Petite-Île.

Juillet. **Fête du choca** à L'Entre-Deux.

Août. **Fête de la communauté chinoise** en l'honneur de Guan-Di *(p. 33)* à Saint-Pierre. **Fête du vacoa** et du **palmiste** à Saint-Philippe. **Pèlerinage de la Vierge au Parasol** le 15 août vers Bois-Blanc *(p. 178)*.

Septembre. Journée gourmande à Petite-Île.

Octobre. **Terre d'artisanat** à Petite-Île ; **Manapany Surf Festival** à Manapany-les-Bains ; **fête de la fraise** à Montvert-les-Bas et Montvert-les-Hauts (à 2 et 4 km du littoral dans les Hauts de Saint-Pierre) ; **départ du Grand Raid** à Saint-Philippe ; **fête de la commune** de Saint-philippe.

Novembre. **Nuit blanche** à Saint-Pierre (sur le principe de la Nuit blanche parisienne) ; **Fête du safran** à la Plaine-des-Grègues ; **Festival marin** sur le port de Saint-Pierre ; **Fête de l'ail** à Petite-Île.

Décembre. **Festival de la Mer** au port de Saint-Philippe. ◆

☎ 02.62.35.53.18. **Pharmacie du Front-de-Mer**, angle du bd Hubert-Delisle et de la rue Caumont ☎ 02.62.25.17.92. *Ouv. lun.-sam. 8h30-19h.*

Visites guidées. ARGAT (Association Réunionnaise des Guides et Accompagnateurs Touristiques), 4-5, pl. Napoléon-Hoarau ☎ 02.62.57.50.36 ou 06.92.87.00.07. Enis Rockel, guide conférencier basé au Tampon ☎ 06.92.99.98.88, enis.rockel@wanadoo.fr.

Hébergement

Le ▲ suivi d'un n° renvoie à l'adresse localisée sur le plan p. 170.

Moins de 50 €

▲ **1. Les Alizés** (loc. saisonniaire), 2, rue Pêche-Cavale, Terre-Sainte **D3** ☎ 02.62.25.52.34. *5 ch. avec s.d.b.* dans une petite résidence avec climatisation. Petite terrasse et coin jardin pour chacune. Piscine.

▲ **2. Le Nathania**, 12, rue François-de-Mahy **B2** ☎ 02.62.25.04.57, 06.92.70.87.60. *14 ch.* Hôtel-pension sans prétention mais agréable, dans une maison blanche au fond d'un patio vert. Cuisine commune. Bien équipé, central et d'un excellent rapport qualité-prix.

De 50 à 80 €

▲ **3.** ♥ **Alizé Plage**, 17 bis, bd Hubert-Delisle **B2** ☎ 02.62.35.22.21, fax 02.62.25.80.63, alizeplage@ilereunion.com. *7 ch. dont 1* ♿. Le seul hôtel directement sur la plage, à deux pas du centre-ville. Chambres un peu exiguës mais correctes à l'étage avec mini-terrasse. Bon restaurant (salle panoramique) et pub musical tous les soirs.

▲ **4. Hostellerie du Domaine de L'Araucaria**, 2, chemin de l'Araucaria, Montvert-les-Bas (à 10 min du centre-ville en voiture) **hors pl. par D3** ☎ 02.62.31.10.10, fax 02.62.31.53.39, www.hotelhda.com. Tout neuf et bien placé sur les premières pentes qui dominent la ville au S. Toutes commodités, petite piscine, terrasse panoramique… pour un bon rapport qualité-prix au final.

De 80 à 120 €

▲ **5. Sterne Beach**, bd Hubert-Delisle **B2** ☎ 02.62.25.70.00, fax 02.62.25.70.66, www.lesterne.com. *50 ch.* L'hôtel de référence de la ville, hébergé dans le même complexe que le casino. Chambres tout confort, restaurant autour d'une piscine à l'étage, animations fréquentes mais ambiance tristounette, dans un cadre un peu défraîchi.

Restaurants

Le ♦ suivi d'un n° renvoie à l'adresse localisée sur le plan p. 170.

Moins de 15 €

♦ **6. Les Bons Enfants**, 124, rue des Bons-Enfants **B2** ☎ 02.62.25.08.27. *F. dim. et lun. soir*. Un restaurant populaire, proposant une cuisine chinoise créolisée de qualité. Plats sur place ou à emporter, très fréquenté par des employés le midi. Face au succès, cette institution locale a ouvert un second établissement au 109 *bis*, rue Augustin-Archambaud (rue perpendiculaire au front de mer, qui croise la rue des Bons-Enfants au niveau de l'hôtel de ville).

De 15 à 25 €

♦ **7. Chez Noël**, 104, rue Suffren **B1** ☎ 02.62.43.69.07. *Ouv. t.l.j. midi et soir sf dim*. Terrasse en patio et coin cheminée pour ce restaurant de cuisine créole au feu de bois proposant une grande variété de caris et quelques autres plats.

De 25 à 40 €

♦ **8. Le Marin Bleu**, 45, rue de l'Amiral-Lacaze, Terre-Sainte **C2** ☎ 02.62.35.61.65. *F. dim*. Dans une case en bois coquette, un petit restaurant sympathique et sans prétention, à l'image du quartier. À côté d'une carte marine, quelques plats métro et un assortiment d'entrées façon tapas.

Sports et loisirs

Survol de l'île. Corail Hélicoptères, aéroport de Pierrefonds **hors pl. par A1** ☎ 02.62.22.22.66, www.corail-helicopteres.com. *Ouv. t.l.j. de 6h30 à 20h.*

Shopping

Marchés. Marché aux fleurs, situé tout près du marché couvert, au niveau de la rue du Marché **B2**. Quelques vendeurs tous les matins, grand marché *mer. 7h-17h*. **Marché forain** le *sam. matin*, sur le front de mer **A2**. C'est l'un des plus importants de l'île, particulièrement riche en produits régionaux, mais aussi en textile et en artisanat.

Rhum. La Saga du rhum, chemin Frédeline, à la périphérie N de Saint-Pierre (depuis Saint-Louis, prenez la sortie « Saint-Pierre Centre » puis direction Bois d'Olives ; depuis Le Tampon, prenez la sortie « Ligne Paradis ») ☎ 02.62.35.81.93, www.sagadurhum.fr. *Ouv. t.l.j. lun.-dim. 10h-18h (ven. 19h), vis. guidées à 10h15, 11h30, 14h30 et 16h (et 17h30 ven.) ; entrée payante, parcours* ♿. Installé sur le site de la distillerie familiale Isautier, fondée en 1845, ce musée du rhum réunionnais mêle les approches historique, culturelle, technique et sensorielle de « l'esprit de canne » dans un environnement industriel d'époque. Dégustation en fin de visite bien entendu...

Spectacles et vie nocturne

Cafés. Le Kabarhum, bd Hubert-Delisle (front de mer, entre l'hôtel Sterne et les studios de RFO) ☎ 02.62.35.39.94. *Ouv. mar.-sam. après 17h*. Un bar musical sympathique dans une décoration locale chaleureuse. Autre bar animé, le **Long Board Café**, 18, Petit-Boulevard de la Plage ☎ 02.62.39.17.99, également installé dans une ancienne case créole, pour un plat rapide ou un verre face au lagon dans une ambiance « surf & cool ». La terrasse du **Café de la Gare** (à côté du port), 17, bd Hubert-Delisle, est l'endroit où se montrer, animé par des petits concerts en plein air le w.-e. Le **Ô Pub à Tapas** (en centre-ville), 53, rue du Four-à-Chaux ☎ 02.62.34.61.94, propose un programme hebdomadaire d'animations avec apéro musical tous les soirs et concerts les ven. et sam.

Casino. 42, bd Hubert-Delisle **B2** ☎ 02.62.25.26.96. Machines à sous à partir de 10h, jeux à partir de 21h. Le casino est doublé d'un club, **L'Endroit**, où se produisent souvent des groupes ou des spectacles musicaux.

Musique. Le Kerveguen, 15, rue de la République (face au port, sur la rivière d'Abord) ☎ 02.62.25.73.60. Installée dans un ancien entrepôt, cette « Smac » (scène de musiques actuelles) modulable (pouvant contenir de 150 à 800 places) est gérée par la Ville et remplace le Bato Fou, qui était l'une des scènes les plus dynamiques de l'île. ♦

Les Hautes Plaines

visites

Itinéraires 18 à 20, p. 179.
Cartes, p. 180, p. 183 et p. 186.◆

Le prix de l'**hébergement** est calculé sur la base d'une nuit en chambre double, soit pour 2 pers. Pour les **restaurants**, le prix est calculé sur la base d'un repas complet, boisson alcoolisée non comprise.

Bourg-Murat et la route du Volcan

Carte et visite p. 183.

ℹ **Office du tourisme du Tampon et de La Plaine-des-Cafres**, 160, rue Maurice-et-Katia-Krafft (RN3), Bourg-Murat (dans l'un des trois grands kiosques à dr. de la route à l'entrée de Bourg-Murat), venant du Tampon ☎ 02.62.27.40.00, accueil@tampontourisme.com. *Ouv. lun.-sam. 9h-12h30 et 13h30-17h.* Informations sur les activités de pleine nature.

Hébergement

Moins de 50 €

▲ **L'Auberge du Volcan**, 46, rue Maurice-et-Katia-Krafft (RN3) dans le centre juste à côté de la maison du Volcan ☎ 02.62.27.50.91, fax 02.62.59.17.21, aubvolcan@wanadoo.fr. *F. lun. 8 ch.* et *5 bungalows de 2 ch. et 1 ch.* ♿. Petit hôtel-restaurant sans prétention devenu une institution locale. Bar-restaurant style routier servant une cuisine familiale roborative (plats créoles).

▲ **La Ferme du Pêcher Gourmand**, chez Hélène et Dany Angama, N3, 25e km ☎/fax 02.62.59.29.79 ou ☎ 06.92.66.12.48, pecher-gourmand@orange.fr. *5 ch. d'hôte dans une annexe* et *1 chalet indépendant (2 à 4 pers.), 2 épis.* Au sein d'un élevage de volailles *(vis. sur r.-d.-v.)*, dans le calme et la verdure face au piton des Neiges. Salle commune avec cheminée et coin lecture. Ferme-auberge du réseau « Bienvenue à la ferme » avec les produits de la ferme *(repas sur rés. et vente en direct)* : foie gras, confits et magrets de canard, pintade au combava…

▲ **Marmite Lontan**, 200, route du Volcan (dernière maison sur la route, à 25 min du pas de Bellecombe) ☎ 02.62.57.46.09 ou 06.92.60.51.38. *3 ch. d'hôte dont 1 pour 4 pers.* avec sanitaire et douche chaude. Pilou et Josie vous accueillent de façon très conviviale dans leur maison remplie de vieux objets et d'outils *lontan*. Chambres basiques mais bien tenues, table d'hôte traditionnelle, pique-nique sur demande. Forfait « apéro-repas-nuitée-petit déj. » très bon marché.

▲ **Gîte Le Paille-en-Queue**, chez Josie Rivière, Grand-Bassin (accès à pied uniquement, *p. 182*) ☎ 02.62.59.03.66 ou ☎ 06.92.70.86.03. *4 dortoirs de 6 lits et 1 ch. double* dans une grande case en bois sous tôle entourée d'anthuriums. Douches chaudes et WC en commun, terrasse sous une tonnelle de vigne, le tout très bien tenu. Cuisine au feu de bois et miel maison au petit déj. Que peut-on demander de plus après une bonne marche ?

▲ **Le Pas de Bellecombe** (gîte du volcan), indiqué sur la g. 1 km avant le terminus de la route du Volcan. *Rés. obligatoire* à la centrale IRT de Saint-Denis *(p. 220)* ou auprès de n'importe quel ℹ de l'île (☎ 02.62.51.18.29 pour l'hébergement et 06.92.85.20.91 pour les repas), www.legiteduvolcan.com. Dortoirs aménagés dans un bâtiment style chalet, témoin de l'histoire de l'exploration de la Fournaise. Confort sommaire mais ambiance « refuge » sympa. *Pas de cartes bancaires.*

De 50 à 80 €

▲ **Les Géraniums**, N3, 24e km ☎ 02.62.59.11.06, fax 02.62.59.21.83, hotelgeranium@wanadoo.fr. *22 ch.* tout confort avec vue sur le piton des Neiges. Dans cet hôtel-restaurant, le géranium se décline du jardin, où est exposé un alambic traditionnel en état de marche, jusqu'au restaurant, où les champignons de géranium sont parfois au menu.

Restaurant

De 15 à 25 €

♦ ♥ **Le Vieux Bardeau**, N3, 24e km, après la caserne des pompiers en montant ☎ 02.62.59.09.44. *F. dim. soir et lun.* Cuisine créole et métro dans le cadre cosy d'une case traditionnelle colorée. Formule buffet midi et soir avec entrées et plats chauds, carte de salades et de grillades, desserts maison.

Shopping

Fromages. **Le Palais du Fromage**, route du Volcan ☎ 02.62.59.27.15. *Ouv. jeu.-dim. 10 h-18 h (horaires aléatoires).* Vente de fromages frais nature ou parfumés. Dégustation de lait frais des Hauts avec du chocolat et du pain maison.

Sports et loisirs

Randonnée équestre. **Écuries du Volcan**, 9 *bis*, domaine de Bellevue, à côté de l'hôtel La Diligence ☎ 06.92.66.62.90, ecuriesduvolcan@orange.fr. Promenades accompagnées à cheval sur les pitons de La Plaine-des-Cafres *(1 h à 1 j.)*, randonnée *(2 à 7 j. sur rés.)* autour du volcan; balades à poney ou en calèche sur le domaine. **Alti Mérens**, N3, 120, rue Maurice-et-Katia-Krafft, Bourg-Murat (au niveau du 26e km) ☎ 02.62.59.18.84 et 06.92.04.12.38. Du « tour de prairie » à la randonnée sur plusieurs jours avec bivouac jusqu'au volcan. **Écurie Notre-Dame-de-la-Paix**, 41, chemin de la Chapelle, Notre-Dame-de-la-Paix ☎ 02.62.59.34.49 et 06.92.61.46.79. Même type de prestations avec des randonnées commentées

Sorties guidées au volcan. Pour les services d'un accompagnateur breveté, se renseigner à l'ⓘ ou contacter un prestataire en direct : **Anne Le Garrec**, une « guide d'enfer », souvent absente entre juin et septembre, car en vadrouille sur les volcans de la planète (20, impasse des Fleurs, Les Avirons ☎ 06.92.05.82.62) ; **Rudy Laurent** (Kokapat Rando au Tampon ☎ 02.62.33.30.14 ou 06.92.69.94.14), accompagnateur diplômé, propose entre autres des randos au volcan à la journée (à partir de 55 €) et des circuits à la carte sur le massif de la Fournaise. Par ailleurs, l'ONF de La Réunion a conçu un « produit écotouristique » intitulé « Terres authentiques-Versants du volcan », qui consiste en une randonnée accompagnée de 3 j./2 nuits à la découverte d'un volcan actif et des hommes qui l'habitent *(infos et rés. à l'ⓘ de La Plaine-des-Cafres, ci-contre).*

Fêtes et manifestations dans les Hautes Plaines

Janvier. **Miel vert**, manifestation gourmande à La Plaine-des-Cafres mettant à l'honneur les produits du terroir et de l'élevage (concours de vaches laitières, de chevaux Mérens...).

Février. **Fête patronale** de La Plaine-des-Palmistes (Sainte-Agathe, le 5).

Mai. **Exposition artisanale** de l'association Baobab au Tampon.

Juin. **Fête du goyavier** à La Plaine-des-Palmistes (concours culinaires, concerts, défilés..., *p. 187*).

Septembre. **Fête de la Croix-Glorieuse** au Piton-des-Songes, un quartier du deuxième village de La Plaine-des-Palmistes (manifestation religieuse et kermesse populaire).

Septembre-octobre. **Rallye touristique** de La Plaine-des-Palmistes.

Octobre-novembre. **Florilèges** au Tampon (expositions botaniques, vente de plantes et foire commerciale) ; **marché aux fleurs** à La Plaine-des-Palmistes.

Novembre. **Exposition artisanale** aux Grands kiosques de Bourg-Murat. ♦

La Plaine-des-Palmistes

Carte p. 186. Visite p. 187.

🛈 **Point Infos tourisme**, domaine des Tourelles, 260, rue de la République ☎ 02.62.51.47.59, www.domaine-tourelles.com. *Ouv. lun.-ven. 9 h-18 h (juil.-sept. 17 h 30) sf mar. 9 h-17 h, w.-e. 10 h-17 h.* Renseignements pour explorer la région (randonnées à pied ou à cheval, 4 x 4, canyoning...), circuits guidés thématiques et ateliers (jardinage, papier artisanal). Le domaine abrite aussi une boutique d'artisanat et une fonderie *(voir Shopping, ci-contre)*, des ateliers d'artisans, un salon de thé/liquoristerie et un kiosque d'exposition sur le milieu forestier de Bébour-Bélouve).

🛈 **Office national des Forêts (ONF)**, 170, rue de la République, Premier Village ☎ 02.62.51.31.30. Informations sur la forêt de Bébour-Bélouve, livrets d'interprétation et sorties guidées ponctuelles.

Hébergement

Moins de 50 €

▲ **L'Orangeraie**, famille Grand, chemin du Grand-Étang, Pont-Payet ☎ 02.62.50.97.60 et 06.92.01.18.87. *1 ch. d'hôtes* avec mezzanine *(2-4 pers.)* et *1 bungalow (2-3 pers.)*, en pleine nature à côté de la maison d'un petit producteur de fruits bio (agrumes, litchis, pêches...). Confort assez sommaire, mais environnement préservé et accueil très chaleureux. Repas sur commande, petit déj. avec confitures et miel maison. Balades à la découverte du Grand Étang, tout proche.

De 50 à 80 €

▲ **La Ferme du Pommeau**, 10, allée des Pois-de-Senteurs, Premier Village (fléché depuis le centre) ☎ 02.62.51.40.70, fax 02.62.51.32.63, la-ferme-du-pommeau@wanadoo.fr. *19 ch.* douillettes réparties dans plusieurs petits bâtiments entourés de verdure à la limite du village. Excellente ♦ **table** *(f. dim. soir)*, en partie avec les produits de la ferme: flan de cœur de songe, pintade au poivre vert, pâtisseries au conflore.

Gîte de montagne

Moins de 50 €

▲ **Gîte de Bélouve**, au bout de la RF2 *(p. 190)*. *Rés.* à la centrale IRT de Saint-Denis ou n'importe quel 🛈 de l'île pour l'hébergement; ☎ 02.62.41.21.23 pour le repas *(service midi et soir avant 18 h 45)*. *3 dortoirs pour 6 pers. et 2 ch. doubles*, 2 salles communes avec cheminée. Le lieu est magnifique, le gîte confortable et les douches chaudes. Équipez-vous léger: il faut transporter les bagages sur 400 m (2,5 km le w.-e.), les voitures étant interdites au-delà de la barrière (comptez 5 € pour le petit déjeuner).

Restaurant

De 15 à 25 €

♦ **Le Relais de la Cascade**, 150, rue Raphaël-Babet ☎ 02.62.51.15.77, 06.92.61.99.95. À côté d'une carte de cuisine créole classique, sur place ou à emporter. Une impressionnante collection de punchs et autres rhums arrangés, à déguster. Loue aussi quelques VTT.

Shopping

Artisanat. Centre artisanal du domaine des Tourelles, 260, rue de la République, Premier Village ☎ 02.62.51.47.59. Bijoux originaux, objets en bois de litchi, sacs en raphia. **Fonderie Guery**, sur le même domaine ☎ 02.62.51.42.94. Bijoux et sculptures. Possibilité de participer à des ateliers.

Sports et loisirs

Visites guidées. Cases et jardins créoles ☎ 06.92.81.70.10, contact@guid-a-nou.com. La société de balades culturelles *péi*, Guid' a Nou, propose une vis. guidée du village à travers son architecture *(sur r.-d.-v.)*.

Randonnée équestre. Ferme équestre du Grand-Étang, N3 au niveau du pont de Ravine-Sèche, juste avant la route du Grand-Étang en allant vers Saint-Benoît ☎ 02.62.50.90.03 et 06.92.86.88.25, www.ferme-equestre-grand-etang.com. Balades à la demi-journée autour du Grand-Étang et à la journée dans les environs de Sainte-Anne. ♦

Les cirques

visites

Itinéraires 21 à 23, p. 191.

Cartes, p. 192, p. 197 et p. 201. ◆

Le prix de l'**hébergement** est calculé sur la base d'une nuit en chambre double, soit pour 2 pers. Pour les **restaurants**, le prix est calculé sur la base d'un repas complet, boisson alcoolisée non comprise.

Cirque de Cilaos

Carte et visite p. 197.

🛈 **Office de tourisme intercommunal Sud**, antenne de Cilaos, 2, rue Victor-Mac-Auliffe, Cilaos ☎ 08.92.70.22.01 ou 02.62.31.71.71, http://sud-reunion.fr. *Ouv. lun.-sam. 8h30-12h30 et 13h30-17h, dim. et j.f. 9h-12h (boutique seulement)*. Informations pour toutes les activités de montagne; rés. de gîtes et d'hôtels; balades avec un guide *péi* à la découverte du cirque, de son histoire et de ses traditions. Belle boutique de produits du terroir, artisanat, posters, livres et cartes.

🛈 **www.ville-cilaos.fr**, le site Internet de la commune dispose d'un volet «Tourisme» assez complet (balades, annuaires, agenda...).

Hôtels

De 50 à 80 €

▲ **Les Aloès**, 14, rue Saint-Louis, Cilaos ☎/fax 02.62.31.81.00 et 06.92.50.50.86, www.hotel-aloes.com. *10 ch.* Chez Faby et Roby (accompagnateur en montagne), dans une charmante case créole jaune et bleue avec extension en dur. Accueil sympa, chambres tout confort (même si certains papiers peints font un peu mal aux yeux), espace détente avec cheminée. Le patron, un fou de volcans, peut vous guider dans vos randonnées, à Cilaos ou ailleurs (à la découverte d'un tunnel de lave notamment).

▲ **Hôtel des Neiges**, 1, rue de la Mare-à-Joncs, Cilaos ☎ 02.62.31.72.33, fax 02.62.31.72.98, www.hotel-des-neiges.com. *34 ch.* L'hôtel propose des chambres banales mais correctes (toutes avec sanitaires, terrasse, TV, chauffage) dans des petits bâtiments d'un étage répartis autour d'une jolie piscine. Jacuzzi et sauna. À défaut de charme, bon rapport qualité-prix au final. Le changement de propriétaire a en revanche moins bien réussi au ♦ **restaurant** de l'hôtel, Le Marla (de 15 à 25 €), qui n'est plus ce qu'il était.

De 80 à 120 €

▲ ♥ **Le Bois Rouge**, 2, route des Sources, Cilaos ☎ 02.62.47.57.57, frederic.mantion@izi.re. *5 ch.* Petit hôtel de charme et de caractère aménagé dans une grande case créole entièrement construite en bois par l'artiste Philippe Turpin *(voir également Shopping, p. 256)*. Chambres à la décoration raffinée avec vue dominant le bourg, parquets en marqueterie et essence de bois, varangue créole invitant à la détente et grand salon en tamarin avec cheminée pour la soirée... La notion d'«art de vivre» prend ici tout son sens, décliné sur le mode créole.

▲ **Les Chenêts**, 40 E, rue des Trois-Mares, Cilaos ☎ 02.62.31.85.85, fax 02.62.31.87.17, www.leschenets.fr. *47 ch.* et *3 ch.* ♿. Le «gros» (tout est relatif) 3-étoiles du cirque, légèrement à l'écart du village. Chambres vastes et soignées dans un agréable ensemble architectural créolisant. Piscine chauffée, hammam et sauna, espace «zen attitude», salon avec cheminée. ♦ **Restaurant** Les Physalis (de 25 à 40 €) servant une cuisine créole et métro dans un cadre cossu.

▲ **Tsilaosa**, rue du Père-Boiteau, Cilaos ☎ 02.62.37.39.39, fax 02.62.37.39.38, www.tsilaosa.com. *15 ch. et 2 ch.* ♿. Dans une maison de ville traditionnelle (bâtisse d'angle à galeries extérieures ouvragées et lambrequins) remarquablement restaurée, en plein centre du bourg. Chambres pleines de charme avec meubles créoles, parquets en bois, belles étoffes et vieilles dentelles... Salon de thé proposant des produits maison, caveau de dégustation de vins locaux, excellent petit déj. en buffet *(ouv. aux non-résidents)*.

▲ **Le Vieux Cep**, 2, rue des Trois-Mares, Cilaos ☎ 02.62.31.71.89, fax 02.62.31.77.68, www.levieuxcep.fr. *45 ch. et 3 ch.* ♿. Autrefois unique établissement hôtelier de son standing à Cilaos, cette institution locale souffre désormais de la concurrence. En plus d'une piscine chauffée (même en été), elle propose désormais sauna, Jacuzzi, billard et loc. de VTT). Sa ♦ **table**, dans une grande salle à manger rustique avec cheminée, demeure une valeur sûre. Bonne adresse.

Chambres et tables d'hôte

Moins de 50 €

▲ **Au Petit Coin Charmant**, chez Hélène Payet, 13, chemin Terre-Fine, Îlet-à-Cordes ☎ 02.62.35.18.13 ou 06.92.68.49.68. *4 ch.* ♿ *2 épis*, dans la case du propriétaire, pour vivre au rythme quotidien d'un îlet réunionnais. ♦ **Repas créole** *sur rés.*

▲ **Le Vieux Pressoir**, chez Christian Dijoux, 40, chemin Saül, Bras-Sec ☎ 02.62.25.56.64. *5 ch.* à l'étage de la maison du propriétaire. ♦ **Table d'hôte** servant vins et lentilles de Cilaos.

De 50 à 80 €

▲ **Case Nyala**, Nicole et Jean Frossard, 8, ruelle des Lianes, Cilaos ☎/fax 02.62.31.89.57 et ☎ 06.92.87.70.14, www.case-nyala.com. *3 ch. 2 pers., 1 ch. 3 pers., 1 ch. 4 pers.* Dans des petites cases créoles pimpantes et décorées avec soin, toutes équipées de douche, WC, TV, ventilation et chauffage. Espace cuisine en commun, service petit déj..

Gîte de montagne

Moins de 50 €

▲ **Gîte de la Caverne-Dufour** ☎ 02.62.51.15.26. *48 lits en dortoirs et 16 lits sous tente.* Sur le sentier du piton des Neiges *(p. 200 et p. 216)*, à près de 2 500 m d'altitude et 1 h 30 du sommet de l'île. *Rés.* auprès de la centrale IRT à Saint-Denis *(p. 220)* ou n'importe quel ❶ de l'île (prenez-y vous à l'avance).

Restaurants

De 15 à 25 €

♦ **Chez Miko Fils**, 25, rue du Père-Boiteau, Cilaos ☎ 02.62.31.70.52. *F. jeu. et dim. soir.* Dans une maison créole ouverte sur la « grand-rue » du bourg ; andouille frite et lentilles, rougails, salades composées, gratins de légumes, caris habituels, menus touristiques. Bar en terrasse (l'un des rares de Cilaos avec les kiosques de la mare à Joncs) pour boire un verre en regardant la rue principale vivre en contrebas.

♦ **Chez Noé**, 40, rue du Père-Boiteau, Cilaos ☎ 02.62.31.79.93. *F. dim. soir et lun.* Restaurant-snack fréquenté par les professionnels de la montagne, ambiance conviviale dans une salle chaleureuse. Menus simples arrosés de vin de Cilaos.

Shopping

Artisanat local. Boutique du centre-ville, 51, rue du Père-Boiteau, Cilaos. *Voir p. 199.* **Ginette Grondin**, RN5, Mare-Sèche (entrée S du bourg) ☎ 02.62.31.73.55. Dentelles faites main, vin et lentilles *(sur r.-d.-v.)*.

Gravure. Philippe Turpin, 2, route des Sources, Cilaos ☎ 02.62.31.73.64 et 06.92.28.03.03. Ce graveur sur cuivre restitue la beauté du cirque à travers de superbes eaux-fortes et des sculptures en bronze. *Vis. gratuite (tél. avant)* de la galerie installée dans la belle case créole qui abrite aussi ▲ l'**hôtel** ♥ Le Bois Rouge *(p. 255)*.

Sports et loisirs

Activités de pleine nature. Cilaos Aventure.com, 12, chemin de la Chapelle ☎ 06.92.66.73.42, team@cilaosaventure.com. Canyoning, escalade, randonnées. **Bouisset Fabrice**, 3 *ter*, rue des Pins ☎ 06.92.66.22.73. Randonnées, canyoning. **Daniel Ducrot** ☎ 06.92.65.90.67, ducrotd@wanadoo.fr. Ancien gendarme de secours en haute montagne reconverti en guide de canyoning sous les tropiques.

Randonnée. Run Évasion, 23, rue du Père-Boiteau, Cilaos ☎ 02.62.31.83.57, www.runevasion.com. Sor-

Fêtes et manifestations des cirques

Février. **Vendanges** à Cilaos.

Avril. **Fête de la vigne** et des produits du terroir à Cilaos et Îlet-à-Cordes à l'occasion de l'arrivée du vin de Cilaos primeur.

Mai. **Cross du Piton des Neiges** à Cilaos, course de haute montagne avec les meilleurs compétiteurs mondiaux.

Juin. **Concentration de motards** à Cilaos (montée de la route aux 300 virages, défilé en ville, concert de rock le soir). **Fête du Chouchou** à Hell-Bourg (cirque de Salazie) avec de nombreux stands, animations et concerts sur podium.

Juillet. **Jeux du cirque** (compétitions sportives) à Cilaos.

Août. **Cimasalazienne,** course de haute montagne (le tour du piton des Neiges par les trois cirques).

Septembre. **Fête de la montagne** à Cilaos (un week-end de découverte d'activités, initiations, démonstrations, stands, expositions...).

Octobre-novembre. **Fête des lentilles** à Cilaos, kermesse, animations diverses et élection de Miss Lentilles. **Journées Accueil Saveurs** à Salazie pour la promotion des produits du terroir local.

Novembre. **Fête de la pêche** à Salazie. **Fête de la Saint-Martin** à Grand-Îlet, en l'honneur du saint patron du village. **Grand Raid** (ou Diagonale des fous), course de haute montagne traversant l'île en passant par les trois cirques.

Décembre. Cilaos au fil de l'eau sur le site réhabilité de la Mare à Joncs (en remplacement des Transculturelles). ◆

ties accompagnées par un moniteur diplômé. Dispose aussi d'un magasin de vente et de loc. de matériel de montagne.

Remise en forme. **Établissement thermal Irénée-Accot**, route de Bras-Sec ☎ 02.62.31.72.27, thermes-cilaos@cg974.fr. *Ouv. t.l.j. 8h-18h sf dim. et j.f. 9h-17h, F. mer. après-midi.* Prestations à l'acte accessibles à tous (tarifs selon la durée ou forfaits) : bain à bulles, hydromassage, sauna, Jacuzzi…

Botanique. Le **Jardin botanique du Piton Bétoum**, aménagé à l'orée de la forêt (Bras-Sec) ☎ 06.92.64.30.26. *Ouv. mar.-jeu. et sam.-dim. 9h-17h ; f. lun. et ven. ; vis. payante.* Reine-Claude Gonthier vous fera découvrir un lieu magnifique et, en fin de visite, vous proposera une dégustation de gâteaux *péi*.

Adresse utile

Distributeur de billets. Dans la rue principale de Cilaos, la poste abrite le seul *gabier*, ainsi que les deux pharmacies du cirque.

Cirque de Mafate

Carte et visite p. 201.

ⓘ **Office de tourisme de La Possession** *(p. 236)*, la majeure partie du cirque dépendant administrativement de cette commune. Informations auprès de l'ⓘ de Saint-Paul à Saint-Gilles-les-Bains *(p. 237)* également. Consultez aussi le site Internet entièrement dédié à Mafate, avec une partie « guide tourisme » assez complète (carte, liste des gîtes et des randos, etc.) : www.reunion-mafate.com.

Taxiteur

Michel Budel ☎ 06.92.03.13.29 ou **M. Thiburce** ☎ 02.62.43.70.32 et ☎ 06.92.08.00.47. Pour remonter en 4 x 4 la première partie – fastidieuse – de la rivière des Galets jusqu'à Deux-Bras, avant de poursuivre à pied. Possibilité de se faire récupérer au retour et de faire garder sa voiture.

Gîtes

Il existe une dizaine de gîtes relevant de l'AGMM (Association des gestionnaires de gîtes de montagne), une vingtaine de gîtes privés, 2 ch. d'hôte et 2 campings à l'intérieur du cirque, répartis sur 10 îlets (Aurère, Grand-Place, Îlet-à-Bourse, Îlet-à-Malheur, La Nouvelle, Les Lataniers, Les Orangers, Marla, Roche-Plate, La Plaine-aux-Sables). Pour les premiers, *rés. obligatoire* par l'intermédiaire de la centrale IRT *(p. 220)* ou d'un ℹ; *rés. des repas* avec le gîte. Pour les autres, *rés. de l'hébergement et des repas* directement auprès du propriétaire.

Moins de 50 €

▲ **Auberge du Bronchard**, chez Gérard Bègue, Roche-Plate École ☎ 02.62.43.83.66 ou ☎ 06.92.28.47.17. *12 lits en dortoirs, 1 ch. double et 1 ch. triple.* Gîte de France installé dans un mignon chalet en bois au pied du rempart du Maïdo. Sanitaires communs, belle vue sur l'îlet, boutique à proximité.

▲ **Gîte privé Chez Christelle**, îlet aux Orangers ☎ 06.92.03.83.93. *12 lits en dortoir et 2 ch. doubles.* Gîte assez récent, simple mais bien tenu par Christelle Hoareau, une extraordinaire mémé mafataise. Sanitaires à l'extérieur.

▲ **Gîte privé de Mme Giroday**, Marla ☎ 02.62.43.83.13. *32 lits en dortoirs,* dont une partie dans la case du propriétaire, distante de 400 m env. Bonne halte entre La Nouvelle et Cilaos. Forfait hébergement + repas du soir (excellente cuisine au feu de bois) + petit déj..

De 50 à 80 €

▲ **Le Relais de Mafate**, Chez M. Bègue, La Nouvelle ☎ 02.62.43.61.77. *12 lits en dortoirs, 5 ch. doubles et 10 bungalows 2-4 pers.* Classé Gîte de France et organisé autour d'une belle maison créole traditionnelle, c'est l'adresse la plus « haut de gamme » du cirque. Lavabo dans chaque chambre, sanitaires en commun. Petit déj. et menu unique en formule restaurant *(rés. non obligatoire, sous réserve de place)*. Le propriétaire, André Bègue, une figure du cirque qui avait fondé la société Mafate Hélicoptère, est malheureusement décédé dans un accident d'hélicoptère en 2010.

Camping

▲ **Les Filaos**, Îlet-à-Malheur, en face du gîte et de l'école ☎ 06.92.48.11.51. Une formule économique (comptez env. 5 € de moins qu'un gîte) et pratique puisque la tente est fournie, déjà plantée sur place et équipée d'un matelas, le grand luxe ! Ambiance sympa et restauration.

Cirque de Salazie

Carte et visite p. 192.

ℹ **Maison de tourisme de Salazie**, 47, rue du Général-de-Gaulle, Hell-Bourg ☎ 02.62.47.89.89, pat.salazie@wanadoo.fr. *Ouv. lun.-sam. 9 h-12 h 15 et 13 h-17 h.* Rés. de gîtes de montagne et d'activités sportives, découverte du cirque avec des guides *péi*, expositions temporaires. *Pas de cartes bancaires.*

Adresses utiles

Distributeurs de billets. À la poste et à la station-service du village de Salazie (projet d'en installer un autre à la poste de Hell-Bourg).

Parking. **Parking du Petit-Col des Bœufs** ☎ 02.62.47.91.18 ou 06.92.11.97.37. Il est plus prudent de laisser votre véhicule dans ce parking surveillé au départ de votre randonnée à Mafate (La Nouvelle est à 1 h 45 de marche du col des Bœufs, lui-même à 2 h du hameau du Bélier). *5 € la journée et 10 € la nuit en 2011.* On peut aussi laisser sa voiture au Bélier et emprunter la navette qui relie le col des Bœufs depuis Chez Titine ☎ 02.62.47.71.84.

Station-service. Vous n'en trouverez qu'une dans tout le cirque : à Salazie.

Hôtels

Moins de 50 €

▲ **L'Orchidée Rose**, 26, rue Olivier-Manes, Hell-Bourg ☎ 02.62.47.87.22, fax 02.62.47.86.85, www.orchideerose.fr. *6 ch.* Grande villa, au cœur du village, devenue un hôtel (non classé). Ambiance pension de famille et accueil chaleureux. Restaurant créole, chinois et métro. *Ouv. t.l.j. midi et soir.*

De 50 à 80 €

▲ ♥ **Le Relais des Cimes,** 67, rue du Général-de-Gaulle, Hell-Bourg ☎ 02.62.47.81.58, fax 02.62.47.82.11, www.relaisdescimes.com. *19 ch.* dans un petit bâtiment construit dans le jardin d'une belle maison créole où se tient le restaurant; *10 ch.* de l'autre côté de la rue dans une case ancienne pleine de caractère. Établissement réputé pour sa cuisine sortant de l'ordinaire: ti jacques aux crevettes, cari zandouille, truite flambée à la vanille et spécialités malgaches tels le romazava ou le ravitoto.

De 80 à 120 €

▲ ♣♥ **Les Jardins d'Héva**, 16, rue Lacaussade, Hell-Bourg ☎ 02.62.47.87.87, fax 02.62.47.86.06, lesjardinsdheva@orange.fr. *10 ch.* ♿ réparties dans 5 bungalows de style créole sur les hauteurs du village, chaque unité étant aménagée avec goût sur un thème ethnique. Possibilité de faire communiquer 2 ch. attenantes avec la terrasse en commun. Sauna, hammam et Jacuzzi (séance gratuite pour les clients en demi-pension), massages et soins au spa. Terrasse de restaurant (buffet le soir) sur un deck en bois offrant un panorama unique sur Hell-Bourg et une grande partie du cirque au-delà. Établissement écologique (gestion durable de l'eau, des déchets et de l'énergie, gel douche bio...) et ateliers participatifs (cuisine, artisanat...) réguliers.

Chambre et table d'hôte

Moins de 50 €

▲ ♥ **Le Cimendef**, chez Noëline et Daniel Campton, lieu-dit Casabois, 735, route du Bélier (RD 52), Grand-Îlet (un peu au-dessus du village) ☎ 02.62.47.73.59, campton.cimendef@wanadoo.fr. *4 ch. 3 épis* avec sanitaires particuliers et chauffage en hiver, à l'étage de la mignonne case créole du propriétaire. Repas à la table d'hôte sur commande.

Restaurants

De 15 à 25 €

♦ ♥ **Chez Alice**, 1, rue des Sangliers (perpendiculaire à la rue principale), Hell-Bourg ☎ 02.62.47.86.24. *F. lun. et dim. soir.* Une carte touristique on ne peut plus éclectique, dans un cadre où les nappes provençales se mélangent aux bardeaux: ici, le steak-frites côtoie le chop suey ou le cari, et le chouchou, grande spécialité locale, se décline sous toutes ses formes.

♦ **Le P'tit Bambou**, 166, rue Georges-Pompidou (en face de l'église), Salazie ☎ 02.62.47.51.51. *Ouv. midi, le soir sur rés., f. mer.* Dans une salle boisée ou sur une vaste terrasse couverte, des plats métros et créoles faisant la part belle aux produits du cirque.

Shopping

Artisanat. Les Santons de Salazie, rue Georges-Pompidou, Salazie (rue principale) ☎ 06.92.66.91.51. La version réunionnaise des célèbres figurines provençales.

Souvenirs. La boutique du Bambou, 41, rue du Général-de-Gaulle, Hell-Bourg. *Voir p. 196.*

Sports et loisirs

♣ **Patrick Manoro**, 14, chemin de l'École, Camp Ozoux, Hell-Bourg. *Voir p. 195.* **Laurent Técher**, chemin Bras-Sec, Îlet-à-Vidot, Hell-Bourg ☎ 02.62.47.83.06 ou 06.92.31.29.52. Spécialisé dans tout ce qui touche à l'eau, à la nature et à l'architecture. Il a créé un camping à la ferme, ▲ **Le Relax**, qui permet de découvrir La Réunion en profondeur, à travers la vie d'une exploitation perdue au fond du cirque.

Pêche. Parc piscicole, Bellevue, sur les hauteurs de Hell-Bourg ☎ 02.62.47.80.16. *Ouv. t.l.j. 9h-17h. F. lun.* Un élevage de truites dans un décor kitsch digne du facteur Cheval. Prêt de cannes. On paie ensuite au poids et on emporte avec soi les poissons que l'on a pris (entrée: 1 €).

Activités de pleine nature. Austral Aventure, 16, rue de l'Amiral-Lacaze, Hell-Bourg ☎ 06.92.87.55.50, www.creole.org/austral-aventure. Sorties accompagnées (trekking, canyoning, VTT...) et magasin de vente de matériel de randonnée (**Le Papangue**, 48, rue du Général-de-Gaulle, Hell-Bourg). ♦

pratique

Le pittoresque débarcadère de l'anse des Cascades, sur la côte sud.
© Bertrand Rieger/Hemis.fr

Organiser son voyage

© Bertrand Rieger/Hemis.fr

Adresses utiles

Ile de La Réunion Tourisme (IRT), 90, rue La Boétie, 75008 Paris ☎ 01.40.75.02.79, www.reunion.fr, irtparis@reunion.fr. *Ouv. lun.-ven. 9h-17h*. Bureau parisien du Comité régional de tourisme de La Réunion, qui a pris la dénomination « IRT » et a « absorbé » la Maison de la Montagne et de la Mer en 2009.

Belgique. Maison de la France, 21, av. de la Toison-d'Or, B1050 Bruxelles ☎ 0.902.88.025, http://be.franceguide.com.

Suisse. Atout France, Rennweg 42, Case postale 3376, CH8021 Zürich ☎ 044.217.46.00, http://ch.franceguide.com.

Canada. Maison de la France, 1800, av. Mc-Gill-College, suite 1010, Montréal H3A 3J6, Québec ☎ (514) 288.20.26, http://ca.franceguide.com.

Formalités

Papiers

La Réunion étant un département français, la **carte d'identité** suffit pour les ressortissants de l'Union européenne. Passeport valide nécessaire pour les Suisses et les Canadiens. Pour les ressortissants des autres pays, un visa est nécessaire (La Réunion n'étant pas dans l'espace Schengen, le visa pour la France n'est pas valable). Si vous prévoyez de vous rendre dans les îles voisines (Maurice ou Madagascar), il vous faudra détenir un passeport d'une durée de validité d'au moins 6 mois après la date de fin du séjour. Pour Madagascar, il devra être muni d'un visa.

Un permis de conduire vous sera demandé en cas de location d'un véhicule, ne l'oubliez pas. Pour Madagascar, il doit être muni d'un visa.

◀ Certaines plages sont sujettes aux courants. Ces derniers sont bien repérés, il suffit de respecter la signalisation et de se limiter aux plages surveillées.

Services consulaires français. **En Suisse** : Service des visas, sur r.-v. 15, rue Guillaume-de-Marcossay, CH1205 Genève, ☎ (22) 319.00.00, fax (22) 319.00.71. **Au Canada** : 1501, Mc-Gill-Collège, 10e ét., bureau 1000, Montréal, H3A 3M8 Québec ☎ (514) 878.43.85.

Assurance et assistance

Elles ne sont pas comprises dans le prix des prestations touristiques, à l'exception des circuits accompagnés effectués en groupe. Ces polices sont en vente dans les **agences de voyages** au prorata du prix du voyage. **AVA** ☎ 01.53.20.44.20, www.ava.fr. **Europ Assistance** ☎ 01.41.85.85.85, www.europ-assistance.fr. **Mondial Assistance** ☎ 01.53.05.86.00, www.mondial-assistance.fr.

Certaines **cartes bancaires internationales** couvrent les risques liés au voyage. Ces garanties ne peuvent jouer qu'à la condition de régler son voyage au moyen de la carte en question. Épluchez votre contrat ! Si vous conduisez **votre voiture**, la carte verte d'assurance internationale signée est obligatoire.

Douanes

Les franchises en vigueur sur le territoire français s'appliquent aussi à La Réunion : 200 cigarettes (ou 250 g de tabac à fumer), 2 l de vin, 1 l d'alcool. L'introduction de **végétaux** et d'**animaux** est très réglementée (interdiction totale du transport de canne à sucre entre les îles depuis l'introduction du ver blanc). **Centre de renseignements des douanes** ☎ 0.811.20.44.44 *lun.-ven. 8 h 30-18 h*, www.douane.gouv.fr.

Argent

L'euro est en usage sur l'île. Les **cartes de paiement** sont acceptées chez la plupart des commerçants, mais rarement dans les chambres d'hôte et les fermes-auberges où l'on règle en liquide. L'île dispose d'un réseau dense de distributeurs automatiques. Les **chèques métropolitains** et les **chèques de voyage** sont assez mal acceptés.

En cas de perte ou de vol de votre carte, appelez le **service d'opposition groupé** ☎ 08.92.705.705. **Carte Bleue Visa** ☎ 08.00.90.11.79, www.carte-bleue.com. **American Express** ☎ 01.47.77.72.00, www.americanexpress.fr.

Le coin des Internautes

Portails. **www.portail-ile-dela-reunion.fr** : portail touristique avec de nombreux liens pratiques. **www.toutelareunion.net** : portail économique de l'île.

Tourisme. **www.reunion.fr** : site officiel de l'IRT (Île de La Réunion Tourisme) avec informations générales et listes de prestataires. **www.run974.com** : guides de La Réunion pratiques et clairs.

Généralités. **www.cg974.fr** : site du conseil général de La Réunion. Infos sur les musées et le réseau Cars jaunes du département.

Actualité/culture. **www.ipreunion.com** : l'actualité vue par l'agence de presse réunionnaise Imaz Press. **www.clicanoo.re** : le site du *Journal de l'île de La Réunion*. **www.maloya.org** : identités et cultures de l'océan Indien.

Randonnée. **www.runrando.free.fr** : le plus complet sur le sujet, avec topo-guides précis, cartes et conseils. ◆

Comment prévoir son budget ?

La plupart des produits étant importés, la vie est assez chère à La Réunion. En moyenne, le coût d'un caddie dans un supermarché est supérieur d'env. 25 % à celui d'un caddie métropolitain, et certains produits frais peuvent valoir jusqu'à deux fois plus cher. Sur place, comptez environ 1 000 €/semaine pour 2 pers. avec hôtel milieu de gamme, repas sur le pouce le midi, restaurant moyen le soir et quelques extras (hors location auto, sachant qu'on peut trouver un véhicule au même prix, sinon moins cher qu'en métropole).

Combien ça coûte ?

Y aller. Comptez 700 à 1 200 € A/R en classe économique en moyenne (jusqu'à 1 500 € et plus sur certaines périodes très « rouges », au mois d'août notamment).

Dans le commerce. 1 kg de thon frais : env. 12 €. 6 yaourts nature : 2,50 €. 1 l de rhum Charette : 9 €. *Le Quotidien de La Réunion* : 1,20 €. 3 petits ananas : 2 €. 1 kg d'emmental : 16 €. 1 paquet de cigarettes blondes : 7 €.

Repas. Un samoussa sur le marché : 0,30 €. Un poulet grillé dans la rue : 5 €. Une barquette de riz-cari-grains dans un camion-bar : 5 €. Un repas dans un petit restaurant chinois ou créole : 12 € (menu) ; dans une ferme-auberge : env. 21 € ; à une table d'hôte : 25 € (avec apéro, vin, café...) ; dans un restaurant touristique : 25 € (sans vin).

Hébergement (pour 2 pers. avec petit déj.) Hôtel Anthurium : 90 à 300 €. Hôtel balnéaire de bon standing : 120 €. Hôtel 2 étoiles hors zone balnéaire : 80 €. Chambre d'hôte : 40 à 80 €. Gîte de montagne : 15 à 20 € (1 pers. + pdj). Studio équipé : 80 (nuit) à 300 € (sem.). Gîte rural pour 4 pers. : 300 à 450 €/sem.

Transports. 1 l d'essence (sans-plomb 95) : 1,65 €. Location de voiture : à partir de 43 €/j. (33 €/j. pour un véhicule publicitaire). Ticket de bus Saint-Denis/Saint-Gilles : 4,20 €. Taxi entre l'aéroport de Saint-Denis et le centre-ville : 20 à 30 € selon votre destination.

Sports et loisirs. Baptême de plongée : 65 €. Une demi-journée de pêche au gros : 100 €/pers. Location d'un VTT : 8 €/j. Guide de randonnée : 48 €/pers. par sortie. Vol parapente en biplace : 85 €. Survol complet de l'île en hélicoptère (45 min) : 80 à 250 €. Entrée à l'Aquarium de la Réunion : 9 €.

Passeport gourmand. Il vous donne droit à des « prix d'ami » dans certains restaurants : 50 % de réduction pour un repas à 2, 40 % à 3, 30 % à 4, etc. Également sur des baptêmes en ULM, des activités sportives, des musées, cinémas, hôtels, guides... *(☎ 06.92.25.15.15, rens. sur www.passeport-gourmand.com ; tarif : 55 €).* ◆

Santé

Un voyage à La Réunion n'exige **aucune vaccination spécifique**. Il n'y a ni reptile ni insecte dangereux. Les **moustiques** sont nombreux, mais le paludisme est éradiqué depuis 1948. Ils peuvent être porteurs de la dingue ou du chikungunya *(p. 276)*. **Antimoustique** et **crème solaire** sont impératifs.

Pour prévenir les **troubles intestinaux** dus au changement de nourriture et de climat et aux parasitoses, emportez des médicaments contre diarrhées et coliques, et, si vous y êtes sujet, un médicament contre le mal des transports. Les **randonneurs** prévoiront du désinfectant, du sparadrap, de la pommade de massage et de l'Élastoplast®.

Les pharmacies sont aussi bien approvisionnées qu'en métropole, mais les **médicaments** demeurent un peu plus chers. Pour tout ce qui concerne le **paramédical**, cette différence de prix est très élevée. Si vous suivez un traitement, n'oubliez pas vos médicaments.

Quand partir ?

Les saisons intermédiaires – que l'on peut appeler « **printemps** » (d'octobre à la mi-décembre) et « **automne** » (de la mi-avril à juin) – sont les meilleurs moments pour partir à La Réunion. Elles réunissent deux avantages. Le premier est climatique : température agréable et pluies peu abondantes ; en outre, au printemps, l'île se couvre de fleurs. Le second est pratique : hors vacances scolaires de la métropole, les vols offrent quantité de places à des prix beaucoup plus bas. S'il n'existe pas de mauvaise saison pour les **séjours balnéaires** et les **petites excursions**, les **randonneurs** éviteront la saison des pluies où les Hauts de l'île sont souvent humides et couverts de nuages. On distingue deux saisons principales, inversées par rapport à celles de l'Europe :

L'hiver austral (ou saison sèche). Il va de mai à octobre avec des **températures douces** sur les côtes et un **temps sec** et dégagé malgré des journées assez courtes (de 6 h 45 à 17 h 50 env.). En revanche, les Hauts affichent au petit matin des températures très fraîches, et il peut geler sur les sommets. Cette saison est idéale pour la randonnée mais pourra sembler un peu fraîche aux baigneurs frileux (« seulement » 24 °C à l'extérieur et 22 °C dans l'eau).

L'été austral (ou saison des pluies). Il va de novembre à avril avec une **chaleur** un peu plus forte qu'en hiver mais supportable, des **pluies importantes** mais rarement continues et des journées plus longues (de 5 h 30 à 19 h env.). Cette saison est marquée par le risque

Température moyennes (en °C)

Mois	J	F	M	A	M	J	J	A	S	O	N	D
À Saint-Denis												
Maxi	29	30	29	28	27	26	25	24	25	26	27	28
Mini	23	23	23	22	20	19	18	17	18	19	20	21
Dans le Centre												
Maxi	23	24	23	22	20	19	18	17	18	19	20	22
Mini	15	15	15	13	11	9	9	8	9	10	12	14

Température de la mer

	J	F	M	A	M	J	J	A	S	O	N	D
	26	27	27	26	25	24	23	22	23	23	24	26

de **cyclones** *(ci-dessous)* et un fort taux d'humidité dans l'air (à relativiser selon les régions). Des **microclimats** tempèrent ces observations. La **côte au vent**, à l'est, soumise aux alizés pendant neuf mois, est arrosée toute l'année (plus de 10 m par an dans les Hauts de Sainte-Rose). À l'inverse, la côte sous le vent, à l'ouest, souffre de la sécheresse et manque même de précipitations durant la saison des pluies (moins de 1 m par an à Saint-Gilles). Le climat à l'**intérieur de l'île** est moins chaud que celui des côtes (il peut faire très froid en hiver), et en été l'humidité est plus importante. En général, les **nuages** recouvrent les Hauts (au-dessus de 1200 m d'altitude) en milieu de matinée, même quand l'île est sous le soleil. Il faut donc se lever tôt pour profiter des panoramas. Pendant l'hiver austral, les Hauts restent dégagés plus longtemps.

Météo

☎ **32.50** (24 h/24), bulletin mis à jour toutes les heures, prévisions sur 24 h. ☎ **08.92.68.08.08** : répondeur de Météo France, prévision à 7 j. **www.meteo.re** : site de Météo France Réunion, prévisions à 3 j. **Point cyclone** ☎ 08.97.65.01.01. **www.meteo-reunion.com** : toute la météorologie de l'île (site réalisé par un amateur, à ne pas confondre avec le site officiel de Météo France ci-dessus).

Faire sa valise

Ne vous encombrez pas trop, on trouve sur place presque tous les produits vendus en métropole, un peu plus chers.

Vêtements

Prévoyez la panoplie habituelle pour un climat tropical : vêtements d'été, lunettes de soleil, chapeau, chaussures légères, un vêtement à manches longues pour les nuits d'« hiver » et les excursions en altitude, un coupe-vent imperméable (si vous partez pendant la saison des pluies) et une tenue plus habillée pour les soirées organisées dans les hôtels. Les **randonneurs** prévoiront un imperméable de poche (averses fréquentes en altitude), des chaussettes en coton plutôt que synthétiques, un couteau et une lampe de poche.

Cartes

La **carte touristique** gratuite distribuée par les ❶ de l'île est peu détaillée. Pour les balades en voiture, il est préférable de se procurer une **carte générale** de La Réunion à l'échelle 1/100 000. Pour vos randonnées pédestres, utilisez des cartes à 1/25 000 en complément des différents **topo-guides** vendus en librairie ou dans les ❶.

Cyclones

Hollanda, Colina... Sous ces prénoms féminins se cachent les terribles phénomènes naturels que sont les cyclones. Chaque année, de novembre à avril, une douzaine de cyclones traversent le sud-ouest de l'océan Indien. Ils ne touchent l'île que tous les quatre ou cinq ans : depuis 1960, une dizaine d'entre eux est passée à moins de 100 km des côtes. Le cyclone de 1948, le plus destructeur du siècle, enregistra des rafales à 300 km/h et fit 163 morts. Classée « tempête tropicale modérée », *Diwa* (mars 2006) n'en a pas moins entraîné des pluies diluviennes ainsi que la mort de quatre personnes. En février 2007, *Gamède* a mis à terre le pont de la rivière Saint-Étienne entre Saint-Louis et Saint-Pierre et fait deux morts. Le dernier, *Dumile*, en janvier 2013, a frappé au même endroit : un nouveau pont est en construction et devrait être livré d'ici septembre.

La meilleure des protections reste la prévention qui permet de connaître la trajectoire (seulement 3 h d'anticipation fiable) et de gérer au mieux les trois niveaux d'alerte : vigilance cyclonique (on fait des provisions, mais la vie continue), alerte orange (les écoles ferment) et alerte rouge (interdiction de sortir de chez soi). ◆

Voyage individuel

Le tourisme réunionnais est bien structuré et l'on peut s'organiser soi-même sans difficulté. Si vous cherchez un hébergement sortant des sentiers battus, contactez les centrales de réservation de Loisirs Accueil, les ⓘ ou les syndicats d'initiative. En revanche, pour un séjour balnéaire, les forfaits des voyagistes (vol et hébergement, *ci-dessous*) reviennent moins cher que des prestations identiques achetées séparément.

Compagnies aériennes

Entre 35 et 50 vols par semaine selon la saison desservent La Réunion au départ de Paris, Lyon, Marseille et Toulouse (11 h de vol direct). Tarifs à partir de 700 € A/R en classe « économique » (jusqu'à plus de 1 500 € sur certaines périodes « rouges »). Un certain nombre de compagnies desservent depuis l'Europe d'autres îles de l'océan Indien d'où il est ensuite possible de gagner La Réunion par des liaisons interrégionales. À certaines dates, le voyage *via* Maurice peut s'avérer plus avantageux qu'un vol direct.

Air Austral ☎ 0825.013.012, www.air-austral.com. Vols quotidiens (de nuit) de Paris CDG à Saint-Denis ou Saint-Pierre (*via* Saint-Denis). 2 à 3 vols/sem. au départ de Lyon, de Marseille, de Toulouse, de Nantes et de Bordeaux.

Air France ☎ 0820.820.820, www.airfrance.fr. Jusqu'à 9 vols/sem. d'Orly-Ouest.

Corsairfly ☎ 0820.042.042, www.corsairfly.com et dans les agences Nouvelles Frontières. Depuis Paris Orly (10 vols/sem.).

De Belgique. Aucun vol direct. Rejoindre Paris par le **Thalys** ☎ 070.66.77.88, ou par avion avec **Air France** ☎ 070.22.24.66.

De Suisse. Aucun vol direct. Rejoindre Paris par le **TGV** ☎ 0.900.300.300 ; ou par avion (Genève-Paris avec **Air France** ☎ 0.848.747.100, **Swiss** ☎ 0.848.852.000 ou **Easyjet** ☎ 0.900.000.195).

Gîtes de France

Les gîtes de France sont classés de 1 à 4 épis pour les gîtes ruraux, de 1 à 3 épis pour les chambres d'hôte. Ce classement renseigne sur l'équipement en électroménager pour les premiers, en salles de bains et sanitaires pour les seconds. Sachez qu'il peut y avoir des « 1 épi » très sympathiques et des « 3 épis » bien équipés mais sans charme. En revanche, les « 4 épis » sont synonymes d'une maison de caractère, d'un environnement et d'une décoration de qualité. ◆

Du Canada. Aucun vol direct. Transiter par Paris : vols Montréal-Paris avec **Air France** ☎ 1.800.667.27.47 ; ou les compagnies canadiennes.

Hébergement

Anthurium ☎ 02.62.93.13.93, www.anthurium.com. Chaîne d'hôtels et villas de caractère. 25 adresses à La Réunion du 2 au 5 étoiles, ainsi que des forfaits intéressants, dont un « circuit petit budget » basé sur des petits hôtels 2 étoiles tout autour de l'île (moins de 500 €/pers./sem. en demi-pension avec voiture de location).

Relais Bienvenue à la Ferme, 24, rue de la Source, BP 134, 97463 Saint-Denis Cedex ☎ 02.62.94.25.94, fax 02.62.21.31.56, www.reunion.chambagri.fr et www.bienvenue-a-la-ferme.com. Une douzaine de fermes-auberges, une ferme de découverte, une ferme équestre et un camping à la ferme.

Relais départemental des Gîtes de France, palais Rontaunay, 5, rue Rontaunay, 97400 Saint-Denis. Rés. ☎ 02.62.72.97.81 ou 08.10.16.00.00 (*lun.-ven. 9 h-17 h et sam. 9 h-12 h*), www.gitesdefrance.re. Une centaine de gîtes ruraux, presque autant de propriétaires de (souvent plusieurs) chambres d'hôte et une quarantaine de tables d'hôte disposent du label « Gîtes de

Réunion/océan Indien

En avion. Comptez 40 min de trajet et 250 à 450 € TTC A/R le vol Réunion/Maurice (au départ de Saint-Denis ou Saint-Pierre), 1 h 40 et 350 à 800 € TTC A/R le vol Réunion/Antananarivo (Madagascar). **Air Austral** dessert Madagascar, l'Afrique du Sud, les Comores, Mayotte, Maurice, les Seychelles, Bangkok, Sidney et Nouméa au départ de Saint-Denis, et Maurice au départ de Saint-Pierre. **Air Madagascar** *(73, bd Haussmann, 75008 Paris ☎ 08.92.70.18.19, www.airmadagascar.mg)* dessert Madagascar au départ de Saint-Denis (plusieurs vols par semaine sur Antananarivo, Toamasina/Sainte-Marie, Toliara/Tolagnaro, Nosy-Be/Antsiranana) et de Saint-Pierre (4 vols/sem. sur Antananarivo *via* Maurice). **Air Mauritius** *(☎ 08.90.710.315, www.airmauritius.com)* dessert Maurice au départ de Saint-Denis (6 à 8 vols/j. selon la saison) et de Saint-Pierre (jusqu'à 3 vols/j.).

En bateau. Depuis la gare maritime du Port *(☎ 02.62.43.10.93)*, la liaison avec l'île Maurice est assurée par les cargos mixtes, le *Mauritius Pride* et le *Mauritius Trochetia*, qui desservent aussi Rodrigues et Madagascar. À La Réunion, une compagnie commercialise ces trajets : **SCOAM**, 4, av. du 14-Juillet-1789, 97420 Le Port ☎ 02.62.42.19.45, passagers@scoam.fr. À partir de 167 € A/R pour Maurice (départ à 17 h et arrivée à 6 h, 2 liaisons par semaine) et 316 € A/R pour Tamatave (traversée de 36 h, 2 liaisons par mois). ◆

France ». Réservation possible dans tous les ❶ de l'île également.

Meublés de tourisme Clévacances. À La Réunion, le label est porté par Île de La Réunion Tourisme qui propose, *via* sa centrale de réservation de Saint-Denis *(p. 220)* et les ❶ de l'île, une offre labellisée d'env. 70 locations (maison, studio ou appartement) et 4 chambres d'hôte classées de 2 à 3 « clés ».

Location de voitures

Plutôt que de louer un véhicule pour toute la durée du séjour, pensez à une location ponctuelle en fonction de vos circuits. **Au Bas Prix**, plusieurs agences sur l'île ☎ 02.62.48.81.89, www.aubasprix.fr. **Avis** ☎ 0820.05.05.05, www.avis.fr. **Europcar** ☎ 02.62.93.14.15 ou ☎ 0.825.358.358, www.europcar-reunion.com.

Bonnes affaires

Vols à prix cassés, propositions de séjours de dernière minute, hébergement, locations de voitures... **Easy Voyages** ☎ 01.44.25.94.00, www.easyvols.com. **Expedia** ☎ 01.57.32.49.86. www.expedia.fr. **Go Voyages** ☎ 0.899.651.951, www.govoyages.com. **Lastminute** ☎ 0.899.651.951, www.lastminute.com. **Opodo** ☎ 0.899.653.655, www.opodo.fr.

Voyage organisé

Les voyagistes programment La Réunion à des prix souvent inférieurs à ceux que l'on obtient sur place pour les mêmes prestations. La plupart des hôtels sont situés sur la côte ouest, près des plages. Comptez au moins 1 000 €/pers. (tarif promo) pour une semaine en demi-pension dans un hôtel 2 étoiles (vol compris).

Austral Lagons ☎ 01.53.63.84.40, www.austral-lagons.com. Séjours balnéaires assortis d'excursions à la carte. Attention particulière portée aux jeunes mariés.

Beachcomber Tours ☎ 01.44.94.72.70, www.beachcomber-hotels.com. Itinéraires individuels, hôtels de charme. Combiné Réunion-Maurice. Spécialiste lune de miel.

Donatello ☎ 0826.102.005, www.donatello.fr. L'un des voyagistes de référence.

Exotismes ☎ 0.826.965.000, www.exotismes.fr. Petits hôtels de charme, packages sportifs.

Fram ☎ 0.826.463.727, www.fram.fr. Combinés Réunion-Maurice.

Îles du monde, 19, av. Franklin-Roosevelt, 75008 ☎ 01.55.42.74.10, www.ilesdumonde.com. Combinés avec l'île Maurice, les Seychelles, Madagascar ou Mayotte.

Jet Tours ☎ 0.820.830.880, www.jettours.com. Combinés Réunion-Maurice.

Nouvelles Frontières ☎ 01.70.82.01.82, www.nouvelles-frontieres.fr et dans les agences Nouvelles Frontières.

One Way Bleu, 2, rue Gambetta, 77210 Avon ☎ 01.60.39.53.30, www.onewaybleu.fr. Location de villas.

Voyages-sncf.com, agence de voyage sur Internet, www.voyages-sncf.com.

Voyageurs du Monde, 55, rue Sainte-Anne, 75002 Paris ☎ 01.42.86.16.00, www.vdm.com.

Écotourisme

Voyageurs du Monde *(voir ci-contre)* propose un séjour « Épices et plantes à parfum » de 10 j./7 nuits (+2 dans l'avion, comme d'accoutumée à destination de La Réunion) à partir de 1500 €/pers. : circuit à travers les exploitations traditionnelles de géranium, vétiver, curcuma... avec rencontre de petits producteurs et hébergement chez l'habitant.

Séjours plongée

Ces spécialistes proposent des séjours incluant vol, hébergement (+ petits déjeuners) et une dizaine de plongées. Comptez 1400 € à 2500 € (9 j./7 nuits).

Ultramarina, 29, rue de Clichy, 75009 Paris ☎ 08.25.02.98.02, www.ultramarina.com. Agences à Paris, Lyon, Marseille, et Genève.

Homelidays

Voyagez différemment avec Homelidays. 80 000 locations entre particuliers dans le monde entier pour vous sentir comme chez vous. Trouvez votre location idéale dans une maison, un appartement, un gîte...

De nombreuses promotions toute l'année.

··› **www.homelidays.com.** ◆

Océanes ☎ 04.42.52.82.40, www.oceanes.com.

Séjours randonnée

À partir de 1400 €, formules d'une ou deux semaines, pour marcheurs débutants ou randonneurs confirmés.

Allibert ☎ 04.76.45.50.50, www.allibert-trekking.com. Huit formules. Détente au bord du lagon en fin de séjour.

La Burle, 07510 Sainte-Eulalie ☎ 04.75.37.07.83, www.laburle.com. Traversée nord-sud de l'île, pour bons marcheurs, et itinéraire court pour débutants.

Club Aventure, 18, rue Séguier, 75006 Paris ☎ 0.826.88.20.80, www.huwans-clubaventure.fr. Formules jusqu'à 10 j. de marche.

Terres d'Aventure, 30, rue Saint-Augustin, 75002 Paris ☎ 0.825.700.825, www.terdav.com. 8 voyages, dont 2 dédiés aux familles. Petits tarifs.

Séjours sportifs

Tropicalement Vôtre, 43, rue Basfroi, 75011 Paris ☎ 01.43.70.99.55, www.tropicalement-votre.com. Sont proposés plongée, parapente, ULM, escalade, surf... et hébergement de charme. ◆

Sur place

© Bertrand Rieger/Hemis.fr

Arrivée

En avion. L'**aéroport Roland-Garros** *(détails p. 221)* est l'incontournable porte d'entrée à La Réunion. Au sud, l'**aéroport Saint-Pierre-Pierrefonds** *(détails p. 249)* assure des liaisons avec la métropole *via* Roland-Garros, ainsi qu'avec tout l'océan Indien *via* Maurice.

Déplacements sur l'île. Voir « Transports intérieurs » *(p. 278)*. Coordonnées des gares routières et ferroviaires dans le chapitre « Bonnes adresses » *(p. 220)*.

Courrier

Les **tarifs d'affranchissement** sont les mêmes que dans l'Hexagone pour les lettres simples, un peu plus élevés pour les plis plus lourds et les colis (boîtes carton prépayées spéciales DOM-TOM). Pour l'acheminement d'une lettre entre Saint-Denis et Paris, comptez au moins 3 jours. Les **Colipays** correspondent à une gamme d'une trentaine de « colis cadeaux » (contenant des fleurs, fruits, produits artisanaux, rhums, vanille, journaux...) livrés à domicile en métropole en 48 h par Chronopost.

Fêtes et jours fériés

Les **jours fériés** sont les mêmes qu'en métropole, auxquels il faut ajouter **le 20 décembre**, Fête de l'abolition de l'esclavage à La Réunion (aux Antilles, la date est différente). Les boutiques chinoises ou musulmanes ferment à l'occasion des fêtes religieuses (Nouvel An chinois, Dipavali, Aït-el-Kebir...),

◀ Les coqs de combat, tradition locale tolérée à La Réunion.

mais aucune ne donne lieu à un jour férié officiel. Outre les grandes fêtes religieuses, les **fêtes agricoles** ou **patronales**, ainsi que les **foires commerçantes** sont autant d'occasions d'observer la société réunionnaise, de s'amuser dans une ambiance populaire et de voir des artistes réunionnais sur scène. La foire agricole de Bras-Panon, la Fête du goyavier à La Plaine-des-Palmistes et celle des lentilles à Cilaos comptent parmi les fêtes de pays les plus emblématiques.

Principales manifestations

Fêtes locales: voir les encadrés dans « Bonnes adresses » p. 220.

Janvier. Fêtes du **Cavadee** (ou en février, en fonction du calendrier lunaire) et de **Pandialé** (marches sur le feu, il peut y en avoir tous les mois sauf en mars, mai, septembre, octobre et novembre) dans les quartiers tamouls.

Février. **Nouvel An chinois** (ou en janvier, en fonction du calendrier lunaire). **Carnavals** à Saint-Pierre et ailleurs.

Avril. **Jour de l'An tamoul**: manifestations culturelles et religieuses dans les quartiers à forte tradition indienne.

Mai. **Cross du Piton des Neiges**, course de montagne internationale. **Fête de l'eau**, partout sur l'île.

Juin. **Mois des jardins**, des particuliers ouvrent les portes de leurs jardins créoles. **Fête de la musique**.

Juillet. **Tour de l'île automobile**, rallye très populaire sur une île où les routes de montagne suscitent de belles courses de côte.

Septembre. **Journées du patrimoine**, mise en valeur de produits traditionnels et portes ouvertes de monuments habituellement fermés au public. **Tour de l'île cycliste**.

Octobre. **Dipavali**, Fête des lumières (ou novembre, en fonction du calendrier lunaire) principalement à Saint-André, Saint-Paul, Saint-Denis, Saint-Louis, Saint-Pierre et Les Trois-Bassins. **Le Grand Raid**, course de montagne extrême qui traverse toute l'île, baptisée « la Diagonale des fous » (162 km !). **Semaine créole**, l'identité créole sous toutes ses formes (musique, cuisine, littérature, art de vivre...). **Fête du livre**.

20 décembre. **Fête de l'abolition de l'esclavage** ou **Fête cafre** (*p. 68*).

« Batay kok »

Terminator, Goliath, Jack-le-Borgne... Tous furent de grands champions ayant marqué leur époque. De vrais athlètes qui commencent leur carrière vers l'âge de 1 an, sélectionnés, entraînés et bichonnés par leurs propriétaires. Vous pourrez voir ces coqs de combat sur l'un des nombreux **gallodromes** (le terme « rond » désigne plutôt l'aire de combat) existant sur l'île, sachant que cinq seulement ont une autorisation préfectorale (les autres, parfois un simple espace de terre battue derrière une case, sont hors la loi). Le **championnat réunionnais de « bataille coqs »** se déroule de mi-octobre à mars dans des arènes pouvant accueillir 400 à 600 personnes. L'entrée est gratuite et les paris sont autorisés, les mises (en espèces uniquement) se faisant par le biais du gérant du gallodrome, dans les cris et l'excitation ambiante. Après leur dernier combat (il n'y a pas de mise à mort à La Réunion), les meilleurs gladiateurs finissent leur vie comme reproducteurs, afin de perpétuer leur lignée de champion. *Coordonnées des gallodromes autorisés auprès des ⓘ des communes concernées (Le Port, Saint-André, Sainte-Clotilde et Rivière Saint-Louis).* ◆

Hébergement

Hôtels

La majorité de l'infrastructure hôtelière se concentre sur la **côte ouest** entre Boucan-Canot et Saint-Leu. Sur les 54 hôtels classés que comptait l'île en 2008 (soit quelque 4500 lits sur les 11000 que possède l'île), on ne compte qu'un seul établissement 5 étoiles et cinq 4 étoiles, la majeure partie étant constituée d'établissements de catégorie intermédiaire dont les tarifs restent très corrects (excepté autour de Saint-Gilles). Des efforts sont faits, en particulier dans les Hauts, dans le sens d'une **hôtellerie de charme et de caractère**, sous la marque des hôtels Anthurium ou du club de l'Hôtellerie créole indépendante et familiale, par exemple. *Rés. depuis la métropole (p. 267).*

Meublés, résidences de tourisme

C'est une formule assez économique (un bungalow pour 4 pers. revenant souvent moins cher qu'une chambre double à l'hôtel) qui s'est beaucoup développée ces dernières années : **bungalow** ou **appartement équipé** dans une résidence hôtelière, **meublé de tourisme** (réseau Clévacances commercialisé *via* Île de La Réunion Tourisme), **gîte rural** (parfois de mignonnes maisons créoles indépendantes ; réseau Gîtes de France, *encadré p. 267*)... Cette formule offre l'avantage de pouvoir faire ses repas et d'être autonome. La location se fait à la semaine ou au week-end. De plus en plus de particuliers investissent dans la construction de quelques chambres ou bungalows dans leur jardin, parfois autour d'une piscine.

Hébergement rural

Il est particulièrement développé : les **gîtes ruraux** sont des maisons indépendantes, équipées, qui se louent pour le week-end ou pour la semaine ; les **chambres d'hôte**, aménagées dans la maison du propriétaire ou dans des annexes indépendantes, offrent la nuitée aux touristes de passage ; les **gîtes d'étape**, quant à eux, sont destinés aux groupes de randonneurs. Le **relais départemental des Gîtes de France**, installé avec la Centrale de réservation IRT au palais Rontaunay à Saint-Denis *(p. 220)*, assure la coordination de l'ensemble et édite une carte de La Réunion localisant et listant tous les hébergements du réseau (soit env. 400 adresses labellisées au total). Les **fermes-auberges** dépendent de la chambre d'agriculture à travers le Relais Bienvenue à la Ferme *(p. 267)*.

Gîtes de montagne

Installés à proximité des sentiers, ils assurent l'hébergement des randonneurs, parfois en dortoir : le confort y est sommaire, mais la fourniture de couvertures et d'un repas chaud permettent de marcher plusieurs jours d'affilée sans être trop chargé. Pour une trentaine d'entre eux, la réservation, obligatoire, se fait auprès de la Centrale de réservation IRT à Saint-Denis *(p. 220)* ou de l'un des ❶ de l'île. Pour les autres, la réservation se fait directement auprès du propriétaire. Dans les deux cas, les repas se réservent auprès du gîte par téléphone et se paient sur place.

Camping

Depuis quelques années, l'offre en la matière s'est développée pour répondre à la demande. S'il n'y a toujours qu'un seul grand camping municipal (celui de L'Étang-Salé), il existe désormais une dizaine d'adresses de camping chez l'habitant, le long des sentiers dans les cirques (Mafate, Salazie) ou à la ferme (Rivière-Saint-Louis, Salazie). Dans l'Ouest, l'aire naturelle de camping en bordure du lagon de Saint-Gilles, autorisée seulement pendant une partie des vacances scolaires, devrait être prochainement remplacée par un camping intercommunal trois étoiles. Le bivouac pour une nuit est toléré pour les randonneurs sur le domaine forestier (ONF), mais le camping sauvage, en particulier sur les plages, est interdit et déconseillé pour des raisons de sécurité.

Heure locale

La Réunion est en avance de 3 h sur la métropole en hiver (fin octobre-fin mars) : quand il est midi à Paris, il est 15 h à Saint-Denis. Le décalage est réduit à 2 h en été.

Horaires

On se lève plus tôt à La Réunion qu'en métropole. La plupart des **magasins** et des **administrations** ouvrent à 8 h mais respectent la sacro-sainte coupure de la sieste (entre midi et 14 h), et ferment tôt, vers 17 h pour les bureaux (encore plus tôt le vendredi), 18 h pour les magasins. Les **banques** sont ouvertes de 9 h à 15 h (16 h parfois) du lundi au vendredi.

Certains commerces, dont les **pharmacies**, sont fermés le samedi après-midi. Un peu partout, des **petites boutiques** de quartier, tenues par des Réunionnais d'origine chinoise, ne ferment que le dimanche après-midi et le lundi matin.

Pour les **restaurants**, les horaires sont les mêmes qu'en métropole, sauf pour le dîner : le service commence vers 19 h 30 pour se terminer à 21 h ou 21 h 30. Il est difficile, voire impossible, de manger dehors après 22 h, sauf à Saint-Denis, Saint-Pierre ou Saint-Gilles.

Infos touristiques

De gros efforts ont été faits par les pouvoirs publics dans les domaines de la communication et de l'information afin de soutenir la politique de développement touristique menée par l'IRT (Île de La Réunion Tourisme, *p. 220*). Sur place, de nombreuses structures sont susceptibles de vous renseigner : un **guichet d'information** à l'aéroport Roland-Garros, une vingtaine d'ℹ sur toute l'île, un « **pays d'art et d'histoire** » sur Saint-Joseph et Saint-Pierre, et un réseau « **villages créoles** » chargé de promouvoir un tourisme vert plus authentique.

L'IRT édite des fascicules, ainsi que la brochure d'informations touristiques semestrielle ***Run***, qui fournit beaucoup d'adresses pratiques. Cet organisme décerne un **label** « **Réunion qualité tourisme** » à des professionnels de l'hébergement, de la restauration, de l'accueil, des loisirs, du transport. Ils sont repérables à un logo, gage de qualité. Un autre label indique les adresses « gay friendly » *(p. 275)*.

Côté sorties, ***L'Azenda*** est un petit livret mensuel gratuit qui présente en détail le calendrier des nuits réunionnaises (concerts, théâtre, bars...). Dans le même registre, ***Kwélafé*** se présente comme le média de « La Réunion de toutes les cultures » : agenda en ligne des manifestations artistiques et culturelles (www.kwelafe.com) et magazine mensuel distribué gratuitement dans tous les lieux culturels, bars, ℹ, etc.

Également, ***Buz Buz Magazine*** est un bimestriel gratuit sur l'actualité culturelle à La Réunion (musique, théâtre, littérature, danse, expos...), couplé à l'agenda en ligne « Pils/Par ici la sortie » (www.pils.re).

Internet

Les **sites** se multiplient *(p. 263)* et il existe désormais des **cybercafés** dans les villes principales (Saint-Denis, Saint-Benoît et Saint-Pierre), les communes touristiques (Saint-Gilles et Saint-Leu) ainsi que dans certains cirques (Cilaos et Salazie). La plupart des hôtels et de plus en plus de chambres d'hôte proposent un *hotspot* Wifi à leurs clients. Sinon, La poste offre parfois des accès à l'Internet.

Médias

La BD locale

Malgré la disparition, en 2002, du mensuel ***Le Margouillat***, successeur de la revue ***Le Cri du margouillat*** (1986-2000), la bande dessinée locale se porte bien et offre souvent une vision pertinente de la société réunionnaise. Soutenue par l'association Band' Décidée *(92, allée du Golf, La Montagne, 97417 La Réunion)*, la création régionale (réunionnaise mais aussi malgache ou mauricienne) est diffusée sous la forme d'albums édités à La Réunion par **Centre du monde**. Les meilleurs auteurs sont montés à l'assaut de la métropole pour une partie de leur production : Serge Huo-Chao-Si et Appollo chez Vents d'Ouest, Li-An chez Delcourt et Téhem, le dessinateur de la série *Tiburce* (un jeune Réunionnais des Hauts très espiègle), chez Glénat.

La presse

La presse quotidienne permet de mieux appréhender la vie locale et de s'informer sur l'activité culturelle de l'île. Trois titres sont disponibles en kiosque : ***Le Quotidien*** et le ***Journal de l'île de La Réunion*** (groupe Hersant) dont la qualité n'a rien à envier à celle de leurs homologues métropolitains, et, avec un tirage plus limité, ***Témoignages***, journal du Parti communiste réunionnais fondé en 1944 par le docteur Raymond Vergès *(p. 73)*, rédigé en partie en créole. Ces trois quotidiens proposent désormais une version en ligne qui constitue un bon lien avec l'actualité de l'île.

Côté magazines, ***L'Éco Austral*** et ***Mémento*** se partagent le créneau du mensuel économique de l'océan Indien (et des Dom-Tom pour le second), alors que les programmes TV hebdomadaires font aussi office de magazines « people » locaux, ***Visu*** en tête (titre du groupe Le Quotidien, diffusé avec la revue féminine ***Belle Réunion***). Le magazine de voyage ***Océan Indien Magazine*** (bimestriel), enfin, avec des reportages superbement mis en images, constitue un excellent compagnon de plage.

La radio

La bande FM est dense et accorde une large place à la **musique réunionnaise** *(p. 32)*. En partenariat avec les grandes radios commerciales françaises, les stations les plus importantes relaient les informations nationales (**RTL**, **RMC**, **NRJ**, **Chérie FM**...), et une fréquence diffuse **France Inter** en continu. Malgré la concurrence, la radio publique **Réunion 1re** (nom officiel depuis la refonte du Réseau France Outre-Mer en 2010 de l'ex-Radio Réunion, ex-ex-RFO Réunion, que tout le monde ici continue d'appeler RFO) est toujours une station très écoutée qui mélange émissions locales et reprises nationales.

Radio Arc-en-Ciel (radio catholique du diocèse de La Réunion), **102 FM**, **Radio Est** et **Kréol FM** sont les stations diffusant le plus de musique locale. **Radio Freedom** continue à ouvrir son antenne aux auditeurs – entre coups de pic aux puissants, magouilles locales, affaires de voisinage et avis de décès – mais est passée dans le giron d'Europe 1.

En 1991, son directeur, Camille Sudre (mari de Margie, ex-présidente de la Région, puis secrétaire d'État à la Francophonie), défiait le gouvernement en lançant sans autorisation la désormais défunte **Télé Freedom**. Il fut également au cœur des émeutes sociales du Chaudron *(p. 73)* et à l'origine d'un mouvement politique populaire (pour ne pas dire populiste) qui, bien qu'éclaté, continue à compter des adeptes.

La télévision

Le paysage audiovisuel réunionnais s'est étoffé depuis le lancement de la **TNT** à La Réunion en 2010, qui permet désormais de capter gratuitement dix chaînes sur toute l'île, diffusées en direct (tenez compte du décalage horaire pour certains programmes comme le JT de 20 heures de France 2, à 22 h ou 23 h en hiver).

Cette nouvelle donne a entraîné dans le même temps une refonte complète du Réseau France Outre-mer (RFO) en Réseau Outre-Mer 1re, avec la disparition de la chaîne Tempo et le changement de nom de Télé Réunion qui devient Réunion 1re, une numérotation en référence à la place de leader de cette chaîne sur son territoire et en cohérence avec les autres antennes du groupe France Télévisions.

Principale concurrente de la chaîne publique, **Antenne Réunion** diffuse un mix d'émissions métropolitaines (prin-

Une île gay friendly

Sur une île où la diversité culturelle et le respect de la différence se vivent au quotidien, la communauté homosexuelle a su trouver sa place. Plusieurs dizaines d'acteurs du tourisme réunionnais (bars, hôtels et restaurants, agences de voyages, prestataires d'activités sportives) affichent clairement leur attitude « gay friendly » par l'intermédiaire du logo au drapeau arc-en-ciel, qui indique leur adhésion à la charte d'accueil très officiellement instituée avec l'ex-Comité de tourisme de La Réunion. Ces professionnels s'engagent sur un certain nombre de principes : égalité ; accueil, respect et attention ; information et sensibilisation. Il s'agit de réaffirmer leur attachement aux droits fondamentaux des personnes et à la non-discrimination envers les « LGBT » (Lesbiennes, Gays, Bisexuels, Transexuels).

› Le moteur de recherche du site de l'IRT (www.reunion.fr) intègre le label « Gay friendly » dans ses critères de recherche d'établissements, qu'il s'agisse d'hébergement, de restauration ou de loisirs. ◆

cipalement de M6 et TF1, dont son JT national en direct), de séries américaines et de programmes locaux. **Canal + Réunion** fonctionne sur le même principe que sa « maison-mère », avec une grille spécifique reprenant quelques programmes en direct (le football par exemple) mais aucun en clair.

Le **satellite**, enfin, complète efficacement l'offre télévisuelle et connaît un fort développement à travers les bouquets de Canal Satellite Réunion et Parabole Réunion.

Plages

On distingue les **plages de lagon** (protégées de la houle par la barrière de corail et recouvertes d'un sable blanc issu de l'usure du récif corallien et des débris de coquillage) et les **plages « ouvertes »** vers le large, qui sont pour la plupart assez dangereuses à cause des courants.

Certaines, créées par l'érosion du basalte, sont en sable noir comme à Saint-Paul, d'autres en galets comme sur la grande majorité des côtes nord et est. Les seules plages vraiment confortables pour la baignade sont situées sur la côte ouest entre Saint-Paul et L'Étang-Salé. Au-delà, seule la plage de Saint-Pierre est protégée par une barrière de corail.

Pourboire

Les Réunionnais en laissent rarement. À l'image des employés des stations-service qui se chargent de faire le plein, le service est toujours compris. Malgré tout, au restaurant, vous pouvez laisser quelques pièces si le service était bon.

Restauration

Le **camion-bar** est une institution créole, qui permet de manger à des prix modiques un repas chaud sur le pouce.

Le **restaurant** est une petite table créole ou chinoise assurant les déjeuners ; sur la côte ouest, il s'agit souvent d'un établissement plus touristique.

La **table d'hôte** sert une cuisine traditionnelle en principe au feu de bois, généralement précédée d'une palanquée de punchs et suivie d'une ribambelle de rhums arrangés en digestif. On la trouve en zone rurale, principalement dans les Hauts. Une partie des produits utilisés provient souvent du jardin ou de la basse-cour familiale.

Les **fermes-auberges** dépendent de la chambre d'Agriculture (Relais Bienvenue à la Ferme, *p. 267*). Elles ont l'obligation d'utiliser un quota de produits issus de l'exploitation agricole du propriétaire.

Santé

Outre la **scolopendre** (« cent-pieds »), sorte de mille-pattes dont la morsure est très douloureuse, les seuls dangers se trouvent du côté de la **mer** : les coupures dues aux **coraux** sont à redouter et, en plongée, il faut faire attention au « corail de feu », variété urticante qui « brûle » au moindre contact. Il suffit, pour les éviter, de s'équiper de sandalettes en plastique (attention à ne pas piétiner les coraux vivants !). Les pêcheurs devront se méfier de certains poissons de roche dont la chair peut provoquer une intoxication nommée « **ciguatera** » (*gratte* en créole). Si les piqûres d'oursin sont assez fréquentes dans le lagon, les épines venimeuses du poisson-pierre et les requins présentent un danger statistiquement faible, mais non négligeable, notamment pour les surfeurs.

L'**eau** du robinet est potable sur toute l'île, mais évitez de boire celle des ravines. Quant au **soleil**, il est traître quand le ciel est couvert, car les UV sont toujours actifs : prévoir des protections solaires dégressives, et attention aux coups de soleil dans le dos quand on fait du masque-tuba.

Le **sida** étant arrivé tardivement sur l'île, l'épidémie y est plus virulente qu'en métropole. Il faut se méfier et se protéger des moustiques, qui peuvent être porteurs de la **dingue** (un genre de grippe tropicale, généralement assez bénigne à La Réunion) et, depuis peu, d'un de ses cousins, le **chikungunya** (informations sur www.chikungunya.fr). Cette maladie virale est connue depuis longtemps, mais n'a jamais vraiment été étudiée dans les pays concernés. L'épidémie qui a touché La Réunion fin 2005-début 2006 (plus de 130 000 cas enregistrés, soit près d'un Réunionnais sur cinq, en février 2006) a fait apparaître que le « chik » n'était plus véritablement bénin. Pour autant, il ne faut rien dramatiser : il n'a jamais été prouvé scientifiquement que les rares décès imputés à cette maladie aient été directement dus au virus du chikungunya, et très peu de cas ont été enregistrés depuis la fin de l'épidémie.

Sécurité

La **petite délinquance** n'est pas plus élevée qu'en métropole. Il vaut mieux cependant éviter de se promener dans certaines cités seul la nuit, en particulier à Saint-Denis et alentour. Il est prudent de surveiller ses affaires dans les zones balnéaires les plus fréquentées.

En **montagne**, il faut être très vigilant : ne jamais partir seul en randonnée ou sous-équipé *(p. 50)*, ne jamais s'aventurer au fond des ravines en période de pluies (les crues peuvent être terribles) et, en règle générale, toujours consulter la météo et l'état des sentiers avant de partir.

L'**océan** Indien peut s'avérer dangereux. Les vagues et les courants sont souvent importants et il est conseillé de se référer aux panneaux d'information et drapeaux installés sur les plages surveillées. Sur certaines plages (Grande-Anse par exemple), la baignade se limite à des bassins en pierre aménagés à l'abri de la houle. Veillez à ne jamais vous approcher de la **barrière de corail**, où vous risquez de rencontrer des courants aspirants, et à ne pas nager au-delà à cause des requins.

Sports et loisirs

Les activités sportives se pratiquent toute l'année. L'été austral est préférable pour la **pêche au gros** et pour les **sports d'eau vive** – les ravines sont à sec durant une bonne partie de l'hiver austral. En revanche, l'hiver austral est plus propice aux gros rouleaux pour le **surf**, et offre généralement des cieux plus dégagés pour les **sports aériens** ainsi qu'une chaleur plus modérée pour la **randonnée.**

En montagne

Le **canyoning** permet d'explorer la montagne le long des ravines qui la creusent, suspendu à une corde de rappel ou en glissant sur le toboggan aquatique naturel d'une cascade. De l'initiation au bassin Malheur de Saint-Gilles-les-Hauts à la descente

En prenant de la hauteur

En **ULM** ou en **parapente**, la sensation de plénitude provoquée par le survol de l'île au petit matin est à la portée de tous, au départ de Cambaie (*p. 244*, vers Saint-Paul) ou de Pierrefonds *(p. 249)*. Vous pouvez aussi tester l'**hélicoptère** avec Hélilagon (altiport de l'Éperon, *p. 236*) ou Corail Hélicoptères (aéroport de Pierrefonds) : frissons assurés et vue panoramique pour ceux qui en ont les moyens (à partir de 85 € le survol de Mafate, env. 250 € pour un survol de l'île plus complet). Réservez assez tôt afin de pouvoir reporter le vol en cas de conditions météorologiques difficiles. À noter que, depuis 2005, les hélicoptères, qui commençaient à envahir Mafate et à perturber la quiétude des lieux, n'ont plus le droit de se poser dans le cirque avec une clientèle touristique. ◆

du « monstrueux » Trou-de-Fer, tous les niveaux sont représentés. On peut aussi se frotter aux voies d'**escalade** de Cilaos ou flirter avec les eaux vives en ***Hydrospeed*** (coque sur laquelle le nageur est posé) ou dans un « ***hot dog*** » (canoë gonflable adapté aux descentes de rivière).

Le **VTT** s'est beaucoup développé : 1 500 km de pistes ont été aménagés autour de 10 « **stations VTT** ». Le site du Maïdo s'est spécialisé dans la **descente**, avec un système de télénavette et des vélos adaptés *(p. 238)*. Les vrais mordus noterons que la Fédération française de cyclisme a signé des accords avec les compagnies aériennes, permettant de transporter son VTT à un tarif raisonnable.

Enfin, on trouve plusieurs **centres équestres** dans les Hauts (au Maïdo, aux Makes, à La Plaine-des-Palmistes et à La Plaine-des-Cafres), pour une balade d'une heure ou une randonnée de plusieurs jours avec bivouac sur les pentes du volcan. Il existe une ferme-auberge équestre aux Avirons. Pour pratiquer ces activités, l'IRT, *via* son site Internet ou sa centrale de réservations à Saint-Denis *(p. 220)*, saura vous orienter sur des guides ou des prestataires compétents.

En mer

La plupart des **activités nautiques** se concentrent au port de Saint-Gilles qui abrite de nombreux clubs de **plongée** *(p. 239)*, un catamaran de **croisière**, une école de **motonautisme** et des bateaux de **pêche au gros** (certains prestataires vous proposeront une nouvelle sortie si vous rentrez bredouille ; les prises demeurent la propriété du bateau). On peut aussi plonger à Saint-Leu, louer une **planche à voile**, un **surf** *(p. 242)* ou un ***Bodyboard*** sur les plages de Boucan-Canot et des Roches-Noires, faire du **ski nautique** sur l'étang Saint-Paul.

Dans les airs

La Réunion s'est imposée comme une référence en matière de vol libre. À Cambaie, une base **ULM** permet d'admirer l'île d'en haut à des prix abordables *(p. 244)*. Aux Colimaçons, vous pourrez découvrir le ballet des **parapentes** *(p. 242)* au-dessus des champs de canne, à moins que vous ne préfériez vous embarquer pour un vol biplace avec arrivée au bord du lagon. Testez aussi les incomparables sensations d'une chute libre en parachute (saut de baptême en tandem avec un moniteur) depuis l'aéroport de Pierrefonds (Saint-Pierre, *p. 249*). Pour un survol en **hélicoptère**, *voir ci-dessus*.

Téléphone

Le tableau horaire des **tarifs** et le fonctionnement des **cabines publiques** sont les mêmes qu'en métropole. Les contrats métropolitains de **téléphone portable** permettent généralement

« Alon bat'caré »

Quoi de mieux que le car pour « bat'caré » (se balader) ? Depuis la fermeture des lignes de chemin de fer *(p. 125)*, le bus (lignes locales privées et réseau de cars jaunes départementaux, *ci-dessous*) est le seul mode de transport collectif. Il est pourtant rarement utilisé par les touristes, qui préfèrent louer une voiture. Jusque dans les années 1960, le car « courant d'air » (des bancs sur une plate-forme, un toit mais pas de parois) a permis à plusieurs générations de créoles de se déplacer de Bas en Hauts. Aujourd'hui, la découverte de l'île en sortie organisée constitue une escapade touristique appréciée des Réunionnais eux-mêmes. Plusieurs compagnies, dont les Transports Mooland à Saint-Louis *(p. 243)*, qui proposent un programme hebdomadaire d'excursions pour les individuels. ◆

d'appeler et d'être appelé à La Réunion à condition d'avoir demandé au préalable l'activation de l'option internationale à votre opérateur (gratuit) : vos appels entrants ou sortants passeront alors systématiquement par la métropole *(roaming)* et une communication « locale » vous sera facturée au prix d'une communication internationale. Pour éviter cela, mieux vaut appeler depuis une **cabine France Télécom**, soit avec une carte bancaire, soit avec une télécarte France Télécom.

Autre solution, la **carte téléphonique prépayée** permettant d'appeler depuis n'importe quel poste grâce à un code : plusieurs sociétés privées proposent ce genre de carte, en vente dans le commerce, à des tarifs avantageux (0,11 €/min vers un mobile et 0,03 €/min vers un fixe en métropole aux heures pleines par exemple).

Ceux qui prévoient d'appeler souvent à l'intérieur de La Réunion acheteront plutôt une puce réunionnaise (10 €, à condition que votre téléphone portable soit « débloqué ») et des recharges de crédit auprès d'un opérateur de téléphonie sur l'île (Orange, SFR et Only).

Entre la métropole et La Réunion.

Composez le numéro à 10 chiffres.

Pour appeler depuis La Réunion ☎ 00.32 (Belgique), ☎ 00.41 (Suisse), ☎ 00.1 (Canada) + numéro sans le zéro.

De Belgique et de Suisse ☎ 00.33 + numéro à 10 chiffres sans zéro initial.

Toilettes

On trouve quelques Sanisette dans les villes. La propreté des toilettes est comparable à celle de métropole.

Transports intérieurs

Les embouteillages font partie du quotidien. La physionomie de l'île crée des goulots d'étranglement difficiles à traverser aux heures de pointe. C'est le cas de l'entrée ouest de Saint-Denis qui débouche sur une route en corniche. Afin de limiter les risques dus aux chutes de pierres, cette route à quatre voies est rétrécie aux deux voies côté mer au-delà d'un certain seuil de précipitations, créant des engorgements monstres. La circulation sur la côte ouest s'est bien améliorée depuis l'ouverture de la route des Tamarins *(p. 146)*, une quatre-voies express de moyenne altitude qui permet d'éviter le littoral. Cependant, aux heures de pointe, les voies d'accès à cette route express sont souvent saturées, notamment à l'entrée nord de Saint-Paul. Globalement, les **routes** sont en bon état, même celles du réseau secondaire de montagne quand elles sont asphaltées. Dans les Hauts, de nombreuses pistes ou routes forestières sont plus ou moins praticables par des véhicules de tourisme. L'**essence** est à peu près au même prix qu'en métropole (un seul type de sans-plomb).

En car. Excursions à la journée au départ des principaux hôtels de l'île *(encadré ci-contre)*. À chaque jour de la semaine, sa destination. Car très confortable, prix modéré.

En bus. C'est un moyen de transport sympathique, mais contraignant : la fréquence des passages n'est pas très importante et le service (restreint dim. et j.f.) se termine assez tôt (vers 18 h-19 h). Mis en place par le Département, le réseau **Cars jaunes** ☎ 0810.123.974 comprend 17 lignes desservant la plupart des localités de La Réunion : plusieurs font le **tour de l'île** par le littoral, une autre la traverse par les plaines. Deux lignes Z'éclair permettent de rejoindre Saint-Pierre (trajet direct) ou Saint-Benoît (en passant par Saint-André) au départ de Saint-Denis avec un nombre d'arrêts très réduit.

Des lignes secondaires dépendant des réseaux d'autres collectivités locales (communes ou communautés de communes) prennent ensuite le relais en desservant les écarts des villes principales (**Citalis** dans le Nord, **Kar Ouest** dans l'Ouest, **CAsud** dans le Sud, **Alizé** dans l'Est...).

La tarification s'effectue selon le nombre de sections parcourues, sur la base de 1,40 € la section (3 sections entre Saint-Denis et Saint-Gilles). Les tickets s'achètent dans les gares routières ou dans le bus. Les arrêts sont matérialisés par des pancartes : il suffit de claquer des mains pour signaler au conducteur que l'on souhaite descendre. *Rens. dans les gares routières.*

En taxi. On en trouve à Saint-Denis, en particulier pour la liaison aéroport-centre-ville (fixez le tarif avant de monter). Dans les autres villes, il s'agit de **taxis collectifs** faisant la navette avec les écarts à des tarifs similaires à ceux du bus : ce sont des minibus ou des véhicules break transportant huit personnes que l'on prend dans les gares routières ou que l'on arrête d'un simple signe.

Location de voitures

Louer une voiture est indispensable si vous voulez profiter de vos vacances à la Réunion ! Dans l'idéal, pensez à réserver un véhicule avec climatisation.

BSP Auto est un courtier français en location de voitures proposant exclusivement les grandes compagnies de location sur place, vous assurant un très bon niveau de services. Les prix sont très attractifs et comprennent le kilométrage illimité et les assurances. Les + : vous ne payez votre location que 5 jours avant le départ + réduction spéciale aux lecteurs de ce guide avec le code « evasion ».

Leur centrale basée à Paris vous accueille 7j/7 au ☎ 01.43.46.20.74, vous pouvez également réserver en ligne sur **www.bsp-auto.com.**

Bonne route ! ◆

En voiture. Les agences de **location** *(p. 268 et Bonnes adresses, p. 220)* sont nombreuses, spécialement à Saint-Gilles. À côté des enseignes internationales, les loueurs locaux proposent des prix compétitifs. L'**auto-stop** est utilisé par les Réunionnais pour regagner leur maison après le travail. Sur les grands axes, les voitures vous prennent assez vite ; ailleurs, c'est plus aléatoire.

Urgences

Police ☎ 17 ou ☎ 02.62.90.74.74 (commissariat central de Saint-Denis). **Samu** à Saint-Denis et Saint-Pierre ☎ 15. **Pompiers** ☎ 18. **Pharmacies de garde** ☎ 02.62.90.60.44. **Sauvetage en mer** ☎ 02.62.43.43.43. *Voir aussi urgences dans notre carnet d'adresses p. 221.* ◆

Koze kréol !

© Bertrand Rieger/Hemis.fr

Une fois la glace brisée, les discussions se nouent facilement avec les Réunionnais. Sachez qu'il n'existe pas de «vous» de politesse en créole et le tutoiement est facile. À chacun de trouver le bon équilibre entre une familiarité qui pourrait être mal perçue et une politesse trop conventionnelle. Voici quelques clés qui vous éviteront bien des quiproquos...

Quelques expressions usuelles

Arak : rhum. « Coup de sec » : petit verre de rhum bu cul sec. « Pile plate » : flasque de rhum vendue en commerce.

Argent braguette : allocations familiales.

Assizer : s'asseoir.

Astèr (astheure) : à cette heure, ou maintenant.

A'swèr : ce soir (par opposition à « à matin »).

Badinage : jouet.

Bat'carer : se balader.

Bazardier : vendeur sur le marché (« bazar »).

Bertelle : sac à bretelle.

Bichiques : alevins de cabot ou de bouche ronde *(p. 41)*.

Bonbon : désigne aussi bien les sucreries que les gâteaux salés (« bonbon piment »). Un « bonbon lafesse » est un... suppositoire !

Boucané : lard fumé.

Carreau : fer à repasser.

Case : maison, quels que soient sa taille et son standing.

Coco : tête.

Coq : sexe mâle.

Coucoune : mégot de cigarette.

Dalon : copain.

Écart : dans une commune, petite localité isolée de la ville principale.

Fanjan : fougère arborescente (on creuse sa racine pour en faire des pots de fleurs).

◄ Avec trois titres (le *JIR*, le *Quotidien* et *Témoignages*), la presse quotidienne réunionnaise n'a rien à envier à son homologue métropolitaine.

Farine : petite pluie fine.

Figue : banane de petite taille.

Frédir : refroidir.

Gagner : avoir, obtenir.

Goni : sac de jute. « Goni vide i tient pad d'bout » : on ne peut pas faire d'efforts le ventre vide.

Gra'mound : personne âgée (grand + monde).

Guetter : regarder. Un **guetali** est un petit kiosque à l'écart de la maison d'où l'on peut observer la rue.

Habitation : ensemble comprenant la demeure et les terres d'un grand domaine rural.

Îlet : petit groupe de maisons isolé dans la montagne.

Kaf (ou cafre), kafrine : descendant d'esclaves.

Lambrequin : frise ajourée décorant la toiture ou la varangue des cases créoles.

Lentourage : clôture.

Lontan : autrefois.

Louquer : épier.

Margouillat : petit lézard (un gecko) familier des maisons.

Marmaille : enfant.

Marron : esclave en fuite (de l'espagnol *cimarron*, fugitif).

Moucater : se moquer.

Moune : monde (les gens). « Nana plein d'moune » : il y a beaucoup de monde. Gramoune : grand-père.

Nénène : employée de maison, nounou.

Nou artrouve (ou N'artrouve) : au revoir, à plus tard.

Oté ! : interjection favorite des Réunionnais.

Pied de bois : arbre.

Pistache : cacahuète.

Raler : tirer.

Soval : cheval.

Tantine : petite amie.

Ti père : beau-père.

Totoche : juron employé à toutes les sauces, un peu comme « putain » dans le Midi.

Varangue : véranda ouverte ou vitrée.

Yab : appellation péjorative des « Petits Blancs » des Hauts.

Zoreil : métropolitain installé à La Réunion.

Zoréole : métisse né d'un parent zoreil et d'un parent créole.

« Kosa in soz ? »

Avec les contes et les proverbes, les devinettes constituent un mode d'expression populaire auquel la langue créole se prête parfaitement, malheureusement menacé par le rouleau compresseur de la mondialisation culturelle. À l'image des « bichiques » dans les estuaires *(p. 41)*, les devinettes créoles ne grouillent plus comme avant. Dans les cours d'école, les enfants sont de moins en moins nombreux à essayer de coller leurs camarades en leur lançant la formule « Kosa in soz ? » (« Qu'est-ce que cette chose ? »). À vous de trouver !

1 « Délo dobout » (de l'eau debout). **2** « Lo ti i ba son moman » (le petit bat sa mère). **3** « Li manz par la tet, li rann par le bra » (il mange par la tête, il rend par le bras). **4** « Mi kas sèkèy, mi manz lo mor » (je casse le cercueil, je mange le mort). **5** « Mon bèrso sé mon sapo, mon tonbo sé mon bèrso » (mon berceau c'est mon chapeau, mon tombeau c'est mon berceau). **6** « In ti rouz i manz in gran blan » (un petit rouge mange un grand blanc). **7** « Mi par an dansan, mi arvien an pléran » (je pars en dansant, je reviens en pleurant).

Réponses : 1 La canne à sucre. **2** La cloche. **3** L'arrosoir. **4** La pistache. **5** L'escargot. **6** Le piment. **7** Le seau.

Consultez aussi le site www.sioudi.com, dictionnaire collaboratif en ligne. ◆

Index

Saint-Denis : nom de lieu – ***Zitte***, *Wilhiam* : nom de personne – **CANNE À SUCRE** : mot-clé
Les folios en **gras** renvoient aux bonnes adresses.

LOCATION DE VOITURES A LA RÉUNION
BSP-AUTO.COM
01 43 46 20 74
Ma location de voiture pour les vacances
avec bsp-auto.com c'est :
- La garantie du meilleur tarif
- Une offre tout compris
Km illimités
Assurances incluses
Annulations et modifications sans frais
- La moins chère des options "0 franchise"
Je ne paie ma location que 5 jours avant le départ
Réservations gratuites
Tel: 01 43 46 20 74
Des conseillers spécialisés 7/7
www.bsp-auto.com
REMISE EXCEPTIONNELLE
AVEC LE CODE : EVASION

M-N

O-P

R

S

T-U-V

Toute la collection Évasion pour construire et vivre votre voyage

GUIDES ÉVASION FRANCE

Alsace
Anjou
Aude - Pays cathare
Berry
Bretagne sud
Charente-Maritime
Corse
Côte d'Azur
Dordogne-Périgord
Languedoc
Midi-Pyrénées
Provence
Savoie-Mont Blanc
Les plus belles escapades insolites

GUIDES ÉVASION MONDE

Andalousie
Australie
Autriche
Brésil
Bruges et la région flamande
Budapest et la Hongrie
Californie
Canaries
Chypre
Crète
Croatie
Grèce continentale
Guadeloupe
Îles grecques – Cyclades
Île Maurice et Rodrigues
Irlande
Japon
Madagascar
Madère
Malte
Maroc
Marrakech et le Sud marocain
Martinique
Mexique
New York
Nouvelle-Calédonie
Parcs nationaux américains
Portugal
Québec
Réunion
Roumanie
Sardaigne
Sénégal
Sicile
Thaïlande
Toscane
Tunisie
Turquie
Vietnam

GUIDES ÉVASION EN VILLE

Amsterdam
Barcelone
Berlin
Istanbul
Lisbonne
Londres
Madrid
Marrakech
New York
Prague
Rome
Venise
Vienne

SUR INTERNET

www.guide-evasion.fr
www.facebook.com/guideevasion

évasion GUIDE

L'auteur, **Geoffroy MORHAIN**, remercie tous ceux qui ont pris sur leur temps pour l'aider, en particulier tous les membres de l'IRT et des offices de tourisme, directeurs ou employés, qui l'ont toujours reçu avec beaucoup de gentillesse et lui ont vraiment été précieux sur le terrain. Avec une dédicace particulière à Manu de l'agence Comptoir Corail ainsi qu'aux guides *péi*, toujours dévoués, qui œuvrent pour un tourisme plus intelligent et font tout pour la découverte de l'île de La Réunion.

Direction : Nathalie Bloch-Pujo. **Responsable éditoriale :** Cécile Petiau. **Responsable de collection :** Marie-Caroline Dufayet. **Édition :** François Bernier. **Lecture-correction :** Claire Le Mire. **Informatique éditoriale :** Lionel Barth. **Documentation :** Sylvie Gabriel. **Conception de la maquette intérieure et mise en page :** Catherine Riand. **Cartographie :** Frédéric Clémençon, Aurélie Huot. **Fabrication :** Caroline Le Page. **Couverture** conçue par npeg.fr; réalisée par Susan Pak Poy.

Présente édition réalisée en collaboration avec aa-éditions, Natalie Delval et Juliette Tommasi.

Régie de publicité : Hachette Tourisme, 43, quai de Grenelle, 75905 Paris Cedex 15. Contact : Valérie Habert ☎ 01.43.92.32.52. *Le contenu des annonces publicitaires insérées dans ce guide n'engage en rien la responsabilité de l'éditeur.*

Le contenu des annonces publicitaires insérées dans ce guide n'engage en rien la responsabilité de l'éditeur.

Conformément à une jurisprudence constante (Toulouse, 14-01-1887), les erreurs ou omissions involontaires qui auraient pu subsister dans ce guide, malgré nos soins et les contrôles de l'équipe de rédaction, ne sauraient engager la responsabilité de l'éditeur.

Pour nous écrire :

evasion@hachette-livre.fr

Pour nous lire sur le web :

www.guide-evasion.fr

© **Hachette Livre** (Hachette Tourisme), 2013.

Tous droits de traduction, de reproduction et d'adaptation réservés pour tous les pays.

43, quai de Grenelle, 75905 Paris Cedex 15

Imprimé par Industra Grafica Cayfoca, ctra.
De Caldes, km3, Sta. Perpetua Mogoda, 08130 Barcelone, Espagne

Achevé d'imprimer : mars 2013
Dépôt légal : mars 2013 - Collection n°25 - Édition n°01
ISBN : 978-2-01-245407-1
24-5407-2

À nos lecteurs

Ces pages vous appartiennent.
Notez-y vos remarques, vos découvertes,
vos bonnes adresses. Et ne manquez pas
de nous en informer à votre retour.

Hachette Tourisme
Guide Évasion – Courrier des lecteurs
43, quai de Grenelle - 75905 Paris Cedex 15
evasion@hachette-livre.fr

Rendez-vous également sur la page Facebook Guide Evasion
et sur www.guide-evasion.fr

Venez nous rejoindre sur la page
Facebook Guide Evasion
et sur le blog www.guide-evasion.fr

Partageons notre passion du voyage...